回乡时代

尹马—著

云南出版集团

云南人民出版社

图书在版编目（CIP）数据

回乡时代 / 尹马著. -- 昆明：云南人民出版社，
2020.11
ISBN 978-7-222-19728-2

Ⅰ.①回… Ⅱ.①尹… Ⅲ.①长篇小说—中国—当代
Ⅳ.①I247.5

中国版本图书馆CIP数据核字(2020)第194531号

责任编辑：苏映华　雷啟星
助理编辑：梁明青　李明珠
装帧设计：沐希设计
责任校对：姚实名
责任印制：窦雪松

回乡时代
HUIXIANG SHIDAI

尹马　著

出版　　云南出版集团　云南人民出版社
发行　　云南人民出版社
社址　　昆明市环城西路609号
邮编　　650034
网址　　www.ynpph.com.cn
E-mail　ynrms@sina.com
开本　　700mm×980mm　1/16
印张　　33
字数　　572千
版次　　2020年11月第1版第1次印刷
印数　　20000册
印刷　　河北鹏润印刷有限公司
书号　　ISBN 978-7-222-19728-2
定价　　68.00元

如需购买图书、反馈意见，请与我社联系
总编室：0871-64109126　发行部：0871-64108507　审校部：0871-64164626　印制部：0871-64191534

云南人民出版社微信公众号

目

录

contents

月亮汤汤，酥麻秧秧。

毛家大姐，过河烧香。

————南广童谣

第一章　寻人启事

1

周六，在"友意思"咖啡馆，应吴立春的邀约，周楚阳去赶一个茶局。和他预料中的一样，两个推销印刷设备、衣冠楚楚的湖南人正品着茶，见了他，齐刷刷站起来，战战兢兢地说"周总好"。

"都好，都好。"周楚阳一边打招呼，一边把屁股放到沙发上，习惯性地从裤兜里掏出手机，放在茶几上。碰巧这时手机响了起来，铃声是昨晚刚设置的《左手指月》，是他在一个还算有新意的电视综艺节目上听到的。铃声正是副歌部分，有些许刺耳，邻座一个长发女子转过头来，瞥了他一眼，旋即又扭过头去。

周楚阳拿着电话出了门，才注意到是表弟萧寒打来的。接通电话，那头气喘吁吁地说："哥，找到了。"

"找到谁了？"周楚阳问萧寒，"你还在床上受累吧？舌头都捋不直。"

那头说没在床上，是正在爬楼梯："我们不是一直在为你找人嘛，你找了一辈子的人，她出现了。"

仿佛头部被什么东西击中了一样，他差点儿蹲了下去。就在刚刚，电话响起来，他伸手去茶几上抓手机的那一刻，他看见邻座的长发女子转过头来瞥了他一眼，那张脸似曾相识，不，是刻骨铭心。他一度边出门边回头看，但对方只给了他一个背影。

"是时候出现了，也许……我已经见过她了。"萧寒问他什么意思，他说没别的意思，等会儿再打过去。匆匆挂了电话，周楚阳万分激动地进门，找了刚才的卡座，几人还在慢条斯理地品茶，邻座已杯空人去。

长发女子肯定还没走远，应该还在附近，要不要追一下？周楚阳在反复问自己，内心万分矛盾。湖南人为他续了茶，问："周总要不要来一杯咖啡？"

"不用了，喝咖啡晚上睡不着。"他赔了一个笑脸，伸手到上衣口袋里掏香烟。湖南人递过来一支"和天下"，说："周总试试我们的湘烟，有意思。"

吐着烟圈，周楚阳心里却很不是滋味，整个人魂不守舍。吴立春把嘴凑到他耳边，问："是不是公司出什么状况了？"

"去你的吧！你就不能往好的方面想？"

"那……肯定是哪个小情人找你麻烦了,谁家的黄花大闺女呢?我就说,周老板腰缠万贯,寻花问柳的事,让我们去做就是了。"说完大声笑了起来。周楚阳在他肩上擂了一拳,说:"狗嘴里就是吐不出象牙。"

必须出门去,必须往死里追。周楚阳做出了决定,便与几人道别,说公司有个订单,客户要求高,得自己亲自去处理一下,改天约大家喝茶,青山不改,绿水长流。一溜烟儿跑出门去,他感觉世界一下子大了许多。

到哪里去找呢?左面还是右面?前面还是后面?也真是的,这地方前后左右都是路,谁也不知道长发女子去了哪个方向。往前,是一个红灯路口,穿过去,走几百米,是红星国际广场,大型水体电影的水帘下通常游人如织;往后,从咖啡馆侧面绕过去,属于背街小巷,幽深的巷子说有多长就有多长,巷子里说有多少岔路就有多少岔路;往左,是青年路,时装店、金银店、美妆店、数码店无数,琳琅满目,让人眼花缭乱;往右,直接通往这座城市的又一个新区,两公里以外还属于在建区,挖掘机、凿孔机轰隆隆响成一片。对于周楚阳来说,在浙江温州,他虽然是一个异乡人,但在这个地方打拼已经好多年了,他不会很陌生。而眼下,他不知道要去哪个方向才能找到长发女子,只听到自己脑瓜里嗡嗡嗡地响。思索了好一会儿,他决定以飞快的速度往左走,要是在最近的几个时尚卖场里见不到她,就飞快地返回来,过红灯路口去咖啡馆正对面的红星国际广场。他计算了一下时间,大约二十分钟能做到,如果在二十分钟之内找不到她,可能就错过了。

他跑得飞快,经过老凤祥金店,在门口停了一会儿,抻着脖子往店里瞧了瞧,看见里面只有几个穿白衬衣的导购员在做操;经过雅致女装店,他又停了一会儿,里面也只有几个导购员在说笑。他经过了近二十个店面,未发现长发女子,于是回过头来,走过咖啡馆,穿过红绿灯,去了红星国际广场。

广场上人头攒动,长发的、短发的、鬈发的、戴帽子的、镶着各种颜色头饰的,五花八门,这个由人群组成的海洋,广阔得让人一下子感到莫名地孤独。

他在广场上转了大约半个小时,也没有找到那张熟悉的脸。这期间,手机响过至少十次,他也没来得及接电话。他累得大汗淋漓,到小卖部买了一瓶水,咕咚咕咚地喝了起来。这时,手机铃声又响了起来。

"有屁快放!"他在电话里对萧寒说。

"哥,你还没有把话说清楚。"萧寒说。

他这才记起在咖啡馆大门外与萧寒的通话，像梦魇一样，他当时说了一句"是时候出现了，也许……我已经见过她了"。这句话的起源是那个瞥了他一眼的邻座长发女子，那时候他正拿起手机，准备接听萧寒的电话。他清楚地记得，那女子看他的时候，表现出了些许惊讶。那一刻，他认定了这个女人就是彭玉素。

然而这一切也许真的是梦魇，那么短暂，到现在才开始让他觉得透不过气来。他追出了老远，匆忙走了差不多两条街，还是没追上她。周楚阳想：有可能是我弄错了。

他对萧寒说："我今天在咖啡馆见到一人，长得很像她，但有可能不是她。"

"怕是见了魂儿吧！"萧寒"嘿嘿嘿"地笑，"我的线人告诉我，她在东莞。"

"什么时候见到的？"周楚阳问。

"今天上午的事。"萧寒说。

"见面说吧！"周楚阳说，"我需要更详细的情况。"

萧寒却说今天约了女朋友去星海岸吃大闸蟹，没空，要见面也是明天下午。匆匆挂了电话，周楚阳感到心里空空的，巨大的寂寞感席卷而来，真不是滋味。

回到家，周楚阳感到头痛欲裂，倒在沙发上就睡着了。到晚饭时间，张阿姨叫醒了他，说："周总，吃饭了。"

周楚阳翻身起来，揉了揉眼睛，去了餐桌旁。张阿姨已经把蒸好的红薯摆上了桌，正从炒锅里铲起一盘豆豉腊肉来，灶台上还放着一小碟折耳根拌小蒜。

一切都是家乡的味道，周楚阳食欲大增，拿起筷子就吃了起来。张阿姨问："周总今天没去上班吗？是不是身体不舒服？"

"都说别叫我周总了，你这老太太怎么就是不听呢？从现在起，叫我小周就行。"周楚阳用筷子指了指张阿姨。

"哪能这么叫？公司上下不都叫你周总吗？我一个保姆，也应该懂得规矩。"

"什么规矩不规矩！你们浙江人就是太懂礼貌，不是这样'总'就是那样'总'，不是'先生'就是'小姐'，怪别扭的。要不这样吧，以后叫我周老师，我说过，我以前最想当一名老师。"

"好啊，周总，以后我就叫你周老师。"张阿姨说。

"又来了！"周楚阳说完打了个哈哈。

张阿姨来家里快一年了，是公司财务何清明介绍来的。何清明是温州本地人，自周楚阳公司成立的第一天就跟着他，到现在快有十个年头了。公司刚成立时，诸事繁杂，大家都在小食堂里吃饭，也算是其乐融融。现在公司发展壮大了，周楚阳倒不想在公司里吃饭了，想独自辟一清净之所，就在家里置办了锅瓢碗盏，自己在灶台边敲响了叮当之声，奏出了人间烟火的旋律。何清明有一次来家里送报表，看见周楚阳系一条围裙在厨房里笨手笨脚地忙个不停，当即笑得前仰后合，说："周总哪是做饭的人，你这不是大材小用吗？"

周楚阳说："别小看伙夫，不是说吃饭是第一件大事吗？我做的就是大事，再伟大的人，也只有先填饱肚子，才能君临天下。"

"但你不行。"何清明说，"你的工作不在厨房里，要不我给你找一个老太太，每天给你做饭？"

于是张阿姨来了。刚开始的一段时间，张阿姨只会烧浙江菜，不是鱼就是虾，不是红烧就是清炖。周楚阳说："这样不行啊，吃得全身长痱子，给我来一点家乡的味道吧，得把云南滇东北的土豆、红薯、酸菜、红豆给我弄上桌子，我吃的是乡愁。"

张阿姨好像不懂什么是乡愁，但还是去菜市场如数买了一些红薯土豆，但不知道怎么弄，整天站在锅台边犯愁，倒是周楚阳随便说了一句"你就把它们搞熟就行"，让她打消了顾虑。开始的几个月，周楚阳教她做菜，说是教，无非也就是让她把食材放在锅里煮一煮、丢进蒸锅里蒸一蒸而已，这样，张阿姨的工作就变得很轻松了。只是，每天到吃饭的时候，只有周楚阳一个人在餐桌上大快朵颐，张阿姨吃不惯，就坐在旁边看着他吃，偶尔对着他笑一笑。

"张阿姨，你有女儿吗？"有天周楚阳吃饱了，笑着问她。

"有啊。"张阿姨盯着周楚阳空了的碗。

"嫁人了吧？"周楚阳问。

"早就嫁了。"张阿姨头也没抬，接着说，"去年离了。"

周楚阳本来想开一个玩笑，说"要是没有嫁人就嫁给我"，但听说离婚了，就不敢把玩笑开大，便问："有什么事情需要我帮忙的话，张阿姨尽管说。"

"好啊，我女儿是学计算机的，兴许你的公司用得上。"

于是几天后，张阿姨的女儿孙小雪成了周楚阳公司里的一名平面设计人员。

2

周楚阳一进公司大门，就听见大堂里吵吵嚷嚷，走近一看，两个保安正拖着一个男人往外拽。男人三十岁左右，个头儿矮小，头发蓬乱，像随时都会全部掉下来的样子。男子满嘴酒气，被两个保安一人架着一只胳膊，因为竭力挣扎，身子离地，整个人像飘浮在空中，荡秋千一样来回晃动。

"什么情况？"周楚阳问保安，示意他们把他放下。

"这人酒醉，神志不清，吵嚷着到这里找人。"其中一个保安说。

"你找什么人，这位先生？"周楚阳探身上前，礼貌地问。

"找恩乐迁。"男人说了一句温州话，看了他一眼，像是来了精神，腾地从地上站起来，一把拽住了周楚阳的衣领。

"你寻你妻子，跑我这儿来干吗？"周楚阳拧住他的手腕，拇指上扬用力，男子疼得惨叫，却用另一只手护住自己蓬乱的头发。

起初，大堂里站满了刚上班的员工，周楚阳走进大门后，都一溜烟回到自己的岗位，只有两个保安和几个保洁人员留在那里，之前他们一直和这个喝醉了酒的男子周旋，但谁也没有办法将他弄走。

被周楚阳拧疼了手腕，男子松了手，但嘴里一直"哇啦哇啦"叫着要找自己的妻子。

周楚阳问："谁是你妻子？"

"还好意思说，我妻子到你们厂里上班后，就不要我了。"男子流下了眼泪，看上去有些许可怜。

"你先告诉我你妻子叫什么名字。"周楚阳拍了拍他的肩膀。

"你这狗生的外地人，把我老婆弄走了，还假仁假义，我不会放过你的。"男子情绪又激动起来。

旁边两个保安中较年轻的一个不到三十岁，云南人，跟着周楚阳有好几年了。听温州男子这么一骂，他气不打一处来，过去就是一拳，正打在温州男子的鼻梁上，一股鲜血流到嘴角。男子疼痛难忍，倒在地上，边抹鼻子边大声号哭。

周楚阳叫人用纸巾为温州男子塞住了鼻孔，拖到大门外的地上，正欲安排人打派出所电话，平面设计员孙小雪从门内出来，一把拽住温州男子的衣服往边上拖。

她此时面色惨白，虽不好意思正视周楚阳，但还是扭了扭身子，轻声说："不好意思了周总，他是我前夫。"

周楚阳刚进办公室，维修部小李就尾随进来，向他报告CTP晒版设备更换的相关事宜。恰好昨天和他一起喝茶的几个湖南人提起过他们的CTP设备。周楚阳叫住刚要离开的小李，问："之前我怎么没听说我们的晒版系统出问题？要是我没记错的话，前年才换的吧？"

小李愣在那里，半晌才说："其实也可以修，不过我觉得修了也没有多大意思，如果条件允许，新进一套会更好。"

"小李，你是哪里人？"周楚阳忽然问了一句。

"湖南邵阳的。"小李说。

"昨天向我推销晒版系统的那几个人，你也认识吧？"周楚阳说这话的时候，不忍心看他。

"周总别误会，我的意思是，设备不一定要换，能将就修好了用，就将就修好了用，我刚才要表达的意思是，条件允许的话，再新进一套。"

"那我直接告诉你，现在条件不允许，必须修好了用。"周楚阳说，"也请你转告你的老乡，哪天条件允许了，我自然会找他买晒版设备的。"

小李悻悻离去，关门的声音很小，周楚阳却仿佛听到有什么东西猛烈地撞击了一下。他暗自思忖，最近公司里总有些不良的现象发生，再这样下去，这些不断出现的小事有一天一定会升级成大事，再不加强内部管理，怕是要出问题。

他正在心里合计着怎么整治公司内部问题，门又被敲响了。孙小雪低着头走进来，远远站在班台对面，不说一句话。

"到底怎么回事？"周楚阳问。

"对不起，周总，是我没有处理好自己的家事，给您添麻烦了，要不，我还是离开公司吧！"

张阿姨的女儿孙小雪来公司半年了，业务能力很强，也特别能吃苦。特别让周楚阳高兴的是，孙小雪除了熟悉各种平面设计软件，还很有美学思想，短短半年间，她设计的几本大型画册让客户相当满意，无论是板块设置还是颜色搭配都非常大气、得体，最重要的是，她的设计理念时尚、精准，充满现代生活的审美元素。周楚阳经常当着张阿姨的面夸孙小雪能干，张阿姨只是淡淡一笑，说："这孩子命苦啊！"

周楚阳其实也不敢认真打量孙小雪，因为自孙小雪初来公司的那一天，他就对她有了好感。孙小雪个头儿不高，但小巧，脸蛋很俊，眉宇间透出一丝古典的气质。一身牛仔装的孙小雪，无论从哪个角度看，都是那么漂亮。因为孙小雪，周楚阳更是无比亲近张阿姨，有时候，他会从张阿姨身上寻找母亲的影子。非常奇怪的是，他老是觉得张阿姨有一副理想中丈母娘的面相。经常这样想，他就觉得张阿姨做的饭菜是那么可口，张阿姨熨的衣服是那么笔挺，张阿姨收拾的客厅是那么敞亮。

他对孙小雪说："不要想多了，哪有因为一点鸡毛蒜皮的事情就开除员工的？再说，我也离不开你呀！"

孙小雪抬起头看他，眼神中有那么一点诧异。周楚阳意识到刚才这话好像有点不严谨，便补充说："是我们。"又接着说，"你们不是已经离婚了吗？他怎么又跑到公司找你了？"

"我们家的事，一时半刻也讲不清楚，我也不想再提他。"顿了顿，孙小雪接着说，"来公司上班后，我确信我的选择没有错，我找到了施展才华的地方，我和他，早就该结束了。"

"这样就好，以后多留点意，他要是经常喝醉后跑公司来找你，对你影响不好，别人也不敢喜欢你。"周楚阳喝了一口水。

"也许是吧。"孙小雪说，"他要是再来，我就报警。"

周楚阳的电话响了起来，是表弟萧寒打来的，约他晚上在天景饭店见面。萧寒说："这么大的功劳，你得请我好好饱餐一顿。"

"吃吧吃吧，想怎么吃就怎么吃。"周楚阳对自己的这个表弟，历来都很放纵。

下午，他们如约见面。萧寒带来了他的女朋友和另外一个女孩，三人早早订了房间，点了满桌子好菜。这些菜食，有十几种是吃不完可以打包带走的。最狠的是，萧寒要了四瓶茅台，每一瓶都打开，倒了一点在杯子里，然后拧紧了瓶口，准备饭后一并带走。

"你是储备冬粮吧，这么缺德的主意！"周楚阳往萧寒的肩上抡了一拳。

"我说大母羊，别这么小气行吗？你身家上亿，钱都找不到地方放了，还怕我吃一顿吗？"说完，向两个女孩介绍："这是我表哥，周楚阳，大老板，开印刷厂，没事印印钞票玩儿。"

"胡说八道！"周楚阳又抡起拳头，但很快又放下了，笑着说："我这弟弟不是正经人，说话犯法，别相信他，但我是他表哥，这点没错。"

其中一个穿破洞牛仔衣的女孩，看起来十七八岁，用眼睛瞅了瞅满桌子的酒菜，半张着嘴问他："这顿饭，能消化吗？"

"能消化，小菜一碟啊，你没听萧寒说，我有的是钱吗？"周楚阳笑着说。

"吃！"那女孩用手抓了一根羊腿，塞进嘴里，拿酒杯向三人示意，"干了，能吗？"

但谁也没干杯，都只是抿了一小口。周楚阳问萧寒："这两个，谁是你女朋友？"

穿破洞牛仔衣的女孩指了指另外一个女孩说："当然是这二货，难不成是我？"

"是你又怎么样？难道我不配做你男朋友？"萧寒大叫，"赵小满你别欺人太甚，是你我还不要呢。"

"哼，我才不做你的女朋友哩，你那么穷。"赵小满看也不看他。

"你叫什么名字？"周楚阳转向萧寒的女朋友。

"什么情况，一见面就查户口？"

"没什么啊，问问弟媳妇名字，很冒犯吗？"

"嚯！稀罕！"女孩从桌上的烟盒里拿出一根烟点上，又抽出一根，递给周楚阳说，"大表哥来一支。"

"抽我的吧。"周楚阳从包里翻出一包"大重九"。

"挺贵的吧！这么大的老板，把烟放在包里。"女孩说完伸手过来，拿过周楚阳的包，哗啦啦倒出一大堆乱七八糟的东西来，把里面的两包烟全部顺在桌上，用手将其他物件往周楚阳身边一推，说，"自己收拾去！"

"哎呀，这都是什么孩子啊！"周楚阳有些招架不住。

"想要找到你的心上人，就得乖一点，伺候好我们，否则，我把萧寒的嘴缝上。"说完她用手捏了捏萧寒的嘴。

"别闹！"萧寒顾不上跟两个女孩闹腾，只一心一意地吃东西，吃得嘴角流出了油。

周楚阳给他递了一张餐巾纸，问："可以讲了吧？"

"还不到时候。"萧寒没看他，还在吃东西。

几人就这样坐在一张硕大的桌子旁吃东西，大概半个小时过后，萧寒开始打饱嗝儿，拍了拍肚皮，对周楚阳嬉皮笑脸地说："要是我帮你找到人，你准备怎么犒劳我？"

周楚阳又是一拳过去。这一拳稍稍用了点力气，萧寒"哎哟"一声。

两个女孩互相推杯，大约是喝得有些醉了，全然不顾两个男人的存在，只顾拿手机扮各种鬼脸自拍。

"你还记得蒋达蜀吗？"萧寒问周楚阳。

"记得，那个四川人。"周楚阳说，"怎么提起他了？"

"这孙子是我的线人，他现在在东莞，昨天就是他打电话告诉我的。"

"但我不明白，他怎么也认识她？"周楚阳说。

"我不是跟你说过几年前我们和她见过面吗？"

"都猴年马月了，现在还记得！你俩不是合伙忽悠我吧？蒋达蜀这川娃子，历来都不靠谱。"周楚阳有些疑惑。

"别这样行不行？大母羊，你都劳燕分飞了，还这么不相信兄弟，要不你自己找去。"萧寒又打了一个饱嗝儿。

周楚阳苦笑，说："要相信你们也行，你得告诉我怎样才能找到她。"

"那就不一定了，这孙子说，他在街上碰到她，还打了招呼，但就是没有弄到她的住址。"喝了一口酒，萧寒又说，"不过他可以确定，她住在东莞，这是一条宝贵的线索。"

"你以为东莞是你家木桶沟，闭着眼睛都可以摸清每一块土地的四至界线，你这不是胡扯吗？我还有一条重要线索哩，她一定在这个世界上。"周楚阳没好声气。

"你这样说也不一定，她如果死了，还算这个世界的人吗？"萧寒嬉皮笑脸地回了一句。

"不管了，反正你叫那川娃子留点意，要是下次再遇到，至少也得问个电话号码。"说完周楚阳拿起包，宣布散席。

旁边两个女孩不干了，都说："这么大的老板，如此小气，请顿饭也不带完整的。"

"好吧好吧，你们快点整。"周楚阳又坐了下来，也端起酒杯，朝两个姑娘说，"走一个。"

"干杯，大表哥。"两姑娘都伸过酒杯来，与周楚阳碰了一下，"咕咚"一声把酒喝了，望着周楚阳。

周楚阳也把酒吞了，抿了抿嘴，说："好久没喝酒了，我就到此为止吧！"

俩姑娘哪愿意放过周楚阳，你一杯我一杯，三两下就把周楚阳放翻在椅子上，赵小满索性坐到周楚阳怀里，说："大表哥不行嘛，难怪你的女人要离开你。"

周楚阳推开她，说："小姑娘哪知道其中原委，她有她的苦衷。"

"怕是你不行吧！"赵小满一边说，一边把嘴巴凑近他的耳朵，轻声说，"大表哥，要不要我帮你调理调理？"说完轻轻咬了一下他的耳垂。

3

吴立春说："像你这么个情况，在温州是可以混的了。"怎么混呢？首先是要混出个人样儿，不能光兜里有钱，不能成天只知道拿订单、算利润，钱倒是越来越多了，可人也就成机器了，没有活着的证据。在周楚阳听来，吴立春的意思是，他没有活得有声有色。倒也是，在温州这样的地方，能挣到钱就已经很不容易了，要是能在挣钱的过程中制造出一些悦耳的声响，那肯定很好。换句话说，就是要会给自己找乐子。吴立春说的其次，是要学会奉献。当然，"奉献"一词从吴立春的嘴里蹦出来，无疑是没有分量的。周楚阳最清楚，吴立春就是一个十足的唯利是图者，换作他有钱，也断不会奉献。吴立春还说了第三层意思，但周楚阳没有认真听，按他经常对吴立春说的话，叫"狗嘴里越来越吐不出象牙"，所以，周楚阳打断他的话，说该怎么混就怎么混，找乐子的事，不刻意，说不定某天，乐子自然就上头了。

他们仍然坐在"友意思"咖啡馆，还是上次那个卡座。两个人先喝了咖啡，又叫了茶。周楚阳就坐在上次的那个座位，一直盯着邻座，但没有人。今天不是周末，来这里的人并不多，要不是吴立春撺掇他出来要"言传身教"，他也就是坐在办公室里处理一堆破事。按照吴立春的说法，像周楚阳这种情况，不通过生活来充电，想走远也不大可能。周楚阳说："我已经走得够远了，难不成还要到天涯海角去？"

两人有一茬儿没一茬儿地聊，聊着聊着就聊到了彭玉素身上。吴立春问："前些日子听说她出现了，你俩接上头了吗？"

"接什么头啊？就是我表弟想吃一顿饭的事。"周楚阳笑笑，想起那天萧寒带去的两个不着边际的姑娘，接着说，"我那表弟，快赶上你了。"说完又是一笑。

吴立春不和他争论，只一个劲儿地撺掇他搞一个活动。"什么活动呢？"周楚阳问。"公司十周年庆典"，吴立春答。

还真别说，这个活动可以搞。周楚阳在心里盘算过，再过两个月，公司就成立十周年了，应该热闹热闹。之前他想过，十周年纪念日那天，开一个员工大会，给各部门的优秀员工颁一个奖，发个三两千块钱鼓励鼓励。其他事项，他没想过。经吴立春这么一说，他倒是想把活动弄大一些，怎么弄呢？"把新老客户全部请来，把工商、税务的请来，把在温州有头有脸的云南老乡请来，开个座谈会，致一个辞，请嘉宾们讲讲话，最后才请他们给优秀员工颁奖。"吴立春说，"必须要壮大外部生产力，必须要尽最大努力巩固和提升营销环境，建立起一条坚不可摧的生产战线。"

这张狗嘴，偶尔吐出来的也有象牙。周楚阳想，这样做也可以，一来可以加深与客户之间的感情，二来可以借机和云南老乡聚一聚。当即他就表示同意，并问吴立春："作为友情策划，你有没有什么要求？"

"要求自然有。"吴立春说，"上次在这个地方，你不是临阵脱逃了吗？我那两个湖南朋友，你得重新认识一下。"

"可以可以，应该非常郑重地认识一下，不过我有言在先，他们的目的就是向我推销晒版设备，眼下我还不需要，只能以后再说。"

"可以可以。"吴立春也学周楚阳的口气，说，"更新换代是一个公司保持旺盛生命力的必要保障，你哪天开窍了，就说一声，人家在这个行业里也是比较专业的。"

这就定下来了，公司十周年庆典活动定于九月二十二日下午三点举行，需要提前张罗的事，主要是拟出一个特邀嘉宾名单，并向他们发出邀请函。两人在茶几上就基本把名单定了下来，最后吴立春说："先暂定，过后我要是再想起什么人来，再征求你的意见。"

用了简餐，两人各回各家。路上，萧寒打电话过来，说找人的事情又有新进展了。周楚阳问："是你和那两个姑娘又有新进展了吧？"萧寒说："大母羊啊大母羊，我不要求你一定要相信我，我只是提醒你，别再一次与心爱的人擦肩而过。"

"去你的吧！"周楚阳挂断了电话。大约过了五分钟，他接到一个来自东莞的电话，接通后，那头用"川普"大声地问："是周总不是？"

一听就知道是蒋达蜀。周楚阳说："你个川娃子，别和我讲普通话，我属于三川半，听得懂你的鸟语。"

那头哈哈大笑，说："周总有钱了，还和以前一样不日冲，今天，我给你道个喜。"

"有什么喜可以道，你说说。"周楚阳故意装作发蒙。

"你的心上人，我打听到了，她现在在东莞搞服装设计，龟儿子，像是很有钱的样子。"

"川娃子，你前些年成天说谎话，没少骗我，这次不会是和我表弟串通了吧？"周楚阳用开玩笑的口气问。

"骗你干啥子哟？我已经不是以前的蒋三儿了，大钱没有，小钱也有几个，犯不着骗人，念在多年前经常得你小恩小惠的分儿上，该帮的忙还是要帮。"蒋达蜀的川普越说越正宗，连周楚阳也听出了乡音。

"那你打算怎么帮我？"周楚阳问。

"那还不简单？"蒋达蜀咳了两声，继续说道，"这年头，想要弄一个人的电话号码，简直不费吹灰之力。"

电话有啥用！这些年来，他打听到的彭玉素的电话号码有上百个，每一个都像是中了魔咒般荒诞，不是无人接听就是打不出去，有时候，接通了，对方说一阵方言，根本不知道是在说什么。有一次，他打通了一个电话，那头是个女人的声音，问他找谁，他说找彭玉素，那头迟疑了一会儿，挂了。彭玉素根本不会接他的电话，根本不会见他，这就是两人之间的冰山。这些年来，他到处打听彭玉素的消息，最后的结果是，此人仿佛从世界上消失了，又仿佛无处不在。有时，他真想放下手里所有的事情，满世界去找她，但他做不到，公司里六百多号员工，他不能不管。

"电话号码这东西，经不起推敲。"他对蒋达蜀说。

那头问："你什么意思？难不成我整个没用的电话号码骗你？"

"不是这个意思。"他说，"要是她愿意接我的电话，也用不着你了，你得帮我找到她，把地址发给我。"

"也是。"蒋达蜀说，"你这种情况很特殊，属于故意走失，要展开游击战，才能活捉程咬金。"

"你这川娃子，说的都是些啥乱七八糟的，严肃点。"两人在电话里打起了哈哈，最后周楚阳说，"有什么情况直接向我报告，不用通过萧寒这小子了。"

蒋达蜀说"要得"，周楚阳说"谢谢"。

回到家，看见张阿姨坐在沙发上睡着了，周楚阳自己走进厨房，见菜也弄好了，几个用碗罩住的盘子里盛着故乡的味道。

他原本不想惊动张阿姨，蹑手蹑脚地把菜端到餐桌上，正要开始吃，张阿姨醒了，说："还以为你不回来了，打你的电话，一直在通话中。"

周楚阳心情不错，便说："和一个故交说话，我托他帮我找一个人。"

"找到了吗？"张阿姨问。

"有眉目了，这一次我感到希望十足。"周楚阳说。

"这世界多大啊，找一个人谈何容易！有的人，你永远也找不到；有的人一直在你身边，还不是和远在天涯没什么区别。随遇而安吧，珍惜在你身边的人。"张阿姨这么一说，让周楚阳冷不丁打了一个寒战。

4

九月二十二日，天气晴朗，海边的湿气向远方蒸发，空气中少了一丝鱼腥味。吴立春早早就来到周楚阳的公司，和周楚阳一起商议今天的庆典活动。

之前周楚阳为了省事，只计划下午在九天饭店开会吃饭。吴立春不同意，说既然是公司庆典，那么让嘉宾参观参观公司是应该的。吴立春说："把他们请来，让他们去公司走走，权作视察，也好让其中某些人过过'官瘾'。"周楚阳答应，马上安排后勤中心，从打扫卫生做起，把里里外外该弄的地方都考虑个周详，就像辞旧迎新。吴立春又说："庆典要有个庆典的样子，所有议程都必须严谨、得体，不能让别人看笑话。"

温州的云南老乡大多认识吴立春，知道他是策展人。有一次周楚阳问吴立春，说自己老是弄不明白，一个"初本"生，在浙江混了几年，境界就大幅提高了？吴立春说，他天生才华横溢，要不是当初老头子逼他回家结婚传宗接代，考个北大、清华简直没有问题。周楚阳问："作为策展人，你有何种艺术方面的特长？"吴立春说："老子的特长就是勤快，勤于说话，勤于跑腿，勤于奉献。"周楚阳说："佩服佩服，有机会请你策划一次，也提高提高公司品位。"

说是策展人，其实只不过是印在名片上的一个头衔而已，连吴立春自己也不会相信。前些年在广东，川娃子蒋达蜀曾说过，吴立春这个龟儿，凭三寸不烂之舌到处招摇撞骗，啥子策展人，叫社会活动家更好听。吴立春不管别人怎么说，不管别人说得有多难听，一向都置之不理。从广东辗转到浙江，仿佛找到了命运的归宿，策展人的身份得到相当一部分人的认可，在浙江的云南老乡都很愿意帮助他，他还真的策划了几次不大不小的展览。当然，吴立春策划的展览都与艺术沾不上边，他弄的几个稍有影响的展览，有"云赤酒业浙江品评会""游子吟尖山绣娘针织浙江春暖""千里龙头山花椒夜话"等，大多是为云南企业开拓市场牵线搭桥，从中收取一定的"策展费"。策展费不多，属于"友情赞助"，更多的收入来自临时代理，在企业和经销商中间周旋，获取短期劳务费。更多的时候，吴立春扮演的是一个"敲边鼓"的角色，只要云南老乡需要，他会随时出现在他们身边，帮忙张罗一些大大小小的活动，老乡们也乐意解囊相赠。一年下来，吴立春能挣个四五十万，就在自己租住的小区大门外租了个小门面，挂上"立春策展中心"的牌子，日子就过得扬扬得意了。黑色手包拎在手上，常年一件灰色单西，牛仔裤，运动鞋，走遍了温州的大街小巷。

周楚阳的云岭彩印有限公司的名字也是吴立春取的，在工商注册时居然没有同名。其实也同名了，至少在云南有上百个叫"云岭"的企业，它们的存在都依赖五花八门的各种前缀和后缀。周楚阳的"云岭"，两个字之间是有一个圆点的，圆点不必读出来，在名片上也不必印出来，只要营业执照上有就行了。

云岭彩印成立于十年前，注册资金二十万。那时候，周楚阳只有一台四色印刷机和几台普通胶印机，主要承印各种 DM 单、名片和包装盒等简单的印刷品。DM 单和名片属于拼版印刷，成本低，只要有客户，就能挣到钱；包装盒大多要求也不高，材料几乎都是瓦楞纸，印完覆一层亮膜就行。当然，那时的周楚阳也不只是承印这些简单的物件，如有"高大上"的印刷品，他也承接过来，转给大厂印刷，自己从中赚一点。日子久了，客户越来越多，印刷品质量要求也越来越高，周楚阳用自己的积蓄加上贷款，购置了一台"海德堡"，重新在海埻区租了一个足有五千平方米的厂房，开启了六色印刷的新征程，生意一度好得忙不过来，钱就像流水一样钻进了他的腰包。

云岭彩印经过十年的历练，现在已经是温州有名的彩印公司了。五年前，周楚阳也购置了 CTP 晒版系统，彻底告别了菲林胶片和硫酸纸晒版，印刷质量跃上了一个新台阶。客户有的是，公司一下子壮大了起来，彩印车间、胶印车间、包装车间、覆膜车间一应俱全。与此同时，周楚阳加大了人员扩充，把大量闲置的云南老乡招到公司里来，让他们从后勤干起，从保安干起，一步一步过渡到车间里去。近三年来，云岭彩印公司扩招了三四百人，公司员工达六百之众，每年营业额七八千万，纯利润至少也有两千万，周楚阳一下子成为云南人在浙江创业成功的典范。

作为策展人的吴立春，这几年也帮了周楚阳不少的忙，他的每一个展览，都会为周楚阳带来很多生意，从展览宣传到企业运营，从各种宣传单、名片到画册、包装盒等高档纸质品，每个企业都会花上两三百万，让云岭彩印的营业额直往上增长。当然，吴立春也从中取利不少，按他的话说，这叫共赢。

已经成为温州印刷行业佼佼者的周楚阳，在获得满身成就感的同时，也是满身伤疤。离开故乡云南近二十年，他经历的世事足可以写成上百万字的苦难史。周楚阳有时候不愿意去想，有时候是不敢去想。眼下，吴立春撺掇他搞公司十周年庆典，一下子勾起了他对艰难过往的回忆。昨天晚上，他躺在床上，竟一夜未合眼，今早起来，两眼通红，走道也轻飘飘的，心里自是五味杂陈。

"周总又开始忆苦思甜了！"吴立春没有敲门，径直闯入周楚阳的办公室。

"哪有时间忆苦思甜？我这是触景生情。"周楚阳一笑。

"先别生情，"吴立春说，"告诉你一个好消息。"

"什么消息？"周楚阳有些兴奋。

"看你那没出息的样子！"吴立春说，"你以为是你日思夜想的那个人？"

当然不是。周楚阳知道，吴立春对他找人的事不感兴趣，只是自己下意识的条件反射罢了。

"杭州印刷界的大佬，整个浙江的印刷行业协会会长陈川给你发来贺电，并安排协会副秘书长张涛亲临云岭彩印指导，这是不是一个天大的好消息？"吴立春食指弯曲，用指节敲了敲周楚阳的班台台面。

"算是吧。"周楚阳心不在焉。

喝了些茶，两人一同去九天饭店看庆典筹备情况。在路上，吴立春问周楚阳："公司新晋平面设计师孙小雪，你准备如何培养？"

"什么意思？"周楚阳摆弄着方向盘，没看他。

"哪知道你什么意思！"吴立春说，"云南老乡都在说，周总对这姑娘有意思，这回你应该忘记故人了吧！"

"瞎说！她是何清明的亲戚，学计算机的，在公司有望成为业务骨干。"

"是应该从骨干开始干，不过我听说，她母亲已入主周府。"

"哪来那么多废话！不就是一个阿姨吗？帮我做做饭而已，有什么大惊小怪的！"周楚阳正要说一句"狗嘴里吐不出象牙"，但忍住了，他觉得自己还真的有点喜欢这个孙小雪。

孙小雪不仅在业务上是一把好手，人也很漂亮，最重要的是，孙小雪的一双眼睛看周楚阳的时候，充满着乡愁一样的温情。说来也奇怪，周楚阳甚至从孙小雪的眼睛里看到了彭玉素的影子，那双会说话的眼睛，写满了不为人知的故事。

到了酒店，两人从会议室桌椅设置到餐饮准备诸方面都检查了一遍，确定准备工作做得相当充分，也就放了心。回到公司，他刚进大门，又听见有人嚷嚷。

还是那个醉酒的男子。两个保安拖着他，一人提一只手。男子的身体悬空挂着，荡秋千一样前后摆动。男子骂骂咧咧，看见周楚阳进来，就住了嘴，只顾使劲儿地挣扎。

"又来找你老婆了？"周楚阳问。

"明知故问！"男子被保安放在地上，慢慢站起身来。

"不是离婚了吗？"周楚阳问。

"离婚了又怎么样？她一辈子都是我的老婆。"男子边哭边说，"都是我不好，喝了酒，一时犯糊涂，在离婚协议书上签了字。"

"离婚了就不是你老婆了！"旁边那个来自云南的保安说。

周楚阳瞥了保安一眼，正色道："别乱说话。"他转而问男子："你每次来找你老婆，为什么都要喝得烂醉？"

"是她抛弃了我，是她嫌我没出息，是她想攀高枝，让我伤心。"男子又抹了一把眼泪。

"真没出息。"周楚阳说，"别在这里闹腾了，你越是这样，她越是不会见你，我劝你赶紧离开这里，否则我就报警了。"

两个保安几经周折才把男子弄出大厅，推搡着他过了马路。男子边走边骂，不住地回头看，好半天才消失在马路尽头。

周楚阳心里很不是滋味，他觉得这似乎是孙小雪人生中的一个悲剧。他想，孙小雪那么漂亮、那么优秀，竟然嫁给了这么一个男人，有那么一段让人不齿的婚姻；他还想，这是不是一场阴谋呢？孙小雪到公司来上班，到底有什么企图？是不是就像那男人说的，想攀上他周楚阳这根高枝？从孙小雪看他的眼神来判断，她对他是有好感的。但他转念一想，这算个屁，像他这样的男人，在温州这样的地方打拼出了名堂，算是成功人士了，像孙小雪这样看他的女人有的是，就连他的好多女客户，和他说话的时候都是这种眼神，有的甚至边说话边把身子往他怀里靠，有的边靠边用拇指杵他的手心，何况像孙小雪这样的离婚女子……越想越觉得荒诞，越想越觉得自己变得很复杂，很没有意思，后来，他想到了孙小雪的母亲张阿姨。

张阿姨年近六十，却还是一个精神矍铄的女人。周楚阳每天都看见张阿姨在厨房里摆弄锅瓢碗盏，每天都看见张阿姨在客厅里转来转去，像他的母亲一样生动，像他的母亲一样温和地待他。吃饭的时候，张阿姨总是坐在旁边，用筷子轻轻地为他夹菜。周楚阳问："阿姨，你为什么不认真吃饭，老是把菜往我碗里送？"张阿姨笑笑，说："我看你那么专注地吃饭，看着看着就饱了。"

张阿姨还说："你吃饭认真得像做事，可以看出来你吃过不少苦。"

周楚阳想，张阿姨那么大的岁数了，还那么漂亮、那么精神，家庭条件肯定不一般，为什么会到他家里来当阿姨呢？周楚阳给财务何清明打电话，问张阿姨是什么来头。

"之前就是一个闲在家里的老太太，吃得饱、穿得暖，本可以将就着学学养尊处优，后来不是临危受命，专职给你做饭了吗？"何清明说，"后来的事，你比我更清楚，是快要升级成你岳母了吧？"

何清明说完哈哈大笑。周楚阳说："别扯，我想知道这个阿姨之前是做什么的。"

"这我就不清楚了，我和她也只是一般交往，之前也没有听她说过，你知道的，问多了不礼貌。"

周楚阳挂了电话，吴立春的电话就打了过来，说杭州来的客人已经在酒店住下了，让他安排好事情，中午一起陪他吃饭。

下楼看到孙小雪一个人站在大厅里发呆，周楚阳走过去，问她："你没事吧？"

"没事，习惯了。"孙小雪对着他苦笑，说，"命运多舛啊，这辈子摊上这么一个前夫，叫人没齿难忘。"

"怎么值得没齿难忘！"周楚阳说，"别放在心上。"

"谢谢您。"孙小雪摆了摆手说，"请多关照！"

5

两点钟，庆典按时举行。

第一项议程，嘉宾们参观云岭彩印公司。云岭彩印公司的办公区和厂房同在一个院子里，十年前，这个院子是一个叫"金竹"的造纸厂，因温州政府对地方涉污企业进行大整治，半数以上纸厂因为污染严重纷纷关停，金竹也不例外。造纸厂倒闭后，厂区被周楚阳租过来做印刷。院子很大，标准的四合院，现在临街的那一座房子，被周楚阳改造成四层楼房，属办公区，财务、设计、后勤、技术服务等部门都在这座楼房里；其余三座房子，均是一层大开间钢架简易构造，里面是不同的生产车间。十年前，海埂还属于郊区，很安静，工人们大多住在厂里，现在不同了，百米宽的大街延伸到这里，刚好与公司擦肩而过。有关部门给周楚阳递过话，说赶紧找地方，尽早搬走，要不了几年，这厂子怕要被改造掉。周楚阳心里有数，公司这样的发展势头，这个地方已难承重，是必须要搬的，他也托朋友帮忙寻地方，待时机成熟，再次扩大门庭。

参加十周年庆典活动的嘉宾除了云岭公司的新老客户，工商、税务、银行等部门也派了人过来。当然，来得最多的，是周楚阳的云南老乡。他们有的在温州经营云南农特产品，有的经营工地，有的经营餐饮，各种营生，五花八门，却不见得都如鱼得水，不见得都像周楚阳这样混得风生水起。周楚阳邀请的云南老乡中，除了自己在温州创业的，还有在各种工厂里打工的。在温州的云南老乡很多，单来自周楚阳老家南广的就有上万之众，他们大多分布在郊区的皮革厂、五金厂、海产品深加工厂、水晶厂等生产一线，有小部分在市区的餐馆、KTV、洗浴中心等场所从事服务行业，像一群潜伏在异乡的标点符号，偶尔蹿到封面来晒晒太阳。参加周楚阳公司庆典活动的，大多和他有一定的交情，不是在一起打拼过，就是在一起喝过烧酒、吃过饭，反正他们一见面，都会互相叫出对方的绰号，就算后来周楚阳发达了，大家还是习惯地称他为"大母羊"。

在周楚阳的引导下，嘉宾从办公区到生产车间，边看边听周楚阳介绍公司的发展历程、生产经营现状及未来的发展规划。他们走过一台台正在哗哗流淌着铜版纸的彩印机和正在咔咔切割着胶装书的切纸机，走过摇头晃脑作业的包装机床和覆膜、烫金作业区，看见流水线上的工人和产品浑然一体，不禁发出由衷的赞叹。那些在温州打工的南广老乡，早就知道周楚阳的公司搞大了，但还是第一次见到有多大，所以，当周楚阳的表弟萧寒拿着自拍杆经过的时候，就被和他同村的一个人一把拽住，对他说："大母羊祖上冒青烟了，你看看，这些机子，印的都是钱啊！"

"可不是嘛！"萧寒没个正经地说，"他一年的钱分我一半，我可以睡完整个龙湾区的姑娘。"

他身后跟着赵小满和被他称为女朋友的那个姑娘，两人无精打采，面对那些相当于"印钞票"的机器也无动于衷。

朱立冬说："萧寒理想够远大，放眼整个龙湾区，不过我就想问问，你屁股后头这俩货你有没有搞定？"

"当然了，老子吃得骨头渣子都不剩。"萧寒转过身来，自拍杆对准了自己的脸，正欲拍摄，被那位"女朋友"狠狠地踢了一脚。

"萧寒你个贱货！"那"女朋友"转眼一脸妩媚地贴到他胸上，在他耳朵上阴阳怪气地说，"你穷得只剩下表哥了。"

赵小满也凑过脸来，咬他的另一只耳朵，略正经地问："今晚要不要一醉方休？"

"休就休，谁怕谁！"萧寒说。

参观完毕，众人分组爬上等候在公司门外的三辆大巴，一起去九天饭店。

入会议室坐定后，吴立春清了清嗓子，说会议马上开始，请相关领导和嘉宾到主席台就座。

主席台上摆了八个桌签，分别是浙江印刷行业协会特派代表、周楚阳、吴立春和工商、税务、银行方面的参会代表以及两个南广老乡，其余人均坐在台下。吴立春清了清嗓子，开始主持会议。吴立春说："今天，承蒙各位屈尊光临，一起见证云岭彩印公司的十年成长足迹，一起规划公司美好的未来。"话音未落，底下就有人笑出声来。

众人扭头回望，见萧寒正与两个姑娘在座位上打闹，两个姑娘一左一右夹住萧寒的胳膊，都把另一只手伸到他的胳肢窝里使劲儿挠痒，萧寒笑得眼泪都滚了出来。

听会场里只剩下自己的笑声，萧寒立即喝住她们，说："别闹，开会哩！"

"开你个头！"两人同时放开萧寒，埋头在桌子上。吴立春继续主持会议。

按照事先设定的议程，在会上，周楚阳向大家致欢迎词，系统地介绍公司的发展现状和下一步发展目标，号召所有在温州打拼的云南老乡发扬艰苦奋斗的精神，一起把事业搞上去。来自印刷行业协会、工商、银行和税务的代表也做了简短的发言，主席台上的两位南广人也分别对周楚阳印刷事业的蒸蒸日上表示了祝贺，当场表态说如果周总有一天能用上他们，他们一定会尽绵薄之力。在庆典上，公司各部门、各车间代表也发了言，都是些简短的表态式口号。最后，公司表彰了各部门的优秀员工和生产标兵，主席台上的嘉宾为他们颁了奖。

吃饭时，人走了一半，那些来自老家南广的打工者，有些是在服务行业上班的，得赶着点儿回去。周楚阳吩咐后勤给他们每人拿一条云南香烟和一盒老家南广的茶叶，并告诉他们："虽然我们好久不在一起吃一顿饭，但你们抽着老家的香烟，喝着老家的茶，就能感觉咱们在一起了，以后有什么困难，一定记得来找我。"

晚宴照例是吴立春主持，周楚阳致辞开酒。席间众人谈笑风生，说些与老家有关的事，酒也就喝得不少。周楚阳挨桌敬酒，与每个人都喝一点，敬到某个交情稍久一点的，也干杯，几桌下来，身子晃得不行，说话时舌头也大了。

公司里，除了周楚阳，还有各部门负责人和车间班组长、个别部门的员工代表参加宴席，这其中就有孙小雪。

孙小雪是何清明硬拉着进来的。何清明说："你是设计部的一面旗帜，前途无量，今天必须帮助周总伺候好客人，也要尽力让周总高兴。"

这话是何清明敬周楚阳酒的时候再次强调的。何清明对周楚阳说："没经得周总同意，我把孙小雪叫来了。"

"来就来了，应该的嘛！"周楚阳说。

孙小雪也挨桌敬酒，但没真喝，经过每个人的时候，都只是抿一小口。轮到敬周楚阳时，周楚阳已经喝得不少，于是摆摆手说："自家人，不喝了。"

"哪儿行呢？"一旁的何清明插嘴说，"小雪能到公司里来工作，并迅速成为业务骨干，少不了周总的提拔，眼下虽然是一家人，但该喝的酒也还是要喝，咱们浙江人虽说喝起酒来没云南人那么豪爽，但感情到位了，也是能醉的。"

"瞧你说的都是些什么废话！"周楚阳端起杯子来，大半杯酒一饮而尽。

孙小雪在何清明的监督下也把杯子清空，又为周楚阳续了一杯，自己也斟满，敬了与周楚阳同桌的嘉宾和几个云南人。这一巡下来，孙小雪也喝了不少，与每个人碰杯时，都会吞下小半杯酒，一桌子喝完，脸上就泛起了红晕。

何清明看似也喝了不少酒，坐在吴立春的旁边，看见孙小雪敬酒结束正要离开，又叫住她，摆手让她过来，加把椅子到周楚阳身边，说："周总今天酒喝得有点多了，你要照顾着点。"

又喝了几杯，晚宴才结束。周楚阳从椅子上摇摇晃晃地站起来，与众人道别。又絮叨了好一阵，人们才散尽，宴会厅里只剩下他和孙小雪。

"我送你回家吧。"他对孙小雪说。

"你怎么送？喝了酒是不能开车的。"孙小雪说。

周楚阳拿出电话准备叫后勤服务部的司机小陈过来，被孙小雪制止了。孙小雪说："还是我叫个车送你回去吧，顺便去接我妈。"

即便周楚阳不回家吃饭，孙小雪的母亲张阿姨也会坚守岗位，不做饭的时候，就打扫卫生。周楚阳的家里，因为有张阿姨照料，总是很干净、很整洁。

两人下楼出了酒店大门，看见萧寒和两个姑娘坐在台阶上大声吵吵，赵小满和那个被称为萧寒女朋友的姑娘，一人薅着萧寒一绺头发，萧寒疼得嗷嗷直叫。

周楚阳感觉酒力在加速发酵，身子更加控制不住，本来想走过去给萧寒一脚，却差点儿倒在孙小雪怀里。

"还没……疯完？"周楚阳费劲地说了一句话。

萧寒一看是自己表哥，马上站起来，说："我们在计算你一天能挣多少钱。"

"你算个屁！"周楚阳说，"你……你也懂？"

那个被称为"女朋友"的姑娘凑过来说："你才算个屁！"

周楚阳想从喉咙里挤出一句话来回击她，却始终挤不出来，半晌才说："萧寒的女朋友，我想知道你叫什么名字。"

"就不告诉你。"姑娘说。

"就不告诉你。"赵小满也说。

"不告诉就不告诉，有什么大不了的。"周楚阳说。

两个姑娘发疯似的跑过来拽住周楚阳的衣服，每人一只手用力地抓他的胳肢窝，他差点儿因为一挣扎就呕出一口酒来。

孙小雪忙从包里拿出一沓纸，递到周楚阳手上，说："小朋友不知轻重，你怕是招架不住！"说完笑了起来。

"你叫什么名字？"周楚阳又问那姑娘。

姑娘瘪了瘪嘴，说："你就叫我路人甲乙丙丁。"

孙小雪扶着周楚阳往前走，去人行道边上叫车，萧寒又追过来，说："大母羊，人还要不要找？"

"什么人？"周楚阳问。

"哦，我想不必了。"萧寒说。

二人回到家，进了屋，才知道张阿姨已经独自走了。周楚阳被孙小雪费劲地挪到沙发上，枕着靠背就睡了过去。

孙小雪浸了热毛巾，敷在周楚阳的额头上，也挨着他在沙发上坐下来，拿出手机，似看非看。

周楚阳迷迷糊糊中说起了话："能告诉我你叫什么名字吗？"

"你问谁？"孙小雪用小指的指甲刮了刮周楚阳的下嘴唇。

他睁开眼睛看了孙小雪一眼，又闭上，说："我问你啊！"

"我叫孙小雪。"她说。

"孙小雪，请问你尊姓大名？"周楚阳在迷糊中笑出了声。

"我叫孙小雪。"孙小雪又用指甲刮了一下他的下嘴唇。

周楚阳又睁了一下眼睛，旋即又闭上，他紧闭的双唇间挤出了一句话，像是腹语："孙小雪，请问你贵姓？"

"你故意的。"她咯咯地笑，使劲儿捶了一下他的肩膀，说，"免贵姓张。"

"这就对了嘛，张小雪。"

两人一问一答，答非所问，间有孙小雪"咯咯"的笑声，有周楚阳肩膀被拍得"啪啪"的声音。周楚阳的客厅里从来没有这么热闹过，这个晚上，尽管只有他和孙小雪两个人，却显得非常喜庆、温暖，甚至有些浪漫。

6

第二天一早醒来，周楚阳发现自己躺在床上，觉得很奇怪，明明昨晚是靠在沙发上睡觉的，怎么就跑床上来了？虽然昨晚是多喝了一些酒，但还不至于什么都记不起来，特别是和孙小雪之间的玩笑话，他记得最清楚。这样一想，他就觉得有些害怕，思忖自己是不是对孙小雪做了什么。周楚阳赶紧准备穿衣下床，才发现衣服根本没有脱，连袜子都还套在脚上。他往各个房间里瞅了瞅，没有人，心想，孙小雪大概昨晚就走了。这女人真是厉害，居然能神不知鬼不觉地把他弄到床上，还没把他弄醒，转而一想，昨天喝了那么多酒，一旦睡死过去，被人割了肾也不奇怪。于是他掏出手机，准备给孙小雪打电话，翻了翻通信录，才发现自己根本没存过孙小雪的号码，于是，他打给张阿姨。

电话提示关机，周楚阳索性就不打了。他想，不如先到公司去，当面对孙小雪说声感谢。赶到公司大门口，刚要进门，周楚阳就被赵小满和那个叫路人甲乙丙丁的姑娘截住了。

两人排成一堵墙，双手叉腰，嬉皮笑脸地说："昨晚你酒醉后干的事情，还记得吗？"

他手心直冒冷汗，心想昨晚上自己是不是真的干了什么。

两个姑娘看出了他的窘迫，放肆地笑出声来，把他逼到院子里，才一人一手拉住他，找一个少有人看见的角落说话。

最先开口的是赵小满。赵小满说："表哥，今天能不能请我们吃饭？有重要的事情告诉你。"

"你们能有什么重要的事？"周楚阳说，"别闹。"

那个叫路人甲乙丙丁的姑娘拍了一下他的手，说："你小看人吗？告诉你，你要是不请我们吃饭，一定会后悔的。"

他想起萧寒来，觉得她们要说的事情肯定与寻找彭玉素有关，莫不是彭玉素有什么消息了，或者是萧寒这兔崽子又要以寻找彭玉素为借口在他身上勒索一顿美餐？

他说："如果是关于我找人的事，就免谈了，你们没那个本事，我找了十几年都没有找到，就凭你们几个小破孩儿？"

"不是你找谁的事。"赵小满说，"但我们相信，你很快会遇上一个大麻烦，有可能你自己搞不定的。"

"我能有什么大麻烦？"周楚阳一脸严肃地看着赵小满。

"你看看，我都说了你还不信，你面如土色，印堂发黑，你不倒霉谁倒霉？"赵小满说。

"你才倒霉！"周楚阳没好声气。他摆脱两人的夹击，往公司大门走去，这时他听到赵小满大声说："你要是真的遇到什么事了，记得通知你表弟哟。"

他本想先去设计部，不想在楼梯拐角处遇到了维修部的小李。小李似乎很尴尬，一时说不出话来。

"怎么了？"他问。

"我把他们领到你办公室门口去了，我也是没办法，是他们逼我的。"小李结结巴巴地说。

"他们是谁？"周楚阳问。

"能有谁？还不是我那两个老乡。"小李说。

"来就来了，有啥大不了的？不就是推销晒版设备吗！"周楚阳说。

果然他远远就看见那两个穿西装的男人在他办公室门口踱着步，看见他过来，远远地弯了一下腰，像是鞠躬的样子。其中一个说："哎呀真是不礼貌，一大早跑公司里来堵周总。"

他打开门，招呼两人坐下，递了烟，又出来叫后勤人员为两人泡茶。

其中身材略胖的一个湖南人从包里拿出两个鼓鼓的信封递给周楚阳，说："云岭公司十周年庆典，虽然周总略有见外，没请我们，但我们也厚着脸来补一补礼数，小小意思不成敬意。"

"这是哪里的话！"周楚阳推开他的手，笑着说，"实在是不好意思，之前吴策划的名单里也有你们，我说你们忙，耽搁不起这个时间，就删掉了，我向二位表示抱歉。"

周楚阳勉强笑了两声，接着说："搞庆典完全是找个借口让朋友们过来坐坐，没有收礼金这个环节，心意我领了，钱还烦请二位装进自己的包。"

"知道周总有底子，但一码归一码，这钱是我们兄弟俩的一点心意，讨个彩头，周总要是不收，我们会难过的。"

"那就别难过了，今天下午要是有空，咱们找个地方小聚，叫上吴立春，我做东，权当给二位赔个不是。"周楚阳说，"钱虽然是讨彩头的最佳工具，但最好的彩头莫过于一醉方休，你们说是不是？"

二人很高兴，当即表示同意，说待会儿回宾馆提几瓶老家的好酒助兴。于是二人喝了几口茶，就向周楚阳道别了。

处理完手里的琐事，将近午饭时分，周楚阳才记得去找孙小雪。到了设计部，看见平时孙小雪坐的那个位置空着，人根本就不在，周楚阳问旁边的小姑娘："孙小雪今天没来吗？"

小姑娘说："孙姐今天没来，我还等着她帮我看看这个包装盒的设计哩。"

"知道她为什么没来吗？"周楚阳问。

"不知道。"小姑娘说，"要不问问我们主任？"

设计部主任恰好经过，她对周楚阳说："孙小雪今天没有向我请过假，我打了她的电话，关机了。"

周楚阳说："不要紧，也许是遇到什么特殊事情了，她应该会主动联系你们的。"又吩咐员工们赶紧去食堂吃饭，吃完饭中午稍事休息后接着忙事，这段时间排队的客户多，该加班的时候要加班。

从设计部出来，周楚阳越想越觉得不对劲：孙小雪和张阿姨两人都关机，不会是真的遇到什么麻烦事了吧？他想，孙小雪昨天是深更半夜才离开他家的，会不会在路上出了意外？应该不会。他回答了自己的疑问。那么，是不是昨天晚上自己对她做了什么不该做的事？应该也不会。他又回答了自己的疑问。他拿出手机，再次拨了张阿姨的电话。

那头提示：你所拨打的电话暂时无法接通。

真不敢相信，越是怀疑，事情越往这个方向发展。要是两人都出了意外，他周楚阳岂不是要负一定的责任？严格地说，母女俩都是他的员工，虽然张阿姨只是个保姆，没签协议，他也没为她买保险，但她在他家里做事，这是抹不掉的事实。当然，他可以不去想这些，他觉得，自己好像在无意之中走丢了两个亲人。

这时，他突然想起何清明，于是赶紧掏出电话，拨了何清明的号码，可不巧的是，何清明也关机了。

周楚阳突然意识到很不对劲，觉得好像真的发生了什么事，有巨大的惶恐袭来。

他打电话给吴立春，让吴立春飞快跑过来，有要事商议。半小时后，吴立春出现在他的办公室里。

"情花中毒了吧！"吴立春嬉皮笑脸。

"没那么严重，但已经误入情花谷。"周楚阳说。

两人商议了良久，也找不到什么办法，最后吴立春建议报警。

"公司财务和设计人员一起失踪，这算不算一个特大新闻？"吴立春问。

周楚阳这时才反应过来，应该查一查财务平台，于是打电话给银行的朋友，让他们看看公司账目上有没有交易记录。

银行很快就回了电话，说今天九点十分，云岭彩印公司的对公账户"提取备用金"支出二百万，钱是转到周楚阳的个人户头上的。

"怎么会？"周楚阳说，"我没有收到短信提示啊！"

"再看看吧，或许让人删了。"银行的朋友说，"我建议周总还是赶快报警。"

他刚挂了电话，吴立春就说："咱们报警吧！"

周楚阳迟疑了一会儿，说："暂时别忙，也许还有余地。"他大致知道了是怎么回事，于是立即拨通了表弟萧寒的电话。

"大母羊这时候才苏醒过来吗？我可是等得不耐烦了。"萧寒说。

"你知道我会有事？"周楚阳问。

"当然了，我穷得只剩下表哥了，你这棵摇钱树，我得倍加呵护，所以你的事就是我的事。"

"到底怎么回事？"周楚阳很焦急，"你得赶紧啊，否则就真的无法弥补了。"

"看来我必须告诉你了。"萧寒提了一个要求，"要不晚上请我们撮一顿？"

"撑死你都行，赶紧说。"周楚阳恨不得在电话里撬开他的嘴。

"昨晚你回去的时候，是不是那个叫孙小雪的女人扶你上的车？"萧寒反问。

"是啊，她有什么问题吗？"周楚阳说。

"问题大了。"萧寒说，"你上车的时候，她和马路对面的一个男人打了个奇怪的手势。"

"那个男人是谁？你认识吗？"

"我哪知道他是谁？又不是我看见的，是赵小满和我女朋友正好看见了。"

"打个手势又能说明什么？"

"肯定不能说明什么，但是你刚走，对面那个男人也上了一辆出租车，转了个弯过来，沿着你回家的方向去了。"

周楚阳还是没有从萧寒的口中得到什么有用的线索，但现在可以肯定的是，孙小雪母女和何清明共同卷走了他二百万。

周楚阳对吴立春说："二百万虽然不是小数目，但报警的事，还是容我想想。"

吴立春不知道周楚阳为什么在这个时候选择先想想，他说："要是再迟疑，钱就真的拿不回来了。"

"你以为现在能拿回来吗？"他反问。

"看来，咱们真的应该好好撮一顿了。"他对吴立春说，"你打电话给那两个湖南人，让他们带上好酒，地点还是九天，时间能提前尽量提前。"

他又给萧寒打电话，说："告诉两位可爱的姑娘，今晚撑死你们。"

7

"孙小雪，请问你是什么雪？"昨天晚上，他这样问自己的员工——保姆张阿姨的女儿孙小雪。

"我是小雪。"她俯下身子，用嘴唇在他脸上杵了一下。他看见孙小雪弯下腰的时候，身形像一只可爱的猫。对，就是猫，这只猫，很多年前，他在老家罗卓小学教师宿舍的走廊上见过，那么温顺、那么美丽。

待她重坐起身子的时候，酒意蒙眬的周楚阳用手在脸上揩了一下。

"孙小雪，你是多大的雪？"

"我是很小很小的雪。"

……

周楚阳一边开车，一边回想昨晚上的事情，竟然笑出了声来。唉，要是在二十年前也有这么一个浪漫的夜晚，剧情绝不会这样发展的。老实说，他昨天晚上睁一只眼闭一只眼地和这个叫孙小雪的女人说话，是想试试自己能不能用这个人代替自己寻找了十几年的彭玉素。

不可能的。就算她今天早上不消失，也绝不可能。他告诫自己，不能前功尽弃，不能忘了初心。于是，他找到了在心里彻底血洗孙小雪的理由：这个人和我非亲非故，这个人我从未爱上过，凭什么要原谅她？

但他又想到张阿姨。这个像妈妈一样慈祥的女人，这个老都老了还风韵犹存的女人，来家里的这段时间，一直用一种非常优雅、非常简洁的方式为他做饭，一直用一种非常温柔、非常体贴的眼神看着他吃东西，一直非常准确、非常得体地用云南高原上的粗粮带给他无尽的乡愁，他实在狠不下心去痛恨她，就算她们母女俩合起伙来欺骗他，他也忘不了她坐在沙发上打盹儿的样子，忘不了她聚精会神地看他玩手机、偶尔说一两句话的样子，更忘不了她每天出门时反复叮嘱他夜晚少出门、出门记得关窗子关门的恰到好处的唠叨母亲的样子。最后他决定，今天晚上，他要喝一顿大酒，回到家里痛哭一场，以此祭奠他与张阿姨以及孙小雪之间的交情。

但他无心吞下一口酒，那晶莹的液体流淌至喉头，竟如同刀子，刺得心头疼痛难忍。两个湖南人轮番给他敬酒，他都只是略表意思。喝到最后，赵小满和那个叫路人甲乙丙丁的姑娘实在看不下去了，每人抢了他一杯酒，当着他的面豪饮下去。

两个湖南人把自己灌得满脸通红，见周楚阳不在状态，就与萧寒和两个姑娘神吹海侃、胡说八道，讲些过时的人间段子，她们哪听得下去，只顾叫"老板喝酒"，一杯一杯倒进喉咙，直到酒足饭饱，准备离席。

两个姑娘叫服务员拿快餐盒打包，被周楚阳制止了，说："打什么包？以后天天请你们。"

两人又扑到周楚阳身上，一人咬了一只耳朵不放，直痛得周楚阳大声叫"姑奶奶嘴下留人"方才停下。

萧寒问："饭也吃了，酒也喝了，大母羊有什么吩咐？"

"没有吩咐，但要提醒你，你这左拥右抱的日子太油腻，当心身体。"

众人都笑，两个姑娘好像没听见，只顾将桌上没吃完的东西往快餐盒里顺。

周楚阳告别两个湖南人和吴立春，又对萧寒三人说了句"抓紧过点正经日子"，准备走人。赵小满叫住他，说："表哥就这样走了？无功不受禄啊。"

"还懂得无功不受禄！"周楚阳笑，说，"原以为都是不谙世事的灰姑娘。"

"好歹也是高中生，混了几年光阴，也还是捡到了几个成语，是吧，表哥？"赵小满嬉皮笑脸。

"好吧，先加一个微信。"周楚阳掏出手机。

"你不是要泡我吧，有钱的大叔？"赵小满说。

"我才懒得泡你，穿衣服都没个正形。"周楚阳用一根手指伸进赵小满牛仔上衣的一个破洞里，使劲儿扯了一下。

加了微信，周楚阳叫了一辆出租车回家。上了车，他给萧寒发了一张何清明的照片，就迷迷糊糊开始打盹儿。车到楼下，周楚阳正准备下车，手机响了，是萧寒。

"照片上这个胖子是什么人？看上去面熟。"萧寒问。

"别管什么人。"周楚阳说，"你问问你女朋友，是不是昨晚她们看见的那个。"

萧寒说："问过了，她们说不是。他们说，那个男人很瘦，看上去很奸诈，不像是一个好人。"

"那你说，这个胖子看上去像不像一个好人？"周楚阳问。

手机里传来赵小满的声音，她抢了萧寒的电话。

"这人和表哥你一样，不好不坏，要是也像你一样有钱，我可以考虑考虑。"

赵小满说。

"他的确不是一个坏人，他是我一哥们儿，眼下他有难，如果可以的话，我想帮帮他。"周楚阳说。

萧寒又拿了电话过去，问："咱们正正规规地说事，大母羊你告诉我这人是谁，我真的好像在哪里见过。"

"我公司的财务，何清明，昨晚在宴会厅里，你见过的。"

"是了是了，我记起来了，昨天晚上，他让那个女人敬你的酒，把你放翻了。"

"胡说八道。"周楚阳说，"你们认真看一下照片，要是在哪里看见他，告诉我一下。"

挂了电话，周楚阳上楼回家，刚到客厅坐下，就发现茶几上有一个白色信封。信封是云岭彩印公司的专用信封，没有封口，里面是一张云岭公司的专用信笺，信笺上只有一行字：鹿城南立交青花饼屋找人。

字迹乖张、拙劣，出自女人之手。这么说来，他早上去公司以后，张阿姨来过。

他马上打电话给吴立春，问他到家没有。吴立春说刚到，酒喝得有点多，准备洗漱睡个早觉。

周楚阳说："先别洗漱，火速赶往鹿城区城南立交桥，找一个饼屋。"

周楚阳又打给萧寒，让他带上两个姑娘，租两辆摩的，抄小路赶过去。周楚阳末了又说："你顺便通知你的哥们儿朱立冬，让他以最快的速度赶到。对了，告诉他，别跟任何人说什么。"

周楚阳打完电话，飞快冲下楼，叫了车，往鹿城南立交桥驶去。

还未行驶到一半，萧寒的电话就过来了，说话的是赵小满。

"表哥你真是神了，我们在饼屋里找到了你的哥们儿。"赵小满气喘吁吁地说。

字条上提醒去饼屋里找人，但他真的没有猜到，要他找的是何清明。

"慢慢说，别大喘气。"周楚阳对赵小满说。

"但他好像死了。"赵小满在那头说。

"别紧张，先把他弄出来。对了，尽量不让人看见，想办法送去医院。"周楚阳这一刻表现得很冷静。

"哎哟，五花大绑的，嘴里塞满了纸，我试试还有没有气。"赵小满似乎一点都不怕，"还有气，胸脯是热的，应该还活着。"

"他被人绑在柱子上了。"赵小满说。

周楚阳听到萧寒和那个叫路人甲乙丙丁的女孩急促的呼吸，他告诉赵小满，让她对他们说，千万不要紧张，千万不要惊动周围的人。

那头在解绳子，在拖动何清明笨重的身子，好像有些吃力。

"表哥，你为我们加加油啊，太重了。"赵小满说。

"加油！加油！加油！"周楚阳在电话里大声地叫喊，那头却只发出急促的呼吸。

"表哥你怎么不说话了？这人太重了，我们搬不动。"赵小满埋怨何清明笨重的身体。

"加油加油加油……"周楚阳在电话里为他们使劲儿，出租车司机不时插话："老板，你这样大喊加油，我油门都踩到底了。"

周楚阳说："师傅你可以在保证安全的前提下尽量快点，到了那里，帮我把那个病人拖去最近的医院。"

司机加足马力，左穿右拐，很快就到了鹿城南立交桥下，找到那间青花饼屋。司机靠路边等待，周楚阳猫一样从卷帘门与地面之间的缝隙里钻进去，三人正在扶何清明坐在一个塑料凳子上，赵小满使劲儿地掐他的人中。

"别这样弄，咱们先扶他上车，去医院。"周楚阳摸了摸何清明的胸口，确定他还活着。

几人七手八脚把何清明弄上车，去了最近的区医院，把何清明送进了急救室。

大约半小时后，病床上的何清明睁开了眼睛，第一眼见到周楚阳，又闭上，嘴里吐出一句话："我真是瞎了眼。"

"什么情况？"周楚阳佯装镇定，似在开玩笑地问他。

"你还不知道吗？"何清明想坐起来，无奈身子太虚，只动了动。

"钱不见了，你的钱……"何清明眼角流出了泪水。

"我知道了，区区二百万而已。"周楚阳真的很像是在开玩笑。

"只二百万吗？你没骗我？"

"骗你干吗？真的只是二百万，银行查过了。"

"二百万，我还赔得起。"何清明苦笑。

"拿什么赔？"周楚阳问，"这些年你挣够了二百万？"

"卖房子嘛，余生给你当牛做马。"何清明说。

"那得保证云岭公司不破产，否则你真的赔不起了。"这一回周楚阳真的是在开玩笑。

萧寒和两个姑娘看见何清明醒了，知道没有什么大事，摆摆手走了。不久，朱立冬赶到。

"周总遇到麻烦了？"朱立冬问。

周楚阳拍了拍朱立冬的肩膀，说："这一次有惊无险，让兄弟费心了。"

"这么客气！我说过，周总只要有事，尽管吆喝。"朱立冬说。

"那是自然，这么多年的兄弟，有福我总是记不得，有难时一定会叫你。"周楚阳说完打了一个哈哈。

朱立冬看了看躺在病床上的何清明，说："何胖子身体有恙？是让哪个女人给糟践的？"

"还真别说，真是让一个女人给收拾了。"周楚阳说。

8

"你打人家的主意，被人家弄得神魂颠倒，无法自拔，作为一个食五谷杂粮的男人，这可以理解；你栽在一个你喜欢的女人手里，最后倾家荡产，也可以理解。"周楚阳一边喝粥，一边看着对面神情恍惚的何清明说，"就有一点我不理解，你为什么把她母亲放在我身边，看起来你们就是在密谋一起携款潜逃的大戏，别以为我不知道。"

"你别那么严肃好吗？我都说我赔了就是，难不成你真的要送我去坐牢？！"何清明苦笑。

"可不是！"周楚阳一边给自己盛粥，一边说，"赶紧吃，吃了这一顿，到里面去就没有这么舒服了。"

"那我还真就不吃了，反正都是煎熬。"他撂了筷子，说，"坐牢有什么可怕的？我还真就不赔了，咋的！"

"我没让你赔啊，多大点事，爱吃不吃。"他用筷子敲敲何清明的碗，接着说，"回答我的问题，你是不是故意将她安插在我身边的？"

"鬼才会这样想。"何清明有些气恼，"当初，我是看她的确有一手，想想咱们公司的确需要这样的人才，就让她进来了。至于老太太，说实话，是出于私心，想帮帮她，不完全是为了你。"

"这就对了，得说实话。告诉我，为什么要帮她？私心源于何处？"周楚阳步步紧逼。

"我喜欢上她了，你知道的，明知故问！"何清明接着说，"她说她母亲一个人在家闲得慌，她前夫三天两头跑到家里去闹，想找个地方清净清净。"何清明说完埋下了头。

"像你这样的人，要是生在战争年代，肯定会通敌叛国。"周楚阳说，"不就是老命一条吗？人家把你绑了，你说出了口令，要是他们把公司的钱全部转走了，怎么办？你有没有想过后果？"

"你不也有责任吗？钱是经过你的私人账号提走的，你想想，他们怎么能神不知鬼不觉地把你的钱提走了，你连一条短信都没看到？什么迷魂汤有如此功效？"何清明说完，又一阵苦笑。

"你不说倒也罢了，你一说我更来气，这不是你给我灌的迷魂汤吗？！在酒局上，你左一杯、右一杯地劝，怕我死不掉。"

"我都说了，我是想让她尽早融入，这不是美人计。"何清明有点解释不清楚的样子，越说越急，"我是开过你俩的玩笑，我其实是在试探，看你有没有对她来真的。"

"开玩笑，老子在江湖上打拼十几年，什么货色没见过！区区一个设计员，就想攻下堡垒，可笑。"

他觉得自己也很可笑，他在心里真的不敢否定自己对孙小雪动了真情，要是没有彭玉素这个眼，他可能已经将她揽入怀中了。

真是万幸！她想，这个心思缜密的女人，设了这么一个局，让自己丢了二百万，还不愿意报警，本事真够大的。尽管何清明一再催促他报警，他也只是故意找些话来搪塞，老是把责任推在何清明身上。

"你不报我报，我这就去公安局。"何清明说。

"去啊，待水落石出的那一天，你也就臭名昭著了。"周楚阳哈哈大笑，说，"你家里那母夜叉不把你碎尸万段我都不相信。"

何清明不再说话，他被周楚阳说了个正着，就算像他对周楚阳坦白的"这女人裤腰紧得很，每一次都只是搂搂抱抱，并没有发生肉体上的关系"，他也无法向所有人说清，况且，被卷走的二百万砸到水里，波浪滔天啊！

二人斗嘴结束，周楚阳回到办公室，又给吴立春打电话，让吴立春多方打访，动用可靠的人，无论付出多大的代价，也要把孙小雪找出来。"我就不信她能钻到地底下去！"他说。

他其实很清楚，孙小雪不会上天入地，这年头要找个人，不用报警也不会有多难。他对吴立春说："最好是先对她前夫下手。"

下午，吴立春反馈给周楚阳一个消息：孙小雪的前夫张红三天前不知所终。不过，吴立春打听到，这个张红是一个晚期肝癌患者。也就是说，如果动用关系，查一查医院的住院系统，应该能找到他。

果然，第二天他们就在附二院肿瘤科找到奄奄一息的张红，他的鼻孔里插满了管子，头上已无丝发。周楚阳忽然明白，这个酒鬼，以前一直是戴一个假发套。

住院手续是张学桂办的。他们查出来了，张学桂就是张阿姨，是张红的母亲，而孙小雪，是张学桂的儿媳，半年前，和张红办了离婚手续。

事情并不像想象中的那么复杂。张红病情很严重，他的母亲想让他活下来，给他交了昂贵的医药费。

周楚阳想，如果张阿姨开口问他借钱，他一定会慷慨答应；如果孙小雪向他坦白她是用一种万不得已的方式挽救前夫的性命，他也会尽力帮助她。但事情偏偏不是这样，婆媳俩铤而走险唱的这一出，把她们在他心里种下的一切美好全都拿走了。

"还报什么警呢？"吴立春说，"这种低级操作，坏了公安的名声。"

"那我怎么办？"何清明问吴立春。

"找人啊，看她们还剩多少，全抠出来，给你自己减轻罪孽。"吴立春说。

"好好干你的活儿吧，这钱我不要了，就算你和他们是一伙的，我也会看在多年兄弟的分儿上，放你一马。"周楚阳接着说，"不过你以后真要长点记性，你看你横竖一般长的样子，还管不住你那丑物，像你这样的人，如果没几个钱，鬼才会往你怀里靠。"

说得何清明直往自己裆下看，脸红得像个烂西瓜。

周楚阳说："人肯定是要找的，不找就坏了大体，但是咱们就不打扰公安部门了，人家那么忙。"

"你亲自找？"吴立春问。

"交给萧寒吧，他专门为我找人，每月从我这里拿了工资的。"

萧寒是周楚阳姑姑的儿子，比周楚阳小十岁，五年前在杭州一所大学毕业，不愿考一个朝九晚五的工作，就混迹在浙江打工的云南老乡中。萧寒在周楚阳的心中，是那种除了有一张神吹海侃的嘴巴就身无长物的人，吃不了苦，没理想，成天无所事事。不过，周楚阳认为，萧寒的圈子或多或少会有些用处，偶尔让他递个话，传播个信息，比打广告还有用。

"我表哥大母羊，有的是钱，可以买下半个温州城了。"萧寒逢人就夸，夸得连自己也不相信。他隔三岔五就会带几个女孩子来周楚阳的厂里，对周楚阳说，某某是清华毕业生，某某是市长的女儿，都是这个社会需要的优秀人才。萧寒让周楚阳在厂里为她们安排工作，说这些人到了公司里，一定会创造出惊人的业绩。

"那你干什么呢？你不需要我为你安排工作？"周楚阳怒目圆睁，问他。

"我还用工作？"萧寒嬉皮笑脸，"我有一个这么有钱的表哥，我还要工作？真是笑话！"

他总会对那些在他出租屋里过夜的女孩说："我表哥是浙江印刷界的大亨。"他常常会故作苦恼地对她们讲，"唉，我穷得只剩下表哥了。"

周楚阳的姑姑给周楚阳打电话，说："阳子，你弟弟在你公司干得怎么样？有没有给你添麻烦？"

周楚阳说："幺爹你说什么呢，他干得可认真了，他是大学生，比别人都优秀。"

"他干的是什么工作？"姑姑问。

"市场调查。"周楚阳说。

萧寒做的"市场调查"其实就是临时给周楚阳打听点小道消息，比方说，某客户尾款没结，周楚阳就安排他去打听，看看该客户公司最近是否经营不善；某地新开了一个印刷厂，周楚阳让他去看看人家的生产经营状况；某老乡遇到麻烦事情了，周楚阳就让他去打打前站，了解一下有什么可以帮助的。

不用天天到公司上班的萧寒，干着干着就什么也不干了，只知道每月从周楚阳的公司里领五千块钱。周楚阳拿他没办法，就说："既然其他事情你干不好，就专门为我找人吧！"

"找谁？"萧寒问。

"你认识。"周楚阳说，"小时候你屁颠屁颠追在她屁股后头，叫她大盆的那个姐姐。"

"好吧!"萧寒说。

找了三年,萧寒始终没打听到彭玉素的一点消息。在周楚阳的一再逼迫下,前段时间,他通过微信认识了在广东打工的几个老乡,提起彭玉素,有人告诉他:"你找找蒋达蜀,这个人以前和你表哥关系不错,他愿意帮忙,最重要的是,这川娃子在广东是有名的神行太保,跑消息的。"

这一次,周楚阳让他去找孙小雪,说:"这次是硬任务,限你一周之内完成。如果找到了,给你加两千元工资,要是找不到,卷铺盖滚蛋。"

"一周之内?"萧寒吃惊地问。

"五天。"周楚阳看也不看他。

"怎么又缩短工期了?"

"三天。"周楚阳还是没看他。

"一周就一周吧。"萧寒说,"这不是要把人往死里逼吗?先把工作经费给我吧!"

"多少?"周楚阳问。

"两万。"萧寒也不看周楚阳。

"什么?一周用两万,你剥削阶级啊!"

"三万。"萧寒还是没看周楚阳。

"好吧,两万就两万。"周楚阳说。

9

"孙小雪的雪。"周楚阳横躺在沙发上,像是喃喃自语。坐在她身边的女人一边轻声"欸欸",一边拨弄着手机。

那晚,他觉得他的人生也有多余的时刻,有真正属于他自己的时间。之前,这样的日子对他来说,是多么奢侈。在温州打拼十余年,他没有不忙碌的一刻,白天不是在公司料理事务,就是与客户谈订单;不是在办公室接待生意上的朋友,就是在酒桌上与他们交流感情;就连做梦的时候,他也是在工作。每天回到家,他都会打开电视,然后开始看财务报表,看市场分析报告,电视机里的声音只是一种排遣寂寞的辅助,一种人间烟火的混响。他万万没有想到,孙小雪的出现,竟然给他带来了一缕阳光，让他感觉到时光停下来的美好。

他口中反反复复出现的，就只是孙小雪的名字。有一刻，他问："孙小雪，你是什么孙，什么小，什么雪？"

"孙小雪的孙，孙小雪的小，孙小雪的雪。"这个女人，一边用拇指戳他的鼻孔，一边从他裤兜里拿出他的手机。

他感觉一只猫用爪子在抓他的身体。那只可爱的猫，当年守在彭玉素的门前，像一个善良的精灵，上天派来的精灵。

"把你的手机铃声关掉，好好休息一下。"孙小雪拿着他的手机，说，"大老板就是大老板，这么晚了还有人给你发信息。"

周楚阳感觉实在太困，知道自己回了她一句，但他也弄不清楚自己说了些什么。

接下来，孙小雪问什么，他回答什么。他感觉孙小雪问了他至少一万个问题，他因为太累，回答得相当费劲，这样的问答持续了很久很久，直到他听不到自己的声音，沉沉睡去。

他坐在车里，一直翻找那天晚上的记忆，点点滴滴都不愿意放过，他想知道孙小雪到底用什么方式套走他的银行卡、支付宝和微信密码，又是如何把他弄到床上，让他在第二天才醒过来的。

是的，就是她那温柔细腻的拇指。孙小雪的拇指曾一度从他的嘴角慢慢爬行，后来经过他的鼻孔、眼睛。那手指像一条毛毛虫，戳得他心痒痒，让他在迷迷糊糊中乖乖就范。是的，孙小雪问了他好多好多问题，她按图索骥，稳扎稳打，让他毫无防备。

他觉得，他应该亲自去找孙小雪。之前，他找了彭玉素十五年，越找越觉得这个世界很大，越找越觉得一生都在与她擦肩而过，他也说不好自己是否已经气馁了，找她也许只剩下一种仪式感，就算某天她突然出现在他的面前，他也会不知所措，也找不到一种合适的方式来了结两个人之间的故事。但孙小雪不同，他们认识不到一年，短短的时间内，他对她的好感无法抹去，他对她母亲（不，是她婆婆）张阿姨的依赖一辈子都无法割舍，他非常明白婆媳俩给他带来的伤害不仅仅是在经济上，更是心灵上，这个伤疤是那么明显、那么荒诞。

他把车停在路边，下来，往立交桥下面走。他要去的地方，是那间小小的"青花"饼屋。他远远地看见，有人正在摘下饼屋的牌子，好像是对店面进行重新装修。他知道，青花饼屋已经永远歇业了，将变成其他人用以在这个城市谋生的另一种机台。他走过去，看见一个中年妇女从店里走出来，就问她："大姐，这间小店之前的店主去哪里了？"

"不知道。"女人问，"你有什么事情吗？"

"没什么大事。"他说，"我前几天在这里订了一个蛋糕，却没给我送。"

女人说："我是从房东手里租过来的。"女人看了看他，接着说，"房东说，饼屋是一个老太太经营的，近半年来经常不开门，生意很清淡，前几天房租到期，就退租了。"

"哦，原来是这样。"他又对女人说，"我之前交了订金的，想找她退一下，可我不知道她在哪里，你能不能给我房东的电话，我想通过他找到这个老太太。"

女人上下打量了他一番，说："这位先生倒也不像丢不起一块蛋糕钱的人，你要是想找到她，我给你房东的电话。"

房东是一位略胖的老太太，看上去一脸慈祥。周楚阳坐在她家的客厅里，向她打听饼屋经营者去了哪里。

"十天前，房租就到期了，她搬了店里所有的东西，就剩下几个凳子。"她说，"这个人也不容易，开饼屋的同时，还谋了另一个营生。"

"这个可怜的老太太，他儿子病了，是绝症。"她说。

"她有没有告诉你她要去哪里？"周楚阳问。

"没有。"她说，"可怜的老太太求我，让我推迟几天再租给别人，说有人会来这里取一件东西。于是，我让卷帘门虚掩了一周，好像也没有人来过。"

周楚阳开着车，从立交桥上了二环，沿路跑了一个小时，竟然又回到原地。到刚才停车的地方，他放慢车速，看见青花饼屋的门头上已经换上了一块鲜艳的广告牌，上面印着"温馨夜话"四个字，他知道，以后这里会是一个小小的茶吧。

周楚阳在鹿城区的地面上周旋了一天，什么线索也没有。回到家，他感觉家里异常冷清，那个给他做饭、给他收拾屋子的张阿姨不见了，他再也尝不到家乡的味道。他着实有些饿了，就又起身下楼，想找个小餐馆吃点东西，刚从小区出来，就接到了蒋达蜀的电话。

"我今天差点儿把她逮住了，在旗峰公园门口。"蒋达蜀说。

"你是在追逃犯？"周楚阳没好声气。

"比逃犯还溜，杂种，跑得飞快。"蒋达蜀说话上气不接下气。

"是偶然遇到，还是有备而去？"周楚阳问。

"当然是有准备的。"蒋达蜀说，"听小蚂蟥他们说，她在旗峰附近开了一个很大的培训学校。"

"是不是真的？"周楚阳说，"没骗我吧！"

"我啷个会骗你哟（我怎么会骗你），你龟儿子之前对我没少帮助，前几年孩子生病向你开口，你那么爽快，到现在也没问我还钱。"蒋达蜀一口川音。

"要是这样，找到她就是一件很容易的事，你只需要老老实实地盯住就行。"周楚阳说。

"我也是这么想的，得闲了我就来这里戳，总有一天会把她戳出来。"

周楚阳吃了一碗面，回到家，躺在沙发上，想休息一会儿，手机短信提示音响了起来。

打开看，是萧寒发来的：张红死了。

周楚阳赶到医院，却没有找到为张红料理后事的人。医院科室负责人对周楚阳说："他的家人为他预交了二百万元的医药费，不想这年轻人还是没挺住，做了两次化疗，加上其他费用，消费了十五万元。"

张红的护工对周楚阳说："他的家人很慷慨，给我预支了三万元的工钱。"

直到殡仪车把张红的尸体拖走，周楚阳也没有等到张红的任何一个家人，他上了车，打了何清明、吴立春和萧寒的电话，约他们去"友意思"见面，商议事情。

在咖啡馆，周楚阳为他们安排了任务：何清明负责找律师，把丢失二百万的详情悉数告知；吴立春负责协调银行、通信公司和支付宝、微信等第三方平台，把所有证据全数拿到；萧寒负责临时跑腿兼在医院蹲守张红的家人，医院的账上还留着未花掉的一百八十二万元，务必在十个工作日内把它们全部拿回来。

末了，周楚阳又对萧寒说："管住你的那张臭嘴，接下来专心寻人。"

"找谁，还是都找？"萧寒问。

"随便。"周楚阳说，"找到一个给你奖金五万，两个都找到的话，给二十万。"

"留着你的钱让人继续骗吧！"萧寒说，"大海捞针，我上哪里找！"

10

两个月过去，温州的天气渐渐转凉，云南老乡中的大部分人都在合计着回家过年的事。周楚阳的印刷厂里，每个生产车间的机器同样在哗哗运转，营业额飞速飙升，今年，他有望挣得纯利润两千万以上。

孙小雪还是没什么消息，而彭玉素的行踪似乎已经浮出水面了，蒋达蜀在东莞的蹲守取得了显著的效果。蒋达蜀说："彭玉素在旗峰附近开的那个培训学校，生意好得很。"

周楚阳却百感交集，他不知道彭玉素肯不肯见他，就算见了，两人又怎么对话？这个他寻找了十五年的人，他始终认为是他生命中最重要的一部分。可以说，这些年他在外使劲儿打拼，就是想把这个从他生活中走失的女人迎回来。

"生活真扯淡。"周楚阳对吴立春说，"前日一个新交的朋友，称会算命，为我占了一卦。"

"什么征兆？"吴立春问。

"命犯桃花。"周楚阳说。

"这还用算！"吴立春笑，"但凡有几个钱，为人表面低调者，最少不了的就是女人。"

"可我不同，像这种情况，算是裁得一点名气也没有。不过，也倒是给自己提了个醒，不能轻易相信偶然。"他又说，"偶然的，往往太偶然，所有偶然的背后都有一个预谋。"

"花小钱买教训，我看值。"吴立春说。

周楚阳突然想起一件事情，问吴立春："前些日子从老家过来融资的那个小伙子，叫什么名字来着？"

"怎么突然想起他？"吴立春问。

"答应过他，项目可以考虑，不能食言。"周楚阳说。

"你不怕卷进一个无底洞？"吴立春认为，目前周楚阳不适合回乡投资，或者说，周楚阳暂时还不具备投资第二产业的条件。

"你对农业有把握吗？"吴立春问。

"啥把握不把握的？故乡的土地养活咱们这么多年，就是最大的把握。"

"到最后你还不是离开了？"吴立春说。

"这是两回事。"

吴立春狡黠地看了他一眼，说："你其实是出来找人的。"

"也许你说得对，我就是出来找人的。"周楚阳苦笑，"说是找人，也许就是一个仪式而已，要知道，在这个时代，想找谁都不难，关键在于，你找到的，是不是你想要的。"

"是啊，我就说你是姜太公钓鱼嘛，你要是真想找她，早就找到了。"吴立春说。

"我相信，她就在这个世界上，但我找到她的人，未必能找回她的心。"

"所以你这些年一直在努力，只为她愿意出现在你面前。"吴立春说。

"不笨。"周楚阳说，"吴策划也是有情商的。"

两人同时笑起来，虽然并不那么开怀，但也笑得很舒展，如同冬日里的阳光，虽不怎么暖人，却也能晃到人的眼睛。

"还是说说那个农业项目吧！"周楚阳说，"我记得，他们的定位不错。"

"什么定位？"吴立春问。

"南栗。"

"不就是板栗吗？小时候咱们去山上，一拾一箩筐。"吴立春说。

"这就对了。"周楚阳说，"这些年你吃过多少板栗？你吃出故乡的味道了吗？你吃出小时候的味道了吗？"

"我明白你的意思，不过我还是要提醒你，投资需谨慎。"顿了顿，他又说，"这可比不上做印刷，你现在还不知道市场在哪里。"

"春节回家，咱们考察考察吧！"周楚阳约吴立春一道回去，并开玩笑说，"知名策划人也得回家看看，顺便策划一下家乡各项事业的发展。"

"我哪有这般能耐？所谓策划，还不是仗着你们混饭吃。"吴立春说。

两人在"友意思"的卡座里，就着懒洋洋的时光闲扯，不觉已到饭点，吴立春提议到外面找个小馆子喝两杯。

"有兴致的话，约朱立冬过来，这小子为人仗义，其实你早就应该把他招到麾下了。如果你对老家的农业项目有兴趣，不妨对他委以重任。"吴立春对周楚阳说。

"你也这么看？"周楚阳暗自佩服吴立春的眼光。

"其实你早就盯上他了，你以为我不知道？"

"他的确有点头脑。"周楚阳说，"这些年他在温州，一直经营着云南的农特产品，虽没挣着大钱，但还是有一定的思想的。只是我始终不明白，这小子为什么一直不结婚？"

"兴许也是和你一样，出来找人的吧！"吴立春此时的笑很有针对性。

"你以为这天底下真有这么多苦命鸳鸯？"周楚阳搡了他一拳。

"那不一定。这世界上凑巧的事还少？"吴立春说。

"应该是没遇到对路的女人。"周楚阳说，"这小子对生活的要求很高。"

晚饭就在一个叫"云南酸汤猪脚"的小馆子里吃，三人喝了一瓶酒，一人两盅。席间说的都是故乡风物、童年记忆，倒也很是惬意。末了，周楚阳问朱立冬，有没有一起干的意思。

"那肯定好。"朱立冬说，"能为周半城效力，荣耀至极。"

"别听萧寒那小子胡扯，我有几斤几两，你还不清楚？"

三人都开怀大笑。朱立冬说："此次回去咱们先看看，要是真有他们说的那么好，干就干。"又补上一句，"不过丑话说在前头，我可没有一分钱投进去，我甘当走卒。"

晚上回到家，周楚阳接到蒋达蜀的电话。蒋达蜀说："目标已经锁定，周老板什么时候过来？"

"你确定是她？"周楚阳问。

"当然。"蒋达蜀说，"我什么时候骗过你？"

"如果她真在那里开培训学校，我就不着急了，反正她会经常出现在那里的。"周楚阳说。

"规模老大了，她不会因为躲你而拍屁股走人的。"蒋达蜀说。

借着一点点酒劲儿，睡意袭来，周楚阳躺在沙发上进入梦乡。十几年来，周楚阳反复做着同一个梦：梦中的星夜，父亲带着兄弟三人去稻田里抢田水。高原上的稻田，一到夏天，水比稻米还贵。水从木桶沟流到庙坎，分时段流淌到不同人家的稻田里。那一年，邻村大房子农业社的田水不知什么原因干涸了，需要来自木桶沟的田水灌溉水稻。木桶沟的水，是从一抹悬崖上飞溅下来的，<u>丝丝缕缕呈飘水之势</u>，从未停歇过。然而，木桶沟的村民是不种玉米的，他们的土地全是稻田。白天，木桶沟人是不允许水流淌到庙坎和大房子的，他们的稻田享有优先供水的权利，水只能在他们的稻田里打转，只有到了夜晚，水才能离开木桶沟，去其他地方。

那一年，夜晚抢田水的人增加了一倍，水只能隔夜分配。按照约定，轮到庙坎人抢田水，大房子人是不能参与的。可是那一年，水好像中了魔咒，病恹恹、慢悠悠地流淌，每家人的水稻都只能打湿喉咙，庙坎人抢田水的时间开始提前。田埂上站着很多人，以来到沟渠上的时间为序，先到的先放。这样一来，抢田水就变成抢时间。那天夜里，周楚阳的父亲带着三个儿子早早来到渠上，发现大房子农业社的彭贵伍和他的儿子彭玉乾正把水引到大房子去，就说："彭老三，你胆子不小，今天是庙坎人放田水，你居然敢偷水！"

"我没有偷水，昨晚轮到我放田水时，天亮了，水被木桶沟人截了。"彭贵伍说。

"那你找木桶沟人去，为什么晚上来抢我们的田水？"周楚阳的父亲周天贵没好声气。

"你就让我放一点吧，一个钟头，行吗？"彭贵伍哀求。

"不行。"周天贵说，"你的水稻要喝水，我们的水稻也要喝水，谁叫你昨晚不早点来抢？"

"就一个钟头也不行吗？反正今晚你来得最早，我放完，就轮到你了。"彭贵伍说。

"不行就不行，今晚是庙坎人放田水。"周天贵一边固执地说着，一边用锄头顺了石板堵水渠。

彭贵伍也用锄头顺石板，两人的锄头在水渠边激烈碰撞，发出叮叮当当的声音。

"彭老三你想欺负庙坎人吗？信不信我整死你。"周天贵一边说，一边示意三个儿子抄家伙。

周楚阳的两个弟弟周全和周桐从田埂上拎起锄头，正要冲上去，被周楚阳喝住了，说："有什么事不能商量吗，非要打架！"

周天贵看着儿子周楚阳，气得直摆手，咳嗽了几声，对周楚阳大骂："你个吃家饭屙野屎的畜生，手腕子不知道往哪个方向摆了，看我不打断你的腿。"

两个弟弟拿起锄头往田埂上冲去，又被周楚阳拦下了。

彭贵伍的儿子彭玉乾早吓得像一摊烂泥，坐在田埂上，用手去扯他父亲彭贵伍的裤脚。

两个老头儿继续在田埂上撕扯，最后，彭贵伍的锄头不偏不倚落在周天贵的头上，只听周天贵"哎哟"一声，倒在水田里。

几个儿子把父亲抬回家，请了村医为他包扎伤口。从此，周天贵再也没有下过床，半年后离开了人世。

从那时起，周楚阳一家和彭贵伍一家就成了仇人，周楚阳的两个弟弟经常在家里磨刀霍霍，发誓要杀了彭贵伍全家。

"有这个必要吗？冤冤相报何时了！"周楚阳对两个弟弟说。

"对你来说，肯定没必要，你贪上人家姑娘，你就是一个叛徒。"二弟周全说。

"你一辈子搂着仇人的女儿睡觉，老爹在天之灵也不会放过你。"三弟周桐说。

父亲走的那一年，周楚阳十八岁，上高中三年级。二弟周全小自己一岁，三弟周桐小自己两岁，都长得身强体壮，却因为供哥哥上学，早早就辍了学。周楚阳一直觉得对不住两个弟弟，心想，以后无论如何也要让他们过上好日子，有一个美满的家庭，自己也能够安心。可偏偏这时候，发生了这么一档子事，让两个弟弟把自己当叛徒，一辈子和他分道扬镳。

周楚阳的母亲当着三个儿子的面说："周家老大，你听好了，如果这辈子你娶了彭老三家彭二妹，我定会去马桑树上上吊，我要让所有人指着你的脊梁骨骂你大逆不道。"

周楚阳爱着彭玉素，彭玉素爱着周楚阳，十里八村的人都知道。周天贵死之前，人们都说，老周家和老彭家养出了好儿女，有出息，绝对门当户对，以后结婚办酒时，会让多少人垂涎不已。周天贵死了，两人的事情就成了笑柄，有人遇到周楚阳，会说："哪里找不到好姑娘，非彭二妹不成吗？"

父亲走后，两个弟弟去了广东打工，周楚阳高中未毕业，只能回到家，守着母亲和几亩稻田，忧忧戚戚地慨叹着荒诞的命运。那一年，彭玉素从师范学校毕业，回到家乡当了一名小学老师。

11

天快亮时周楚阳醒来，无心再睡，索性看起了手机，朋友圈有人转了一个帖子，是一个名叫王紊的诗人写的一首叫《寻人启事》的诗：

在这个世界上，我只做一件事

就是找你

我把每一个天涯都当成故乡

把每一个被抽走灵魂的人

都当成自己

在这个世界上，除了给你的

我没有多余的爱

他看了一遍又一遍，每一遍都泪如雨下，不觉眼睛肿胀，被口处一片湿润。

"周家老大，你要是真和彭二妹在一起，我就死给你看。"那年，母亲拿了一根绳子，在手里结了个套，准备往门口的桑树下去。

"我没有去学校里找她，我只是上街去赶了个场。"周楚阳说。

"你以为老娘不晓得，你是被仇人的女儿迷惑了。"周楚阳的母亲把绳子的套解开，又重新系上。

半年来，周楚阳无数次在夜晚偷偷去了彭玉素的宿舍，又在天亮之前赶回家。小学校在街子上，离家五里路，周楚阳的每一个来回都在晚上，神不知鬼不觉，他以为母亲没有发现。

"周家老大，要是你心里能去掉那个鲠，我就嫁给你。"彭玉素摸着他的头，吻着他的脸。

"我会努力的。"周楚阳说，"我也会尽力让我母亲从阴影中缓过来。"

他没有做到，他的母亲就像一根打了死结的绳子，没有人能解开。最后，他终因两家人无法冰释的前嫌选择了妥协，一个人去了北海。

三年后，他从一个不知年岁的笼子里逃出来，回到家，有人告诉他，彭玉素老师在他离开三个月后，辞掉工作走了，但不知道去了哪里。

"听说她怀有身孕。"那人说。

母亲在他离开的三年内迅速老去，脸上的皱纹堆得密密麻麻的，让他无比心疼。

"周家老大，我还以为你不回来了！"这几年，母亲始终认为他和彭玉素私奔了。

"我是差点儿就回不来了。"周楚阳说，"不过，我想告诉你的是，我会去找她，我想明白了，父亲的事情，和她没有关系。"

母亲却没愤怒，只是摇了摇头，轻描淡写地说："你要找她就去找吧，要是孩子还在，你一定得带回来。"

到哪里去找？他不知道。世界那么大，他用差不多三年的时间经过的那些地方，差点儿让他回不来，何况是找人。他找了十五年，渐渐地明白，不是找不到，是她不想让他找到。他和彭玉素，都怀着一颗相同的破碎的心到这个世界去，让时间慢慢去修补受伤的灵魂。十五年来，他一边找她，一边在各个城市摸爬滚打，也赢得了自己的一小片天下。而现在，他确信她就要出现了，他确信她也在用另一种方式寻找着他。

电话响了起来，还是蒋达蜀。蒋达蜀说："快过年了，手里事情多，我得忙一阵子了，今年准备回四川过年，你要是还不过来，人跑了和我没关系的。"

"我过去。"周楚阳说。

"什么时候？"蒋达蜀问。

"今天。"周楚阳说。

在机场安检处旁边的窗口，他看见一个熟悉的女人的身影，心头震颤了一下。

女人拎着一个灰色的皮包，在另一个窗口过安检。是非常相似吗？不是，是非常雷同。也不是雷同，就是她。但她始终没有扭过头来，他看不见她的脸。他把登机牌和身份证装进裤兜，把箱子往旁边一撂，插了另一个窗口的队，把自己挤进去。

一个大胡子男人用手钳住了他的手腕，说："插什么队？就不能文明一点吗？"

他笑笑，从人堆里退出来，回到自己的队列，后面一个男人小声嘀咕了一句："插什么队！"

女人的身影快速地融进安检人流，他分明看见她满身匀称的线条里，每一处都在抖动。

她是孙小雪，他对自己说。

"管她是什么雪！"他小声地对自己说。

第二章　大火地

1

飞机降落在深圳宝安机场，周楚阳准备转乘高铁去东莞。刚开机，蒋达蜀的短信就到了。蒋达蜀让周楚阳赶紧给他打通电话。

"女娃儿神通广大，好像知道你要来！听她公司里的人说，她一早去了安徽。"

"什么时候回来？"周楚阳问，"有没有确切的消息？"

"哪知道她什么时候回来，人家说是去考察教育资源，顺便开什么年会，大概十天半个月吧。"蒋达蜀说。

"扯球蛋！"周楚阳骂，"你这川娃子还是不靠谱，大老远让我过来扑了个空，最后把人盯没了。"

"腿长在人家身上，我有什么办法？再说，她要去哪里，还不是说走就走了。"

"就当来看看你吧！"周楚阳说，"不过，我得先查查现在有没有回去的机票。"

"你的意思是，你要掉转马头？"蒋达蜀问。

"先查查嘛。"周楚阳说。

果然抢到了机票。两个小时后，周楚阳将从深圳飞回温州。从航站楼出口上电梯，到了出发口，取了登机牌，过了安检，在登机口找了一个座儿，他才又给蒋达蜀打电话。

"周总硬是不来看看故人？"蒋达蜀问。

"你有什么好看的！"周楚阳说，"再说，你让我白跑一趟，我还生着气哩！"

两人胡扯了几句，说了再见，就挂了电话。原本，周楚阳是要去东莞寻找彭玉素的，不想到了深圳，听"线人"蒋达蜀说把人跟丢了，一时沮丧，只好打道回府。看时间尚早，他就拉着箱子在候机厅商铺里到处看看。深圳宝安机场的格局与其他地方似乎不太一样，卖服装的较少，卖农特产品的却很多。在一个叫"最高原"的店铺里，他看到了来自老家南广县的"南栗"。包装朴素，盒子很干净，上面赫然印着"高原上的南精灵"字样。

很惊喜。周楚阳拿了一盒，问导购员："这东西好卖吗？"

"还行。"导购员说，"我们家的产品质量都非常过硬，你手里的这个，是我们新进的高原产品，正宗的天然特色，口感好，食用方便，先生不妨先买一盒，当点心吃了，中意的话，买几盒带回去。"

"似乎有点贵。"周楚阳说。

"物有所值吧！先生哪里人？"

"云南。"周楚阳说。

"云南人应该经常吃到栗子的，也知道什么栗子最正宗。"导购员转而又说，"先生是云南人，难道没有吃过南栗？"

"听说过，没吃过，主要是这东西名气不够大，名气不大的产品，品质好不好，还真不好说。"

"你试一盒不就知道了？反正也不是太贵，一百元钱，足一斤重。"

周楚阳买了两盒，返回登机口，打开一盒，里面的栗子全是用真空袋子压缩包装的，一袋一粒，颗粒饱满。撕开一袋，滚圆的栗子呈咖啡色，经过蒸汽熏煮的栗子，上面有一溜流动的水珠，放进嘴里，牙齿轻轻一咬，沉郁的香气浸润喉舌，甘甜，纯粹，果然是小时候的味道。

他在吞进第一粒栗子的时候想到了老家，想到小时候的人和事，想到他寻找了多年至今也未找到的彭玉素。

少年时的山坡上，生长着密密麻麻的野板栗树。秋天，野板栗树顶着一身芒刺。金黄的芒刺，裹着厚实的坚果，金黄的野板栗树下，铺着厚厚的一层炸开的芒刺，褐黄色的野板栗安静地等待着上山捡拾的人们。

那一片山坡叫桦槁林，在庙坎、木桶沟和大房子三个村庄的交界处。桦槁林不长桦槁，长出的都是野板栗树。一到秋天，人们就端着撮箕到桦槁林去拾野板栗。野板栗个头儿小，苞衣仅三岁孩子的拳头那么大，用两支竹扦撬动着剥开，一粒粒板栗滚落出来，也只有一分硬币大小。把野板栗端回家，放在铁锅里炒，噼啪作响，香气四溢，放入口中，烫得舌头打战，但那香甜的味道从此就定格成一种特殊的味蕾记忆。对周楚阳来说，那种特殊的味道，就是乡愁，浓密得让人流出眼泪。

少时的桦槁林里，一到秋天，常有裤子遮不住屁股、鞋子包不住脚掌的孩子们，拎着半截竹箩在山坡上拾板栗。周楚阳就是在山坡上认识彭玉素的。那天，彭玉素穿着一件天蓝色的上衣，蹲在一棵板栗树下，用一块石头砸一个野板栗的总苞，深绿色的边缘毛刺流淌出痰液似的汁，让她手中的石头变成了绿色。看得出，她在使劲儿让一只没有成熟的板栗苞子提前生产。那时候，板栗树下只剩下一地芒刺，果核已被全数掏空，彭玉素用石头敲打的板栗苞子，是用一根木棍从树上捅下来的，还未成熟。周楚阳走过去，放下背上的竹篓，轻声说："我帮你。"

女孩羞怯地站起来，用手护着身旁的撮箕，看着眼前这个陌生的男孩，没说话，只是抬头看着树上。

树上还有很多板栗苞子，一朵一朵，一丛一丛，在枝头上轻轻摇晃。周楚阳拿起地上的竹竿，对彭玉素说："你让开一点，我给你全部捅下来。"

彭玉素双手提起上衣的衣领，将衣服划拉到头上，护住头部，然后往树根下站。不到一分钟的时间，地上就铺了一层芒刺苞子，有的苞子砸到地上，褐黄色的板栗就脱落出来。周楚阳让彭玉素拣起那些被砸开的板栗，剩下的，他用竹竿在地上使劲儿拍打，不一会儿，彭玉素的撮箕里就装满了板栗。

那是一个暖和的午后，阳光从树杈间照射过来，投到地上，让那些被剥开的板栗芒刺苞子看上去像金黄的麦浪。周楚阳问身边的小姑娘："你叫什么名字？"

"彭玉素。你呢？"

"我叫周楚阳。"

以后就好长一段时间两人都没有见到。几年后，周楚阳去罗卓中学读初中，进课堂刚坐下，发现同桌是一个女孩，她的作业本上写着"彭玉素"三个字。

"南栗"真的很好吃，每一口都是乡愁的味道。周楚阳吃了几粒，觉得不能大快朵颐，得慢慢品味，于是把剩下的栗子放进箱子里，这时候，乘务员已经提示乘客登机了。

当天返回温州，周楚阳召集公司中层干部开会，安排春节期间一切事务。会后，周楚阳对财务主管何清明说："我得提前回老家，公司里的事，你抽空盯着点。"又煞有介事地提醒，"可别又一次被某妖女蛊惑了，我挣点钱不容易。"

何清明"嘁"了一声，说："别那么小气，老是揭人伤疤。我敢保证你的钱小数点往后蹿，你就安心回去吧！"

"对了，上次你说的那个农业项目，要谨慎些，别把钱不当回事。"何清明又说。

2

又待了几日，处理了一些事务，周楚阳踏上飞机的那天，已是腊月二十。下午四点，周楚阳在飞雄机场落地，南栗公司派了司机来接机。到停车场，司机不好意思地说了一句："周总多担待，公司小，开不上好车，将就着坐回去吧！"

的确不是什么好车，就一辆宝骏560，且很旧，不过车内卫生还行。周楚阳说："什么车都只是一个代步工具而已，证明不了什么，依我看来，恰恰说明你家老板不浮躁，实在。"

司机一听这话，觉得有了底，心里敞亮起来，就少了顾及，话匣子瞬间打开："周总是明白人，知道我们大山里这些年轻人创业着实不容易，有周总提携，南栗有救。"

周楚阳大致听出了一个所以然，南栗的确举步维艰，发展后劲大有问题。他没说什么，只是点点头表示很重视合作。司机却收不了嘴，唠个不停。

"向周总汇报，我其实并不是专职司机，我是南栗公司的副总，我叫李峡。奉顾总之命，前来接驾。"

"幸会。"周楚阳伸出手与他握了，示意开车启程。

从飞雄机场出来，一直往东，道路平坦，行车无碍，周楚阳感觉人间说变样就变样，全然没有前些年满路湿滑、泥泞的印象了。他不禁慨叹起世事变迁来，便对司机说："现在干什么都方便了，只要有梦想，前途无量。"

"周总说得对，比方说我。"李峡看了周楚阳一眼，见他不介意自己说话，又打开话匣子，"我出生在南广一个普通的农村家庭，父亲是一名乡村教师。"

"家庭教育很重要，所以你从小就有梦想。"周楚阳说。

"这一点我得承认。"李峡很不谦虚，"所以，从小到大，除了农事我必须学会以外，还得格外注意个人言行，唯恐辱没父亲的声誉。"

"那是自然，学高为师嘛，教师对自己子女的要求往往更严格，不像我，一介山野村夫，放到社会上去历练，至今也还糙得不行。"周楚阳说。

"那是周总过谦。"李峡感觉自己有些尴尬，便转过话锋，"说到梦想，我想起小时候，在当道或人群集中的房屋墙壁上总能看到各种标语，印象最深的是'贫困山区要致富，少生孩子多种树'，那时候，真搞不清楚生孩子、种树和致富之间有什么关系，却无比深刻地记住了'种树'这个词。后来，渐渐了解到这片土地需要什么，于是，有一个梦深深地埋在了我的心里。"

"种树？"周楚阳问。

"我发誓，我一定要把这些个山上全都种上树。"

"你们种得多吧？"

"还行。"李峡说，"但离公司的远景目标还很远。"

"远景先不说，你现在要把握好当下。"周楚阳笑道。

"周总说得对，我们现在最难解决的就是当下的问题，比如资金、市场、产品深加工……一系列问题拧成了一根绳索，套得大家几乎要窒息了。"

"这还不算什么，以后你会遇到更多无法解决但必须解决的问题，做企业，就是在解决问题中过日子。"

"周总说得对。"李峡似乎把这句话当成了口头禅。

"也不一定对。说实话，在农业项目上，和你们比起来，我是个外行。但我服从信念，我是一个有信念的人。"

"我感觉我们现在只剩下信念了。"李峡接着说，"现在，在大火地，春夏季节，极目所见的山上，是一片绿色的海洋，我们经常想到的一个事情就是，无论将来我们的企业成功与否，这万亩南栗基地，都会千秋万代留在这曾经光秃秃的山上，都将会造福这一方百姓。我想，我们的付出，就是为了让这个世界更加美好，这也是我们南栗所有人的梦想！"

周楚阳表示同意，说："坚持才会成功，坚持才会创造奇迹。冬天的寒冷总是和温馨相得益彰。"

也就一小时的路程，在不知不觉的寒暄中，车已驶入县城。入城路宽敞、干净，柏油在午后的阳光下高贵得像妇人的裙摆，两旁的人行道，品红色的"海绵城市"林荫道颗粒铺设让人感到温暖。作为自己的家乡，周楚阳第一次用一种异样的眼光来打量南广，心中颇为震颤。

"我们直接去和谐饭店吧！"李峡对周楚阳说。

和谐饭店是南广县最高级的饭店，准三星级，前年回家，周楚阳住过一宿。今天从机场一路行来，他知道南栗公司的经营状况很是不好，虽然自己回来是和他们洽谈合作事宜的，按常理也应该接受他们的安排，他却不想让这几个年轻人破费，于是对李峡说："住宿不用考虑，我朋友已经打点好了，咱先找个小馆子，撮一顿酸汤红豆苞谷饭，顺便聊聊你们种树的事情。"

"也行。"李峡深信周楚阳所说，便问道，"周总以前最爱去哪家馆子？"

"我无所谓，有酸汤红豆，有苞谷饭就行。"周楚阳说，"可以的话，来一壶荞酒。"

在街上转了几分钟，最后李峡把车停在师范路，他们进了一个叫"谷香"的餐馆。

点了七八个菜，服务员拿了菜单去厨房，李峡打电话给公司总经理顾羽，让他把几个合伙人邀过来。

几人却迟迟未到，服务员催问了好几次是否上菜，急得李峡频频掏出电话催顾羽。周楚阳说："不急不急，手头的事要紧，先忙完再吃饭也不迟，俗话说，好饭不怕晚。"

大约七点半，几个小伙子才汗流浃背地走进包厢，为首一人三十四五岁，微秃顶，一身西服，扎着领带，一进来便紧紧握住周楚阳的手，连声抱歉："真是不好意思，刚从山上回来，半山腰遇到一辆农用车抛锚，我们几个使出洪荒之力，硬是手动挪车，才耽误了时间。"

"真不容易。"周楚阳说，"愚公移山变愚公移车了。"

众人哈哈大笑，遂找座儿放下屁股。顾羽对身旁的小个子年轻人说："我记得车里有两瓶半好酒，前些日子接待电视台记者剩下的，你去拿来，我们陪周总喝两口。"说完很不好意思地看了周楚阳一眼，接着说，"酒不分多少，在于情义，周总性情中人，想必不会介意的。"

周楚阳见过顾羽。去年在温州，一次由吴立春策划的高原农特产品展销会上，他好像穿的就是这套西服，当时看上去就有些皱巴巴的了，如今他还穿着，不过人倒显得很精神。

几人轮番敬周楚阳酒，几人都喝了满杯，周楚阳也喝满杯。杯子不大不小，能装五钱酒。一巡下来，两瓶半酒剩下半瓶。周楚阳喝了六杯酒，足有三两，感觉脸上热辣，便说："可以放慢一些速度，咱们一边喝酒，一边聊聊种树的事。"

顾羽向周楚阳介绍公司的发展情况，越说越细，直说到财务管理等细枝末节，不时有李峡和其他几个年轻人左右帮腔。周楚阳越听越乱，越乱越感觉几个年轻人已经身陷混沌，便说："咱们今天先把饭吃好，改日详谈。"又说，"看我这酒量，都进入状态了。"

"干脆明天吧，咱们先去山上看树，再回南栗公司种树，周总觉得如何？"顾羽说。

"明天还真不行。"周楚阳说，"很不凑巧的是，老家罗卓镇的管镇长今早给我打了电话，让我明天下午参加他们的外出务工人员返乡座谈会，我答应了。"

"那周总安排时间，我们等候。"顾羽说。

3

次日去罗卓，周楚阳本想先回家，不料还在路上，管镇长就来了电话，说备好午饭等他。管镇长在电话里说："周总回家心切，本来应当理解，不过我这里有一位你的故人，听说你们好多年没见面了，有意促成一下，不知周总会不会看在老友的面上，和我们共进午餐？"

听说是好多年没见面的故人，他首先想到的自然是彭玉素。不过只是在一秒钟之间，他就驳回自己的猜测："怎么会是她呢？就算是一个死去多年的人突然活过来，也不可能是她。"他掐了一下自己小耳垂，很疼；再掐一下，更疼。他习惯用这种方式惩戒自己内心的唐突和孤独，这些年一直这样。

"男的女的？"他问。

"周总希望是男的还是女的？"管镇长开起了玩笑。

"那就随便吧，男女都是故人，应当拜访。"周楚阳说。

二弟周全把周楚阳送到镇政府的院子里，对哥哥说："你陪他们吃吧，我先回家。"

周楚阳问："你不吃？"

"我回家吃去。"周全说。

"那么客气干啥？"周楚阳问。

"他请你吃饭，我去干啥？再说，我又不是没饭吃。"周全没好声气。

"人家哪里得罪你了？你这人这么见外！"周楚阳说，"我是你哥哥，有人请我吃饭，我自然要捎上你。再说，人家还怕你吃？"

"有什么好吃的！"周全说，"你去吃吧，吃完了打我电话，我回来接你。"说完发动车子，回去了。

管镇长打着哈哈出来迎接周楚阳，他的身后跟着一个又矮又黑的穿西装的胖子。

"呦呦呦，周总！"胖子老远就伸出手来。

两人握了好大一阵，但周楚阳还是没有想起来此人是谁。

"看来，还真是有些年头了，我提醒你一下，当年读初中二年级，我坐你右手边一排，中间隔着彭玉素。"

又说到彭玉素，周楚阳心里一震，瞬间感觉失态，却又故作镇定，似在努力搜索记忆。想了半天，还是想不出来，他就干脆说："我这记性被狗吃了，属于贱人多忘事，你不妨直接报出大名，以免让我出洋相。"

"陈霜江，麻柳湾的，有印象了不？"胖子说。

"原来是陈电影！"两人同时笑了起来。

的确是邻座。当年一起上学，胖子没这么胖。当年的陈霜江，在班上属于不务正业但也不干坏事的那种，喜欢看电影，经常拿饭票在晚自习时间去黄毛电影院看电影，经常被老师揪着衣领从电影院提出来。陈霜江坐在彭玉素右边的一排，上课时间总用钢笔在写过的作业本反面仿写黄毛电影院小黑板上的放映预告，内容大抵是：今日电影，彩色宽银幕遮幅式枪战武功片——《长城大决战》。

有一次，老师看了他的作业本，整本都是电影预告，就给了他一个外号叫陈电影。陈电影也不生气，心想，这名字也挺好，要是将来也开一个电影院，那才叫风光。后来，陈电影到底还是没有开电影院，而是读完初中二年级就随三叔陈篾匠去了广西，后来就很少有人见到他。

午宴很热闹，足足摆了七桌，客人都是罗卓镇外出务工人员中自主创业的成功人士。说是成功人士，其实也是罗卓镇镇长管应华对在座所有人的尊称。管镇长说："这顿饭，镇党委政府准备了一年，今天终于把罗卓籍各位创业能人盼来了，作为罗卓镇的镇长，本人感到很是欣慰，尤其荣幸的是，我们半道上成功截和了周总，在这里，我代表在县里开会的张书记，带领镇党委、政府班子成员，向在座的各位敬一杯酒，感谢大家的赏光。"

其实也没有喝酒，喝的是茶。饭前管镇长说，规定在前，下午要开会，中午就不喝酒了，晚饭要是各位再给机会，可以小酌几杯。

席间大家各自做些简单介绍，拿茶杯互相碰杯，也是热闹。午餐结束后，众人移步会议室，找了自己的桌签，对照坐了。会议以圆桌的方式召开，靠窗的一面，从桌签的摆放来看，应该属于主座。周楚阳的桌签摆在管镇长的左边，陈霜江的桌签摆在管镇长的右边，看得出，两人的地位在罗卓是相当高的，只是周楚阳至今还不清楚，陈霜江这胖子现在什么来头。

会前每人一分钟自我介绍，从对面一排开始，从左至右。参会的人员自我介绍时，有的很谦虚，说了公司名称和经营范围；有的自我感觉较为良好，就顺带说说年产值；

有的不甘落后，说了自己的前景规划；但大多都言简意赅，因为他们都知道，周楚阳现在是罗卓镇走出去的所有人之中最大的老板，身家上亿，有很好的名声。在他面前，是不能造次的。况且，周楚阳的右手边还坐着一个姓陈的胖子，此人一看就非等闲之辈，谈吐间老是有一些普通话夹带着洋文楂子从舌头里蹦出来，而且尽是些新鲜词儿，举手投足皆流露出十足的霸气。当然，不免也有人私下嘀咕：莫不是做传销的吧！

到周楚阳自我介绍时，管镇长做了铺垫，对大家说："虽然大家都认识周总，知道周总一直情牵罗卓、心怀家乡，这些年来一直为家乡的发展殚精竭虑，为家乡各项事业的进步鼓与呼，但我们还是真诚地希望周总为我们全方位介绍自己，以备今后大家有什么项目合作的机会，可以找周总洽谈，请周总关心。"众人鼓了掌，周楚阳站了起来，鞠了一躬，坐下，说："鄙人也就是一个印传单的小老板，在温州，带领一帮南广老乡劳累，今后如果大家手里有消化不掉的劳动力，不妨交给我，尽量满足需求。"又说，"管镇长不是安排我发言吗？现在先介绍到这里，待会儿发言的时候，我可要多占用大家的宝贵时间哟。"

到陈霜江介绍自己，众人也鼓了掌。胖子站起来，鞠了躬，却没有坐下，而是站着说："我叫陈霜江，麻柳湾人氏，初中未毕业，现在在广州轻纺，专卖布料，主要为国内大型品牌服装企业和部分意大利男装品牌供应上等布料，有兴趣的朋友可以跟我一起研究。"

陈电影没从事传媒，而是干纺织。这小子，一别二十几年，而今一见，虽满身油腻，到底也算是脱胎换骨，让人佩服。周楚阳在心里嘀咕。

介绍完毕，管镇长开始讲话。管镇长说："近年来，罗卓从一个交通滞后、信息闭塞、产业匮乏、经济基础薄弱的乡镇，发展成一个各项事业都领跑全县的乡镇，除了上级党委政府及各级领导的大力关心和扶持，也得益于在座各位罗卓籍创业能人的倾情扶持。毋庸置疑，罗卓的经济发展，主要是靠劳务经济支撑起来的，我们能在各个方面取得如此明显的成绩，靠的就是组织有序的劳务输出，靠的就是在座各位的鼎力相助。在此，我谨代表镇党委、政府向各位长期以来对家乡的无私奉献表示衷心的感谢。"

人们鼓了掌，管镇长接着说："今天，恰逢春节劳动力返乡的大好机会，把大家请过来，主要是想让大家对家乡的发展建言献策，各位能人有什么建设性的意见和建议，请毫无保留地提出来，我们将通过认真梳理、分析研判，把我镇的各项工作做实做细，全面夯实发展基础。同时，也要请在座的各位继续发扬支援家乡建设的好传统，继续在经济上、思路上给予罗卓大力的关心，切实增强罗卓的发展后劲，让罗卓走在全县前列，让家乡成为大家放心的后防阵地。"

与会人员都发了言，大多是结合自己所属的村组基础设施建设、产业培育等方面发表看法，有的也针对政府在服务群众方面存在的问题提了意见，管镇长代表党委政府表示虚心接受，并承诺在下一步工作中努力改进。胖子陈霜江在发言中表达了两层意思：一是罗卓是自己的家乡，自己始终愿意为罗卓的发展出钱出力，机会适当的时候，可以在修桥铺路上给予一定的帮助；二是后悔当初自己读书太少，这些年在外面，没少走弯路，没少出洋相，最重要的是，没少花冤枉钱，所以如果政府能够搭台，他愿意帮助融资，修一所小学校。"当然，如果先考虑在麻柳湾，本人更是愿意当好这个马前卒，不行的话，我拿出个三二十万。"说完"嘿嘿嘿"地笑。

周楚阳发言之前，管镇长又做了铺垫。管镇长说："大家都知道，周总这些年对罗卓的贡献是相当大的，首先，云岭彩印公司解决了罗卓籍务工人员近三百人，这个群体年务工收入超过两千万，其中有一半是我们的建档立卡户，也就是说，我们每年都有相当大一部分贫困人口通过外出务工成功摘除贫困帽，这在其他乡镇是很难做到的。"管镇长转过头来看看周楚阳，见周楚阳会意地点点头，接着说，"其次，我镇的基础设施建设得益于周总的解囊相助，去年光集镇背街小巷硬化，周总一个人就掏了一百万。今天，我们行走在罗卓的街上，不担心鞋子和裤脚被弄脏了，换句话说，我们每个人一年少买几袋洗衣粉、少用几吨水，其实也是一项收入。"

会场有人带头鼓掌，掌声夹杂着笑声，很是热闹。

周楚阳说："机会难得，我想说两件事。"他清了清嗓子，"首先，罗卓镇有了今天的改变，不光是靠少数几个人出于家乡情结的馈赠，更多的是我们揪出了发展的症结，从而精准施策，发动一切力量来推动发展。我想，在座的兄弟姐妹们，你们的贡献肯定都比我大。现在，有了这么好的发展基础，我们需要一如既往地关心家乡的建设，有钱出钱，有力出力，将来叶落归根时，我们可以心安理得地享受我们共同创造的这些成果；其次，我们最应该做的，就是结合实际，培育我们的产业，让一方水土能够养育一方人。"他讲了小时候在山上捡栗子的故事，他说，"咱们罗卓的山上，曾经生长着一大片的板栗，一到秋天，金黄的栗子从树上掉下来，我们背着竹篓就去捡，捡回来用铁锅炒，那味道，哪是今天花十几块钱一斤买来的栗子可以媲美的！"他还说，"尽管现在山上再无板栗树，但我们可以继续利用咱们得天独厚的自然条件，重新在山上种上板栗树，三五年后挂了果，产业培育就初见成效了。"

人们围绕板栗说开，有人说到大火地。有人说："大火地一片，板栗树不下万亩。"

大火地就在县城旁边的麦车乡，和罗卓毗邻。有人说，如果从罗卓镇木桶沟一带开始种板栗，到桦槁林实现成片培育，可以一直延伸到麦车乡的大火地去。

有人问："种那么多板栗，卖给谁呢？"

4

周楚阳回到家，家里人正在磨豆腐。白花花的豆浆盛在一口大铁锅里，大铁锅支在一口灶上，灶孔里燃着柴火，发出噼噼啪啪的声音。周全媳妇站在灶边，拿一把很长的勺子，在铁锅里轻轻搅动。母亲则坐在风口处，怀里摊一把筛子，筛子里装满颗粒均匀的黄豆。母亲的两只手在筛子里翻找着黄豆里的沙粒，见了周楚阳，她似乎想直起佝偻的身躯，但只是微微抻了一下，嘴里轻轻吐出几个字："周老大回来了。"

"也没给你买什么。"周楚阳右手轻轻搭在母亲的肩上，说，"没开车回来，飞机上不方便带，我是空着手回来的。"

母亲没看他，只顾拣着筛子里的黄豆，说："只要你把自己带回来就行，我什么也不要。"

有泪水在他眼睛里打转。转过头去，周楚阳看见三弟周桐的媳妇抱着孩子从屋里出来，对他喊了一声"大伯"。

"周桐呢？"周楚阳问。

"在对面老刘家打牌，一早就出去了，年关不干活儿，却比什么时候都忙。"

"你也是太惯着他了，看不把楼房输成片瓦！"周全走过来，摸了摸孩子的脸，没好声气地说。

"玩一玩可以，可不能当真去赌。"周楚阳说着，把母亲怀里的筛子递给周桐媳妇，自己把孩子接过来。

晚饭吃的是豆豉腊肉、炒新鲜猪肝、一锅豆花汤。坐在火炉边，却不见周桐回来，母亲就叫三媳妇去叫，却听得院坝里传出周桐的声音："哥没在镇上吃晚饭？"也就钻进屋来，嘿嘿笑了几声，自己拿了碗，正欲坐下，又问，"哥可要喝点酒？"

"哪家的酒？是纯苞谷煮的吗？"周楚阳问。

"老吴家的，还是以前的味道，正宗得很。"周桐说。

三兄弟一人倒了小半碗酒，匀平了，各自端着。周桐说："大哥今年辛苦了，咱们喝一口。"

边喝酒，边聊一些村子里的事。母亲说："老大很久不回来，村里的人又走掉了一些。"说的是村里上了年纪的人，这些年都陆陆续续去了地下，说得自己也很害怕的样子。周楚阳说："老妈不用担心，你还有负担哩，你走不了。"

母亲每年都会这样说，周楚阳也同样是用这一句话来回答她。所谓负担，其实是指自己，到现在也还没成家，还没让母亲抱上长房家的孙子。

周全媳妇在一旁插嘴："大哥可要抓紧办，妈的身体一年不如一年了，再往后拖，怕是抱不动了。"

"我倒是不稀罕抱，我这些年抱你们家的，抱老三家的，这把老骨头都抱松了。"

"还是没有消息？"周桐轻声问周楚阳。

"不是没有消息，是不肯给我消息。"周楚阳喝了一口酒。他们说的是彭玉素，那个让周楚阳寻找了十几年的女人。

众人就说些别的。说到小姑，说到表弟萧寒。"这家伙还和以前一样，正事不干，只拿你当摇钱树？"周全问。

"又能怎样？难道让他当叫花子去！"周楚阳说。

又说些别的。说到桦槁林，周楚阳问："之前开荒栽种烤烟，现在那些土地还种庄稼吗？"

"早就不种了，现在荒着，里面长满了灌木和一些稀奇古怪的草，人也不容易进得去，满是刺，听说有人在路口遇到过野猪，不止一次。"周桐媳妇说。

"哥为什么突然问起这个？你是要回来种地吗？"周桐媳妇问。

"我想种树。"周楚阳说，"我想种一坡板栗，让它们枝繁叶茂，连接到麦车的大火地去。"

吃完晚饭，天色尚早，三兄弟出门循着村道溜步，溜着溜着就往后山上走。后山上的一面山坡，还沐浴着夕阳的余晖。三人找一个平坦处，拢着枯草坐下，一眼就瞧见大房子村民组成片的农舍，那些新近打造过的白墙青瓦，像一幅水墨，恬淡而安静。周楚阳目及之处，是彭玉素家旧房子的位置。

"快二十年了。"周楚阳说。

周全和周桐都没说话。

当初因为抢田水，两家人发生冲突，周楚阳的父亲周天贵死在彭玉素的父亲彭贵武的锄下。原本会成为一家人的两家人，从此势不两立。周楚阳和彭玉素，原本应该拥有一段美好的姻缘，却因此劳燕分飞。

那个当了不到一年小学教师的"仇人"的姑娘，在周楚阳因为无法战胜心魔而选择离开故乡后不久，毅然辞去公职到远方去了。而那时候，她已经怀有三个月的身孕。

堪比小说上的故事。三年后，从传销噩梦中逃离出来的周楚阳，获得了母亲的原谅和两个弟弟的同情，从此一心一意满世界寻她，直到现在。所有人都明白，他寻找的不只是彭玉素在这个世界上的具体位置，还是对方施予自己的一种接纳，这样的寻找，充满着无比的艰辛和疼痛。

彭玉素家的旧房子不见了，取而代之的是农投公司新建养鸭场的临时办公用房，蓝色的棚顶上，反射着落日一时落不下去的光斑。前年春节回家，也是黄昏时分，周楚阳去过那里，看见彭玉素家的房子锈蚀得只剩下几根断梁，遍地的瓦片长满青苔，枯草枕在坍塌的楼柱上，在冷风中打战。没有任何人间的迹象了，这座房子里的人，都去了别的地方。彭贵武去世那一年，其实也就是彭玉素出走的那一年。因为一丘田水，彭贵武误伤了周楚阳的父亲周天贵，以至于半年后，周天贵不治而终，难说不在他心里种下阴霾，成为积郁；一年后，"锄打鸳鸯"的事实终酿恶果，周楚阳和彭玉素皆不知去向，而后者，竟然为了一个男人而弃家人不顾，当是报应。彭贵武死了，他的儿子彭玉乾砍了后山的寿木，一边为他风光超度，一边数落他之前的种种不是。

"她回来过一次，那时你还在北海。"周全说，"那女人头顶孝布为父亲上坟，整个庙坎、大房子、木桶沟的人都听见了她声嘶力竭的哭声。"

"那时我们都以为你遭遇不测了。"周桐说，"我们去找过她，她不和我们说话，老妈也去找她，问她你们的孩子在哪里，但她就是不说一句话。"

"老太太不再寻死觅活，倒也出乎我的意料。"周楚阳说，"说实话，我也恨过他们家的人，但我更恨那些年我们所过的穷日子，仅仅是为了一股麻线大小的田水，就伤了人命。"

"你是铁了心非她不娶了？"周桐问。

"我无法战胜自己。"周楚阳说，"当初，你们也恨过我，说我没出息，我也怀疑过自己是一个没出息的人，而事实上，如果换作你们，不也和我一样？"

两个弟弟都没有回答他，他们想象不出来这样的事如果落在他们的头上，该做什么样的选择。

这些年来，周楚阳在外打拼，按照自己的话说，简直是"八死一生加一死"，每一次铆足了劲儿开始，结果都是遍体鳞伤地回来。那些苦难的日子，他的两个弟弟想都想不到，更别说别人。有很多次，他问自己："周楚阳，你活着干什么？"他自己也回答不上来；他又问自己："周楚阳，如果你就这样死去，你甘心吗？"他还是回答不上来。其实他死过，在北海，陷进了传销的圈套，若不是命大，哪还有现在名冠乡里的创业能人、成功企业家周楚阳！

"我要把整个桦槁林都种上板栗树。"他说，"我要让板栗树生长在我熟悉的乡下。"

"大火地，多么好听的名字。从明天起，我要让庙坎、木桶沟、大房子三个村子的山坡上长满茂密的板栗树，我要让它们都叫大火地。"

5

朱立冬给周楚阳打电话："周半城迫不及待，考察结果如何？"

"暂未进入实质性考察阶段，目前在家触景生情，先缓一两天再做打算。"周楚阳说，"你小子是准备隔岸观火，还是决意蹚我这潭浑水？"

"我是个顾及身家性命的人，还没决意，我不打没有把握的仗。"

"生意场上，没有绝对的把握。"周楚阳说，"关键是，能不能让你看到希望。"

"你看到希望了？"朱立冬问。

"我看到的是，一方水土能养活一方人，这就够了。"他又问，"你什么时候回来？"

朱立冬说现在正在候机，不误点的话，下午四点能准时降落飞雄机场。朱立冬说："也要向周总学习，回家触景生情去，年前如果不进入实质性考察阶段，准备走亲串户，吃酒打牌，过一个花天酒地的年。"

周楚阳喜欢朱立冬豁达、明朗的性格，在某些方面，这个人和自己有很多相似之处，不斤斤计较，遇事处变不惊，有干大事的潜质、胸怀和气度。在温州，两人的交往还算密切，前些年周楚阳还在到处拿订单的时候，两人就经常在一起互相使劲儿，按照他们的共同语言，叫"相互怂恿，共同下水"。后来周楚阳的生意越做越大，可谓风生水起，而朱立冬仍然不显山、不露水地研究高原特色农产品，到底有没有做出大名堂，真不好猜测。朱立冬的经营模式与周楚阳有着本质上的差别。周楚阳的生意主要是抓生产，能听到钞票在印刷机上滚动的声音。而朱立冬不同，他的手里攥着一根线，线上有无数个点，每个点都能给他带来一定的利润，却又让人觉得微乎其微。朱立冬在温州是过着有声有色的日子的，这一点，别人看不出来，周楚阳却很清楚。后来两人在一起的日子少了，其实不光是因为周楚阳忙，朱立冬也很忙，只不过，朱立冬忙起来的样子也像不那么忙。按照周楚阳的说法：朱先生茶泡得最有味道的时候，往往是没有时间亲自品尝的。

在周楚阳决定涉足农业项目的时候，首先想到的，就是朱立冬，原因有三：朱立冬稳重、踏实的性格让每一个合伙人放心，这是其一；朱立冬多年来一直从事高原特色农产品的销售，自是练就了一身好本领，对市场的把握准确、到位，这是其二；在资金方面，朱立冬可谓"生财有方"，具备相当丰厚的实力，那次在"友意思"吃饭，朱立冬一句"干就干"就让周楚阳心里有了底，这是最关键的一点。一旦看准，只要控制好规模，明确好定位，胜出的把握应该在百分之六十以上。

"先别花天酒地，在城里住一晚，我明天一早来，马上进入实质性考察阶段。"那头仿佛还想说点什么，周楚阳挂断了电话。

南栗的总经理顾羽携李峡和一干人等在和谐饭店等待周楚阳和朱立冬。上午十一点左右，两人赶到。顾羽提议先找个地方吃饭，再开展工作。周楚阳说："两瓶半酒都喝完了，这饭还怎么吃？"顾羽说："让周总见笑了吧，小家人户办事，容易留下笑柄。"周楚阳说："顾总莫不是当真了吧？我的意思是，你得再准备两瓶半，下午再整两杯，中午不便喝酒，饭还吃，不过，要去你的公司里吃。"于是众人上车，十分钟后，到了南栗公司。

南栗公司在西环路上，办公楼租用的是三层民房，面积不大，却有模有样。顾羽向员工介绍了周楚阳和朱立冬，便领两人去了自己的办公室，当即吩咐工作人员拿几袋"南栗"产品过来。

"我在深圳宝安机场买过两袋，吃过了，感觉不错。你就拿一袋给朱总尝尝吧。"

顾羽知道周楚阳早就暗中关注南栗，心里自是高兴，感觉有了几分把握，便追问："周总感觉如何？"

"我是个味盲，吃什么都跟没吃过似的，待朱总尝过，问他。"他又补充了一句，"朱立冬先生经营高原特色农产品有些年头了，吃遍了山珍，他的舌头可不一般。"

说笑间，工作人员送来了南栗，顾羽打开一袋，把包衣破了，递给朱立冬，又给周楚阳递了一颗，自己也往嘴里放了一颗。

"感觉味道很熟悉，是小时候的味道。"朱立冬说。

"还有没有其他味道？"周楚阳问。

"说不清楚。"朱立冬说，"好像有一股蒸馏水的醇香，像酒。"

"你是说，有一种别的栗子无法拥有的特质？"问这话的是顾羽。

"应该是吧，我觉得，品质是相当不错的。"朱立冬说。

"以朱总的判断，南栗的品质是否具备征服更多消费者味蕾的条件？"顾羽乘胜追击。

"这就不好说了。"朱立冬说，"世界上那么多珍馐美味，也不是所有的都能赢得市场，就看你怎么去营销。咱们云南的好东西实在是太多了，比如说，乌蒙山中数不尽的野生菌，培育后实行家种，品质也比别的地方好得太多，但是你看看，全国市场上，有多少野生菌是咱这一带的？"

"其实不瞒两位老总，我们缺的就是营销技术，目前我们甚至不知道从什么地方下手。"李峡在一旁说。

"意思是说，你们的生产和加工没有问题？"周楚阳问。

李峡一时回答不了。朱立冬说："往往生产和销售是对等的，如果你的库房没有囤积太多的产品，你囤积的产品不至于拿出去销毁，就不能说明你的销售有问题，或者说，不仅仅是销售上的问题。"

又了解了很多情况，比如仓储、经销商管理、网店开发等，大致知道了基本情况。周楚阳建议先吃饭，吃完饭再去看看深加工基地和种植基地。

公司开了食堂，平日里员工们只要不在基地上，都在食堂里吃饭。今天来了周楚阳和朱立冬两位贵客，顾羽怕怠慢客人，便吩咐员工去外面的餐馆里点了菜，让服务员将菜送到食堂里来。周楚阳说："你们平时伙食不错嘛，一人平均两个菜，不怕养成微腐败吗？"

顾羽略显尴尬，说："两位老总是客人，我们也是借你们的光，顺便改善一下。"周楚阳说："我们不是客人，我们都是这片土地上生长的野板栗，大部分时间都浸淫在寒霜之中，要说享受，只要有钱，每天都可以变换着不同的花样吃，但眼下正是创业的艰难时期，吃好吃坏不用太计较，能填饱肚子就成，顺便也为将来忆苦思甜做好准备。"

众人笑。顾羽听得周楚阳一番话，内心又增加了两成把握，感觉合作有望。

下午去云栗深加工基地。基地离县城不到五公里，打个盹儿就到了。周楚阳和朱立冬在顾羽等人的引导下，分别参观了南栗制造的整个流程，没说什么话。下午四点钟，他们来到大火地，参观南栗的种植基地。

县城往东十余公里，到了麦车。三面大山环构，往三个方向绵延。山是十几年前的农用地，坡度约四十五度，山地一小块一小块往上叠，一层一层奔向山顶，几面山坡加起来，有上万亩。车行山脚，抬头望，漫山遍野的土黄，落了叶的板栗树，只剩下光秃秃的树干和枝条，竟然有些萧索。车停下来，往岔路上去，看见落了叶的板栗树仍然精神万状，虽缺少绿叶的陪衬，人们的内心却点燃了生机。的确下了功夫，也花了不少钱。这是周楚阳的第一感受。问顾羽这一坡板栗树能收多少，顾羽说："目前收不了多少，大多是前年才挂的果，生长还不稳定，满山收下来，也就十来万公斤。"周楚阳笑，说要是以后都这样，肯定是赔本的买卖。李峡在一旁说："果倒是挂了不少，捅掉的要占百分之八十，承受力相对较弱。"

行至山腰，抬眼处，可看见老家方向，桦槁林隐约的轮廓在周楚阳的眼睛里影印着遥远的记忆。要是这一坡板栗树从这里出发，一路生长，到了桦槁林，少说也应该在十万亩。"的确大有可观。"周楚阳说。"什么意思？"朱立冬问。他没回答。

当晚留宿县城，周楚阳和朱立冬聊到后半夜，就南栗当前的情况做了认真分析，但心里都没有底。最后，朱立冬建议，请农科院的专家帮助论证。

"这个倒是没问题。"周楚阳说，"我担心的是，这么多板栗，到时候都给哪些人吃。"

6

次日清晨，周楚阳从睡梦中醒来，手机短信提示音响起，打开一看，是蒋达蜀发来的："彭小姐已回东莞，据可靠消息，不日将会回南广县过年，周总可以在家守株待兔，将其擒获。"

这川娃子，竟然也学会了胡言乱语，好笑至极。不过这条情报如果属实，他还真的可以伺机与彭玉素"撞个正着"。他转而又想，彭玉素老家现在已经没有人了，她的母亲多年前就被她接往外地，哥哥彭玉乾，据说早就在安徽做了上门女婿，几年回来一趟。彭玉素即便回南广，最多也只是在城里待上几日。周楚阳越来越觉得蒋达蜀的消息不靠谱，于是拨通了他的电话。

"可靠消息有几分可靠？"周楚阳问。

"她的员工告诉我的。"蒋达蜀说，"昨天上午我去过了，听说她已回到东莞，正安排学校春节期间有关事宜，年前会回南广一趟。"

"回来干什么？"周楚阳问。

"哪晓得？"蒋达蜀笑，"人家不会连住哪个宾馆都告诉我吧！"

又是路边情报。周楚阳深知蒋达蜀这个人，办事态度没什么问题，就是办事效率不高，尤其是这种需要精细化操作的事，对他来说简直无法拿捏。和他交往的那些年，周楚阳眼中的蒋达蜀，就是一门"大炮"，事儿八字不见一撇，就满世界嚷嚷。"你不会到处宣扬我托你找人的事吧？"他问蒋达蜀。

"这有什么？"蒋达蜀说，"你敢做，为什么不敢承认？"

"承认什么？你这川娃子！满世界宣传，她不得到处躲你？"周楚阳说。

"问题的关键，是她愿不愿意见你，这不是你说的吗？"蒋达蜀反问。

挂了电话，周楚阳心情很低落，瘫在床上不想起来。此时，朱立冬的电话进来了。周楚阳问："什么事？"

"我刚才给你发了一个链接，你看一下。"

他打开微信一看，是一条关于南栗公司与麦车农户土地纠纷的帖子，标题是《坑爹企业强占农民土地，南栗还是南霸天？！》。

内容是南栗公司租用农民土地五年，没给农户一分钱的租地款。说的是很多农户，但文中出现的仅有两个名字。周楚阳思忖，目前南栗的效益不好，欠了一大屁股债，拖欠农户租地款也是有可能发生的事。但从本文看来，情况好像不是那么简单，肯定有人在背后捅刀子，因为没有领到租地款的毕竟是少数农户，这中间的缘由，岂是一下子就能弄明白的！当然，这个帖子也给周楚阳提了个醒，要把南栗做大，压力着实不小。

没理由啊！昨天在南栗种植基地，周楚阳还和一个员工有过短暂的交谈，南栗的员工对公司的管理团队是相当认可的，从这一点来说，顾羽、李峡他们几个人，不是那种欺压百姓、胡作非为的人，除非已经走投无路了。

"在公司工作辛苦吗？"周楚阳问一个年轻妇女。

"辛苦，但我很开心。"女人说。

"什么事让你感到开心呢？"周楚阳问。

"以前，我和我老公去外面打工。那时孩子刚断奶，才会吃饭，就交给爷爷奶奶照顾。在外面工作，每天下班后都特别想孩子，只要有时间，就给家里打电话，在电话里听到孩子奶声奶气叫妈妈，就会忍不住哭起来，哭够了，又继续工作。后来，孩子的奶奶病了，我们攒的一点点钱也都花光了，孩子和老人都需要照顾，我就回来了，赶上公司招工，由于我家是贫困户，就被优先录用了。"女人说到动情处，用手揩了揩眼睛。

"现在，工作虽然辛苦，但每天早上可以做饭给儿子吃了再来上班，晚上又可以抱着宝宝睡觉，心里很踏实。"说到这里，她又擦了擦脸，"你不知道，以前是在电话里听孩子喊妈妈，现在是孩子天天在耳朵边喊妈妈，感觉声音都不一样，甜蜜蜜的。"

看着洋溢在她脸上的幸福的笑容，周楚阳感到一丝欣慰。他知道，对于大山深处走出去的农民的孩子，家乡便是他们的世界；对于祖祖辈辈厮守在老家的村民，土地便是他们的世界；对于年幼的孩子来说，也许，父母的陪伴才是他们的世界。周楚阳又想起少年时代的桦槲林，想起那些板栗树。他在心里说：我要种一棵属于自己的树，让它生长到天上去。

在南栗生产车间，他同样和几个工人有过接触，询问他们是否领到了工钱，加班是否有补贴，结果都令他非常满意。南栗公司总经理顾羽、副总经理李峡在员工中有很高的声望，部分员工也知道，南栗的效益不太好，但他们都表示，愿意和公司共渡难关。

这就奇怪了，难道他们到来之前，顾羽他们暗中做了手脚，唱了一出"狸猫换太子"的好戏？

他决定实地走访。起床吃了早餐，约上朱立冬，按照帖子里反映的名字，他们去了麦车，找到了声称没有领到土地款的两个村民，一个叫许平贤，一个叫何吉平。

两人都非常愤慨，说哪里见过什么租金，五年了，一个子儿也没有拿到。

"他们就是一群狼，强占了我们的土地，还要让我们去给他们做工。"何吉平说。

"你去了没有？"朱立冬问。

"我才不耐烦去，这种背时买卖，早晚赔个精光。"何吉平说。

周楚阳又问许平贤："他们租用你的土地，事先你不同意吗？"

"我没有在家，我在广东打工，今年才回来，地是从我父亲手里拿去的。"许平贤跷着二郎腿，吐着烟圈。

"兴许土地款给你老爹了。"朱立冬说。

"给个球，不信你问去。"

旁边几个村民哧哧笑起来。

"你老爹在哪儿？"朱立冬问。

一个村民说："他老爹被阎王老儿请走了，死无对证。"

周楚阳示意几个村民走到旁边，悄悄问他们："这人说的是事实吗？"

"不知道！"他们摇头。

"你们呢，你们的土地是否给南栗公司种板栗？"周楚阳问。

"给了一些。"有人说。

"租金得到了吗？"

都不说话。其中有一个村民反过来问周楚阳："你们是政府派来的吧？"

其实也知道是怎么一回事了，一定是有人挑唆，想让南栗公司的生意黄掉。周楚阳和朱立冬离开麦车，返回城里，一路上思忖到底是什么人想拿南栗说事，朱立冬说，估计是有人想把南栗吞掉。

"这免疫力未免也太低了。"周楚阳说。

帖子是一个叫"南广驿站"的公众号发出的，下面有很多评论，大多骂南栗公司强行征用农民土地，骂这帮强盗不得好死。内容如出一辙。周楚阳对朱立冬说："真是见鬼，就没有一个说好话的？"

"肯定有啊，但被后台屏蔽了。"朱立冬说。

"这些自媒体，看来没多少良心啊！"周楚阳说。

"只有流量才是良心，利益才是良心。"

到了城里，周楚阳问朱立冬接下来干什么，是深入考察还是暂且别过，是继续找顾羽他们详谈，还是先花天酒地。顾羽说："周半城说了算。"又说，"个人觉得，南栗的确是好东西，有卖点，运作成功的话，能挣到钱，最关键的是，有利于促进南广的生态恢复，这是最大的良心。"

"可以理解为你看好他们？"周楚阳问。

"我看好这个项目。"朱立冬说，"至于他们，问题多多。"

"挺正常的。"周楚阳说，"咱们开始创业的时候，不也死去活来多少次吗？"

"那不一样。你是你，他们是他们。再说，没有必要在同情别人的基础上达成合作。"

"这一点我明白，我只是想，他们打下的基础，不仅是体现在投资方面，最重要的还是，他们用青春赢得了时间。"

"这话我赞同。"朱立冬说。

这时电话响起，是顾羽打来的。一接通，那头就大声地问："两位老总可还在城里？"

"此时还在。"周楚阳说。

"要不要找个地方坐坐，顺便请你们支支招。"

"你是说'南霸天'的事情吧？"周楚阳在电话这头笑。

"周总真是有心人，看来很重视这次牵手，'南霸天'的事，明摆着有人暗地里放炮。"

"如果不处理好，炮声隆隆啊！"周楚阳说。

"我正着急哩，想请两位老板不吝赐教，不行的话，我再去弄两瓶半好酒？"

两人都在电话里哈哈大笑起来。周楚阳对顾羽说："朱立冬先生忙着回家花天酒地，我也要触景生情，看来好酒只能改天了。"又找了几句托词，"春节嘛，总该有个春节的样子，从这么远的地方回来，大年三十了还谈工作，对不起车费。"

7

吴立春到达南广县城时，正是晚饭时分。周楚阳刚从县城回到老家，正端上碗准备吃饭："早不来迟不来，你这个点给我打电话，无非就是两种结果，要么你自己吃饭，要么各人吃各人的。"

"你这不是废话吗？何来的两种结果？各人解决呗。"吴立春说。

"吴策划就是聪明！"周楚阳说，"一直等你回来，和我们一起考察南栗，你倒好，赶着饭点来，却碰上一个杯空人去！"

"意思是，你们谈砸了？"

"怀疑我们的眼光！"周楚阳说，"的确与你当初预料的一样，南栗已经成为一个无底洞，怎么填，要讲水平。就像面对一个病人，是打针、吃药还是输液，得根据病情而定。"

"找准病根，自然药到病除。如果只是一个伤风感冒，岂能滥下猛药！"经常与周楚阳对话，吴立春也学会了在适当的时候用一些比喻。

"什么病情暂不确定，还需专家会诊。年前你说过，你农科院的那个朋友，可否帮我联系一下？"周楚阳说。

"过了年再说吧，今儿已经腊月二十五了，谁还不回家过几天年！"

也就作罢。周楚阳吃完饭，丢下筷子，又掏出手机，问问何清明厂里的情况，那头说："再赶一天工，手里的活儿就差不多了。云南的老乡从腊月二十一就开始陆续踏上返乡旅程，留下来的多半是温州本地人，他们明天干完，也要回家张罗过年的事情了。"

"安排好春节期间值班事宜，注意做好安全工作。"周楚阳说。

"这个你不用操心，好好研究你的农业项目去。"何清明说。

周楚阳的云岭彩印公司发展到这个规模，其实已经达到了极限。首先，就区域化经营的辐射效果来说，云岭基本实现了供求最大化，就算再扩大规模，再引进技术，盘子里的菜也不见得会多出多少；其次，随着自媒体的无限扩容，纸质宣传阵地一再降温，印刷行业受到的冲击有目共睹，云岭公司能够逐年增效，已经超乎想象。当然，周楚阳能够在温州这样的地方建立起自己的客户体系，说明其自身免疫力是无比强大的，就算吃老本，也能吃好长一段时间，用不着再花多少精力、多少投入。这一点，周楚阳比谁都看得清楚。云岭公司可以在保证正常运营的前提下，交由何清明打理，自己当甩手掌柜，也不会出多大问题。所以，周楚阳需要自己的第二产业，换句话说，周楚阳需要用一种有效的方式回到故乡，在实现自身价值的同时，挽回自己之前一再错过的东西。

周楚阳决定种一坡树，板栗。周楚阳想用一种舌尖上的乡愁捆绑更多在远方的游子，让他们通过回到过去，慢慢回到故乡，认领这片土地上曾经被丢掉的一切。

腊月二十六，乡间的年味越来越重了，人们开始备办年货。南广县有个习俗，过年吃汤圆。汤圆的材质和其他地方一样，皮用糯米，碾细，用罗筛筛过，用开水搅了，放在案板或簸箕里揉，揉成一整块，再一小坨一小坨掐开，擀成皮。馅儿最考究，有好几种，前些年，汤圆馅儿用的是酥麻和红糖，放在碓窝里碾，碾成一整坨，分成硬币大小的小块，放在擀好的皮里。后来用的是富油馅儿，就是在红糖里加上剁碎的生猪油，加陈皮、芝麻，同样分成硬币大小的小块。做好的馅儿放进擀好的皮里，摊于掌心，用几根指头慢慢拢，然后用指尖控制造型，包成三角状，俗称三角汤圆。吃汤圆往往从大年初一开始，每天早上都要吃，一直吃到正月十五，富裕的人家，要吃完整个正月，称"正月不完年不完"。周楚阳的母亲在腊月二十六这天早上六点就起床，招呼两个儿媳妇把闲置在炕房里的碓窝洗干净，自己拿了生猪油和红糖，放进碓窝慢慢碾，两个儿媳妇忙着洗陈皮、炒酥麻。酥麻在炒锅里发出噼噼啪啪的声音，散发出纯正的清香。周楚阳起床后，走到院坝中央的一棵李子树下，看见母亲正弯着腰从碓窝里舀汤圆馅儿，准备过去帮忙，被母亲左手一推，说："大男人笨手笨脚，哪是做这个的，你看你两个兄弟，还蜷在被窝里睡大觉哩，你要是有心，赶紧找个媳妇，趁我这老婆子还在，方便时也使使嘴。"周楚阳又是一阵心痛，突然想起昨天蒋达蜀在电话里说的话，彭玉素会回来，于是找了个僻静处，给在南广城里教书的高中同学王白璐打电话，说："若有彭玉素回乡的消息，麻烦告知一声。"

王白璐说："没听说过她要回来。自从做了你的线人，彭玉素就再也不理我了，就算她回来，也不会让我知道。"

"你路子广，她要是真回来，你一定会知道的。"周楚阳说。

王白璐在电话那头开玩笑："真是有情有义，等了那么多年，硬是不考虑在另一棵树上吊死一次，说不定人家早已跟定别的男人了。"

她说的"另一棵树",是指她自己。十年前,王白璐和一个叫夏志的同事结了婚,婚后有了一个男孩。夏志不甘三尺寡淡讲台,一心想搞仕途,硬是嚼烂了诗书,点坏了油灯,考为一名公务员,从此浪迹于杯盘酒樽之中,说庙堂官话,办民间小事,三天两头不着家,到底还是受不了诱惑,拿了不该拿的东西,被组织上办了。丢了工作的夏志,竟无半点悔意,怪自己根基屡弱,后台不硬,在家晃荡了小半年,终与王白璐离了婚,到大地方讨活去了。王白璐一个人带着孩子过,一边以前夫为反面教材教育孩子,一边痛恨自己当初瞎了眼找了个假丈夫。直到有一年,在南广县城遇到回乡办事的周楚阳,邀周楚阳去家里吃饭,自此重生眷念,几回明里暗里示爱,却没有丝毫进展。

"你就不怕我知道她的行踪也不跟你说?"王白璐问道。

"亏你还是同班同学,这事你也做得出来。"周楚阳这样回她。

开了些无关痛痒的玩笑,最后也挂了电话。周楚阳在心里想过,如果没有和彭玉素之间的那些瓜葛,凭王白璐那张漂亮的脸蛋、那姣好的身材,以及三年的同窗之情,也是可以征服自己的。有时候他想,要不就接受王白璐得了,这样的爱,说纯洁也说得过去,说将就也还行。但往往这样的念头让他瞬间就有了极大的负罪感,他又使劲儿掐自己的小耳垂,让自己痛出了眼泪。

母亲见周楚阳一个人在院坝里打转,就走到他身边,说:"周家老大,翻过这个年,你就四十岁了,四十岁,就该走下坡路了。"周楚阳说:"是。"母亲又说:"周家上上下下没有你这样的人,等一个人等了十几年,到头来连个影子都没等到,你是要让你死去的爹从土巴里坐起来骂你几句才开窍。"周楚阳说:"是。"母亲用围裙揩了揩眼泪,说:"你这活该孤老的周家老大,你这看不开光阴的周家老大,你在外面当大老板,挣大钱,以后连个继承人都没有,你图个什么?"

周楚阳没说话,只是低头盯着手机屏幕。他不敢看母亲老泪纵横的样子。

两个弟弟从屋里走出来。二弟周全一边打火点烟,一边说:"凭你的条件,想找什么样的女人都不是难事,干吗一定要等一个铁了心的女人呢?"

"谁说她铁了心了?"周楚阳说。

"谁不明白呢?只有你不明白。"周全说,"当初你不打招呼就离开了人家,还没把人家的心伤透?"

母亲在一旁流眼泪,听周全这么一说,就哭出了声,嘴里叨叨着:"报应啊,真是报应。"

"都少说两句吧，大哥这些年也不容易。"三弟周桐说。

8

吴立春一早就打来电话，问"周总可起床了"。

"还在床上躺着哩，好不容易回个家，着急起床干吗！"

"可别睡了，我们半小时后到你家。"

"你们？"周楚阳想知道，吴立春又结交了哪路神仙，"你们都有谁？"

"两个人，我和甘副县长。"吴立春说，"南广县分管文教卫生和旅游开发的副县长，早就想见你一面了。"

"什么时候接上头的？老实交代！你不会把我卖了吧！"

"你能值几个钱？"吴立春说，"人家是尊重你，看你在外面混得不错，想和你聊聊，适当的时候，给你一些平台，让你回家乡发展。"

"这回我算是听明白了，重点是让我回来。说说，都有什么政策？"周楚阳步步紧逼。

"来了再说。"吴立春挂断了电话。

副县长亲自来拜访，不能失了礼数。乡旮旯里，此君驾到，少不了要吃一顿饭，喝一杯小酒，周楚阳遂吩咐二弟周全安排两个弟媳做饭，问："家里有瓶装的酒吗？"

"没有，散装的有一桶，老吴家的苞谷烧。"周全说。

"不太好吧！"周楚阳说。

"什么好不好的，现在这些当官的，都喝苞谷烧。有一回我去镇里办事，正碰上老吴给他们送酒，一送就是几百斤。镇里的干部们都说，小作坊酒不上头，喝了踏实，又便宜。再说，如今这个时代，谁还敢喝瓶装酒！"

不一会儿，吴立春和甘副县长就到了。汽车停在院坝里，吴立春先从车上下来，为坐在副驾上的甘副县长开车门。一个体态微胖、个头儿不高的中年男人走下车来。周楚阳迎上去，甘副县长一把就抓住了他的手。

"早闻大名，南广籍著名企业家，今天可是见着了。"甘副县长声音沙哑，好像是报告做多了，嗓子出了问题。

"甘县长抬爱，我算不上什么企业家，也就是一个打工者而已。"

"这样的打工者，越多越好啊，要是每个打工者都像你一样，我们南广可就成华西村了。"说完一个哈哈。

进了屋，周全媳妇为他们上了茶，说："饭一会儿就好。"

甘副县长说："不急不急，我们刚吃了早餐。"又说，"见了周总，哪还有心思吃饭！"

吴立春在一旁说道："周总这些年在温州没少帮衬南广人，在他的带动下，南广确实有很多人做得不错。"

"都是人才，比如吴策划。"周楚阳补了一句。

"山水育人，这话不错。"甘副县长清了清嗓子，接着说，"从麦车方向看罗卓，真切得很，几山赶趋，落于龙宗，按照阴阳先生的术语，叫'四门斗地'。往往这样的地方，都是出人才的。前些日子，罗卓的镇长管应华对我说过，罗卓镇这两年的经济支撑属于劳务收入，打工经济在罗卓开花结果，靠的就是周总、吴总这样的人，一个地方多几个像你们这样的领跑者，何愁发展不起来！"甘副县长一席话，委实让周楚阳长了见识。

"还不是地方政府领导大力关心、支持的结果。"周楚阳说，"政府每年有序组织青壮年劳动力到外面去，就是为了让他们有工打，有钱挣，单从'输得出'这个环节来说，就下了不少功夫，咱们南广人，只要给平台，就能出实绩。"

"这倒也是。"甘副县长说，"虽然劳务输出不属于我分管，但我也知道个大概，汪县长每年可是花了很多精力在上面。眼下，南广县的劳务输出做成了全省的试点，得益于你们这些当老板的。前些天，汪县长又安排我们几个副县长，务必抓住春节期间农民工返乡的机会，多接触地方乡里贤能人，结合自己分管工作实际，动脑筋，千方百计引进人力财力，打造地方龙头产业。这不，我一大早就来打扰了！"

"甘副县长有何指示，尽管下达，能做到的，周某定不推辞。"周楚阳说。

"有你这句话，我自然是信心百倍。不过，这也要取决于周总的态度，我的想法是，谢绝馈赠，欢迎合作。"他笑了笑。

"这个我明白。"周楚阳说，"关键是要看什么项目可以合作，如果仅仅是为了合作，随便摆一个摊子，肯定没多大意思，还不如走心馈赠。"

"所以说嘛，我们今天要先探讨探讨，看你对什么东西感兴趣。"甘副县长说。

"甘副县长分管的工作，这几年做得风生水起啊！"周楚阳说。

"你的意思我明白了，但这哪是我的功劳啊，全县各项事业发展取得的成绩，是县委精准安排、政府高位推进的结果。就拿师大附属南广中学来说，那么大的项目，那么大的成果，可以说是举全县之力，同时得益于社会各界的高度关注和关心。南广要实现脱贫摘帽，必须要办这样的教育，这是县委赵云芃书记带领县几家班子与全县人民达成的共识。师大附中的教学质量，大家都很清楚，马上进入高考，有望一炮而红。"

"还有医疗。"甘副县长接着说，"华西、同济等全国大医院暖心联盟，城南医院零缝隙进入角色，非大手笔岂能做到！"

"是啊，作为南广人，我们为南广的发展感到骄傲。"吴立春说。

"不能袖手旁观啊！"甘副县长说，"就算走到天涯海角，你始终是一个南广人，始终摆脱不了一个南广人所要承担的社会责任，这也是县委政府对每一个南广籍企业家寄予的殷切希望。当然，我这样说，可能太不礼貌，但南广真的太需要发展了，南广太需要你们了，南广这个家，已经穷不起了。"

甘副县长还讲了本届政府的发展规划，向周楚阳介绍了南广县目前的重点工作。甘副县长说："目前，我们要结合实际抓好乡村旅游，把南广推介出去！"

午饭准备停当，周全媳妇进来收拾回风炉上的茶杯，说："没什么吃的，胡乱整了几个家常菜，领导们将就着吃。"

上了一个豆豉腊肉、一个粉蒸排骨、一个炒肚头、一碟盐水花生拌折耳根，炒了个回锅洋芋片，煮了一锅酸菜黑豆腐，回风炉上摆得满满当当。周全取了几只大碗，每个碗里都倒了大半碗酒，说，每人先喝一碗，喝完又加。

甘副县长"嘿嘿嘿"地笑，说："能喝完碗里的就不错了，哪能加得动！"于是端了酒，招呼周全和周桐坐下，站起身来说，"今天很是高兴，拜会周总一家，我要反客为主了，敬大家一杯，一来预祝春节愉快，二来祝我们走动成功。"

"走动成功！"吴立春说。

喝了一大口，甘副县长舔了舔嘴唇，说："真是好酒。"

几口酒下肚，话更多了。甘副县长说："就我分管的工作来说，如果说拖全县后腿的，恐怕是旅游了。"

"像您这样勤政的领导，任何工作都拖不了后腿的。"周楚阳说。

"这是安慰话。"甘副县长说,"咱们南广,一度交通滞后,产业脆弱,文化建设短板频现,人民素质有待提高,在这样的地方做旅游,其压力可想而知。"

"也不见得。"周楚阳说,"当然,如果我们还像之前一样,片面地认为旅游就是看高楼大厦,享受科技成果带来的视觉刺激,旅游肯定是搞不起来的。"

"你说得对!"甘副县长说,"最重要的,是要看今天的旅游元素都有哪些变化,如何结合实际,打造出现代人内心向往的景点,开发出真正抓得住每一个人内心的旅游产品,如何从味蕾上占有他们的神经。"

"最重要的是结合实际。"周楚阳说,"在温州那样的前沿地方,很多人都说,旅游就是修行。"

"让人心通透,让世界干净,让出行愉快。"甘副县长说,"前日与一个学者交谈,我记住了这句话,但始终弄不明白其中深意。此人声称跑遍了全世界。"

"依我看,咱们南广有的是旅游资源,比方说麦车的天坑,造型奇特,全国罕见。"吴立春说。

"那要看怎么开发。"周楚阳说,"对于旅游,我没有过多的见解,这些年我都只是在公司、家里、餐桌上旅游了。但我认为,有一点很重要,就是要做得与众不同。凡是去过的地方,再也不想去第二遍,这是大多数人的出行习惯,不想再去,恰恰说明这个地方也不怎么样。"

"就南广来说,别的我不敢说,县内几个文化产品和地方小吃,我是有信心包装好的。"甘副县长喝了一口酒。

"愿闻其详。"周楚阳说。

"首先,尖山刺绣,在全国展销会上吸引了众多游客的关注。咱们可以思考,如果南广的旅游景区里,有机杼声声,有锦缎披挂,不也是一道亮丽的风景!还有咱们的三角汤圆、烧饵块、酸汤红豆,不也让很多人回味无穷吗?咱们如果抓住这些有特色的东西好好做文章,把它们做成南广一绝,做出南广色彩,南广旅游不就有希望了!"

"这些东西,作为旅游的附属元素还行,旅游的关键,还是要打造一个留得住人的景点。"周楚阳端起酒,与甘副县长碰杯,"有甘副县长四处奔走,南广旅游定会有走出去的一天。"

"我看,你就适合投资南广旅游产业。"甘副县长喝了酒,说,"如果有兴趣,好好把咱们的天坑打造出来，为南广旅游事业做出贡献。"

周楚阳对麦车的天坑是比较熟悉的。

天坑在麦车乡新寨村，与大火地相邻。如果爬到桦槁林的某棵树上去，可以看见天坑背后的那座叫摆洛的大山。小时候，周楚阳和同村的伙伴们去过一次，攀着岩石上的藤蔓，去了坑底，抬头往上看，竟然发现没有一条路是可以生长在这个地方的。天坑有三个，一个比一个大，当地人称它们为"大锅圈""二锅圈""小锅圈"，真是形象极了。人们常去的是大锅圈。大锅圈形态最好，属天然生成，深度至少有五十丈，绝壁陡峭险峻，与"二锅圈""小锅圈"两个天坑相依相傍。

那时候，周楚阳没有觉得天坑有多神奇，认为无非就是一个大坑而已。多年后，他在新闻上看到有关媒体对家乡天坑的报道，看见那些外国地勘专家和探险家、驴友们对天坑赞不绝口，才恍然明白，南广其实一直藏着一个天然体育馆。读高中时，周楚阳和几个同学又去过一次，但没有到坑底。王白璐说，不便打扰那些生活在底下的人，而事实是几个女同学不敢下去，怕找不到回来的路。

天坑内的十几户人家，依石洞而生息，洞内曲径通幽，行数百步有钟乳石悬于峭顶。这几年，有很多人描绘过天坑，周楚阳记得有那么几句：石头有石头的脸庞，石头有石头的梦想，它们聚拢在洞中，千娇百媚，只为等一个错过的你。

周楚阳把这段话发给王白璐，问："王同学是否记得我们有一个天坑？"

王白璐没有回答他。过了数日，周楚阳回南广，见到王白璐，又问："还记得我们去天坑的事吗？"

"怎么不记得！"王白璐说，"还不是被你我错过了。"

眼下甘副县长提及开发天坑，让他多少有些感动。甘副县长说，近两年来问津的人不少，但都出不了钱。曾有那么一个公司，准备投资两个亿，要在坑口修一条玻璃栈道，延伸到天坑的底部去。

"我觉得很好。"吴立春说。

"好是好，就是对政府的要求过高，他们提出，旅游放开的前三年，政府要给他们每年五千万的补贴。"甘副县长说，"这不是变相让政府为他们买单吗？"

周楚阳知道，如果投资上亿，对完全不懂旅游的他来说是一件不现实的事，他不想通过贷款或融资，在一个锅圈上绑定自己的身家性命。

"容当后观吧。甘副县长不要对我有太多指望，以我目前的实力，暂时还不具备开发天坑的条件。"周楚阳说。

"融资嘛，多一条腿走路，不就减轻压力了吗？"甘副县长说。

9

腊月二十八这天，刚吃完早饭，就有一辆汽车驶入周楚阳家的院子。来人是王白璐，跟随她来的是她的妹妹，大火地村的村主任王雅。

"你怎么找到这儿来了？"周楚阳问。

"周老板什么情况？一开口就像是撵人，是因为来的不是彭玉素吧！"王白璐一边说，一边从车上顺下来几箱红糖。

"来都来了，还带什么东西？你不觉得俗套吗？"周楚阳笑着接过东西。

"你以为给你！"王白璐说，"周老板难不成还缺这些东西？我是给伯母的。"小拳头轻轻撞了撞周楚阳的手腕。

王白璐和周楚阳是高中同班同学，一度还是同桌。上学时，两人关系很要好，在王白璐心里，以后结婚，就要找周楚阳这样的人。那时彭玉素也在城里上师范学校，周楚阳三天两头往师范学校跑，让王白璐很是不高兴。不高兴又能怎样？周楚阳亲口对王白璐说，他和彭玉素青梅竹马，两人早就计划一起活到死去。

"一起活到死去？"王白璐不屑这样的山盟海誓，"好日子还在后头哩！"王白璐说，"人家是铁定有个饭碗了，你呢，还要慢慢考大学，以后说不定是在哪里讨饭呢！"

真是一语成谶。周楚阳读完高三第一学期，突遭家庭变故，辍学了。王白璐差人打听周楚阳的消息，直到高考临近，才听说他一直待在家里照顾病床上的父亲。王白璐给周楚阳写信，劝他回来考试，说以他的成绩，考个师专没问题。周楚阳没听王白璐的劝告，高考结束后也没有给王白璐回信。两人再次见面，是最近几年的事。那时王白璐已经离婚了，而周楚阳，正是事业步入正轨之时。

十五周年同学聚会，恰逢周楚阳回家看望父母。聚会地点定在南广县城的"有情缘"餐厅，那天周楚阳去得很早，宴会厅里只有班长燕如生和文艺委员蔡琼两人。周楚阳刚坐下，与他们说了不到五分钟话，一位女子推门进来，一袭橙色旗袍，高跟鞋，挎一个紫色的包，推门的一瞬，见周楚阳正抬头看自己，目光中自带着些许忧郁。

"还以为你人间蒸发了呢！"她走过来，右手紧紧按住周楚阳的肩膀。

"真是惭愧，原本以为这一生都无脸见你们的。"周楚阳笑笑，让王白璐坐在他的旁边。

燕如生和蔡琼都在拿他们打趣，轮番说："原来你俩还相互记得。"

"记得。至死。"周楚阳说。

这话一说出，让王白璐听得泪水在眼睛里打转。她一辈子都记得周楚阳说过要与彭玉素一起活到死去的那句话，尽管女主人公不是她，她还是感动了。上学时，她总是想，如果有一天，周楚阳愿意把这句话送给她，她一定会当着全世界人的面扑到他的怀里。这样的情景，她想象过无数次，直到周楚阳辍学，她才不得不否定这种可能性。

"记得。至死。"这和"一起活到死去"有什么不同呢？是有很大的不同，只是记得而已，只是愿意记得。好吧，我现在和你重逢了，我有权利和自由重新审视生活，这句话，收下了。王白璐这样想着，心里又开始温暖起来。

"和她怎么样？"王白璐问。

"至今还不知道她在哪里，我找了大半辈子。"周楚阳说。他举起花生奶，对王白璐说："为久别重逢，干杯。"

人们陆续进来，入了座，晚宴即将开始。和周楚阳预料的一样，整个聚会都以他为中心，班长燕如生站起来，致祝酒词："很高兴，大部分同学都给了面子，让我们大家有一个进一步增强同学情谊的机会。特别让人高兴的是，没有和我们走完高中历程的周楚阳同学，在百忙之中不远千里回到故乡，和我们一同诉衷肠。"大家都起立鼓掌，掌声经久不息。燕如生接着说："周楚阳同学是我们同学中最有出息的一个，目前在温州发财，公司很大，一年要挣好几百万……"

又是掌声。周楚阳很是不好意思，一时说不出话来，只是冲着同学们摆摆手，术了拿起酒杯一饮而尽，身旁的王白璐掐了掐他的手腕。

就是那一次，大家都觉得周楚阳和王白璐有戏。在所有男生看来，作为班花的王白璐，只有周楚阳这样的角才配得上；就算是离了婚的王白璐，也只有周楚阳这样的成功人士才配得上。

从此两人断断续续有了联系，却无任何进展。离婚后的王白璐仿佛遵从了同学们的判断，尽管周楚阳没有任何明朗的态度，但她始终没有再嫁。而周楚阳，一直满世界寻找着一个叫彭玉素的女人，他曾经说过，他要和她一起活到死去。

王白璐带着妹妹王雅来找周楚阳，本意是一起探讨工作，顺便也看看好久不见的周楚阳，探讨一下他将和谁一起活到死去。

在周楚阳家的院子里走了几圈，与周楚阳的母亲和两个弟媳妇聊了一会儿，王白璐招呼周楚阳在一旁说话。

"我妹妹找你有事。"

"什么事？"周楚阳问。

"关于投资南栗，漫山遍野种树的事。"

"消息灵通得很嘛，现在只是有这个意向而已。"

"所以说嘛！"王白璐说。

王雅问周楚阳："周总准备以什么方式与南栗合作？"

"还没想清楚。"周楚阳说，"他们问题太多，好像和村民之间的事情也没有搞定。"

"不存在没有搞定，别相信那些自媒体。"王雅说，"有些人唯恐天下不乱，对捕风捉影的事孜孜不倦。"

"到底是什么情况？"

"那个叫许平贤的村民，土地租给南栗的时候，他在外面打工，是他父亲眼看土地荒着可惜，替他租给南栗的，钱也是他领的，前不久他患病躺在床上，今年的租地款还是顾羽派人亲自送他家里的哩。"

"所以说他是个无赖。"周楚阳说。

"相当无赖。他想敲顾羽一笔，于是找了那个叫'南广驿站'的自媒体。本来这些人就为了流量到处找热点，恰好碰上这个话题，这下好了，顾羽挨了一棒。"王雅说得咬牙切齿。

"那何吉平呢，又是个什么情况？"周楚阳问。

"无赖。同样是。"王雅说，"他一直游手好闲不干正事，顾羽让他去工地上做工，按出工多少付钱，他做了两天，嫌太累，就没去了。后来，他见其他人都拿了工资，想回去做，结果顾羽没同意，说他没有责任心，就杠上了。"

"要真是这样，我就放心了，但是，关于投资的事，我还没想好，我对农业项目没有经验。"

"你是担心他们欠账太多，挖坑太深？"王雅问。

"也不仅仅是这个原因。"周楚阳说，"他们在管理、运营等方面还存在着相当多的问题，他们做事野心太大，属于穿开裆裤跑马拉松的那种。"

"其实我也不懂，我只是觉得，他们应该像先前金副县长说的那样去做。"王雅说，"前几年分管农业的金鸣副县长提过一个建议，让农民用土地入股，反正那些山地，好多人早已不种了，用其入股，风险共担，既提高他们在工地做工的积极性，也大大缓解了资金压力。"

"换句话说，就算南栗公司产品销售出了问题，宣告失败，那一坡一坡的板栗树，归还给农民，不也是一笔财富？"

"这是个好思路。"周楚阳说，"看不出来，你对这个事情研究颇深。"

"我没那个本事。"王雅笑了笑说，"之前金副县长就建议过多次，可顾羽他们担心以后和老百姓之间的利益分成不好操作，就没有听取意见。"

"顾羽是怕迟迟出不了效益，引起群众不满。"周楚阳说。

"就是这个原因。眼下盘子越滚越大，营销中未预料到的很多新问题直接导致成本直线上升，银行不敢再给贷款，这样一来，他们处在一个非常被动的境地，有限的产品销不出去，产量也上不来，眼巴巴看着一批批食品生霉腐烂，你说怎么办？"王雅说。

"能怎么办？掉头发呗！"周楚阳开玩笑说，"你没看见顾羽头上都荒芜得差不多了！"

一旁的王白璐笑出声来，说："你是看笑话不怕掉头发。"

周楚阳掉转话锋，问王雅："王二小姐当村官之前都有什么经历？"

"怎么了？你想提拔她？"王白璐问。

"如此思路清晰，如此心有群众，当干一番大事，我哪敢挖政府的墙脚？"周楚阳说。

"如果周总入主南栗，小妹愿意效犬马之劳。"王雅说，"别的事不敢表态，那一坡上下的村民，思想工作包在我头上。"

周楚阳还是说："只是意向，能不能合作还不好说，我始终认为，对农业项目，我是个门外汉。"

吃完晚饭，王白璐两姐妹提议开拔回城，周楚阳留客，说："王同学何不留下来叙叙同学情谊？"而事实上，他是想借此从王白璐那里打听彭玉素的消息。

上高中时，周楚阳三天两头往师范学校跑，让王白璐很是不爽。王白璐想知道，那个让周楚阳愿意和她一起活到死去的姑娘是个什么样子。终于有一天，王白璐在街上碰上他们。那个温顺得堪比连环画美女的姑娘，留有一头乌黑的长发。天哪，怎么会有如此靓丽的头发！在那个用不起护发素也染不起头发的年代，有这么一头秀发，是人身体上的一道天然屏障。这样的头发，一定能给爱情带来无限的养分。

当王白璐正面接触了彭玉素，更为她丽质天成的面容所折服。"这是一个让所有男人愿意和她活到死去的姑娘。"之后王白璐对周楚阳说："我愿意和她交朋友。"她在心里，却对自己说："姓彭的姑娘，替我好好爱他吧！"

从那以后，他们三个人经常在一起。在周楚阳租住的小房子里，王白璐洗菜，彭玉素煮饭，真的像是没有辜负过青春。那些日子，三个人的幸福都写在了脸上。

"你就不考虑考虑在另一棵树上吊死？"王白璐再次问周楚阳。

他还是没有回答。他说："改天见！"

"改天见！"王白璐也说。

"改天见！"王雅最后也说。

10

周楚阳想再走一次大火地。

腊月二十九，他分别给朱立冬和吴立春两人打电话说，过年要精彩，先走大火地。两人的回答近乎一致：你是自己疯了还嫌不够，非得拉着别人和你一起疯？当然，朱立冬说这话的时候，明显俏皮多了，他说："周半城疯得一点也不匀净，快大年三十了，硬是不许别人花天酒地！"而吴立春则是这样说的："年近三十，不疯行吗？"

还得一起去。车到半路，周楚阳建议掉转马头，往罗卓方向走。"边走边说吧。"他这样解释。他掏出电话打给前几天在罗卓遇到的初中同学陈霜江，问："陈电影在老家，还是在老家？"

"不都一样吗？周总有何指示？"陈霜江问。

"在老家的话，我来接你，有一大批客户等着你供应上好的麻布。"

陈霜江问到底有何指教，周楚阳说："你先告诉我你在干什么。"陈霜江说：

"和三个客户一起研究模块。"

"什么项目？"周楚阳问。

"从一百零八个模块中找出最经典的十四个，展现给客户看。"陈霜江在电话那头笑。

"打麻将就打麻将呗，你小子居然也学会了扯淡。"周楚阳说。

"要是没别的事，大年初三我来拜会你。"听得出来，陈霜江想挂电话。

"别让我等那么久，现在我先来拜会你，请把具体位置给我发一个。"周楚阳说完挂断了电话。

从罗卓集镇往东走，几分钟之后，就到了陈霜江的老家麻柳湾。车刚停下来，就看见陈霜江提着公文包从一座乡村别墅里走出来，招了招手，说："别下车了，满地是泥。"

上了车，四人开着玩笑就去了大火地。

王雅在村口等着，见了周楚阳，说："我就说周总有意入主南栗，周总还不承认，大过年的，心急火燎地往这里赶。"

"我是来看看我可爱的小妹。"周楚阳又开玩笑。

"我可不是你的树。"王雅指了指楼上，说，"你的树在等着你呢！"

王白璐穿一件大红呢子风衣从楼上下来，她走在楼梯上的样子，像一面旗帜在晃动。

"红颜！"朱立冬一声惊呼。

周楚阳转过头看看他，问："朱公子在浙江的大世界里，就没有被万千颜色感动过？"

朱立冬脸色绯红，说："没有。美人早已不在江南。"

"这小子，还以为你是晚熟，原来是没有碰到神仙姐姐。"周楚阳说完，吴立春和陈霜江也笑了起来，羞得朱立冬背过身去。

王白璐来到他们身边，问周楚阳："周老板今天要解决什么问题？"

"踏勘。"周楚阳说，"按照文人墨客的说法，叫采风。"

他转而向王白璐两姐妹介绍一行几人，末了，招招手说："采风开始，目标大火地。"

车开到南栗种植基地入口处，找一个空地停了，下车步行。山道弯弯曲曲，一直通往山顶。几人走走停停，却也感觉有些许乏力，有汗水从额头溢出。

到山顶，极目四望，三山回拢之地异常壮观，远远看见罗卓镇的桦槲林。

周楚阳再一次血气冲顶。他想，要是真的种一片板栗，连接到桦槲林，不仅打造了一片靓丽的风景，还能创下一笔可观的收入。他口中不觉喃喃自语起来："木桶沟，桦槲林，彩虹拴住庙坎人；麻柳湾，撮箕口，刮风下雨抖三抖。"

这是小时候的童谣，几乎整个罗卓镇的人都会唱。周楚阳算是触景生情，有感而发，内心的酸楚不言而喻。那时候，人们都不知道这个世界有多大，好像只要能走出庙坎，去木桶沟，或者大房子，就已经是周游大方了。要是能经过撮箕口，去麻柳湾走一次亲戚，回来可以在村子里说上两三天见闻。方寸之地，千山万壑，人背马驮的岁月成为一个永久的印记。谁也不敢想象，若干年后，这个世界变小了，有人把小路变成大路，把大路变成高速，最不可思议的是，小地方的人也能坐上火车到远方去；小地方的人，也能坐上飞机去空中转一圈又回来。

"这几坡地，大数是多少？"周楚阳问王雅。

"一万三千八百亩。"王雅说。

"也就是说，如果采取红利分成的话，每年可以减轻四百来万的压力？"

"四百多万。"王雅说，"关键是，下半坡的土地，租金要贵一些。"

"我担心老百姓看不清形势，对未来没有信心。"周楚阳说。

"可以给他们双保险。"王雅说。

"怎么个保险法？"

"先按每亩三百元租地费核定，如果有了收益，采取分红的方式；如果没有收益，照例给他们租金。"

"创造效益总是有一个过程的，前三年，他们肯定拿不到亩均三百元的分红。"周楚阳说。

"但以后就不一定了，说不定会上五百六百甚至一千。"王雅回道。

"老百姓的工作怎么做？"

"咱们一起想办法吧，道理说通了，也就成了。"王雅说。

"这算是拍胸脯表态吗？"周楚阳看着王雅。

"放心，村干部也是有担当的。"王雅还真的拍了几下胸脯。

从山上下来，周楚阳建议去天坑看看。

王白璐问周楚阳："你还记得下山的路？"

"骗谁呢？"周楚阳扮了一个鬼脸，"早就修了一条下去的路。听说是检察院在天坑里扶贫，他们要把温暖送到底下去，必须得修路！"

"反正我没有下去过。"王白璐说。

驱车行驶大约五公里，就到了新寨。从新寨村委会往右转，道路变窄，但也全部硬化为水泥路面。走了约莫五分钟，到了坑口。

离坑口五十米处，建起了停车场，公厕、休息处、小卖部等设施，一应俱全，俨然一个有模有样的景区雏形。几人下了车，往坑口走。王白璐问周楚阳："还记得我们第一次去时的情景吗？"

"记得，但不知道是在哪个方向。"周楚阳说。

"反正没下去，所以就当没去过。"王白璐说。

从坑口往下走，石梯往右，走了十来步，看见对面白晃晃的岩石像人形骷髅。再走几步，感觉骷髅往眼前移动。

"这百丈岩壁，要是能挂上几幅巨型字画，肯定相当有视觉冲击力。"

说这话的是吴立春，他张着嘴巴急促地呼吸的样子，像是害怕这绝壁突然飞身过来，拿走他体内的魂魄。

"你就直接说，这天坑就是你家的，你想怎么弄就怎么弄，只是，你还是先准备一口铁锅，赶上刮风下雨，好让它罩住你的字画，不然损失就大了。"周楚阳说。

众人发出颤抖的笑声。周楚阳又说："这巨型的锅圈，一下子就激发了吴策划的灵感，看来我们的目的达到了。"

"你真想投资开发天坑？"吴立春问周楚阳。

"别让天坑听了不高兴！"周楚阳说，"我就这点斤两，说是投资开发纯属妄言，死于天坑倒是贴切。"

王白璐从背后捶了他一拳，说："大过年的，别轻易说死，不吉利。"周楚阳回头看着她笑，此刻她的脸上写着饱满的温情和柔软的呵护。

不觉来到山腰，经过废弃的小学校，行走在从岩壁上凿出的山道中，一边走，一边回头看岩壁上的天然图案，每个人都看出了自己心中不一样的图腾。王雅不停地向大伙介绍最近几年那些外国专家、驴友来天坑的奇闻趣事，介绍县里有关领导关于对天坑进行整体开发的种种构想。"这样的大坑，肯定要好多钱才能填满的。"

末了她说。

"所以我们不宜主动跳坑。"周楚阳说，"我倒是有个主意，如果摒弃那些玻璃栈道、高空缆车的美梦，我们可以发出保护天坑的倡议，尽量维持天坑的原貌，给老天一个满意的交代。"

"说什么胡话？难道旅游不搞了？"吴立春说。

走在最后的一个，是周楚阳的初中同学陈霜江。他一边用一只手攀着岩壁，一边不停地从嘴里制造出"呼哧呼哧"的声音。

"看样子，陈电影是被这大自然的鬼斧神工吓傻了。"周楚阳开玩笑。

"我第一次来这种地方，感觉从人间来到地下。"陈霜江有气无力地说，"我就想问周总，这样的地方，有多少游客敢来？"

"如果人人都像你一样胆小，那就不用开发了。"周楚阳说。

朱立冬一边拿手机不停地变换着角度拍照，一边时不时偷偷看王白璐。

"嘻，朱先生，怎么一路无话？"周楚阳叫他。

"不敢高声语，恐惊天上人。"朱立冬说，"你看，越往下走，越能看见天了。"

天是圆圆的，圆得像一个新编的锅圈。众人都在抬头看天，天上有几朵白云慢悠悠地飘着，像神仙坐轿路过。

"真是稀奇。"朱立冬说，"我就是弄不明白，这天坑是怎么形成的？"

"那你说说，大火地的地名又是怎么来的？"周楚阳反问朱立冬。

"极焰云开，满地游龙。小时候听爷爷说过这句话。"朱立冬说。

"看来你出生于一个知识分子家庭。"周楚阳打趣。

朱立冬说："爷爷讲的是，女娲在那里炼石补天。"

"女娲是谁？"周楚阳问朱立冬，"女娲穿什么颜色的衣服？"

朱立冬悄悄看了王白璐一眼，脸又红了。周楚阳又笑，问："石头从哪里来？"

王白璐自告奋勇地回答："从天坑里采去的，石头采多了，就把这里挖出了一个大坑。"说罢自个儿笑了。

"就是这回事嘛。"周楚阳拍拍朱立冬的肩膀，"女娲将石头垒在地上，放一把火点燃，烈焰滔天，气势雄伟，大火地由此得名。"众人也笑，陈霜江皮笑肉不笑。

"这倒是开发旅游的思路。但凡旅游景区，都有一些神话传说，有的是祖祖辈辈传下来的，有的纯属后人杜撰。"吴立春说，"周总有临场杜撰的能力，自然具备投资旅游产业的潜质。"

"你是甘副县长派来的救兵吗？"周楚阳对吴立春开玩笑。

到了坑底，道路平坦，阡陌有度，人间的炊烟飘散在眼前。众人心情舒畅，说笑声越发自然，而周楚阳，再一次陷入伤感之中。

这真是一个远离尘嚣之地，就像回到童年。这样的感觉，让周楚阳的脸上笼罩着一层挥之不去的阴霾。转眼四十岁了，那个曾经占据了自己青春时光的姑娘，如今身在何处，他无从知晓。他想起桦槁林，想起板栗树下那羸弱的身影，想起罗卓中学教师宿舍里她偎在他怀里抽泣的模样，内心竟泛起从未有过的悲凉。他默默地对自己说，也许该做出决定了，从坑里出去，只有一条路，那条路径直通往大火地——那是人间炼狱吗？也许是，也许不是。他之所以抽身回到故乡，难道只是想种一坡板栗树，只是想在内心筑一个巢，等那只倦怠的鸟飞回来？

出了坑口，他对王白璐说："我是打定主意在大火地安家落户了，余生请多敲打。"

第三章　送信的人

1

"你谁呀你？"彭玉素差不多是俯下身来才看清楚面前这个小个子男人。

"我是周老板周楚阳的朋友，我们是最铁的兄弟。"他左手叉腰，右手平伸出去。他想在平地上起一堵矮墙，用以挡住彭玉素的身子。

"也太不礼貌了吧！跑大街上堵人来了。"彭玉素的声音提高了不止八度，近乎怒吼。

"我说彭大小姐，别这么横，行吗？"蒋达蜀把平伸着的右手缩回来，左手仍然在腰间叉着。

这是早春。二月二，龙抬头。这么好的天气，蒋达蜀原本是想出来溜达一圈，顺便找个理发店剪剪头发。溜到中途，经过旗峰广场，突然想起应该去一趟彭玉素的"云众"培训学校。他想，说不定今天能遇上她。

果然就遇上了。还是一头流水似的长发，整个人还是那么标致。四年前，在他还没有成为周楚阳的"线人"的时候，他在龙门大街的一个小面馆里，和周楚阳的表弟萧寒一起吃面。那女子推门进来，恰好就坐在他们的对面。萧寒说："对面这位姐姐好面熟啊，不会是我表哥找了十几年的那个女人吧？"

"她叫什么名字？"蒋达蜀问。

"彭玉素。"萧寒目不转睛，"小时候，我叫她大盆姐姐。"

"错不了？"蒋达蜀疑惑。

"绝对错不了，她化成灰我也认识。"萧寒说。

女子刚点好面，见两人鬼鬼祟祟在对面嘀咕，没等到面条上桌，就起身付了钱，快速离开了。她起身的那一瞬，萧寒用手机"咔咔咔"拍了几张照片，虽没有捕捉到正面，却也能从轮廓上认出一个大概。萧寒说："这个大母羊，看来有救了。"

但是，从那一次起，他们再也没有见到过彭玉素。后来萧寒回到温州，对周楚阳说："找人的事，也只能托付给我了，我和蒋达蜀那川娃子，恰好碰见，又恰好被她走掉了。"

后来，蒋达蜀从萧寒的线人直接过渡为周楚阳的线人，只要有空，他就会到处打听消息，掌握动向，伺机"逮住她"。

"什么周楚阳不周楚阳的，他是玉皇大帝吗？难道我必须给他一个面子？！"女人把肩上的褐色挎包卸下来，放左手里拎着，右手伸出来，推了蒋达蜀一把。

"别这么横，行吗？"蒋达蜀又一次说道。

"我可以不这么横，但我可以报警。"彭玉素的语气很坚定。

蒋达蜀一听彭玉素说要报警，突然兴奋起来。他在心里合计，这恰好是一次与她周旋的好机会，要是警察来了，将他们都弄到派出所去问话，做笔录，他便可以正式向彭玉素摊牌，告诉她，这些年周楚阳一直在寻她。说不定她会理智思考两人之间的关系。同时，也为他向周楚阳通风报信争取到足够的时间。

"你报警吧，就说我当众骚扰你。"蒋达蜀说。

"真是神经病。"彭玉素将蒋达蜀一把推开，迅速融入熙熙攘攘的人群中。

他给周楚阳发短信，说："今天与彭大小姐正式交火，无奈首战告负，此人冷冰冰不近人情，你确定还要吗？"

"意思是，她已经知道你是谁？"周楚阳问。

"就是说的话。"蒋达蜀讲了一句川普。

"唉，有啥办法呢？慢慢来吧，着急也没有用。"周楚阳告诉蒋达蜀，自己还在老家，暂时不打算回温州，"我准备在老家种一坡树等她，你要好好替我与她周旋，在她没有答应见我之前，别让我过去，我不想再次扑空。"说完挂断了电话。

蒋达蜀回到住处，给周楚阳的表弟萧寒打电话："小娃儿，还在你表哥那里拿固定工资没有？"

"什么情况？"萧寒问。

"你不是专心为你那个大母羊表哥找人吗？"

"是啊，我一直在等待着你的好消息哩。"

"可我没拿工资，我不想干了。"

"担心什么呢？"萧寒说，"只要你找到人，保证你下半生有享不尽的荣华富贵。"

"瓜娃子夸什么海口？你又不是周楚阳。"蒋达蜀在电话里骂。

"你龟儿子要相信，我穷得只剩下表哥了。"萧寒也在电话里骂。

过了几天，蒋达蜀轮休，又去了云众。还是在旗峰广场上，他看见彭玉素和一男一女从对面过来，便迅速蹿上去，单手叉腰，堵住行走在两人中间的彭玉素。

"真是阴魂不散！"彭玉素说。

"还是那句话，你到底见不见周楚阳？"蒋达蜀问。

旁边一男一女看蒋达蜀矮小的身子横在路上，像一个旋转累了的陀螺，不觉"哧哧"笑出声来。男子用手牵一下蒋达蜀的袖子，问："你是何方神圣？"

"彭总的故人。"蒋达蜀拿开他的手。

"我见不见他，与你有关系吗？"彭玉素问。

"表面上没有关系，实际上关系大了。"蒋达蜀嬉皮笑脸地说，"我就见不得天下有钱人成不了圈畜。"

几人都笑了，就连彭玉素也笑出了声来。

"我也见不得有些人，仗着有几个臭钱，找人盯梢，有本事亲自来堵。"彭玉素斜视蒋达蜀，又轻声说，"还以为真有多大出息！"

他又将此番经过悉数说与周楚阳。他说："我看这回有戏了，在我的软磨硬泡之下，彭大小姐终于开口表明了态度。"

"什么态度？我怎么觉察不出来！"周楚阳在电话那头问。

"你没听我刚才说了吗？她说了一句，'有本事亲自来堵'。"蒋达蜀说。

周楚阳告诉蒋达蜀，他还没有回到温州，正在老家和一干人等商量如何种树的事。"树没种好，怎能喊回她？"周楚阳说。

"你不是另娶新欢了吧？"蒋达蜀说，"十几年来，你总是找得要死要活的，眼下快要修成正果了，却变得不冷不热，真看不懂你。"

"不急不急，慢慢来吧！"周楚阳又挂断了电话。

蒋达蜀第三次碰到彭玉素的时候，是在一家咖啡馆的门口。蒋达蜀去给儿子买保险，回家的途中，经过"东莞往事"咖啡馆。走着走着，发现鞋带散了，他就弯下腰系鞋带。系完鞋带，直起身来，头正好撞在一个人的手臂上，他感觉到，他的头钻进了一头浓密的黑发里。

彭玉素的头发很长，一直泻过臂弯，垂到腰下。蒋达蜀抬起头，发现彭玉素睁大眼睛怒视着自己。

"这回我可不是有意堵你的啊，老天爷可以做证。"蒋达蜀又嬉皮笑脸地说。

"我感觉我被你盯上了。"彭玉素说。

"我又不是警察，盯你干什么？再说，你也没有做什么违法乱纪的事情。"

彭玉素抬腿就走，被蒋达蜀叫住："彭大小姐，你真的不打算回心转意？"

"我不知道你在说什么，我跟他有什么关系吗？"彭玉素说。

"话可不能这么讲，俗话说，一日夫妻百日恩嘛。"

"喊！"彭玉素好像很不屑，"谁和他是夫妻了！你也不想想，现在要是我们在大街上碰见，能不能认出来都说不定。"

"那就真的惨了！我就说过，周楚阳这龟儿子情深义重，因为等你，这么多年来一直孤单单地一个人过，他也不好好想想，人家是不是还稀罕他。"

"你什么意思？"彭玉素似乎有些生气。

"我说的是实话，这么一个有担当的男人，这些年来他所做的，不说感天动地，至少也可以感动一个人，如果我是你——"他没有说完，就被彭玉素挡回去了："别别别，如果是你又能怎么样？如果是你，你就会忘却他之前带给你的所有伤害？"

"两个人在一起，哪能不磕磕碰碰的呢？"蒋达蜀说。

"这是磕磕碰碰吗？"彭玉素说，"你要是知道这些年我都经历了什么，你还会这样说吗？"

蒋达蜀一时说不出什么话。半晌，他问彭玉素："你不打算做个了断？"

"不想。"彭玉素说。

回到家，蒋达蜀又给周楚阳打电话，告诉他说："这回我可是真的尽力了，我能做的已经做得差不多了，你要是想继续找她的话，随时都可以来东莞，依我看，这回她跑不了。"

周楚阳说："我在山上种树，我现在过不来。"

"这是种树的季节吗？"蒋达蜀问。

2

彭玉素在电话里对王白璐说，她早把那个人忘记得一干二净了。彭玉素说，算到现在，小二十年了。二十年，这世界上发生了那么多事，要不是刻骨铭心的话，你能想起多少？彭玉素还说，有的人过完二十年，就过完了一生。"一生，你知道吗？可以离好几次婚，可以破好几次产，可以死去好几次！"

王白璐可以这样去理解彭玉素的话：当初再怎么热恋，也敌不过时间的侵蚀。大抵没有多少女人能做到用二十年的时间去等一个男人。要是这样的话，彭玉素很可能早就栖身另一株梧桐了，所以不愿意接受周楚阳，不愿意再把前尘俗世中的伤痛翻出来，伤及更多无辜。当然，王白璐还可以这样去理解：彭玉素始终无法走出阴霾，无法以一个仇人女儿的身份去接纳一个男人。真是越想越复杂，越想越理不出头绪。还有一种可能：彭玉素知道王白璐离了婚，现在对周楚阳情有所属，并开始发动猛烈进攻，有两人在高中时同桌的基础，要凑在一起并不难。每一种猜测都有理由，都有成立的证据。

"他一直等着你。"王白璐说，"实不相瞒，我常常干些见缝插针的事，但他就是不为所动。"

"那是他单方面的事，与我无关。"彭玉素说。

"你就不能见见他，哪怕只是接他一通电话？"王白璐问。

"都是陌生人了，哪有这个必要！"彭玉素说，"你可以转告他，这么多年来，我换了无数个号码，就是为了躲他。"

"意思是，你之前接到过他的电话？"

"不止一次。"彭玉素说，"一听到是他的声音，我就挂了。每次一接到他的电话，第二天我就换号码。"

"我也不好跟他说，他那么好，那么善良，我不愿意伤害他。"王白璐说。

"那是你们之间的事。"彭玉素说完这句话，似乎有些伤心，从她说话的语调来判断，似是哽咽。"不说了。"她说，"你也不必告诉他我在哪里，当然，你也不知道我在哪里，如果我回南广，会抽时间找你的。"

彭玉素从来没有告诉过谁，她现在在干什么。除了蒋达蜀知道她在旗峰公园附近开了一个叫"云众"的培训学校外，其他人知之甚少。这些年，她跑过无数个地方，为了躲避周楚阳，甚至在公司里使用了另外一个名字：苏羽。公司里的年轻人都叫她苏姐，有的叫她羽阿姨，也有叫她羽妈妈的。彭玉素的二十年，到底干了些什么，可能她自己也不能完全说出来。

十九年前，周楚阳在彭玉素的单身宿舍里度过最后一个忧伤的夜晚，就再也没有出现过。三个月后，她为了寻找周楚阳，毅然辞去公职，去了远方。有人告诉她，周楚阳可能去了昆明。去昆明？能干些什么呢？工地上搬砖、扛水泥、拉钢筋而已。那些年外出务工，大多只能干这些。她拖着沉重的身子跑遍了昆明的大小工地，硬是没见到周楚阳的影子。有一段时间，她在黄土坡一个南广老乡的工地上为工友们做饭，晚上就在厨房里睡觉，差点儿被一个喝醉了酒的山东人糟蹋了。那个夜晚，她使劲儿捂住自己的下体，任由那个酒鬼在身上乱摸，直到她尖厉的吼声引来看门的大爷，才免遭一劫。她在老乡的出租屋里艰难地产下一个女婴，由于护理不当，险些丢了性命。两个月后，她背着可怜的孩子，上了一辆去江苏南京的客车。

当然，她也是从一个南广老乡的口里得知周楚阳有可能在南京的，因为周楚阳的弟弟周全去年去了南京，在一个茧丝绸公司当仓库管理员。仅仅是一种可能，却给了她莫大的希望。当她到南京后，并没有找到什么茧丝绸公司，也没有遇到周全。身上仅有的几十块钱眼看就要花光了，孩子突然发起了高烧，让她手足无措。她站在人行天桥上，抬头仰望夜空，对自己说，"不如死了吧"！就在她准备从天桥上纵身一跃的那个瞬间，一个推着火炉卖烧土豆的女人刚好路过，从背后搂住她的腰。两人一边躲避城管，一边推着火炉往一个城中村走去。那个靠卖烧土豆维持生活的女人，带着她和她的孩子去了卫生所，用自己的钱为她的孩子看病。女人说："能过一天，就尽量过完一天。就算是饿死，也比跳楼值得。"

"姐，我很感谢你，但我还是要走。"

"你去哪里？"女人问。

"不知道。"她说，"我想去另外的地方找我的男人，他叫周楚阳，我爱他。"

那个女人没有让她走，而是建议她和自己一起去大街上卖烧土豆。女人说："再和城管打两个月的游击战，我就凑够租一个小门面的钱了，到时，我们开一个水果店。"

"可是，我拖着一个孩子，哪里打得了游击战！"她哭着说。

"不行的话，你在家照顾孩子，顺便也管管我的女儿。"这个叫韩露的女人说。

韩露有一个两岁的女儿，往常都是丢在家里，让邻居沈奶奶照顾。韩露用一个铁轱辘推着火炉去街上卖烧土豆，每天能挣好几十块。邻家沈奶奶七十多岁，干不了重活儿，就帮她带孩子，每个月从她手里拿二百块钱。彭玉素来了，邻家奶奶就可以卸任了。沈奶奶说："我是看这孩子可怜，才答应帮她的，我这手脚，早就硬邦邦的了，照顾自己都成问题，你来得正好。"

两个月后，韩露果真在一条小街上租下一个二十平方米的铺子，开起了水果店，生意还行。彭玉素和两个孩子也都搬到店里，她一边帮助韩露卖水果，一边烤土豆。

彭玉素在南京一待就是两年。韩露的水果店越开越大，最后扩展到两个门面、三个门面，一月下来，能挣到七八千块。那年彭玉素找到老家的电话，打电话回家问家里的情况，结果村里的人告诉她，她父亲已经去世，哥哥去了安徽，只有母亲一个人在家，守着旧房子。

过年，她准备回家看看母亲，就对韩露说："姐，我得回去一趟，如果有可能，我还会回来的。"

韩露说："你这一去，能不能回来也没个准儿，这两年我俩在一起劳累，我得分你钱。"

彭玉素说："我只要路费就行了，其他钱我不能要。"

韩露说："哪有这样的道理？一起做生意，挣了钱就应该分你。虽说当初是我垫的本，但生意是我俩一起扛起来的，不说分你一半，也得分你三股。"于是算了算，韩露给了彭玉素三万块钱，说，"其实也不只是这些，你还应该多分一点才是，只是眼下我手里没有钱，全都押在货上了，就算我截留了一点，以后你回来，我再给你，要是你不回来，我给你邮过去。"

彭玉素抱着韩露哭了好大一会儿。那时，彭玉素的孩子三岁，韩露的孩子五岁。彭玉素背着孩子离开的那个清晨，韩露的孩子张着嘴巴使劲儿哭，不肯上幼儿园。

那时已经是彭玉素离开家的第四年了。彭玉素回到家，还是没有周楚阳的消息。有人说，周楚阳可能在外面出了事情，要么进了牢房，要么就是已经死了。

彭玉素把母亲安顿在大羊嘴姐姐家，对姐姐说："妈暂时交给你，我出去再苦两年，买了房子，就把她接过去。"

姐姐扯着她的头发哭，说："你这败家的东西，放着一份牢靠的工作不干，非要到外面去，一个人拖着孩子受累，真是前世造孽了。"

母亲也哭。这些年，母亲天天哭，哭得都没有眼泪了。可是彭玉素还是要走。"走吧，但愿你能找到一个可以过日子的男人，跛的瞎的都行，只要他对你好。"

彭玉素又回到南京，却没见到韩露。沈奶奶说，韩露嫌卖水果太累，前些天和一个男人到安徽去了，说是做化妆品生意。"那个男人，看上去就不是什么好东西，上眼皮上有颗痣，我猜想，八成是个骗子。"

"有没有留下电话？"彭玉素问。

沈奶奶从枕头下面翻出了一张纸，递给彭玉素，说："走的时候留下的，说你要是回来，就给你。"

纸上果然写着电话号码，还有一句话：我去安徽澄湖了。

彭玉素打这个电话号码，听筒里传来的却是此号码已欠费的提示音。怎么办？韩露莫非真给某个骗子骗了？要是这样的话，这几年她卖水果挣到的钱，肯定已经一分不剩了。

次日买了去安徽合肥的火车票，彭玉素就带着孩子出发了。到了合肥，又坐客车去澄湖。人生地不熟，到哪里能找到韩露呢？在城里逛了三天，彭玉素想，这样下去也不是办法，干脆先找一份工作，于是进了一家专门生产汽车零部件的工厂，做了一名弹簧电镀工，每天工作十四小时，工资每月两千块。

算是有了一份工作。彭玉素住在厂里，把孩子送去厂联合幼儿园，每天上午七点送孩子上学后，就去厂里上班，晚上九点下班，再去幼儿园把孩子接回来。是辛苦了点，但踏实，毕竟这个工厂在当地很有名望，信誉度好，从未拖欠过工人的工资，最重要的是，工厂老板心肠好，对外来务工者很是照顾。

彭玉素在澄湖待了下来，也是为了有朝一日找到韩露。

"没有比我更懂得'始乱终弃'这四个字意思的人了。"后来彭玉素对王白璐说，"你不知道，我回去安顿好我的母亲，再漂泊远方之后，听说他回到罗卓了。"

"他不是误入传销窝点，险些丧了命吗？"王白璐问。

"可我的家人告诉过他，我在安徽澄湖，他为什么不去找我？"彭玉素说到这里，情绪有些激动。

"一年后，他再度人间蒸发。从此，我们的缘分就断了。"她甚至反问王白璐，"你觉得所有美丽的爱情都会有一个好的结果吗？"

王白璐答不上来，但她始终认为，周楚阳是一个好男人，他要是没有苦衷，肯定不会丢下彭玉素不管的。

"我觉得你和他最合适。"彭玉素说，"在你的心里，他还是那么干净、那么纯粹。

"而且，他现在是一个成功男人，和这样的男人在一起过日子，你一定会感到无比骄傲。"

3

彭玉素以苏羽的身份在南广县资助了六十名大学生。作为南广一中的总务副主任，王白璐却不知道就此项资助工程一直与她有着业务联系的苏羽就是彭玉素。

王白璐只知道，苏羽是南广籍外出创业人员中的成功典范，一个身家千万的女强人。三年前，苏羽在微信上联系到王白璐，说要在考取一本以上的贫困学生中资助二十名，每人五千元。王白璐自然很高兴，立即向校长请示，迅速落实了此项工作。到现在，"苏羽助学基金"已经连续资助了三届，资助资金累计达到了三十万元，这在南广教育史上，是第一次。那些受到资助的学生，每年都向王白璐打听苏羽其人，说要通过媒体对她的慈善之举表示感激之情，而每一次王白璐向苏羽提出此事，都遭到了苏羽的拒绝。每每这时候，她总是在微信上说："这是一个曾经的老师对南广寒门学子表示的一点点馈赠而已，不值得宣传。"尽管那些学生没有通过王白璐获取苏羽的照片，仍然通过微信公众号发朋友圈，感谢好心人在关键时刻拉了他们一把，声称一辈子都会寻她，用实际行动报答她的善举。

　　也就是从资助活动开始，彭玉素以故交的身份给王白璐打了电话。"你应该还记得南广师范的那个长发女子吧！"

　　她们就是从那个时候开始重新建立起友谊的。一开始，王白璐认为，彭玉素和她交好，是为了周楚阳。经过一段时间的交谈，她发觉不是那回事。彭玉素一直乐此不疲地向王白璐打听南广县最近这些年来的情况，对南广的经济、教育、交通、医疗等方面很感兴趣。她们甚至一度说到苏羽这个人，就苏羽对南广一中贫困学生进行资助的事情发表看法。王白璐说："一个女人竟然有如此胸怀，说明时代真正进步了。"彭玉素说："也许吧，如果我有她这样的条件，我也会这样做。"往往不朝深里谈，彭玉素总是把话题岔开，她问："离婚后你打算一个人过？"

　　"难不成要用刀架在周楚阳的脖子上，让他乖乖到床上来？"也就是这么一说，表面上轻描淡写，实则是为了试探彭玉素。"你俩的事，早晚必成。"彭玉素说。他们又谈到南广县城。彭玉素说："我回来过一次，感觉变得没有记忆了。"王白璐说："哪会？我工作的这个地方还和从前一样，以前的教室被改为办公楼，以前的办公楼倒是拆了，但没有得到合理的利用，栽了些花花草草。"

　　似乎她们说的，都是些无关紧要的事情。彭玉素答应王白璐，一旦回来，就会与她联系。而事实上，彭玉素到底有没有回来过，王白璐并不知道。王白璐问："彭大小姐在东莞，到底干些什么？"

　　"什么合适就干什么，挣点小钱呗。"彭玉素说，"这些年也不光待在东莞，也常去安徽，我是从安徽走出来的。"

可以揣摩得到，彭玉素绝非等闲之辈，从"走出来"三个字就可以判断。后来，王白璐大致知道一些基本情况，彭玉素涉足教育产业，而且做得不小。"好像苏羽也是搞教育的，她的公司叫'鸿途'。"

"鸿毛的鸿，坦途的途，听说过。"彭玉素说。

彭玉素一直以"鸿途"的名义资助家乡的贫困大学生。"鸿途"是一个合资企业，是一所纯粹的艺术培训学校，专门针对孩子开展兴趣培训，开设音乐、美术、舞蹈和写作等课种，后来拓展到国学启蒙教育。每一个专业方向都设有兴趣班、提升班和考级班，也有专门针对艺考生进行应试教育的培训。在东莞，"鸿途"培训学校算是做得不好不坏的那种，她是大股东，持百分之六十的股份，每年能分得纯利三四百万。

从去年开始，彭玉素个人出资建起了属于她一个人的培训学校，取名"云众"。云众的经营方向与鸿途有所不同，做的主要是成人继续教育，即针对各种成人考级需要，实施专业培训，业务涉及财务会计、药理、教师从业资格、事业单位招考、公务员考试、建筑资格等方方面面。东莞是一个大市场，彭玉素抓住那些寻梦青年的需求，实施精准培训。除了这些，云众还开辟了成人礼仪、健康教育、入职面试等方面的培训。她合理地激活这些年来在东莞教育行业结识的圈子，打造"温暖供求"链条，让之前的同行都愿意为她服务。一年不到，新的教育产业就在这片异乡的土地上扎下了根，实现了良好的开局。

当然，关于彭玉素的这些情况，王白璐从未向周楚阳提起过。王白璐知道彭玉素就是苏羽，是前段时间的事。她在苏羽的朋友圈看到一条关于"云众"的消息。一向不善于在朋友圈发表东西的苏羽，竟然拍了一张云众培训学校的照片，题图只有一行字：愿你转身优雅，一翅冲天。

她问彭玉素："你就是苏羽吧！"

"开什么玩笑！我不认识她。"

"朋友圈是什么情况？"王白璐问。

"非得解释吗？"

"我想知道。"

"如果苏羽要发一条与云众有关的消息，我想，我不会拦住她。"彭玉素说，"也许，她是在鼓励一个和她一样有同一种梦想的人。"

王白璐也没有向周楚阳提起过这段，也许是她不愿意，也许是他们见面的时候，她压根儿就没有想起这一出。

关于如何从安徽澄湖"走出来"，有了今天的成就，彭玉素也没有向王白璐说过。彭玉素只是用了一个"小二十年"的概念，让王白璐知道她和周楚阳之间的隔阂。而于她自己，那才是人生中真正的艰难历程，幸好，命运并没有把她塑造成魔鬼，成全了她做一个天使。

她在那个专门生产汽车零部件的公司干了两年。两年间，虽说没有积累到什么财富，却使她感到安稳，当然，也给她带来新的伤痛。那个公司的计量员是一个江西人，和她一样，都是来这座城市打工的异乡人。看年龄，他和彭玉素差不多，却稳重、干练，为人厚道。他叫赵敬哲，早彭玉素两年进公司，干得不错。彭玉素到公司后，他总是想方设法帮她，有时候，他会先去食堂排队，为她打好饭菜，然后坐在桌边，等彭玉素洗完手，一起吃饭；有时候，他会去联合幼儿园帮彭玉素把孩子接出来，帮她送到宿舍去。开始的时候，彭玉素不愿意让他帮自己做事，总是没好声气地对他说："我自己的事，不需要别人管。"赵敬哲也不生气，只顾拿了彭玉素的杯子，去为她接开水，放到机台旁边的桌子上，说："在这样的环境里工作，要多喝水。"

同事们都看得出来，赵敬哲对彭玉素有意思，却又不好从中间说话。他们都知道，彭玉素带着一个孩子，本身就觉得自己有拖累，再加上她内心到底是怎么想的，谁也不清楚。

"你也不问问我的情况，就对我好，是不是有点唐突？"那天吃饭的时候，彭玉素看着自己的碗问他。

"我只是觉得你一个人带着孩子，很不容易，想帮帮你。"赵敬哲说。

"那我就告诉你，从现在起，你给我滚得远远的，我不需要你的帮助。"彭玉素还是不拿正眼瞧他。

"为什么？你现在真的需要有个人帮你。"赵敬哲说。

"我自己的事自己会处理，与你又有何相干？再说，那么多带着孩子的妇女，你为什么偏偏要帮我？"

"她们不像你。"赵敬哲说，"她们都有自己的家庭。"

"你从哪里知道我没有家庭？"彭玉素没好声气。

赵敬哲没说话，他静静地坐在座位上，待彭玉素吃完最后一口，从她手中抢过碗筷，帮她拿到洗碗池里去。

彭玉素被赵敬哲搞得无所适从，很不自在，有时候，她竟为这件事失眠。她在每一个漫长的夜晚想得最多的，是她还要不要等周楚阳，这个不知去向的男人，是否还想着她？"不会的。"她提醒自己，要是他心里还有自己，至少老家的人会从电话里带给她一丁点线索。于是她试图忘记周楚阳，对自己说："姓周的就是一个负心汉，不值得你去等待。"每每这样，她又觉得是在欺骗自己。于是，她更是整晚整晚地失眠，以至于有一天，她在机台上睡着了，被皮带绞掉了半个手指。

她在医院里躺了半个月，又回到机台上。工厂老板许国江对她说："根据《劳动法》相关规定，我得赔偿你，按照事故等级上限，我愿意给你十万，你要是同意，明天就去办了。"

彭玉素说这事是因自己不小心导致的，纯属意外，她不能拿他的钱。她说："许老板要是不嫌弃我少根指头干活儿不利索，还愿意收留我，我就继续干下去；你要是不同意我留下来，明天我就带着孩子回老家。"

"那是当然。"许老板说，"只要工厂存在，你就可以永远干下去。"

"钱的事，你如果不要，我就帮你存下来，等哪天你离开公司，一并给你。"许老板又说。

赵敬哲还是一如既往地对她好。有天晚上，赵敬哲去帮她接孩子，碰巧下起了大雨，由于没带伞，他用自己的上衣裹在孩子头上，自己淋了大雨回来。接连几天，赵敬哲不停地发烧、咳嗽，终于招架不住，去医院打了点滴。

彭玉素去医院里陪他。彭玉素问赵敬哲："我现在的情况，算是一个残疾人了，你还是愿意对我好，我看你早就应该打点滴治治脑子了。"说完抿着嘴笑。

"你要是愿意，我一辈子对你好。"赵敬哲结结巴巴地说。

两人算是进入实质性发展阶段。彭玉素不介意赵敬哲在她的宿舍里进进出出，完全不把自己当外人的样子。彭玉素的女儿已经六岁，喜欢和赵敬哲待在一起，有事没事就用两只小手臂勒着赵敬哲的脖子，两只脚蹬在他的肚皮上，像荡秋千一样来回晃荡。彭玉素的女儿小名叫满满，大意是彭玉素希望女儿长大了能知足，会感恩。满满叫赵敬哲"照镜子"，妈妈说，应该叫叔叔，于是，满满就叫他"照镜子叔叔。"

"照镜子叔叔，你可以帮我找到爸爸吗？"

赵敬哲想了老半天，对满满说："不是每个人都需要一个爸爸，有的人，天生就没有爸爸，但他们都有一个好叔叔。"

满满又问："叔叔是不是和爸爸同一个意思呢？"

"当然啦！"赵敬哲说，"满满要是愿意，我可以既当叔叔又当爸爸。"

他这样对满满说了，心里却有些担心，他害怕满满将这话说与彭玉素，惹她不高兴。所以第二天晚上，他把满满送到彭玉素的宿舍后，就低着头转身拉门准备离开。

"站住！"彭玉素拿眼角的余光瞟他，"你这个既当爸爸又当叔叔的家伙，胆子不小嘛。"

他在这一刻竟然羞红了脸，小声地说："我是想让满满高兴才这么说的。"

"是吗？意思是，你没有这样想过？"彭玉素盯着他的眼睛。

"想。"赵敬哲说，"但是……"

他不知道自己要说什么。

"明天，你要是愿意的话，咱们去领结婚证吧！"彭玉素用手抚摩他的脸。

他没有说话。彭玉素又说："当然，我说的是，你要是愿意的话。"

4

周楚阳第一次给彭玉素打电话的时候，彭玉素刚好与赵敬哲从民政局办完结婚手续出来。

"喂。"彭玉素喊了一声。

"喂。"彭玉素再喊一声。

只听到急促的呼吸，对方好像不会说话。

"请问你是谁？"彭玉素问。

"是我。"半天后，他又说，"我是周楚阳。"

她挂了电话，急匆匆往前面走。赵敬哲从后面追着她。

晚上，赵敬哲接孩子回来，彭玉素说："咱们去外面租个房子吧，好歹都是夫妻了，不能各人住在一边。"

第二天上班，工友们都问赵敬哲和彭玉素要喜糖吃，有人说："有情人都成眷属了，不得请我们撮一顿啊！"

许老板也进来了。许老板说："你俩好不容易，终于走在一起，我这个当老板的，要发福利才行。"他招呼工人们别起哄，接着说："今天晚上，食堂摆桌餐，就当为小赵和小彭举行婚礼。"

"新房呢？"有人问，"既然都帮他们办婚礼了，怎么也得送一套婚房才妥当。"

"早就考虑好了，"许老板说，"党员活动室旁边那个小套间，给了。"

"同时，批准二位新人三天假期，趁这个机会，去置办点简单的家当吧。"许老板又说。

所谓举办婚礼，其实也就是大伙儿在食堂里吃了一顿多加了几个菜的桌餐，没有酒，甚至连饮料也没有。席间，彭玉素拉着赵敬哲的手，对许老板和工友们鞠躬表示感激，许老板和工友也还以两人美好的祝福。第二天，赵敬哲把彭玉素和自己的行李搬到许老板给的婚房里，当晚就住到了一起，却因为孩子眼皮太长，不肯离开妈妈的房间，只得分床而卧。

次日送满满上学回来，彭玉素还躺在床上。赵敬哲站在床前，磨磨蹭蹭了好半天，还是上了床，从后面抱紧了彭玉素。"我们终于在一起了。"赵敬哲说。

他分明感觉到，彭玉素的整个身子都在颤抖，似在有意离开他的怀抱。他连忙将双手抽回来，把嘴凑到她耳边，轻声说："你要是还不习惯的话，咱们照例分床睡，等有一天你愿意了，我才进来。"说完起床穿了外衣，到外面去了。

那天，彭玉素去了移动公司，换掉了自己的电话号码。

赵敬哲对彭玉素说："我们虽然结婚了，但双方父母均不知道，我寻思再请几天假，回一趟家看看父母，顺便告诉二老这个好消息。"

"这是自然。"彭玉素说。

"你呢？"赵敬哲问。

彭玉素没有说话。

"要不今年咱们去云南过年，让岳母看看女婿？"赵敬哲又说。

"你说了算。"彭玉素说，"以后这个家，你说了算。"

当天赵敬哲就向许老板请了假，次日一早，就踏上了回家的路途。然而，赵敬哲这一去，就再也没有回来。

赵敬哲是在从上饶换车回老家的途中遭遇车祸的。同车七人，被那辆微型车从山腰的公路上径直抛入河底，无一生还。

肇事的是一辆运水泥的四桥车。在盘山公路的转弯处，四桥车占道行驶，当司机发现对面一辆微型车驶过来的时候，只能一个急刹，但还是来不及了。四桥车司机待在驾驶室里半天不敢出来，直到周围的村民赶往事发地点开始实施营救，他才打了报警电话。

彭玉素知道赵敬哲死去的消息，是在半个月后。赵敬哲走了的第二天，她打了他的电话，开始是无法接通，后来是关机了。但她还是选择一直打下去，直到自己没了力气。开始的时候，她想，可能是赵敬哲家里信号不好，无法接听电话，他是无奈了才关机的。后来，她心生疑虑，猜测赵敬哲在老家还有一个女人，他这一回去，向那头摊牌，事情就被搞大了。

当然，她想得最多的，仍然是赵敬哲在回家的途中，遭遇了不测。

半个月后，赵敬哲的哥哥来澄湖帮助赵敬哲结算工资。赵敬哲的哥哥不知道，弟弟在这边有一个新婚不久的妻子。

彭玉素在工厂里，一个月没有同工友们说过一句话，也没有流过一滴眼泪。这期间，孩子是一个和她很要好的女工帮助她接送的，因为她总是在太阳出了老高的时候也起不了床，任凭满满在床上使劲揪她的头发。

半年后，满满该上小学一年级了。那天，她带着孩子去学校报名，刚走出缴费窗口，就听到一个女人在叫她的名字。

"韩露！"女人推着一辆人力车，车上摆满了水果。她几乎是踉跄着奔跑过去，把这个满身尘埃的女人拥入怀中的。

韩露真的是让人给骗了。那个骗子是她的一个表哥，小时候，她曾经迷恋过他。表哥约她来安徽做化妆品生意，让她花光了所有积蓄，最后把她和她女儿丁丁扔在澄湖的大街上，自己走了。

"你到底有没有做过化妆品？"彭玉素问。

"我就没有见过什么化妆品。"韩露道，"他说，我们首先要考虑的事情是加盟，只有成为加盟商，才有资格销售化妆品。所以，我把十多万全数给了他，让他交了加盟费。"

"后来呢？"彭玉素问。

"他带着我在澄湖的大街上转了两个月，这期间，我们住在宾馆里。"

韩露把彭玉素带到她的出租屋，在屋角拎出来一个塑料凳子，让彭玉素先坐下，说自己要先去幼儿园把孩子接回来。

"丁丁怎么还在读幼儿园？"彭玉素好奇。

"不是丁丁，"韩露说，"是望望。那骗子的种。"

彭玉素真不敢想象，韩露居然有勇气把她和一个骗子的孩子生下来，最重要的是，她是眼睁睁看着那个骗子把她撇下的。

"还不是受了你的影响？"韩露说，"你都能把那个人的孩子生下来，我为什么不能？"

"那是因为当时我满怀希望。"彭玉素说。

"什么狗屁希望？"韩露说，"活着就是希望。当我发现自己怀孕的时候，我就决定把他生下来了。毕竟是一条人命，养大后还能叫自己一声妈。"

"那丁丁呢？"彭玉素问。

"小学三年级了，就在刚才的那个学校。"韩露说，"放学后她自己能回来。"

5

周楚阳第二次给彭玉素打电话的时候，彭玉素刚好从韩露的出租房里离开。

"是我。"周楚阳的声音很小。

"你是谁？"彭玉素问。

他不知道怎么回答她，良久才憋出几个字："你还好吗？"

彭玉素又挂断了电话。

那时她的孩子还在家里等她买菜做饭，她却空着两手垂头丧气地回来，一屁股就坐到床上。"妈妈怎么了？妈妈怎么了——妈妈你是想照镜子叔叔了吧？"无论满满怎样问她，她都如同往常一样不说话。

"妈妈，你帮我买书包了吗？"满满的小拳头捶打在她的膝头上，那只脚不由自主地往上跷了一下。她看了看女儿，还是不说话。

满满自知没趣，一个人嘟着嘴到外面去了。她从床上离开，去橱柜里拿出两个鸡蛋和一只碗，把鸡蛋敲了皮，倒进碗里，用筷子调了调，把整个碗放进了蒸锅。蒸锅放在电磁炉上，她为女儿蒸蛋花。

这个时候，电话又响了起来。她下意识地把电话往沙发上一丢，身子不由自主地往后一个趔趄，仿佛遭到了电击。此时她最害怕接到周楚阳的电话，只要铃声一响，她就会全身发抖。

第二天，她又去了移动公司，把卡换了。

然而几乎只是过了两个月，周楚阳又找到了她的新号码，给她打电话，第二天，她又把电话卡换掉。如此好几次，她有些招架不住，索性不用电话了，把手机电池取出来，和手机一起摆在窗台上。她不相信，一个被一分为二的手机，还会响起来。

可是后来，周楚阳的电话直接打到工厂里、班组里来了，让她措手不及。当然，那些打到厂里来找她的电话，不是每一个她都不接。她在接电话之前，往往会问给她听筒的那个人：是男的还是女的？如果是男的，她就会问：他说他是谁了吗？

后来她怕影响同事，影响厂里的工作，又把手机用起来。没多久，周楚阳的电话又来了。

"你到底是谁——你到底想干什么？"她总是很迅速地挂掉电话。她把周楚阳给她打过的每一个电话号码设置成黑名单，包括座机号码。

她想知道是谁暴露了她的行踪，又是谁把她的一个个电话号码告诉了周楚阳。她甚至为这事持续失眠过半年，吃过不少药。有一段时间，她感觉自己快要疯了，于是，她向许老板辞去了工作。

韩露说："我们可以重新把水果店开起来。"

彭玉素同意。她说："咱们要开就开一个大一点的。"她还说，"与其挣了点钱都让别人给骗走了，还不如先把自己绑起来再说。"

她们在城东新区租了一个五十平方米的店铺，用四万元钱交了一年的房租，请来装修公司，从墙体开始，把整个店面装成以果绿为主要色调的框架，购进了货柜、冷柜、果篮等一应平常设施，又给门头安上铝塑板，同样是果绿色。她们让广告公司在果绿色门头上安了几个白色的发光字：苏羽水果铺。

苏羽水果铺的门头每天一到晚上六点就发出耀眼的光芒，让路过的行人驻足观望，让驻足的人进店挑选。水果种类丰富，除了平常消费群体，也针对那些奢侈消费的顾客进了车厘子、金蛇果等高档水果。同时，她们还买来了一台马力很足的果汁机，一旦有顾客需要，她们就会帮他们把一部分水果加工成果汁，用专门的果汁器皿装起来，封口后，让他们提回家去。

苏羽水果铺的生意很好，而且不像其他店一样，刚开始时，顾客奔着好奇和新鲜来，时间一长就门可罗雀。苏羽水果铺的两个女人，每天把自己收拾得漂漂亮亮、光光鲜鲜的，让人一看就愿意买她们的水果。时间长了，澄湖城里有好多人都知道，苏羽水果铺里有一个迷人的长发女人，他们会毫不避讳地说起这个女人说话得体、行事大方，如此种种，他们甚至把苏羽水果铺叫成"长发女人水果铺"。

生意好了，自然收入就高，一年下来，一人分得净利二十多万。当初两人"蓄意"把自己绑起来，虽说有些孤注一掷，但最后还是获得了成功，看来她们是看好也看清楚了这一行。第二年，韩露建议找两个员工，在老城区也开一个一模一样的水果店，进一步扩大门庭，然而，她的这一建议遭到了彭玉素的反对。彭玉素的理由很简单：每一个人心中，都只有一个苏羽水果铺。

女儿读到三年级，彭玉素有些操心她的学习，想为她重新找一个封闭式的学校，一来为她创造一个良好的学习环境，二来尽量减少自己对她的影响。彭玉素帮满满和韩露的女儿丁丁找了一所私立学校，待秋季学期，把孩子一送，就少了一份羁绊，两人可以腾出手脚做事了。韩露说："我虽然还有望望这个拖油瓶，但也不怕，开春后她就读完大班，明年秋天也可以送去学校了。"

苏羽水果铺的生意比去年还要好得多，简直忙不过来，两人一天到晚都泡在销售和进货上，连吃一顿饭都没有工夫。可以说，在那个叫朱焕的人没有出现之前，这间水果铺是把两个女人捆绑得非常严实的。朱焕是一个在合肥专门从事水果营销的小老板，近段时间，他感觉到，每周从外面进来的车厘子和金蛇果都是被一个叫彭玉素的女人拿走的。彭玉素在电话里对朱焕说："朱总有多少尽管给我发多少，我这里是高消费。"

朱焕很好奇，就趁机跑到澄湖来探个究竟，看这个女人是怎样在一个小地方把水果做成大生意的。然而当他进了店里，看到两个女人在水果和客人之间手忙脚乱，累得满头大汗时，就忍不住笑了起来。朱焕问彭玉素："苏小姐为何不招两个员工？"

"这得要多少钱啊！"彭玉素说。

"我是说，你们成天干的这些事，完全可以由两个员工来完成，你付给他们的工资，可以通过把你们解放出来重新挣回来，而且也用不着这么辛苦。"朱焕说，"最重要的是，你挣回来的，远远比这些还要多。"

"我还可以干什么？"彭玉素求朱焕指点。

"可以再开一家店。"这一点倒是与当初韩露的观点有些切合。彭玉素连忙摆了摆手，说："澄湖人不光只记得有个苏羽水果铺，他们也不会只奔着一个苏羽水果铺去消费吧？"

"你认为澄湖还不够大？"朱焕笑着问。

"澄湖大是大，只是我们太弱小，禁不起风吹雨打，能把一个水果店开好就已经不错了。"

"有钱赚，怕什么？"朱焕说。

"赚多少才是个头呢？"彭玉素说，"钱这东西，够花就行了。"

然而几乎就是在那段时间，在安徽阜阳做倒插门女婿的哥哥彭玉乾突然打来电话，要妹妹无论如何也要强力支援，他们打算在城里买一套房子，准学区，主要是考虑到孩子读书方便。哥哥开口，没理由不给。姐姐也从老家打了电话过来，说大儿子提亲了，今年无论如何也要把婚结了，二十七八岁的人，再拖恐怕不行。

"结个婚要多少钱？"她问姐姐。

"少说也得十来万吧！"姐姐说，"我说的十来万，是预计着办婚礼多少收一些礼金贴补进去之后。我大体算了算，办个婚礼，怎么也得收个两三万礼金，咱们家这些年送出去的，远远不止这个数。"

"不就是在农村吗？找个媳妇怎么就这么贵？"彭玉素问。

"就因为在农村才贵，哪像大城市，人家女方家是不向男方家索要彩礼钱的。我听说，那些城市里的人，嫁女儿才会花钱，有的还陪嫁房子车子。"

"彩礼钱也要七八万？"彭玉素问。

"她们家先前提出要十五万，后来我对姑娘说，你告诉你的父母，彩礼钱要多少给多少，反正都是出去借，反正以后都是你们自己还。后来降到八万，说这个数再也不能少了。"

解决了哥哥和姐姐的难题，彭玉素又寻思着在澄湖买一套房子。彭玉素买房子的原因，一方面是想让自己和孩子有个窝；另一方面，她要把母亲接到澄湖来，和自己一起住。前些日子，彭玉素和韩露同时看好某个小区的户型，两人都交了三万块钱的认筹金。房子在东城新区，位置好，也不贵，交完契税后，总价没超过二十万。彭玉素几乎在一年之内把挣到的钱花光，眼下要考虑的是，如何辛苦工作，努力赚钱，为女儿创造一个好的成长环境。

于是她采纳了朱焕的建议，再盘两个门面，一个在老城区，一个在新老城区接合部，都装成统一的格调，都取名为苏羽水果铺。

按照朱焕的建议，她们统一了经营模式，在服务上实现了创新，不但推出果汁加工，还顺带利用同城物流为客户送水果。

苏羽水果铺一时成为这座城市的一道绿色风景线，很多政府单位、企业都向她们下订单，各种座谈会、年会、聚餐，都会让水果铺按照要求加工成型，直接送到现场。更有餐馆、夜场纷纷与苏羽水果铺签订协议，他们选定水果品种，提出造型及器皿配备方案，由水果铺按要求落实，并在固定时间送达。

也就是说，彭玉素和韩露的收入越来越高了，她们不但可以在澄湖买房子，还可以用存折里的钱干点别的什么。干点什么呢？彭玉素和韩露商量："咱们开一个化妆品店吧？"

韩露差点儿一个趔趄。她万万没想到，彭玉素会在此时在她伤口上撒盐一样说出这句话。"你不会是取笑我吧？"她说。

"我是认真的。"彭玉素说，"如果我们开一家适合大众消费的化妆品店，会有很大的市场。"

"满街都是化妆品店，你是从哪里看出市场来的？"韩露不解。

"经营方式上啊！"彭玉素说，"你想想，当我们还是穷人的时候，有人请你去洗头、做面膜吗？"

"倒是没有。"韩露说，"主要是他们都知道，那时候我们没有条件消费。"

"现在呢？只要你一出去，遇到那些做化妆品的，都在撺掇你去做这样那样的体验，主要目的还不是从你身上刮出几个钱来？从这一点上，我们可以看出来，这些做化妆品的，只知道对准能消费的有钱人，他们是在利用市场。"彭玉素说。

"如果我们来做，你打算……"韩露问。

"开发市场。"彭玉素说，"我要让那些一直认为自己没有能力消费的人，成为我们的市场主体。"

"你要让穷人用化妆品？这不对吧？"韩露认为彭玉素是在说梦话。

"穷人也必须用化妆品啊！"彭玉素说，"我说的不是穷得失去生活自理能力的人，我说的是平民百姓。"

"什么是平民百姓？"彭玉素接着说，"就是大部分自身潜能没有被激活的人，这部分人也是爱美的，如果她们只需要花很少的钱就可以和那些贵人太太享受同等的滋养，她们肯定愿意。"

两个月后，她们在澄湖开起了一间化妆品店，取名"苏羽美妆"。化妆品店有两层楼，一层陈列各式各样的化妆品，二层主要是美妆区。两层楼加起来有三百来平方米，房租一年十万。

几个水果店交给韩露和员工们打点，彭玉素主要负责打理化妆品店。起初，她利用各种传单发布信息，把苏羽美妆宣传出去。那些常年在各种化妆品店出入的主顾们，都进去做了体验，认为服务水平相当好，但化妆品的品种和品质上不去，连姐妹们平时的常规配置也没法得到满足。彭玉素开玩笑说，这个问题倒是好办，只要把价格定高一些就可以了。人们说："这哪行啊？你店里的这些东西，通常人都不用了，有几款升级版都成淘汰版了。"彭玉素说："你们要是觉得我这边服务好，能够经常来，我就给你们弄新产品和没有淘汰的升级版，价格还是按照现在的收。"她们就开始怀疑，说哪有贵进贱出的道理。彭玉素说："你们放心好了，你们要的产品，下周就给调过来，我保证产品质量和其他家的一样，只是对姐妹们有一个要求，出去别宣传，别说我们家通过不赚钱来笼络客户，毕竟我们是外地人，又是这个行业的新手，不想得罪同行。"

那些穿金戴银的，好像一下子就明白了，原来苏羽美妆是通过降价来笼络客户，这样的经营确实高明，当即表态说，只要服务跟得上，小姐妹们也不差那几个钱，以后就都来你这里算了。

二层的美妆间分两个区，用实木板做了屏风隔断，门没有留在一处。那些资深化妆达人，进的是左边一扇门，初次体验的平民百姓，从右边一扇门进去，两类人靠彭玉素和她的员工们在一楼甄别，引导她们进不同的化妆区。日子久了，仿佛所有客人都没有什么区别了，都看不出来，只是人越来越多，彭玉素每天都会忙到晚上十点左右。有时，谁家结婚，大清早就来做头发，甚至有的还要美妆店安排化妆师去酒店里做，她也一一答应了。彭玉素的美妆店推出了一个礼包叫"金婚妆"，符合金婚年龄条件的人，只要来化妆，都不收钱，但有个原则，就是要看双方的结婚证，实打实推算年龄，差一天都不行。有客户就说："你这个也未免太死板了，差个一年半年的，可以较较真儿；差十天半月的，睁只眼闭只眼就做了，又没有哪个主管部门碍着你。"彭玉素说："规矩就是规矩，可不能弄乱了，要是管理不过硬，排队的人会越来越多，未免会得罪客户。"她们也就表示理解，夸她做事有水平，都表态愿意为她推荐客户。

"金婚妆"在这个城市非常流行，每天都有很多人在苏羽美妆店排队，专门负责为老人化妆的两个美容师比谁都辛苦。彭玉素就对她们说："你们最累，但我比你们还累。"几个姑娘说："苏羽姐姐哪里会比我们累？我们做的，你不用收钱，自然就少累了一些。"彭玉素说："就是因为这一点，所以心累，本店利润本身就低，在其他方面挣的钱，都补贴在这一块上了，你说我累不累？我得努力挣钱给你们发工资啊！"她们点点头表示理解，有一个姑娘说："苏羽姐为人好，大家都称赞。"

彭玉素又问她们："能不能在这些老年人的身上挣回一点？"

几人表示没有思路，说："怕开不了口。"

"谁要你们开口要钱？我是想问，从明天起，凡是来做金婚妆的，你们可不可以打听一下，他们化完妆以后，是去哪家照相馆拍的金婚照？"

"这个没问题。"她们都说，"可关键是，知道了也没有用。"

"谁说没有用？"彭玉素说，"你们动动脑子行吧？我要是开一个影楼，不就把钱挣回来了吗？"

以"苏羽"命名的影楼，自然叫"苏羽影楼"。不对，彭玉素把"楼"字改成"吧"字，叫"苏羽影吧"，和化妆品店在同一条街上，位置稍微偏僻一点，一个闲置了多年的院子，场地很宽，有六百多平方米。彭玉素让装修工人按照复古的风格打造，把这个地方弄成一个怀旧之所。除了拍照间，她在院子里购置了很多旧东西：农家石磨、碓窝、风车、竹仓、八仙桌、犁头、马鞍、马车，墙上挂了筷笼兜、帆布书包、三弦玉琴等，置物架上放着连环画、火柴、收音机等老物件，可谓应有尽有，让人目不暇接。来这里拍照的人，除了在拍照间拍金婚照，还可以在不同的场景里拍怀旧照。这些照片拍好后，拿去做成影集，精致得不得了。彭玉素每次都会对那些老人说："叔叔阿姨们活到这个岁数不容易，咱们也要像年轻人一样懂得享受，要比他们浪漫才对得住自己。"老人们说："那是自然。"

苏羽影吧的生意好到了极点，几个摄影师忙得那叫不分白天黑夜，拍照、修图、排版，往往会弄到深夜才算完。有的老年人还会邀请摄影师去户外拍照，还羞涩地对摄影师说："以前我和你阿姨就是在这个地方认识的。"

除了老年人拍金婚照，年轻人也一拨一拨来到影吧。他们表示要做得与众不同，也要学老一辈们怀旧，彭玉素几乎笼络了整个城市的摄影师为他们服务。影吧又重新开辟了根据地，在老城区。这一回，她把儿童摄影和影像纪录片等全部做了起来。

6

周楚阳还是隔三岔五给彭玉素打电话。用不同的手机打，到处找座机打。那些电话号码，显示有成都的，有杭州的，有昆明的，有北京的，有上海的，每一个电话号码都告诉了彭玉素他在哪个城市落脚。每一次，只要听出是周楚阳的声音，她立马就挂了，旋即把号码拉进黑名单。

周楚阳给彭玉素发过不止一百条短信，每一条都有不同的内容、心思和侧重点，但彭玉素从来没有看完过一条，只要看到是周楚阳发来的，立马就删了。有时候彭玉素会想：这个人是不是和我一点关系都没有了？而这个时候她都会想到女儿满满，几乎每一次收到短信，她都会对自己说："因为满满，我决定这辈子也不见你了。"

与王白璐重新接头，是后来的事。遇到周楚阳的"线人"蒋达蜀，是更后来的事了。彭玉素从安徽澄湖去广东东莞之前的这一个时间段，经历过太多的事情，而这期间，周楚阳在温州的生意开始向好，她接到他的电话也越来越少了，短信倒是时不时发来，有一天，她正要删短信，却无意间看到一条短信的第一句。

"今天下午，我聘了一位姓张的阿姨为我料理生活。"

阿姨！那就是说，这个女人年龄已经不小了。料理生活又是什么意思呢？管他的！她一个人笑了笑，手指正要移到删除键，却没有摁下去，因为不小心又看到了下一句：她很漂亮，很优雅，我从未见到过这么老了还如此优雅的女人。

真是莫名其妙！告诉我这些干吗？与我有关吗？她决定再也不往下看，只是眼睛太机敏，下一句已经跃入眼帘：她有一个美丽的女儿，聪明、能干，是一个平面制作的高手，我把她安排到公司上班了，她叫孙小雪……彭玉素删除了短信。

这些也是后来的事。

彭玉素在澄湖的生意做得很好，苏羽水果店、苏羽美妆和苏羽影吧，都是与韩露合资的，水果店基本由韩露一人操持，她自己则在美妆店和影楼之间来回跑。钱挣多了，想干更多的事，想干更大的事，于是她与韩露商量："咱们开一个幼儿园吧！"

韩露说："你心太大了。"

"可不是嘛！"彭玉素说，"老感觉这样下去越来越被埋没了，虽然挣了几个钱，但对社会也没有什么贡献。"

"我不懂什么是贡献，也不想贡献。"韩露说，"但无论你想干什么，我都支持。只是，无论怎么干，都是你一个人干，我帮不上忙，使不上力，每次到分钱的时候，都感觉怪不好意思的。"

"但这一次说不准，有可能只是往里扔钱。"彭玉素说，"谁敢说一干就能成功！做生意，不都有风险吗？"

"既然有风险，就别干了，把手头的事干好就行，何必操那么多心？"韩露说。

"我放不过自己，我要是一天不折腾点新的东西，就很不自在。"

"南边儿去吧，那里有你想要的。"韩露笑着说。

"我去南边干什么？"彭玉素伸手掐韩露的鼻子。

"南边有堵墙，你走过去，使劲儿撞几下，疼了，你就回来。"她用手够彭玉素的胳肢窝。

两个女人打闹了一阵，歇了下来。彭玉素说："韩姐，我有一句话，始终想对你讲。"

"讲吧，只要不特别煽情。"韩露说。

"不煽情，但很实在。"彭玉素拉过韩露的手说，"当初是你救了我一命，我才有今天，我得感谢你。"

"没用，"韩露推开她的手说，"我不会感动的。"

"所以，这次干幼儿园，有风险，我其实不想让你掺和进来，你不会怪我吧？"

"那你刚才还说咱俩一起干？"

"我不是在征求你的意见吗？"

"随便你吧，有没有风险，只要你肯让我一起干，我都会答应的，反正要是没有你，我也不会有那么多钱。"韩露说，"或者我把钱借给你，你要是成功了，就还我，万一真的打水漂了，就不用还了。"

彭玉素感激得想流泪，鼻子酸酸的，说："既然这样，我们还是合资吧。"

彭玉素说的幼儿园，不是澄湖市区那些常见的托儿所式的小幼儿园，她要做得比澄湖市第一幼儿园还要大。彭玉素说："如果干成功了，我们这辈子就什么也不用干了，各自找一个男人养起来，天天花钱去。"

谈何容易！摆在面前的第一件事就是校舍。市区是不可能有那个闲置场所的，只能到郊区去找。到郊区去办幼儿园，肯定不现实，谁会把刚断奶的孩子往郊区送？第一个问题就让彭玉素想破了头。

有人知道她的难处。这个人在望江东路有一个幼儿园，但不太大，最多只能容纳五百个孩子。幼儿园开的时间很长了，由于这些年政府对幼儿园的管理逐渐加大力度，对硬件设施和师资力量的要求也越来越高，他没有更多的资金投入，所以不想干了。这个叫林山的男人找到彭玉素，对她说："你要是看得上，我把幼儿园盘给你。"

当她实地考察林山的幼儿园时，很是失望。这样的幼儿园，别说转给她，就是送她她也不要，一是太小，二是院内设施过分老化，需全部更换。她对林山说："你还是自己经营吧，这样的幼儿园，在今天只能是个负担。"

她在离开那个幼儿园的时候，路过旁边的一座建筑，又走了大概五十米，看见另一所幼儿园，匾额上题的是"百灵鸟"三个字。

她进了幼儿园的大门，径直往里走，一个正在打扫卫生的中年妇女问她："你找谁？"

"参观一下，我想送孩子来上学。"彭玉素说。

"老板不在，你明天来吧！"中年妇女弯腰往一个塑料盆里拧毛巾。

"大姐，这个幼儿园孩子多吗？"

"以前多，现在没几个了。"中年妇女说。

"为什么？"

"人家瞧不上呗。"

的确很旧，比林山的幼儿园还要旧，院子里的滑梯散成了一堆废铁。

"以前孩子最多的时候，有多少？"彭玉素问。

"没数过，应该有五六百个吧。"

还是小了点。不过她往院子里走了走，发觉这个院子比林山的那个大了不止两倍，还有很多空间可以利用。只是，和她想要的幼儿园相比，还是小了。

但她此时突然来了灵感：要是把两个幼儿园并起来，会不会满足空间要求？两所幼儿园之间的那栋三层楼的建筑，能不能变成幼儿园的一部分？

也就是说，现在需要处理的事情有两件：一是找"百灵鸟"的负责人谈谈，看他是否也像林山一样需要被收购；二是找中间建筑物的负责人谈谈，看他是否愿意把房子背后的空地拿出来，成为连接两个幼儿园之间的通道。对了，她听那个打扫卫生的大姐说，那栋房子后面有一块空地，上面建了个小花园，小花园左右都有一堵墙，分别隔开两个幼儿园。

"那个空地，房主为什么不修成房屋，我想，他大约是用于采光吧！"搞卫生的大姐说。

她决定找中间建筑物的房主谈谈。房主是一个刚退休的男人，一听说有人要租用后面的空地，心里就热络起来，说："你何不把整座房子一起租了？"

"大叔，这房子的构造，对我们来说，是没有用的。"彭玉素说。

"你错了，姑娘，你开那么大的幼儿园，难道不该有一座像样的办公楼？你看看，我这楼房刚好合适啊。"男人指了指临街的门面，接着说，"门面费用高，你不用租，有人早租用了，以后你只管代替我收收房租。"

其实彭玉素已经开窍，她说没有用，是说临街的三个门面。其实也有用，但临街门面租金太贵，三个门面大约两百平方米，租金一年下来不少于三十万，所以她欲擒故纵。老者说门面可以不租，她当然高兴，便说："我先考虑考虑吧，眼下还没有正面接触百灵鸟的负责人，不知道他愿不愿意把幼儿园转给我。"

第二天，她又去了望江东路，遇到百灵鸟幼儿园的老板，一个叫王乃金的中年男人。

"你还不到三十岁吧？"王乃金看了看她。

"三十二了。"彭玉素说。

"看你面熟，我想想，是在哪里见过？"王乃金挠了挠头。

"我之前是卖水果的。"彭玉素说，"苏羽水果铺，大哥，你应该去我那里买过水果。"

王乃金说："我不吃水果。"

"难道你去过我店里美容？"彭玉素笑笑。

"是的，我去过。"王乃金说，"我陪我那败家娘儿们去美容，她往那椅子上一躺，就是一下午，我坐在旁边打呼噜。"

"你确定你去的是苏羽美妆？"彭玉素问。

"对，就是苏羽美妆，我还记得，我和你说过几句话，知道你是云南人。"王乃金说。

"咱们直说吧，你这个幼儿园想不想盘给我？"

"盘给你？"王乃金好像有些吃惊。

"看来你是不愿意。"彭玉素说。

"姑娘，你知道经营一个幼儿园有多难吗？"

"知道，我通常先把困难扩大十倍。"

"你以为有钱就可以消灭困难了？"

"不光要有钱，还要有办法。"

王乃金点了一支烟，说："我之前还寻思，要是有人给我一百万，我就卖了，没想到你撞上门来。"

"那你现在准备要多少？"彭玉素问，"五十万成吗？"

"不成。"王乃金说，"你是主动找上门来的，得给三百万，少一个子儿都不行。"

老实说，林山的幼儿园比王乃金的小，但比王乃金的要新，设施也没有他的破旧，风格也较为得体、大方，林山昨天说，要是她看上了，给三百万就行。

"就不能往下压一压？"彭玉素问。

"当然可以。"王乃金说，"一百万肯定是拿不走的，我那是假设，你要是真看上了，就给两百万吧，这次真的少了一个子儿都不行。"

彭玉素又找了中间建筑物的房主，问："大叔，我要是把房子上面两层和后面的空地租下来，你打算收多少？"

"看着给吧，反正我合计好了，不久之后就去合肥，和儿子女儿一起住，我老伴都去好几年了，我不能一个人待在这里。"

"你倒是说个价！"

"这样吧，姑娘，你也好不容易说服了左右两边，我不能难为你，上面两层，一层三万，背后的小花园送你了，隔墙你自己拆。"

她又找林山谈价钱，林山说："我这个庙虽然比王乃金的小，但我的经营状况比他好得多，你至少也得给个两百六吧！"

两个幼儿园校舍所在的房东也愿意将校舍租给彭玉素，他们都说，只要干得好，想用多久就用多久。

彭玉素最后用王乃金的"百灵鸟"幼儿园兼并林山的"新起点"幼儿园的方式，去教育及有关部门做了登记，换了法人代表，教学、服务及安全等手续陆续办理，费了不少力气，加上校园重新整合打造，花了大半年时间。

7

七月中旬，"苏羽幼儿园"正式开始招生。在此之前，彭玉素做了不少前期宣传工作。首先是利用市内各媒体平台打了广告，将园舍环境、硬件设施、师资力量、资金投入及之前两个幼儿园的经营历史、社会口碑等方面向外界进行了推介。与此同时，她还邀请了部分专家、教育界知名人士、主管部门领导，在她的幼儿园举办了一个"新时期学前教育发展论坛"，就广大家长普遍关心的"如何让孩子赢在起跑线上"的问题进行了交流。市内媒体也对此活动进行了专题报道，在社会上引起了强烈反响。几乎和她的预期一样，苏羽幼儿园在三天之内就完成了所有班级学生的报名注册，而那些出于各种原因没有赶上时间节点的家长，只能带着孩子趴在校外的铁栏杆上长吁短叹，就像是被推迟了节令错过阳光和雨水的庄稼，蔫蔫的倒伏成一团团黄瘦的秧苗。

"苏羽"似乎就要成为这座城市的学前教育品牌，从一开始就展示了无比旺盛的生命力和发展前景，让彭玉素多少有一些"气候过敏"，在享受着自身创造的成果带来的喜悦的同时，内心始终充斥着一种莫名的隐忧，因为她知道，做教育，她是真正的外行，她不明白的东西太多，看不清楚的盲区太多，在不同的方向潜滋暗长的问题也太多。不可否认，她由此陷入巨大的焦虑中，她深知无论是教学、管理还是安全等方面，都在暴露着一系列不可避免的问题，而这些问题一旦成形，都将是无比棘手的。

那天她和教职员工一起就餐，发现餐桌旁坐着的一个十六七岁的女孩，老是用一种很奇怪的眼神打量自己。女孩似乎想对她说什么话，却表现出一副不敢启齿的模样，两只眼睛灰蒙蒙的，视线从她面前的碗游动到她的脸上。女孩身着一件花蓝色长袖T恤，很旧，领口处有几个小孔，一眼看上去就知道是穷苦人家的孩子。她的眼角有一道道漆黑的斑纹，眼睫毛几乎看不到，整张脸显得呆滞而刻板。以彭玉素这些年的阅历来看，这样的孩子，很难从她的身上抠出一丁点对生活和未来的希望。她用一种近乎求救的眼光在看彭玉素，使彭玉素在第一时间捕捉到了一种复杂的信息。

"你叫什么名字？"彭玉素坐到她的身边去。

她的肩膀微微颤抖了一下，朝彭玉素扭了扭头，看了一眼，又迅速将头扭过去。

"萧玉萍。"她说话的时候，口中衔着筷子。

"你多大了？"彭玉素把身子往她那边挪了挪。

"十八岁。我属蛇的。"女孩说的是一口地道的南广方言。

彭玉素心头一震。

在澄湖快十年了，她没遇到过几个南广人。之前她在许老板的汽车配件厂上班，里面倒是有几个，然而他们都不敢断定彭玉素是他们的同乡。有人曾经问她是不是南广人："我怎么觉得你的口音和我们那么像呢？"

"我是凤城的。"她说，"凤城你们知道吗？"

谁不知道！凤城和南广是比邻县区。往往那些在远方打工的人，都不会把南广和凤城区别开来，他们始终认为，凤城人和南广人都是老乡。

"哪个乡镇的？"她问女孩。

"罗卓。"女孩衔在嘴里的筷子始终没有拿出来过。

彭玉素心里一阵酸楚。

"罗卓哪个村？"彭玉素又问。

"我是……"女孩终于把筷子从嘴里抽出来，在碗底使劲儿戳着饭粒，上齿咬了咬下嘴唇，才说，"我是木桶沟的。"

木桶沟和大房子之间，隔着一个庙坎。如果是这样，这个萧玉萍，之前肯定听说过她，也知道这个世界上还有一个人叫周楚阳。

她将女孩招呼到另一张空着的桌子旁说话。她问："你之前见过我吗？"

"没有。"女孩的嘴唇连续动了几下。

"你什么时候来的这里？"彭玉素问。

"去年和我哥我嫂一起来的，我们在一个针织厂上班。"女孩说到这里，拿右手袖子揩了一下眼睛。

"你哥和你嫂呢？现在在哪里？"

"我不知道。"她捏着筷子的手在微微颤抖。

"他们吵了一架。"她说。

这个叫萧玉萍的女孩，是幼儿园负责生活的杨大姐招进来的，主要在厨房里干些粗活儿。因为幼儿园开学较忙，饭堂的工作就像打仗，有些临时招聘进来的员工，还未来得及去做健康体检，萧玉萍就是其中一个，所以彭玉素就没有在厨房里的操作间见过她。

彭玉素当即安排杨大姐，说今天下午无论如何也要把她们健康体检的事情落实，赶紧让她们统一工作服上班。末了，她又对杨大姐说："这小女孩来自偏远山区，估计什么都不懂，特别是卫生意识比较差，你得多教教她。"

"当然，你别把她吓傻了。"彭玉素又说。

在她刚要迈步离开食堂的那一瞬，小女孩在后面叫住她。

"彭孃孃！"她的声音仿佛来自一片龟裂的土地，像是沙砾与锄头碰撞之后发出的回响。

"你叫我什么？"彭玉素回过头来。

"我是萧清和的姑娘，我听我爸爸说起过你。"女孩把头埋在胸前。

彭玉素一时不知道如何与她交谈。这些年来，彭玉素几乎连自己也弄不清楚自己是苏羽还是彭玉素了。

她把手放在萧玉萍的头上，拇指和食指捻着她黄得发燥的头发，眼睛里突然有泪水在使劲地打转。

"你是不是知道我很多事情？"她问萧玉萍。

"罗卓人都知道，你在安徽发达了，去年我和我哥我嫂来这里，本想找你的，可我们不知道去哪里找。"

彭玉素知道萧清和。桦槁林绿油油的植被覆盖下的三个村庄，曾经用同一条溪水来灌溉水稻，三个村庄的鸡鸣几乎会在同一时间奏响。那些在小村里伺候土地和牛羊的人，方寸天地内，也是早不见晚见。萧清和是一个木匠，比彭玉素的父亲彭贵武小几岁。小时候，她经常看见系一条天蓝色围腰的萧清和手里提着斧头和锯子、背着木箱到她家里来，按照她父亲的授意打制一把犁头或一副马鞍。抽旱烟的萧清和很健谈，一边干活儿，一边嘴里不闲着。她记得，上初中时，有一次放学回家，刚把书包放下，就听见萧清和对父亲说："这闺女长得眉清目秀，将来定会落一户好人家，彭大哥有福享喽！"

其实三个村庄的人都知道，彭玉素和周楚阳同在一张课桌上学习，形影不离，猜想将来是一定会走到一起的。而那时，周楚阳家在村子里算是殷实户，周楚阳的父亲周天贵也是一个非常善于打理生计的人，农事之余习竹编，小背篓、小箩筐常常拎到街上去卖，换些小钱贴补家用。

然而彭玉素的确没有想到，这个世界上居然有不少人挂记她，她"发达"的事，已瞒不了别人。

　　她对萧玉萍说："你来我这里，我肯定会好好待你的，但你得认真学习，好好工作。"

　　萧玉萍腼腆地笑了笑，说："我得找我哥哥嫂子去，前些日子他们吵了一架，各自走了。"

　　"你知道去哪里找吗？"彭玉素问。

　　"我不知道我哥哥去了哪里，但知道我嫂子，我嫂子说，她的两个弟弟都在浙江永康打工，她要去找他们。"

　　"你什么时候去？"彭玉素问。

　　"凑齐路费就走了。"萧玉萍说。

　　"人生地不熟的，找人哪有那么容易？"彭玉素拍了拍她的肩膀，说，"你哪儿也别去，就在我这里好好干，工资我会多给你。"

　　"彭孃孃。"萧玉萍又在彭玉素转身的那一刻叫住她。

　　"还有什么事？"彭玉素问。

　　"我知道有一个人在找你。"萧玉萍说。

　　彭玉素笑笑："我的事你搞不清楚，别听他们瞎说。"

　　"周家大哥每年回家过年，都会跟那些出门打工的人说，要是在什么地方遇见了你，麻烦给他送个信。"

　　这事她知道。周楚阳曾在发给她的一条短信中写道："我要让每一个我认识的人替我寻你，我要在全世界布下天罗地网。"

　　"真好笑！"她这句话仿佛不是对萧玉萍说的，但小姑娘听进去了。小姑娘说："我们来这里的时候，他也对我哥哥说过。"

　　"随他去吧。"彭玉素说。

8

　　正如王白璐所说：一个人走得太远，就不习惯回头了。

　　彭玉素从澄湖辗转到东莞的这些年，感觉自己距离初衷已经太远，远得她自己都不知道这一生在不断追逐什么，又不断放弃什么，这样的行程于她来说有多大意义。

"所以说，你还是回到他身边得了。"王白璐故技重施。

"我不会活成一种理由，你必须相信。"彭玉素说，"你们现在是零缝隙对话，所有值得珍惜和拥有的，都可以从现在开始，或者结束。"

"你现在不习惯回头，不等于回不了头。"王白璐说。

"其实都一样，我不想被谁冷不丁打破这来之不易的宁静。"她像一个哲学家，"有时，生活需要的，恰恰是自己敢于承认的宁静。"

"那是因为你经历了太多的事情。"王白璐说。

"当然。"彭玉素说，"只有见证过我苦难的人，才会读懂我的内心。"

两人有时打电话，有时通过短信聊天，说的事与一个男人有关。只不过，在看似攻防悬殊的两个阵营里，战术有所不同：王白璐步步紧逼，她要的是周楚阳在另外一个女人的心里彻底溃败；彭玉素以守为攻，她貌似什么都不要，却仿佛什么都攥在手里。

这些都是后来的事。

当"苏羽"这两个字与一所私立幼儿园扯上关系，彭玉素就感觉自己被所谓的理想绑架了。当初韩露说，日子过好就行。她没有采纳韩露的意见，是觉得日子还没有过好。现在呢，又过得太好，满脑子的问题，满脑子的隐患，让她根本没有时间去体味生活，去测试自己到底有多幸福。

她是在凌晨两点钟的时候被电话铃声吵醒的。

"你看看贴吧里，为什么骂声一片？"给她打电话的是区教育局的副局长吉春芬。

她把电脑打开，点了网页，果然，第一条消息跃入眼帘：

《苏羽幼儿园，让孩子提前断送未来》，这样的标题，应该来自专业人士。往下看，全是"事实"罗列。

"苏羽幼儿园的老师让孩子把屎拉在裤子里，还不许孩子叫嚷。"

"苏羽幼儿园的老师用针扎孩子的屁股，威胁孩子不准哭。"

"苏羽幼儿园的老师没有上过幼儿园，大部分是文盲。"

"苏羽幼儿园让孩子喝过期的牛奶，吃馊饭菜。"

……

每一条"事实"下面都有无数楼层，都是无比恶毒的叫骂：

"丧尽天良，让他们滚吧！"

"不就是恶意兼并吗？你给教育局送了多少钱？"

"一个美容女，开什么幼儿园？想让孩子学化妆吗？"

"幼儿园哪家强，苏羽送你见阎王！"

......

最糟糕的是，网页上有一张萧玉萍的照片，衣着破旧，神情呆滞，辅以对应"幼儿园的老师没上过幼儿园"。

她不知道自己为什么会突然遭到如此棒打。在此之前，谁也没有向她提过幼儿园管理上出现过诸如上述问题，她也不相信帖子所反映的内容，她比谁都清楚，以上"披露"纯属乌有，明摆着是陷害。

果然第二天一早，她就接到家长们打来的电话。

"幼儿园有这么开的吗？"那头劈头盖脸就问。

"你说的是网上所见？"彭玉素问。

"不管哪里所见，我就想知道，如果我的孩子继续待在你的幼儿园，会发生什么样的事情。"那头火力加大。

"如果你的孩子也在我园就读，事情就很简单，有没有那回事，问问孩子便知道了。"彭玉素说。

"孩子哪敢说！他要是说了，钢针扎屁股怎么办？"

"我想，你是过分担心了，绝对没有这回事。不信的话，你来幼儿园里待一天，看这一天下来，有没有网上所说的事件发生。"

那头"哼"了一声，挂了电话。她还没来得及把手机合上，另一通电话打进来了。

"退钱。"一个恶狠狠的女人的声音。

"您先冷静！"彭玉素说，"我想您应该看得出来，我们是遭人陷害。"她非常尊重地对对方说"您"。

"管你遭谁陷害，我不想让自己的孩子在这样一个地方上学。"女人说。

"无论如何，也得等调查结果出来了再说呀！"彭玉素说。

那头怒气冲冲，说："你等着，要是真的像网上所说的那样，定有人将你碎尸万段。"说完电话就挂断了。

电话一个接着一个，有家长打来的，也有幼儿园员工打来的，还有朋友打来的。她实在抵挡不住，干脆就不接了。早上七点钟，她准时来到幼儿园。

苏羽幼儿园门口挤满了家长。他们大多没有带上孩子，大多数是来看看究竟是怎么回事的，但都显得很激动。

园长王小蒂被一群人围在中间。这个经过彭玉素层层面试脱颖而出的女子，年龄和彭玉素差不多大，有五年以上的幼儿园管理经验。眼下，她被那些孩子的家长扯着衣角，擒着手腕，推着后背，在人群中亦步亦趋地移动着。

彭玉素走过去，分开人群，对众人说："我是这个幼儿园的老板，你们慢慢听我解释。"

"有什么好解释的？！"人群中有一个男人在大叫。

"但我还得解释。"彭玉素说。

"解释个屁！你们幼儿园不把孩子当人，你们就是虐待孩子。"那个男人走上来，逼到彭玉素跟前。他的这一举动，反倒提醒了彭玉素接下来该怎么办。

彭玉素断定，这人必是挑事者之一。

她示意家长们安静下来，说："我想问这位先生几个问题。"

那个男人还是一副很嚣张的样子，在人群中张牙舞爪地大声吼叫："我们谁也不想听你的屁话，赶紧滚蛋。"

"赶紧滚蛋！"人群中有人附和。

彭玉素说："这位大哥真是奇怪，你不听我的解释，怎么了解事情的真相呢？"

"我们不需要真相。"男人声音撕裂。

"这位大哥，请不要混淆视听，不需要真相的是你，而不是你所说的'你们'。"彭玉素说，"我相信今天的各位，肯定不是和他一伙的。"

人群中有人小声说话，仿佛明白了什么道理。

"你什么意思？"男子指着彭玉素的鼻子问。

"我就问你一个问题，你敢不敢回答？"彭玉素双手往空中压了压，示意人群安静。

"我有什么不敢的？"男子怒道。

"你的孩子在这所幼儿园读书吗？"彭玉素问。

男子顿了顿说："在啊！怎么了？"

"请问你的孩子叫什么名字？他在哪个班级？什么时候报名注册的？班主任老师是谁？每天放学是谁来接的他？"彭玉素语气铿锵，步步为营。

男子看了看人群中家长们的反应，好像看出所有人都在等待着他回答彭玉素提出的问题。然而他什么也回答不出来，只是恶狠狠地说："我为什么要告诉你？"

"你不告诉我，我怎么敢相信你的孩子在这个幼儿园？我又怎么能知道他遇到了什么？"

男子回答不上她的问题，忽又开始咆哮："没良心的幼儿园，赶紧滚出去。"

"你什么也回答不上来，说明你的孩子没有在这所幼儿园。"彭玉素提高嗓音，对大伙说："如果你们的孩子没有在这所幼儿园，你们能说我们幼儿园对孩子做了什么吗？大家可要认真思考这个问题。"

"原来他是故意找碴儿。"人群中有人小声地说。

"对，就是故意找碴儿。"彭玉素接着说，"如今可是法治社会，这位大哥今天的所作所为已经构成犯罪了，你知道吗？"

男子似乎一下子蔫了下来，嘴里小声嘀咕着说："谁说我的孩子不在这所幼儿园？我的孩子就在这所幼儿园。"

"把你的孩子叫来，让我们问问他。"人群中有一个老太太大声说。

"不必了，这位大妈，他就是受人指使，来这里恶意煽动闹事，想必大家都看得出来。"彭玉素高声说。

"真是可恶。"有人说。

"吃饱了撑的。"有人说。

男子悻悻而去，当从人群中逃离出大门时，有人看见他开始加快脚步，迅速融进大街上熙来攘往的人流中。

家长们陆续回家把孩子带来幼儿园。午饭铃声响过后，这一片街区显得很安静。彭玉素一个人躺在办公室的长椅上，滴水未进，思绪难平。

贴吧里的消息还在，"苏羽"不可能没有受伤。尽管家长们都知道，苏羽幼儿园是受到同行的恶意攻击，本身并不存在让孩子把屎拉在裤裆里、用针刺孩子屁股、让孩子吃馊饭等问题，但是，网络上的东西会在最短的时间内传递到世界的每一个角落去，"苏羽"这两个字或多或少会被打上一个灰色的烙印。再说，谣言不止于时间，时间长了，谣言就在人们的心中扎下根来，人们就会不由自主地相信了。

她被一阵急促的敲门声打断了思绪。她从沙发上站起来，理了理头发，对门外说："进来吧！"

萧玉萍端了一盘水果进来，走到班台前面："彭孃孃，园长说你没吃饭，叫我来给你送点水果。"

彭玉素说了声"谢谢"，招呼她坐在沙发上。小姑娘习惯性地拍了拍身上，转身看看沙发，还是没坐下。

"坐下吧，咱们聊聊。"彭玉素说。

小姑娘轻轻坐了下去，感觉很不自在，看上去像一棵刚刚移栽在春风里的树。

"你父母还好吧？"彭玉素问。

"我爸爸前年死了。"萧玉萍说，"他坐我堂哥的车去赶场，车翻在了塘口。"

彭玉素叹了口气，问："怎么就翻了呢？"

"路太窄了，路中间有一个大坑。我哥为了避开那个大坑，故意把车往边上开，结果就从岩上滚到了河底。"萧玉萍慢悠悠地讲述着父亲的车祸，而这一幕对彭玉素来说，好像不是第一次听到，她在萧玉萍的讲述中想起了那个叫赵敬哲的男人，她和他的结婚证，现在还锁在家中的抽屉里。

"这就是命。"彭玉素这句话，好像是说给自己听的。

"我堂哥也摔死了。"萧玉萍说，"我堂哥当时还能说话，被人们拉到医院里去，好几天才闭上眼睛。我堂哥临死时对他儿子说，今后读书有出息了，一定要修一条宽敞的公路，最好是一直修到天上去。"

"我们都知道，他是痛糊涂了，说了梦话。"萧玉萍又说。

"你相信命运吗？"彭玉素突然问萧玉萍。

"我不知道什么是命运，我都没有读完小学，我什么也不懂。"萧玉萍说这话的时候，很不好意思地笑了笑。

"那我告诉你，无论你这辈子经历了什么苦难，都不要害怕，因为命运是靠自己来改变的。"彭玉素对她说。

"彭嬢嬢说的，我会记住。"萧玉萍说，"下个月，我想找我哥去。"

"你哪儿也不许去。"彭玉素说。

9

蒋达蜀每个周末都会骑着一辆单车去旗峰公园逛逛。有时，他会把单车停在树荫下，找一个石凳坐下来，抽一支烟。蒋达蜀去旗峰公园，一是去逛逛，二是想趁机见见彭玉素。

他抽烟的时候，恰好看见彭玉素手里拿着一大沓纸从她的培训学校走出来。蒋达蜀坐的这个石凳，离"云众"的办公楼只有五十米远。彭玉素越走越近，眼看就要走到他的身边。他害怕彭玉素说他是有意来此堵她，就故意低下头，假装没看见彭玉素。彭玉素好像真的没有看见他，风一样从他身边飘过。他抬起头，想站起身来和她打招呼，最后还是没动，因为他实在没有想好要和彭玉素说些什么。

他眼看彭玉素走远，最后只剩下一丁点人影，才站起身来，去树下推他的单车，沿着河滨大道骑了两圈，停下来，给周楚阳打电话。

"龟儿子，种什么树哟，人还找不找了？"

"你不是找到了吗？"周楚阳说，"找到了就使劲儿盯着，我种完树就过来。"

"要不要我替你对她说点什么？"蒋达蜀说，"女娃儿贼得很，见了我就躲，躲我干啥子嘛，我又不是周楚阳。"他一口川音。

"你不需要说些什么，只要别让她提防你就行，每一次遇见，都当作偶遇。"周楚阳说，"偶遇，明白吗？"

"偶遇？"蒋达蜀说，"哪有那么多偶遇？这人世间的偶遇都是假的，连我都能看出来，何况是她。"

"你先替我盯着，有什么风吹草动，及时报告。"

"弄不懂你们，一天天的，吃饱饭不晓得丢碗。"他又接着说，"我是念在兄弟情分上，才肯答应帮你做这娃娃事，你得赶紧过来，早点让我解脱，我还有一堆事情要干哩。"

周楚阳说："川娃子的心思我明白了，不就是哼哼嘛，说吧，想要我怎么感谢你？"

"有你这句话就足够了，我是一个记情的人，前些年你真心实意帮我，我现在就得反过来帮你，直到两不相欠。对了，你到底什么时候才能栽完树？"蒋达蜀问。

"快了，快了。"周楚阳说。

这些都是后来的事。

彭玉素还没在东莞扎根的时候，没有"云众"，连"鸿途"也没有。鸿途是来东莞以后才创办的，来东莞之前，她在澄湖有一个幼儿园，有一个美妆店，有两个影吧和三个水果店。从她全身心投入幼儿园开始，不得不说，她的其他店并不像从前那样开得称心如意，毕竟韩露在几个店的经营上存在着太多问题，时间一久，短板频现，即使几个店里都引进了一些有能力、有远见、有思想的年轻人，但由于他们心浮气躁，加之没有太多的敬业精神，"替别人办事"也就成了常态。也就是说，加上幼儿园的收入，也远不及之前那么多。况且，苏羽幼儿园在很长的一段时期内还处于投资状态。

韩露倒是没什么话说，她这个人容易满足，只是彭玉素老觉得对不起韩露，她怕照此下去，投入永无休止，赚不到钱，让韩露跟着她白忙活，所以她决定，幼儿园自己经营，其他几个店，全部划归于韩露。

有一天，她对韩露说起了自己的想法。韩露说："我不会让你这样做的，我也不是那种把钱看得很重要的人，你不必老想着我，如果你实在觉得幼儿园开不下去了，可以把它盘给别人。"

"谈何容易！"彭玉素说，"这么大的投入，这么大的动静，说不做就不做了，你也不想想，在这个节骨眼儿上把它盘出去，会有人要吗？"

"怎么没人要？这么高档次的东西，肯定有人要。"韩露说。

"如果廉价转让，肯定有人要，但这样做，我不甘心。"彭玉素说。

她们最后还是接受了彭玉素所提出的方案，除了幼儿园，彭玉素什么也没要。也就是从那时开始，彭玉素除了一个还需要继续投资的幼儿园，就什么也没有了。

"就当放我这儿，挣多少，都是咱俩的。"韩露最后说。

苏羽幼儿园每年都实现满额招生，幼儿园的各项指标也逐年提高，包括在人们心中的信誉度。可就是怪了，一算账，硬是没有挣到钱，究其原因，是一直居高不下的运营成本与所收的学费完全不成合理比例。按照彭玉素的好姐妹——区教育局副局长吉春芬的话说——你让一帮民工去皇宫里为你创造价值，本身就是荒谬的。

她在反复思考了几个昼夜之后做出决定，从下年度开始，学费在原来的基础上上浮百分之二十，与此同时，削减开支，大力裁员，之前由两个人完成的工作交由一个人完成，把节约下来的费用的三分之一加在同岗的工资里去。在此之前，她做过大量的调研，一是学费涨得不离谱，比其他私立幼儿园略高一点，这是市民可以接受的，因为她知道，她的幼儿园已经真正实现了从托管到教育的转变，再没有必要用降低学费的方式来赢得市场，大部分家长应该能看懂，也应该能接受，况且，历来人们对教育质量优劣的认定，都首先是从学费的高低上来判断的；另一方面，她在各个部门走访的时候，看到大部分员工闲下来的时间较多，劳动力明显过剩，通过裁员的方式，可以实现劳动力运用最大化，一定程度提高了他们的收入。当然，有些部门是不能动的，比如宿管、教学，必须做到硬性优化，其他部门尤其是保洁、采购、食堂，有较大的空间可以利用。她对那些既想拿高工资又不愿多出力的员工说："你们的身体能量如果实在跟不上，不妨先休息休息，以后如果有合适的机会，再聘用你们。"

就这样，她把选择离开的员工空出的岗位给了从老家南广来的十几个姑娘，这些姑娘，都是萧玉萍叫来的。

初冬时节，澄湖的天气转凉。周日，彭玉素照例参加幼儿园的周前会。苏羽幼儿园园长王小蒂安排了本周工作，最后让彭玉素讲话。彭玉素说："本学期是苏羽幼儿园进行探索性改革的第一学期，从开学到现在，已经两个月了。两个月以来，幼儿园各项工作发展态势良好，一切都朝着有利的方向运行，这一点让我感到无比欣慰。在座的各位都是幼儿园的精英，能够在关键时刻选择留下来，并且勇于担起更重的担子，说明大家对苏羽有很深的感情，对幼儿园的管理团队有足够的信心，对我也有充分的信任，对本市幼儿教育事业的发展有美好的期待。从这一段时间看来，我们的工作还存在着一定的盲区，还有着明显的短板，所以我希望，全校教职员工一定要服从管理团队的管理，发挥各自的优势，在自己的岗位上干出成绩，干出特色。我相信，苏羽有你们，一定有一个美好的前景，一定有一个辉煌的明天。"与会人员照例为彭玉素鼓掌，管理层的人员带头向她竖大拇指。

竖大拇指是苏羽幼儿园全体教职员工的标志性动作，按照王小蒂的说法，叫"流动的雕塑"。王小蒂经常在会上对员工们说："老板让咱们多为对方竖大拇指，不仅是对其工作的肯定，也是一种信赖和支持，更是一种动力的传递。"王小蒂还说，"如果我们每个人都愿意向对方竖起大拇指，我们的事业就会很温暖，我们干起工作来就会少很多顾虑。如果将来有一天，苏羽幼儿教育成为全省品牌乃至全国品牌，我一定第一个站出来建议，在每一个校区立一个大拇指雕塑，让所有人都知道，'苏羽'是有人性的，是温暖的。"

其实更多的时候，彭玉素更愿意将竖大拇指这一行为解释为自我加油、自我打气，只不过这一动作需要得到其他人的见证。幼儿园建立之初，她在教职员工大会上向大家提出："我们要勇于向别人竖大拇指，我们也需要别人对自己竖大拇指，这是一种肯定,更是一种动力。"当然,苏羽幼儿园在澄湖扎根四年,也不完全是靠竖大拇指竖起来的,更多的辛酸和隐痛,彭玉素比谁都清楚。眼下正是幼儿园尝试改革的关键时期,她在每周的周前会上的讲话至关重要。她在充分肯定教职员工成绩的同时,还要对他们提出各个方面的要求,尤其是对新进入幼儿园的工作人员,她希望在老职工的带领下,尽早进入角色,尽快融入工作。

"天凉了,想必食堂的菜品配置已经有了新的计划,在此我想提醒大家,幼儿阶段是一个人身体发育的关键时期,我们务必做到营养均衡,科学搭配,让孩子在长身体的同时长脑子。"所以,她建议食堂主管多听取营养师的意见,适当的时候更换菜品。

每一次为大家开完会,她都会长长地舒一口气。

回到家,她看到周楚阳发来一条短信。

"我满身疲惫,在一个与你相隔千里的地方,找一个人说话……"

她没有看完,但也没有将短信删除。

她想起二十年前,或者不止,应该是更远一些的从前。她每一次都告诫自己,不能去想那些事,特别是不能去想那个人。她甚至告诫自己,如果真的有一个人可以去想,那个人应该是赵敬哲,他是她的丈夫,尽管她和他没有过一次真正的拥抱,没有过一次发自内心的真情相望,但她仍然要把他作为自己的亲人。而周楚阳,他除了给了自己一个无法治愈的伤口,还有什么呢?这些年,这个满世界找她的男人,为了给她"送一封信",几乎让全世界的人都成为他的眼线,从来不给自己一次喘息的机会,这样的人何等自私、何等莽撞!

她有很多次都差点儿动了手指,找一个极其恶毒、极其残忍的词语来回他,让他消停下来,然而她并没有这样做,她给自己的理由是:看在二十年前那青涩岁月的分儿上,由他去吧!

10

"扁豆角中毒事件"差点儿让苏羽幼儿园毁于一旦。

在还没有定性为"个体差异食物轻微中毒"之前,区医院的急诊室、儿科病房和大厅门诊里都塞满了苏羽幼儿园的学生。那些全身冷汗、手脚发凉、四肢麻木、腹痛腹泻、恶心呕吐的孩子，按照医生的建议迅速洗胃、灌肠，进入急诊治疗；部分只是微感头痛或头晕、胸闷心慌的学生，一律进入儿科病房观察；还有一部分孩子什么症状也没有，由家长陪着，在大厅门诊处"等待症状出现"。发病的孩子，家长急得脸色铁青，在急诊科的治疗室里围着医生和护士转；"等待症状出现"的家长们，一边在走廊里踱着步，一边恶毒地谩骂。然而，他们一直等到天亮，孩子也仍然没有出现任何不适，最后按照医生的建议，把孩子带回家去了。

彭玉素和王小蒂都不敢去门诊，她们和区食品药品监督管理局的领导和工作人员一起待在区医院陈院长的办公室，观察事态发展。几个门诊里，由区教育局吉春芬副局长和安全办的工作人员负责与学生家长周旋。

"我们要见园长！"家长们咆哮。

"我们要见老板！"更有甚者。

"要是孩子有个三长两短，我也不活了。"重症病房里的学生家长们撕心裂肺地哭。

然而这一切均在第二天下午迅速好转。昨夜洗胃、灌肠的孩子，在医生的细心治疗和护士的精心护理之下，一个个离开床铺，活蹦乱跳起来；在家里"等待症状出现"的孩子们最终也没有出现什么症状，家长们在有关人员的劝导下，不再围堵幼儿园，不再讨要说法。但苏羽幼儿园的教室里，只剩下几个孩子了，这些孩子的家长，到现在也不知道幼儿园里发生了什么事情。

经医院鉴定，属扁豆角中毒，是因为孩子身体差异所致。教育局和食品药品监督管理局对苏羽幼儿园进行了相应处理，处理意见均是整改，即提高食堂对时蔬果品的甄别能力，在伙食上要"结合实际"。目前对于幼儿园来说，处理还是小事，现在无法搞定的，是如何把孩子们叫回幼儿园读书。大部分学生家长认为，幼儿园今天能发生这样的事情，保不齐明天就会再次发生，孩子是不能继续待在这个幼儿园了，不但要退学费，还要为学生找一个可供上学的地方。网络上各种各样的诋毁和谩骂更不用说了，论坛、贴吧、博客、社区……几乎全是幼儿园食物中毒事件的帖子和评论，各地媒体记者也纷纷起来，在教育局、食品药品监督管理局的办公室对中毒事件进行"深度采访"，在彭玉素、王小蒂居住的小区和幼儿园门口"守株待兔"，仿佛不给一个明确的"说法"，绝不会善罢甘休。这样过了两天，彭玉素经过多方协调，动员街道、社区和有关单位，挨家挨户做工作，一半多孩子回到幼儿园，有很多仍然在等待观望。

媒体又有新动向，几乎都集中在有关部门对苏羽幼儿园的处理上，认为这不是处理，是包庇纵容。更有甚者，大肆编造苏羽向有关单位领导送钱，有的甚至说，苏羽幼儿园就是某局领导的私人领地。

大约过了一周，孩子们陆续回到了幼儿园，苏羽幼儿园重新步入正轨。然而这一切并不仅仅是一场噩梦，它暴露的问题直指幼儿园今后的命运，也许从下一个学期开始，这个刚插上翅膀正待起飞的"天使"就要折翅，就要变成未被收购之前的模样了，迎来的将是一派萧条景象，门可罗雀。

彭玉素还未来得及对食堂有关人员"兴师问罪"，负责食堂的杨大姐已经主动"投案"，检讨自己管理不善，没有与营养师进行沟通，最重要的是，扁豆角没有煮熟就给孩子们吃，险些酿成大错，对幼儿园的声誉造成恶劣影响。杨大姐说："事情弄到这个地步，我也只能卷铺盖回家了。"

彭玉素说："你卷铺盖可不行，孩子们今后吃什么？"

杨大姐一时说不出话，垂着两手，像个做错事的孩子。

"我们现在要做的事情，并不是对谁进行处理，况且，处理了也没有用。"彭玉素说，"眼下最要紧的是赶紧排查食堂还存在什么问题，一件一件地罗列出来，就算是芝麻大小的问题，也不能放过。"

"我有个意见，必须向老板提出来。"杨大姐说。

"你尽管提。"彭玉素说，"凡是对幼儿园发展有帮助的意见，都可以提，提出来了，大家共同解决。"

"你那几个老乡，卫生意识太差，我看还是放到别的部门去。"杨大姐说完，舒了一口气。

"你是说，如果再让她们待在食堂里，早晚还得出事？"

"我想是的。"杨大姐说，"把她们放到保洁或者后勤去都行。"

当天下午，彭玉素就让萧玉萍把几个南广姑娘叫到办公室。几人挨着坐在沙发上，听彭玉素发落。

几个姑娘都是第一次外出打工的穷孩子，都没上过几天学，确实难堪重任。彭玉素仔细观察她们，几乎都和当初的萧玉萍一个样儿：青涩、呆板、木讷，有几个姑娘的手指甲里，藏满黑色的泥垢。

"让你们离开食堂，去其他部门，愿意吗？"彭玉素语气很委婉，近乎哀求。

"愿意。"其中一个女孩带头说。

"工资会少一些，"彭玉素说，"但你们必须从最简单的事情干起。"

没有人说话。萧玉萍看着她们，很是着急，看她的表情，仿佛想用一根筷子撬开她们的嘴。

"到底愿不愿意？"萧玉萍搡了搡身边的一个女孩。

还是没有人说话。

彭玉素说："那好吧，工资就不减了，但必须离开食堂。"

她几乎是让萧玉萍把几个姑娘赶出她的办公室的。待所有人出了门，她把门使劲儿一摔，泪水就从眼睛里滚了出来。

扁豆角中毒事件余温未歇，由省里组织的学前教育评估组的专家准时降落本市，首先就对作为社会办学代表的苏羽幼儿园进行了综合评估，找出九大项问题，勒令其在一个月之内整改完成，否则吊销办学资格。

这也罢了。评估组刚走，王小蒂就向彭玉素提出辞职申请，称工作压力太大，自己已难胜任，与其如履薄冰坚持下去，不如早早回家，还请幼儿园另谋贤良。

"这到底是怎么一回事？"彭玉素问。

"频频出事，我快条件反射了，说不定哪天会弄出一个抑郁症来，到时可就麻烦了。"王小蒂笑了笑说。

"但我从来就没有因为某一件事责怪过你。"

"我知道，恰恰是你的宽容，让我备感压力。"

"你是准备另谋出路，还是先回家休息？"

"暂时还没有另谋出路的想法。"王小蒂说，"孩子太小了，我得管管他。"

自此，彭玉素亲自担任苏羽幼儿园的园长。对她来说，无疑又是一次毫无把握的尝试。

那天韩露约她吃饭，说有一件重要的事情要宣布。

"电话里不能宣布吗？非得整一个隆重场合！"彭玉素说。

"看你说的！"韩露说，"我都好久没有见到你了，怪想你的，见见你不行啊！"

彭玉素一下子就流出了眼泪，她在电话里喊了一声"姐"，接下来便泣不成声了。

两人提前半小时到了"古鸳"餐厅，一进门，韩露便说："有一个做艺术培训班的朋友，来自你的老家，一会儿到。"

"男的还是女的？"彭玉素问。

"男的。"韩露说，"不姓周，别害怕。"

两人同时笑了起来。彭玉素说："姓周也无妨，只要是棵大树，我都愿意往上靠。"

"意思是，你准备接受那个人了？"韩露又笑，"我就说嘛，生活可以把一个人逼上梁山的。"

"没有的事。"彭玉素说，"姓周可以，但不能是他。"

"你不是说有重要的事情要宣布吗？"彭玉素问。

"也没有什么。"韩露说，"从你幼儿园离开的那个王小蒂，人不错，我想让她来管理美妆店和影吧，我还是继续倒腾水果。"

"那是你的事，不必向我宣布。不过，王小蒂这人真不错。"彭玉素问，"你找她谈过了？"

"谈过了。"韩露说，"从现在起，美妆店和影吧还是你的。"

"我都说了，与我没关系。"彭玉素说。

一个穿西装的男子推门进来，还未坐下，就伸出手来与彭玉素握手。

韩露正欲介绍，被男子打断："我猜，这位就是你说的苏羽小姐。"

彭玉素说："请多关照。"

男子说："我叫孙大学，南广麦车人氏，请多关照。"

三个人吃饭，韩露提议多少喝一点，于是上了一瓶红酒，用三个高脚杯盛了，边喝边聊。

韩露说："大学兄弟在澄湖已经好几年了，很是挂念南广老乡，今天你们俩可以敞开心扉，畅叙乡情。"

"就是，见到苏总真的很高兴。"孙大学与彭玉素碰杯。

"这些年在澄湖做些什么呢？"彭玉素明知故问。

"碰着什么就做什么，不成气候，养家糊口而已。"孙大学说。

又谈到老家南广，孙大学说："前年回去过一次，感觉还是老样子，没有什么变化。"彭玉素说："不说也罢，说了心里难受。以前离开家，就想着有朝一日回去，会让人看到另一番景象，殊不知，现在连回去的勇气也没有。"

"也不至于。"孙大学说,"人口基数太大,基础又太薄弱,要发展,谈何容易!"

彭玉素又想到在幼儿园做保洁的萧玉萍,这个和自己同村的小姑娘,她的父亲就是在一条满是大坑的公路上翻车死的。

"我老想抽个时间回去,把村子里的路修一修。"彭玉素说。

"你老家是哪个乡镇?"孙大学问。

"罗卓。"

"去过。"孙大学说,"前年回家,去罗卓见一个朋友,姓管,在罗卓镇当镇长,他和我是同班同学。"

彭玉素说:"嗯"。

"见到他的一个朋友,姓周,在浙江温州做印刷。"

彭玉素内心突突了一下,还是说:"嗯"。

"此人好生奇怪,满世界找一个女人,据说是他的前妻。"孙大学顿了顿,接着说,"也不是前妻,确切地说,是恋人。"

韩露欲插话,被彭玉素往大腿上掐了一把。

她说:"嗯。"

"后来,好像两家人成仇人了,那女人的父亲为了争田水,一锄头就把姓周的父亲打了。"

"嗯。"

"两人就因为这事各奔天涯,据说,那女的之前有一份工作,和我那同学在一个学校教书。"

"嗯。"

"这真是一个有情有义的男人。"孙大学说,"他满世界托人给这位姓彭的女人送一封信。"

"什么信?"彭玉素问。

"其实也不是什么信,就是一句话。"孙大学说。

"一句什么话呢?"韩露问。

"你不来,我不会死去。"孙大学说,"他应该做一个诗人。"

"嗯。"彭玉素说。

第四章　我在麦车有棵树

1

直到早春二月，漫山遍野的树才开始接纳春天的宠幸，在微风中陆续亮出花苞，吐露花蕊。春天是早早就来到了的，但只来到矮山河谷，暂时还抵达不了二半山区。正月里，高处的阳光，只想让人们看看，并没有释放太多的温暖，只有到了二月，才算是真正的春天。樱桃花率先开放，因为它要赶在农历四月之前为高原上的人们捧出新鲜的蜜滴。桃花一开，梨花、李花、苹果花也就开了，能结果实的海棠也在这个时候开起来。板栗树开花相对要迟一些，几乎要等其他花儿都开齐了，才揉着惺忪的眼睛站起来，在春风中一路小跑，只两三天时间就开得整个山坡亮晃晃的。板栗花就像一条条毛毛虫，看上去即便身上不痒，心头也会痒得一蹦一蹦的，痒得舒服。在周楚阳的眼里，这一坡开花的板栗，就是一件出自少女手中的针织毛衣，洁白的毛线缝制着洁白的青春。那少女，是彭玉素。

南广县的人，待春意逐渐浓烈，百花披挂齐整，也陆续从遮蔽一冬的房子里走出来，去大街上，去山里，去小河边，仿佛要去所有看得见春天的地方收集春风，采撷阳光。从麦车方向往东边看，一抹绿色无限绵延，如果是站在梁子上，一眼就看见浩浩荡荡的绿色奔跑着去了罗卓，去到桦槁林。周楚阳在心里合计，到底要多少板栗树才能接通麦车与桦槁林呢？不知道。也许一百万株，也许不止。但他已经坚定了内心，无论发动多少劳力，消耗多少票子，也要让两个山头之间的这根脐带完美地连接起来，让两个村庄拥有同一个名字，并让这个名字享誉边陲，进而走出高原，到更开阔的世界去。

"栽树！"他在心里说。对，必须栽树。按理说，在高原地带，栽树的最佳时节是秋冬，这个时候，南广县大部分地区土壤温度都在5℃以上，此时栽下去的树，根系最容易产生愈伤组织，长出新根。特别是在秋季落叶后就定植的树苗，在上冻以前树木根系还有一段时间的生长期，次年春天发芽稍早，长势强，生长量也大。但对周楚阳来说，显然已错过了栽树的最佳季节，眼下只能抓住节令的尾巴，能栽多少就栽多少，先栽下一批，剩下的，等到下一个节令再说。

从春节到现在，周楚阳做了这么几件事：先是与南栗公司就农业科技开发投资合作一事达成一致，双方签署了协议。南栗公司总经理顾羽和其他几个合伙人倒是爽快，他们的指导思想很明确，只要周楚阳愿意注资，即按资金量决定由谁控股，反正是混合控股，不存在绝对意义上的控制。以经营目标为标准，按照运作存量和实际投入核算，周楚阳的"云岭"计划投资一个亿，占百分之五十七的股份，对顾羽来说，算是最大限度的照顾了。周楚阳控制的股份中，朱立冬有实际股份百分之十三，陈霜江有百分之七，也就是说，周楚阳持有股份百分之三十七，他应拿出来的资金，不得少于六千五百万元，差不多动用了他这些年来的半数结余。签订协议那天，朱立冬开玩笑说："周老板倒是无所谓，家底雄厚，就算摔下来，也只是伤筋动骨，我就不一样了，潜在落差大，属于孤注一掷。"陈霜江则不同，一句话撂在那里："钱要出，钱要赚，活儿不干，三个条件少了哪一条都不行。"周楚阳问："合同上是不是要写清楚保证一年能赚多少？"陈霜江"嘿嘿嘿"地笑，说："你看着办吧！"

周楚阳做的第二件事，就是让顾羽他们多方联系苗木，在保证质量的基础上，尽可能做到价格便宜，运输成本低。这也不在话下，顾羽经营南栗这些年，对苗木基地的行情还算了解，在春天采集苗木，能够占有市场主动权。做完这两件事，剩下最棘手的一个问题，就是如何与土地使用者进行良好的沟通，一方面，要保证之前使用的土地能够顺利地过渡到"入股分红"的模式，此项工作需要借助大火地村的村主任也就是王白璐的妹妹王雅的力量才能完成，年前王白璐带妹妹王雅"拜访"过周楚阳，当面拍着胸脯做过保证，眼下能否顺利"拿下"，恐怕还不好说；另一方面，周楚阳要把树从大火地栽到桦槁林去，连通两道山脊之间的那根"脐带"，涉及十四个村民组，包括耕地、荒地、集体林地和灌木林地，少说也有五六万亩，除去中间的"绿色地带"即集体林地不需要栽种板栗，也有个三四万亩。这些土地不仅涉及老百姓的利益分配，还涉及新的一轮土地确权之后方方面面的问题，想起就叫人胆怯。上周，顾羽和他一起去见了分管农业的金鸣副县长，就土地租用一事向领导汇报。金副县长在办公室接见了他们，非常热情。金副县长首先对南栗项目的重整表示热烈的祝贺，同时对周楚阳回乡创业的桑梓情怀给予由衷的称赞。金副县长说："都说南广农业项目开发形势大好，前途光明，嘴上喊了多少年，却没有几个敢做第一个吃螃蟹的人，周总眼光锐利，视野开阔，一定会旗开得胜。"

说到租地，金副县长当即表态无论遇到多大困难也要竭尽全力帮忙解决："从大火地到桦槁林，涉及十四个村民组，我粗略地做了一下统计，刨去集体林地，大约要与六千来户农户打交道，麦车和罗卓两个乡镇各占一半。麦车处于县城边上，老百姓见识多一些，思想较为复杂，工作自然要难做一点，要重点攻克；至于罗卓，周总声名极旺，有深厚的群众基础，想拿地并不难，让镇长管应华多操点心，应该不会有多大问题。"

周楚阳说："金副县长亲自挂帅，再大的困难都不叫困难，再复杂的问题都不是问题。"

金鸣笑笑说："这话听起来满满的压力，不过你就放心吧，金某做不了的，还有汪县长，还有赵书记，还有县委政府。南广县要在高原特色产业上迈出关键的一步，全县上下都应该倾力而为。"

又说到周楚阳在温州的生意。金鸣其实早就对周楚阳的印刷产业有所了解，之前听顾羽说他对南栗项目有相当浓厚的兴趣，早想找个机会见见这尊大神，不料只一个春节假期，顾羽就把周楚阳搞定了，金鸣心里甚是欣慰。但是，就南栗重整的问题，与金鸣的预期相比，多少还是存在着一定的落差。在金鸣看来，南栗要做大做强，肯定需要丰厚的资金投入，更应该有一个雄厚的企业作为后盾，摊子越大，烧钱的地方越多，不可预见的复杂因素有的是。所以金鸣还有几句话，想与周楚阳聊聊。

"周总此次算是荣归故里，还是两头兼顾？"

"肯定是两头兼顾，浙江是后援阵地，不可放弃，不过那边不需要操太多的心，团队执行力有保障。"

金鸣说："周总的意思是，以后长时间待在南广？"

周楚阳说："如果家乡给我平台和希望，项目能够顺利启动，应该是大部分时间都在南广。"

"资金投入上，周总是否有周密的计划？"

"金副县长的意思我知道，你是说，大地太辽阔，一个亿杯水车薪。"

金鸣哈哈大笑，说："周总睿智。"

"目前最重要的事情是栽树。"周楚阳说，"股份确定后，接下来的后续资金还需要社会力量的投入。"

"股份呢？"金鸣似乎不解。

"和群众一样。群众投入的是地，他们投入的是树。"周楚阳说，"我们想发动在异乡的南广人共同种树，种一百棵不嫌多，种一棵也不嫌少。"

金鸣沉默片刻，突然醒悟，当即竖起大拇指，说："真是没想到，你在捆绑资金的同时，也捆绑了一份社会责任，最关键的是，你让每一个人都从内心回到了故乡，实在是妙极了。既然这样，我也给你一个点子，弄一份倡议书，搞搞活动，让更多的社会力量参与进来。"

周楚阳说："那就按照你的指示去落实。"

金鸣还说："既然周总长时间在南广，就应该履行一个南广人的责任和义务，我有一个想法得说出来，周总自己决断。"

周楚阳说："一切听从金副县长安排。"

"眼下不是推荐县政协委员嘛，我想推荐你去金融界，三月初全县两会召开，你以政协委员的身份参加政协会，列席人代会。周总意下如何？"

"承蒙金副县长抬举，我也想为全县各项事业的发展建言献策，如果有机会，当然可以。"周楚阳说。

2

大火地村委会主任王雅带领村三委成员于一周前启动了土地"入股分红"思想引导工作。凡有土地租给南栗种树的，每家每户都必须亲自走到，首先向群众解释清楚为什么要由原来的固定租金转入将土地变成股份，其次是说服群众积极配合，共同提高经济收入。在走访的过程中，如果当时做通工作、立即表示愿意的，就在协议上签字；还没考虑清楚的，下来再商量，给两天时间，想通了就去村委会把协议签了。第一轮，效果不好，比预想中的差了一截。

"是不是大部分村民觉得南栗没有出路？"周楚阳问王雅。

"应该说，大部分村民看不清形势，他们根本就不懂什么叫入股，入股后有什么好处，他们始终愿意用之前的模式来操作，一年下来，能领到一笔固定的钱就不错了。"王雅用纸巾揩了揩脸上的汗水。

周楚阳和王雅是在麦车板栗种植基地旁边的路上遇到的。周楚阳和朱立冬正准备去看看板栗花开得怎么样，顺便走访基地上干活儿的村民，瞅瞅他们的精神状态，摸摸南栗的底子。王雅和村委会委员何英正从岔路上拐过来，看见他们将车停在路边，从车里走下来。

"是问题不大，还是有点麻烦？"周楚阳笑着问王雅。

"都不是。"王雅说。

"那是什么？"

"是小事一桩。"

周楚阳伸出手，示意与王雅击掌，以示鼓劲。王雅伸到半空又收回去，鼻子里"哼"了一声，眼角余光收回，似是小脾气来袭。

"小公主又怎么了？"周楚阳看着她。

"先说清楚，我俩不是同盟。你是资本家，我是人民公仆；你挣你的钱，我搞我的服务，咱们没有利益关系。"

"我又没说要贿赂你，你着什么急呢？"

"谁稀罕，我是为了这一坡村民的利益。"王雅嘟了嘟嘴，又说，"你得把树种好了，要是村民没了收入，我拿你是问。"

"你想怎么样？"周楚阳故意不笑。

"捆了你，游街示众。"王雅说。

最后又说到群众思想工作的事。周楚阳说："如果仍有绝大多数村民不同意，会不会影响我种树？"

"你又不在这里种树。"王雅说，"你倒是应该先把罗卓的土地弄到手，至于我这里，只要先种好的树答应，其他树就没问题。"言下之意是，只要现在这些已经种上树的土地所有者答应入股分红，其他待租土地的群众思想工作就不是问题。

周楚阳说："罗卓那边，管镇长胸脯拍得比你还响亮，就算我不操心，卖布的陈胖子也会时时敲打他的。眼下，我等你首战告捷。"

"我这边没事。"王雅又说。

"那怎么不击掌呢？"周楚阳故意一脸疑惑。

"小孩子玩的游戏，我才不呢。"说完招呼何英抬腿走人。

先前朱立冬在一旁就没搭上话，眼看她们走了，就对周楚阳开玩笑："小姨妹对姐夫蛮不错的，人家原本没有金刚钻，却非揽下这瓷器活儿不可，说明什么？"

"说明你太小看她了。"周楚阳问，"你为什么说她没有金刚钻？"

"看表情呗！"朱立冬说，"这事要是放到现在，她无论如何也不会答应你，你看她们满脸疲态。"

"先不说金刚钻的事儿。"周楚阳似乎想说什么事，突然面色沉郁，语调往下按，似是有些忧伤。

"我想问你一个问题。"周楚阳很认真。

"周半城好屁快放。"朱立冬有时候喜欢来点臭的。

"如果我们失败了，你首先想到的是谁？"周楚阳问。

"那还用说！我首先想到的是我自己，这么多钱，一下子就没有了，我还会想谁？"

"说实话！"

"我说的不是实话吗？"

"不是。"

朱立冬说："为什么非得想到要失败？"

周楚阳说："万一。"

朱立冬说："如果真的失败了，我首先想到的，是这些给了我们土地的老百姓，他们与我们的父母是一样的，对这片土地充满期待。"

"那就对了，我就说我没有看错人。"周楚阳开始笑了。

"别给我戴高帽子，我说过，我对农业科技项目完全没有经验。"

"知道知道，咱俩不都一样？"说完两人一起笑了。

走访完基地员工，两人正准备回去，罗卓镇镇长管应华打来电话。

"管镇长是给我带来好消息还是坏消息？"周楚阳接通。

"好消息。坏消息自己消化。"那头说。

"那就是，我可以种树了？"

"没那么快。"

当然没那么快。土地使用协议还没签，群众入股的手续没有办，树就栽不下去。周楚阳故意提高嗓门儿说："镇长千万要关心，我的树已在路上了。"

"没问题，等你的树到了罗卓，土地就是你的了。"管应华说。另外，管应华邀请周楚阳明天去罗卓走一趟，一是就近参加他们在几个村民组召开的群众大会，当面与群众签署协议；二是张书记想见他，年前因为进城开会，未能谋面，眼下就是一家人了，得先拜把子。

"没问题。"周楚阳说，"好酒好肉准备上，我明天要'大开杀戒'。"

回到城里，周楚阳又接到王雅电话，说刚才走访的那个村民组，都没有问题，没有一个不支持的，如果加大力度，三天之内就可以正式与村民签订合同。

"妹妹辛苦了，咱们电话里击一个掌。"周楚阳说。

那头挂了。

下午，省农科院的专家到了，由顾羽领他到宾馆见周楚阳和朱立冬。专家叫姜明祥，是一个四十多岁的瘦男人，五年前在南广待过半年，做的是对口扶贫，对此地的气候、土壤及农作物栽培习惯很是熟悉。一说到种板栗，他的脸上就有一根筋在跳动，谈吐中嘴角上有止不住的唾沫星子。姜明祥对周楚阳说："南广是标准的立体气候，属暖温带季风，要说农业，玉米、土豆是老大、老二，养家糊口没问题。但要说到农产业，核桃、板栗当为首选，二者之中，我偏向于板栗。"

"这是从种植层面上来说，还是从市场前景上？"周楚阳问。

"肯定是种植，我是搞技术的，不负责买卖。"

周楚阳说："本人虽是土生土长的南广人，但是还没长开就离开家了，一走就是小二十年，我对这片土地的习性缺乏了解。离家如出家，此次回家种树，还得仰仗姜老师。"

姜明祥也不谦虚，说："只要你有土地，有钱，我就敢保证树上挂满板栗苞子。"

又说到板栗的生长习惯和护养，姜明祥口沫横飞，满口吐出的都是黄澄澄的板栗。在吃饭之前，周楚阳说："咱们先给人来点营养，再说板栗。"他给姜明祥递了一支烟，开了一个玩笑，"姜老师只顾照顾板栗，没来得及照顾自己，都瘦成一缕春风了。"姜明祥笑笑，说："这辈子吃了不少板栗，就不见肥。"在一旁的朱立冬说："板栗富含维生素、胡萝卜素、氨基酸等微量元素，长期食用有养胃、健脾、补肾的功效，甚至养颜，如果当主食，肯定胖不起来。"

"你是广告部的吧！"周楚阳开玩笑说。

第二天一早，周楚阳和朱立冬就去了罗卓，张大成书记烧好开水，泡了茶水接待。一番介绍后，切入正题。张书记说："从前年来罗卓，我就想在农业上折腾一点儿路数出来，但始终找不到切入口。本来我想，那坡上成片的荒地，由群众自己种核桃或者板栗的，但现如今的土地上，留下的多半是老人和孩子，孩子负责上学，老人只能在几分自留地上种点瓜瓜菜菜。一说到核桃和板栗，他们就板着个脸，说那些东西当不了饭吃，小孩子放嘴里咬个新鲜还可以。"

周楚阳说："没有营销意识，种多了就只能喂耗子。"

张书记笑："关键是想要喂耗子也难，有的种了几棵，不几年长得发枝发丫，只长叶子，不结果实，他们哪里知道，这是一门技术活儿。一旦不挂果，就冲着政府大喊大叫，说咱给了假苗。"

"种了多少？"周楚阳问。

"几个村民组加起来，也就一万来株吧。"

"还能挽救。"周楚阳说，"改天让姜老师来指导一下，没准儿明年就挂果。"

"但愿吧。"张书记说。

吃了午饭，由张书记、管镇长打头，几人从罗卓集镇出发，驱车去庙坎、大房子、木桶沟一带察看山形，顺便观摩农村气象，边走边聊。谈到连片种植，张书记还是担心，说："土地以入股的方式使用，这个基本没有问题，一会儿你到村上，可以看得出老百姓的积极性，只是，营销上的事，老百姓是没有自主权的，我怕到时候有不同的声音。"

"这个无须紧张。"一旁的朱立冬说，"经营也是放开的，南栗要做好，恰恰是要发动老百姓为自己的产品代言，让他们自己卖自己的产品。"

"怎么卖？"

"线上线下都行。"朱立冬说，"一般情况下，我们不主张销售生栗子，因为生栗子无法彰显出南栗的品质，利润也上不去。"

"这个我知道。关键是，老百姓如何卖自己的产品？"

"他们可以自己当经销商，在统一进货价的基础上，我们可以给自己的股东一定的优惠，这样一来，老百姓的积极性就提高了。"

"那不乱了市场？"

"乱不了。"朱立冬说，"你想想，以公司运营为主体、群众多方销售为辅助的经营模式，本身就是专业合作社的主要性质，进价优惠并不等于廉价抛售，我们的销售价格是统一的，中间的差价留给群众。再说，老百姓自己销售，可以让我们的产品获得更多的群众基础，南栗要走出去，更多的是依靠群众。"

到了罗卓村委会，院坝里满是人头，甚是热闹。罗卓镇副镇长刘江和罗卓村村支书成联轮、村主任张鹏站在主席台旁边，正等着张书记和周楚阳、朱立冬等人。

原本主席台上放了几张桌子，桌子上还有很多人的桌签，张书记吩咐他们撤了，说："咱们开群众会，是和群众商量事情，你整那么多名字放上面，让人觉得你是来讲话的。我们今天不讲话，就说说如何挣钱的事，随意一点更好。"

张书记又吩咐工作人员将桌子撤了。几人站在主席台上，张大成站在最中间，周楚阳、管应华和朱立冬站在他左右。张大成先说话："今天，大家都来了，我很高兴，说明我们对土地还有信心。大家都知道，我们现在的土地，因为大部分人都出门打工而荒了下来，特别是那些山边山脚的，本来也种不出什么来，没有了劳力，大家就嫌弃了，现在长满青草，长满灌木，说不可惜，其实也可惜。现在我们有了一个很好的机会，想必大家都知道了，我也不多说。今天，我只是想对大家做一个保证，你们大可以放心地把土地拿出来，咱们栽上板栗树，用不了多少时间，我们的板栗树挂果了，由我们的公司进行深加工，到时候，大家一起卖板栗。"

有人大声地在台下问："要是卖不了钱怎么办？"

"这个问题问得好。"张书记说，"我们为什么要与南栗公司合作，说到底，就是要把我们的板栗卖出去，我们自己卖不出去，让公司来卖，卖了钱，按照股份分钱。"

"要是公司也卖不出去呢？"有人问。

"公司虽然不能保证能百分之百卖出去，但是，公司可以保证的是，你们的土地基本收入能够得到保障，也就是说，如果不能分红，就给你们土地租金。"

"这叫双保险。"镇长管应华在旁插了一句。

"对，就是双保险。"张大成说。

又向部分群众解答了他们疑惑的几个问题，末了，张大成让周楚阳讲几句。周楚阳也没推辞，站到前面，对着话筒说了几句话："罗卓人肯定有很多都认识我，也知道我是个不会说谎的人，请相信我，板栗树上有多少板栗，都是大家的。"

凡来到村委会的群众，都签了协议，少数没在家的，由村委会打电话征求意见，同意以土地入股分红的，一律委托邻居、亲戚或朋友代签，且协议上需有三个以上的证明人。

罗卓的土地落实了，但麦车乡大火地村仍有部分村民迟迟未签。王雅打电话给周楚阳，说："周总不必担心，只要攻克许平贤和何吉平两户，其他的就不在话下。"

"有什么高招？"周楚阳问。

"暂时还没有，不过很快。"王雅说。

"要不……这两户就算了？"

"那不行。"王雅态度很坚决，"万万不能妥协，这关系到村委会的工作执行力，再说，这两户要是在地里种个什么不该种的东西，也影响板栗的生长。"

周楚阳说："这两户有没有孩子读书？"

王雅说："我问问，不过我想知道你为什么突然问这个。"

"你先弄清楚我再告诉你。"

这两家还真有娃娃读书，且都在县城一中。王雅对周楚阳说："你想干什么？"

"小手拉大手嘛，这不是你们经常干的事儿？"

"怎么拉？"王雅不解。

"问问你姐姐去，她或许能给你解决这个问题。"

果然从王白璐那里找到突破口。王白璐一查两个学生的班级，均是高中三年级，且学习成绩不错，如果今年能够顺利考上大学，她可以利用苏羽助学基金解决两个孩子每人五千块的学费。

"五千块？"王雅问，"这么多吗？"

"是否能够说服两个家长？"王白璐问。

果然就让许平贤和何吉平两人乖乖签了字。王雅给他们算了一账："你们一家三亩山地，要多少年才能挣到五千块？"两人回答不上来。王雅又说："你们既然算不了这个账，不妨让你们的孩子来帮你们算。"

许平贤说："都能算，但我们可以不签。"

"又是为何？"王雅问。

"不想签。"许平贤说。

"你呢？"王雅转而问何吉平。

何吉平想了想说："我签。"

"你签不签？"王雅又问许平贤。

"签吧！"许平贤说。

当晚王白璐请周楚阳及朱立冬吃饭，席间，王白璐问周楚阳："你打算怎么报答我？"

"大不了以身相许。"周楚阳笑。

为何要加一个"大不了"？他说完就后悔了，果然王白璐低下头开始沉默。周楚阳说："大不了就让你委屈一下。"

朱立冬插了一句话："到底是跑江湖的，说话就那么不严谨，依我看，你们二人就别藏着掖着了，趁岁月静好，莫让年华虚度。"

一桌人都差点儿笑喷出来，朱立冬因咬文嚼字成为笑点，起身端过蘸水，说："本人没啥文化，让各位见笑了，我自罚一杯。"于是吞了一大口蘸水，眼泪从眼角呛出来。

吃完饭，临到告别，从餐馆出来，王白璐拿眼睛定定地看着他。该说什么呢？天色尚早，按道理应客气客气，邀请人家找个地方坐坐，喝杯茶，聊聊。于是周楚阳也就客气了一句："咱们是不是找个地方坐坐？"

"随你。"王白璐说。

王雅和另外两个女子假装有事，先行离开。朱立冬正要张嘴告别，被周楚阳一个眼色留下了。

他们找到一个喝茶的地方，刚坐下，朱立冬接到一通电话，说他弟弟酒后驾车撞了街道护栏，被交警带走了，需要他赶紧过去。朱立冬说完事情原委，拍屁股走人，走到门边，转过头来看了一眼王白璐。

"累吗？"王白璐问。此时茶室里只有他们二人。

"这些天一直累着。"

"算不算衣锦还乡？"

"做的是还乡梦，前途未卜。"

"彭呢？近来可有进展？"

"你比我更清楚。"

好长时间没有说话。一向以拿自己开涮顺便也拿别人开涮著称的周楚阳，少有的沉默在今天发生了。近来他真的很累，回故乡投资农业项目，除了"桑梓情怀"，还有其他情怀。也许，少年时代的那一坡野板栗树，才是他不顾一切栽树的原因。这段时间，他经常忙到凌晨两三点钟，但无论睡得多晚，早上六点钟都会准时醒来，醒来就无法再入睡。有时候，他累得眼皮都快抬不起来了，却不敢躺下，因为那一坡树已经挖好了坑，他必须抓住节令使劲儿。他比任何人都清楚，每一个坑都需要填进去一些钱，而这些钱长出来的，也许只是一些被风吹落的树叶。

王白璐开口："你种这么多树，会有一棵是我吗？"她的意思是问周楚阳到底选择在哪一棵树上吊死。

"当然，我愿意每一棵树都是你。"周楚阳说完，自己笑了。

3

"南广驿站"公众号又推出一篇文章，标题是《南栗清仓未果，缘何又要栽树？》。内容说的是南栗一年来产量不足一百吨，却有大部分产品积压在仓库，霉烂在超市里，之所以销路成了最大的问题，一是因为口感太差，二是因为产品质量不合格。文中说，南栗已经成为一个烂摊子，却大规模种树，内幕是政府领导和商家暗中勾结，套用国家退耕还林资金消化过剩板栗苗木，从中捞钱。帖子里有几张照片，来自群众签订协议的现场，照片上有罗卓镇党委书记张大成、镇长管应华和周楚阳、朱立冬等人。

周楚阳给顾羽打电话，说此事影响极坏，应想尽一切办法解决。顾羽说："这个公众号是一个叫白显的南广人弄的，此人长期在广东，打过几次他的电话，每每说到这个事情，他就把电话挂了。"

"要不要找找公安局？"周楚阳问。

"找过了。"顾羽说，"公安方面的回答是，以目前的网络监管权限，暂时拿他没有办法。"

"那就听之任之？"

"一直听之任之。"

周楚阳说："明天再去找找金副县长，看看有何办法。"

第二天，周楚阳和顾羽又去了金鸣的办公室，就"南广驿站"对南栗的中伤一事做了汇报。金鸣当即给副县长兼公安局局长万海庆打电话，说此事非同小可，直接破坏了南广县的投资环境，还望万副县长多多帮忙。半小时后，万副县长来了电话，说已经与"娘家人"服务站广东办事处取得联系，让他们想尽一切办法找到此人，先做思想工作让其删帖，要是冥顽不化，再做定夺。

"实在不行的话，与广东警方沟通，以造谣中伤为由，先拘他几日。"万副县长说。

金鸣又向周楚阳了解栽树进度。周楚阳说，苗木后天即到，三日后定能掀起栽树高潮。

前期运来的苗木是两车，大约两万株。周楚阳吩咐顾羽和罗卓镇罗卓村安排好栽树事宜，说："务必在姜老师的指导下迅速把树栽下去，时间越短越好，千万不要让苗木烂在棚子里。"

"这个不是问题，目前需要紧急安排的是如何让后期苗木尽早到位。供应商称，苗木已经运出，但可能会在路上延误太多时间，具体原因是四桥车从另外一条路进入南广境内，不料路面太差，行驶速度较慢，估计会耽搁很多时间。"

"只要到了南广境内，再耽搁也不会太久。"周楚阳说。

"关键是，一旦堵车，就不好说了。"顾羽很担心。

果然，直到前期苗木已全部种完，第二批苗木仍然在路上。六个四桥车在行驶到华扬镇小米多村时，恰逢一辆货车抛锚，车辆越塞越多，堵了七八个小时还未疏通。更要命的是，其中一辆四桥车在与一辆小轿车错车时，后轮掉进沟里，车上的苗木需要卸下来，用小型车辆拉走。

周楚阳联系了交警、交通局有关人员帮忙疏通道路，并亲自到堵车现场督战。在距离抛锚车辆三公里远的地方，他们的车被迫停下了，因为前面全是车辆，不但整条路上摆满车，如捣蚁穴，就连路边宽一点的斜坡上也停放着小型车。有一辆摩托车，硬是被卡在三辆货车之间的三角地带，小小身躯居然动弹不得。

"这就是他们所说的'在路上'吧？"周楚阳对身边的李峡说。李峡之前是南栗的副总，"云岭"入主南栗后，他成为质检部的经理，目前正是栽树时节，质检暂时虚设，李峡兼职做周楚阳的司机。

"我们都习惯了。"李峡一声长叹，"交通问题解决不了，谈什么发展都是多余。"

"南广的交通瓶颈需要全速打破，不仅要道，各乡镇、各村都必须实现全线连接，刻不容缓。"周楚阳说。

"'1223366'大交通网络的构建形成，需要一段时间。目前，出滇入川快要解决了，接下来是如何实现自身经络的舒展，我以为……"他没有说完，因为他发现周楚阳已经困得睡了过去。

他不忍心打扰周楚阳，他知道，在车子没有移动之前，周楚阳可以暂时休息一会儿。然而当李峡也打了个盹儿，正要睡去的时候，周楚阳却醒了。他对李峡说："你有没有想过，我们可以请村民把苗木背过来，在另一个地方装车？"

李峡下车勘察了十几分钟后，回来告诉他说："这基本不可能，有好几个地方连人都走不了。"李峡又指了指那辆被卡在三角地带的摩托车，笑笑说，"看看它你就知道了。"

南广的交通问题，一直是这个地方发展的最大桎梏。早些年，从城市到乡村，裤带一样宽的公路常常被打了死结，车行到半路，往前也不是，往后也不是，一堵就是一整天。有一次周楚阳从温州回来，在去罗卓的路上，一辆中巴陷在泥沼里爬不出来，众人用撬棍、铁锹在车底下刨一个大坑，用石头把车屁股垫起来，使尽洪荒之力才把车弄到地面。中巴摇摇晃晃开走之后，其他小车却无法行走，又号召小车司机们去地里搬石头，把公路铺平。三十公里路，硬是行了十几个小时。到了家，原本想多待两天也不敢，来的时候浪费了一天，回去的时候不知道又要浪费多少时间。南广是全省第一人口大县，人多，车辆就多，人一出门，就会看见满路都是车子。有的地方，一条弯弯曲曲的公路要承载超负荷的车流量，公路年初维修一次，使用三四个月后，又要维修了。那些年，周楚阳最怕的一件事情就是回家。从温州到南广，几千公里路，一天时间就到了，而从南广县城到罗卓，给你两天甚至三天时间也不一定能到。近年来，南广县委政府结合实际，妙手绘就"1223366"的大交通网络蓝图，"铁公机"全画幅构建，出滇入川进黔的梦想即将实现，城乡公路、乡村公路加紧硬化改善，大大缓解了交通压力，短短几年时间就让这个处于川滇黔三省接合部的县城放射出强大的发展活力，乌蒙山片区开发的成果得以初步显现。但是，有些地方仍然处于沉默地带，还未得到覆盖，比如华扬镇，因地处偏远，修路成本较高，资金暂时没有落实，仍处于年年维修、年年告急的状态。

从下午三点钟等到晚上十二点，周楚阳就算望穿秋水，也看不到前方有一辆车开始蠕动。李峡每过一小时就要下车勘察一次，每一次都是摇着头回来。四桥车上的苗木再不栽种下去的话，成活率就会大打折扣，最重要的是，多耽误一天，就会增加更多的劳务成本。周楚阳的心里仿佛有很多虫子在爬着，挠得他想蹦起来。他给顾羽打电话，给王雅打电话，给张大成和管应华打电话，一方面是告诉他们苗木现在还堵在路上，另一方面，是想问他们有没有办法让堵车尽快结束。每个人都很焦急，但每个人都只是一声长叹。到了将近凌晨两点，前方终于有了动静，构成三角地带的其中一辆越野车往前走了三四米远，再往前看，那些先前熄灭了的车灯都亮了起来，但只是亮了一两分钟，就又熄灭了。被挤压在三角地带的那辆摩托车突突突地响了起来，像蜗牛一样往这边移动，到了他们的车旁，骑车的小伙子踩了刹车，从摩托车上下来，往他们的车后走去，一会儿回来，对着他们摇了摇头。

吃了几袋栗子，周楚阳还是感觉饿，让李峡下车去找找周围有没有人家可以弄点吃的。李峡说："周围应该没有人家，要不怎么没见到有人卖烧洋芋、煮鸡蛋之类的东西？"他摇开窗玻璃，探出头去望望，周围一片漆黑，说，"周总要不再吃一袋栗子吧？"

天微亮时，前方车辆的喇叭声把周楚阳吵醒，他揉了揉眼睛，看见车辆开始移动，几个穿制服的警察拿着手电筒指挥司机错车。李峡发动车子，离合松了又紧，看样子很是焦急。过了大约半个小时，他们的车也向前移动了几米，但是前面又不动了，车灯都熄了下来。

到了中午，才有车辆从他们的旁边缓缓开走。周楚阳对李峡说："这一次应该通了吧？"李峡说："也不一定，路上的事，谁也说不准。"

到底还是通了。几辆四桥车在路上慢慢爬行，到了晚上十点，才把苗木送到移栽现场。车轮陷进边沟里的那辆车上的苗木，找了几辆小型货车重新装运，卸货的过程中，苗木被损坏了一部分。周楚阳对顾羽说："那些损毁的苗木，要及时捋出来，不能全栽下去，影响成活。"

从大火地到罗卓村交界处，一道绵延的山脊接通了春天的绿色。山下的坡地里，栽树的人们把整个春天最浓郁的部分点染得无比壮观。周楚阳站在山腰，看大火地攒动着人头的山坡上春意昂扬，内心荡起细微的波澜。做印刷的这些年，他总是喜欢跑到云岭的生产车间里去，看那些在流水线上忙碌的人，看机台上哗哗流淌的纸张和产品，体味劳动的盛大场面带来的快乐和惬意。更多的时候，他从云岭收获了创业的快感，这样的快感充斥着艰辛与酸楚，让他满足、自在。现在，满山种树的场面再一次撑起他对成功的渴望，他想，如果有一天，从大火地到桦槁林这一带的板栗树结满硕果，他一定会获得较开办云岭彩印厂更多的快感，那些树，一定会成为他留在这个世界上的最漂亮的礼物。

他想给彭玉素发一条短信，告诉她，他终于让桦槁林的板栗树重新站了起来。他和彭玉素少年时相识于一棵板栗树下，后来，大房子、木桶沟、庙坎三个村村民组的人大肆垦荒种田，让板栗林成为烤烟地；再后来，人们大量拥入远方的工地，烤烟地荒了下来，承载他们美好记忆的那一坡土地仿佛再也长不出什么东西，就像他和她，因为一场变故鸳鸯各地，内心空空荡荡。他们中间好像悬着一柄无情的利剑，放射出冷酷的光芒，让最爱的两个人变得那么陌生。

4

三月初，南广"两会"召开。周楚阳作为政协委员，出席县政协会，也列席了人代会。

第一次以委员身份参政议政，让周楚阳感到内心惶惑。在温州的这些年，他以各种理由多次拒绝了当地政府领导的推荐。他总是对他们说："我只是借你们的风水宝地混口饭吃而已，要说贡献，可以说是微乎其微，绝不敢参政议政。"可回到南广，思想上立即发生巨大的转变，毕竟是家乡，南广的发展需要自己在场，也需要自己的一份力量。

听完政协主席刘波的工作报告，周楚阳内心无比激动。说实话，对于家乡，以前的周楚阳是陌生的。这些年来，他总是借助网络去了解家乡的一切。作为国家级特困县，有很长一段时间，南广在人们心中的印象是糟糕透顶的：交通滞后，教育水平低下，老百姓素质不高。有一段时期，南广外出务工的人员无法找到工作，那些工厂老板在招工时，只要知道你是南广人，就连忙摆手拒绝，究其原因，一方面是南广人读书少，不具备务工的基本条件，工作效率低；另一方面，南广人总是惹是生非，动不动就聚众闹事，打架斗殴，久而久之，南广人惯偷惯抢、无法无天的恶劣形象就被四处传遍，"工厂不要南广人"成为很多外出打工者内心的阴影。长此以往，很多南广人就把这一切归罪于政府不作为，动不动就在网上漫骂，村干部、乡镇干部、县领导一时成为众矢之的，一件小事可以瞬间放大，连一棵树被雷劈成两半都要嫁祸到干部身上。

在周楚阳看来，刘主席的报告简明扼要，没有一句空话、套话，没有一句是糊弄百姓的。报告上总结的事情，能亲眼看到、感触到，下一步工作安排也非常结合实际，有针对性，是老百姓所期待的。第一次在会场里聆听家乡的领导做报告，周楚阳感到无比亲切，从内心里认可和服从。

下午是分团讨论，周楚阳所在的团，全是南广县金融界有名头的人物，政协主席刘波和副县长金鸣指导本团讨论。作为新晋本土企业代表，周楚阳坐在圆桌转角处，在座的委员，除了平时交际认识的两三个，其余都是生面孔。讨论会由县工商联主席吴功主持，他建议各位政协委员先做自我介绍，特别强调每人不得超过一分钟。轮到周楚阳介绍自己时，他特地站起来，说："我叫周楚阳，在浙江温州做印刷，目前在南广种树，请各位多多关照。"

其实在座的大部分委员知道他，不仅因为座位上摆放着桌签，更因为"南广驿站"这个公众号关于南栗"栽树牟利"的那篇文章。"种树事件"的背后，一个做高原特色产业的南广籍企业家跃入人们的眼帘，方才一介绍，在座委员中不免有人窃窃私语："年龄不大，胆子还真不小。"

前面几人做了发言，无非讲些关于刘主席报告如何结合实际高瞻远瞩谋划全县政协工作的套话，更有甚者，重读了原文几个段落，分析其行文特色，赞主席文笔非常。几人发言下来，时间已经过半，副县长金鸣与刘主席小声交换了一下意见，由金鸣提议对讨论方式稍做改变。金鸣说："按照刘主席的意思，我向各位提一个建议，咱们的讨论不能老是这样客气，要说问题，提意见。咱们金融界在履行民主监督、参政议政、政治协商职能的过程中，要重点突出参政议政这个环节。今天的讨论，刘主席亲临现场指导，就是想听听大家对南广县经济社会发展的意见。各位都是企业家，是南广各项事业发展的见证者和参与者，你们对南广的发展做出了巨大的贡献。趁今天这个机会，大家不妨把心里话说出来，把对南广发展最有利的意见和建议提出来，这才是我们要达到的目的。至于报告的行文特色等内容，可以私下与我们大会秘书组交流，给他们点赞。"他转过头来，对刘主席说："我说得没错吧？如果主席同意，我现在借吴功主席的主持人当一当，我来点个名，点到名字的，就发言，没点到名字的，明天继续。"刘波点了点头说："就按金鸣副县长说的办，咱们的讨论要有的放矢，不能普天同庆发安慰奖。"

金鸣清了清嗓子，说："我首先给大家介绍一个人。"他目光看向周楚阳，"浙江温州云岭彩印有限公司董事长、总经理，云南南栗农业科技开发有限公司董事长周楚阳同志。"会场响起掌声。金鸣又说："周总是南广籍成功企业家，是我县创业能人典范，这些年先后在广东、浙江等地辗转打拼，成功创建了云岭公司，实力强劲。周总多年来一直惦记家乡的发展，现在终于成功回乡，重整南栗，为南广高原特色产业的培育和打造倾注了大量的心血。目前，南栗规模正进一步扩大，市场渠道不断拓宽，不出意外的话，两年之后就可以收到明显的成效。现在，我们有请周楚阳同志发言。"

周楚阳起身鞠躬，清了清嗓子说："我很幸运，能够有这个机会坐在这里发言。与此同时，我内心无比焦虑。"他抬头看了一眼刘波和金鸣，两人都微笑着点了点头。

他又继续说道:"坐在这里发言的时候,我是多么担心那一坡板栗树不买账,让和煦春风白白浪费。"与会人员听得云里雾里,有人小声说:"这人话里有话。"

的确话里有话,或者说,这就是"周楚阳风格"。多年来历经挫败和创痛,让这个成功蜕变的男人实现了自我塑造,言谈中不乏幽默和自嘲,这也是他容易与人相处的原因。周楚阳接着说:"南广这些年,在基础设施建设上取得的成绩有目共睹,交通、教育、医疗等方面陆续向好,这是值得欣慰的地方,正如刘主席报告里总结的,刚才发言的同志们也总结得非常好,但我不得不说,南广要真正发展,必须穷尽一切力量优化投资环境,所谓筑巢引凤,就是要把巢筑得温暖、筑得安全,只有这样,才能引来真正的凤凰。我没读过几天书,我的阅历来自多年来的奔跑和努力,我去过很多地方,见证了抱团的力量,所以我想,如果我们南广人都抱成一团,共同发声,共同使劲儿,南广的脱贫绝不是问题。以目前的情况来看,南广在外界的名声随着县委政府和广大干部的共同努力已经有了根本性的好转,凡有良知的南广人,不再动不动就说家乡的坏话,动不动就说我们的领导干部不作为,因为他们真正看到了南广的发展和变化,真正从内心认可了我们干部的创造和奉献,但是仍然有一小部分人,为了获取一己私利,不惜损坏家乡形象,让外界对我们颇有成见。我在温州的大部分时间,都在关注我们家乡的那些有高度、有品位、有胸怀的公众号,比如说微南广、南广微生活、南广门户、南广网等,这些虽然是自媒体,但都很阳光,都在传播正能量。我认为,南广在外形象的颠覆性转变,都与媒体的努力分不开。但是,有个别公众号,为了博人眼球,制造热点,天天胡言乱语,吸引流量增加收入。所以我建议,应该加大力度管一管,还南广一方清净之地,让我们的家乡变成一个引得进人、留得住人的地方。"

与会委员以掌声表示赞同,有的委员又小声嘀咕:"这人有点胆识,不怕得罪人。"

周楚阳又提了第二条建议,是关于医疗的。他说:"小地方的医疗事业要发展,必须处理好创收与治病的关系。我回南广的时间不长,却经常听到有人说咱们南广的医院存在着方方面面的问题,最直接的是,很多医院不顾患者实际,找各种借口让患者留诊。有人患伤风感冒,医院让人家去做B超、做胸透,一个检查下来几百元,而最直观的记忆告诉了我们每一个人,以前一个小小的感冒,打针吃药几十块钱就能搞定,这样的检查,与敲诈勒索又有什么区别呢!更有甚者,那些新农保定点诊所和农村医疗机构,以'反正都可以报销'为由,一开药就是一箩筐,动不动就让患者输液，这样下去，搞坏了身体不说，最直接的后果是导致整个医疗事业的混乱，医患关系高度紧张，'医闹'不断，严重影响南广声誉。"

周楚阳提的第三条建议，是关于交通建设的。周楚阳认为，不能一味强调"齐头并进"，要有所倾斜，尽量让交通先行，只有把交通搞上去了，才能为产业发展提供坚强的保障，才能更好地服务人民群众。

其他与会委员也提出了一些意见和建议，大多跟自身所从事的产业有关。末了，政协主席刘波做了指导讲话，充分肯定委员们提出的意见和建议，认为这些意见和建议非常切合南广实际，政协常委会一定会高度重视，形成报告提交县委政府决策。刘主席还建议大家将所提意见建议形成提案，交与提案委。刘波说："有的提案可以直接责成承办单位办理，这是工作中的死角，不能留白。"

散了会，周楚阳正欲回宾馆，却接到了金鸣的电话，说县委赵云芄书记想见见他，邀请他共进晚餐。

走进县委内招，金鸣在食堂外候着。两人一同进去，赵云芄坐在餐桌主宾座位，见了他，随即站起身来与他握手，一边说："听说周总今天在讨论会上语惊四座！"

"纯属胡言乱语，有碍清听，我正在加紧后悔，请书记见谅。"周楚阳笑笑说。

"看来在周总眼里，南广问题不少，我等压力山大啊！"赵云芄貌似一本正经。

"那我更要后悔得虔诚一些才是。"周楚阳虽然尽量让自己幽默一点，但还是显得有些紧张。

赵云芄随即哈哈大笑起来，再次伸过手来相握，说："周总到底也没有练就金刚不坏之身嘛，我一埋伏，你就中招。"满桌人都笑了起来。

"话丑理正。"赵云芄说，"怕就怕没有人敢说真话，今天这一屋子里的人，也是从来不给我赵云芄面子的。"

周楚阳放松了下来，也笑着说："人人都说赵书记是拔钉子户，我想这大概是真的。"

"又听说一个新鲜的名词，加一个字，身份就变了。"赵云芄说，"不过倒也贴切，眼下南广太多钉子。"

众人将饮料当酒，边吃边聊。说到南广的产业发展，赵云芄说："周总入主南栗，是否觉得自己是在以身犯险呢？"

"当然。"周楚阳说，"而且是险象环生。"

"相信周总会化险为夷。"赵云芃为他夹菜。

金鸣也说："在南广创业，肯定比在沿海一带更为困难，但是，我们也有其他地方没有的优势。"

"金副说得极是，一个亟待开发的地方，人们往往有着更加强烈的期待值，而这种期待值，恰恰也是一种力量，比如说我们的老百姓，你让他们以土地入股分红的方式参与进来，就激发了他们的内生动力，今后在基地管护、产品销售上，肯定会起到相当大的作用。"赵云芃说。

"这只是一个方面。"周楚阳说，"咱们南广正因为之前的开发不足，留住了青山绿水，这是相当难得的，从这一点来说，我们少走了许多弯路。"

"从何说起？"赵云芃问。

"干净，纯粹。这样的地方，其实不多了。"周楚阳说。

"关键是看它是不是一种优势。"赵云芃又为周楚阳夹菜。

周楚阳说："我理解的高原特色产业，不但要有产品的品质，还应该有观光的优势。从这一点来说，我认为我栽树没有错。"

"那是自然。"赵云芃说，"生态无价，你看得很准，铁定有惊无险。"

一顿饭下来，周楚阳感觉赵书记绝非等闲之辈，心想：如果此人在南广再待三五年，南栗的成长一定会得到更多的东风相助，南广县的高原特色农业一定会有一个良好的起步。之前，他只是从侧面听到一些关于赵书记的口碑，坊间流传此人敢说敢干，从来不怕得罪人，一心只干实事，在南广县有众多粉丝，属于自带流量的那种，看来没有错。

离开食堂时，赵云芃再次与他握手，说："按理说，你是南广新贵，我这个当书记的，应该有一个见面礼，无奈家境贫寒，翻箱倒柜也找不出什么像样的东西，就送你几个字吧：向阳开放。"

"你觉得如何？"赵云芃放开他的手，转而拍了拍他的肩膀。

5

按理说，周楚阳应该抽时间回一趟温州。从春节到现在，栽完树，他已经在南广待了两个多月，厂里的事情全由何清明一个人打理，他只是不时遥控指挥一下。

前几天朱立冬回温州，他叮嘱朱立冬说："你无论如何替我请何清明吃顿饭，顺便对他说说咱们这边的情况，让他心里有个数。"

"你就不怕他把厂子搞黄了？"朱立冬一本正经。

"那你呢？你就不怕咱们这边一开头就黄了？"

朱立冬说："饭一定吃，话一定带到，不过你还是抽时间回去一趟，待个三两天也行。"

"用词不当。"周楚阳说，"哪能叫'回去'？现在南广才是主战场，只有到南广来，才叫'回'，家在南广嘛。"

几句话让朱立冬明白，在周楚阳心中，南栗和云岭谁更重要。当然，周楚阳也有自己的想法，温州有何清明，就算经营不当，充其量也只是产值有所下滑，他有把握；而南广这边，少了周楚阳肯定不行，虽说顾羽他们几个人能拼能打，但到底后劲不足，不敢委以重任。于是朱立冬说："这样也好，你多多努力，替我们保住身家性命，温州那边，不行的话，我替你盯住何清明就是。"

周楚阳甚至没有回过一次家。有天是母亲生日，周全在电话里说："你就回来吃一顿饭也可以，你又不是不知道，妈现在最念叨的就是你。哪有你这样的？你还能把这个世界上的钱都挣完？"

本来是安排好了时间的，但是当天下午，省农科院来了一个专家团，专门来考察南栗的生长情况。专家团是姜明祥弄来的，姜明祥说："春节栽种板栗树要小心一些，我让大家都来看看，替我认真把脉，争取达到最高成活率，不然对不住周总每天的好吃好喝相待。"

他只能陪专家团到基地考察，陪母亲吃饭的事就泡了汤。到了晚上，他接到了王白璐的电话。

"周老板还在忙？"听起来王白璐心情不错。

"陪李小姐呗。"他说。

"哪个李小姐？"王白璐说，"这么快就有了新欢。"

"不是新欢，是天天陪着的，时下都很流行陪李小姐。"

"听不懂你的。"王白璐说。

"一个成语，你学过的，最适合用来形容你们的校长。"

"浑蛋！"王白璐说，"你猜我在哪儿？"

"允不允许猜错？"他问。

"不允许。"王白璐说。

"那我只能猜你在地球上，这样不容易出错。"

"这哪里像个老板的谈吐啊？简直就是个无赖。"

"你知道就行。"

"不行，你再猜猜。"王白璐不准备放过他。

"老同学是要把我赶尽杀绝吗？"周楚阳捏了捏鼻子，嗡嗡两声，才说，"你在家里。"

"不错，是在家里。"王白璐说，"但不是在我自己的家里，我在你家。"

"真的？"

"骗你干吗？我来给阿姨过生日。"

周楚阳鼻子一阵酸楚，差点流了眼泪，半响说不出话来。

王白璐说："没跟你商量就来了，你不会怪我吧？"

"我感谢你都来不及。"周楚阳说。

"但我万万没有想到，你居然不在。"王白璐有些怪罪他。

"有你在，一样。"说这话时，周楚阳未加思考。

"真的吗？"

"当然是。"周楚阳说，"我妈妈见了你肯定很高兴，这是一个非常高级的生日礼物。"

王白璐哭了，而且哭得很伤心。不错，她此时一定是在车里，且关闭了所有车窗的玻璃。周楚阳从她的哭声中听出了喜极而泣的意思，顿时觉得有些危险，因为他在此时想起了彭玉素。

他好长时间没有给彭玉素发短信了，虽说彭玉素一直没有回过他的短信，但直觉告诉他，他发过去的每一条短信，彭玉素都会认真看完。以前给她打电话，她一听出声音，旋即挂了，第二天又打，电话号码就不存在。以前，彭玉素只要一接到他的电话，总会在第二天就换手机号码，直到他突然醒悟过来，如果长期给她打电话，她就会经常换电话，这样，肯定会对她的工作和生活造成极大的影响。这些年彭玉素在东莞做教育培训，听说做得很大，如果老是让人家换号码，无疑是一种祸害。后来他选择发短信，因为短信可以不看，用不着换号码。前些日子，他的"线人"

蒋达蜀给他打过几次电话，说已经找到了彭玉素，声称已经碰了几次面，并告诉他"寻人"有新进展，他们之间希望很大。而那段时间，周楚阳每天都沉浸在栽树的进程中，并没有表现出对此事有多重视。眼下王白璐这一哭，倒是给他来了一个提醒，他想，是该好好给她发一条短信了。

王白璐哭完，又问他："真的不怪我不请自来？"

"说哪里话？"周楚阳说，"我家又不是会议室。"

王白璐说："你就是让人琢磨不透，不过我今天一定要让你给我一句话，你到底要不要我？"

周楚阳没敢说话，但他知道，此时不便沉默，于是清了清嗓子说："王同学越来越楚楚动人，不要岂不是浪费资源？"

那头说："你真坏！"

周楚阳想岔开话题，就问："你怎么知道今天是老太太的生日？"

"只要用心，没有不知道的。"看来话题不容易岔开。

"你就是聪明。"周楚阳说，"我正寻思抽个时间，感谢一下令妹王大主任。"

"感谢她干啥？"

"没有她，我种不了树。"

"那你还得先感谢我。"

"有什么根据？"

王白璐说："你真没良心，我不为你拔掉那两颗钉子，你同样也栽不了树。"她说的是大火地许平贤和何吉平两个村民，她用苏羽助学基金承诺他们，他们的孩子考上大学，每人五千块。

"你这是假公济私，不值得提倡。"周楚阳"呵呵"一声。

"也是为了你。"王白璐说，"不过我想告诉你一件事。"

"你说吧，从你嘴里说出的，都是好消息。"

"不一定吧？"王白璐说，"那个资助贫困大学生的苏羽，你应该认识。"

"这又从何说起？有什么渊源？"

"不是渊源，是冤家。"王白璐说。

"我罪孽深重，处处树敌，你说的肯定假不了。"

"但我还是想让你猜猜。"

"你知道我猜不了的。"

"你必须猜。"

"而且必须猜对吗？"

"当然。"

"她是一个好人。"周楚阳说。

"在你心里，她是百般地好，可以说完美无瑕。"

说到这里，周楚阳应该知道她说的是谁，根据是，凡认识他的，都知道他的心里只住着一个彭玉素，其他人再怎么好，也好不过她。但周楚阳还是不愿意把这个名字说出来，像一个老谋深算的对手，和王白璐打起了太极。他说："说到底，你还是太敏感了，你总是把所有事情想得无比蹊跷。"

但王白璐还是没有放过他。王白璐说："你在我面前说出那个人的名字真的有这么难吗？"

周楚阳说："咱们说点别的行吗？"

"你说吧！"

"今晚你打算住在那里？"

"当然，老太太高兴着呢，她百分之百认为，我俩有戏。"

话题无法避开。周楚阳说："你那么白领，却偏偏要想着做一棵树。"

"你还不是不打算在我身上吊死？"王白璐说，"你会不会觉得，我是看中了你的钱？"

"别那么糟践我，我对自己有信心。"周楚阳说，"且不说相貌堂堂，光这一身本领，我都想给自己鞠上一躬。"

"那你一定是觉得我不够有力，白白浪费了你白绫五尺。"

"你说得让我害怕。"周楚阳说，"明早回来，我请你吃饭。"

挂了电话，周楚阳心里百般难受。年前，他们去天坑里，出来的时候，他对王白璐说过一句"余生请多敲打"的话，心想，如果往后长时间待在南广，肯定会经常和王白璐遇上，一来二去，难免会在寡淡的日子里拼写出另一种生活的词句，说不定某一天他就会屈从于王白璐那执着得有些天真的爱。老实说，如果没有彭玉素，王白璐肯定是这个世界上最适合他的女人。

他在这个时候又想起孙小雪。每一次不经意地想起，他都想给自己来一记响亮的耳光。不是因为孙小雪差点儿骗走了他二百万，而是每每想起，他就为自己差点和她共枕而眠而心生惊悸，不管有没有后来孙小雪母女导演的那一出。孙小雪和王白璐一样，与周楚阳之间，隔着一个叫彭玉素的女人。老实说，他在想起孙小雪的时候，怎么也不会觉得她是一个坏女人，因为她有她的苦衷，她拿走了他的二百万，是因为对另一个男人的爱，爱是没有错的，何况那二百万大部分已经拿回来。

挂断电话后，他给彭玉素编辑了一条短信：

好久没有给你发短信了，我知道你不会察觉，因为你早已不当我还存在，而对于我，却是万般不同。这段时间，我在南广种树，从大火地一直种到桦槁林——那个我们第一次相遇的地方。我一直有一个梦想，就是种一坡板栗树等你，如果你仍然不愿意见我，等我老了，我就去一棵板栗树下，和它说话，直到生命终结。

勿回。

他第一次在末尾加上"勿回"二字，因为他知道，彭玉素不愿意看到他的短信，她也许无法原谅这些年来他对她的骚扰，更别说回复他了。他写下这两个字的时候，内心竟有一种被宽恕了的感觉，这让他很是舒服。

然而让他无法想到的是，过了一天，彭玉素的手机号码居然回复了他的信息：对不起，你发错信息了，我不认识你。

他在读完信息的那一个瞬间无比激动。对他来说，就算这个号码已经易主，信息是别人发来的，也就是说那个人真的不认识他，他也会觉得相当欣慰，因为这些年来他从来没有收到过这个号码发回来的任何一个字。对，一定是她。他在内心提醒自己一定要相信自己的直觉，他非常肯定地告诉自己，彭玉素绝对不会在短短两个月内换手机号码，她没有理由在他不打扰她的情况下换手机号码，因为实在是没有理由。

他对自己说，如果不想一直笨下去，就给蒋达蜀打一个电话，让他迅速去彭玉素的培训学校，想尽一切办法弄清楚彭玉素是不是用这个号码。他甚至提醒自己完全没有必要通过蒋达蜀去弄清楚这个事情，因为他可以安排某个人以客户的身份往这个号码打一个电话，电话一通，一切都将水落石出。

然而他什么也没做，他视这条信息为上天赐给他的最珍贵的礼物，这样的礼物不允许他采用任何一种方式去评估它的价值，哪怕是猜测，也有一种负罪感。他在自己的房间里又唱又跳，像个孩子一样。对的，他就是一个孩子，此时。

6

"板栗长势良好。"似乎专家团里的每一个人都这样告诉周楚阳。姜明祥说："他们的意思是说，板栗几乎都活着。"

"只要活着就有希望，就像人一样。"姜明祥又补充了一句。

此时天气晴好，春风习习，挠得人脸上痒痒的。唉，这样痒着是多么舒服。这是周楚阳在心里对自己说的话。他的脸上洋溢着笑容，他对专家团的每一个人都说"谢谢"，他说："等板栗成熟了，我要挑最好的送给你们。"他对每一个人都会说："等它们长大了，我要在每一棵树干上都刻下一个名字。"

"什么名字？"专家团里有一个人问他。

"暂时不便透露。"他说。

而就在这时，专家们差不多都提醒他了同一个问题：这些板栗树在成长的过程中，需要得到精心的呵护，新种下的差不多十万亩的板栗树，要花很多的钱。而他投进去的一个亿，在购买苗木和栽树的过程中，几乎花光了。

"直到它们基本安全，大约需要多少钱？"他问。

"这个还真没有算过。"专家说，"你按照一亩地五百元计算吧！或许不止，因为我们对你的劳动成本无法掌握。"

也就是说，近十万亩新种的苗木，大约需要五千万才能保障其"快乐生长"。就目前来说，如果倾尽所有积蓄，这笔钱也拿得出来，但后续投资要召开董事会征求股东们的意见才能决定。股东们倒是没有意见，开会也只是走走程序，问题是，这笔钱用完了，接下来还会有其他用钱的地方。他又问专家团，是不是春季栽种的苗木免疫力低，田间管理成本才这么高。专家说："也不是，但你必须做好保障，一旦天气不给力，苗木在生长的过程中就会出现很多问题。"

当晚周楚阳主持召开了董事会，就后续资金投入事项进行了研究，并启动了既定规划中的"领树工程"。此项工程是南栗实施的一项全民种树计划，来自副县长金鸣的点子，也是周楚阳决意入主南栗的主要动因。所谓"领树"，就是发动在异乡创业和务工的南广人回家认领一棵树。树由周楚阳栽种，认领者只需要缴纳养护费一百元，这棵树连同它今后的产值就全部归认领者所有。也就是说，每一个领树的人都成了南栗的股东，一旦南栗走入正轨，领树者每年都会有一棵树的收入。实施"领树工程"的初衷，并不是为了抛售股份，减轻资金压力，而是通过这样的方式让那些远离家乡的南广人从心底种下一份故乡情结，并告诉他们，南广的生态需要大家一起来呵护，南广农业产业发展的基础需要大家一起来奠定，南广要如期实现脱贫摘帽，离不开每一个在外创业能人的支援和奉献。领树工程从书面策划到落地实施，让人眼前一亮的，是一份饱含乡愁的倡议书，标题为《我在麦车有棵树》。倡议书由一名南广在读农学博士起草，颇具专业特色，语言简洁，行文有度，最大限度释放了故乡牵引力。董事会召开后的第二天，这份倡议书就挂上了县内各网站和自媒体，很快就在朋友圈中蔓延开来，南广驻广州、上海、浙江永康工作站和在昆十六个流动党员党支部的公众号也转发了这份倡议书，接连好几天，关于"领树"的话题都在刷屏，南栗受到社会各界的广泛关注，很多人都在针对这一话题展开讨论。一部分人认为，南栗此举让南广迈出了生态建设的关键一步，吹响了构建绿色农业体系的集结号，但也有少部分人认为南栗是在兜售树苗，利用人们的好奇心赚取利润。

负责"卖树"的是朱立冬。一周之内，他就成功地在温州卖了一万株板栗树。温州的南广人，大多认识周楚阳，知道他的为人，打心里佩服和认可他，这些人平常与朱立冬的关系也不错，倡议书一发出，他们就积极响应，纷纷买树。陈霜江也在朱立冬的"安排"下在广东买了近五千株树。与此同时，上海、安徽、福建、河北等地领树者上万；浙江永康工作站在利用站内微信平台进行广泛宣传的基础上，党工委书记和站长带头买树，几天时间就有三万多人缴了养树费；昆明的十六个流动党支部也利用党员活动日对"领树"倡议进行宣传动员，买树者多达六万人。一时间，凡有南广人务工的地方，街头巷尾都在谈论买树的事情，有人说："花一百元买一棵树，值得。"有人说："在家乡种一棵树，应该的。"

对南栗卖树的各种恶意吐槽更是铺天盖地而来，媒体上的各种声音不胜枚举，有人甚至对南栗的这种"营销"手段进行大肆"论证"，话锋尖锐直指要穴。周楚阳在向金鸣副县长汇报工作的时候说："金副县长这点子会不会引火烧身？"

"比起房地产开发商的认筹行为，你这个不叫事。"金鸣说。

"但买树'打击面'大。"周楚阳笑。

"这就要看你的抗击打能力了。"金鸣说，"你可要使出洪荒之力帮人把树养好喽。"

"我卖了五千亩，也就二十来万棵树。"周楚阳的意思是，五千亩与十万亩比起来，也只是个小数，何来养护困难一说。但金鸣又说："别人给了你养护费，你得先把别人的树养好，否则你周楚阳就算滚出南广，也洗不脱一身的泥垢。"

周楚阳："别人给我一百元，我要帮他养护一辈子，这生意做得真是别扭。"

"那我不管，你自己挖的坑。"金鸣说完故做下套状。

"云芃书记那边怎么说？"周楚阳问。

"还能怎么说？帮你挡枪呗。"

"意思是，他没有觉得我是在卖无芯枕头？"

"他是担心你卖无芯枕头。"

"我不用提头去见吧？"

"他会找你的。"

果然过了两天，赵云芃书记给他打了一通电话，说："周总要是有空，过来卖树！"

"书记如果要买树，我就送你一棵。"

"就一棵？"

"当然。"周楚阳说，"我还得考虑之后我会付出多少代价。"

他去了赵云芃的办公室，见赵书记正埋头批阅文件，就说："要不赵书记先忙，我过一会儿再提头来见？"

赵云芃说："先留住你的狗头，秋后问斩。"两人都哈哈大笑起来。

"说说下一步你还有些什么新花样。"赵云芃给周楚阳倒了一杯白开水，说，"就不请你喝茶了，怕你晚上睡不着。"

"我历来都喝白开水，醒脑。"周楚阳又笑。

栽完树就卖树，的确是一个有噱头的举动，这一点周楚阳很清楚，不过他心中有数，金鸣给他出的这个点子，是经过赵书记和有关领导小范围研判过的。"不就是卖树吗？你没有错。"金鸣对他说过。

"就是卖几棵树而已，你不用有太大的压力。"赵云芃说，"你的压力来自山上。"

"我知道，就算其他树都枯萎了，南广老乡的树必须活着。"周楚阳说。

"所以你要把自己绑在那些树上，否则秋后真的要取你首级。"

"那是自然，我已经没有退路。"

"那不一定。"赵云芄说，"你还有云岭，还有一个熟门熟路的温州。"

"权作后防了。"周楚阳说。

"南栗现在的问题，不仅是要把树栽好，还要抓好生产和市场。"赵云芄目前最担心的是这一点，所以又说，"光打雷不下雨是不行的，要利用好已成熟的苗木，让它们开花结果。"

赵云芄特别强调了"开花结果"。事实上，在顾羽时代，南栗已经在市场上打拼了两年，不是一点效果没有，主要原因是产量跟不上，缺乏资金投入，开拓市场迈不开步子，属于"雷声大雨点小"，所以，他对赵云芄说："卖完树，我得打算买点栗子。"

"你要收购栗子，有没有考虑过成本？"

"考虑到了。"周楚阳说，"肯定比自家院子里产的昂贵得多，但不得不这么做。"

"质量怎么保证呢？"

"老实说，南广县内已有栗树，虽说产量不高，品质却是一流的，因为大多属于放养状态，有的栗子树已经十几岁了，所结果实比其他的要高级得多。"

"又打算弄出一个很大的动静吗？"赵云芄问。

"不发倡议书。"周楚阳笑，"但也不打算悄无声息。"

赵云芄点点头，说："县委政府会在你需要的时候在各个方面竭尽全力帮你，除了资金扶持。"

"可能我接下来要面临的最大困难就是资金。"周楚阳接过话头，"在适当的时候，也可以考虑在这方面帮我想想办法。"

"我们有的是银行，你担心什么呢？"

"到时候还望书记给打个招呼。"

"招呼肯定是要打的，但你要考虑好能不能还上。"

"漫山遍野那么多树，我就不相信它一文不值。"

从赵云芄的办公室出来，周楚阳接到了陈霜江打来的电话。陈霜江问："树还能不能卖？"

"多少？"

"一万。"

"谁这么缺心眼儿？"

"傻子呗。"陈霜江说，"不过她死也不肯告诉我她是谁。"

"男的还是女的？"周楚阳问。

"女的。"陈霜江说。

"不是脑子进水，就是视力有问题。"周楚阳笑道，"我说的是你。"

"此话怎讲？"

"你不知道她是谁，就敢把树卖给她？"

"管她是谁，交钱不就得了？"

"一百元也是钱？你知道一棵板栗苗长成大树需要多少钱吗？"

"那也是。"陈霜江说，"不过，我相信卖给她没有错。"

周楚阳迟疑了一会儿，对陈霜江说："既然人家这么看好南栗，为何不卖？"

7

朱立冬从温州回来，告诉周楚阳说："云岭一切安好，何胖子忠心耿耿，一心扑在生意上。"又说，"其实没有你周楚阳，这个世界也会正常运转。何况除了何胖子，你还有两个副总。"

"你难道不知道他们形同摆设？"说到这里，他顿时觉得有些后悔，便立即岔开话题，问，"吴策划呢？这些日子除了帮你卖树，就没有什么别的动静？"周楚阳好久不见吴立春，突然想到。

"除了策划卖树，也准备策划卖栗子。"朱立冬说。

"看样子他又要搞一个什么展览了。"周楚阳说。

"他近期与普洱茶协会那帮人打得火热，他想借助他们的平台推出一些活动。"

"应该这样。不过，我担心他掀不起高潮。"

"要看到时我们有没有产品。"

"产品肯定有，不过顾羽说，今年基地上的收成比去年多不了多少，得提前与周边预订板栗。"

"你的意思是说，顾羽已经开始着手做这个事了？"

"那是自然，我们不能被动。"

两人正说着话，顾羽敲门进来，对他们说："我合计过了，就算把整个南广的板栗都收购下来，也超不过二百吨。"

"能收多少就收多少，但预订的数字要准确。"周楚阳说。

"这个事情没的说，一个月之内能搞定。眼下有一个事，要抓紧办。"顾羽说，"市场上囤积的南栗，保质期快要过了，要想办法处理。"

"不要心疼，统统销毁。"周楚阳说。

"要让市场部的人亲自到各个地方走一趟，顺便与经销商们谈谈今年的量。"顾羽提醒。

"也要抓紧联系到更多的经销商，尽量控制今年的囤货率。"末了，周楚阳又说，"抓紧安排好手头的事，你去一趟温州，找到吴立春，和他一起商量商量，说不定他狗嘴里又吐出象牙来。"

此时王白璐来电，声音急促："你在哪里？"

"在公司，有何情况？"

"有人要买树。"王白璐说。

"不卖了，我又不是苗贩子。"

"你不是发了倡议书吗？"

"该卖的已经卖完，现在不能再卖，我得给自己留点。"

"他买不了多少。"

"到底多少？"

"你卖不卖？"

"既然老同学开口，就卖他几棵。"

"到底是几棵。"

"超过十棵免谈。"

王白璐说："貌似和你说不清楚，你们见面谈吧！"

"他到底是何方神圣？"周楚阳问。

"以前是开煤矿的，温州人。"王白璐说，"也许你认识。"

王白璐安排两人在一个咖啡馆见面，勒令周楚阳买单。

买树者是一个老头儿，快六十岁的样子，穿一件红底白花的夹克衫，秃顶，看上去像一个暴发户。

"周总大名早有耳闻，今日得见，果然年轻有为。"老头儿热情地握住了他的手，说，"我先做一个自我介绍，我叫周春捷，和你是本家，五百年前有可能同村。"

"哪用得着追溯到五百年前！"周楚阳说，"我俩现在同一个屋檐下。"

"周总说一句话就能让人免去尴尬，的确是处世高人，看来我俩缘分不浅。"老头儿摸了摸头顶。

"所以你得叫我一声老弟，要不两个周总坐在一起，容易叫人分不清。"说完周楚阳自己先笑了起来，周春捷也笑。

王白璐在一旁说："这人天生没个正形，上辈子是学相声的。"

周楚阳开门见山，说："老哥现在要买树，兄弟的确难以成全，但还得感谢你对南栗的看好，这让我有莫大的信心。"

"不买树也行，买点栗子总可以吧？"周春捷喝了一口茶，"兄弟不会连栗子也不答应卖给我吧？"

周楚阳听出来，这人对栗子产生了浓厚的兴趣，便问："老哥要买一个省，还是一个地区？"

"现在要一个省，恐怕兄弟你也拿不出来吧！"他又摸了摸自己的头。

"现在肯定拿不出来，但以后可以。"周楚阳说。

"那就说定了，我争取买你一个省。"周春捷说话时显得财大气粗。

"老哥这些年都在哪些地方走动？"周楚阳问。

"之前在南广待了十年。"周春捷说，"来的时候，也就四十几岁，我自认为，我在南广度过了人生中最黯淡的十年。"

"此话从何说起？"

"没来的时候，听他们说南广就是一座黑矿之城，每一寸土地之下都是黑黝黝的金子。"

"黑黝黝的金子？"周楚阳说，"只听说有黄金。不过，你要说的，应该是煤吧！"

"不错，就是煤，远景储量达七十亿吨。"

"这是事实。"周楚阳说，"浙江人在南广开煤矿的不少，这也是事实。"

"问题是，我们这些采煤的，就没有几个像模像样地走出南广。当然，我是少数，至少我没有赔。"

"据我了解的情况可不是这样，因为你们在这里有商会。"

"商会是后来的事，那时候我已经卖掉了煤矿，正准备抽身去福州。"周春捷换了一只手摸着自己的头顶，说，"商会之前是在省上，后来进驻南广的时候，很多人已经爬不起来了。"

周楚阳说："我只听说，那时候南广的煤炭产业发展得不错，特别是浙江人的矿，因为有强大的资金做后盾，大多做得风生水起。"

"表面上是这样。南广的煤炭资源开发看上去的确很热闹，但因受到方方面面的限制，开发成本高得不敢想象，赚到钱的，实际上没有几人。"

周楚阳："比方说……"

"受交通条件的限制，还有就是当地群众不理解。"周春捷说。

"群众不理解，也有他们的原因，但是南广的交通条件，那时真的很糟糕。"周楚阳说。

"现在好得多了，不过已没有机会，煤炭开发的时代已经过去，我们应该认清楚这个现实。"

"那是自然。"周楚阳说，"从某种角度上说，大力开发煤炭资源，对一个地方的生态或多或少是有影响的。"

周春捷哈哈一笑，说："这个问题不谈也罢，我们看问题应该用辩证的方法。但我要说的是，那时候，南广的人文环境才是制约南广向前发展的最大障碍。"

见周楚阳没有说话，他接着说："以前，我们和南广人的交际是很复杂的，特别是与群众之间的关系，想要搞好，比登天都难。没想到，短短几年过去，当我再次回到南广，竟感觉像是到了另外一个地方，我真的弄不明白，一个地方的文明程度，是怎样一下子就得到了这么大的提升。"

"还不是归功于两个字。"周楚阳说。

"愿闻其详。"周春捷一脸疑惑。

"功夫。"周楚阳看着他说，"欲治其人，功夫在人外，亦在人上。南广这些年的发展，得益于一批乐于干事、甘于奉献的干部。只要领导和干部没有私心，一切都从人民的实际利益出发，群众自然就会信服，就会得到感化。"

"我听说，现在的县领导连吃饭睡觉都制定了时间表。"周春捷说。

"也许吧，南广人口众多，贫困程度深，工作千头万绪，不抓紧安排，哪能顾得过来？"周楚阳说。

周春捷："我听说，县委书记赵云芃做事雷厉风行，提出了一个叫什么'四不四要'的工作方法，很是给力，干部素质往上蹿了一大截。"

周楚阳说："老兄也是路透社的？"又是哈哈一笑。

"习惯了。"周春捷说，"那些年在南广，喜欢打听点事，那时不这样，生意也做不好。"

"现在不必，现在讲的是规矩。规矩定在前面，一切就都有了保障。"周楚阳回到之前的话题，"既然你认为自己的南广十年很黯淡，为什么现在又回来了？"

"在一个地方待久了，自然而然产生了感情，人是有感情的。"周春捷说，"我离开南广去福州的时候，操一口南广话，那时候我就想，其实我已经是一个南广人了，我不可能没有一点牵挂。"

"古语说狡兔三窟，对于我来说，南广就是一窟。"周春捷说完，也笑了起来。

正说着，吴立春打来电话，问周楚阳："有没有计划最近来一趟温州？"

"要看吴策划动静有多大。"周楚阳说。

"我准备在温州搞一个南广老乡联谊会，时间定在下月某个周末，你看如何？"

"不过年不过节的，搞联谊会，会不会差强人意？"周楚阳问。

"谁说联谊一定要逢年过节去搞？你不会连这点常识也没有吧？再说，你会不会用成语？"吴立春肯定在电话那头一脸坏笑。

"就你狗嘴里能吐出象牙。"周楚阳差点儿就"呸"了一声，转而又问，"什么主题？"

"我在麦车有棵树？"

"不是不卖树了吗？"

"是不卖了，但这事儿还需要升温，不要让老乡们都觉得你是在卖树，要知道，你卖的是一种情怀、一种责任，也是一种奉献。"

"需要多少钱？"周楚阳问。

"我想把在金华的部分南广老板请过来，如果条件允许，能在浙江省范围内搞这个事，效果肯定更好。"那头说。

"关键是，能不能请得动。"周楚阳说。

"能请多少是多少。"吴立春说，"我想多邀请一些媒体人参加，到时好好宣传一下。"

"没毛病，到时候实报实销。"周楚阳说。

"钱用不了多少，关键是看你能不能来一趟，如果单一个朱立冬在场，高度上不去。"

"什么高度？"周楚阳真的"呸"了一声，"你也不见得有多博学。"

接完电话，周春捷提议一起吃晚饭，顺便把他以前在南广结识的几个好朋友也请过来。然而周楚阳看见王白璐一直在旁边对自己眨眼睛，就说："今天不便，省农科院的专家在酒店里候着，要研究研究板栗树的生长，明天下午我请你喝一杯烧酒，正式欢迎本家大哥回南广。"

和周春捷分开后，周楚阳问王白璐："有什么暗示？"

"没什么。只是我不想去而已。"

"你不便找借口，却让我来推脱，真行。你是怎么认识他的？"周楚阳觉得自己是在随便一问。

"什么意思？"王白璐反问。

"没什么意思，我只是想打听这个人是否可靠，他到底能不能买下一个省。"

"能不能买，我还真的不清楚，之前他在南广挖煤炭，孩子也在这里上学，我是他孩子的班主任。老实说，我觉得他们一家人都不错，他太太为人很好。"王白璐故意对周楚阳说起周春捷的太太。

"其实也用不着担心，只要他能卖出板栗就行。"周楚阳说。

王白璐提议去她家里吃饭。王白璐说："随便弄一点，填饱肚子就行。"

周楚阳正要说什么，王白璐抢道："别张嘴好不好？我知道你挺能找借口，刚才已有所见识。"

"去就去呗，正好可以饱餐一顿，好久没吃过一顿饱饭了。"周楚阳说。

到了家，王白璐让周楚阳在沙发上待着，自己去了厨房。周楚阳说："我帮你吧！"

"没听说你还有这本事，这么大的老板，应该饭来张口。"

"倒是向往这样的生活，关键是现在还没到那个时候。"

王白璐做饭的时候，周楚阳随手拿起茶几上的一本杂志翻了起来。这是一本旅游杂志，内容除了各地方旅游景点介绍，其余多半是整版整版的广告和软文，他在不经意间，看到一幅天坑的图片，下面有一段短短的文字介绍：

> 天坑之四季，自有桃园美景。阡上陌下，左鸡右犬，桃李自顾自地开，荞麦快乐地生长。有人间的鸟经过，小头冠，兰耳翠，白头翁；有世外的蛮音来袭，代替时光来信问候。春花秋月见证了人间的安静，孩童戏耍于很旧的童年，用稀泥堆砌城堡，在顽石上，另一个朝代的高速公路穿过光阴，飞来的村庄有质朴的笑声。

图片经过拼接，让天坑呈现出人们口头所说的"大锅圈"形象，坑底溶洞口的几户人家，屋顶上飘着炊烟，有三五孩童在院坝里，似是嬉闹，但看得不是很清楚。

周楚阳像瞬间回到二十年前。那时，他们去天坑，和几个同学，其中就有王白璐。没去到坑底，因为她说她脚底发软。年前，他们又去了一趟，和朱立冬、陈霜江、吴立春，王白璐也去。临出坑的时候，他对王白璐说，"余生请多敲打"。

有很多事情可以变成陈年往事，但有一些，却永远记忆犹新。对周楚阳来说，天坑永远是他心里抹不掉的记忆，那么，王白璐呢？也许更是。

他在随手翻开那一页的时候，一张纸从缝隙里掉了下来，落到茶几上，他拿起来，正准备重新夹回去，却发现是一张病历表，下面盖着靖南医院的公章。

是王白璐的名字。诊断结果是：乳腺小叶增生伴导管上皮增生，呈重度异形，癌前期病变。时间是年前，元月八日。

他以最快的速度把杂志合上，随即放回茶几上。这时候，王白璐已经在餐厅里大喊："周大老爷，吃饭了。"

他不敢确定自己是否脸色惨白，但分明感觉到两腿发软、呼吸急促，甚至无法从沙发上站起身，也没有回应王白璐。

"这是怎么了？"王白璐从餐厅里出来，走到他的身边。

他没有说话，用一只手使劲儿揉自己的胸口。

"你脸色怎么这么难看？要不要我送你去医院？"王白璐拍了拍他的肩膀。

他一只手伸到肩膀上，按住王白璐的手，说："我没事。"

王白璐给他倒了一杯白开水，让他喝了。他喝了一口，说："吃饭吧，让我尝尝王大厨的手艺。"

餐桌上放着一瓶红酒，是王白璐为他们两个人准备的，但此时，王白璐把它拿开，放在壁橱上。

"你什么情况？到底要不要去医院？"王白璐又问。

"真的没事！"周楚阳说，"我刚才看朋友圈，看到一个故事，突然想起小时候，不小心掉进一个坑里。"

他不是在说谎。就在他刚刚看到王白璐病历的时候，他的目光移到杂志上的天坑图片，他感到自己突然摔了一跤，胸口上有剧烈的疼痛感。

"天坑有人间的鸟飞过。"那幅图片下面的文字，他记住了这一句，轻声说了出来。

"你到底在说什么？"王白璐问。

他在忧忧戚戚中吃完那顿饭。本来，王白璐只给他盛了小半碗，他逼着自己使劲吃了下去，感觉很难过，但他怕王白璐发觉什么，就又要了半碗。他说："真好吃。"

8

周楚阳在网上查了一些关于乳腺增生的医学常识，又给温州一个在医院肿瘤科工作的朋友打电话，问问此种病变大约有几成生存的希望。那个叫曾程的医生告诉他，这是早期，只要按照医嘱服药，保持心情舒畅，十有八九能够康复。

曾程问他："是你什么人？"

"一个朋友。"周楚阳说。

"你应该告诉她的家人，尽量让她高兴，给她更多的快乐。"

"关键是，我不知道怎么说，她的家人也许并不知道。"

"你也不必太担心，医生给她病历的时候，会告诉她怎么调节自己的心态的。"

周楚阳说："就怕她不能战胜自己。"

"你老实告诉我，你和她什么关系？"曾程说。

"她是我最好的朋友，她离婚了。"周楚阳说。

曾程说："我大致知道是怎么一回事了，有你在，她会很快就好起来的。"

周楚阳不知道要以什么方式，才能将这个原本只属于王白璐一个人的秘密撕成两半，变成他们两个人共同的秘密。这些日子，王白璐时不时波澜不惊地出现在他身边，一直都那么阳光。难道她真的不惧生命受到的任何威胁？这个女子，他是越来越看不懂了。前些日子，周楚阳的母亲生日，她还去了他家，给他打了一通电话。对，在那个电话中，她哭了，哭得很伤心。她在电话中问他到底愿不愿在她那棵树上吊死，他含糊其词。

他拿出手机，拨通了王白璐的电话，那头问："又要让我帮你找人？"很长一段时间，他都想通过王白璐打听彭玉素的消息。

"哪还有心思找人！我是想知道，最近你这棵树怎么样？"

"什么树？"王白璐问。

"你不是一棵树吗？"周楚阳故意嘿嘿一笑。

"明知故问！"王白璐说，"昨天咱们才见到，你就没印象了？"王白璐没笑。

"我是说，你现在还愿不愿意让我吊死？"周楚阳声音略显低沉。

王白璐没说话。

"你怎么了？"周楚阳问。

"我没什么。你呢？"王白璐说，"昨天我看你脸色惨白，还以为你要讹上我了。"

"咱们见见吧！"周楚阳说。

"没时间，我想出一趟门。"王白璐一本正经。

"我陪你一起去。"周楚阳从心里判断她是去靖南医院复查。

王白璐说："你这么忙，我消受不起，再说，你为什么要和我一起去？"

他不知道王白璐什么时候挂了电话。他愣在沙发上，半晌，回过神来，以飞快的速度奔向王白璐所住的小区，上了楼，敲响了王白璐的房门。

然而，门始终没有打开。他侧着身子，把耳朵贴到门上，里面没有动静，没有人趿着拖鞋走过来。他又拿出手机，拨通了王白璐的电话，问："你现在在哪里？"

"在车上。"王白璐说。

"你要去哪里？"周楚阳问。

"去妈妈家接孩子，明天他要上学。"王白璐说。

周楚阳感觉王白璐是在说谎，因为他昨天问过王白璐孩子去了哪里，王白璐告诉他，是去了孩子的奶奶家，他们会把他送回来。周楚阳想，王白璐肯定是去了靖南医院，而且有可能现在已经到了，因为他仿佛在电话里听到医院广播呼叫病人的名字。

"你是不是出了远门？"周楚阳的声音很小，仿佛他自己也没有听到。

"我说过，我在车上，我去妈妈家。"王白璐说，"你这么急，找我到底有什么事？"

"你先告诉我你在哪里。"周楚阳问，但王白璐挂了电话。

他在手机里抢到了一张第二天早上的机票，他要飞去靖南。

第二天中午，周楚阳到了靖南医院的大厅，但当在示意图上找到肿瘤科所在楼层的时候，他犹豫了。他真的不知道，如果在肿瘤科遇到王白璐，他要如何面对她。如果让王白璐觉察到他看到了她的病历，她会不会生气？还有，前天在王白璐的家里，他为什么不当面把这件事情说出来，而是强忍着吃了两碗饭后，一声不吭地走了？

他从大厅里出来，到了医院西门，找了一个台阶坐了下来。一个穿着抓绒运动服的女人走过来："大哥，要号吗？"

"什么号？"他问。

"你是来看病的吧？"女人定定地看着他。

"不是。"周楚阳说，"我来找个人。"

"没找到吧？"女人说，"这地方挺大，有好几道门。"

他问："你是专门卖号的吗？"

女人看了他一眼，没说话，转身走了。他叫住了她，说："给我一个号。"

女人问："什么科？"

他想了想，说："肿瘤。"

他给了女人三百元钱，女人留给他一个电话号码，说明天早上七点钟，打这个电话，会有人把号给他。

他向女人打听，有没有一个女人跟她买过号。女人说，买号的女人很多，但要看电话号码。他把王白璐的电话给了她，让她查查。女人从包里拿出一个本子，翻看了好半天，又在手机上扒拉了好一阵子，摇了摇头。

"卖号的人也不止我一个，大哥，你去东门看看吧。"

他在医院的大门口徘徊了好一阵子，最后又进了大厅，找到电梯，按了四层。

到了肿瘤科，他向导医台的小姑娘打听有没有一个叫王白璐的女人来这里看过病。

姑娘看了他一眼，说："先生，我们不便向你透露病人的情况，你如果是病人家属，请到医生办公室出示你的身份证和与病人的关系证明，请他们帮你查。"她指了指右手边的那条过道。

然而他几乎已经走到了医生办公室的门口才想到，他其实无法证明自己与王白璐的关系，也就是在此时，他突然决定不再去问了，因为他始终还是不知道如何面对王白璐。

　　他的手机在这个时候响了起来，一看，居然是王白璐打来的。他的手指似乎在按下接听键的时候开始剧烈地颤抖，连续按了好几下，才接通电话。

　　"你在哪里？"王白璐问。

　　"我……"他停顿了好长一段时间。

　　"你是不是出什么事了？前天我看你的脸色白得厉害，要不，你去医院看看？"王白璐一改昨日的语气。

　　"我现在就在医院。"他似乎是冲口而出。是的，说完这句话他就后悔了，他完全没有给自己时间思考，因为他不想让王白璐在他结结巴巴的谈吐中觉察到什么，然而，他已经清楚地告诉了她。

　　"什么医院？"王白璐的嗓门高了许多。

　　"靖南。"他说，"我现在在肿瘤科。"

　　王白璐声音颤抖："什么？你在那里干什么？你怎么了？"她的语气很迫切。

　　"我没事，我来，是为了找一个人。"周楚阳说。

　　那头半晌不说话。良久，周楚阳说："你知道的。"

　　"你没事就行了，回来吧！"王白璐说，"还有那么多事情等着你呢！"

　　"你告诉我，你到底在哪里？"

　　"在家。"那头说。

　　他刚从飞雄机场出来，就给王白璐打电话，说："你在家里等着我，我有话要对你说。"

　　"没工夫，马上要开会。"她挂了电话。

　　周楚阳感觉自己又踏入了寻人的旅途。这些年，他满世界找彭玉素，最后连个影子都没有见到；去年，他在温州，找过孙小雪，在机场里见到过一个背影；现在，他又要在同一座城市寻找王白璐。是啊，他甚至只要一停下脚步，就仿佛听到王白璐的呼吸。王白璐呀王白璐，你怎么也要学她们这样躲躲藏藏？你不是要做我的树吗？他在心里一边声讨王白璐，一边声讨自己：你到底需要一棵什么样的树，才能把自己吊死？

到了南广县城，他差不多以狂奔的速度去了王白璐的家，敲响了门。门仍然紧闭着，他还是没有听到有人趿着拖鞋从客厅里走向门来的声音。

9

周楚阳不得不回温州一趟。

何清明打来电话，说环保部门已经正式向云岭公司发出迁厂通知，要求他们务必于年底前搬迁完毕。城市改造很快就要覆盖海埂，新一轮规划设计已经启动，最迟明年年初，这个地方就会被夷为一块平地，取而代之的将是一座座林立的高楼和宽阔的广场。何清明说："我听市府的朋友讲，海埂将成为本市的会展中心，周围五公里范围内，受环保部门的重点监控。"

去年，周楚阳从朋友处打听到，龙湾区沙城镇有一个服装厂宣布散伙，上万平方米的厂房弃用招租。周楚阳还记得，当时他让朋友咨询租赁行情，得到的回复是租金在百万元左右，当时他嫌地方太远，没定下来，不知道现在有没有租出去。他又托那个朋友打听，朋友说仍然空着。

眼下受环保部门"监控"，唯沙城镇占尽"地利"，且留有"天时"。周楚阳当即敲定新厂址为废弃服装厂，着手搬迁事宜。除政府规内补偿外，迁厂预计耗费资金三百余万元。新地方空间大，有更多的利用价值，满足了周楚阳设备上新的需求，于是他一面安排原厂举迁，一面考察市场新晋设备，计划再投资一千万，在更新换代和扩大规模上做做文章。

新厂打造的事交由云岭一个副总去张罗，何清明仍然以公司财务总监的身份出任生产和销售"大总管"。由于公司总经理是周楚阳自己，一直以来，何清明虽然表面上只是财务总监，但实际上一直承担着总经理助理的工作。现在周楚阳回乡种树，何清明就成为他的替身，打理公司上下事务。周楚阳不在温州的这些日子，云岭运转正常，客户还是源源不断，机器仍然哗哗作响。

安排好云岭的一切事务，周楚阳便盯上吴立春的联谊会。那天，趁朱立冬也在，周楚阳组了一个饭局，共同商议联谊会怎么搞。老实说，联谊会如果搞出质量，按照吴立春的话讲，就有那么一点意思了。

"你准备怎么搞？"周楚阳问。

"环节推动。"吴立春说，"具体地讲，此次联谊表面上抛开南栗，只说树。"

"还不是南栗的树，板栗树。"朱立冬说。

"那不一样。"

"此话怎讲？"周楚阳问。

"所谓环节推动，我的想法是，把联谊会设定为三个环节。"吴立春说，"第一个环节设置为'春天，写封信给故乡'，安排几个人读几段关于故乡的文字，内容提前请人写好，全部都要表达对故乡山川、河流的思念，以及对家乡美好未来的精神寄托，这个环节的主要作用是让每一个离开南广的人，从精神上回到故乡去。"

周楚阳说："所读内容一定要有南广元素，要有感染力。"

"这个没问题，温州有个写散文诗的南广美女，在全国都小有名气，已经与她说好了。"吴立春说，"第二个环节，叫'如果你在麦车有棵树'，这一轮属于大讨论，实际上也提前安排人发言，每人不超过五分钟，内容结合'领树'，谈谈如何让一棵树的价值最大化，如何依托一棵树把家乡推介出去。"

"内容也是提前写好的？"朱立冬问了后，"嘿嘿嘿"地笑。

"你说得对。"吴立春说，"我亲自操刀，最后请周总把关。"

"我不擅长煽情，你还是请专家吧！"周楚阳说。

吴立春点点头，接着说："第三个环节，叫'归去'。"

"归去？"周楚阳问，"内容呢？"

"还是找几个人，谈谈自己的理想，谈谈如何树立信心好好创业、回乡后怎样反哺家乡。"

"好主意！"周楚阳当面表扬吴立春，并问，"这个环节要不要写好？"

吴立春说："开啥玩笑？"

"到底狗嘴里吐出的还是象牙。"几人笑得前仰后合。

"几个环节中间，安排了几个节目，渲染一下气氛。"笑毕，吴立春说。

"这个真好。"朱立冬说，"这才像个联谊会的样子。我建议，把南广的本土歌手吴梅请过来，给大家唱一首《南广赋》，听说这首歌收录于全国原创音乐大碟，南广人都会唱。"

"是赵云芃书记写词的那首？"周楚阳问。

"不是，那首叫《我是南广人》。"吴立春抢答，"那首已经安排进去了，属于必选曲目，现场演唱容易调动家乡情结。"

"谁能唱好这首歌？"周楚阳问。

吴立春说："这首放在最后，大家一起唱。"

"由吴梅领唱吧，既然她都来了。"朱立冬说。

"节目还不够吧，那么多环节？"周楚阳说，"尽量把现场气氛搞起来。"

"还有一个萨克斯演奏，名字叫《回家》，演奏者在全国都有名，我的朋友。"吴立春说到兴奋处，说，"我们可不可以喝点酒？"

"现在可以，联谊会不可以。"周楚阳说，"不能让酒精坏了规矩。"

"那就现在喝一点。"朱立冬说，"迎接吴策划全国出名的朋友。"

几人边喝边聊，说了些近日见闻。吴立春说："宁波有个南广女人很了不起，叫陈家瑜，做新能源汽车核心零部件，资产好几个亿了，前些日子给我打电话，让我去给她策划策划最近几个项目研发成果的发布，还谈及可不可以多买你几棵树。"

"结果呢？"周楚阳问。

吴立春："每人只能买一棵，我对她说。"

周楚阳："她想买多少？"

吴立春："一千棵。"

周楚阳："保不定卖出去的树，有一千棵就是她的。"

吴立春："是啊，她后来给了我一个千人名单，每人一棵。"

"这次你邀请她吗？"周楚阳问。

"邀请了，她答应发言，说说怎么回乡的事。"

几人碰了一下杯子，喝了一口。周楚阳说："吴策划水平有提升，可喜可贺。"

"为你办事，多少也要体现出一点水平来，否则还不让你看笑话？"吴立春受到表扬，居然有点不好意思。

"预算之外，奖励二十万。"周楚阳说，"如果嫌少，追加五千。"说完又与他们碰杯。

朱立冬问："周老板什么时候回南广？"

"尽早。"周楚阳说，"还有那么多树等着我。"

最重要的是，有一棵树在等着我。这句话他没说出来，此时有一点点酒意，他眼眶润湿。

"所以说，联谊会下周一定要开，开完我先去广州考察一下印刷设备，之后从广州直飞南广。"他独自喝了一口。

周楚阳回到温州的公寓，躺在沙发上，巨大的寂寞感瞬间袭来，给了他一种无法言说的疼痛感。来温州这几天，他一直没回公寓，而是住在离云岭公司最近的酒店里。昨天下午，他让何清明安排人来公寓里打扫了卫生。他说，虽然住不了几天，也得表示表示。现在，他一个人瘫在沙发上，竟然不知道要如何表示。在这一刻他想到张阿姨，那个照顾了他大半年饮食起居的人，最后以对他造成欺骗的方式彻底离开他的视线。还有孙小雪，张阿姨的女儿，不，是张阿姨的儿媳妇，她曾经在他面前凭着一身骄傲的曲线貌似闲庭信步地酝酿一场骗局——这些，能从心里删掉吗？他问自己，却无法回答。他在完成对这两个人的短暂删除后，想到了彭玉素，想到了王白璐。对，此时应该给王白璐打通电话，因为她是一棵他留在南广的树。

"你现在怎么样了？"他不知道自己为什么要这样问。

那头迟疑了一会儿，说："不怎么样。你呢？"

"我在温州，好着呢！"他说。

"为什么要打那么多电话？以前不都是我给你打吗？"王白璐好像心情不错，他从她的语气里听得出来。

"看看你这棵树长得咋样。"周楚阳也开起了玩笑。

"什么时候回来？"

"一周左右吧，处理完事情，马上奔向你。"

"真的？你那么急切地奔向我，就不顾及彭大小姐的感受？"

他是真的没有想过假使哪一天王白璐这样问他，他该怎样回答，他没有预料到这个问题会来得这么早。他迟疑了，至少好几秒钟。那头说："你还是回答不了我的问题，你现在是头脑发热。"

"真要我说吗？"他问。

"不重要了。"王白璐说。

她又挂了电话。

此时，远在东莞的蒋达蜀居然来了电话。他一看见手机显示屏上这个四川人的名字，就知道这个四川人会对他说一件什么事情。

"哪样情况？"他想故意幽默一些。

"你到底啥子时候过来？"蒋达蜀问。

"她又跑不掉，你这么急干啥子呢？"周楚阳说。

"跑肯定是跑不掉，这回她就算有三头六臂，也逃不出我的手掌心。"蒋达蜀用的是川普。

"别说得那么难听，好像你是如来。"周楚阳说，"你替我盯着就行，有什么风吹草动，及时汇报。"

"你快过来嘛，我把她交给你，我就脱了干系。"

"你暂时脱不了干系，因为我暂时还过不去。"

"啥子情况哟？你两个冤家，让我在中间七不是八不是的。"

"我会犒劳你的，你这川娃子！"

10

"我在麦车有棵树"南广老乡联谊会如期举行，地点在解放街上一个叫"后院"的酒店。酒店是一个云南人开的，不大，但装修风格有云南滇东北传统木楼的特色。会议厅其实是一个书吧，能容得下二百人左右，里面是八仙桌、木制椅子，还有几处美人靠。每一堵墙壁都是书橱，里面放满了书和少部分乐器。嘉宾们落座，该侧身的侧身，该转背的转背，全都朝一个方向——那里是一个小舞台。舞台上没有LED显示屏，只有一个大背投，投影布向下舒展，光影上身，别有一番景致。

"这个主持人是老家电视台的当家花旦，叫于小芝，一个苗族姑娘。"吴立春对周楚阳说，"你如果经常看电视，对她会有印象。"此时，活动即将开始，他们坐在最前面的一张八仙桌上，于小芝上台鞠躬，做了自我介绍，便也在舞台上的一个靠椅上坐了下来。舞台上还有一把椅子，在于小芝的对面，两张椅子之间，有一个精致的小茶几，茶几上有茶水和书本陈设，还有一只话筒。

于小芝的开场白串词是按照活动主题写好的。她用南广方言说："今天，我非常荣幸，受立春策展中心主任、知名策划人吴立春先生的邀请，来到浙江温州，一个有近五万南广人工作和生活的地方，和大家一起分享家乡情怀，共同聆听南广人的心声。在此，我代表固守在家乡后防阵地的亲人们，向在座的各位南广籍企业家、创业能人问声好，你们在异乡辛苦了！"

掌声在这时响起来，于小芝连忙站起身，向大家鞠躬致意。落座后，于小芝向与会人员介绍当天参加联谊会的南广知名企业家，最后一个介绍周楚阳。于小芝说："想必大家都知道，今天的这个主题，源于一位从温州回到南广种树的企业家，是他让我们在座的各位都在南广拥有一棵树。下面，我提议，让我们以热烈的掌声，欢迎浙江云岭彩印有限公司总经理，云南南栗农业科技开发有限公司董事长、总经理周楚阳先生，请周总站起身来，让大家认识一下。"

其实大部分人都认识周楚阳。刚才进会场的时候，周楚阳和朱立冬以及吴立春就站在门口，和每一个人都握了手，寒暄了几句。周楚阳向在场的所有南广人挥了挥手，以满脸真诚的笑容回应他们的掌声。

最先上台给家乡"写信"的，是来自宁波的陈家瑜。之前，吴立春安排她在第三个环节发言，她后来想了想，对吴立春说："其实我适合煽情。"于是她第一个走上今天的舞台。

鞠了躬，她在于小芝的对面落座后，摊开手里的红色皮纹纸，开始读了起来。她的音色很柔美，语速缓慢，让众多来客竖起耳朵。

"尊敬的我的故乡，好久不见。"会场响起掌声。

她报以一个微笑来感谢人们，继续读道："你的绵延的群山还好吗？你的高悬于树梢的河流、流连在云朵上的飞鸟、奔驰于山路上的骏马、徜徉在花丛中的蜂蝶，还好吗？我不止一次在梦中看到你满山的葱郁，不止一次在内心诵读你坡上的炊烟，当我回忆起青涩的少年时光，我满含热泪，那遥远的山路，曾经是我不敢迈出步伐的藩篱，那深深烙印着贫穷标记的旧了的日子，让我洒下了多少酸楚的泪水……"

周楚阳注意到，此时会场里除了陈家瑜的声音，其余人只语未出，坐在邻桌的几位，眼睛里仿佛有泪花在打转。

企业家代表们都以不同的口吻诵读了自己写给故乡的信件，他们有的虽不能从表达上驾驭那些美丽的文字，但大多情感真挚，同样博得现场的掌声和赞许。

第一个环节下来，萨克斯演奏者倾情演绎了他的拿手曲目《回家》。末了，主持人于小芝以一段串词作为小结并过渡到下一个环节。她说："每个人的心里都有一个不同的故乡，而每个人眼中的故乡，都是他温暖的怀抱。我们每一个离开故乡的人，都会在心里使劲儿抓住记忆里最熟悉的某种东西，也许是一匹马漂亮的鬃毛，也许是一块犁铧锁紧的发亮的把手，也许是一缕清风，也许是一棵树。一个月前，有不下于二十万南广人在周楚阳先生的麦车领了一棵树，这棵树今后会一直沐浴着家乡南广的阳光和雨露茁壮成长，开花结果。我们虽然不敢肯定这棵树将来会带给自己多少财富，但可以肯定的是，这棵树将在周楚阳先生的精心呵护下，陪伴你走完蓬勃的一生。下面，我们有请宁海湖光五金有限公司总经理罗其波先生，和我们一起分享他是怎样打算让一棵树昂扬生长的。"

上台的是一个中等个子的男人，三十出头，相貌英俊。他在于小芝对面坐下，用南广方言与大家打了招呼，开始讲起来。他说："我初到宁海的时候，还未满十八岁，那时，我的兜里只有二十元钱。"

他讲到他开始创业的时候，说："当我吃饱穿暖了，看见那些陆续从家乡过来的人，和当初的我一样，一个馒头都要分成两顿来吃。住在朋友的出租屋里，有时候要睁一只眼闭一只眼才能熬过一个夜晚，因为我们总是怕影响他们。还好，在鼓起勇气借钱购买设备、租用工棚的时候，我放下了自己的胆怯，在老乡们的支持下，迈出了人生中最关键的一步……"

最后，他的讲述回到一棵树上。他说："我之所以要认领一棵树，是因为我知道，南广的山坡上需要那棵树。当有一天，我们的树能够在飓风骤雨中挺过来，在褐色的土地上野蛮生长，我们就会坚信，它一定会把枝丫伸展到世界的每一个角落里，让人们都知道它的果实是那么甘甜、那么醇香。而我们，只要做一棵树上的一根枝丫，甚至一片树叶，走到哪里都为这棵树歌唱，我们就不愁故乡不枝繁叶茂，不愁我们脚下的那块土地不生长出黄金。"

全场掌声雷动，人们甚至站起身来，为台上那个小伙子竖起拇指。

来自家乡的歌手吴梅演唱了南广本土歌曲《南广赋》，也代表"娘家人"向人们问好，台下再一次响起了热烈的掌声。

第三个环节过后，吴梅再次上台领唱《我是南广人》，会场里歌声荡漾，每一个人都激情四溢，唱得酣畅淋漓。唱毕，吴梅走到台下背对客人，让摄影师记录下这美妙的一刻。

活动结束后，就在书吧用餐。周楚阳用可乐挨桌敬酒，和每一个南广人说笑，与他们分享他们共同的树。当他在某个时刻走向某张桌子的时候，发现陈家瑜用手机对准了他的脸，须臾之间，他听见快门"咔嚓"一声。

"真是久仰。"陈家瑜伸出右手。

"陈总好。"他在快门按下的瞬间，眼睛眨巴了一下，此时还没有缓过神来，有一只眼睛还紧闭着。

"周总胆识过人，有南广人的血性，第一个想到种一坡树。"陈家瑜说。

"我只不过是个卖树的人，不足以得到陈总的称赞。我听说，陈总也种了不下一千棵树。"周楚阳眉头舒展，看了一眼面前的这个女人，接着说，"陈总才是南广的巾帼英雄，听说公司马上就要上市了。"

陈家瑜知道他说的重点是前半句，是自己买了他一千棵树的事情，而后面一句恭维话，只是想把话题岔开而已，是一个提醒式的玩笑。她说："你这人睿智得不得了，一句话说了两件事情，你不会后悔把树卖给了我吧？"

"我会以同样的方式，让你把新能源汽车分给我一辆。"他说的是"分"，而不是"卖"，说得更直接，目的当然是打下埋伏。

"这一点我始终保留最美好的期待，我们何不干了此杯，预祝合作越快？"

"合作越快！"周楚阳碰了碰她的杯子。

联谊活动在微信上全程直播，关注的人不少，南广老家的人纷纷留言。晚宴结束后，金鸣副县长给周楚阳打来电话，说这个活动做得相当有水平，在一定程度上解开了那些对卖树一事心生芥蒂的人的疑惑，同时也把南栗向外界做了一个很好的推介，建议以后多做思考，以不同的方式开展活动。当天晚上，温州各类媒体报道了此事，南广电视台和县内自媒体也从不同侧面做了专题，"我在麦车有棵树"成了绝大多数在外南广人心中的一个美好的愿景，有些没有买树的人，也想着某一天在南广拥有一棵树。

周楚阳第二天一早就去了广州，对部分需购买的印刷设备进行询价，也顺便去了几家规模较大的印刷公司进行行情调查。三天以后，他飞回了南广。

在从飞雄机场乘车回南广的路上，他收到一条短信，内容是：周大表哥，我可以问你要一棵树吗？

他回：你是谁？

那头没有动静，不一会儿，他接到表弟萧寒的电话，那头说："大母羊，你回温州也不知会一句，不问问我在干什么。"

"你在干什么？"他问。

"我其实没有在温州，我来了安徽澄湖。"萧寒说。

周楚阳："你去干什么？不想领工资了？"

"送那两个小女孩儿回家。"萧寒说，"她们都来自安徽。"

"这么说，你很快就要失恋了。"周楚阳很不客气。

"这哪里是恋爱？你还当真了！她俩就是瞒着家里人出来撒野的未成年人。"

"家长找上门来了吧？"

"也不是。"萧寒说，"她们向家里人撒谎，说自己在温州做田野调查。"

挂了电话，周楚阳看到刚才那个号码又发来了一条短信：我是赵小满。

第五章　那些花儿

1

彭玉素的手机"叮"的一声。此时她正在雍华庭的一个十字路口，准备过马路。短信是王白璐发来的，打头一句是：我时间不多了。

什么意思呢？这个女人近段时间来总是神神道道的，隔三岔五不是打电话就是发短信，除了和她探讨苏羽助学计划的事，还"探讨"那个叫周楚阳的男人。

过了马路，她在公交车站旁停下脚步，拿出手机仔细看了起来：我一直都在小心翼翼地向生活要一个美丽的借口，让自己快乐地活下去，但我真的做不到了，现在我把他还给你。

我消受不起。彭玉素轻描淡写地回了一句。

再见！王白璐发来两个字。

彭玉素没回。彭玉素此时要去东莞理工学院成教院洽谈一个项目，她赶时间。

过了几天，因为助学计划的事，彭玉素给王白璐打电话。

"你在哪里？"她问。

"靖南医院。"王白璐声音微弱，好像很疲惫。

"不会真的有什么事吧？"

"没必要骗你。"王白璐勉强笑了笑说，"我在做最后一搏。"她说完就把电话挂了。

此后彭玉素给王白璐打了好几次电话，但王白璐都没接。她又以"苏羽"的身份给王白璐发微信，说："马上就到毕业季了，你得抓紧把贫困学生的名册给我。"

第二天，她收到南广一中教务处另外一个老师发来的名册。她通过邮箱给那位老师发了一句话："请问王白璐老师去哪里了？"

邮箱没回信，她开始着急。于是她买了机票，当天下午就飞去靖南，到了医院，径直去了肿瘤科，果然查到了王白璐的病历。

她用"苏羽"的微信给王白璐发了一条私信：我想安慰你，不准拒绝！

王白璐很快就回了一条：你是彭玉素吗？

彭玉素：其实你早就知道了。并发了一个害羞的表情。

王白璐：但你一直不肯承认。

彭玉素回：你不会有事的，请相信我。

如果说现在有一个人可以给王白璐希望，这个人自然是周楚阳。然而，彭玉素不知道要通过谁，才能把这件事告诉他。上天真的太会开玩笑，偏偏让她在这个时候无法避开这个找了她十几年的男人，他给了她太多的伤痛，让她从心里发下毒誓今生再也不见他，而现在，人生的所有弯路仿佛都一下子被拉直了，成为一个三角形，每一个角都站着一个人，分别是她、周楚阳和王白璐。

"我到底要怎么办？"她捶胸顿足。没有人能回答她这个问题。于是她掏出手机，开始找周楚阳的电话号码。

"你不能这样做！"她提醒自己。她在这个时候想到韩露。

"姐，我该怎么做？"彭玉素当天就飞去了澄湖，到了苏羽水果店，看见韩露系着一条围裙，正在榨一杯果汁。

"出什么事了？"韩露用围裙擦了擦手。

"前世未了之事。"彭玉素显然不好一下子向韩露讲明白事情的真相，很多细枝末节连她自己也捋不直。

"我可能不得不面对那个人了。"彭玉素说。

"我知道会有那么一天的。"韩露抚摩她的额头。

"我只是为了救一个人。"

"是你自己吧！"韩露脸上的笑容意味深长，"你得抓紧，要不真的无可救药了。"

"别扯。"彭玉素拍了一下韩露的肩膀。

她还是一五一十地向韩露讲清楚周楚阳与王白璐之间的关系，末了叹了口气："这次有可能真的要与他做个了断了。"

她用韩露的手机给周楚阳发了一条短信：我是王白璐的姐妹，我现在要告诉你，王白璐患了很严重的病，需要你的照顾，只有你才能让她战胜病魔。

在她快要摁下发送键的时候，韩露提醒她："你这条短信一旦发出去，就等于把他往别人怀里送，你要想好了。"

"他原本就不是我的。"彭玉素果断地把短信发了出去。

不一会儿，周楚阳就回信了："我知道，谢谢你。"

居然是这样的结果！一点悬念也没有，让彭玉素多少有些后悔。原以为，周楚阳至少会发来一条短信问问她是谁，问她为什么知道王白璐生病的事情。她一直以为，这条短信会给周楚阳一个什么样的提示，至少会让他产生疑问，然而仿佛什么动静也没有，周楚阳有可能一直都陪在王白璐身边，一直呵护着她。她觉得自己有些多余，甚至感觉有些受到屈辱，于是嘴里嘟囔了一句："真是多此一举。"

韩露摇摇头笑了。

彭玉素回到澄湖，少不了要和韩露一起见见老朋友和生意上的伙伴。每次回来，韩露都要为她组一个饭局，每次一起进餐的，基本上都是那几个人：孙大学、萧玉萍、王小蒂，这一次破天荒多了两个小女孩，即她的女儿满满和韩露的大女儿丁丁。

两个女孩声称社会实践刚"毕业"，回家接受母亲的检验。而事实上，彭玉素和韩露都明白，她们所谓的"社会实践"，就是满世界东游西逛，并没有什么实质上的意义。

丁丁和满满去年大学毕业后，并没按照彭玉素和韩露的建议找一份固定工作，而是在跨出校门的那一天，就去了浙江、上海等地。两个女孩的借口都是"田野调查"，回答家长的问题时，口径一致："我们还需要丰富的社会实践来历练自己，我们不能像你们一样一生都在走弯路。"

六年前，彭玉素还没有去东莞的时候，满满刚上高中二年级，学习成绩优异，有望考取一个好的大学。这一年，韩露的女儿丁丁已经读完一年的大学，由于对录取专业不满意，又回到澄湖一中复读，不想那年一考，分数较之以前下滑了一大截，只够上个二本。丁丁对韩露说："反正都已经复读了，不妨让我再读一年吧！"于是，丁丁和满满一起参加高考，被同一所大学录取了，学的都是生物化学。

几人一起进餐，自然要说到生意上的事。苏羽幼儿园目前由孙大学经营，门庭扩大了好几倍，校区还是原来的地方，只不过从背后买了几栋旧房子，拆了建校舍。彭玉素早已不再控股，她的股份降到百分之三十五，其余股份由孙大学控制。那年出了"扁豆角中毒事件"，王小蒂拍屁股走人，彭玉素如坐针毡，自己亲自当园长，好在遇上孙大学，两人合力攻克难关，才让幼儿园一步步发展壮大起来。后来，他们注册了鸿途培训学校，彭玉素把幼儿园交由孙大学打理，她主要张罗教育培训的事。

后来，鸿途分校落地东莞，彭玉素大部分时间的栖身之地由安徽转为广东。

鸿途开始时只有彭玉素、韩露和孙大学几人有股份，后来慢慢发展壮大，为了提高员工的积极性，彭玉素建议分给萧玉萍、王小蒂等人一部分股份，让她们参与到学校管理中来。果然，鸿途在次年就实现了营业额的翻倍。她们又给了其他员工一定的股份，这些员工，都是当初萧玉萍从老家南广带到澄湖来的。

鸿途在澄湖的教育培训项目主要由王小蒂带领一班股东实施，按照彭玉素的策划，她们做得很扎实，几乎每年都实现了营业额的增长。在东莞，鸿途的规模较之澄湖大了不止一倍，主要股东是她和孙大学、韩露三人，其余有一些小股份分散在社会上，均是一些基金会和社会公益组织为了运转而分摊下来的"小存折"，彭玉素也非常乐意接受，而且每年都搭进去一些钱，帮助他们解决一些实际问题。

云众是彭玉素个人独资的培训学校，经营方向是成人继续教育，而不是像鸿途那样专门从事艺术培训。云众的发展速度很快，不到两年时间就开始盈利，且声势和规模逐年扩大，这都得益于彭玉素这些年来做教育培训的实战经验。彭玉素之所以一个人出资打造云众，一方面是不想让韩露她们和自己一起承担风险，另一方面，她想最大限度挑战自己，万一她成功了，再用收购的方式把鸿途并过来，争取把教育培训做成上市企业。这些年来，彭玉素一直在敦促自己抓住每一个机会去创业，她要让和她一起打拼到现在的姐妹都有一个好的归宿——韩露、萧玉萍、王小蒂，还有十几个南广姑娘。她们在自己的影响下，和萧玉萍一样，一步一步实现自身的蜕变，在安徽澄湖、广东东莞，慢慢变成了一支有着非凡战斗力的娘子军。虽然她们都没有受过什么教育，文化水平低下，但经过这些年的洗礼，逐渐变得内心丰盈、行事有度，全然看不出一丁点离乡时笨拙木讷的痕迹。她们都成了一朵朵绽放在异乡的花蕾，尽管迎风吐蕊时多少有些矜持和娇羞，也全然不会惧怕严寒酷暑的荡涤，在异乡的土地上扎堆开成了一道亮丽的风景。

以往她们在一起吃饭，说的都是工作，常常把一顿饭吃成一个会议。而这一次不同，彭玉素的心里像被谁布了一张网，仿佛有一个小人儿在网中挣扎，撕扯着让她喘不过气来。韩露知道彭玉素的心事，但当着两个孩子的面，也不好说什么，而是一面不停地为彭玉素夹菜，一面向满满和丁丁唠叨："都这么大了，还那么不懂事。"

两个孩子相互看了一眼，低下头来刨着碗底，没说话，只吃了几分钟就说饱了，迅速离开了桌子。几人接着吃，吃到一半，彭玉素突然提议："要不要来点酒？"

"好主意。"孙大学说，"好久没和苏总喝两杯了。"

"从今往后，苏羽就是一个商标，还是叫我彭玉素吧。"她对众人说。她看见萧玉萍在对面吐了一下舌头，一脸羞红地看着她。

以前每次吃饭，都是彭玉素领头说祝酒词。今天不一样，她对韩露说："姐姐发个话，咱们喝一杯。"

"有什么好说的？都是自家人，喝一口吧。"韩露拿过彭玉素手里的杯子，把她的酒分掉一半。

分别与众人碰了碰，彭玉素一口喝了杯中的酒，感觉喉头似要炸开。她放下杯子，对她们说："你们多喝一点，我负责吃菜。"

不像韩露担心的那样，她们没有把一顿饭吃成彭玉素借酒浇愁的悲伤现场，众人又恢复到往日的良好氛围，推杯换盏，有说有笑。

2

彭玉素决定回南广。

这么多年来，南广已经成为她心中的一个结，她虽然回去过几次，但每一次都是一个人，每一次都是找个宾馆住一个晚上，第二天办完事便赶着时间离开。南广现在是什么样子？委实说，她一点也不清楚。那些街道、楼房，与二十年前有什么不同？作为一个伤心之地，她更多的时候是不愿意去洞悉这一切的。然而这一次，她必须带着自己的所有感官回去，去看一个故交。她这一去，可能会把二十年来积攒在内心的所有情感在毫无防备的情况下全部释放出来，她不仅要见王白璐，而且很可能会见到那个找了她十几年的男人。这个男人，现在已经被两个女人毫不犹豫地推到了一个尴尬的三角地带。

她给王白璐打电话。她尽量让自己说话的语气阳光而又单纯，所以当王白璐接通电话的时候，她说了一句："小冤家，我准备回来了。"

和她预料中的一样，王白璐完全没有任何惊奇，只是说："如果单纯为了我，完全没有必要。"

"当然只是为了你。"她说，"在我见到你之前，你可以不告诉任何人我的行程。"

"来吧，越快越好，在我离开这个世界之前，我得为你们做点什么。"王白璐也轻松地笑笑。

"不必说更多的话，请相信我，我就是你的天使。"彭玉素挂了电话，心怦怦直跳，她想，这一次肯定会与周楚阳碰个正着。

她还是习惯性地在出发之前的晚上认真地收拾行李，和往常一样，几乎把衣柜里迎合季节的所有衣服都翻了出来，一件一件地试，一边穿一边比较，看究竟要带哪几套衣服回去，在艰难的取舍中任由时间流淌。她在内心里设想过很多种与王白璐见面的场景，每一种场景都那么凄厉，这使她更加看重自己的穿着打扮。二十多年没见了，这个女人肯定在岁月的熔炼中出落得玉骨粉面，加之生活的无情风化，会不会是另一种云淡风轻！她想，如果真的是与王白璐见最后一面，就应该把自己最惊艳的一面在王白璐面前呈现出来，让王白璐谨记三角形上另一个角度的相望和祝福。她还想到更多的场景，这些场景用来与周楚阳相见：大街上、细雨中、霓虹灯闪烁的夜晚、一条小路的拐弯处……她要让他知道一个女人化蝶的痛楚和出世的孤独，她要让他明白什么是再见的代价。她又打开衣柜，重新找了几套衣服，一遍一遍地试穿，她看见镜子里的自己是多么清澈和明亮，她把这次回乡看成一次盛大的出征，所以一定要盔甲齐整、装备精良。这个夜晚，她成了自己的王，成了还乡梦中整个南广的主角。

第二天清晨，她让司机小冯送她去深圳宝安机场，在航站楼换了登机牌，一个人拖着沉重的行李箱过安检，又感到一丝莫名的孤独。在候机大厅，看见那些坐在椅子上打盹的疲惫的人，她心里就荒凉起来。再过半小时，她将开启一次郑重的还乡之旅，回到那个她已经无限陌生的小城，去见两个在她生命中与她有着重要交集的人。

登机后，她听见后排座位上有人用故乡的口音在交谈着什么，这使她无法控制插上一两句话的欲望，然而她并没有开口，只是站起身来，往身后看了一眼，旋即又微笑着转身坐定，此时乘务员在她身边停了一下，问："小姐，有什么可以帮助你的吗？"

她同样微笑着摇摇头，自己将安全带系好，从前面座椅的口袋里拿出一本航空杂志，慢慢翻了起来。也不知过了多长时间，她从睡梦中醒来，乘务员已经开始发餐盒，她要了一份鸡肉面。

一路遐想，一路似睡非睡，竟然在有限而短暂的梦中回到二十年前的小学校，在那间单身宿舍里，她紧紧地依偎在周楚阳的怀中。

"我什么都没有，你真的会陪我活到死去吗？"那个男孩眼睛清澈，在白炽灯下无限放大的瞳孔是那么迷人。

"现在才什么时候？你可以从头开始，我会一直等你。"她说。那时候她在那所小学校教书，周楚阳因为父亲的死，从高中三年级辍学了。

他没有说话，只是拿一双明亮的眼睛看着她，眼睛里有一汪泪水在打转，慢慢变成为一捧汪洋，溢到脸上。他的泪水滚烫，她用嘴唇一滴一滴接住，吞入口中，有一点点咸。

两只嘴唇慢慢咬在一起，舌头短兵相接，他用同样稚嫩的臂弯接纳了她的身子，用手抚摩她纤细的腰肢，两个人渐渐融化。关了灯的小屋子里，月光碎了一地，有些许娇羞的浅唱低吟弥漫在狭小的空间中。

那个晚上，她和他翻越了好几次肉体的藩篱，直到爱欲冷却，两人静静地躺在床上，一句话也没说。

第二天清晨，她在惬意的睡梦中醒来，男孩不见了，她从此再也没有见到他。

"我会陪她活到死去。"上学时，在王白璐的出租屋里，周楚阳对王白璐说。他说这话的时候，彭玉素就坐在旁边，瀑布一样垂到膝头的长发，让王白璐无比艳羡。

出了飞雄机场，彭玉素拖着拉杆箱往停车场走，一个年轻男人在前面堵住她。

"姐姐，去南广县城吗？"

一口地道纯粹的南广口音，让她拾捡起乡愁的同时，也勾起了内心尘封已久的记忆。多年以前，每逢到车站，都会遇上那些喊车的人。通常，那些人都会在你毫无防备的情况下抢了你手上的行李，丢进一辆满身泥渍的中巴，推搡着就让你上了车。那个时候，南广有东、西两个车站，站内横七竖八摆满了车辆。东站通往南广所有的乡镇，全是废旧的中巴，那些从县城回乡的人，手里拎着编织袋，一脸仓皇地在站内院坝里行走，多半都像躲避债主一样，把自己急匆匆地塞进车里，等待汽车开走。西站通往南广以外的远方，昆明、浙江、广东或者上海，那些疲惫不堪的身影，旧得像一条条影子，看上去一点也不鲜活。彭玉素当初就是在西站上的车，不知道等了几个小时，车子才开始发动，不知道在路上颠簸了多久，才到了昆明。每次回来，她都会想起南广的车站，每一次都想去看一看，但都没有鼓起勇气，她怕看见的仍然是二十年前的那一幕，她不想让那些在内心已经划归为肮脏的部分重新占领记忆的封面，让自己无法与这个被称为故乡的地方交代。

年轻男人看她没有反应，接着说："这位姐姐，我们是专门跑机场的商务车，是汽车运营公司的，你要是去南广，这是最后一班。"

她看见一辆洁白的商务车停在离候机大厅不远的地方，车门开着，里面有几个人在晃动。

她把拉杆箱放在后备厢里，正欲上车，年轻的小伙子向坐在副驾驶座上的一个小女孩说："妹妹，商量个事情，这位姐姐长途飞机坐累了，你和她换换座位吧，前面舒服一些。"

小女孩跳下车来，钻进后排座位，让彭玉素坐在副驾驶座上。

她竟全然没有二十年前乘车的那种感觉。商务车干净，空间大，整车加上司机一共七个人，不嘈杂，不拥挤。车行驶在机场高速上，像高铁一样舒服。车窗外，山冈墨绿，郁郁苍苍，远山的线条舒展开来，像一件绿袄在移动。再过一小时，她就到南广县城了。

"姐姐是南广人吗？"开车的小伙子问。

"是的。"她说，"但我差不多五年没有回来过了。"

"南广这些年变化可大了，和五年前相比，完全是两个地方。"小伙子说。

"听说过，但我想象不出来。"彭玉素笑笑。

"一会儿你就能看到了。"小伙子接着说，"说实话，以前我们都很失望，那么大的一个地方，乍一看就是一个大澡堂子，心想要何年何月才能翻个身，就没有见过一个能看好南广的人，包括那些外地老板。"

"你的意思是，南广现在真的很了不起？"彭玉素又笑。

"没什么了不起的，只是让人看到了希望。"小伙子也笑，"姐姐在哪里发财？"

"在广东，我是做教育的。"彭玉素毫不避讳。

"这么说，姐姐是一个大老板，今天能坐我的车，真是我的荣幸。"

"这个时代不缺老板。"彭玉素说，"关键是要看你对社会有没有贡献。"

小伙子扭头看了她一眼，说："做教育就是做贡献，只有教育上去了，一个地方才不会贫穷，姐姐回来，有没有考虑也在南广做一做教育？"

"暂时没想过。"彭玉素说。

汽车驶入南广县城，彭玉素住进县城里最新的一个叫"南广记忆"的酒店。

她准备先找个地方填填肚子，然后回宾馆洗漱一番，稍做休整再见王白璐，不想这时候王白璐来了电话。

"彭大小姐下榻哪里？"听这声音，应该是满血复活的人。

"在南广记忆，把地址发给我，我一会儿过去。"

"我来找你吧，哪个房间？"

"你别劳烦，当心身子，还是我过去吧！"

"我哪那么容易死去？不把你折腾死了，我是不会罢休的。"

"不会吧，你那么狭隘？我都怀疑这是个圈套了。"

"这本身就是个圈套！"

彭玉素真不敢相信，一下子活脱起来的王白璐竟然这么阳光，这不像是一个病人，特别不像一个疑似患了绝症的女人。

"你先别过来。"彭玉素说，"待我收拾收拾，我不想让你看到我满是疲惫的样子。"

"哎哟我的彭大小姐，你是不愿意让别人看到吧？我哪有这么重要！放心吧，就我一个人，我不会叫他的。"王白璐转而又补了一句，"就算要让他来，也要留几天时间让你梳妆打扮好才行。"

"别胡来，我不会见他的，你要是让他出现在我眼皮底下，我真的会翻脸。"彭玉素语气坚定。

"不见就不见，你发什么狠？"王白璐笑，"赶紧收拾，我过去请你吃饭。"

放下电话，她又在箱子里翻找衣服，试了好几套，总觉得缺少点什么，心下荒芜起来，墙上的那面大镜子，用反射出来的光追着她的身影。

她终于穿好一套衣服，整了整头发，才又打电话给王白璐："你可以过来了。"

"我早已到大厅，彭大小姐下楼来吧。"

她拎起包，拉开房间的门。这一瞬间，她似乎有些退却，忽又折身回来，把门关上，心脏怦怦直跳。她不知道自己为什么一下子变得这么狼狈，二十年后的一次见面竟会让她如此纠结。她按了按太阳穴，摸了摸眉弓，又打开房门，朝电梯口走去。

电梯走走停停，更让她十分焦急，好像每走下一层都向她做了一个提示。她心脏仍然怦怦直跳，她又摸了摸自己的眉弓。

电梯在一楼停住了，门缓缓打开，她拖着颤抖的双腿走了出去。

大厅中央，一组沙发的转角处，站着一个女人：身材修长，眉目精致，粉底欲施未施，口红浅浅若无，穿一件米黄色风衣，牛仔裤打底，丁字鞋。这女子，和二十年前一样，仍留着齐耳短发，在大厅顶灯的照射下，发顶的飞白闪着黑黝黝的光泽。

她几乎是步履蹒跚地走到对方跟前，她分明感到此时自己像一个木偶。不知怎么了，一向大步流星地走自己的路的她，在一个故交面前，竟显得如此惊惶。

女人早早张开双臂，朝她健步走来，而此时，她的包已然从手里滑落，她的身体一下子扑进了对方的怀抱。

"你这么用力干吗？你不知道我是一个病人吗？"

"但你活出了自己想要的样子。"她说。

两人撒开手，四目相对，读秒时刻的悸动溶解着二十年来的陌生与空白。

"你真的把我吓坏了，我以为你会很快就死去。"彭玉素捏了捏王白璐的鼻子，面前这张脸皮肤光洁，眉骨高耸，美得曲线爆棚。

"说不定很快，但我不想死。"她笑得不带半点迎合的味道。

"还是别说这个难听的字眼了，咱们都必须好好活着。"

"是啊，就像他和你一样，一起活到死去。"王白璐说。

"你又来了！"彭玉素捏了捏她的手腕。

"我一直想不明白，一起活到死去到底是什么时候，但我现在知道了，就是等到天荒地老。"王白璐说。

"不愧是大学生，教语文的。"她俩同时笑了起来。

酒店大厅里的服务员从地上捡起彭玉素的包，递给她说："你俩是他乡遇故知吗？"小姑娘声音甜美，让彭玉素如饮甘泉。她朝小姑娘微笑，说了一句："你很漂亮，谢谢你。"

王白璐提议去南山咖啡馆："彭总委屈一下，先请你吃一顿简餐。"

南山咖啡馆就在对面，王白璐带周楚阳来过，她为他介绍了一个之前在南广开过煤矿的朋友，叫周春捷。

两人挑了一个卡座坐下，要了咖啡，王白璐问彭玉素："想吃点什么主食？"

"都行，客随主便嘛！"彭玉素说。

王白璐笑笑，让服务生安排两个人的饭菜，又对彭玉素说："在南广这样的小地方，只有咖啡馆不掉队。"

两人边吃边聊，终于谈到王白璐的病情。彭玉素说："看到你有如此心态，一定会没事的，病缠尿人，你挺拔着呢！"

"这哪是自己能决定的！"王白璐叹了口气，笑笑说，"一个人只有知道自己病了，才会更加珍惜活着的时光。"

"你是上天派来拯救众生的天使，现在众生泅渡未果，你还未完成使命，所以走不了。"彭玉素故意让自己的笑容张开一些。

"对于我来说，你和他就是我的众生，我要让你们完成泅渡。"王白璐扮了一个鬼脸。

"你又说浑话，我和他早已缘尽意断，我们中间隔着二十年的尘垢。"彭玉素很认真。

"哪有说断就断的？他满世界找你，都快疯了。你要知道，对于他来说，每个女人和他之间都隔着一个你。"王白璐手中颠着舀咖啡的勺子。

"别这样想，亲爱的，我现在真的就是一个路人，我可以向你保证，我心里早就没有他了。"

"你的意思是，要将我硬塞给一个心里没有我的人？"

两人有一茬儿无一茬儿地在咖啡的苦涩中争执着一个她们谁也无法决定的问题，咖啡冒着热气，一点点钻进喉咙，像泪水，又有一丝丝温暖和回甜。

3

"好久没见到这么大的床了，一个人怎么睡得过来！"王白璐对彭玉素说，"今晚我要定你了。"

这是在南广记忆酒店彭玉素的房间，王白璐一屁股坐到床上，她一只手抚摩着洁白的床单，像把玩一件高贵的玉器。而就在此时，她的手机响了起来，她看了一眼屏幕，发现是周楚阳打来的，便拿着电话去了卫生间，推门的那一瞬，她转过身来看了彭玉素一眼。

好半天才从卫生间出来，王白璐脸上挂着娇羞，但她还是不忘首先看一眼彭玉素的神色。

"我看你还是回家得了，别让牵挂你的人着急。"彭玉素说得很认真。

"真不巧，他很少给我打电话的，今天是赶趟。"她有意暗示彭玉素来电话的是周楚阳。

"谁？"彭玉素假装不知道。

"别绷着自己了。"王白璐说，"你知道他是谁。"

有一段时间，两人一句话也没说，盯着没打开的电视屏幕发呆，也许在她们心里，一个是因为长途旅行太累，另一个是因为身体有恙，然而她们都明白，这些都是借口。

在这时候，她们不需要沉默，因为沉默的时间越久，越容易暴露出彼此内心的真实想法。

"不想出去走走？这么多年没有回来了。"王白璐最先开口。

"不想。"彭玉素说，"无论环境如何变化，有些东西却是无法改变的，毕竟，南广也不见得像别人说的那样好。"

王白璐看了看她，说："真不打算见见？"

"见谁？"彭玉素假装一愣。

"明知故问。"王白璐说。

"我看你还是别太操心别人的事了，你要好好照顾自己的身体，不能让自己累着。"

"生命在于折腾嘛！"王白璐说完这句话，不觉吓了自己一跳，因为这句话是周楚阳说的。

彭玉素笑笑，问："这都是什么逻辑？"

"这是一个成功人士的名言，你没听说过？"王白璐故意试探，但转瞬就回过神来，彭玉素与周楚阳二十年没见了，肯定不知道这句话出自哪位成功人士之口。

"你高兴就好。"彭玉素站起来，对她说，"那你陪我走走吧，什么时候走累了，你就说一声。"

她们沿着乌峰路往下走，走到朝阳路口，王白璐问："还记得这些地方吗？"

"有印象，但很模糊，这儿以前好像是一条断头路。"

"说得非常对。从这里过去，有一条通往乡下的路，可以去麦车，还有罗卓。"

"如果我要回家，就往这个方向走？"

"是的。"

她们从一条岔路往右，走了几百米，眼前出现了一座涂着暗红色涂料的房子。

"这个地方你总知道吧？"王白璐问。

彭玉素四下张望，确定自己一点印象也没有，便摇摇头。王白璐指着红房子说："这是你待了三年的地方。"

"南师？"她有点不相信王白璐的话。

"你再仔细看看。"

"这么说来，这栋房子还没有拆？"

"就剩这一栋了，本来挖掘机都已经开到楼下了，老校长闻讯赶来，制止了他们。"

"为什么要这样？"

"老校长很生气。"王白璐咳嗽了一声，接着说，"原来说的是南师要升级，变成一所高等专科学校，但当时分管教育的县领导认为，一个贫困大县要一所专科学校没有用，应当主抓基础教育，所以这里就变成现在的实验中学。由于校舍破旧，需要推倒重建，教学楼、实验楼、食堂等已全部挖掉，正要挖这座房子的时候，老校长赶来了。"

"他留下这栋房子干什么？"彭玉素问。

"他说，这栋房子是后来建的，使用的时间不长，没必要挖掉，白白浪费资金。老校长是想留一个念想，毕竟，他在这里当了十五年的校长。"

"他们居然答应保留房子的颜色。"彭玉素说，"看上去与周围的建筑格格不入。"

"当时分管教育的县领导感到过意不去，答应了老校长的要求。后来的县官们也来这里视察过几次，觉得当初不应该放弃南师升级的机会，所以也没有改换颜色的意思。"

"我觉得保留着，真好。"王白璐接着说。

从另一个路口往这个地方看，彭玉素终于看出来之前南师的大概轮廓。以前的布局大致还在，只是推倒了房子，在原来的位置重新修建，这些取代旧校舍的建筑高大气派，看上去非常漂亮。花园还在，只是多了一座看不懂什么意思的雕塑；足球场还在，之前的硬土皮现在一片绿荫，人工草皮也那么耀眼。其他就看不清了，二十年前的林间小道到底有没有被改掉？她经常散步的那一块空地，还在吗？她此时眼眶湿润，思绪难平。

"要不要进去走走？这里我熟悉。"王白璐征求彭玉素的意见。

"不用了，你应该休息。"彭玉素说。她挽着王白璐的手，往酒店方向走。

王白璐的电话又响起来，在她正准备拿着手机背开的一瞬间，彭玉素看到屏幕上周楚阳的名字。

"你接吧，不用躲着我。"

王白璐还是往旁边走了几步，才接通电话。

"我都说了，我好好的，你为什么不信？"王白璐对周楚阳说话的语气很不友好，让彭玉素非常不解。

她只听了这一句，便加快脚步往前走，她想让王白璐消除因她的存在而带来的别扭。她甚至头也不回，加快了脚步，径直往酒店方向走去，全然不管身后的王白璐此时是什么样的表情。也可以说，她内心滋生了一种难以言说的情愫，让她无比难过。

当王白璐气喘吁吁地追上她的时候，她又为刚才的冒失产生悔意，她非常心疼身后这个拖着病体在她面前强颜欢笑的女人，以至于差点儿流下了眼泪。她一把抓住王白璐的双手，对王白璐说："好好跟他过吧，只有他能够拯救你。"

"只有你才能拯救我。"王白璐说，"如果我还有最后一个希望，那就是让他回到你的身边。你要是看到他失魂落魄满世界找你的样子，你不会无动于衷的。"

她终于还是哭了出来，边哭边斥责王白璐："你这个没脑子的家伙，你认为我和他还有可能吗？我们之间横着的，是一座冰山啊。"

"有爱就能融化一切。"王白璐用纸巾帮她揩去眼角的泪水。

"不要这样行吗？我已经不爱他了，你为什么总不明白？"

"他同样也不爱我。"王白璐也哭了起来。

"他敢！"彭玉素说，"谁也不允许他第二次以同样的方式伤害另一个女人。"她的声音中透露出无比的严厉和痛恨。

两人进了酒店房间，在沙发上坐下，彭玉素问："你今天不服药了？"

王白璐笑笑："早上服过了，医生说，这种病心态最重要。"

"刚才是我把你弄哭了，我的宝贝！"彭玉素抓过她的手，两人一阵乱掐，笑声充斥着整个房间。

两人在大床上睡。第二天清晨醒来，睁开眼睛，相互微笑后，彭玉素问："王美人要不要回去吃药？"

"我陪你吃了早餐再回去，顺便把药带过来，我要好好和你过几天清净日子。"她的手不由得伸向彭玉素的鼻子。

"一会儿我和你一起回去吧！"彭玉素说。

她们一起去南广县城一家三十年老店吃米线。这地方彭玉素记得，还是原来的位置，只是房子已经重新修过了，现在是一座高楼，店名就叫"南广米线"。她们一起去吃过，当时店面不足二十平方米，除了操作间，只能摆放四张八仙桌。那时的米线只卖三元钱一碗，不分大、中、小，都是同等分量。南广米线店生意很好，据说是祖传下来的秘制高汤，汁液透明，清香扑鼻。米线在小锅里煮熟，放进高汤里，加上肉末，再撒上一些辣椒面，用滚烫的猪油往上一浇，碗口发出嗞嗞嗞的声响，再加上蒜泥、芫荽，滴入两滴酸醋和酱油，热气腾腾的米线就端上桌了，吃得人直叫过瘾。清早八点不到，南广米线店的店外就排起了长队。以前，周楚阳、彭玉素和王白璐偶尔会利用周末时间，去打打牙祭，那时，他们对这朴素的人间美味充满无限的好奇。

现在的南广米线店，生意仍然很好，只不过已经无须排队，店面很宽敞，一溜儿的桌子摆了四长条，不下于四十张。找了空座位，两人坐定，王白璐去窗口叫米线，回到座位的时候，有人和她打招呼，让彭玉素一时小心起来，她想：会不会在这个地方遇到周楚阳？

"你经常来这里？"彭玉素问。

"偶尔吧！"

"一个人来吗？"

"有时是，有时不是。"

"我记得，那时我们来过几次。"

王白璐笑笑，指着她鼻子说："我知道你什么意思。"

"会不会在这个地方遇上他？"

"来之前我就想过这个问题了。"王白璐说，"如果恰好在这里遇见的话，那就是天意了。"

尽管忧心忡忡，彭玉素还是很享受地吃完了米线："还是原来的味道。"末了长舒一口气。

"可不是嘛！那才是自己想要的味道。"王白璐笑。

"你看你又来了。"彭玉素瞪了她一眼。

吃完早餐，她们打车去王白璐的家。王白璐所住的小区叫"故意居"，是一个四川的房地产集团开发的。小区空间开阔，绿化不错，楼宇之间距离适当，楼层高度适中。上了楼，进了房间，彭玉素顿时有了一种回家的感觉，这是她从昨天到现在第一次感觉到一个不陌生的南广。她换了拖鞋，和王白璐一起走进客厅，往沙发上一坐，就情不自禁地说了一句："回家真好。"

"是的，有家可回才是真的好。"王白璐附和了一句。

听她这么一说，彭玉素不觉有些伤感。如果有机会抓住一些瞬间去思考飞速逝去的二十年，可能每一次都避免不了这个问题：家在哪里？对于彭玉素来说，离开南广的二十年，就没有一个据点可以是"家"，南京、澄湖、东莞，以及每一个在旅途中短暂停留过的人生驿站，都不是。那么，南广呢？在更多的时间里，这片土地承载的，于她而言，只是某种记忆。老家已经没有留守的亲人，他们都和自己一样，离开出生地，去了别的地方。从这一点来说，也许周楚阳做得没错——他深知只有年少时的记忆最可靠，只有那一片长满板栗树的山坡和三个地界相邻的村庄，以及一起上学的那些美好时光才能将两个人紧紧地联系在一起——周楚阳从麦车种一坡板栗树到桦槁林去，很明显的一个意思，就是想通过它们还原故乡的经度和纬度，以此把她喊回来。而此时，彭玉素就在离那坡板栗树不到三十公里的地方，与他和那些板栗树在同一个时段呼吸着同一种熟悉的空气，用同一种口音与这片熟悉的土地交谈着。她不可能不知道，如果青春可以在这个特定的场合站出来做证，这个男人的心里肯定只有她一个人，其他的，只是过客，或者是看客。

　　王白璐一直抓住机会让彭玉素在故乡的语境中返乡，回到周楚阳身边。自从查出乳腺增生，她就在内心里警告自己：不要去爱周楚阳。也许她心里有更多的挣扎——即便花容未逝，但自己已然是一个病人，一个不完美的女人，此时的她无论是从哪一个方面，都没有一样能与周楚阳达成精确的匹配，就算自己病情不会恶化，不会因为原本也不太高的转移概率而死去，她也不能在感情上去纠缠他，所以她一心一意把他还给彭玉素，总是适时在彭玉素面前抛出那些早已准备好的话题，让彭玉素回心转意。眼下，她看见这个女人坐在沙发上发呆，深知这样的情感渗透有了效果，便打算乘胜追击，迅速攻陷城池。

　　"如果你觉得我现在完全有机会俘虏那个男人，那肯定是一种算计，于他也不公平。"王白璐给她沏了一杯茶，在对面坐定，摆出一副谈判的姿态。

　　"或者说是一种绑架。"她接着说。

　　"你认为，让我重新接受他就不是一种绑架？"彭玉素反问。

　　"不一样。"

　　"没什么不一样。"

　　"首先，你们之前是一对，我一直认为这个世界上就没有像你们这样般配的恋人。"

"那是之前。"彭玉素抿了一口茶，"这世上就没有一种爱不会被时间腐蚀，特别是一种被抽走了肋骨的爱。"

"但你不敢否认，你还爱着他。"王白璐说。

彭玉素冷笑，她认为她此时应该是面若死灰："凭什么我还会继续爱这样一个男人？"

"什么样的男人？"王白璐步步紧逼。

"自私、偏执、冷酷，没有起码的担当。"彭玉素说。

"没有一种合理的理由让你把这样的一个男人推给我，是因为我是一个病人，或者说，我也如你所认为的他一样，有一个完全不合格的灵魂？"她说完，为自己设置的这个完美的圈套感到惬意。

彭玉素一时说不上话，只是定定地看着眼前这个女人，感到不可思议。

"所以说，病的不是我，而是你彭大小姐，你比我严重多了。"她又往前踏了一步。

彭玉素还是不说话，但眼神再也没有之前的锐利和冷漠。

"想哭吗？"王白璐拍了拍她的肩膀，"想哭的话，我可以暂时借你一个肩膀。"

彭玉素的眼睛里是有泪珠开始打转，但她迅速克制了，没有让它们从眼角爬下来，她只是慢慢地把头低下，靠在双膝上。良久，她才轻声说："你认为我回来，是和你争这个男人？"

"他本来就是你的，我能争吗？"王白璐一本正经。

"别说了！"彭玉素的声音有些颤抖。

"我偏要说。"王白璐提高嗓门，"到底是谁自私、偏执和冷酷？谁没有担当？我看就是你。"

"你真要把人往绝路上赶？"彭玉素近乎怒吼。

"什么是绝路？"王白璐反问，"你是说，周楚阳是你的绝路吗？他一直在为年轻时做出的一个轻率的决定而悔过，这么多年来他一直不娶，难道不是一种赎罪？"

"那是他自己的事。"

"那他满世界找你，就算毫无希望也仍然只愿意为你一个人交付一切，也是他自己的事？"王白璐喘了口气，接着说，"你知道我为什么会爱上他吗？难道真的是因为他有钱？是因为我急于把自己这样一个怨妇抛售出去？不是！是因为这样一个男人值得我去爱，他无私、坦荡、阳光、执着，他所有的品格和修养都是为你量身打造的，别再浪费青春了，人生那么脆弱，你为何要折磨到底？"

说完，她自己先哭了。

彭玉素站起来走到她身边，把她的头揽进怀里，也哭了起来。

<h1 style="text-align:center">4</h1>

门响了几声。

两人长久的对峙终于被"咚咚咚"的敲门声打破，她们互相看了一眼，都把目光移往门的方向。但两人始终坐着，谁也没有起身去开门。

门接着又响了几声。

王白璐站起身来，被彭玉素拉住了。

"你愿意让我也像你一样，没完没了地跟他捉迷藏？"

"你……"彭玉素什么也说不出来。她此时看见自己放在沙发上的黑色皮包，忽地站起身来，抓起它就往卧室里跑。

"你这个败家玩意儿！"王白璐笑笑，待彭玉素藏好了，才起身去拉门。

门开了，周楚阳手里拿着一把雨伞，失魂落魄地站在门前。

"进来吧！"她内心其实无比慌张。

周楚阳进了门，一把攥住王白璐的手，雨伞滑落到地上。

"你干什么？"王白璐使劲挣扎，说话的声音却无比微弱，几乎连自己也没有听到。

"你为什么要瞒着我？"周楚阳问。

"我瞒你什么？我没有听明白。"王白璐说。

"你病了，所以就躲着我。"

"我为什么要躲着你？不是你一直在躲我吗？"

"那不一样。"周楚阳说，"之前我太忙。"

"你现在不忙？"王白璐说完，往彭玉素藏身的那间卧室看了一眼。

"再忙也得分个轻重。"周楚阳也循着她的目光看了一眼，仿佛觉察出了什么，放开了王白璐的手。

"我看你就没有分出轻重。"王白璐说完，又往卧室方向看了一眼，接着说，"你就放得下你那一坡板栗？"

周楚阳："比起它们，你这棵树更弱不禁风！"

王白璐几乎就要给他递眼色，她的眼睛始终盯着卧室方向。

"孩子在家？"周楚阳好像意识到什么，问了一句。

王白璐不知道如何回答，良久，点点头。

周楚阳感到有些冒昧，笑了笑说："我是太担心你了，不过我相信你一定不会有事，有我在。"他很认真地将这句话说出来之后，又伸出手抚摩了一下她的头，这一动作差点儿让王白璐失声哭出来。

"我没事，你放心好了，你好好忙自己的事去吧！"她用小指揉了揉眼角。

"现在最重要的事，是要好好照顾你。要是你倒下了，我怎么在你这棵树上吊死？"他嬉皮笑脸地对王白璐说。

"我这棵树有啥好吊的？"王白璐又朝卧室看了一眼，接着说，"你的大树枝繁叶茂，很快就把身子朝你倾过来了。"

她给了这个男人一个意味深长的笑，让他摸不着头脑。

"明天我陪你去一个更好的医院，咱们好好瞧瞧。"

"不用了，我其实什么事也没有。"她的微笑越来越自然，几乎没有任何规避，"我已经基本康复了，医生说，再吃几个疗程的药就可以痊愈了。"

"你不用搪塞我，我看过你的病历。"他冲口而出。似乎也没有任何意外，好像王白璐早就知道。

"咱们结婚吧！"

"你说什么？"

"请相信我，这不是怜悯，更不是拯救。"

"闭上你的嘴！"王白璐甚至伸出右手迅速捂住他的嘴巴，她的头往卧室方向摆了几下，她要告诉周楚阳，卧室里另有其人。

周楚阳嘿嘿一笑，说："这有什么？我还要告诉全世界的人。"

王白璐又把手伸过去，这一次，用巴掌使劲地罩住周楚阳的嘴巴。

他也用手去挡她的手腕，费了点劲才把女人的手从嘴上拿下来。喘了口气，他说："你到底在干吗？"

"有人。"

"不就是咱儿子吗？"

"胡说！"

周楚阳蓦地往后退了几步，差点撞在墙上。王白璐捂住嘴笑："看你那点出息！"

"到底是谁？"周楚阳几乎是从喉咙底下呛出这句话。

王白璐想了想，抬起头，看着他的脸："你认识。"

"你倒是告诉我。"他急于知道。

"你本家，上次你见过的，他叫周春捷。"说完眼睛定定地看着他。

"你们俩……"

"怎么？你很意外？"王白璐笑笑，"他什么地方不如你了？"

"我不是这个意思，我只是很意外。"周楚阳说。

"这个世界上每天都会发生很多意外，你见得还少吗？"

"真要是这样，我无话可说。"周楚阳摸了摸额头，确定有汗珠沁出。他接着问："你的身体真的没事？"

"我有必要骗你吗？"王白璐没看他，"对了，你要是没有什么事的话，请回吧！"

"为什么是这样呢？我的天啊！"周楚阳此时像一个孩子，"这也太……你们早就开始了？"

"是的。我们一直都很好。"

"那你还咋咋呼呼地要我吊死，真不明白你。"

"我想知道你是不是一个有情有义的人，我是代表别人考察你。"末了，她又大声地加了一句话，"听到了吗？"

周楚阳又抓住她的手，认真地问："你的身体真的没事？"

王白璐挣脱："你真唠叨！"

他从地上捡起雨伞，往门边退了两步，说："我现在焦头烂额，山上一大堆破事，既然你没什么事，我就先走了。"

"去吧！"王白璐突然很深情地看了他一眼，意味深长。

"替我警告我大哥，他要是敢对你不好，我第一个站出来宰了他。"他说完"嘿嘿嘿"地笑了几声。

"看你那地痞样儿，哪像个老板！"

他"欸"了一声，表示不解，又笑笑说："我看他头顶荒漠化严重，想必已快进入耄耋之年，你要是哪天嫌他不够结实，就说一声，我的五尺白绫还可以套在你粗壮的枝干上。"

"就你爱胡说。"王白璐白了他一眼，伸出手来扯了扯他的嘴角，"去吧，小心伺候你的树，用不了多久，我会给你带来一个大大的好消息。"

周楚阳拉开门，咚咚走下楼去。彭玉素从卧室里出来，把包重新放回沙发上，满脸阴沉地对着王白璐："你这是何苦？"

"你都听到了吧？没有悬念，他在我面前只是想充当一个救世主。"王白璐似是嬉皮笑脸地说。

彭玉素没说话。许久，她从沙发上捡起那只包，换了鞋，拉开门，头也不回地走了。

"你干什么？你就不怕在楼下撞见他？"王白璐大声地喊。

彭玉素从小区出来，一直往旧府方向走。她脚步很快，好像是要去赶一个什么局，或者说是在逃离一个可怕的泥沼。

她拎着包行走在人行道上，看见路边停着板车，一个中年妇女在叫卖水果："樱桃十元三斤，要买的抓紧了。"

她想起二十年前，第一次到南京，那个叫韩露的女人推着烤炉在街上卖烤红薯，在天桥上，救了她一命。她想起她们共同的水果摊，想起满街追赶她们的城管，想起深夜在被窝里数钱的艰难时光……该想的太多了，回到故乡的她，听到乡音，看到曾经熟悉的一切，什么都应该想一下。也许，她现在最应该想的，是刚刚从那个房间走出来的男人，他叫周楚阳。

她战战兢兢地站在王白璐的卧室里，听王白璐和那个男人说话。那声音，已经没有二十年前的奶油味道，而是变得无比低沉、隐忍；他嘿嘿的笑声，分明带着沧桑岁月的沉淀，是一个男人用舌头和牙齿打磨了好多年才能发出来的，是一种释怀之后的情感流露。她甚至听到这个男人与王白璐抢白时急促的呼吸，焦躁时那种不安的回击。她静静地在那间屋子里，如果目光从门缝里探出来，肯定能看见他蹙眉不解地与王白璐争执的样子……她开始想象这个二十年未见的男人高耸的鼻梁、清澈的眸子、浓密的黑发，这些，是不是已在岁月的风霜中变得油腻和浑浊——为什么就不探出头来看一看呢？对了，她还听见他对王白璐说："咱们结婚吧！"

"咱们结婚吧！"二十年前，她等他说出这句话，却终究没有等来。那个月光皎洁的最后夜晚，他拼命地吮吸着她尚未完全展开的身体，滚烫的眼泪流淌在她的脸上，她是那么幸福地沉迷于他纯洁的爱的开垦和抚慰……为什么不探出头来看他一眼呢？她加快脚步，漫无目地走着，她听到自己在啜泣。

宽敞的街道上，汽车风一样驶过，人行道旁的大树散发着浓密的清香。远处，拔地而起的高楼一座挨着一座，那些高处的窗玻璃，反射着太阳的光泽。这样的一个地方，与记忆中的南广相去甚远，所有的一切都在为她传递着一种归来的召唤和排斥。这就是故乡。她在心里问自己：我到底要不要回来？我到底要不要将二十年来的疲惫和奔忙安放在这片已经无限陌生的土地上？

"回家真好。"这是她进了王白璐的客厅时说的一句话。而王白璐的那一句"有家可回才是真的好"一下子就攻破了她内心的防线：一个离开故乡二十年的女人，即便回来了，还能有家可回吗？

她的手机在这个时候响起来，"叮"的一声，是短信。她轻轻地按了一下"查看"，是周楚阳发来的。

"原谅我好久未将你想起了，我真的很疲惫。如果这世界还一如既往地把我眷顾，我会重拾寻找之路。"

她看了两遍，将短信删除。这是习惯，这么多年来她都是这样做的。然而今天，她删完短信后，又将周楚阳的电话翻出来，发了一条短信回去："知道了。"

5

彭玉素回到东莞，在云众待了几天，处理了些日常事务，就准备去安徽澄湖找韩露她们商量教育集团上市运作的事。

现在，除了云众，彭玉素的教育产业还有鸿途。鸿途有两个根据地，一个在安徽澄湖，另一个在广东东莞。除了鸿途，彭玉素在澄湖还有一个苏羽幼儿园，由孙大学负责管理，名义上，孙大学是大股东。两年前，彭玉素就对韩露说过，如果她在东莞成功立足，她的理想就是开一家上市教育公司。彭玉素说："咱们也学学人家，把品牌形象树立起来，把管理水平提升上去。"韩露不懂。韩露说："你精力充沛，敢作敢为，知道该怎么做才能挣到更多的钱，你怎么弄我都支持。"韩露不知道，如果一个教育机构上市了，将会承担更多的社会风险和压力，不能仅仅考虑挣不挣钱的事儿。彭玉素对她说："如果将来有一天，我们一下子就垮掉，你会跳楼吗？"

"干吗要垮掉？"韩露说，"是钱烧垮的吗？"

"可以这样理解。"彭玉素笑，"我说的是万一。"

"没有万一，只要咱们小心谨慎，就垮不掉，前些年苏羽幼儿园经历了那么多事情，九死一生，最后不是也活过来了吗？"

"也许由不得自己。"

"那就别去干，上什么市？咱们不一直在市上吗？"

彭玉素笑出了眼泪。她说："我姐真是小富即安的日子过惯了，老太太思想那么严重，你就不能抽点时间研究研究股票？"

"哪来的时间？"韩露说，"我成天戴着一条围裙在这个店里跑跑，又去那个店里转转，累得腰酸腿疼，还研究股票！"

"你要我怎么说你呢？"彭玉素说，"你就是一个小老太太。"

"老太太怎么了？再说，我不是一有时间，就替你照顾孩子？"

"没错。"彭玉素说，"看你把孩子们都教育成什么样了！"

"还不是按照你的意思去教育的？你一直在说，不要让她们像咱们这代人一样，一辈子都在一个圈圈里活着，要放养，要增强免疫力。现在好了，都成了野孩子，满世界跑。"

"那又怎么样？她们又没有变成坏孩子。"

"是不是坏孩子你是不知道，她们在哪里你完全没有数，要不是我这个小老太太，孩子早跑丢了。"

彭玉素的孩子满满和韩露的孩子丁丁大学毕业后，完全没着家，也没有要去找个固定工作的想法，而是成天打着"田野调查"的幌子到处玩。有一天，彭玉素给满满打电话，问她玩够了没有，要是玩够了的话，记得回来看看妈妈。

那孩子在电话里反问："你有什么好看的？成天围着钱转，连谈恋爱的时间都没有，我可不能像你一样。"

"那你要怎样？"

"先玩够了再说。"

"然后呢？"

"然后就是慢慢老去。"

"你这死孩子。"彭玉素说，"你要是现在在我面前，我一定打断你的胳膊。"

"别这么横好不好？有一个你这样的女强人母亲，我还用得着考虑那么多吗？"满满在那头笑，"不过，在我开始变老之前，我得回来继承你的遗产。"

韩露的女儿丁丁也是这样，只要一接到母亲的电话，就要横似的与她胡扯。韩露急了，就厉声问："你到底要不要回来？"

丁丁说："回来干什么？帮你打工吗？我看也用不着。"

每次两个女人谈到孩子，一般都是彭玉素听韩露抱怨，每一次都是彭玉素安慰她说："别太担心，让她们疯去，不管是不是做田野调查，都是看社会，等她们看明白了，回来也就能担当重任了。"

最后还是谈到公司上市的事。彭玉素说："为了两个孩子，我们必须迈出这一步。"

韩露不明白公司上不上市与两个孩子有什么关系，不过她心中明白，彭玉素做的每一件事情都是对的，这些年来的事实告诉她，彭玉素每走一步，都是经过仔细的考虑和严密的计算的。

"你弄吧！"韩露说，"我相信你。"

还在路上，彭玉素就接到萧玉萍打来的电话："姨，你现在到哪里了？"萧玉萍之前叫彭玉素"孃孃"，彭玉素说别这样叫，外地人听不懂，老是问"孃孃"是什么东西，没空向他们解释，叫姨也是一个意思。

"快到了，有什么事？"彭玉素问。

"我今天吃定亲酒，等着你来坐主位。"萧玉萍说完嘻嘻一笑。

"小丫头终于谈婚论嫁了，告诉我，你男友是谁？"

"你认识。"

"谁？"

萧玉萍说："姨，你可别笑话我，他人虽然长得不怎么样，但是心好，我很喜欢他。"

"到底是谁呢？"彭玉素追问。

"万国靖。"萧玉萍说完后直喘气。

"是他？"彭玉素的确有些惊讶。

"是他怎么了？不许你不同意。"

"我怎么能不同意呢？只是，你真的想好了吗？这可是一辈子的事情。"彭玉素说。

"姨，我想好了，我觉得他不错，踏实，善良，有出息，虽说有点小残疾，但在我眼里，这是一种美。"

"你想好了就行。"彭玉素说，"但我还是要提醒你，一旦结了婚，以后你就不能后悔，婚姻不是儿戏。"

"对了，你不是看上他的钱了吧？"彭玉素又追问了一句。

"我姨说的是什么话？我虽然从小就过穷日子，但也不是那种见钱眼开的人，这些年你是知道的，我不崇拜有钱人，我看重的是一个人的人品。"

"那好吧，把酒店地址发给我，一会儿我直接到那里。"

彭玉素认识那个叫万国靖的小伙子。彭玉素当初和孙大学一起合作开幼儿园的时候，有天吃饭，孙大学带来了一个小个子男人，长头发，双肩上凸，之前患过小儿麻痹症，不过整个人显得很有精神。

万国靖一直跟随孙大学，从浙江到广东，从广东到安徽，一直跟着。孙大学说："小万很可靠，不管什么事情都可以放心交给他去做。"

自从孙大学接手苏羽幼儿园的管理，他之前的木材生意就交给万国靖打理。这些年，在孙大学的提携下，万国靖挣了很多钱，人较以前也更加精神起来。彭玉素每次见到万国靖，都会对孙大学和韩露他们说："这个小万，这几年越来越光鲜了，两只肩膀越长越平，除了个头儿小，真看不出患过小儿麻痹症。"

"越长越伸展。"孙大学笑说，"人都是这样，在充满希望的日子里成长，面相也会随之向好。"

有一次在一起吃饭，谈到每个人当初出来的难忘经历，万国靖羞涩地说："有一件事情，可能这辈子都忘不了。"

"什么事情呢？"彭玉素问。

"我刚出来打工的时候，那时候还没有遇上孙哥。"万国靖说，"那日子真苦啊，那时候，咱们南广有不少于二十万人在浙江永康打工，我来了两个月也没有找到工作，始终住在一个老乡的出租房里，天天混吃混喝，还当灯泡。"

"也就是说，人家是两口子？"孙大学笑。

"可不是嘛！人家睡里屋，我睡外边，两个屋子中间没有门，而是一块布。"万国靖说到这里，脸上绯红。

"的确够煎熬的。"孙大学又笑。

"可不是嘛！我从来没有真正睡着过。"

"人家两口子比你更煎熬。"孙大学说完，差点儿就笑喷了，满桌子的人都笑得抽不上气。

"这还不算。"万国靖接着说，"后来我找到工作，工资只有其他人的一半。"

"为什么？"有人问。

"老板嫌我个头儿小，又是残疾，能给我一份工作就不错了，所以我一直记得他，我很感恩。我在工厂里一干就是三年，三年来，我干着和别人一样多的活儿，拿着别人一半的工资，连吃饭都不够，每天早上，去工厂外面的小面摊上吃一碗一块钱的面条，分量不足一两。"

"那怎么能够填饱肚子？"有人问。

"当然填不饱。"万国靖说，"但是，他们家卖面条，供应免费的泡菜，就是凉拌莲花白。莲花白你想吃多少都可以，我每顿吃一块钱的面条，要吃掉他们家好几碟莲花白。"

"那还真的不可能从你身上赚到钱。"有人说。

"那是肯定的，别人都笑我。每天早上，往面摊上一坐，工友们都会拿我开玩笑：你又吃莲花白赠送面条了！"

"后来呢？"彭玉素问，"老板一直没有给你加工资？"

"加了。"万国靖用筷子在碗口上敲了一下，接着说，"他不但给我加了工资，还补了我一些钱，说是让我拿去面摊上还人家这些年被我多吃出来的莲花白钱。"

众人再一次笑了起来，只有坐在角落里的萧玉萍没有笑。

"我的确想补给他们家一些钱，但是第二天一早，当我去吃早餐的时候，卖面条的两口子已经没有摆摊了，听说头天回了安徽老家。"

"哦。"几乎所有人都叹了一口气。

"我到现在还感觉很不好意思，一想起这件事情，我就觉得对不住他们。"万国靖说。

"我相信你一定会遇到他们的。"彭玉素说，"你之所以来安徽，是想找他们吧？"

"也不是。"万国靖说，"我是被孙哥叫过来的。"

万国靖比萧玉萍要大个五六岁，因身材矮小，加之患过小儿麻痹症，这些年来就没有和女孩子谈过恋爱，眼下他和萧玉萍能够凑成一对，彭玉素很高兴。萧玉萍来自彭玉素的老家罗卓，自幼家庭贫穷，父亲又早早就在车祸中去世，在澄湖的这些年，彭玉素差不多把她当自己的孩子看待，慢慢把她调教成一个有出息的姑娘。彭玉素去东莞以后，萧玉萍留在苏羽幼儿园，掌管着整个食堂，从没发生过任何事故。孙大学经常对彭玉素说："苏总就是有本事，硬是在澄湖训练了一支娘子军，作风优良，能打胜仗。"

"娘子军"是由萧玉萍从南广叫来的十几个姑娘组成的，在彭玉素的引导下，一个个跟着萧玉萍从穿着打扮开始，从最小的事情做起，慢慢脱胎换骨，成为苏羽幼儿园一道亮丽的风景。这些姑娘，自从彭玉素以股份的形式让她们参与幼儿园的经营以后，她们更是在各自的工作岗位上发挥了巨大的作用，一心一意地在孙大学的带领下成长起来。当然，这些年来，她们的收入和其他务工者比起来，肯定高出不止两倍，所以她们除了寄钱回家，大多在澄湖交了房子首付，一个个都在变成城里人的样子。

彭玉素到了萧玉萍摆定亲酒的酒店，进了包间，一屋子的人都朝她拥了过来，连韩露也带头跟他们一起大声叫嚷："欢迎彭姨，请家长到主位就座。"

彭玉素在他们的簇拥下坐定，众人已经把红酒、饮料等斟满杯子，等她发话。彭玉素说："我这几年缺席了你们的青春，没有资格发言，我看还是请你们韩姨说话吧！"

众人看一眼韩露，又把目光集中在她的身上。有个叫刘莹的姑娘说："这话还得由彭姨来说，彭姨这几天回了南广，有好事，我们要讨个彩头。"

彭玉素的脸"唰"的一下子就红了，她拿起杯子，指了指那姑娘说："死丫头从哪里学的胡言乱语，看我过后不收拾你。"

众人又开始起哄，都纷纷表示要讨这个彩头，要彭玉素站起来讲话。韩露也说："我这妹子让我操了半辈子心，现在终于让我放心了。"她甚至眼睛里噙满热泪。

彭玉素也差点儿哭了，她用纸巾擦了擦，说："这帮小妮子，越来越没个正行了，看你们以后还嫁不嫁得了人。"

"讲吧。"韩露对她说。

"从哪里说起呢？"她开了一个头，然后略作停顿，似是思忖。

"就从南广开始吧。"她摆了摆手，接着说，"不，从女人开始。"

众人端着酒杯听她讲话，连孙大学都很认真地放下手机。

"我们之所以成为女人，是上天对我们的眷顾。"她说，"从你们的韩姨开始，到我，再到你们，都是不惧风雨的天使，我们能够一路走来，并且靠自己的双手改变人生，除了要感谢生活，更重要的是要感谢自己。"

她带头先抿了一口，接着说："我们从一个贫穷落后的地方走出来，是为了有朝一日能够回到故乡去，用我们的双手去建设她，抚慰她，所以，我们的每一天都是一个新的开始，我们要用勤劳的双手和智慧去赢得所有人对南广人的尊重，赢得对南广的尊重，这样，我们才能更好地在这个世界上的任何一个地方立足，才能更好地创造价值。今天，借玉萍和小万的定亲酒，咱们互相勉励，互相鼓掌，同时，祝二位有情人终成眷属，祝你们赢得人生最大的彩头。"

"干杯！"她举起杯子。

"干杯！"在座的所有人都喝完了杯子里的红酒。

韩露也站起身来说话。她说："这些年，我一直羡慕你们，我虽然不是南广人，但我对你们彭姨是那么了解，我在内心里早已变成一个南广人了。我要说的是，不管你是哪里人，在异乡打拼，都应该认真塑造自己，建设自己，让自己与这个时代共同进步，这样，我们才能对自己有一个交代，对亲人有一个交代。"

一桌子人近乎狂欢。姑娘们敬了萧玉萍和万国靖，又分别敬彭玉素、韩露和孙大学，直到喝得面色潮红，才散席离去。

"这是多么美好的一天。"分手时，彭玉素对韩露说。

6

周楚阳的短信每天晚上九点左右发来，彭玉素还是没有回过一条，她仍然心存芥蒂。

彭玉素现在忙着公司上市的事。彭玉素和韩露、孙大学商量了，公司一旦上市，总部要设在东莞。彭玉素说："东莞才是真正的前沿，连一只鸟都会说人间的鬼话。"

关于教育公司上市，很多朋友直接或间接向她提出过很多意见，最直接的意见是像这样规模的公司，上市其实没有多大的用处，相反只能增加企业负担。在国内，这种档次的教育机构比比皆是，特别是在北京，摩天大楼的 N 层楼梯间都爬满教育机构，难不成一上市你就要发行股票？

彭玉素不这样认为，她的观念是：公司所谓的上市，是从广义上来操作的，主要目的是发布新概念教育课程、产品及资源信息，以后有机会的话，争取与国内更多的知名教育机构合作，利用和开发更多的教育资源，形成地方教育品牌，维持长久的企业生命。

最后，彭玉素的教育企业整合思路将成人继续教育作为龙头，成立以"云众"为名称的教育集团，做全方位的民办教育机构，不排除有朝一日回乡创办一所以基础教育为主要形式的私立学校。

思路确定后，彭玉素立即着手成立工作班子，该交给中介公司完成的，一律外托，非要自己出面的，提前安排时间。从工作启动到成功上市，如果各方面条件达到，最迟年底可以完成。

无论白天忙得有多累，彭玉素都会在晚上九点左右认真阅读周楚阳发来的短信。有时候，短信很短，就一两句问候语，或者几十字本日行踪、见闻；有时候很长，甚至一条短信分成两次来接收，读完也要花十几分钟。那天晚上当收到那条与王白璐有关的短信时，她正好陪一个很重要的客户吃饭，吃完饭，那个某大学掌管技能培训大权的领导提出了一个要求，让彭玉素陪他去唱歌。

"唱歌？"她有些不敢相信自己的耳朵，这年头还有人喜欢往 KTV 里钻，而且还是一个不大不小的官员。

"是啊，我说的就是唱歌。"那个院长说，"而且我提议，就我俩一起唱。"

"不是吧，院长大人，我五音不全，嚎一嗓子就会让人家的音响系统紊乱，我看还是算了吧！"

"看来彭总是不愿意助兴了。"院长说，"既然这样，项目的事暂且搁置。"

他肯定是酒喝得太多了，她想。一顿饭吃下来，也没有感觉到此人是一个内心极度龌龊的人，临到最后，他终于露出了本性。她说："院长大人回去再考虑一下吧，唱歌的事确实不能成全，要唱也可以，得给我一定的时间练练，三月五月后，说不定能陪阁下吼一两嗓子。"

那人哈哈大笑，身边的随从也笑了起来。下边一个管教务的中年妇女当即点破：

"这是咱院长的非常手段，每次都会拿出来试试，你要是答应去唱，人家还不唱了，而且项目没戏。"

"什么情况？吓我一跳。"彭玉素说，"这也太直接了吧？我刚才也是故作正经，实际上我很想陪院长大人去唱的，灯红酒绿的地方，我一直都很喜欢。"

"扯犊子吧！"院长说，"我哪有资格把项目当条件？我们巴不得和你合作呢，要不今年的任务可就完不成了。"

回到家，彭玉素感到心累，加之这些日子忙着公司上市的事情，各种堵都赶在一起来了。这时，她的手机"叮"的一声。

我想了好久，还是决定把这件事情告诉你，以期得到你的理解和同情。我们的朋友王白璐，那个我们青春的参与者，现在是南广一中的教务人员。我回南广以来，受到她的很多照顾。不瞒你说，她很爱我，她爱我是因为我们之间那些年的美好交际，也因为一段自己所不齿的婚姻，当然，更是因为她看到我和你之间已经走进了一条无法折身的死胡同。这样说吧，我和你都知道，她是一个好姑娘，如果当初没有你，我和她肯定会成为美好的一对，现在也是。但你知道，世间有那么多好女人，我这辈子肯定是摊不上了，因为我只能有你。前些日子，她疑似患了乳腺癌，我亲眼看到过她的病历。那段时间，一切都不容我去思忖，我发誓我必须爱上她，像爱你一样爱，我相信，如果我真的用整个生命去爱她，她一定会好起来。所以，我不顾你的感受（其实你什么都不知道），命令自己向她交出这个世界上最真挚的爱，以此拯救她，让她重新焕发生命，继续在爱中走下去。然而，当我提出要与她结婚的时候，她居然找了一个让我不忍心拆穿的借口，让我不得不临阵退缩。我想要是你在现场的话，一定也和我一样，轻而易举就能看出来，她不可能会委身于一个秃了顶的老头儿，断不会和其他女人一样，把自己交给看得见的金钱。可是，我没有办法，我只能在她的谎言中充当这个愚蠢的角色，多少次我只能靠你来赢取内心的平静和坦然。是的，她现在逐渐好起来了，她的脸色又恢复了之前的血色，整个人都阳光了，就像真的找到了另一个其实原本真正属于她的真爱——唉，我到底要向你说什么呢？我感觉到我一直在犯错，虽不能乞求得到你的谅解，但我还是要说出来，我真的希望她能平安地活在这世上，就算拿我自己作为筹码我也愿意，她那么好，那么善解人意，我想如果你是我，也会愿意的。

对了，我们的树很健康，枝叶儿好蓬勃，它们从麦车一直生长到桦楠林。有朝一日，那青山绿水造就的福祉，定会成为南广县的一道独特的景观。

就此打住，唯愿疲惫的你不为这庸俗的话语所累。晚安！

她眼眶润湿，几度控制不了自己，泪水差点滚落下来。又想到今日晚宴上那个院长的恶作剧，虽有惊无险，但勾起了这些年的种种不易，她不觉心下泛起一片涟漪，读完后再也不愿意遏制眼泪，让它流了下来。她在沙发上放肆地哭泣，而这样的情景，她只能一个人感受。

她给周楚阳回了一句："晚安！"

天亮时，她在出门之前看了一眼手机，又看到周楚阳发来一句话："感谢你，你永远是我人生最重要的那部分。"

她没回，而是拉着箱子上了去深圳的高铁，她要从深圳飞往上海，去参加一个关于国学教育培训方面的研讨会。

7

飞机落地上海，立马就有会务组的人来接机，彭玉素很快就住进了酒店。按照安排，当天晚上会有一个短暂的茶话会，各个地方来的人利用这个机会互相认识认识，交流一下心得。彭玉素却被一个南广老乡接走了，此人叫张荟涵，之前由合肥做水果批发的朱焕介绍，曾经有过短暂的交往。前些年张荟涵在合肥做高考培训，彭玉素在做幼儿教育之前，曾向他请教有关市场培育方面的诸多问题。七八年前，张荟涵把合肥的公司典当给别人，去滇西某市发展，做的还是老本行，也涉足艺术培训，无奈两年后方知调研不足，地方上庙太小，根本无法施展拳脚，白白丢掉了几百万。丢了就丢了吧，他心一横，就去了上海，和一个在出版社工作的朋友一起研究各种培训教材和辅导资料，这些年挣了不少钱，名气很大，经常给南广老家的小学校添置些桌椅板凳之类的教学设施，与南广方面联系较为紧密。此次研讨，张荟涵也是策划者之一。得知彭玉素到上海，他便给她打了电话，开车去酒店接她共进晚餐。晚宴上全是南广人，在上海都混得不错，有做物流的，有做建材的，也有做汽车美容的，还有个别是法律工作者，专门为家乡人维权，官司打得溜顺。一上桌，张苔涵就一一为彭玉素介绍，又郑重地把她推荐给其他老乡。张苔涵说："如果说南广在外的女性有称得上巾帼英雄的，我看只有苏总了。"

彭玉素说："我姓彭，叫彭玉素，之前的苏羽更多的时候就只是一个商标而已。"

"彭总。"人们都说，"以后就这样叫。"

"叫名字更融洽，你们没觉得我这名字很好吗？"她开了一个玩笑。

"金风玉露，红装素裹。"律师黄训田说，"彭总占尽了秋冬之盛景。"

"你不写诗的确可惜。"张苔涵对黄训田笑道。众人也笑，他们是为初次见面加持欢乐的气氛，让这顿南广人的晚宴更加生动。

就算是在上海，彭玉素也完全没有身处异乡的感觉，反而感觉这样的场合带给她无限的亲情，除了在澄湖时不时与萧玉萍那帮姑娘待上一阵，这样的机会是很少的。更重要的是，这些常年在外打拼的南广人，都见过不少世面，无论谈吐和思维，都那么得体和准确。老实说，彭玉素很珍惜这一次与南广老乡们的见面。

他们边吃边讲一些南广见闻，最后都把话题聚焦到家乡的发展上来。最先说起的是张苔涵，他说："每次回家，感觉家乡和自己的孩子一样，每一年都在长高，这一点的确让人欣慰。"

"是啊，想起那些年，我们都曾经在心里发过毒誓，告诫自己最好不要回到那个地方去，因为它无法接纳你。"黄训田说。

"根本原因还是贫穷。"有人说。

"贫穷并不可怕，可怕的是让人看不到希望。"说话的人叫甘杰，他在上海做了十几年的汽车美容。

"南广人在很多地方找不到工作，也是贫穷所致。你想，一群受教育程度不高或者说根本没有受过教育的人，突然去一个陌生的天地，能与这个世界和平相处吗？"黄训田说。

"大家都知道这个道理，所以说嘛，发展教育事业迫在眉睫，彭总要是回乡创业，一定有广阔天地。"张苔涵说。

"也不一定。"黄训田说。

"为什么？"张苔涵问，"难道现在的投资环境还不足以撑起一所民办学校？"

"说是这么说，但要回去了才识得庐山真面目。我个人认为，南广现在的人文基础根本无法抵御投资风险。"黄训田在内心对南广的态度始终有所保留。

"你一个律师，是被官司打糊涂了。不过也可以理解，你所接触的都是世间的恩怨，来来往往的纠纷和案子，总是会让一个人过分理智。"张荟涵笑，"所谓人之常情大于常理，在你们律师的眼里就是狗屁。"

"我必须尊重事实。"黄训田说。

其他人一边听，一边寻找机会与彭玉素讨论些生意上的经验，偶尔点头和摇头，表示对某个观点的态度。而彭玉素始终认真地听他们谈话，偶尔也会插上一两句。

"我其实并不抵触回乡，但说到投资，特别是在基础教育方面，压力可想而知。"彭玉素看着张荟涵说。

"我们一直待在中国经济飞速发展的前沿阵地，往往看不到小地方的蜕变，这是一种懈怠。"甘杰插了一句。

"的确是这样，人背马驮的时代其实已经快要结束了，只是我们没有留心去观察而已。"张荟涵开始讲起那些年的事，他说，"以前我觉得一开门就见到山。那山有多高？其实也并不高，但如果要你用一生去爬它，上去了下来，下来又上去，背上背着沉重的背篓，你就会感觉到你是行走于地狱，我们的祖先就是这样活过来的。我记得有一年，我种了十亩烤烟，身上脱了一层皮，到头来差点儿不够煤本，别说化肥钱，想想真是受罪。那时候的南广，每一座山都是一个远方，一个由无数个远方构成的地方，是多么可怕！"

"受教受教！不过你说的都是事实，那些年南广人为了活着，偷抢成为惯常，也可以理解。"甘杰说。

"其实也不能这样说，贫穷并不是南广独有的属性。关键是，南广的历史成因太复杂。"他又把话题转到教育上，他说，"如果南广再不大力发展教育，根本摘除不了贫困的帽子。"

"不是说云师大附中已经在南广落地生根了吗？"黄训田问。

"是啊，听说起步良好，有望开门大吉。"甘杰说，"但愿一切遂愿，花开在眼前。"说完，他看了一眼律师，打趣，"其实我也是一个诗人。"

众人又笑。彭玉素站起身来，端起杯子说："我今天真是幸运，仿佛回到了家乡，我敬各位一杯。"

"彭总应该来点带度数的。"甘杰碰了一下她的杯子。

"是不是酒并不重要，只要能醉就行了。"她笑笑，"我其实已经醉了。"

"彭总哪那么容易醉！"黄训田说，"还不到时候呢。"

众人又笑，笑得很开怀。

"听说南广的县委书记要来上海，是真的吗？"甘杰问。

"是真的。"张荟涵说。

甘杰："干什么来了？有没有人知道？"

张荟涵："化缘来了，听说他到处化缘。"

甘杰："在南广当官犹如出家啊！"

张荟涵："可不是！但话又说回来，这年头化缘并非易事。"

甘杰："请问施主可动了恻隐之心？"

张荟涵："我早就动了，我那些桌椅板凳，是硬家伙。"

甘杰："看来要向你看齐。"

张荟涵："先看看那个姓赵的和尚能否打动你。"

简直笑得合不拢嘴，这群人今天真高兴。

张荟涵："那就都去听听。"

黄训田："去哪里？"

张荟涵："复台酒店二层报告厅，后天下午三点，姓赵的和尚当众化缘。"

"真应该去看看。"不怎么说话的那个人，叫朱国云，他在上海做物流，经常会通过绿皮车厢把上海的物品中转到南广去。

"都去看看吧，在座的各位，如果觉得他唱得真好听，咱们就重修旧庙，普度众生去。"张荟涵说完，又问，"有没有借故没有时间的？"

人们摇头。

"彭总呢？"他问，"是否也去见识见识家乡的这位父母官？"

"听你们说得如此高兴，定不败坏大家的兴致，去！"彭玉素说。

一顿饭大约吃了三个小时，大家都不觉得倦怠。彭玉素暗自在心里思忖：这些人是不是经常约在一起，没事时喝喝酒，说说南广，以此抵御身处异乡的孤独？

答案是显而易见的。就算是那些还奔忙在养家糊口一线的人，只要有时间，都会聚在一起，从彼此的脸上寻找乡愁，别说是眼前这几个了。他们已经算得上是成功人士，心里自然多了一份担当。

回到酒店，她立马又陷入了巨大的孤独。刚才在一起谈笑风生的几个男人，已经各自回到家中，在这座暂且借住的城市里，和自己的老婆和孩子相聚。此时，只有她才是一个真正的异乡人。离开南广的最初几年，由于要活下去，每天只知道干活儿，打拼，年轻的彭玉素并没有太多的时间去感时哀叹。转眼进入中年，女儿都已经大学毕业，她仍然在离故乡千里之外的地方奔波劳累，想想也真是万般凄凉。近两年来，彭玉素不知不觉陷入了无休无止的失眠之中，她深知，这是一个中年女人无法避开的圈套，不但标志着身体已经驶入人生的尴尬地带，也说明年龄在以流水的速度无边增长。她不得不臣服于自己对故乡的惦念，她真想结束在远方的一切，一身轻松地回南广去。

彭玉素起身推开窗户，想让自己透透气，那短信又在这时如期而至：

今天又上了一趟山，看了那些小树苗，感觉它们的个头儿又在夏日的阳光和雨水中长了一大截。这些都是我的孩子啊，我无时无刻不想到拔苗助长那一出，有时我真的心累。

"晚安！"她回了两个字，又加了一个叹号。

夜色盖不住大上海的灯火，这片土地上的各种事物在灯光中影印着不同的图案，纷纷投射到窗玻璃上，让她眼花缭乱。这些光亮，至少有一小部分是那些和她来自同一个地方的人创造的，这其中有做出版的张荟涵、有当律师的黄训田、有做汽车美容的甘杰、有搞物流的朱国云，还有很多运用各种本事维持营生的某某，他们都有一个共同的名字——南广。是的，包括她自己，越是这两个字经常在别人乃至自己的口中说出来，越是感觉到它的沉重。作为衣胞之地，谁也无法逃避，就算当初那些被故乡逼出来至今已数十年仍没混出个人样儿的南广人，也同样躲不开故乡的召唤，他们创造出来的那一束光亮，不管是什么样的颜色，都会给这座城市增添一份神秘。彭玉素再次翻出周楚阳的短信，重新回了一条："保重。"

8

下午三点，彭玉素准时去到复台酒楼二层报告厅，一进门，见张荟涵在签到处等着她，领她去找自己的座位。彭玉素很惊讶："怎么还设了桌签？他们知道我要来？"

"那是肯定的，每个人都有一个固定的座位，桌上摆了名牌，方便大家认识。"

"你为我报的名？"

"那是，彭总腕儿那么大。"

"好大一个碗！"

彭玉素的座位在里层一排，属于显眼位置。她刚坐下，就看见正对面的桌子上摆放着南广县县委书记赵云芃的名字。

她问坐在旁边的张荅涵："这牌子也是你摆的吧？"

张荅涵点点头，又说："帮忙张罗一下。"

"你精力真旺盛！"

"你不妨直接说我活得好累。"

两人笑了笑。

前晚一起吃饭的那几个人，也分别坐在和她同一排不同的位置，落座的时候，他们都纷纷向她招手，算是打招呼。

对面的第二排，接连坐了十几个女子，中间不带插进一个男士进去。彭玉素不解，问张荅涵："那边风景秀丽，什么来头？"

"这是南广派驻各地的女子回访队，阵容相当强大。"

"不懂。"

"南广是劳务输出大县，每年都会有序输出几十万劳动力，分布在全国各地，长三角、珠三角地区特别多，这些人主要负责对各省南广农民工的回访，到处了解他们的工作、生活和思想动态，确保用工稳定，能挣到钱。"

"真不容易。"彭玉素说。

"这世界上哪有容易的事？你看那位，他最不容易。"张荅涵指了指刚在对面坐下来的那个男人。

对面那个男人一坐下来，会场里就响起了热烈的掌声。他把桌子上的桌签往左边移了移，双手抱拳向大家致意，他笑起来很真诚，脸上却堆满了疲惫。

"这就是那个出家的和尚。"张荅涵轻声笑道。

"一看就知道非等闲之辈，的确该去南广这样的地方出家。"彭玉素说。

"是因为相貌英俊吗？"张荅涵开玩笑。

"就是。"彭玉素说完，也笑。

座谈会由南广县政协主席刘波主持。他首先对此次座谈会的主要目的和意义做了简短的说明，接着又介绍了今天到会的主要嘉宾和领导，在介绍到彭玉素的时候，刘波多说了几句："正应了那句话，高人往往藏在暗处，彭总这样的巾帼英雄，需应天时而降。"

对面赵云芃向她招了招手，微微一笑。

刘波说："今天把大家请到这个地方，主要是想听听大家对故乡诸项事业发展的宝贵意见，请各位务必敞开心扉，畅所欲言，南广需要大家的帮助，故乡需要大家共同来建设。"

发言人倒是提前有所指定，他们在之前就做了充分的准备。往往这样的会议，在时间控制上是有要求的，会前必须挨个儿打好招呼，只能专拣有用的说。最先发言的是上海容光集团公司的老总王怡雄，他欠了欠身，说："我能走到今天，是故乡给了我莫大的精神动力，所以我只想说一句话——在故乡需要我的时候，我必须回去，用自己的力量为故乡的经济社会发展添劲助力。"其实也不止一句话，他接下来又对三十年前南广贫穷落后的面貌进行了描述，对当下南广的现状谈了自己的认识，末了再一次表态："今天当着书记和各位领导的面，我可以这样说，只要南广需要我，我一定有所作为。"

这算是一个不错的开头，表态掷地有声，势力进见。接下来，发言人几乎遵从同一种模式，从当初说起，过渡到现在，最后讲了感想，一致愿意按照赵书记即将发表的重要讲话精神去努力实现一个南广人的担当。发言完毕后，刘波说："让我们以热烈的掌声，欢迎南广县委赵云芃书记讲话。"

掌声响毕，赵云芃站了起来，深深鞠了一躬，却不坐下，而是直立于原位，说了八个字："申江水暖，乡愁意浓！"

大家都在这八个字跟前飘忽了几秒钟，随即不同程度地在内心涌起了波澜。

"今天，我们相聚在祖国重要的经济、交通、科技、工业、金融、会展、航运中心——上海，共商南广经济社会发展大计。毋庸置疑，在座的各位南广籍企业家，经过多年的努力奋斗打拼，已经在这片异乡的土地上稳健地扎根、顽强地生长，开辟了南广砥砺奋进突围贫困的第二战场。在此，请允许我代表广大留守故乡的父老乡亲，对你们长期以来心怀桑梓、情牵故土，用实际行动助力家乡各项事业发展的博大胸怀和无私奉献，表示衷心的感谢并致以崇高的敬意！"

张苔涵用手肘碰了碰彭玉素，轻声说："有点水平吧！"

彭玉素笑笑。

赵云芃接着说："大家都知道，出于自然条件的先天不足和历史遗留原因，南广这些年来一直是一个'劳务经济唱大戏'的特殊县份，我们有很大一部分青壮年劳动力，怀揣梦想，匍匐在祖国的长三角地带，用非凡的智慧和勤劳的双手，追求幸福的生活和美好的未来。从近年来全县的经济总量来看，劳务经济的比重逐年增加，社会力量助力南广发展的路子不断拓宽，南广籍企业家、在外人才已经成为推动南广前行的中坚力量。放诸四海皆兄弟，处处都是有情人，南广人虽然分布在祖国的大江南北，但都有一个共同的乡愁，就是唱南广歌、说南广话、解南广疑、办南广事，同心协力把南广建设成为美丽、富裕的家乡，让南夷名邦名副其实，让南广精神屹立不倒。"

赵云芃讲完这一段，甘杰给张苔涵发来一条微信："县委书记讲话极为煽情，施主，你怎么看？"他把这条短信给彭玉素看。彭玉素轻声说："你俩算什么成功人士？一看就没个正行。"

赵云芃说："今天到了上海，走进这间会议室，看到众多带着'南广符号'的面孔，我备感亲切，无限温暖，没有一丝身处异乡的惆怅。面对在座的各位，我能体会到你们在远方摸爬滚打的艰辛，也能感受到你们身心疲惫时惦念着回家的复杂心情。但不管怎样，你们是从千千万万在外南广人之中脱颖而出的，你们是南广人的骄傲，是乌蒙大地上最旺盛的绿色植物，你们用南广人不可战胜的精神彻底颠覆了'橘生淮南则为橘，生于淮北则为枳'的古老哲学命题，不管身处何地，你们都做成了与众不同的南广人，做成了无视艰难一往无前的南广人。"

会场响起了热烈的掌声。甘杰给张苔涵发了一个表情符号。

"莫大民生，至高民事。由于南广还有很多重要的事情等着我，我在上海只能短暂停留，实在是机会难得，在今天的座谈会上，我想占用大家的宝贵时间，与各位分享三个方面的见解，权当提三个请求，切望理解、融通、关爱。"

赵云芃讲的三个方面，头句是三个排比句，第一句是"与故乡同在，生命有根"。

赵云芃说："每一个离开故乡的人，其天职都是返乡。所谓叶落归根，其精神实质是反哺、奉献和报答。我无比相信，在座的各位当初离开南广，都有一个相同的初衷，就是通过开发利用异地资源，丰满自身羽翼，最后回到生养自己的那片土地，用实际行动书写赤诚，与故乡同在。"

其实在座的南广人都清楚，南广是国家级特困县，贫困人口到目前还有29万之多。可以说，在全国范围内，这样的一个数字，一定程度上反映了南广作为一个县在招商引资方面存在的缺失，也绑定了南广在外形象的尴尬。这样看来，赵云芃化缘的难度还真大，这样的讲话就是一个穿针引线，或者叫"思想唤醒"，对于有170万人口的南广，无边的"唤醒"需要何等执着的精神意志，答案可想而知。

在全县脱贫攻坚中，赵云芃带领四家班子就"社会扶贫"制定了"两梳理、两出力"计划，即，全面梳理扶贫项目，全面梳理在外能人。通过梳理，与南广籍企业家达成"乡愁共识"，让他们出马担任贫困村经济发展顾问，出钱捐物投项目，为家乡扶贫出财力、出智力，为脱贫攻坚工作注入新鲜的血液，以此敲开社会扶贫工程的冰山一角，最后形成与其他贫困地区不一样的"南广式"扶贫模式。所以他在讲完第一方面的时候，又补充了几句："今天在这里，我想把南广体温传递给大家，烦请各位老乡不昧偏见、不辞劳顿，让情感回乡、资金回乡、项目回乡，亮出扶贫项目'菜单'，切实精准'点菜'，与我们一起共唱南广扶贫重头戏。"

甘杰在赵云芃讲话的时候迅速拉了一个群，里面有张荟涵、黄训田、彭玉素、朱国云等人。他们一边聆听讲话，一边在群里抒发感想。

甘杰："还真不是官老爷。"

黄训田："一介书生，出口成章。"

张荟涵："少安毋躁。"

赵云芃讲的第二个方面的意思，叫"与亲人同在，人生何患"。他引用了云南诗人雷平阳的诗作《亲人》里面的句子，表达了对南广这片土地的爱。他说："我来南广已经有七个年头，按理说，我也有我的故乡，我的出生地还居住着我的亲人。毫不避讳地说，我无时无刻不在思念家乡的亲人，有很多次，我在梦里回去过，但醒过来以后，发现自己仍然头枕南广这片温暖的土地，我释然了。"

"七年南广，已是吾乡。"这一句在会场里掀起了不小的波澜。甘杰在群里说："和黄律师很对路，诗人出身。"

黄训田说："你懂个毛线。"

赵云芃说："今天在这里，我想以一个留守亲人的身份恳求大家，烦请你们发自内心回到亲人中间，以一个乡贤的角色，带视野回家，带理念回家，带思路回家，带文化回家，把你们在外创业的精气神当成最好的礼物，把你们的资金、项目、信息作为最实际的回馈，让我们的亲人真正的发家致富，把老家建设成美丽富饶的后防阵地。"

群里热闹了起来。

有人说："哎哟哎哟，南广见神人了。"

有人说："带水瓶的和尚。"

有人说："雄关漫道真如铁，而今迈步从头越。"

有人说："好家伙！"

……

他不乏在讲到情动之处停顿几秒，穿插几句南广俗话，在亦庄亦谐中让人乐于接受。他以"山这边"和"山那边"来比喻南广与外界的悬殊，分析南广经济社会发展中的短板，在引经据典的同时不忘套改名言，他说："上海滩头多风浪，而在座的各位，都是蛟龙出海，不惧浪奔浪涌，管他万里滔滔江水休不休。"

"讨厌，人家都要哭了。"有人在群里说。

"少安毋躁，少安毋躁。"张苔涵还是那句话。

赵云芃接着讲第三个方面的意思：与乡音同在，使命光荣。他说："非常欣慰，作为一个南广人，我亲眼见证了南广近年来在外形象的颠覆式转变，外地人的口头禅开始由'别像南广人'变成'要像南广人'，南广人的骄傲和自信开始慢慢树立起来。"

有人点头表示赞同，有人轻声与邻座交流，似乎非常肯定他的这一说法。

赵云芃接着说："使我更加欣慰的是，今天的南广人已经在全国各地挺直腰板行走，用自身的魅力诠释了南广精神，每一个人都可以自豪地说出'我家南广'四个字。"他用"石蕴玉而山辉，水怀珠而川媚"来比喻一个地方获得的荣耀，说，"我们无论走到天涯海角，只要听到熟悉的南广乡音，都会热泪盈眶地紧紧抱在一起。"

会场掌声经久不息。群里更是热闹非凡。

——"我敢肯定，我想回家了。"

——"他是母亲派来的。"

——"天边飘过故乡的云。"

......

赵云芃的讲话持续了近一个小时，而他始终站着。他没有讲话稿，讲话的时候，眼睛始终在与会场里的人们进行着交流。他讲得口干舌燥，却没有喝过一口水。

"你怎么看？"张苔涵问彭玉素。

"挺好。"彭玉素轻描淡写，"你呢？"

"挺好。"张苔涵说，"挺好是什么意思？"

9

彭玉素于次日飞到深圳，准备回东莞。在下飞机的时候，她看见一群女子从她的前面走出机舱，聚在通道里说话，她看见有人指了指她。

"你好。"其中一个女子转过身来。

"你是？"彭玉素感觉此人有些面熟。

"昨天在一起开会，我坐在你对面。"女子说。

十几个女子都在对她微笑。

"我们是南广劳务输出女子回访队，我叫张青。"与她打招呼的女子说，"彭总大名远扬，我们能见到你，很荣幸。"

"我也很荣幸。"彭玉素说。

原来她们要到东莞去开展农民工回访工作。张青对她说："南广有不少于三万人在东莞，从事轻工业，从前年开始，县里每年都会有序组织一批人过来，今后会更多。"

"有所耳闻，但不知道他们都分布在什么地方？"彭玉素说。

"大部分都在新兴工业区。"张青说。

"也就是说，你们到东莞，主要也是待在那边？"彭玉素问。

"基本是这样，彭总如果方便，改天请你一道回访。"张青笑说。

"好啊，能在东莞见到扎堆的南广人，也算是回家了。"彭玉素也笑。

她们乘坐的是同一列高铁，但不在同一节车厢。张青提议，让其中一个小伙伴和彭玉素对调，彭玉素欣然同意。

一路上，张青总是对彭玉素讲南广这些年来在劳务输出方面开展的工作。张青说："彭总可能不知道，目前，东莞和南广开展东西部协作扶贫，一大批南广剩余劳动力通过有序组织，输入东莞，他们在这里务工，各种保障是其他地方所不能提供的。"

"看来那个赵书记确实有两把刷子。"彭玉素说。

"是啊，本来我们昨天就要离开上海的，但知道他要去，就多待了一天，目的就是听他的讲话。"另外一个女子说。

"你们在南广不是经常听到他讲话吗？还没听够？"

"这不一样。"女子说，"我们的工作性质决定了我们必须学会与不同的南广人进行沟通，赵书记在这一方面是一把好手，他有好多粉丝。"

"第一次听说一个地方官员有粉丝，看来他真的不错。"

"就是就是。"张青说，"彭总今晚可有时间和我们共进晚餐？"

"当然有啊！"彭玉素说，"来到东莞，我请你们。"

"那就严重同意吧！"张青说，"我们从不客气，特别是对你这种腰缠万贯的老板。"

另外一个女子附和："何况还是一个美女。"

大家都很开心地笑了起来。

晚饭彭玉素安排在半山酒店，档次相当高。彭玉素说："我得隆重地接待老家的亲人，他日回去还得靠着你们。"

"必须的。"有个叫燕如燕的女子说，"你那么多钱，不靠我们怎么能花完？"

一桌女子宴，看起来够惊艳的。吃饭之前，彭玉素故意把司机支开，说："你一个人扛不住，我看你还是到外面去弄点你喜欢吃的吧，我们说些私密话也方便。"

司机识趣地准备走了，说："彭姐吃完打个电话。"

燕如燕说："连司机都敢叫你彭姐，我们叫你彭总，是不是有点那个……"

"就是有点那个。"彭玉素笑，"你这姑娘，还真有趣。"

菜摆了满桌，彭玉素征求大家的意见："要不要喝点酒？"

"要喝要喝。"燕如燕说，"不知东莞的酒店是否有我们的云赤？"

"你想得美。"张青说，"云赤要是都卖到了东莞，南广不就成酒乡了？"

彭玉素问："云赤是南广的酒吗？真的好喝？"

"其实也没怎么喝过，女人家哪懂得酒好不好！"张青说，"家乡的品牌，走到哪里都会惦记，仅此而已。"

"也许是有品没牌！"彭玉素说，"我有个朋友叫周凤，做酒的，我问问她手里是否有这种酒。"

果然，周凤很快就把云赤酒送了过来，彭玉素招呼她一起吃饭。

一桌女人天南海北地扯，话题自然都离不开南广，彭玉素从她们的嘴里知道了更多的家乡见闻。有时候，她故意向她们了解家乡某个方面的情况，貌似轻描淡写，实则是在打探虚实，张青和燕如燕等女子都听得出来，她其实有回乡创业的意思。

"你认识一个叫周楚阳的男人吗？"张青无意间问了一句。

彭玉素一惊，筷子差点从手里掉了下来。她迅速收起瞬间的失态，正色道："听说过。"

"为什么突然一问？"她往碗里夹了一个丸子。

"他可有名了，在麦车种了一坡板栗树。"张青说，"他接手了一个行将没落的企业。"

"胆子真大。"彭玉素说。

"是够大的。"张青说，"但现在人们都很看好。"

燕如燕喝了些酒，提议说："姐姐们，咱们旅途劳累，老是喝这土酒也不是事，不如一人唱一首歌吧！"

"这儿又不是歌厅，唱什么歌！"张青说。

姑娘迅速嘟起了嘴，像个小孩一样撒起娇来："我就要唱，我就要唱。"

"要唱就唱点家乡的小调，让彭姐怀旧怀旧。"张青说。

"很乐意听你们唱。"彭玉素说，"二十年没回去了，倒是很想听听故乡的歌谣。"

"你先唱吧。"张青对燕如燕说。

"那我就唱一首最近一个贵州歌手的作品，很有意思，全是方言。"

"为什么要唱贵州的？"张青问。

"一样一样。咱们三川半，哪分得清云贵川？再说，那唱歌的小子，老家就在咱们对门，只隔了一条河，如果有一架梯子搭在河面上，十分钟我就能找到他。"

"有这么神奇？"

"就是这么神奇。"

"那敢情真有意思。"彭玉素说。

燕如燕清了清嗓子，从座位上站起来，双手在空中轻轻摆动，唱了起来：

我嘞家，在阿个山旮旯头，啊底嘞阳光，安逸求很。

不像之城兜嘞，尽是塑料嘞味道，钢筋和水泥。

我嘞家，在阿个河坎坎上，啊底嘞河水，清亮得很。

不像之城兜嘞，尽是污水，尽是污水。

我嘞家，在阿个金竹林兜勒，啊底嘞雀儿，精灵求很。

不像之城兜嘞，关在阿笼子兜，想飞都飞不出克。

我嘞家，在阿个癞子崖脚，啊底嘞土狗，凶求得很。

不像之城兜嘞，啊婆娘些抱几，憨求得很。

我嘞家，在阿个山旮旯头；我嘞家，在阿个河坎坎上。

我嘞家，在阿个金竹林兜勒；我嘞家，在阿个癞子崖脚。

我嘞家，在阿个癞子崖脚……

唱毕，女人们鼓起了掌。彭玉素早已热泪盈眶，她一边听，一边用纸巾擦拭眼泪。她万万没想到，在这遥远的地方，居然有孩提时代熟悉的谣曲在耳畔响起，那边随之地平翘舌不分、鼻边音模糊的吐字，天然得犹如牧童赶牛的调子，虽说有些流行元素的加入，但也纯净得如同天籁。唉，原来老家还在，四时更迭也无法洗却原乡的颜色；原来这个世界上所有的人，都还在使用着同一个太阳，只是这阳光的抚摩却是人各有幸。一个人的一生要分摊多少黑夜，其实也不是白天说了算的。彭玉素这样想着，她就突然有些思念远在安徽澄湖的萧玉萍和那十几个南广姑娘。这些年，如果说她的生命里不曾缺少故乡的元素，那是因为她们的存在。

燕如燕说，唱歌的小子就在河对面，这是真的。南广县地处云南东北，属云贵川三省接合部，三省交界处，三个村庄分别属于三个省。清晨的鸡鸣，三省的村民都能听到，所以人们把那个三条河流交汇的地方称为"鸡鸣三省"。

读初中时，彭玉素和周楚阳曾去河边的大堰街上看露天电影，从罗卓镇大房子一带出发，一小时就到了。"三岔河"的三个岸，一轮明月把清辉同时洒在那些茅草屋顶上。彭玉素和周楚阳看电影，也看那些茅草屋顶，白白的，蓬松得就像女人的头发；暗黄的，就像少年周楚阳的脸。那些一溜溜排成一串叠成数行的茅草屋，

227

在有电影的夜晚，看上去就像一幅水墨画。

"这条河有雾。"周楚阳对彭玉素说。

"它有它的。"彭玉素理也不理他。

"雾可大了，清晨的时候，雾看上去就像一床棉被。"周楚阳故意把嘴巴凑往她的耳朵旁边。

她躲也没躲，只是说："我又不是没看见过雾。"

"那你说，这三条岸上的人们隔得这么近，会不会因为这条很深的河，让他们从来没有遇见过？"

"我哪知道！"

"我再问你，冬天河风不大的时候，他们说话的声音是不是大家都能听见？"

"我哪知道？"

"我再问你……"他突然有些不好意思。

"你说嘛！"她故意有些不耐烦。

"如果那一次我没见到你在捡板栗，会不会我们就不认识？"

"我哪知道！"

"咦，别骗我了，肯定会认识，我们一上初中，老师就安排我们坐一条板凳。"

……

这是很遥远的事情了。

众人见彭玉素泪雨潸然，就没有往下接了，而是纷纷递过酒杯，邀她干杯。燕如燕从对面的座位跑到彭玉素身边，用手抚摩她长长的头发，嬉皮笑脸地说："你这姐姐，早该回家了。"

她差一点儿就说出一句"家在哪里"，然而话到嘴边，又被自己强行吞下去。她说："是该回家了。"

吃完饭，回访队的女子们连夜赶往新兴工业园区，彭玉素回到自己的家。周楚阳的短信早就来了，只是她现在才顾得上看。

"今天有些感冒，头疼得厉害。刚刚去看了医生，在医院里遇到黄茗茗，她现在是护士长，她居然没老。"

她有一肚子话想通过这条短信回过去，但她没有写下来，只是问了一句："你听过那首叫《我嘞家》吗？"

等了好久，周楚阳才回过来："没听过。很难想象，在我们二十年后的第一次对话中，我居然只能给你这样的答案。"

"晚安！"她回。

"我想哭。"他马上就回过来。

10

"去哪儿？"彭玉素从写字楼下来，刚出电梯口，碰到三层一公司的老板，那人问她。

"出去办点小事。"她给那人一个微笑，挥了挥手。今天心情不错，她穿了一件白色的衬衫，前摆扎进牛仔裤里，牛仔裤是紧身的，顺从地贴在身上，小裤脚下面是一双镶着红色块纹的白色板鞋。她行走于旗峰广场，感觉自己满身的曲线是那么招摇，仿佛青春不仅仅给自己留了个尾巴。

"去哪儿？"这是写字楼四层的一个老板，他一边与彭玉素打招呼，一边盯着她齐腰的长发。

"出去办点小事。"她同样给他一个微笑，挥了挥手。今天心情真的不错，她一早起床，就看到回访队队长张青给她发来的一条微信：与彭姐相识，此生无憾，早安！

"早安！"她回了一个。与此同时，她从穿窗而来的阳光里获得一个美丽的灵感，她要在东莞组建一个女子服务队，名字都想好了，叫"南来广聚"。什么意思呢？她希望所有来自南广的人都能在第一时间找到自己的老乡，无论遇到什么困难，总能获得亲人的帮助和提携。这个点子不错！她在心里一遍遍夸赞自己。女子服务队，可以先由两三个女孩作为工作班底，设立服务热线，同时在东莞不同的地方安插志愿者，一旦有南广老乡求助，就能做到一呼百应。"这个点子真的不错。"她小声地说了出来。

她现在是要去一所大学签一份继续教育的合同，完了顺道见一个当律师的朋友，把她要成立女子服务队的想法告诉她，请她参考参考。她们俩在一个小咖啡馆里见面，那个叫祝菲的女人问她："为什么是女子服务队？"

"女人做事，更容易些。"她这样回答。

祝菲几乎笑得直不起腰来："你一直这样觉得？"

"我的意思是，在工作协调方面，女人更招人待见。"

"你的花花肠子我还不明白，你是想为咱女人争口气吧？"

"什么都瞒不过你。"

祝菲也来自南广，在东莞已经待了十几年，她的律师事务所虽然不大，但一年下来客户不少，收入可观。祝菲这两年专注于为南广农民工维权，讨要薪水，协调工伤，调换工作，忙得不亦乐乎，南广人都称她为祝大姐。"祝大姐热线"一天响个不停，接电话的实习律师都换了好几个。

"主意是不错，但是你得每年贴进去不少钱。"祝菲笑着说。

"先做做看呗！"她说。

"你完全可以争取南广方面，设立一个南广驻东莞服务站，说不定每年还有一定的经费支持。"

"这不现实。要是条件允许，政府早就成立了，等不到现在。"她从一开始就没有想过要得到政府的帮助，所以她说，"再说，这样做也就失去了意义。"

"你弄这个，纯粹是一种奉献？"

"可以这么说。"

"南来广聚女子服务队"于一周后成立，她举行了一个简单的成立仪式，邀请了祝菲和张青参加。在东莞的南广老乡们的各种微信群很快就扩散了这个消息，此举得到了很多人的大力称赞。当天下午，服务队就接到了一个求助电话。

"我要回家！"电话里，那个男人的声音似乎稚气未脱。

"你在哪里？"接电话的蒯小玉问他。

"麻生电子厂。"那头说。

蒯小玉问："做什么垫子？"

"不是垫子，是电子。"

"你在什么位置？"

"我不知道，我才来了两个月。"

"你能用微信吗？"

"能，我可以加你。"

求助者叫和玉波，他的头像是一只兔子。

"你发一个位置给我。"

"我不懂。"

"叫你身边的人帮你。"

"好。"

服务队的两个女孩按照和玉波所发来的位置，下午就找到了他。

"你为什么要回家？"

"我不想干了。"

他穿着一条破洞牛仔裤，脏得无法形容，肩膀上搭一件黑色 T 恤。

"为什么不想干了？"

"工资发不了。"

"你才来两个月，刚上岗，怎么就知道工资发不了？"

"我没有钱。"

她们找到了工厂车间主任，了解到这孩子其实不爱工作，每天上班都在机台上打瞌睡，可以说没有一点业绩。

"你和谁一起来的？"

"乡政府的人送我来的。"

"你为什么不好好工作呢？"

"他们发给我的工资太少了，还不够交电话费。"

蒯小玉打电话到南广县劳动就业局，把这情况向他们做了反映。分管的领导说，这种情况很多，最重要的还是要想办法稳住他，让他多待一段时间，自然就适应了。

蒯小玉又给彭玉素打电话。彭玉素说，把他交给回访队的张青她们，由她们先做工作，实在不行的话再说。

这是南来广聚的第一个服务对象，的确像彭玉素所说的"实在不行"。张青带着两名工作队员找到和玉波，问他："你为什么不好好工作？"

"不好玩，每天要在机台上待八九个小时。"

"你来这里不是为了玩吧？"

他不说话，垂着脑袋。

"你第一个月领了多少工资？"

"两千块。"

"的确很少，但都因为你不认真工作。人家能够让你留下来就已经很不错了，你知不知道？"

"我不想留下来。"

"那你想干什么？"

"我要去永康，我舅舅在那里。"

彭玉素和蒯小玉又来到麻生电子厂，找到和玉波，看见他倚在墙根下打盹。

"起来！"彭玉素说。

"起来干吗？"他眼睛也不睁开。

"我重新给你找一份工作。"彭玉素说。

一听有新的工作，和玉波兴奋地跳了起来。

"什么工作？"

"会不会骑摩托车？"

"不会。"

"还说让你去送快递，你连摩托车都不会骑。"

"我喜欢送快递。"

"难不成让你走路去送？"

"那你到底给我什么工作呀？"

"你还会什么？"

他想了想，说："我会打游戏。"

"喊！"彭玉素差点儿岔了气。

"这样吧，你在这里好好工作，再待两个月，多挣点工资，我帮你开个游戏室。"

"你骗我，现在不准开游戏室的。"

"既然知道，你还打！"

和玉波不说话，脑袋一直垂着。

和玉波是南广麦车人，父亲残疾，只有一条腿，母亲智力有问题。他是家里的长子，没上完小学，在家里待到十八岁，年初让麦车乡组织"输出"到东莞。

"那你愿不愿意跟我走？"彭玉素问。

"多少钱一个月？"

"看你干得怎样。"

"什么工作呀？"

"保安。"彭玉素问，"你愿意吗？"

"愿意。"

"马上收拾东西跟我走。"

和玉波朝工厂南边的一排红砖房望了一眼，说："我没有东西。"

彭玉素将这个南广小伙子带回市区，把他交给大楼保安队队长。彭玉素对保安队队长说："多塞一个人给你，好好给我调教。"

晚上，她给祝菲打电话："我感觉我会把一个服务队开成一个收容所。"

祝菲笑说："恭喜你。"

"到底该怎么办？"

"先做做再说，你现在需要更多的人脉。说白了，你得有丰富的用工渠道。"

第二天一早，她去公司，见到穿着一身保安服的和玉波，精神十足地站在门口，见了她，很别扭地行了一个礼，说："老板好！"

她在感觉到这个小伙子无比滑稽的同时，也看出了他的可爱。

"喜欢这身打扮吗？"她问。

"很喜欢。"他说。

"好好干吧！"她抚摩了一下他的头。小伙子个头儿不矮，彭玉素几乎踮起了脚。

中午下班的时候，她看见和玉波还是很笔挺地站在那里，又问他："真的喜欢这份工作？"

"真的喜欢。"他有些羞涩。

彭玉素又叫来保安队队长，对他说："这是我老家的一个亲戚，你要认真调教，对他严格要求，争取在短时期内进入工作状态。"

"他很听话，看得出他特别喜欢这个职业。"保安队队长说。

一连几天，彭玉素上下班的时候，都看见和玉波很认真地坚守在工作岗位上，见了她，总会向她问好。一天，她下班的时候，对他说："要不要我请你吃饭？"

"现在是工作时间，不能离开。"小伙子认真地说。

"我跟你的队长说说？"彭玉素试探。

小伙子更加羞涩起来，半晌才说："我不好意思和你一起吃饭，你这么大的老板。"

"没什么，走吧！"她找到保安队队长，替和玉波请了假。

彭玉素把他带到一家云南黄焖鸡店，点了鸡火锅。开始吃饭时，和玉波很不好意思，眼睛虽然盯住锅里的菜，却始终不敢动筷子。

"吃吧！"彭玉素说，"咱们边吃边聊。"

鸡肉冒着香气，在沸腾的汤汁里跃动，和玉波用筷子捞了一块，放进碗里，却羞于动口。

"你吃东西的时候别看着我就行，你只管吃你的。"彭玉素笑着说。

一块附在骨头上的鸡肉，在他的碗里足足待了五分钟，他只是拿筷子轻轻地扒，却不见吃下去。彭玉素用勺子在锅里舀了两勺鸡肉和土豆，放进他的碗里，说："使劲儿吃，别不好意思，我也是农村人，咱们都来自南广。"

他终于忍不住饥饿，加之喷香的鸡肉实在是太诱人，渐渐地，他开始大快朵颐，吃得满头大汗，一边吃，一边抬眼看彭玉素，偶尔笑笑。

"你要是努力工作，以后你会经常吃到鸡肉。"彭玉素说。

"我会的。"他几乎是在忙碌的牙缝里挤出几个字。

"但是，干保安工资不会太高。"彭玉素说。

他停下手中的筷子，大约几秒钟，才张口问："多少？"

"三千块。"彭玉素说，"比起你之前工作的电子厂，低得多。"

他没说话，只顾着吃。

"如果你能认真地在电子厂工作，你会拿到六千块，是这里的两倍。"

"我不喜欢那种工作。"他还是没有抬头，碗里的鸡肉已经成为一堆骨头。

彭玉素又给他盛了两勺，说："你尽管吃，不够咱们又叫。"

"我喜欢当保安。"他说。

"为什么？"

"精神。"

彭玉素笑了。她说："当保安也要认真负责，必须服从你们队长的安排，咱们公司有很多重要的教学器械，要是不小心丢了一件，你赔不起的。"

"不会的，我使劲盯着。"他抬头笑笑。

"那你就先干着，如果哪天你觉得应该去找一份收入高一点的工作，你跟我说。"

"好的，嬢嬢。"他第一次这样叫她，让她内心一阵温暖。

晚上，她给祝菲打电话，说："我终于心安理得地原谅自己了。"

又过了几天，彭玉素找到大楼保安队队长，问："这孩子怎么样？"

"很听话，而且非常聪明。"保安队队长说。

其实，这些保安并不是云众教育的，而是整栋写字楼的保安。彭玉素把和玉波安置进保安队，是提前与物业公司商量过的。彭玉素说："我有一个亲戚，我想把他放在这里待一个月，让那个保安队队长好好替我管教管教，工资由我来付。"

一个月过去，彭玉素又找到物业，说："他喜欢这份工作，你们可不可以让他多待一段时间？我继续支付他的工资。"

物业说："保安队队长说了，这个小伙子很踏实，人品又好，干得真不错，让他留下吧，我们正式录用他。"

彭玉素很开心，感觉自己做了一件非常漂亮的事，而且是对自己的一个同乡，这让她更加坚定了信心。她想，女子服务队的起步是良好的，虽然会倒贴进一些钱去，却聚拢了更多的宝贵资源，这对她自己也非常有用。

晚上九点，她没有收到周楚阳发来的短信。她一直触动手机屏幕，不让光亮消失。

十点钟，短信还是没来。

11

南来广聚女子服务队的办公室里人头攒动。

"好家伙！生意兴隆啊！"彭玉素刚走进门去，就听到蒯小玉扯着嗓子喊："别着急，一个一个说。"

"什么情况？"放下包，彭玉素挤进人群中，问蒯小玉。

"我也不知道，他们来了好一会儿，但还是没有把问题讲清楚。"蒯小玉直挠头。

"谁是带头的？一个人说就行了。"彭玉素目光扫视人群。

为首一个四十岁左右的中年男人操着蹩脚的普通话说："我来讲。"

"你讲吧！"

"是这样的。"中年男人说，"他们把我们的人打了，住了一个多月的医院，完了不给医药费。"

"胡说。"在他对面的男人年龄和他差不多，很瘦，尖嘴猴腮的，"明明已经掏钱了，就是不肯承认。"

"别吵别吵，先说说到底是怎么一回事。"彭玉素站在两人中间，摆了摆手。

"我先说。"

"我先说。"

"你先说吧。"彭玉素指了指最先说话的中年男人。他的脸上有一颗豆大的黑痣，黑痣上长出来一根很长的毛，他说话的时候，那根毛在黑痣的抖动中一闪一闪地颤动。

"他们把我们的人打了。"他说。

"后来呢？"

"后来住进了医院，一个多月。"

"出院了吗？"

"出院了，但他们没给钱。"

"医药费付了吗？谁付的？"

"医院报了，但他们只给报不了的那部分。"

"这么神奇？打架也能报账？"

"早知道就不瞒着医院了。"

瘦瘦的男人忍不住了，说："你们是住了院，但现在人已经好了，出了院，你们不是一分钱都没有出吗？为什么还要我们给钱？"

脸上长胡子的男人说："当初住进医院的时候，咱们是商量好的，他们打了人，医药费由他们出。但是他们为了省钱，就提出来要我们合伙欺骗医院，说人是从楼上摔下来伤的，这样可以按新农合报销医药费。"

"你们同意了？"彭玉素问。

"开始不同意，后来，他们说，要是不报销，会花掉好大一笔钱，不如说是摔伤，报销的部分可以给我们一半。"

"你们真是够聪明的，这主意也能想出来。"彭玉素说。

"那能怎么办？反正能节约一点就节约一点呗，哪晓得人一出院，他们就死不承认。"胡子男人说。

瘦男人不屑地说："你要是这样，咱们就重新去医院，就说人是我们打的，钱我们该出多少就出多少，反正都是给医院。"

胡子男人指着他说："你真是没良心，把人打了，咱们也没说什么，就只图把人治好，钱没管你们多要，你居然有脸耍无赖！既然这样，我们只有打还你，医药费也我们出。"

"你有这本事？"瘦男人一步迈过来，指着他的脸。

彭玉素张开双手拦住，问："你们为什么要打架？谁打的谁？"

"他儿子打我儿子。"

"哎哟！"彭玉素说，"原来你们都是监护人。说说，孩子多大了？"

"二十二。"

"二十三。"

"都是成年人了，为什么打架？你们不远千里来到这里，不管好孩子，让他们在这里打架，有你们这样的家长吗？"

"谁管得住谁管，反正我是管不了，一天到晚惹是生非，我哪有这么多钱去赔！"瘦男人说。

胡子男人也叹气道："能怎么样！该教育的我们都教育了。上个月他刚打了一个东北人，赔了一万多，现在又被别人打了。"

两拨人分站在两边，听彭玉素和这两个男人说话，不时为各自的一边帮腔两句。

"因为什么打的架？"彭玉素问。

两人都没回答。旁边一个抄着手的年轻人说："还能因为啥？女人呗。"闻言人群中有"嘿嘿嘿"的笑声。

"我看你们还是好好商量，把事情妥善解决好。医院那边也就不说了，反正账也报了，没必要说出来。我建议，分给他们报账部分的一半，你看如何？"她把头转过去，望着瘦男人。

"没钱。"瘦男人说。

"那……你的意思是说，让他们打还你们？"

瘦男人不说话。旁边抄着手的年轻人说："你就给了呗，花钱买个平安。"

站在他那边的一个年轻妇女也说："要我说的话，多少给人家一点，老是打打杀杀的，也怪丢人。"

彭玉素说："你们既然都找到这里来了，就听我说一句，该给钱的还得给，至于给多少，你们自己商量，要是你们都不愿意，最好的办法是去派出所一趟。"

"还以为你是为我们解决问题的，没想到你是在坑人。"胡子男人没好声气地说。

"这种话也说得出来！"抄着双手的男人也说。

彭玉素一时说不出话，气得直打哆嗦。

"走吧，该打还的，还得打。"

"你们是不想过太平日子了！"彭玉素厉声说道。

人群中有一个女人站出来说："人家这位大姐说得对，有事好好商量，来这里打架真的要不得，赔多赔少，只要说到一条路上，就将就着一点。"

"是啊！"

"是啊！"

瘦子男人好像觉得拗不过，知道事情已经到了这一步，多少是要赔一点的，便说："一口价，两千块。不干拉倒，要杀要剐任由你们。"

"行吗？"彭玉素问胡子男人。

"报账都报了一万多，只赔两千块，也太说不过去了。"他说。

"要不，我来折个中？"她看了看他们，接着说，"这样的事情如果到派出所去说，你们会各自先挨五十大板，知不知道这个道理？"

"谁不知道？"瘦子男人说，"所以就找你们了嘛。"

"既然信任我们，就应该听我的意见。"彭玉素说。

两人都点了点头。

"两千块既然太少，那就再加一点，三千。"她见瘦子没说话，就转过头来对胡子说："你也别讲价了，差不多就得了。"

在两拨人的一致劝导下，双方达成了一致，相继离开了女子服务队。

蒯小玉定定地望着彭玉素，半晌才说："彭姐，我们这样干工作恐怕不行吧？"

"什么意思？"

"他们明显欺瞒了医院，又是打架斗殴，应该受到法律的制裁，你一个折中就把事情平息了？"

"那还能怎么样？把他们抓起来？"彭玉素望着蒯小玉。

"不是……"蒯小玉说，"那他们还会打架的。"

"打架难道不需要成本？"

"反正我觉得这样做，有违我们服务队的宗旨。我认为，应该好好给他们上一堂政治课。"

"我都快气糊涂了，还上什么政治课！"

"我建议，以后要是再遇上这种事情，直接把他们送到派出所去。"蒯小玉觉得，彭玉素今天在这件事情的处理方法上，实在是不对。

彭玉素拍了拍蒯小玉的肩膀，轻言细语地说："小姑娘，事情哪有你想象中的那么简单！你要是把他们送到派出所去，咱们服务队就无法立足于南广老乡之中了。你想想，他们来找咱们，是不是希望咱们能帮到他们？"

"但你这不是帮他们，而是害……"

"我何尝又不知道！但有些事情，恐怕谁都没有办法。说到底，还是咱南广人的素质有待提升，任务艰巨啊！"她说到这里，叹了一口气。

晚上九点，周楚阳的短信没有来。她拿出手机，找到号码，想主动发一条短信过去。

她为自己瞬间的想法感到不可思议。怎么能这样呢？二十年的对峙就这样算了？如果她此时主动发一条短信，导致的结果只能是两个字——妥协。不，绝不是妥不妥协这么简单。她的心怦怦怦地跳了起来。"你真是一个愚蠢的女人，你应该为你瞬间的冲动受到严厉的惩罚。"她警告了自己。

然而她始终无法平息自己的情绪，究其原因是好几天没有收到周楚阳的短信了，是他先妥协了吗？抑或是因为他太忙。对了，不会是那一坡板栗树出了什么事吧！她的胸口就像有一把火烧起来了一样，无边的炙热让她喘不过气来，这种感觉在十五年前有过一次。那时候，她刚和那个叫赵敬哲的江西男人领了结婚证，那男人在回老家报喜的途中出了车祸——她一巴掌甩在自己的脸上，更疼。为什么要在这个时候想起这一幕？那是纠缠一生的伤疤啊！她甚至感到自己即将窒息，伸手去拿茶几上的茶杯，就在这个时候，她的手机"叮"的一声。

她长长地舒了一口气，旋即打消了喝水的念头，她断定那条短信是周楚阳发来的。

然而不是。发短信的是祝菲，她说："听说彭总的女子服务队生意兴隆。"

"还行。"她回了两个字。

她在此时突然想起王白璐，于是想给王白璐打一个电话，通过王白璐了解一下周楚阳的近况。

电话响了一声，就被挂断了。几秒钟后，那头发来一条信息：开会。

前些天她和朋友去看了一场话剧，里面有这么一句台词让印象深刻：化解痛苦的能力需要你自身的修炼，唯一的秘诀和心法，就是宽恕与接纳，而宽恕与接纳用一个字来代表，就是爱！

　　"这句话就是送给我自己的。"她对她的朋友说。

　　"啥？"朋友不解。

　　"没啥。"她笑了。

　　还是应该给他发一条短信。她劝导自己。那就发一声问候吧：保重！

　　之前她给他发过这两个字，让他万般激动。

　　但是周楚阳今天晚上并没有回她的短信。也许是没有看见吧，她又发了一次。
她分明感觉到自己是一个好不懂事的小女孩，她不知道自己为什么会变成这样。

　　宽恕，接纳，爱。是这样吗？那场话剧里最经典的台词，把她彻底出卖了。

　　她拨通了周楚阳的电话。她拿电话的那只手不住地颤抖。

　　电话通了，里面的彩铃是一首歌：《那些花儿》。

　　那片笑声让我想起我的那些花儿

　　在我生命每个角落静静为我开着

　　我曾以为我会永远守在她身旁

　　今天我们已经离去在人海茫茫

　　她们都老了吧

　　她们在哪里呀

　　我们就这样各自奔天涯

　　……

　　"喂，是你呀！"那头发出了声音，但很微弱。她没有回答，只是静静地听着。

　　"是你吗？"

　　她挂断了电话。

第六章　南广简历

1

全省劳务输出暨就业扶贫现场会要在南广县召开，时间定在下月中旬。

一大早，周楚阳就接到南广县劳动就业局副局长钱崇东的电话。钱崇东问："周总可在山上？"

"我在医院里。"周楚阳有气无力。

周楚阳是因为一场重感冒住进医院的。从未因为感冒住过院的他，这次真的扛不住了。吃了几天药，在卫生服务站打了小针，还是感觉到浑身越来越没有力气，四肢发酸，头痛欲裂，最可恶的是，居然发起了高烧，三十九摄氏度。

顾羽把他送去医院，办了住院手续，就挂上了液体。顾羽劝他不必太操心山上，说眼下苗木长势良好，让它们自己撒欢儿长去，之前已挂果的板栗苗，已经过了"落果"期，也不用太多牵挂。"这几年我多少也积攒了一些经验，周总就放心吧！"顾羽说。

周楚阳点点头。输液杆上挂着三个塑料袋，装满乳黄色和白色的液体，米粒大小的水珠子有节奏地往静脉里钻，让他感觉到自己仿佛变成了一座小型水库，被动地接纳着一种预谋中的注入。但他没了说话的力气，就算是说一个字也显得那么吃力。顾羽和他说话的时候，他原本是想答一句的，最后还是没有说出来，他的头脑里各种语言搓麻绳似的搅在一起，就算勉强说出一句，也有可能不是他自己想说出来的。

实际上是高烧把他弄糊涂了。鼻梁上就像有一艘船，顺着眼角的余光使劲儿往输液杆的顶部划过去，让他变得无比疲劳。他总是不断地睡过去，不断地醒过来。

钱崇东说："周总可不能在最关键的时候倒下去，南栗是我县最可以看的内输战场，贡献不小，到时候不但要实地参观种植基地和深加工车间，而且还要让你在大会上发言。"

"我会准备的。"

"什么时候碰头？今天下午如何？"看来钱崇东不准备给他休息的时间。

"我这边液体跑完，就抬屁股走人。"周楚阳说。

"眼下也只能这样。"钱崇东说完就挂了电话。

下午三点，李峡直接用车把他拉到县劳动就业局去。

钱崇东在一间会议室里接见他。会议室里有一张很大的圆桌，却只坐了三个人。

钱崇东说："省里最终决定把现场会拿到南广来召开，一是因为南广是劳务输出大县；二是认为我们有看点。"

"我觉得，南栗现在没什么看点。"周楚阳说。

"所以现在就要制造看点。"钱崇东笑。

周楚阳也笑："看看山上还可以，有几百万株小苗在风中摇头晃脑。"

"生产基地呢？"钱崇东问。

"目前机器们按兵不动，倒是可以让工人们去站几个纵队。"

"不行。"钱崇东说，"县里领导已经说了，得让机器转起来。"

"空转？"

"你自己想办法。"

周楚阳此时想再开一个玩笑，却又不知要从哪里找一个噱头出来。

"县领导应该知道现在没有产品可以深加工，是不是急糊涂了？"周楚阳实际上是在提醒钱崇东。

"也只有周总这样财大气粗的人敢开这样的玩笑。"钱崇东说，"不管是不是他们糊涂了，办法也还是要想的。"

李峡在一旁说："咱们不一定非要搞这些形式主义的东西，到时给领导们说清楚就行。"

"这是敷衍，是不负责任，或者说是辜负领导的信任。"钱崇东有些不高兴，"全省的现场会，几百双眼睛在看着南栗，你就这种态度？"

"钱局长无须着急，咱们再想想办法。"周楚阳说。

"必须想办法。"钱崇东说，"另外，典型交流材料要提前准备好，下周发给我看，最后交县领导审定。"

"没问题。既然县领导工作这么细致，我们也不能打绊脚。"周楚阳表态。

出了劳动就业局，李峡气愤地说："这个副局长官不大，架子倒不小，动不动就拿县领导吓唬人。"

"忍忍吧，以后你会经常和他打交道。"周楚阳说。

"现在去哪里？回医院吗？"李峡问。

"医院明天再去，咱们先回公司。"周楚阳说，"顺便理理头绪，把交流材料的提纲整一个出来。"

刚到公司楼下，县政府金鸣副县长的电话就来了。

"听说周老板龙体欠安，要不要我亲自来慰问你一下？"

"已经有人慰问过了，刚刚。"周楚阳说。

"谁这么不识时务，敢越俎代庖？"金鸣笑起来。

"倒是没有越俎代庖，人家句句话都把领导挂在嘴上。"

李峡在旁边听他和领导开起了玩笑，就大声说了一句："挟天子以令诸侯。"

"谁这么放肆，敢让南广新晋企业家蒙受委屈？"金鸣应该是听到了李峡的牢骚。

"没有的事，都是感冒惹的祸，头脑神志不清，说话颠三倒四，金副县长切莫计较。"

"什么时候能好起来？"金鸣的意思是，要亲自见他。

"刚输了液，应该很快，金副县长如果现在召唤，我马上就过来。"

"不用不用，你先养养身子吧。"

晚上勉强喝了一碗粥，周楚阳就把手机往沙发上一扔，躺到床上去了。

第二天，他们照例一大早就去了医院，挂上液体，他又断断续续地打起盹来。

李峡说："周总好好睡吧，我会看好液体的。"

"是不是这些药物去往身上，把整个人都弄糊涂了？"他对李峡说。

"感冒就是这样的。"李峡一边整整他插着针头的手背，一边说，"那天晚上周总为何被大雨浇得如此狼狈？你手里分明拿了一把伞，为什么不撑起来？"

他笑笑说："当一场雨下到你心里去的时候，伞往往是多余的。"

"不懂。"李峡说，"那个女的怎么样了？"

"好着呢。"他说。

那天晚上，李峡送他去见王白璐，地点是南泰路一个叫"黑匣子"的酒吧。

"为什么要去一个酒吧？老大不小了。"他在电话里问王白璐。

"谁说年龄大了就不能去酒吧了？"王白璐反问了他一句，"照你这么说，年龄大的人，也不能有事没事拿一颗板栗往嘴里送。"

"去酒吧干什么呢？"雨很大，车玻璃上挂着一层水帘。

"消遣时光呗，顺便怀旧。"王白璐有些生气地问，"你废话好多，到底来不来？"

"没说不来。"周楚阳说，"等我二十分钟。"

他走进酒吧，寻到王白璐的卡座，见她一个人坐在那里，面前的茶几上摆了好几瓶啤酒，已经有两个空瓶子横躺在桌子上。

"你怎么能这样？你的身体不允许你喝酒。"周楚阳把两个空瓶子扶了起来。

"屁话！"王白璐说，"这世界上没有什么是允许的，也没有什么是不允许的，我就见不得老是喜欢用规矩捆绑一切的人。"

"王大小姐任性起来是那么美丽，但要是不把喝酒与身体的关系往道德上扯，会更美丽。"他把剩下的几瓶酒往桌子的另一边移，让它们尽量与王白璐离得更远一些。

"我不吃你这一套，你没发觉你有多 out 吗？你再这样下去，姓彭的肯定不会回到你身边。"如果说两个空瓶子都是被她喝空的，那她就已经有些醉了。

周楚阳此刻想给她一个生气的表情，但只是眉头蹙了一下，觉得这样可能不妥，还是脸上堆笑，说："我的意思是，你比我更需要保重身体。"

她把一瓶酒放到周楚阳面前，给了他开瓶器。她是在命令他打开那瓶酒。然而周楚阳没有动，他只是笑。

"我再也没有必要在你面前装矜持，人生的各种际遇，不是为你而来的。"

"这样好吗？"周楚阳感到莫大的尴尬，握着酒瓶，开也不是，不开也不是。

王白璐把酒抢过来，"啪"的一下就把酒打开，也没倒酒，而是将整个瓶子递给周楚阳。

"你看着办吧！"她看起来真的很生气。

"借酒浇愁吗？我心情那么好，我看还是算了吧。"周楚阳也不知道自己为什么要这么一说。

她把酒拿过去，对着嘴就吹了起来，酒瓶里有气泡在灯光下闪烁着。

"好吧好吧，给我。"周楚阳大叫，"你这大小姐，我服你了。"

他也像王白璐一样把瓶口放在嘴里，使劲儿喝了起来，却感觉庞大的气泡往喉咙上堵，让他喘不过气来。他不得不停住嘴，把瓶子举起来一看，还没喝掉半瓶，于是重新开始，使劲儿喝，眼睛里呛得满是泪水。

王白璐坐在对面"咯咯咯"地笑，边说："真看不出半点英雄气概，这么好的一个男人，也有窘迫的时候。"

"你就作吧！"周楚阳好不容易喝完瓶子里的酒，松了一口气。王白璐又打开一瓶，递了过来。

"喝吧，我的英雄。"

"不喝了。"周楚阳用纸巾揩了揩嘴，说，"眼泪呛了一地。"

"喝。"王白璐说。

"为什么要这样？"周楚阳问。

"陪我喝一次有这么难吗？"

"嗯。"

她又把酒抢过去，吹了起来。

"你就别喝了，我的姑奶奶。"他从她手里夺过瓶子，一口气把酒喝干，打了一个酒嗝儿，说，"谁还不能甩个三瓶五瓶的。"

"这样就对了，别让我觉得你不是一个男人。"王白璐认真地看着他。

"你到底又怎么了？我的本家大哥呢？"周楚阳说的是那个叫周春捷的男人，那一次在王白璐家里，她说她和这个男人好上了。

王白璐被问得措手不及，顿了顿说："喝酒的时候，提他干吗？"

"你和他根本没事，别以为我不知道。"

"你以为你很聪明？"王白璐说，"为什么就不能是他呢？难道你认为我这一辈子真的赖上你了？自作多情！"

他坐到她身边去。这时，服务生送来几碟小吃。

"滚过去！"王白璐身子往一边挪，"别让我看出你的猥琐。"

他有些尴尬，正准备抬起身子来，又被王白璐擒住了手腕，使劲儿往下拖了一把，导致他一个趔趄，身子乖乖地落在原地。

"你这是唱的哪一出？"周楚阳看见她在灯光下黝黑的头发，发际线处有一道缝隙。

"天啊！"他不小心叫了出来。

"你怎么了？我弄疼你了吗？"王白璐身子往他这边侧了过来。

"你的头发！"他指着她的发际线。

王白璐用手揩了揩头发，说："怎么了？你看到白发了吗？"

"不是。"周楚阳更加窘迫，半晌，才问了一句，"这是……假发……"

王白璐似乎看了他很久，才悠悠地说："我还以为你早就猜到了。"

他一下子就陷入极度的慌乱和恐惧中。他想，这蓬松的头发盖着的，是不是一颗无比虚脱的光头？他不敢想象王白璐是什么时候做了化疗的。在此之前，她一直对他说她没事，她在他面前极力地表现出无比坚强的样子，让他不得不相信她。然而现在，他万般后悔，仿佛自己犯下了滔天大罪，不可饶恕。

"白璐！"他小声地唤她。

"哎呀，酸死了，你怎么这样？"王白璐"哈哈哈"地笑了起来，"也不枉周老板亲自关心了一下，看来我死了也值了。"

他用手去堵她的嘴，眼睛里涌出了泪水。这时，服务生送来了一个果盘。

"你放心吧，长出来了，只是还很短。"服务生咚咚咚咚下楼去。

"真的？"

"要不要我揭开给你看看？"

"我要看看。"

她很熟练地把头上的假发旋了下来，就像旋一个瓶盖。她的头上刺一般地立起很多发丝，像雨后春笋，看起来是那么茂密。

周楚阳终于孩子般地笑了起来，一把将王白璐拥入怀中，泪水滚落在女人热乎乎的脖子上。楼梯间响起服务生"咚咚咚咚"走路的声音，王白璐一把把他推开，说："你就不能乖一点？"

他"嘿嘿嘿"地笑，拿起开瓶器，将一瓶啤酒拧开，咕咚咕咚地喝了起来。

"真是个奇葩！"王白璐在他脸上狠狠地掐了一把。

他又喝了一瓶。

"咱们结婚吧！"他说。

"滚！"王白璐没有看他，"我想告诉你一件事情。"

"你是不是说你和那个姓周的老头儿在一起了？鬼才相信！"顿了顿，他又接着说，"什么事呢？难不成是别个？"

"本来我一直相信，有一天你会是我的。"王白璐说，"但当我见了她，才真正发觉，我这样做是在犯罪，她那么爱你。"

"你见了她？什么时候？她在哪里？她有没有……"周楚阳意识到自己的唐突，没有把问题问完，他实际上也知道，他问得太多了。

王白璐笑。王白璐说："刚才你还在向我兜售自己呢，你终于袒露了内心。"

"我……"周楚阳说不出话。

"只有她和你才是天生的一对，你们之间失去的太多了。"

"你真的见了她？在什么地方？"半晌，他又问。

"一个月前吧，在南广。"王白璐对他说，"一说起她，你就两眼放光。"

"我不敢相信她回来过，她到底还是没有见我。"周楚阳说。

"哪有那么简单？"王白璐狡黠地笑了起来，"不过，她算是见过你了，至少她听到了你的声音。"

"那就是说……"周楚阳抓了抓头，"是不是在你家里？那天，你一直盯着卧室看，我还以为里面有一个男人。"

王白璐笑得不行。她说："想不到吧？那天，你那么猥琐！"

他没说话。半晌，他喝了最后一瓶啤酒，把头埋在怀里，使劲儿地哭了起来。

外面大雨滂沱。两人看了看窗外，意识到该回家了。王白璐扯了扯周楚阳的臂弯，说："周大老板，你该回去反省反省了。"

结了账，走出酒吧，李峡在外面候着。周楚阳让李峡先送王白璐回去，完了才回来接他。

他把手中的伞收起来，自己走到雨中去。雨帘中有各种声音，还有各种颜色的灯光。他把自己淋透了，就在街边坐下来，他想抽一支烟。

这么大的雨中，哪有一支烟？

2

周楚阳为全省劳务输出暨就业扶贫现场会准备的典型交流材料被钱崇东改了，按周楚阳的说法，是"改得一塌糊涂"。

不断堆叠的官话，套路式的总结和打算，没有一点人情味。周楚阳问钱崇东："这种东西，说的还是人话吗？"

"你想挑战极限？"钱崇东说，"如果你想按照原稿讲，现场会肯定被你砸了。到时候，就算周总有多大的来头，估计也负不起这个责任。"

"钱局长所说的负责，就是不断地捏造和歪曲？"周楚阳说这话的时候，是笑着的。

"你怎样理解都行，但不能挑战县领导的极限。"钱崇东没好声气。

"不是最后还要给县领导把关吗？"周楚阳给他递了一支烟，他没接。

"你还指望着县领导给你维持原判？"钱崇东的笑声充满了极度的藐视，让周楚阳觉得很是委屈。

当天下午，副县长金鸣召见了周楚阳，说的便是此次现场会的准备工作。

"听说周总很是压抑？"一见面金鸣就打起了哈哈。

"很是压抑。重感冒造成的后遗症。"周楚阳说。

"那材料还真不是我最后把关，你知道的，我不分管劳务输出。"

"那金副县长就打算听之任之？"

"你这话说得！"金鸣给他沏茶，"不要相信我们只会放烟幕弹，谁分管都得实事求是，你就别计较太多了。"

分管劳务输出的副县长叫兰波，是此次现场会筹备组的办公室主任，这几天在忙着到各个备用现场调研。按钱崇东对周楚阳说的："改天兰副县长会专门去你的种植和生产基地，定会给你找出一大堆短板，到时候你得想办法补齐。"

"兰副县长过两天回来，有什么情况我会事先与他沟通，周总莫要心急。"金鸣说。

"我的观点是，尽量不夸大其词，得让人家看到最真实的一面。"周楚阳说。

"原则上必须这样，现场会不仅是为了交流经验。"金鸣说，"但话又说回来，首先要让人家看到希望。"

按照金鸣的意思，既然全省各地州及县区的领导要来，该让他们看的，还得让他们看。肯不肯定并不重要，重要的是能不能就这种模式生发出有用的思考和建议。本来这次现场会的主题是劳务输出和就业扶贫，周楚阳的南栗能够进入参观的行列，是奔着"解决了多少剩余劳动力"去的，当然这也是就业扶贫的一个重要内容，但南栗的短板在于，目前仍只处于创业的初级阶段，很多东西暂时谈不上经验，贡献就更不用说了。金鸣是想通过这次现场会，让南栗模式正式进入公众视野，说白了就是一个宣传。

"至于经验交流，就等兰副县长修改定夺，我相信我们在很多方面都能够达成共识。"金鸣对周楚阳说，"你要先找好汇报的突破口，抓住问题的关键。"

两天后，县里召开现场会筹备会议，县委书记赵云芐出席会议并对筹备工作做指导。

筹备会议在政府小会议室召开，县四家班子在家领导全部参加，有关部门主要负责人和本次现场会涉及的要现场参观的企业负责人都来了。周楚阳坐在赵云芃的正对面。

副县长兰波就前期准备工作做了汇报，人力资源部门也做了补充，接下来是政府各副县长就个人分管的部门存在的问题进行发言，汪县长安排了下步工作，最后，赵云芃做指导讲话。

赵云芃说："省里决定把现场会放到南广来召开，一方面体现了省领导对南广工作的肯定，另一方面，是因为南广是全省脱贫攻坚的主战场，一个劳务经济占决定性比例的地方，人力资源工作不仅存在全省的共性问题，更存在着其他地方所没有的个性问题。我们的筹备工作，要有一个正确的定位，既要总结好工作上的经验，更要梳理好存在的问题。所谓现场会，就是现场借鉴经验，现场解决问题，现场消化矛盾。所以，我们一定要充分考虑、科学谋划，把现场会开出现场感，不夸大经验，不歪曲事实，不临阵磨枪，必须在维持原状的基础上进行总结，在工作打算上拿出实招，在存在的问题上找出解决问题的办法。"

赵云芃讲到这里，临时加了一个环节。他说："刚才各位分管领导就各块的工作已经提出了很有价值的意见，我完全赞同，但我有一个想法，既然现场参观的企业代表都来了，不妨听听他们的意见，这样一来，我们也能够更有针对性地开展筹备工作。"

锦源木业的老板邹聪率先举手发言。他说："锦源在南广已经七个年头，照理，这样一个企业不应该还在解决逐年亏损的问题上挣扎，与其他要参观的企业相比，我们是谈不上经验的。这些年来，政府每年都会有各种规格的现场会召开，每一次都没有放弃锦源，这对我来说，是一种鼓励，更是对一个地方企业的挽留和帮助。今天在各位领导面前，我想说一说我的意思，那就是：虽然我们在解决劳动力就业的问题上做了一定的贡献，企业的负担却在进一步加重，究其原因，还是产品销售渠道的问题。我们的产品大多远销东北、长三角地带，很受青睐，但营销成本高得难以想象，致使我们无论如何想办法，也无法降低运输等各个环节带来的风险。我们做了一个调研，南广及其周边地区，或者说是在全省范围内，对使用上乘原木是相当抵制的，我们的家具行业仍然处于一个粗制滥造的阶段，质量意识缺失，环保意识缺失，精品意识缺失，文化意识缺失……抛开个人利益不说，我们南广有那么多的木材资源，如何利用、如何创新、如何融入的问题亟待解决，如何凸显优势的问题亟待解决，我们能不能在这个现场会上把这些问题都拿出来探讨，以便集中智慧、集中经验，争取得到更高、更有效的平台支持，让就近解决劳务输出和支持本土企业发展更好地结合起来，真正形成南广经验，真正体现南广做法。"

"大家觉得呢？"赵云芃向在座的各位征求意见。

没有人说话。赵云芃再次提醒："邹总的这个问题很有针对性，大家有什么见解不妨提出来，千万不要理解成是一个企业在关键问题上向大家发难。"

还是没有人说话。赵云芃点了副县长兰波的名，要他发表自己的看法。

兰波说："这个问题是南广所有本土企业的共性问题，邹总刚才说其他企业或多或少有经验可以总结，实际上也只是行业优势在特定区域的显现。如果把现场会开成一个聚焦问题的会议，恐怕有悖省里的意思，我的建议是慎重。真要研究问题，我们可以在现场会结束以后再认真考虑。"

"你的意思是，一个满是问题的企业，也必须站出来总结经验？"赵云芃问兰波。

兰波一时答不出话，只好说："一切由书记定夺。"

"那我只能理解成大家都在推卸责任。"赵云芃说完，指了指周楚阳说，"南栗是新晋企业，很多问题还没有完全暴露出来，周总就算有一双能洞察未来的眼睛，恐怕也有四面楚歌的时候，你也说说你的想法吧！"

周楚阳说："问题肯定是要讲的，不管要不要实现现场聚焦，有问题就要勇敢面对，这样才对得起省级会议。"

"有干大事者的风范。"赵云芃笑笑，"我就臣服于你的临危不惧。"

周楚阳也笑，说："目前南栗的问题既不是盈亏，也不是未来打算，而是乡土可能性。"

钱崇东与旁边的一个政府办秘书交头接耳，赵云芃看了他俩一眼。

"从现场会的角度来说，南栗无疑是毫无经验可言的，这一点想必大家都很清楚。如果一味强调总结经验，很难说这不是一种欺骗。"

钱崇东又侧过脑袋与旁边的人说话，那人没理他。

"那就说说你的想法。"赵云芃说。

"如果非要参观，就参观种植基地，生产车间就算了，现在也不是适合产品深加工的时候，再说，现在也没有栗子可以加工。"周楚阳说，"关于典型交流材料，我的态度是尽量实事求是，可以说说我们的规划和打算，但更多的是说问题。"

"问题可以说，但是困难不一定。"赵云芃插话。

"那是自然，困难是留给解决困难的人的，创业的过程其实就是不断解决困难的过程，它本身并不值得一提。"

赵云芃说："说得非常好。"

周楚阳接着讲："我想说的是，南栗的存在是否有生长的可能性，是否能在一定程度上代表高原特色农业的质地，是否会成为一种有价值的个案，无论是从带动、引领还是盈利等方面来说，还是我们对市场和消费者的判断是否准确——都需要有更高远、更广阔的眼光来辨识。在这样一个省级层面的会议上，我们必须紧紧抓住有思考空间的问题来做文章，只有这样，现场会才会有南广色彩，才能达到想要的目的。"

兰波在周楚阳讲完的同时抛出了他个人的顾虑，他说："按照以往的惯例，在什么地方召开现场会，就是向这个地方学习，所以才设置了参观和经验交流这个环节。如果我们突出了问题导向，会不会给别人留下不好的印象，一定程度上影响南广的声誉？还有，省级领导方面……"

"其他人是否还有话要说？"赵云芃打断兰波，同时目光扫视会场。

众人都摇了摇头，表示没有意见。赵云芃说："既然大家都没有把握触碰这个问题，我就说说自己的观点。我觉得两位的发言值得考虑，现场会如果要开出效果，就要突出南广特色，发出南广声音。以往的模式，大家都很清楚，走一走，看一看，经验交流大家谈，这样的话，就是为开会而开会，解决不了问题，达不到目的。最近，省委领导反复向咱们基层干部提出要求，不能搞层层捆绑、层层转包、层层推诿，工作一定要抓实抓细。从这一点来说，省里释放了一个信号，那就是坚决摒弃形式主义，如果还像以前那样开现场会，肯定会让省领导不满意，甚至大家都不满意。"

兰波插话："省里会派人力资源厅的同志下来打前站，我们是不是要先把这个意思向厅里报告，顺便探探口风？"

汪县长说："我看兰副县长的意见不错，看看上面有没有特别的讲究。"

赵云芃说："会后兰副县长先与省厅联系，把今天我们研究的意思汇报汇报，如果省厅领导觉得不妥，他们应该会与省里的主管领导汇报，能不能这样干，听他们的意思。"

金鸣也插话："这些年到处参加现场会，大多是随便参观参观，然后念念秘书准备好的稿子,吃两天饭,走人,完全没有实质性的意义。我们去过的很多地方,说是参观,不如说是看表演——养牛场的牛是租来的,工人也是租来的,就连那一条去看表演的公路,也是临时缝补的。这样的参观,其实是劳民伤财。从召开现场会的意义上来说,我认为,必须创新形式,拿出真正有参观价值的东西来,才能开出质量,开出效果。"

"看来大家在心里对形式主义都是反对的,我们今天讨论的这个问题,应该会得到省里的大力支持。"赵云芃接着说,"像南广这样的人口大县,基础设施建设底子差,产业结构单一,人口红利没有得到合理释放,贫穷就成为它固有的标志。在全省来说,谁不知道南广是一个被现实扼杀了梦想的地方?谁不知道南广过去几十年在全省各项事业上的缺席?我看这次省里的决定就相当英明,在南广召开劳务输出和就业扶贫现场会,就是要让我们亮出自己的问题,知耻而后进。大家想想,南广这些年虽然在城乡面貌改变上取得了突破性的进展,人均收入也在逐年提高,各项指标开始向好复苏,但这又能说明什么呢?我们的服务保障体系仍然那么脆弱,我们的贫困人口仍然还有几十万。在这种前提下,做实劳务输出肯定就是我们目前最好的出路,全方位为老百姓创造更多就业机会就是我们必然的选择,大力培育地方龙头产业,千方百计提高自身免疫力,这才是我们解决剩余劳动力就业的必要途径。所以说,现场会如果要开出现场感,就是要让更多的人来为我们的发展把脉,让各级领导看到我们的优势和问题,从而加大关心和帮助力度,这样我们南广才会有希望,南广脱贫摘帽才有希望。"

大家通过鼓掌的方式来表示同意。最后,赵云芃再三强调:"不管是参观什么点,切记不能做形式主义上的准备,必须实事求是,必须亮出家底,必须凸显希望和优势;人力资源保障部门要协调好筹备工作,务必坚持科学、高效、实在,把现场会开成释放南广声音的会议。"

"释放南广声音,大家可明白?"赵云芃再次询问。

会后,周楚阳在过道里碰到赵云芃。赵云芃问周楚阳:"最近是否内心枝繁叶茂,需不需要我供应点除草剂什么的?"

"本人内心无限荒芜,不过麦车的山头上可是一片碧绿,眼下暂时不需要书记揠苗助长。"周楚阳笑着说。

"这样就好,我就等着秋后算账了。"赵云芃道。

"秋后定当提头来见。"周楚阳说。

3

顾羽给周楚阳打电话，说罗卓镇方向的山头出了一点事。

"什么事？"周楚阳问。

"苗被拔掉了几亩。"顾羽说。

"那还了得！"

"我已经在去的路上了，一会儿再给你反馈具体情况。"

"谁拔的，有没有线索？"

"人家是放出话来以后才拔的，光天化日之下公开作案。"

"什么来头？"

"村干部一枚，算是一方诸侯。"

挂了顾羽的电话，周楚阳准备向罗卓镇镇长管应华"打听一下"，不料管应华先打过来。一接通，那头就说："其实也不确定就是他干的，只是旁人这样说而已。"

"管镇长说话没有前奏，你打错电话了吧！"他故意装作对这件事情一无所知。

"你真的还不知道？"

"你都没说清楚，我怎么知道？你平时做报告喜欢从第二页开始？"

"唉，多有得罪啊，我的周大老板，你的苗被人薅了几根。"

"几根不碍事，反正现在也值不了几个钱，还没到开花结果的时候。"

"还以为你已经义愤填膺了。"

"多大点事！如果管镇长要请我喝茶，我倒是乐意专门为你腾出时间。"

"我做好晚饭等你，你马上出发吧！"

周楚阳说还得等等，照样装作什么都不知道。"如果再过一个小时仍然没有其他人请我吃饭，我就不准备节约油费了。"

"那……再过一小时我给你打电话。"管应华道，"我先去基地上侦查侦查。"

"一边侦查，一边做饭，我准时赴约。"周楚阳说。

到了罗卓镇政府，管应华还没从山上下来。办公室的小王招呼周楚阳在接待室坐下，给他泡了茶，说："我给镇长报告过了，他马上回来。"

周楚阳说："不急。"

过了十几分钟，管应华和顾羽的车驶进了政府大院，老远就听见管应华大声打电话的声音："限你二十分钟之内赶到政府办公室，否则我要你好看。"

"这么大的脾气，和谁呢？"周楚阳从办公室出来，走下台阶去与管应华握手。

"还有没有王法了！"管应华挂了电话，仍没消气。

"几棵小苗，用不着大动干戈，也许是放牛娃无意为之。"

"别打埋伏了，要不然的话，你腿会这么长？"

"到底是老江湖，什么都瞒不过你。"

两人笑着走进食堂，顾羽和其他几个人跟随其后，他们一直在说着话。

"这事影响极坏，张书记听闻后很是震怒，已经从县里赶回来了。"管应华说。

所拔之苗位于罗卓镇与麦车乡的交界处，属于罗卓镇的关头村。此地是一个斜坡，相当于一只老鹰的翅膀不小心伸进了云朵里去，就几亩地，在老鹰的翅翘上，其余山地都在其他村的范围里连片。当初与各村村民协商土地，到这里的时候，镇里的干部说，这几户都认识，不需劳烦村里了，也就找了土地所有者签了合同，苗木按时栽了下去。前些日子，板栗种植基地的护养员老童上山去，见到一个村民。村民对他说："余水主任要我转告你们，土地使用没经过他的同意，要给他一个说法。"

老童说："狗屁说法，土地是你的，又不姓余，照他这样说，晚上睡婆娘也要请示他喽！"说完就说完了，也就忘记了将这事向南栗公司报告。第二次老童上山，又遇到另一个村民。那村民对他说："你们怕是不晓得余水的厉害，话不说清楚，怕是要出事的。"

老童说："你们余主任有那么牛 × ？"

"你试试看吧，他常常是先打了你再问你姓啥。"

"我又不是板栗老板，跟我说有个屁用，我只晓得干自己的活儿。"

他还是忘记把这个事向公司报告。

这天上午，老童像往常一样上山，刚走到地埂边上，才发现一坡苗木全部倒伏在地，有的被掰为两节，有的叶子都被晒干了。

"天啊，这个天收的什么水，还真是个恶霸！"他一边自言自语，一边收起工具往山下跑，找到山下的护养员，让他们给顾羽打了电话。

涉及的七亩地，所有苗木全被拔掉，一棵也没有幸存。

周楚阳与管应华等人一直等到七点钟，张大成书记才从城里赶回来。第一句话就问："余水到了吗？"

几人你看看我，我看看你，都摇了摇头。管应华说："我只差在电话里给他判刑了，不知道这爷是裹了小脚还是故意示威，不但没到，连电话也不接了。"

"给我再打。"张大成说。

"连短信都发了。"管应华说。

张大成与周楚阳和顾羽握了手，接着说："先让他预热预热吧，咱们先吃饭，顺便也预热预热。"

正吃着，余水从门外进来，笑嘻嘻地说："实在对不起，下午村里开会，手机调成静音，镇长后来的电话没听到。"

"你是想让我表扬你带头守纪律，还是体恤你日理万机？"张大成怒目看着他。

"我觉得书记没必要这么动怒，这个当口应该让我坐下来先刨一口才是。"余水似笑非笑，"就算要砍我的脑袋，也应该先给一顿饱饭。"

周楚阳从座位上站起来，对余水抱拳："余主任早有耳闻，今日终于一见，荣幸之余顺便向你致歉，当初拿土地时没劳烦你。"

"哪来的话？土地是国家的，一切听从领导安排。"余水伸出手来。

"还是先吃饭吧，吃饱了才有力气擦屁股。"张大成说。

"要是有一壶酒就好了，我今天见到大神，照理应该表示敬意。"余水看了看食堂服务员。

"你是得寸进尺了，要喝滚回你的关头去喝，那是你自己的地盘。"张大成说。

酒没喝成，余水很快刨了两碗饭，直呼好久没这么痛快了。"还是镇上汤水油多，吃起来实在。"

其余人没理他，只顾闲聊，话题大多与南栗接下来的打算有关。

吃完饭，人们移步去了会议室，就苗木被拔的事情进行研究。

"请余水主任先抛一个线索。"张大成说。

"还有什么说的？各位领导和老板都认定是余某所为，我说什么也没有用。"余水坐在沙发上，半个身子瘫着。

张大成："我不相信这么快你就认了。"

余水："估计我也没有机会争辩，现在你们好像证据确凿。"

管应华："饭都吃了，你说几句就当开饭钱吧！"

余水："我要是说这件事真的和我没关系，你们相信吗？"

张大成："那和谁有关系呢？你是一村的主任，在你的地盘上发生了这档子事，与你没关系？"

余水："书记说有关系就有关系，说没关系就是没关系。"

张大成："你就是这样当村主任的？什么事都是你说了算？"

余水："不瞒书记，我还真没把这个主任当回事，那么点工资。"

张大成："但是人民需要你啊，他们用选票把你选了出来。"

好长一段时间没说话，谁也没说。

周楚阳先解围："也就是七亩地的事儿，拔了就拔了吧，并没有追赔的意思，别往心里去。眼下最要紧的是找出拔苗者，给予相应的处理，对满山苗木手下留情，让我保住身家性命。"

余水喉头发出一声怪笑，看也没看他，说："周总腰缠万贯，是我们罗卓的英雄，这话说得太严重了。"

"你通过村民向公司讨要说法，这事你不会不承认吧？"管应华问余水。

余水："那只是说说。"

张大成："就这么简单？"

余水："我只是觉得，地多地少都是给老百姓谋福利，不能因为地少就忽略了群众工作。"

张大成："所以你心里不爽，就指使群众拔苗。"

余水："书记有证据吗？既然都可以说是我指使的，就直接把我抓起来，何必绕山绕水？"

张大成："放肆！亏你还是群众选起来的村主任，你为民办事的觉悟哪儿去了？"

余水："我说过，凡事要讲证据，就算我说过这样的气话，也没有谁敢保证这事就是我指使人去干的。"

张大成："你就不知道我们为什么叫你来这里？"

余水："太知道了，就是想让我承认呗。"

管应华插话："余水同志，你想想，我们把你请到这里来，有没有一种可能，就是大家一起想办法，把拔苗的人找出来？"

他突然被管应华的这一问卡住话头，好一会儿才说："这是应该的，领导说怎么干我就怎么干，能够把元凶抓起来，也好还我清白。"他看了看周楚阳，又补了一句："周总，你说是不是？"

周楚阳没说话，只是笑笑。

张大成问余水："依你看，你的辖区内谁最有可能干这事？"

余水说："事情发生得太突然，我一时也没有怀疑的对象，领导也不必只把眼睛往我这边盯，说不定是其他村的人干的。再说，周总栽那么多树，在土地使用这件事情上难免会与有些村民发生冲突，兴许人家是报复来了。"

"派出所那边怎么说？有消息没有？"张大成转而问管应华。

"暂时还没有，刘所长他们还在关头村挨家挨户盘查，不过我相信很快就能找到线索。"管应华道。

"我认为周总还是麻痹大意了，栽那么多树，你得分地块找人守着，不然人家给你全部拔光了，只能明年重新去种。"余水这话是专说给周楚阳听的，他的眼睛却一直看着周楚阳对面的顾羽。

张大成一直很生气，听他这么一说，更是火冒三丈，当场发作，从沙发上站起来，对余水说："难道你就一点责任都没有？老百姓选你当村主任，是让你看笑话来了吗？事情发生在你的辖区内，就应该由你来承担责任，我限你两天时间把拔苗的人揪出来，后天这个点，你要是还空着两只手，我让你承担一切损失。"

余水也站起来，用几乎和张大成一样高的调门还话："大不了你把我免了，还要让我坐牢不成！你们要是有确凿的证据能证明是我指使人干的，我二话不说，要杀要剐随便，别这么吓唬人。我虽然只是一个小小的村主任，但也不是你想诬陷就诬陷的。"

周楚阳马上站起来，伸出一只手挡在他们中间，竭力浇灭两人在言语上擦出来的火花。他说："余主任何必动那么大的肝火，你要是愿意相信，我现在就可以对你表态，七亩地立即自然恢复原状，苗木拔掉就拔掉了，老百姓的损失由我赔偿，这件事从此与你毫无关系，你该回去忙事就回去忙事，行不行？"他转而又对张大成说："我也不是来兴师问罪的，余主任自然也有他的苦衷，这么大的一个村，一大堆破事，也够他忙得团团转的了。老百姓的事，我知道一些。"

"周总财大气粗，别说七亩地，就是七万亩也丢得起，但我就是听不得你说这样的大话，你要是真有证据，就拿出来，就是七万亩我也赔你。"余水不甘示弱。

"那就这样，你该干什么就干什么去，我相信会有水落石出的那一天。"张大成向余水摆了摆手，示意他赶紧滚蛋。

余水走后，他们重新坐下来，继续寻找线索。几分钟后，副县长金鸣的电话打到张大成的手机上来了，刚接通，那头劈头盖脸就是一句："你们就这样对待人家栽树的人，未免也太不厚道了吧！"

张大成知道这件事情会很快传到他耳朵里去，但没想到会这么快，于是只能在电话里赔笑脸，说："金副县长莫急，正在加紧破案，相信很快就会抓到拔苗者，到时候，我一定会让他吐出一片森林来。"

"光顾抓人就行了？"金鸣在那头问，"这事影响极坏，特别是对人家南栗，你看看那些公众号上都说些什么了。"

"您提醒得是，我们一定将功补过。"他又捂住话筒小声对管应华说："看看那些公众号。"

还是那个"南广驿站"，标题是：南栗霸道圈地，有人拔苗助长，真相是……

内容说的是政府强行让老百姓把土地拿出来给南栗种板栗，致使老百姓怨声载道，终于怒不可遏，几百亩苗木一夜之间横陈田间，群众欢欣鼓舞。帖子下面的留言更是恶毒，矛头直指县委政府，说县委书记赵云芃、副县长金鸣伙同两个乡镇的官员与周楚阳狼狈为奸，贱卖群众土地，发不义之财。

那头再次发问："你们有没有考虑到这件事会直接影响到整个南广的投资环境，会直接败坏县委政府好不容易挣回来的一点点形象？"

张大成只能一味表态："您放心，我们一定会尽最大努力挽回损失。"

"你就等着赵书记拿你是问吧！"那头又说，"周楚阳可在你身边？"

张大成赶紧把手机递给周楚阳。周楚阳故意大声地正了正嗓子，对金鸣说："县长大人今天中气十足，把人家张书记都吓傻了。"

"你还有工夫讲笑话，有你哭的时候。"金鸣在那头说。

"我眼泪没那么不值钱！县长放心，真相很快就会浮出水面，一切纸老虎都只能是纸老虎。"周楚阳说。

"你内心是够强大，我看你待会儿如何向赵一交代。"他说的赵一，是一把手赵云芃，他们私下里会称汪县长为"汪二"。

"大不了让他砍了我的狗头。"周楚阳说完一阵哈哈大笑，几个人也跟着笑了起来。

那天晚上回到家，已经很晚了。正准备洗漱上床，他的手机里来了一条彭玉素的短信："我给你打过电话，你没接，不过我知道你还活着。"

转行又加一句："你的彩铃真好听。"

他像一个孩子似的哭了，哭完又给母亲打了个电话。没人接，估计母亲早就睡了，抑或是母亲没有听到电话的铃声。母亲经常都这样。

4

第二天一早，周楚阳和李峡就去了关头村，那只老鹰的翅翘上，被拔出来的苗木已经晒干。

周楚阳问李峡："以前在麦车，可遇到过这样的情况？"

"经常遇到，不过也就是三棵五棵，不像这样成片。麦车那些村民，也就是做做样子，他们精得很。"

"你的意思是，像这种拔苗的人，其实就是没脑子？"

"当然，这是把牢底坐穿的节奏。"

"你说我们能很快抓住人吗？"

"要看张书记和管镇长的手段了。"李峡说，"我敢肯定，那个村主任在这件事情上脱不了干系。"

"我看不一定。"周楚阳说。

"一定得很。"李峡说，"他就是罗卓一霸。"

"早听说过，而且我很小的时候就认识他，我读初中的时候，他高我一个年级，那时他很淘。"周楚阳说。

"不是很淘，是很坏。周总用词不当。"李峡哈哈一笑。

"哪能这么说！"周楚阳叹了一口气，说，"这人世间，其实也没有好人和坏人。"

"那是在你眼里。"说完后他看了周楚阳一眼，觉得自己说得绝对了一点，就又说，"周总的世界观是有高度的，看待任何事都很辩证，不像我们，眼里只有好坏。"

"你有没有觉得，当你把一个人看得很坏的时候，其实你自己也就慢慢变坏了？"

周楚阳问李峡。

李峡难以回答这个问题，他的脸唰地红了起来。过了一会儿，他说："我们还有待于提高眼界，所以周总要多批评。"

周楚阳"哈哈哈"笑了起来："看把你急得，我是说，不要轻言好坏，当你觉得某个人真的很坏的时候，你是不会有一个好心情的。你知不知道，我们干事情的人，有一个好心情是多么重要。"

"周总提点得对，我以后要认真修炼，争取天天有一个好心情。"李峡也笑着说。

两人在下山的途中遇到关头村的村主任余水，他带着一男一女两个村干部上山"视察"灾情。他背着双手，边走边哼唱着小曲儿，其余两个人在他身后无精打采地走着。

"哎哟，幸会幸会。"余水见了周楚阳，有些幸灾乐祸的样子，"周总貌似看不上这七亩地，却一大早就跑过来了，我就说嘛，这世上的老板，要三只眼睛才能看清楚。"

"余主任不也责任心满满？就比我迟了两刻。"周楚阳很有礼貌地还他。

"我当然不是，我就是奔着那少得可怜的几文工钱来的，你有所不知，我不这样豁出老命，就养不活一大家子几十口人。"余水说完笑了起来。

"那是余主任有境界，甘于奉献。"周楚阳说。

余水："奉献个屁，咱就是奔波劳累的命。当初我老爹为我五兄弟取的这些名字，一点也不匀净，有的吃皇粮，有的当老板，就只我一个人拖了他们几个人的后腿。"

周楚阳："你够厉害的了，人人都知道你过得很滋润。"

余水："哪能和你比？你现在是罗卓的英雄，甚至是整个南广的英雄，谁都不敢对你不服气，连县委书记都天天找你喝酒。"

周楚阳："县委书记酒量不错，只是他没时间。"

余水："不，他有的是时间，他的时间就是专门留给你们的。"

周楚阳："其实我认识你。"

余水："我也认识你。不仅我认识你，我们弟兄几人对你都很熟悉。"

余水五兄弟在罗卓很有名，一个比一个大一两岁，五人的出生属于五连发，中间一个女的也没有。余水的父亲是一个石匠，年轻时在周围给别人砌房子，略通阴阳之术，偶尔也会给人家建议房子朝哪个方向开门，帮忙配补一点风水。他的大儿子出生的时候，他给取了个名字：余金。

有一次，在关头村当村主任的余水喝了酒，就对人们说："我爹给我哥取名余金，是想以后咱们家大秤称银子，金玉满堂。后来我二哥出生了，取名余森，意思是什么，想必大家都知道吧？"

同样喝了酒的林三儿说："知道个屁，不就是瞎球喊吗？你爹又不是秀才。"

他往林三儿的背上使劲儿擂了一拳，说："听老子把话说完你会死吗？"又"哈哈哈"大笑一阵，接着说，"取这个名字是为了咱家以后有用不尽的木材，要起多大的房子都是小事。"

"那你呢？"林三儿问。

"我爹后来突然发现，老大老二是五行中的金和木，不如按照五行继续喊下去。于是我叫余水。"

"你爹为什么就敢断定你妈还能生出两个带把儿的？"

林三儿背上又挨了一拳，痛得他大声叫骂："你这狗日的。"

"你家老四叫余焱，火太旺，那年发高烧，差点儿就烧死球了。"林三儿说。

"就你什么都知道。"余水喝了一口酒，接着说，"人家后来开火电厂了，神不神奇？"

"别说了，别说了，你家老幺做房地产，还不是因为名字取得好。"众人都知道，所以都和他开玩笑。

"你们知道个鬼，你们晓得那个字念什么吗？"此时的余水是那么骄傲。

"余（阿嚏）三土。"林三儿打了一个喷嚏。

"余垚。"余水说，"这名字取得相当有文化。"

"余家老三就是一个水货。"林三儿说，"别瞎掰了，都是你妈争气。"

"老子就算是一个水货，同样也算是一方诸侯。"余水说完，狠狠地把杯子砸在桌子上。

余家五兄弟，被人叫成"余五行"。他们还没有出人头地的时候，除了老大余金考取了中专，其余四人经常扎堆惹是生非。最小的一个初中没有读完，就被他们的爹余乾良赶出家门，与老二、老三和老四到浙江打工去了。

余水对周楚阳说认识他，周楚阳肯定相信。当年在罗卓中学上初中，余水和两个弟弟一人比一人低一个年级。余水读初三，按他老爹余乾良在村子里说的，是"不偏科"，每科成绩都很稳定，语文考 6 分，数、理、化、英语和政治绝对控制在 7 分之内。他的两个弟弟和他一样，在班级都是"殿后"，读书成为"点卯"，心里装的不是书本，而是些偷鸡摸狗的玩意儿。他们不但顺手拿走同学的牙膏牙刷，也顺手拿走老师们晾在竹竿上的衣服，很多次被逮个正着，逮住就逮住，垂着头站在老师面前，一句话也不说。如果东西还在，能归还的就归还；不能归还的，也没有办法。老师们商量，把他们的爹叫到学校，说："你这几个孩子实在没必要读下去了，你把他们领回去，还能为你打打下手，帮忙干点活儿。"余乾良说："这么大一个学校，总得有人读成倒数，你把我这几个娃儿撵回家，别家的娃儿又成倒数，你总不能又让人家回去。"老师说："这不是倒数不倒数的问题，是你这几个孩子手脚不太干净。"余乾良又说："只要拿了当场，老师们尽管打，打死了我也不会护犊子。"

"真是没办法，这个余乾良，家里有钱有粮，又有五行，却是个'日不烂'的家伙。"其中一个老师说。

周楚阳和彭玉素在班上学习成绩好，和余水的弟弟余焱一个班。有一次余水来找弟弟，在门口遇到周楚阳，就问："你认不认识我？"

"认识。"周楚阳说。

"认识我，却不喊我。"余水两手一字伸平，拦住周楚阳。

周楚阳笑笑说："我正要喊。"

余水一巴掌打在周楚阳的头上，让他一个跟跄摔倒在地。

老师来上课，看见这一幕，当即拿起教鞭，"啪啪啪"落在余水的背上，疼得他喊爹叫娘，一边告饶一边逃跑。弟弟余焱在教室里看见哥哥挨打，不敢说话。下课后，他去外面弄了一盆水进来，倒在彭玉素的课桌上，书本全数浇透，被周楚阳告了老师，余焱也被打了一顿。

周楚阳和彭玉素每个周六的早上都要回家，要经过余水家的门口。余水家住在公路边，很多同学回家都会从他家门前路过。很多时候，周楚阳和彭玉素都是和同学们结伴回去，人多时，余家几兄弟不敢造次，只站在坝子里挨个儿给认识的同学起外号，或者拿同学爹妈的名字叫骂，不会动手欺负谁。读到初二，周楚阳和彭玉素经常从人群中抽离出来，要么走在前面，要么走在后面。两人在一起，说一说书本，也说一说理想，谁都看得出，两人已经好上了，也就不便打扰他们。每一回经过余水家门前，两人都会迅速融入大队伍，直到走出好远才重新抽身出来。但是后来，他们遭到了同学妒忌，人们故意把他们甩在一边，大有幸灾乐祸之嫌。

余水、余焱因为周楚阳和彭玉素而挨了打，就在周六回家后纠集了读初一年级的弟弟余垚在路边候着，见他俩蔫蔫儿地走过来，兄弟三个每人手里捏一根棍子，横在路上。两人不敢走上前去，只得往后退，吓得一句话也不敢说。僵持了好一会儿，后面来了同村的几个和他们一起从小学升上初中的孩子。几人从路上捡了石头，站在他俩旁边，护送着他们走出兄弟三人的围堵。这样的日子持续了好长一段时间，每个周末都让周楚阳和彭玉素感到无比害怕。后来又有人将此事告诉了老师，老师又将三兄弟喊到寝室，把他们收拾了一次，叫余乾良去当面做了保证，才基本免除后患。

余水在上山的途中遇到下山的周楚阳，自然是要抓住机会"叙旧"的。昨天在罗卓镇政府的食堂里，作为村官的余水不便在张大成和管应华两位领导面前旧事重提，也是窝了一肚子火。现在，余水面对在南广声名鹊起的周楚阳，不和他打打仗，觉得对不住二十年前的旧事。

"周总回罗卓普度众生，算是与我关头村多少有点瓜葛，也不看在发小的面上，礼貌礼貌。"

"确实不太礼貌，让余主任心里不爽。我还合计着今天去村委会正式拜访你，不想在这田边地头遇见，连一口茶水都喝不上。"周楚阳往手包里找香烟，余水已经自己从裤兜里摸了烟出来，点上一支。

"你不会觉得这苗拔得很是时候吧？不怀疑我都没有理由。"余水的眼睛里闪过一丝狡黠。

"一直不会怀疑，就凭二十年前的同学感情。"周楚阳说。

"这样是最好的，周总放心，拔苗凶手我一定替你找出来。只是你这么大的摊子，以后要好好看住才是，板栗苗儿这么瘦小，要是被谁再松动松动，肯定长不起来的。"余水吐了一个烟圈，咳嗽了两声。

"以后还请多多关照。"周楚阳说，"老同学肯定不会袖手旁观的。"

"当然不会。"余水掐灭了烟蒂，两指轻轻一弹，烟头飞出老远，落在地埂下山地里新栽下的苗木丛中。

回来的路上，李峡对周楚阳说："这个余水，听说很有来头，张书记和管镇长都要惧他三分。"

"是有些来头。"周楚阳说，"不过听说此人做基层工作的确有一套，群众基础很好。"

"霸道得很，大部分老百姓是敢怒不敢言。"李峡说。

"农村工作千头万绪，像南广这样的地方，当村官不容易，有时嗓门儿不高一些，还真解决不了问题。"

"周总不会真以为他是一个好村官吧？"

"还是那句话，这世界上根本就没有什么好坏之分！再说，谁能证明他就是一个坏人？"

"反正我觉得此人嘴脸丑恶，看他那副不把任何人放在眼里的神态，真想揍他。"

"你揍一个试试！"

李峡不再说话。他按照周楚阳的意思，把车开到县政府大院去。

一干人等又聚在政府小会议室开会，研究的还是劳务输出推进会的事情。副县长兰波坐在靠窗的位置，他周围是县直有关部门的主要负责人。看样子，今天不会有其他县级领导参会了。

周楚阳进去时，会议已经开始，各部门正在汇报筹备工作进度，正在发言的是劳动就业局副局长钱崈东。局长今天有事，他顶替开会。

周楚阳找到自己的桌签坐下时，钱崈东正好说到各参观点的准备工作情况。钱崈东说："目前各点的准备工作差距太大，有个别点看得出来是完全没有做任何准备的，场面缺乏生气，不重视氛围营造，甚至还发生热点事件，造成县内不良舆情蔓延。"

很显然是在说南栗拔苗事件。周楚阳看见兰副县长在笔记本上快速地记着，并不时地点头或摇头，也不知道他此时对钱崈东的汇报处于一个什么样的认知状态。

说到典型交流材料，钱崈东更是让周楚阳在大庭广众之下挨了一刀。他说："个别单位对筹备组修改过的交流材料非常不满。很明显，这是缺乏大局意识，过于顾及自己的利益。我认为，如果没有一个统一的基调，势必会破坏整个现场会的气氛，人家会认为是我们的工作不认真，还留有死角。当然，我也就是保留个人的意见而已，一切都以筹备组最后的定夺为主。"

在其他部门发言之前，兰波问周楚阳："事情处理得怎么样？会不会造成更恶劣的影响？"

"应该不会。"周楚阳说，"七亩地的苗木本身也不是多大的事情，至于造成的不良舆情，金副县长已与宣传部叶部长沟通过，最大限度减少流量。"

"这样最好。"兰波说，"往往好事多磨，对于南广来说，省级现场会能在这里召开，是一件大事，更是一件好事。对于南栗这样的企业，我非常赞同上次筹备会上赵书记和其他领导的意见，能够体现的元素尽量体现出来，不可避免地要暴露的问题也可以适当暴露，实事求是嘛。"

"兰县长也不必给予我特殊照顾，南栗服从筹备组的决定，该按照要求准备的，我们尽量准备，包括交流材料。"

"那就好，一切创新，尺度不宜太大，否则会引发更多的问题。"兰波说。

会议开得很长，小到一条路边标语都拿出来字斟句酌地讨论。在很多方面，兰波都完全听从钱崇东的建议，甚至在某些细节上，他都是让钱崇东先说自己的看法，基本上是在两人商量完一件事情后，才问在座的其他人："各位是否有意见？"

"没有。"天色已晚，人们都不想再耽搁时间。

"那……我就再强调一下。今天这个会，也算是一个推进会，应该也是现场会召开之前的最后一个筹备组会议了。受赵书记和汪县长的委托，由我这个办公室主任与大家在这里就现场会筹备工作相关问题做了讨论，大家也都发表了自己的看法，对最后的意见也完全达成一致。散会后，各部门、各单位一定要按照今天的决定认真开展工作。如果不出意外，现场会将于两周后召开，各位一定要提高认识，强化责任担当，打紧安排工作，让诸项筹备事宜得到有效落实，确保现场会圆满召开。"

散会后，兰波让周楚阳暂时留下来，说有几句话想与他沟通沟通。周楚阳站在门外的走廊里等兰波，钱崇东从他身边经过，与政府办的一个秘书嘀咕："有人大概是把一切事情想得太简单了，这本身还是一个素质问题。"周楚阳假装没听见，他看见兰波在原地一边整理文件包，一边与锦源木业的老总邹聪在说着什么，看样子，他对邹聪的见解很不满意。

他和兰波一起进了兰波的办公室。兰波问要不要给他来杯茶，他说："县长今天很疲惫，就不喝茶耽误您了，我坐在这里听您的教诲便是。"

兰波打了一个很长的哈哈，说："周总这是折杀兰某，我哪里能随便教诲你这尊大神，我只是按照书记县长的意思传达几个重要的信息，好让周总回去能够坦然地睡一个好觉。"

"那有劳县长您了。"周楚阳也打了一个哈哈，不过笑起来不大顺畅。

"关于拔苗事件，书记和县长的指示是，县委政府务必帮助南栗减少损失，严查作恶者，严厉追究责任，周总大可不必自己白费功夫。"他用了一个词叫"白费"，以此让周楚阳知道在这种情况下一切都要听从县委政府的意见。

"非常明白，罗卓派出所干警正在加紧排查，我无须担心。"周楚阳说。

"另外，关于舆论的事情，有叶部长为你开展大扫除，一切别有用心者都将各有归宿，周总只需要提高一下免疫力就可以了，此事急不得，越急越烦，势必影响心情。"他说完走到门边，大声喊了一句："小李，你进来一下。"

小李就是刚才和钱崇东窃窃私语的那个秘书，进来时先与周楚阳打了个招呼："周总好！"

"李秘书好。"周楚阳对他微笑。

兰波让小李加班把今天的讨论事项梳理出来，形成纪要，明天一早发到各部门和单位。"另外，你把我修改圈点过的那份南栗的交流材料给周总看看，如果还有什么意见，现在提出来，还有时间打磨。"兰波转而对周楚阳说："之所以让你单独留下来，也是为了征求你的意见，你是知道的，对南栗，县委政府非常重视。"

"周总'压力山大'。"兰波说，"本县高原特色产业因南栗实现良好起步，咱们这些人，千万不能当炮灰。"

"县长说得是，我最近可谓寝食难安，只知道自己在这高原上踽踽独行，实在是看不到出头之日。"周楚阳说。

"凡成大事者，都要耐得住寂寞，周总在外面摸爬滚打这些年，积累的财富不只是经济资本，更可贵的是有一个坚韧不拔的意志，南栗迟早是要成功的，咱们共同期待。"

"共同期待。"周楚阳说。

5

"莫非是你不识时务地告了兰副县长一状？"金鸣一开口就很生气地问周楚阳。

周楚阳赶紧把放在桌上开成免提的手机拿在手上，摁下免提键。他此时正在家里举一副杠铃。

"金副县长可以直截了当地告诉我发生什么事了。"周楚阳一边说话，一边大喘气。

"上午食堂大会，云芃书记给兰副县长开了小灶，问兰副县长为何擅自改变县委政府的决定，想把现场会弄成请功会。"金鸣说。

"我甚至没有就此事向你做过汇报，我还会与赵书记说？"周楚阳道，"这里边关系微妙，我多少懂一点，但兰副县长这样做，的确让我等非常受不了。"

"他好像拿了市局和省厅的'尚方宝剑'，要不绝不敢私自改变赵书记的意图。"金鸣说，"矛盾主要集中在几个现场参观点上，最重要的，是你的南栗。"

"不就是规规矩矩说假话吗？别人能做到，我为什么不能？"周楚阳哈哈一笑，"但我会在现场参观的时候发一份南栗的简历，以此弥补缺失。"

"这恐怕不行，会议材料是统一的，你私自添菜，到时候不知道又会惹出什么麻烦来。不过，我倒是想听听，你的南栗简历都有些什么内容。"

"还在策划之中，预计明天可以拿出小样，到时先让你过目审核。"

"按道理我不想蹚这潭浑水，但我还得为你们负责，能够争取多一点的机会，自然更好。"

"不过，兰副县长的方案可能已经被掐死在萌芽状态了。"金鸣又说。

周楚阳问金鸣："是不是还要重新召开一次筹备组会议，很不客气地让计划回到最初的精神上来？"

"多半会。"金鸣回答，"但你以后的日子会很不清净，你要做好思想准备。"

筹备会倒是没有重新召开，只是让县政府办发了一个便笺给各部门、各单位，大意是各现场参观点尽量保持原状，多一些生气可以；交流材料要有见地、有思路，要把困惑表现出来。

下午，钱崇东给周楚阳打电话，说："按照领导批示，南栗的交流材料由你们按照县里的要求自己打磨，定稿后直接付印装袋；参观点也由你们自己收拾，想什么样子就什么样子。"

周楚阳觉得应该找兰波副县长认真汇报一次工作，就有关问题做一定的解释。实际上他是想让兰波知道，他并没有向县委书记赵云芃打过什么报告。

然而金鸣阻止了他。金鸣说："现在你说什么也没用，基本上属于越描越黑，不是所有事情都需要去解释的，你目前最重要的任务是好好策划你的南栗简历。"

"你是说，让他一直对我耿耿于怀？"周楚阳道。

"直到他不再与你有任何关系。"金鸣说。

做一份所谓的"南栗简历"，是远在温州的吴立春给周楚阳出的主意。吴立春说："一般情况下，这样的现场会所要达到的目的是推进工作。推进什么工作？肯定是站在南广县的角度出发，就劳务输出和就业扶贫来做文章。县里要汇报的，是工作的整体情况，南栗只是南广劳务输出和社会扶贫工作的一个面，完全可以忽略，这时候，你要最大限度追求存在感。"

"你怎么连这个也懂？"周楚阳打趣，"吴策划水平见长，涉足领域也是越来越广泛了。"

"不是被你逼的吗？我查了几天资料，也咨询过在温州市政府里工作的朋友。"

真的是一份简历。按照第一人称的方式来写的，从企业定位、产品特征、市场运作等诸多方面来做拟人化的处理，文字幽默风趣，充满草根味道，活脱脱一个求职者寻求工作的"个人简历。"

金鸣看了，直呼"板扎"。他说："这种别出心裁的做法，应该得到广泛推介。"

中午吃饭时，金鸣让周楚阳在县委大院找一个清净的地方先待着，他要在人们都吃完饭走了以后让周楚阳和他一起见见赵书记。

"给书记看一样东西。"金鸣和赵云芃走在回宿舍的路上，把"南栗简历"的小样递给赵云芃，一边对候在鱼池边的周楚阳招手，让他过来。

"应该做一本'南广简历'，整体包装效果更好。"赵云芃看了，对正好走过来的周楚阳说，"这种方式，也只有你周楚阳才想得到。"

"按书记的意思，是不是此次现场会所有参观的点，每个企业都做一份简历，然后汇成一本'南广简历'？"金鸣问。

"不局限于此次参观的企业，而是南广所有值得推介的招商项目。"赵云芃说，"不如你牵个头，让招商局与劳动就业局联合作战，加两天班，赶在现场会之前把它拿出来。"

又说到此次现场会的定位，金鸣示意让周楚阳走远一些以示回避，他知道此时赵云芃会拿副县长兰波说事。

"没必要回避，全是为了工作。"赵云芃对周楚阳说，"你是政协委员嘛，适当的时候你可以参政议政。"

"真不影响？"周楚阳问。

"不影响。"赵云芄接着又说，"这个兰副县长，因循守旧思想严重，不敢创新，不会担当，手脚老是放不开。"

金鸣和周楚阳都没有说话。

赵云芄转头对金鸣说："我看这个事你要帮助帮助，涉及你分管的部门，多替他拿一拿主意。"

"始终觉得中间有一层窗户纸没有捅破，他最近对我很是设防。"金鸣说。

"那又怎样！"赵云芄语气凌厉，"就不顾大局了吗？我们举全县之力破除发展坚冰，不可能连思想都统一不到一块去，你不主动去化解误会，到最后恐怕就会结梁子影响工作了。"

"书记说得是，只是他这个人很固执，疑心又重，表面上的话说得泾渭分明，实际情况就是另一回事。"金鸣说。

"那也不能各自为政。"赵云芄看看表，接着说，"离午休时间还有一刻钟，我找他谈谈。"

"那……书记先与他谈，下午我给你打电话，听你的指示。"金鸣说。

周楚阳刚回到家，罗卓镇党委书记张大成打来电话，问他在哪里。

"才开门进屋，正好要给你打电话。"周楚阳说。

"那我到你家来坐坐。"

"欢迎欢迎。"

周楚阳暂时居住的房子，是顾羽腾出来的一套旧房，虽然有点小，看上去稍陈旧了一点，但所有设施齐备。一个人居住，他觉得也无所谓。

张大成进了门，环顾一下四周，对周楚阳说："这是你租的房？"

"是不是觉得不够气派，有碍观瞻？"周楚阳开玩笑。

"还行。"张大成说，"在南广这样的小地方，其实也没必要买多大的房子，温州那边，周总起码也是狡兔好几窟吧！"

"也没必要，房子就是一只皮包，走到哪里拎到哪里。"

"你说的是宾馆。"

周楚阳："张书记光临寒舍，看来有好事发生。"

张大成："当然，昨天被赵书记批得一无是处。"

周楚阳："没这么惨吧？老赵说话确实尖刻，但也不至于把你掀个底朝天。"

张大成："四仰八叉。"

周楚阳："那你是向我诉苦来了？"

张大成："有好事，只是还好得不够完美。"

周楚阳："拔苗者抓到了？"

张大成："抓到了，答应赔偿。说的是要多少赔多少，但绝不告知作案动机。"

周楚阳："嚣张得有些蹊跷。就没打算撬开他的嘴？"

张大成："正撬着呢，一边密切关注那位村官大爷的动向。"

周楚阳："有发现吗？"

张大成："貌似镇定自如。"

周楚阳："的确非等闲之辈。"

张大成："两年前我试图动他一次，结果他赢了。你知道为什么吗？"

周楚阳："这小子有的是手段，我熟悉少年时期的他，那时候他简直就是我心中的魔鬼。"

张大成："哈哈，现在的他，更是不容易动得了的。"

周楚阳："到底什么来头？"

张大成："有人，有钱，有势。大哥余金官居邻县要职，虽不敢断定其是否当了保护伞，但也需要慎重。"

周楚阳："是否向赵书记汇报过此事？"

张大成："从未有过，一直没脸汇报。在自己的辖区，居然搞不定一个村官，我不想让一个县委书记陪我一起丢脸。"

周楚阳："他其余几个兄弟算是有钱有势，据说过年放鞭炮一次要燃两个小时。"

张大成："一个放鞭炮都可以吓得邻居关上门窗的人，有多强势可想而知。"

此时罗卓镇派出所所长刘涛打来电话，张大成特意将电话放在茶几上，按了免提。

"报告书记，按照你的指示，我们把三个人分开审问，还真有效果。"

张大成问："招了吗？"

刘涛说："其中一个人招了，另外两个死活不承认。"

张大成说："结果与咱们预料的一致吗？"

"完全一致。"刘涛说，"眼下我们只能把人送到县公安局去，下面是放不住了。"

"行，抓紧办实这件事，还罗卓镇一个太平天下。"挂了电话后，张大成问周楚阳："你见了赵书记，他有没有向你问起此事？"

"没有。估计是政务太繁忙，忘了。"周楚阳说。

张大成："没有最好，先缓几天，我主动找他说说此事，到时拔苗事件也应该冷下来了，我就重点汇报该如何处置这位村官大爷。"

周楚阳："我觉得你应该先做好准备，把搜集到的证据攒起来，到时只听一声号令，一举拿下。"

张大成："没这么容易的，他的嗅觉异常灵敏，而且特别能周旋。"

周楚阳："那……等公安局最后的定论下来再说。"

张大成："目前也只有这样了。"

6

朱立冬从温州归来之前，给周楚阳打了一个电话。他问："要不要给你带一点温州特产过来？你好像已经很久没来温州了。"

他觉得朱立冬貌似在开玩笑，却又不怎么像。他迟疑了好大一会儿，说："你不说我还没什么感觉，你一说，我倒是真想念大伙儿了。"

"可不是嘛！自从回家种树，你的心全被那一坡一坡的土地征服了，怕是没怎么想过这边的事了哟。"朱立冬说完，一个劲儿地笑。

"这些日子何清明怎么样？"他问朱立冬，"这个死胖子，有没有被什么女人用裤带勒了脖子？"

"吃一堑长一智，你别老拿人家的过去说事，再说，作为男人，你不也差点儿和他栽在同一个地方！"那头朱立冬很辩证地"教育"他。

"我才懒得跟你小子胡扯。"周楚阳咳嗽了两声，很严肃地说，"你替我给这死胖子打好招呼，云岭公司必须给我打理好，钱要在印刷机上哗哗流淌，不然要了他的狗命。"

朱立冬说："我哪能用这种口气与他说话？你不会亲自提醒？"

"自然会，我只是想让你加个砝码而已。"周楚阳说。

朱立冬问："真的什么也不带？"

"我想想吧！"他打了一个呵欠，说，"给我带几条腌鱼吧！"

挂了朱立冬的电话，周楚阳马上打给何清明："何总管最近也不汇报汇报工作？"

那头也打呵欠。"有什么好汇报的！我正加足马力给你挣钱呢，你那边快撑不住了吧？"

"哪里的话！"周楚阳说，"你以为我真的掉进了一个无底洞？"

"没有最好，但我也要提醒提醒你，要学会算账，不要盲目投资。"何清明的意思他自然非常明白，胖子之前就对他说过："走到看不见光亮的地方，就不要走了，没必要陷入无尽的黑暗。"

老实说，周楚阳在温州做印刷这些年，何清明的贡献很大，甚至比那些副总大得多。何清明算得上是他的心腹，最重要的是，他们在彼此心里都把对方当成过命的兄弟。周楚阳回乡经营高原特色农业，厂里的大小事务全部交何清明去处理，他不会不放心，就像何清明说的，在他放手的这几个月，比往年同期相比，营业额差不多翻了两番。

"你务必替我照顾好厂里的员工，抽时间和他们亲近亲近，沟通沟通感情，适当的时候，搞个小评比，发点奖金，别让人家觉得自己永远都是一台只会旋转的机器。"周楚阳叮嘱何清明，"还有你自己，别太累着了，该拈花惹草的时候，也别闲着。"

"最后一句最关键，我听得出来。"胖子在那头笑，周楚阳仿佛看到肥硕的身子撩动着满身打战的肥肉，他也大声笑了起来。

"最重要的是，别让人又骗了。"他提醒胖子。那头尴尬了一阵，故意拿出很气愤的语气说："告辞！"

"你先别急，还有一事。"周楚阳从笑声中缓过劲儿来，问，"我那神仙表弟怎么样了？"

他问的是萧寒。

"偶尔会进来一趟，问他在干什么，他说在帮你找人；问他进展情况，他说快要找到了。"何清明叹了一口气，说，"你们家尽是奇葩啊，有人一直丢人，有人一直在找。"

"的确很丢人。"虽是一句玩笑，他却百般相信，所以他接着说，"有人丢了，总是要找回来的，比如孙小雪。"

这句话似乎触动了何清明内心的痛处，他又半天没有说话，直到周楚阳再次问他："萧寒的工资一直发着的吗？"

他说："发着的，谁叫他穷得只剩下一个有钱的表哥呢？"

两人又笑。笑完了，周楚阳让他抽时间去新厂看看。周楚阳说："年底就要搬迁了，别让环保部门亲自找上门来。"

这天晚上，周楚阳决定给彭玉素打一个电话。自从王白璐告诉他说彭玉素回来过，而且在她家的卧室里听过他们的对话，他就一直心神不宁。按照王白璐所说的时间来推算，这件事应该发生在四十天前。那时，他一直关注着王白璐的病情，而且发誓要用一个婚姻来拯救她。那天，他记得自己不知为何会拿着一把雨伞去找王白璐，那天根本没有下雨，甚至阳光明媚，空气中弥漫着阵阵醉人的芳香。那天的王白璐一反常态，全然不顾及周楚阳的感受，很果断地拒绝了他的求婚。周楚阳出门时一直在想：这个人为什么突然像被一阵风从自己身边吹走了呢？她不是一直要做一棵树吗？王白璐之前总是问他："你到底要不要吊死在我这棵树上？"

我愿意。他这样在心里逼迫自己，在这个时候，必须这样回答她。要是她真的需要，他可以马上和她去民政局登记结婚，并且尽可能守在她的身边，让她从与病魔的打斗中完美胜出。然而那天王白璐不但绝口不提此事，而且想尽办法避让，甚至到最后一刻把一个秃顶的老头儿拿出来说事。当然，现在他终于理解了王白璐，也对王白璐在关键时刻做出的让步心存感激。他知道，王白璐是一个值得自己仰望的女人，如果一开始这世上没有一个叫彭玉素的女人来过，他的一切早就交给王白璐了。

他想给彭玉素打电话，然而更多的时候，他翻出了号码，刚刚拨出，马上就挂断了，内心里瞬间变得无限荒芜。有几次，他把要给彭玉素说的话写在纸上，然后再打电话；有几次，电话接通了，又被挂断了。最近一段时间，也就是王白璐所说的彭玉素"来过"之后，他居然接到过彭玉素的电话，可是她什么也没说。

最后一次，他在医院里挂着吊瓶，彭玉素给他打过一个电话，他对着电话轻声地问了一句"是你吗"，那头就挂断了。

二十年了，他对彭玉素的印象还停留在小学校最后的那个晚上：瘦瘦的身子，长长的头发，清秀得略显忧郁的脸庞，沉醉在浓浓的爱意中的美丽的姑娘。几乎是互相看着长大的两个人，当然就是人们所说的青梅竹马了，那是多么纯洁的爱，多么让人留恋的过去！在他的哲学里，他只不过是想通过一次出走来换取更多与爱情相匹配的资本，只不过是想借助时间来化解两家人的冰与火。然而当他知道自己错了的时候，一切都无法挽回了。二十年后，他虽然还保留着离别时的些许轮廓，还保留着一部分对这个世界的好奇，但毕竟已不是当年的自己。他脸上的风霜、异变的身形、内心的杂乱都不可能不让人重新审视。那么，彭玉素呢？无论她变成什么样子，他都必须无条件地接纳她，就算她已经成为一个诅咒。

他全身颤抖，好不容易翻出号码，拨通了。要不要赶紧挂断呢？他问自己。他的食指几乎要触碰到那闪着红色光芒的圆点了，却又退了回来。此时，他听到接通后的第一声彩铃："嘟……"他又想伸出食指，往那个按键上按去。不，千万不能退缩。他在内心警告了自己。"嘟……"，又一声。又一声，再一声……他想，她应该不会接了，挂断吧！他的手已经快要移动到那个红色的按键的时候，他听到那头"嗒"的一声——对，她接通了电话——然而，还是没有声音。

"是你吗？"他轻声问。

"欸！"那头只有一个字。没错，就是她的声音，尽管二十年没有听到了，那声音已不像原来那样稚嫩、空灵，甚至略显沧桑，但他还是无比准确地从那个字里辨认出来。

"是我。"他说，"是你吗？"

那头又"欸"了一声。

他突然什么话也说不出来，真的好大一会儿嘴唇都在剧烈地颤动，却发不出声音。好大一会儿，那头也不说话，他害怕她突然把电话挂了，就使劲儿挤出一句话来。

"听说你回来过，是真的吗？"

"欸。"

"那天，我和她说话，你……听到了……吗？"最后一个"吗"字，很短暂，几乎连他自己也没有听见。

那头迟疑了好大一阵，出来一句话："你病好了吗？"

"好……了……"他哭了起来，像一个犯错后终于被原谅了的孩子，哭得喉头打结，鼻涕横流。他一边哭，一边对电话那头说"谢谢"。

"谢谢……"

"谢谢……"

他哭了好大一阵子，哭得连他自己都怀疑彭玉素早已挂了电话的时候，才又看了看手机屏幕，她居然还听着。他又"喂"了一声。

"我听着呢，你哭吧，我等着你。"

他又哭。他把电话放在茶几上，埋头在沙发里哭，走到卫生间里去哭，甚至，他把门打开又关上，一只手不停地抓住什么就摆弄什么，另一只手在揩泪水，抹鼻涕。

他终于哭完了，走回茶几旁，对着电话说："你还会给我机会吗？"

那头说："我不知道。"

那声音真美，是二十年前的升级版，同样是那么温柔，那么清脆，让他沉醉和享受。

"我没有资格要求你答应我，但我还是问了。"他努力遏制抽搐的喉头尽可能不发出任何其他声音来。

"没有什么是不可以问的，我如果能回答，我会说话的。"彭玉素语速很慢，每一个字听起来都像流水经过坡上的石头，滴落在小水潭中。

"谢谢你。"他又说。

"不要客气，至少不用那么客气。"

他又不知道自己该说什么了，只得"唉"了一声。

"你的彩铃真好听。"彭玉素说。

7

从某一天开始，周楚阳的心情一下子就好了起来，好得不得了。即使是在准备"参观点"迎接现场会的过程中偶尔会接到钱崇东阴阳怪气的电话，他也不会生气。当然啦，有什么值得生气的！从现在起，每一天都是美好的一天，每一天都是充满希望的一天。他在下楼的时候，手里拿着一份文件，走着走着就哼起了小曲，哼的是小时候老家长辈们常哼的"小小荷包""莲花落"，有一句没一句，掐头去尾，他自己也因为自己的歌声笑了起来，他说："人生啊！"

金鸣给他打电话，问："扫尾工作做得怎么样了？是否还有死角？"

"一切都是按照你的吩咐办的，没毛病。"他回答得很是响亮。

"哪能按照我的吩咐！"金鸣纠正，"一切从实际需要出发。"末了，又加一句，"也学会了油腔滑调，看来真是被小地方同化了。"

他"嘿嘿嘿"地笑，说："放心吧，我对自己足够信任。"

现场会如期举行。

第一日，会议报到。钱崇东给他打电话，问："兰副县长让我问你，需不需要给你加派点人手，比如那山坡上。"

"偌大的山坡，想必也派不出这么多人，不如听天由命。"周楚阳说，"也替我感谢兰县长挂念。"

"千万不要再发生拔苗事件，不能让南栗的希望被扼杀在萌芽状态。"那头说完，发出一连串狡黠的笑声。

第二天一早，按照既定的路线，参会人员分乘三辆大巴去各个点上参观，周楚阳的南栗种植基地被安排为最后一站。

中午十一点左右，参观车辆驶入基地，一群人从大巴里走下来，在副县长兰波的引导下，缓缓爬上石埂，在事先设定好的地方停下来，目光投在眼前这一望无尽的绿色之中。

顾羽拿着一个半导体喇叭，向前来参观的嘉宾介绍南栗情况，周楚阳则站在省领导和赵云芃的身边，回答领导的临时提问。

省领导是一个个头儿很高却又非常清瘦的男人，大约五十几岁。周楚阳注意到，自他从车上下来，一直把两手抱在胸前，不时用右手的小指去摸自己的嘴角。这个人看上去表情严肃，似乎不苟言笑，一边凝望这一片一直往远处延伸的苗木，一边蹙眉思索，好像要从这无限延展的生机中抠出不属于这个世界的一部分，要从这生长得无比张狂的力量中找出明显的异处来。赵云芃不时向他介绍一些自认为他很可能会感兴趣的问题，而他总是很节制地随便露出一丝笑容，随即眉头紧锁，既不点头也不摇头，表情很是淡定。

这一条临时打理出来的"观摩之路"，可以让这些人一直走到半坡上去。人群跟着顾羽移动，时不时停下来看他指着某个地方做相关方面的介绍。省领导走得很慢，在他身后的人们也顺从于他的节奏，停下来的时候就左右环顾。当然，他们中的很多人在这连绵的绿色中是不愿沉默的，始终在和身边的人小声地说话，有时候也会对正在田间工作的护养员招招手，示意护养员向人群靠近，问几个问题。他们的脸上，一直洋溢着惊奇中的各种满足和不安，他们应该是在这一天中看到了不一样的东西。

在其他参观点，人们只待了二十来分钟，即使是在邹聪的锦源木业，也没待上半小时。其实很多人都知道，这种受节奏控制的上车、下车，介绍、提问，本身就是一种僵硬的形式，不会有什么收获，更别说是思考。然而在南栗，时间一下子就缓慢下来，值得去看的东西，一下子就牵动了他们的各种神经。有人在将走到半山腰的时候，轻声对旁边的人说："这样的场景，很容易让人想到成功与失败。"

其实也一样，在每个点都可能看到成功与失败在须臾之间的转换，但那只是一种经营意义上的判断，是创业、产业和责任，与主题何其相投，却没有情怀，没有生存概念上的高度，怎么去思考呢？省领导一直不说话，临到下山的时候，他对赵云芄说："你可不能让人家自生自灭，你要置身其中啊。"

赵云芄点点头，但他对自己对后面一句话的理解是否正确表示怀疑。何为"置身其中"？这是现场感的最终体现吗？不确切。下山的时候，他问周楚阳："是否抛出了你需要的命题？"

"我认为还行。"周楚阳说。

"什么叫还行？我是说，领导会不会对这一坡绿色感兴趣？"

"说不准。"周楚阳看了省领导一眼，小声地说，"书记拿不准，缘何又问我？"

走下石埂，省领导问周楚阳："深加工方面，是否具备承载的能力？"

周楚阳答："能满足已挂果的果树，今年种下的，要三年后才会挂果，所以关于深加工厂房及设备的升级，会放在明年去考虑。"

省领导点点头。他又问身旁省人力资源厅的王副厅长："之前你们来这里调研过吗？"

"曹厅长来过几次，和务工人员有过交谈。"王副厅长说。

省领导又点点头后，便没有说话了。一行人爬上大巴，向城里驶去。

下午三点，在县委多功能会议室召开经验交流会。会议由省人力资源厅的王副厅长主持，在观看了南广县劳务输出和就业扶贫专题片之后，来自各地州和县区的代表做了经验交流，汪县长就南广劳务输出和社会扶贫工作做了汇报，县委书记赵云芄做补充。之后，省扶贫办和各地州、县区有关人员做了相应的发言，内容紧紧围绕劳动力转移和社会力量整合等相关主题，最后，省领导做重要讲话。

在之前的交流发言中，省领导一直眉头紧锁，对他们的发言不置可否。此时，他咳嗽了两声，算是清了清嗓子，麦克风在他的一只手上捋了捋。他说了起来。

"我想我应该从一份简历说起。"他顿了顿。

"什么简历？"底下好像有人不知道他在说什么，或许，有些人并没有看到酒店房间手提袋里的会议材料中，有一份南广简历。

"如果说，我们要把自己介绍给这个世界，是需要一份简历的。"他环顾四周，看见人们的目光里有些许惊愕和期待，"简历多重要啊，它完全涵盖了一个人的家世、经历和梦想，从一定程度上反映了你的综合能力和开发潜力。我这样说，或许有些片面，但也是客观的，比如，我手上的这份南广简历。"他从桌子上把那份叫"南广县劳务输出和就业扶贫基本情况"的会议材料拿起来，白色封面上赫然印着几个大字：南广简历。

"一个地方的简历包含那么几个因素，"他把手中的小册子放下，接着说，"自然资源、历史成因、人民生活、产业要素、发展前景、主要困惑、现实梦想。一个地方企业呢，又包含了哪些要素？大家有没有认真思考过？最后，小到一个人，一个自然人或者社会人，你的简历中，有哪些条款最重要？"

他一连抛出好几个问题，实际上，也没有留给人们过多的思考时间，也不可能在这个会议上由谁来回答这些问题。所以，他接着说："今天我们来到南广，本意是学习交流，实际上是让大家一起来见证我们的工作在某个地方的表现情况，在这个过程中，充分借鉴好的做法，对存在的问题，大家一起来思考。"他转过头来看了看身边的王副厅长和扶贫办负责人，两人点了点头。他接着说："可是，大家了解南广吗？了解南广的前生今世吗？了解南广的土地资源、人口状况、经济指标吗？了解南广的老百姓现在的生活状况吗……还有，大家知不知道南广现在最需要的是什么，我们到底要从什么点上引发思考，从而达成共识，用以指导工作实践？这些问题，才是咱们今天召开这个现场会要解决的问题。大家今天上午的参观考察，算是对南广县县域经济发展实践的一个调研，请问，你们有没有什么重要的收获？"

他说这些的时候，仍然眉头深锁，表情似是很沉郁，与会人员也随之被感染，没有一个敢在这个聆听的过程中走神。他说："刚才，大家都对各自的工作进行了交流发言，我们都听出了成绩，听出了希望，但就是没有听出你们各自的困惑，谁敢相信你们真的没有困惑呢——在这一点上，南广做得很好，从上午到现在，我们看到了困惑，听到了困惑，也真正触摸到了困惑。我认为，我们的现场会，在一定程度上就是一个处理困惑的现场会，如果我们的工作都像各位所报告的那么好，好得一点瑕疵也看不出，好得都只有那么一丁点千篇一律、可以轻而易举就消化掉的存在问题，我们这个现场会就毫无意义了，我们让大家不辞鞍马劳顿来到这个地方，就是劳民伤财，就是践踏时间，就是严重的形式主义。"

他说到这里，现场好多人都默默地低下了头，仿佛都怕接触到他那凌厉的目光，怕在关键的时候遇上他最关键的一问。他说："前些天，人保方面向我报告南广县在此次现场会筹备上的一些思考，听了后，我非常赞同，觉得南广的干部用心了，这次现场会一定会开出意想不到的效果。省委办公厅就这次现场会经验交流专门下发了文件，要求突出问题导向，可是大家好像还是无法从旧有的习惯中解脱出来，说问题轻描淡写，说思路语句铿锵，最后，将会导致问题年年弱化，思路年年不变。我看，我们是时候说一说工作作风方面的问题了。"

"但今天我们不说，我不想破坏大家的兴致，我想谈谈南广的这份简历。"他又说。

话题又回到简历上来，这让大家松了一口气。

省领导拿起桌上的那份小册子，在眼前晃了晃，问："你们今天有谁把这东西带来了？"

带来的，都像他一样，拿出来在眼前晃了晃，但只是极少数。很多人又将头埋了下去。

省领导似乎没有认真看他们，重新讲了起来："首先，从自然资源上来说，毋庸置疑，南广是富有的，赤水河、乌江、横江三大水系，孕育着希望，开发潜力巨大，喀斯特地貌独有的特色景观，是其他地方所没有的，旅游产业的优势已经凸显出来。但是，南广的希望在哪里？南广要成功地闯出一条具有南广色彩的路来，谈何容易！"

人们屏息聆听，赵云芃拿一支笔在笔记本上"唰唰唰"地写着。

省领导接着讲："过去的南广由于受地理区位的影响，交通不便，发展步伐缓慢，一度停滞不前，让老百姓看不到希望。后来的一段时间，南广人倾巢而出，以不同的脸孔去占领外面的世界，各种尴尬、各种不合时宜迎面而来，南广人给外界留下的印象不怎么好，关于南广的各种声音也接踵而至。我要说的是，像这样的南广，当它开始从混沌中转身，迎来各种发展机遇的时候，我们需要如何打量它，这是一个非常重要的问题。现在，大家都看到了，这几年南广的变化是相当大的，当我们从大街上走过，俨然有一种身处大都市的感觉，卫生好了，文明程度提高了，我们要将这样的南广与一个国家级特困县结合起来，必须把目光投向广大农村，聚焦广大老百姓的生存状态。回到今天的主题上，南广有那么多的贫困人口，如何通过劳务输出来提高收入，如何调动一切力量来助推脱贫攻坚，如何培育新兴产业来解决剩余劳动力的工作，我看应该认真思考。"

赵云芃的笔始终在笔记本上"唰唰唰"地记着，南广本土企业代表包括周楚阳也在认真聆听，他们似乎是第一次听到一个省级领导为一个地方的发展把脉，而且表情始终如一地严肃。

省领导最后说到周楚阳的南栗。他说："我必须与在座的各位分享一下今天上午最后一站参观的感受，想必大家也和我一样，当我们的双脚踏上第一级石埠，就知道这个叫南栗的企业要干什么。所以我要提醒大家，我们召开现场会的这个地方，有人已经在开始认真做事了，而且是花了工夫，下了力气的。不得不说，这样的企业首先考虑到的并不是赚多少钱，而是家乡情结、本土情怀的释放，它本身的出发点是通过一个产业的实施，带动更多的产业发展，从而实现劳动力的就地转移。最重要的是，南栗在南广掀起高原特色产业风暴的同时，加固了一个地方生态建设的防线，是真正意义上的绿色农业。"

赵云芃放下手中的笔带头鼓掌，会场里响起了阵阵响亮的掌声。

省领导用手拨了拨面前的麦，看见对面周楚阳的桌签，右手往这边挥了挥，说："周楚阳同志心系南广，用实际行动去践行一个南广人的责任与担当，是我们每一个人学习的典范，大家的掌声应该给他才对。"

这个时候的掌声肯定更加响亮，周楚阳却因此陷入了沉思。不得不说，自他入主南栗以来，在不断叠加的时间中，他感受到的压力没有多少人知道，南栗能不能成功地迈出最关键的一步，连他自己也没有底气。

省领导说："这样的企业，县里面要加倍呵护，尽最大力量提供必要的支持，也只有这样，一个地方的发展才更有希望。"

赵云芃微笑着点点头。在座的参会人员好像也下意识地点了点头。周楚阳缓缓欠身，向大家深深地鞠了一躬。

8

那天晚上，周楚阳把顾羽和李峡他们几个人叫到一起吃饭。周楚阳想通过这个饭局让大家再次感受此次现场会的温度，并告诉他的合伙人，南栗的发展是值得期待的，他们的预判没有错。当然，周楚阳更想达到的一个目的，是让大家做好思想准备，接下来，南栗要遭遇的种种困难，比想象中不知要多多少倍。他甚至站起身来对大家说："挺住就意味着一切。"

顾羽也说："挺住！"

半年多来，周楚阳第一次在他的团队面前传导自己的压力。之前，他总是以一个拯救者的英雄形象做他们的主心骨，举手投足间，都在告诉这些人"有我在"，然而今天，省领导的那一番话在一定程度上卸下了他身上的部分担子，"南栗是有希望的"已经成为大家的共识，不用他周楚阳强行绷着来作为一种"精神"，他该让他们知道的是，接下来，每个人都必须摒弃内心所有的私心杂念，全额付出，使出洪荒之力去占领高地。

当然，所有人都看得出，周楚阳今天在现场会上"出了风头"，南广县委书记在省领导面前当着大家的那一个点头，在让其他人产生嫉妒的同时，也给周楚阳吃了一颗定心丸。也就是说，周楚阳今天很高兴，他把南栗的兄弟们叫到一起吃饭，其实也想和大家好好分享一下。虽然今天的饭局上周楚阳没有提议上酒，却比醉酒了还要兴奋。是的，必须好好分享一下，与面前的这些人分享是一回事，他还要在回家后与彭玉素再次"分享"。

怎么分享？打一个电话？是的，必须打一个电话。以前，只要他打彭玉素的电话，第二天她就会换号码。多少年过去了，她渐渐从偶尔回他一条短信到接他的电话，到主动联系他，听他在电话里一个人说话，这种转变就像是"百年修得同船渡"一样缓慢。二十年了，在他心里却远不止二十年，这种煎熬堪比刀剐。她什么时候才能上他这条船呢？他不敢想，却又不得不想。

上次通话，她在那头问他"病好了吗"，让他大哭。他为这来之不易的修炼成果感到弥足珍贵，他用一捧泪水还予她、致谢她。她最后说："你的彩铃真好听。"他再次哽咽了起来，他知道，这种闲聊的语气，是要告诉他，她已经关心起了他的日常生活，她还是原来的那个爱人，她在向他缓缓靠近。

如同初恋。

他挂了那个电话以后，接连几天，心口都在怦怦怦地跳。他偶尔会给她发一条短信，有时候，那头发回一个字：嗯，有时候是两个字：知道。更多的时候，是一个字也没回。几天来，他没有打她的电话，是怕影响她，让她感到自己的烦。然而，他几乎每隔两分钟就要看一下手机屏幕，看她是否发来什么短信，或者有没有她打过来的未接电话。他觉得自己很好笑，仿佛一下子就变回了一个少年，那心跳的感觉，那魂不守舍的模样，简直堪称弱智。

"少年情怀总是诗。"他不知道是从谁的朋友圈看到了这一句话，一个人笑了。多么荒唐！他对自己说。是啊，要是她真的给自己打一个电话，他一定会激动得什么也说不出来的，此时他真的就是一个弱智。

然而就在这个时候，她的电话打过来了。此时，他刚刚回到家，刚刚掏出了手机。

"喂！"他害怕她听到声音后就挂了电话。然而没有，她几乎没做什么停顿就开始说话，这让他没有料到。

"你还行吧？"那头说。

"还行。你呢？"

"老样子，哦，对了，反正你不知道。"她居然还"嘿嘿嘿"笑了两声。

"那……就好，我不知道，你会……亲自打电话过来。"他尽量保持自己情绪不失控。

"问问你而已，也许是想听听你的电话彩铃。"

"我……"他说，"我想告诉你一件事情。"

"你说吧。"

"南栗让我看到了希望。对，南栗，就是我在家乡的产业，那一大片蓬勃的海，已经流淌到了桦槁林。"

"你什么时候学会咬文嚼字了？这还是你吗？"

"是我。"他说，"请你相信是我。"

他已经记不得是什么时候挂掉电话的了，因为挂掉电话后，手机听筒还一直靠在耳朵上。

接下来的几天，周楚阳如同脱胎换骨，整个人精神十足，无论干什么事情，嘴里都哼着小调。那天早上，就在他准备换一副行头去公司的时候，接到了一个电话。

"老同学早啊！"一听声音就知道是余水。

"早，余主任。"他说话显得非常客气。

余水："想不到我会给你打这个电话吧？"

周楚阳："不惊讶，我猜测你始终会打这个电话。"

余水："不愧是大老板，做任何事都那么有把握。"

周楚阳："因为是同学嘛，你说是吗？"

余水："给你打电话，是问问你今天有没有时间，如果方便的话，到家里来喝一杯。"

周楚阳："难得余主任挂念同学情分，我不敢不来。"

余水："那就说定了，下午四点你到村上，咱们一起去家里。对了，把公司里的弟兄叫几个过来，咱们沟通沟通感情。"

周楚阳："没有特殊事情的话，我会尽量叫上他们的。"

挂了电话，周楚阳在心里揣测，莫不是这个村官老爷开始着急了？派出所抓到的那两个拔苗者，肯定把他供出来了。

下午三点，周楚阳叫上顾羽和李峡，开一辆车去了关头。刚下车，余水就从村委会一层的一间屋子里走出来，笑呵呵地握住周楚阳的手，说："到底是老同学，愿意给面子，蓬荜生辉啊！"

周楚阳笑说："那是当然，一想起咱们小时候的事，心里可舒服了。"

"那还是别提了，小时候大家都不懂事，就算有什么得罪的地方，多半是可以一笑泯恩仇的。"余水脸上的笑很勉强。他说："你说是不是？"

"美好的记忆。"周楚阳说。

"是啊，美好的记忆。"余水也说。

余水让周楚阳一行先参观村委会。余水说："今后要打交道的时间多，你得先熟悉一下环境。"他把周楚阳带到他的办公室。

办公室很宽敞，比县政府金鸣副县长的不止大两倍。一进门，一张硕大的班台映入眼帘。班台摆在窗下，靠窗处是一个金黄色的真皮转椅，那靠背处鼓起的皮囊，在阳光下闪着耀眼的光泽。班台正面，是一个长长的实木茶几，茶几旁三组大大的同样是金黄色的真皮沙发一尘不染。茶几旁边有两个高脚木桌，上面放着花盆，花盆里养着的兰草长得无比精神。落了座，周楚阳抬头看见洁白的墙上挂着"为人民服务"和"上善若水"两幅书法作品，有一堵墙上，是一块巨大的写真板，上面有"中国梦"和"脱贫攻坚"的字样，还有几个制作得无比花哨的表格，仔细一看，原来是关头村的脱贫规划表。

"余主任真乃一方诸侯，办公室比书记镇长的阔气多了。"周楚阳开玩笑。

"哪里哪里！"余水说，"书记镇长觉悟高，纪委也管得严，不敢超标。我是一介草莽，干了今天还不知道明天能不能接着干，趁条件允许，享受享受。"说完，他指着屋内的陈设向几人介绍，"这班台和茶几，是二哥余森送的，上乘的缅甸榆木；转椅和沙发是四弟余焱送的，疯马皮；墙上的字画可是省级珍宝，是五弟余垚请著名书法家王军写的，为这几个字，光是上好的普洱茶饼就送了两提，价值七八万。"

"真羡慕你，兄弟几个把你捧上神坛了。"周楚阳掏出烟，递给他一支。

余水拿过香烟，往过滤嘴上看了半天，说："周总财大气粗，抽这种烟怕是不符身份吧？不如品一支我的进口烟。"说着，从桌上的手包里拿出一盒烟来，递给周楚阳，说，"这是大哥过年时送的，舍不得抽，请周总笑纳。"

周楚阳接过来一看，烟盒上面全是洋文，看不懂，不禁笑道："还是大哥会玩，人家抽的烟，咱见都没见过。"

余水笑道："周总何必去翻译，抽就是了，要是觉得对嘴，我打电话给大哥，让他安排一个老板弄几条回来。"

顾羽和李峡在一旁抿着嘴笑，被余水看见，便对他们说："两位兄弟今天真是不巧，没有多余的了，要不我叫人送几包大重九过来？"

顾羽说："不用不用，咱哥俩都不抽烟，闻闻你们的烟味就行。"

余水向周楚阳他们提议："不如直接先去家里，喝喝茶，到饭点后咱们好好喝几杯。"

余水的房子很大，三层楼，全封闭式构造，二三楼一字水玻璃架设，在阳光下发出刺眼的光。院坝很大，栽了很多树，万年青、黄杨木、野樱桃、桂花……造型别致，看上去很奢华。院坝右侧是一个篮球场，画了线的，很标准。有乒乓球桌，有棋牌桌，有运动设施。周楚阳对余水说："余主任家底殷实，还操劳着村上的事情，这就是境界。"

余水说："哪有什么境界？全听大哥的，大哥说，人活着，要多少为家乡父老办点事，不能一味贪图享受。"

"大哥在凤县居何职务？"周楚阳问。

"前年年底升任书记，忙得一年回不了一次家，我老爹说，再这样下去，和出家也没什么区别了。"余水说这话，就像背台词。

周楚阳说："说到底，是罗卓人的骄傲，自古忠孝不能两全。"

"道理是这样，但实际意义没多少，贡献是贡献，但贡献在其他地方，总觉得没什么意思，如果他是在南广，成就感就会更强。"

"这倒也是。"周楚阳说。

几人来到一层的一间很敞亮的屋子里，在沙发上坐下，余水安排从村里叫过来的妇女主任为他们倒茶，他对这个穿着做旧紧身牛仔裤的女子说："这是咱们罗卓的大老板，今天虽然是在家里，但其实也是代表村里接待客人，你可要把事情弄圆满了。"

女人扭动着腰肢，边在茶几旁忙活，边找话说："周总名气很大，我妹妹和我提起过你。"

"名气不重要，关键是要能办事。"周楚阳说。

女人又扭了一下腰，手里的茶杯溢出了一滴水，差点儿就洒在周楚阳的大腿上，他下意识地把身子往左边倾了一下。

"小黄，水温要恰到好处，我看你这茶泡得不太规范，特级普洱茶，要用心一些。"余水指了指桌上的茶具，说，"第一道茶，你得洗通透了。"

"试着做，各位老板将就着喝。"妇女主任扭动腰肢的时候，她上衣开阔的领口下闪现着洁白的胸廓。

"你去看看厨房里准备得如何了。"余水向她摆了摆手，示意她离开，又对周楚阳他们说："泡茶要讲水平，这女人笨手笨脚的，糟蹋茶叶。"

饭桌上，余水想尽办法让周楚阳他们喝酒。周楚阳倒了半杯，顾羽也一样。李峡把面前的杯子翻过来，罩在桌子上，对余水说："余主任知道的，司机不能喝酒。"余水说："到了我这里，还愁找不到司机送你吗？你尽管喝就是，都是自家兄弟，不多少喝一点，不能深化感情。"

周楚阳插话说："小李就不喝了，他也没酒量，随便喝一点都要醉上两天，眼下需要他去办的事情太多，老同学就饶过他吧。"

"不就是开车吗？"余水指了指妇女主任说，"小黄车技不错，喝醉了让她送你们回去，保证把你们收拾得服服帖帖的。"

"余主任说的是什么话？"妇女主任晃了晃肩膀，眨巴着眼睛说，"怎么还要我去收拾人？还服服帖帖的。"

"口误，口误。"余水放下手里的酒瓶，接着说，"你功夫再好，也不可能同时收拾得了三个大帅哥。我说的是，你肯定能把他们伺候得妥妥帖帖的。"

几人同时大笑起来。周楚阳说："他不能喝就算了，这世界上，总是有人喝不了酒的。"

"他不喝行，你俩要把他的那一份喝掉。"余水说完，硬是抢过两人的杯子，把酒加满了。

"要不，周总发个话勉励勉励哥儿几个，咱们开始？"余水在椅子上坐定，向周楚阳伸出右手。

"岂能这样！"周楚阳说，"余主任是东道主，理应由你致祝酒词，我们肯定不能反客为主。"

"欸，周总说这话就客套了。你我都是南广人，都在同一片蓝天下共同呼吸。尽管周总是南广知名企业家，现在又同顾羽兄弟和李峡兄弟把南栗做大做强，为培育南广农业特色产业做贡献，但我们都一样，都在为家乡的发展做事。余某虽说只是一介村夫，承蒙哥儿兄弟提携，在村上谋口饭吃，但也要恪尽职守，有那一份力，必定要发那一份光。今天在这里，我们都是东道主，周总莫要客气。"余水说完，又伸出右手。

"规矩不能破坏。"周楚阳说，"改天我做东的时候，我肯定先发话，余主任就别客套了。"

"好。"余水站起身来，端起酒杯说，"那我就当仁不让了。今天，老同学亲临寒舍，我等实在是荣幸。这张桌子上，除了几位客人，全是村两委干部。喝完这杯酒，我再一一做介绍。今天这杯酒，不说别的，主要有两层意思，一是请老同学屈尊过来，咱们叙叙旧，顺便也认识认识咱村里的这几个伙计。周总也知道，村里的工作不好做，前年年初，村党总支王书记实在是坚持不下去了，抬屁股走人，工作的重担就落在我等几个人身上。村里条件差，工作又千头万绪，以后少不了要与周总你们打交道，要靠你们关心。第二层意思，是向周总你们赔礼道歉，前些日子，山上的板栗苗木被别有用心之人拔掉了几株，是我们村里的工作没做好，请几位多多包涵，今后要是再出类似的事情，拿我们几个是问。"于是仰了脖子，咕咚咕咚喝了几口，杯子里的酒只剩下一半。

"余主任这酒喝得！"周楚阳说，"作为老同学，我无论如何也要陪你干掉一半。"

他向顾羽递了一个眼色，示意表示一下就行，然后抬起杯子，喝了一大半。末了看看酒杯，他笑着说："走过界了。谁叫这酒那么好喝！"

余水说："老同学非常资格，不愧是江湖中人。"他又转向顾羽，说："顾总也得和周总保持高度一致啊。"

"我就喝不下去了。"顾羽说，"大口酒不是每个人都能喝的，我要是一口喝掉半杯，肯定马上去医院。"

"去医院就去医院吧，为了咱们这情分。"余水说。

"可不能这样。"顾羽说，"我没这个量，非要学你们，少不得让自己痛苦。再说，感情的深浅，也不只是靠喝酒的多少。余主任说是不是？"

"周总说了算。今天只听周总的。"余水转过头向几个村干部说："你们给我听着，不但今天要听周总的，今后也要听周总的。周总和咱们关头村，从今天起就成为对口联系关系，不管什么事，周总说了，咱们就要彻底落实。"

几人纷纷站起来，端起酒杯敬周楚阳。余水说："停。"余水声音很大，让几人举到空中的杯子忽地收了回来。余水接着说："平日里我说得已经够多了吧？敬酒要挨个儿敬，不能一哄而上，这对客人不尊敬。今后咱们要立下规矩，凡是尊贵的客人驾到，必须单独敬酒。"

副主任叫曾宏，是一个瘦瘦的年轻人。他站起身来，举起酒杯说："按照余主任的安排，我敬周总一杯。"

"扯球蛋。"余水一声断喝，接着说，"什么叫按照我的安排？你敬个酒还要我这主任安排吗？敬酒是为了沟通感情，不是干革命工作，不需要安排，你晚上和你老婆睡觉，难道也要我来安排？"

曾宏把另一只手也捧到杯子上来，红着脸说："对不起周总，刚才话没说对，让你见笑了，欢迎周总来我们关头指导工作，我敬你一杯。"

周楚阳说："哪里哪里，曾副主任不要计较这些。"他喝了一小口，转而对余水说："老同学对下属不能太苛刻，我又不是什么关键人物，不需要这些礼节，况且，今天吃的是你的家宴，按理说，几位都是客人，你对客人不能没有礼貌啊。"说完故作轻松地笑了起来，余水也笑，在座的人都笑。

桌子上大部分人的第一杯酒已经喝完，余水说："小菜薄酒，虽不成敬意，但也要喝好。除了顾羽兄弟，其余人都把酒加满，包括黄桦。"

妇女主任黄桦的酒还剩一半，听余水这么一说，就晃动着肩膀说："你们这些大男人，怎么攀起我这个小女子了！"

"哪里小？"余水碰了碰她晃动的肩膀，眼睛盯着她的胸脯，"嘿嘿嘿"地笑着说，"我看，一点也不小嘛。"在座的人们都笑了起来。

黄桦脸没红，眉梢上挂着一丝谄媚的笑。她端起酒杯，站起身来说："今天很荣幸见到南广著名企业家，小女子有一个不情之请，想给周总续点酒，不知道周总会不会给这个面子。"

余水对其余几个村干部说："你看人家小黄说话多得体，你们几个今后学着点。"几人点头称是。余水又对周楚阳说："小黄很能干，今天见到周总，想必也很激动，她素来崇拜像你这样又有学识又有能力的成功人士，你可得给她一个面子。"

"按理说，我这一杯已经喝完，应该等黄主任喝完再加的，既然余主任都说了，我不加一点，就不礼貌了。"周楚阳接着说，"我也有一个不情之请，请余主任也赞助赞助，我倒多少，余主任倒多少。"

顾羽在一旁扯他的衣服，示意他不要冲动。他假装什么也没感觉出来，接着说："余主任麾下全都是得力干将，且不少巾帼英雄，咱们今天一定要不醉不归。"这话像是故意说给顾羽听的，言下之意是：我就不相信他余水不醉，我就不相信他醉了以后不吐出一两句有用的话来。

于是让黄桦续酒，他和余水每人小半杯。酒斟完，黄桦说："两位哥哥照顾我，我敬你们。"于是一饮而尽。周楚阳和余水也喝完杯中酒。余水眼睛里呛出了眼泪，拿纸巾去揩。周楚阳趁机开玩笑说："老同学激动了？"

"激动个球。"余水放下纸巾，说，"一把老骨头，哪禁得住祸害？"说完带头哈哈大笑起来，几个村干部也跟着笑。

"嫂夫人呢？怎么不来一起吃饭？"周楚阳貌似漫不经心地一问。

"全职陪读去了，二小子今年高三，在昆明读书。"余水说，"说来也怪，他老子自小就读不了书，现在能人模狗样地当个村官，说几句人话，也是大哥二哥和两个弟弟关照，他倒好，年年班上第一，我寻思要让他给老子争口气，就送他去贵族学校。钱嘛，花在孩子身上值得。"

"恭喜老同学。"周楚阳说，"能读书肯定最好，以后成为栋梁之材，你也感到骄傲。"

"还早着呢！有些人读了一大马车书，到头来还不是连工作都没的一个，社会很复杂，读过几天书算不了什么。"旋即转过话锋，说，"今天不谈这些，今天主要是把酒喝好。"

第二天，周楚阳正和省农科院的专家在山上看苗木，张大成的电话打过来了。

"不会这么快就有好消息了吧？"周楚阳问。

"昨晚你那庆功酒喝得真是时候。"张大成说。

"你确定昨晚我没白醉一场？"他说，"我是黄疸都喝吐出来了，一路吐着回家，心想这鸿门宴是吃得有惊无险。看来张书记没有置身事外。"

"凤城官场地震，以余大书记为首的县几家班子半数落马。这是好消息吧？"张大成说。

"也就是说，从此以后，老余家五行缺金了？"周楚阳开起了玩笑。

"不仅是这样，多米诺骨牌效应华丽绽放。"张大成说，"我看要五行缺五行。"

"恭喜你成功拿下关头，从此世间再无村匪。"

"也恭喜你那满山的板栗，从此绿意盎然。"

几天之后，余水被县公安局带走。同时被带走的，还有那个叫黄桦的妇女主任。关头村的副主任曾宏说："余水两个主任一肩挑，这几年的确辛苦了。"

第七章　一个美丽的清晨

1

进入六月，天气炽热起来，街上的人都往最精简的方向去穿戴。南广县城里，行人时尚的装扮让整个夏季焕发出无比旺盛的生机与活力。女人着超短裙，各种布料、颜色大胆搭配，各种长度、版型肆意披挂；男人一身轻便，短袖T恤、牛仔裤、运动鞋，简单配置，倒也自然。这个城市的男人和女人、大人和小孩，商贾与白领、干部与百姓，都在用一种全新的面貌让这个以非常速度不断蜕变的地方释放着别样的魅力。周楚阳走在街上，全然感觉不出来南广县城与那些发达地方的中小城市有何异样，内心升腾起无比的满足。的确，经过短短几年的打造，旧城区旧出了新意，旧出了记忆的轮廓；新城区新得像少年飞快弹出的个头儿，一身的青春，仿若中了时光的魔法，一夜之间就冒出几条宽阔的大街和数栋高楼大厦。周楚阳在心里再一次找到了回乡的支点，仿佛在潜意识里告诉自己，既不能失去在场的理由，也不能缺席这磅礴生长的每一个环节。离城三十公里，麦车到罗卓的大火地，那绵延起伏的山上，十万亩苍翠欲滴的板栗树，差不多有四百万株。这些树，正以结实的枝干和蓬勃的绿叶吸纳着夏日的阳光和雨露。这是他的梦想，是他为家乡塑造的高原特色农业样板，也是为彭玉素准备的乡愁唤醒。这些树，现在差不多是他的整个身家性命。

从山上下来，周楚阳准备回公司和顾羽他们一起审定一个关于今年板栗深加工的方案。十万亩树有五分之四才种下几个月，至少要第三个年头才开始挂果。今年的果实，除了来自南栗公司前些年种的不足两万亩板栗树，还得指望顾羽到周边去收购板栗成品。深加工方案不仅要看板栗挂果成长的情况，还要看周边老百姓的思想动态。顾羽说，不出意外的话，两百吨板栗没问题，可以在去年的基础上翻一番。这个加工产量，周楚阳不怀疑，让他感到不安的是，这些板栗要按照什么规格、口味来包装，要以何种销售模式来定位方向。这不仅仅是为了完成今年的生产和市场配对，更是对未来开拓市场、做大蛋糕的一种尝试和验证。两个月以前，他和浙江人周春捷策划了一个市场调查。他让周春捷去他比较熟悉的福州，摸一摸一个省会城市对南栗食品的消费可能性，带着样品跑一跑各大商场、超市、小卖部、娱乐场所、便利店，顺便与商家取得联系。前几天周春捷回来，约他见面。谈及福州市场，周春捷说，其实，各省并没有什么明显的区别，就消费群体而言，都是差不多的，就看如何根据各种卖场的实际进行包装，在特定环境中抓住消费者的食欲。

"福建人的口味以甜、酸为主，与我们高原地区有所不同，在休闲饮食的选择上，你有没有什么发现？"周楚阳问。

"其实都一样。"周春捷说，"在今天这个世界上，我们的嘴巴都是容易同化的，尤其是休闲饮食，本身就没有什么地域性。比如，前些年，我们吃不惯夏威夷果、榴梿，现在却不同了，你看看这些东西的销量，大得惊人。"

"在产品包装上，你觉得我们还要从哪些方面来改进？"

"这个倒是应该在很多方面做做文章。通过在各种卖场走动，获得了一些灵感，有一些不成熟的想法，具体可以用以下几句话来概括。"

"愿闻其详。"

周春捷说："首先，产品装袋上，应该分成 1000 克、500 克、250 克、100 克几个等次，便于客户根据实际需要进行选择。如果是给旅游景点供货，1000 克装的会比较走俏，旅客们大多是买了带走，快递打包也很方便；如果是给商场、超市、小卖部甚至报刊亭等便利店铺货，1000 克以下的会更受青睐；而针对各种娱乐场所比如酒吧、咖啡馆等，估计 250 克装或 100 克装的会更好卖。"

"以前的包装的确没有结合实际，一个规格走到底，难免会把很多客户挡在门外。"周楚阳说。

"其次，在包装艺术上，也得做文章。"周春捷说，"我认为应该设计不同大小、不同风格的包装盒，甚至要设计一至两款快递打包盒子，让客户根据购买的多少进行选择，无须让快递公司用他们的打包盒与打包袋，这样不仅方便客户，也顺便在物流环节上对产品做了宣传。最重要的，是要设计一个试吃款，不能单纯用栗子包衣纸代替，不管是做成敞口的盒子，还是小托盘、小杯子，都要彰显出产品的品质，要在食欲诱惑力上动动脑筋。"

周楚阳："这个不难做到，找吴策划就可以搞定。"

周春捷："还有，必须在包装上融入当地元素。"

"怎么讲？"

"举个例子，如果要打进福州市场，可以在包装风格上融入华侨文化。福州是著名侨乡，多在乡愁意识上牵动味觉。当然，也可以把福建安溪的茶文化与我们的高原小吃捏在一起，把南栗做成一款佐茶食品，让更多商家对我们的产品产生兴趣。"

　　深加工方案不仅涉及产品包装，还涉及栗子的大小选择和味道调节。关于这一点，周春捷的观点是根据各个地方的实际来把握。他说："比如，要把产品销往重庆，就得根据重庆人重口味的特点来调节味道，可以把一部分产品做成麻辣味；如果要去陕北做市场，就得做成葱油味；江南一带，大多小家碧玉，就要选择小一点的栗子，口味上也要追求海鲜元素。即便是在云南开拓市场，也要有相应的变化，这叫因地制宜，让栗子的品质与各个地方的口味甚至文化元素充分地结合起来，争取更多更大的市场。"

　　方案由顾羽根据周楚阳的授意来起草，结合这几年来几人在市场上打拼的经验，倒也做得比较细致。但周楚阳老是觉得还差了点儿什么，于是让顾羽分别给周春捷和吴立春发了一份，请他们在这个基础上进行补充。

　　下午，副县长金鸣有请，地点是县扶贫办主任办公室。

　　周楚阳按时赶到。见办公室里除了金鸣与扶贫办主任吴舰两人外，还有一位个子高高、略微秃顶的男人。金鸣向周楚阳介绍："这位是新任麦车乡党委书记刘江同志，今天公示期刚满，明日便走马上任，我寻思在他去麦车之前让你俩见个面。"

　　"恭喜刘书记。"周楚阳伸出手去，与他握了，接着说，"麦车之前的乡领导我见过几次，但交情不怎么深，大抵是因为大家都很忙。"

　　"以后有的是机会，前任书记王云屏交流去了县史志办，以后你的丰功伟绩要流传千古，就靠他了。"金鸣说。

　　"无比期待。"周楚阳说完，问金副有何安排。

　　金鸣喝了口茶，正色道："目前，全县脱贫攻坚工作已经进入攻城拔寨的关键时期，全县上下正铆足干劲、团结一致打好这场没有硝烟的战争，县委云芘书记更是多方考虑，争取在'两梳理、两出力'上把文章再做大一点，让更多的社会力量投入脱贫攻坚中来，这不，专门委托我与你洽谈，看你能不能在板栗生长的地方为老百姓做点事。"

　　"意思是，让我也参与认筹？"

　　"是这个意思。"金鸣说，"虽然周总现在手里捏着大蛋糕，压力很大，但大家都知道你的路子广，办法多，在做大蛋糕之余请你再熬点粥，不知意下如何。"

　　"当然可以。"周楚阳说，"反正都在板栗生长的地方，多投入一点，权当是为一坡板栗着想。"

刘江当即过来握住周楚阳的手，激动地说："你这一句话，就是县委给我最好的上任礼物！我就说嘛，今早起来左眼皮为什么跳得这么厉害。"说完哈哈大笑起来。

周楚阳说："刘书记开玩笑了，我以后还要仰仗你的关怀，今天不给点见面礼，无论如何面子上也过不去。"

扶贫办主任吴舰插话："南广这些年的发展，与各位南广籍企业家和能人的解囊相助分不开，南广人为什么心怀如此强的社会责任，究其原因，还是南广这一方山水的养育。"

"之前苦日子过多了，现在应该懂得感恩。"周楚阳说，"无论你有多强大，一旦离开故乡的牵引，就会成为一个灵魂的孤儿。"

金鸣对周楚阳竖大拇指，说："金某现在穷困潦倒，只能给你这个作为回馈，以后南广脱了贫，我再邀请刘书记和我一起给你写封感谢信。"

"我也要落个名字，扶贫办主任哪能置身事外！"吴舰笑笑说。

周楚阳认筹的是麦车乡的比嘎村。本村与大火地相连，属于一坡板栗树的后背之地。比嘎村有600余户3100余人，其中建档立卡贫困户47户217人。按照金鸣副县长的指示，周楚阳无论如何也要将这部分贫困人口中的劳动力消化掉。怎么消化？眼下苗木基地上暂时只能安置一小部分，深加工车间因为生产周期短，加上之前顾羽他们有固定的工作人员，基本无法安置。剩下的，还得看远在温州的云岭彩印厂和其他企业。金鸣的意见是先把青壮年劳动力输出去，让他们在外干两年，等南栗苗木疯长到位，需要追加劳动力的时候，再把他们喊回来，在家门口就业。对周楚阳来说，这些都不难做到，眼下关键的是，贫困人口中有三十来户房屋属于危房改造对象，其中有十几户房屋为 C 级，需要修缮加固，其余十几户是 D 级，必须按照人均最低住房面积标准选址重修，所需建房改房资金除政府解决的部分外，其余需要周楚阳来落实。

"本来，在其他地方，危房改造农户缺口资金靠政府贴息贷款来解决，但在比嘎，周总既然认账帮扶，就得拿出个态度，贴息贷款的事我看就算了，你咬咬牙关把单买了，为老百姓减轻点压力，也算是功德无量。"金鸣说，"至于你怎么去想办法，那是你的事，我不干涉。"

从扶贫办出来，周楚阳还没到家，就接到罗卓镇党委书记张大成的电话。

"周总就不打算隔三岔五来罗卓看看苗木，也顺道看看我？"

"张书记故意反着说话，我得纠正，是先来看你，然后再顺道看看苗木。"周楚阳说。

"当然，也要顺道看看苗木生长之地的关头村老百姓。"张大成打了一个哈哈。

"我听出来是有神仙通风报信。"周楚阳说，"信息时代一定程度上会把人逼上绝路。"

"反正你已经走上绝路了，何愁路上多一点坎坷？"

"不只是坎坷，简直是险象环生。"

"你是决定袖手旁观了？"张大成问完，又接着说，"前些日子，你和关头村原主任也就是你的老同学在饭桌上承诺过，要对关头村多多帮助，不会是人家一走，你就不认账吧？"

"当然认账。"周楚阳说，"他走了我更得认账，现在是曾宏主任在任，那晚他也在，我不能不厚道。"

"我就说我的担心多余了吧，早知道你不会丢下他们不管的。不过，对口联系的事，还得在扶贫办备个案。"张大成说的意思，是要像与麦车乡比嘎村结对帮扶一样，由县里来统筹安排。

周楚阳说："不必要，罗卓是我的家乡，关头有我的苗木，去掉那些框框套套更好。这样，我操作起来也更为舒坦。"

当即两人就如何帮助关头村二十来户贫困户的问题做了商量，末了，张大成邀请他三日之后一起去关头走访走访。

<h2 style="text-align:center">2</h2>

周楚阳给吴立春打电话的时候，李峡的车刚好停在公司的楼下。他让李峡等他半小时，说有三个电话要打，打完这三个电话，麦车乡比嘎村结对帮扶的事情就算是完成了一半。周楚阳给吴立春打电话的目的，是让他抓紧在温州联系一下南广籍的老板们，能接上线的都尽量取得联系，让他们每人为他消化几个青壮年劳动力。吴立春在那头说："这些人还真把你当周半城了？动不动就给你摊派任务，你也够爽快的！"

"属于后背之地，人家也是为我着想。"周楚阳说。

"无法理解。"吴立春说，"全县有那么多老板，他们为什么总是盯着你一个人？像薅羊毛似的使劲儿薅，保不齐有一天你被薅得皮毛不剩，那时……"

"哪儿来的这么些废话！"周楚阳打断他，"人家也没有逼我，是我主动认筹的。"

"原因呢？"

"我都说了，那是后背之地。比嘎村就在大火地旁边，大火地的山上有我几万亩板栗，难道我就不能仰仗他们时不时给点阳光雨露？"

"他们是谁？"

"就是需要你解决的这帮人，你按我的要求做就是了。"周楚阳说。

"好吧，我这就去落实。但我还是要再提醒你一句，别什么事情都一口应承下来，你也要为自己着想着想。"吴立春有些不情愿地说。

"我其实就是在为自己着想。"周楚阳说，"你看看哈，我在麦车有一大山坡的苗木，也就是说，今后，我的大部分时间都会在那些老百姓的土地上，我是不是成了他们中的一员？他们的命运是不是和我连在一起？如果你看清楚了这一层关系，你就能理解我为什么愿意为他们做事了。"

吴立春说："反正说不过你。"

周楚阳的第二个电话，是给在浙江做新能源汽车核心零部件的陈家瑜打的。认识陈家瑜，也是在吴立春为自己策划的那场"我在麦车有棵树"联谊活动上，当时两人以水代酒干杯，算是有了交情。周楚阳知道陈家瑜在宁波干得不错，也知道新能源汽车的市场前景很大，这女子属于南广人在浙江前程不可限量的那部分。陈家瑜接通电话，很是惊奇地喊了起来："我的妈呀，周哥哥呀，你真的给我打电话了，是不是还想卖我一些树？"

"树倒是没有，先卖给你几个人。"

"什么人？你是其中之一吗？"陈家瑜的声音那么清脆。

"不包括我。"周楚阳说，"眼下周某有几个剩余劳动力，想请陈总帮忙消化消化。"

"哎呀，你什么时候当起人贩子来了啊！"陈家瑜在那边笑。

"我是二拐。"周楚阳说，"从南广县委政府那里转手的，眼下我吃得太撑，实在吞不下了，想请你帮忙。"

陈家瑜："你还别说，我正缺人手，不过不是在浙江，而是在昆明，生产基地。"

周楚阳："那更好，昆明离南广近。"

陈家瑜："得先接受培训，时间是一个月，培训期间是没有工资的哦。"

周楚阳："这个没问题，第一个月的工资我来承担。"

陈家瑜："哥哥倒是爽快，不过丑话说在前头，要是培训测试不过关，我就不录用。"

周楚阳："我已先给他们看过手相，早把测试不过关的剔出来了，给你的都是真货。"

陈家瑜："那行，给我二十个。"

周楚阳对陈家瑜说"谢谢"。陈家瑜说："以后还要请哥哥多扶持，你是老浙江了。"

周楚阳的第三个电话是打给在金华做五金的罗其波的。罗其波一接通电话，就连说了三个"周大哥好"。

"兄弟真是热情啊，就不怕我打电话是向你求助来了？"周楚阳说。

"大哥有什么事，尽管吩咐。"

"那我就直说了。"周楚阳清了清嗓子，"政府给我分了几个劳务输出的指标，你看你那边还能不能塞几个进去？"

"我这里还真的只能塞几个，不过如果任务重的话，我让兄弟们一人塞几个。"罗其波说。

"那就有劳兄弟了。"周楚阳说，"大恩不言谢，以后兄弟有什么事，跟哥哥讲。"

打完电话下楼，上了车，李峡说："不到半小时，说明电话打得有效果。"

周楚阳说："还不错。"

汽车经过大火地，在去苗木基地的岔路口，李峡下意识地停了一下，而周楚阳并没有要下车看看的意思，而是摆手示意继续往前走，他们要去的是比嘎。

到村委会的时候，麦车乡新任党委书记刘江已经等在那里了。几个人站在院坝里，见车子驶进来，停住，刘江跑过去为周楚阳开车门。周楚阳握住刘江的手，说领导就是不一样，工作作风够硬的，倒是自己因为一些鸡毛蒜皮的事情耽搁了，来迟一步。刘江说"贵人事多，懒人觉多，周总的事肯定不是鸡毛蒜皮，是大事"。

"刘书记属于哪一类人？"周楚阳开始说笑。

"我属于闲人，话多。"说完，几个人都笑了。

刘江向周楚阳介绍站在他身边的乡长陈氓忠。周楚阳说："早就见过了，要不然，能有大火地那一坡蓬勃生长的板栗树？"

陈乡长连忙客气地点头致意，说："当初倒是没有袖手旁观，只是一直在忙着落实前任书记的重要指示，服务工作没有做好，还望周总多多包涵。今后，一定在刘书记的领导下协助周总管好一坡板栗，争取将功补过。"

"都是为老百姓办事，就不说客气话了。"刘书记说完，又向周楚阳介绍比嘎村的党总支书记向洋和副主任付秋芬。

寒暄过后，几人走进村会议室，开会讨论南栗公司结对帮扶比嘎村的事。说是商量，其实也就是将县政府领导的指示传达一遍，重点是由村里向周楚阳介绍几十户贫困户的基本情况和思想动态。据村里排查，建档立卡户中的青壮年劳动力有89人，能够处理好家里的事情外出务工的有70人，此情况昨天刘江已通过短信发给周楚阳，他已于来比嘎之前与吴立春、陈家瑜和罗其波三人打过电话，安排过对这些人的"消化"。除了劳动力输出，村里急需解决的是13户危房拆除重建和11户修缮加固的缺口资金。副主任付秋芬说，拆除重建涉及政府补助的户均4万元左右，以及修缮加固涉及的户均16000元左右，已经由县财政按照实际划拨到乡里的账上，现在着急的是缺口资金部分，属于等米下锅，每家每户的情况又有所不同，家庭人口的多少和房屋质量的好坏，决定每户所差资金的多少，按目前统计的情况来看，周总可能要准备个七八十万。

"小事一桩。"乡长陈氓忠说，"对周总来讲，九牛一毛。"

刘江插话："话不能这么说，周总钱再多，也是靠汗水换来的，我们还是要本着勤俭节约的宗旨办事，该让老百姓自己出力的，就使劲儿做工作；能为周总省下的，就尽量省，哪怕是一万两万也好。"

周楚阳面带微笑，唇欲启未启，半晌才说："我尽量在老朋友们的口袋里去掏，万一人家要多给，我也不好推辞。不过，多了也不是个好事，不能让非贫困户看了心里难过，认为咱们是包办脱贫。"

"这话讲得好，我完全赞同。"刘江说，"凡事得讲究个尺度，咱们今天的老百姓已经越发敏感了，最好不要留下噱头，免得那些横竖不分的自媒体又嚼舌根去。"

讨论到下午五点，所有结对事项均已商量出了头绪。刘江建议从明天开始，南栗公司就派人到贫困户中去，在村三委工作人员的引导下开展工作。周楚阳说："没问题，明天我和李峡亲自上阵，先同群众沟通沟通感情。"

刘江邀请周楚阳在村里的食堂里吃晚饭，周楚阳心里同意，正要表态，手机振动起来，是大火地村的村主任王雅打来的。

他走到会议室外面去接电话。王雅说："周大哥现在有时间的话，可以移驾村委会，有重要情况需要向你汇报。"

"小妹妹有什么重要指示，可不可以先在电话里安排安排？我现在有一顿晚饭需要亲自吃。"

"花天酒地的事，可以留到以后，我现在真的有重要的事情要汇报。"王雅说话的语气有些急，让周楚阳打消了在比嘎村食堂吃饭的念头。挂了电话，他正欲进会议室向刘江推脱，转身时却发现刘江已站在自己身边。

"怎么了？又是基地上的事？"刘江问。

"王家二小姐的电话，都与那一坡苗木有关，不重视恐怕不行，你这顿饭还是改日再吃了。"说完与他握手，又向从会议室走出来的几人挥手告别。

到了大火地，发现村委会的院子里很是清净。周楚阳和李峡走到二层，王雅从办公室出来，嬉皮笑脸地对周楚阳说："本村官还是有些面子吧！这么大的老板，被我一个电话就叫来了。"

"如果真是有惊无险的话，你得陪我花天酒地。"周楚阳举了一个拳头，表示抗议王雅的任性。王雅抿嘴笑着说："我其实也没这个本事，是屋里的那位想请你来此一叙。"

"谁？"

"你不会自己进去看？"

走进屋里，见王白璐正拿手机屏幕当镜子整理鬓角，小吃了一惊，说："王大小姐真有雅兴，不在家里歇着，跑这里来干吗？"

王白璐从沙发上站起来，脸上有些诡诈，笑了笑说："好久没使唤周老板了，今天托小妹打电话试试，看看我这棵树还能不能引得凤凰来栖，不想你这人腿还是那么勤，看来我没有看错。"

有一个月左右没见到王白璐，她脸上的气色看起来比之前好得多，整个人也比较精神，应该是这段时间心情不错。周楚阳从内心高兴，这个患有乳腺增生的女人正在一天天恢复正常，也让他祛除了一些担心，所以他的脸上始终堆着笑容。对峙几秒钟，周楚阳说："对你的回报，就是好好陪你吃顿饭。"

"谁答应要陪你吃饭了？"王白璐嘟着嘴。

"不答应也行。"周楚阳说，"反正见到了你，我快不快乐是我自己的事，你也管不着。"

王白璐往周楚阳的肩上捶了一拳，轻声说："这话你要对彭玉素说去。"

"我倒是想说，可人家不给机会。"

"我可要警告你，不许脚踏两只船！你必须对爱你的女人负责。"王白璐貌似表情严肃。

"放心吧，你这棵树上已经吊死一个老头儿了，哪还有我结绳子的地方！"他说的是周春捷。两个月以前，在王白璐家的客厅里，她对他说，她已经和那个秃顶老头儿好上了。

"唉！"王白璐叹了一声，说，"宿命指使不了人的感情，你的五尺白绫还是在往别的地方飘，我能感受得到。"

有两分钟时间，谁也没说话，直到王雅和李峡推门进来，才缓和了其中的尴尬。王雅对二人说："可不可以先填饱肚子，然后到后面的小树林里去花前月下？"

周楚阳白了她一眼，说："你俩是一个妈教出来的。"

"什么话？我俩还是一个妈生出来的呢。"王雅说完，"咯咯咯"笑起来。周楚阳也笑。但王白璐始终一副严肃的表情，她用拳头对着周楚阳，说："陪你吃饭可以，但你得答应我一个条件。""什么条件？"周楚阳问。

"不要把我和周老头儿的事张扬出去。"王白璐说。

周楚阳："今天不提点别的条件？"

王白璐："没理由，况且我的条件你无法满足。"

周楚阳："让我火急火燎地往这边赶，就是拿我消遣？"

王白璐："什么叫拿你消遣？想你了还不行吗？"

周楚阳："直说不就完了？"

王白璐："是你不解风情。"

周楚阳："明白。对了，花前月下的事，用不着别人陪同吧？要不，我让李峡先回去？家里有一大堆事情等着他。"

王白璐："可以，但得让人家吃了饭再走。"

王白璐提出多少喝点酒。"时间真不是个玩意儿，没有酒精填充的时间，更不是玩意儿。"

周楚阳脸上的微笑一直挂着，就算他此刻无比反对王白璐喝酒，也是微笑着说出来的："酒就不必喝了吧？我的王大小姐，你现在的身体状态，哪能喝酒？"

"没听说过酒才是人间良药吗？"王白璐的目光一直在周楚阳脸上。

"我只知道，酒乃癫狂之物，没听说过酒能治病。"他说这话的时候，突然想起去年在温州的那次大酒，云岭彩印厂年会上，那个叫孙小雪的女人在一顿晚宴的结尾部分，给了他一个非常深刻的教训。

王白璐说："又没有谁非要逼着你喝，你要是不想喝的话，立马从这里走出去，让能喝的留下来。"

王雅在一旁插话说："谁说的没有人逼他喝酒？"她拿着一瓶酒，把瓶盖起开，一边倒酒，一边说，"周总今晚要是不喝醉，就别想从这里走出去。"

周楚阳不想再看两个女人一唱一和演双簧，就说："从一开始，我就没说我不喝，我只是奉劝有些人不要喝酒。"

"对，你说的是李峡，他要开车，不能喝酒我们理解。"王白璐说完，对着李峡说："我们可从来不劝司机喝酒的。"李峡回了一句："谢谢王姐理解，待会儿周总喝多了，我得把他安全地驶回去。"

王雅说："喝多了就不用你驶了，今晚后山上有美丽的月色。"

王白璐白了她一眼，小声说："你愿意你去。"

王雅说："去就去，白白捡一个大老板，下半生衣食无忧。"

说是喝酒，其实也没有铆足劲儿喝，只在席间说一些闲话。饭吃了一半，几人杯子里的酒几乎还是满的。王白璐问周楚阳板栗苗木生长得如何，周楚阳说，有小妹看管，自然长势良好。王雅在一旁搅局："你俩应该谈点别的吧，光阴如此美好。"

"谈点别的？"王白璐看着周楚阳的眼睛，她其实想知道这段时间他和彭玉素之间有没有实质性的进展。

"你谈啊，看我干什么？"周楚阳故意装作不明白王白璐的心思。

"喊！爱谈不谈。"王白璐把头低下来，看着面前的碗，半晌又说，"其实人生短得不足以来一次彻底的伤感。"

"有何伤感的！"周楚阳说，"该干吗干吗，再说，伤感何用！"

王白璐用筷子在碗里轻轻地刨着，其实她的碗里什么也没有。刨了一会儿，她突然抬起头来，深情地看着周楚阳说："尊敬的周先生，你肯不肯为我醉一次？"

周楚阳沉吟了几秒钟，说："愿意，如果我的醉能将你从忧伤中唤醒。"

"那就干了。"王白璐说完，伸手过去拿了周楚阳的酒，递到他手上。

"现在就喝？"周楚阳感觉太突然。

"难不成还要看个日子？"王白璐的眼睛里，似是深情。

3

比嘎村副主任付秋芬带周楚阳和李峡去走访贫困户。

他们首先走访的是青壮年劳动力家庭。这些人是村里经过筛选出来的，按照他们的预想，大部分都应该可以外出务工。而事实是，当他们走进第一家的时候，就发觉情况并不理想。这个叫吴运的大个子男人，今年三十四岁，是三个孩子的父亲。早些年，吴运和老婆王清芳去深圳打工，那时他们的第一个孩子已经出生了。由于没有技术，一年之内辗转了三个厂，时间待得最长的，是一个做水晶的不大不小的作坊，老板是云南人。挨到快过年，吴运发现妻子王清芳和厂里一个来自山东的计件员眉来眼去，心下不快，找一个机会把那个同样个子高高的男人痛打了一顿，然后托老乡买了车票，拉着妻子连夜赶火车到贵阳，转乘客车回到了家。

"打工的事，早寒心了，不想去。"面对付秋芬一行人的动员，吴运说。

"你呢？"付秋芬问王清芳。

"我无所谓。"王清芳说，"他说去就去，他说不去就不去。"

"孩子还小，需要有人在家照顾，把他们放在家里由老人看管，我没这个胆子。"

"那你就一个人去，让弟妹在家照顾孩子。"周楚阳对吴运说，"我厂里这样的情况很多，男人在外打工，好挣钱；女人留在家里，伺候山上的土地，还可以照顾老人和孩子。"

"我可放心不下。"吴运说，"不怕你们笑话，我这婆娘一直嫌我没出息，心思根本不在家里，别看现在有三个孩子，只要我俩不在一起，用不了多久就一定会出事。"

吴运说这话的时候，王清芳根本没有抬起头来，也不争辩。付秋芬说："别这样说自己的老婆，两口子之间要相互信任，多年以前的事情，你去计较它也没有用，况且那时候你们都还年轻，不懂事，犯点错也是可以原谅的。"

吴运说："我们先考虑考虑吧，如果决定要出门，我会给你消息的。"

付秋芬说："要抓紧决定，县里马上要召开劳务输出现场会，有序组织大家外出。你背个包，装几件衣服就行，车票都不用买，有人为你们准备好的。"

"现在出去，还可以在外面干半年。我朋友的厂里，工资很高，兴许回来过年时，你们口袋里就装得鼓鼓的了。"周楚阳对吴运两口子说。

到第二家，家里的年轻人到街上赶集还没回来，只有一个大约70岁的老者在家里。付秋芬向周楚阳介绍："这位老伯是之前村里有名的宰猪师傅，谁家杀年猪都会来请他。"

"老伯，白刀子进红刀子出的感觉爽吧？你这一辈子，干的都是很多人不敢去干的事情，真心佩服你。"周楚阳和老人开玩笑。

"爽个球！都是之前的事了，现在都老得走不动路了，连一把刀子都拿不动，怕是杀一只鸡都费劲。"老人跷着二郎腿，坐在院坝里的一块水泥砖上吸旱烟。

付秋芬想通过老人给儿子儿媳做工作，动员他们外出务工，于是和老人拉起了家常。付秋芬说："向老伯，你们家向明昆前些年就没想过跟你学学手艺，把杀猪的活儿传承下来？"

"他哪能干这个！"老人吐了一口烟雾，说，"我带着他跑了三年，几乎把全村人都吓怕了。这娃儿，要怪就怪在他长了一双扯巴眼。"

"这和眼睛有什么关系？"周楚阳问。

老人有些激动，声音提高了八度，说："你知道什么是扯巴眼吗？就是你认为他在看你的时候，他其实是在看别人。这是病，你明白不？要不是前些年我在村里还算是一号人物，恐怕他连婆娘都讨不成。"

"这叫斜视。"周楚阳说，"我有好几个朋友，都是这样的。"

"还好几个！这种人天底下就不会有几个，你看我们这村里，除了他，还有谁是这样的？"老人又吐了一口烟雾，接着说，"你愿意人家眼睛盯着别人跑过来和你打招呼吗？"

周楚阳听了这话，差点儿就笑出声来，心想，这老者说话真是风趣，明明在说一件自己原本很不愿意说的事，明明声调很高，可一说完，就像甩了一个包袱，让人有听单口相声的感觉。

"我大致明白是怎么一回事了。"周楚阳说，"老伯很幽默。"

"你明白个啥！这是一种病，又可怜又可恨。"老人把烟杆放在旁边的一个竹篓旁，说，"本来他是可以杀猪的，可是就没有人愿意把猪交给他杀。有一年，河对面刘天友家杀猪，几个身强力壮的年轻人把猪摁倒在案板上，他提着一把杀猪刀过去，刀子虽然是奔着猪的喉咙去的，他的眼睛却凶狠地盯着摁猪的人。结果人家以为他要杀人，一声尖叫，手一松，猪脖子只划了一个小口子，血都没流上几滴，大肥猪翻身起来就跑了。"

几人笑得眼泪花子打转，李峡更是笑得蹲下身子，用车钥匙往地上画圆圈。老者又说："你们知道出现这样的事后果是什么吗？"

付秋芬说："后果当然是人家以后就再也不找他杀猪了。"

"亏你还是村里的同志，这哪是请不请他的问题。"老者望着她笑。

"大伯，你是说还有其他影响？"周楚阳笑完，捂住肚子问。

"当然啦。"老人又从竹篓旁拿起烟杆，吧嗒吧嗒吸了两口，发觉烟蒂上的火早熄灭了，伸手从上衣口袋里掏打火机，掏了半天也没掏出来，就又接着讲，"以前给人家杀猪，如果杀得不利索，一刀捅不死，是不能捅第二刀的，就算猪嗷嗷叫半天累死了，人家也不高兴，这是不吉利。这娃儿，幸亏是遇上刘天友这样的老好人，幸亏猪没有被他杀个半死不活，要不然人家肯定会找麻烦。"

"刘天友家那头猪，后来是不是老伯你亲自杀的？"李峡问。

"不能再杀了。"老者说，"猪还活着，只能让它再活一年，第二年再杀。那年刘天友亏大了，四百多斤的大肥猪让他又养一年，第二年杀的时候还是四百多斤。"

几人再一次笑岔了气。笑过后，付秋芬抹了抹眼睛，说："老伯，我们今天来，主要是想请你给向明昆做做工作，过几天去浙江打工，这位周老板已经在浙江给他安排了工作。"

"打什么工啊？打他妈老公还差不多。"老人说完，自己也笑，"前几年出去过一次，没人留他，灰溜溜地回来了。"

"这次不一样。"周楚阳说，"我已经和朋友说好了，在厂子里给他留了位置。"

"我老伴死得早，我现在这身子骨也是一天不如一天了，他那几个孩子丢给我，我也看不住。"老人说。

"他们两口子，去一个也行，留一个在家里。"付秋芬说。

"你又不是不清楚！他那女人，上街赶赶场、打打麻将还行，叫她干活儿，不上路。"老人说完，"哼"了一声。

离开向明昆家，付秋芬对周楚阳说："我们这样走也不是个事，干脆明天把这些劳动力通知到村里去，集中动员，到时请周总给他们上上课，把大好时机和有利条件给他们灌输灌输，你看如何？"

周楚阳说："也行，明天我给他们说道说道。"

在付秋芬的提议下，他们接下来走访危房重建户和房屋修缮加固户。十几户房屋需要修缮加固的，听说周楚阳愿意为他们提供部分资金把房子弄好，自然激动地表态马上着手行动。倒是其余十三户危房重建户中有一两户不是很积极，给付秋芬他们出了一些难题。有一户户主叫文楚书，残疾，一条腿安了假肢，身子靠一副拐杖撑着。他们到他家的时候，他正坐在一条长凳上打瞌睡，扶拐杖的那只手依然紧紧夹住拐杖的把手，那拐杖却是斜撑在地上的，与地面形成一个三角形。付秋芬老远就喊他的名字："文楚书，你什么时候回来的？"

文楚书睁开眼睛，没有任何表情，嘴里吐出一句话："又不是非要向你报告。"

"说的是什么话！"付秋芬说，"你向来都是想走就走，想来就来，没人管着你。"

"还以为你非要管着我。"他向檐坎脚下吐了一口痰，用袖子揩了揩嘴角，接着说，"付副主任又来宣传什么政策了？我可是有言在先，如果还是逼我贷款修房子的话，免谈。"

"不让你贷款，直接给你修，你愿意不？"付秋芬问。

"不愿意。"文楚书看也不看她。

"为什么不愿意？"周楚阳在一旁问。

文楚书一只眼轻微闭着，另一只眼睁开，看了看周楚阳，说："我为什么一定要告诉你？"

周楚阳被问得一时间说不了话。付秋芬在一旁打圆场，对文楚书说："这是我们县的周大老板，你危房改造所差的建房款，由他来解决。"

文楚书两只眼睛都睁开，使劲儿对着周楚阳看，足足有半分钟，才说："我闯荡江湖这么多年，硬是没有听说天底下有这样的好事。"

"偏偏让你摊上了。"付秋芬笑着说。

"别给我灌迷魂汤，老文我从来不吃这一套。"文楚书称自己为老文，意在告诉两人，他见多识广。

"我们都知道，这些年你大部分时间都在昆明，做的都是惊天动地的事情，只是运气差了一点，没带回几个钱来。现在，你这房子已经破烂得不成样子了，政府根据你家实际人口，给你4万元建房补贴，其余不足部分，原本是要让你去贴息贷款的，现在人家周老板出于好心，愿意帮你出这部分钱，你得按照要求把房子建起来。"付秋芬说。

文楚书从喉咙里挤出几声笑，说："付副主任真会取笑人，一面说我在昆明做大事，一面说我贫穷。我不是吹牛，真是运气差了一点，要不然不可能连个房子都修不起。你要是这样说话，我也实话告诉你，我现在不想修，等挣了钱，我自己修就是，我才不稀罕什么老板的几个臭钱。"说完双目紧闭，拐杖收回来靠在条凳上，成一个直角。

"你自己想想吧，给你两天时间，想通了给我打电话。"付秋芬说完，招呼周楚阳和李峡走人。走到房屋转角，周楚阳问付秋芬："这是何方神圣？"

"赖皮一个。"付秋芬说。

"他真的不愿意修房子？"

"不愿意才怪，他是得寸进尺。"

"还真有这样的人！"周楚阳叹道。

"名声在外了。"付秋芬说，"早年偷盗别人的牲口，让人逮着打个半死，断了一条腿，后来安了假肢，却逢人就说是因为见义勇为伤的。最可恶的是，前些年天天在家打女人，活活把婆娘打跑了，自己去了昆明，也不知是用什么方法，又骗了一个带回来，那女人见他房子不是房子，家不是家，偷偷跑了。"

"还真是个异类。"周楚阳说，"民间有句话说得好：天天有神仙下凡，场场有空子上街。这么大的人间，啥人都会有。"

"我们就怕遇到这种人。"付秋芬说，"这些年基层工作难，难就难在这种人身上，油盐不进，还动不动就到处反映问题。这个文楚书，经常给县委赵云芃书记打电话，说村里如何欺负他，如何无视他的困难。县里把问题反馈给乡里，之前的王云屏书记不分青红皂白逮着向洋支书就是一顿臭骂，责怪村里为什么不去堵他，让他把问题反映到县里去。向支书有口难言，亲自带王书记见识了他的厉害。后来没办法，王书记说，派一个委员盯住他，一有举动，立马报告。"

"效果如何？"周楚阳问。

"哪有什么效果！"付秋芬说，"人家神龙见首不见尾的，今天南广、明天昆明，怎么盯得住！再说，村里哪个委员有时间去盯人？一大堆活儿干不完不说，还要三天两头接受乡领导的批评。"

另一户户主叫周正民，五十多岁。到他家的时候，他正在用一张砂纸打磨一只木制唢呐。见了付秋芬他们，他连忙放下手中的活儿，热情地站起来打招呼："付同志请坐，大家请坐。"一面说，一面从屋里搬出两条长凳。

周正民的房子是一种叫权权房的简陋建筑，朽得不成样子。屋顶的茅草腐烂成渣，一堆堆散落在由一根梁顶和数条横木铺设成的斜面上，在常年的烟熏火燎中变成墨汁一样的黑色。同样黑色的墙体，嵌着一扇逼仄的门和一扇很小的窗子。周正民从屋里出来的时候，微微蜷缩的身躯，看上去就像一只猫从狗窝里往外爬。

"不用客气。"付秋芬说，"我们来的目的你应该清楚，就是关于你家建房子的事。"

"哎哟同志，建房子的事情嘛，有点麻烦。"周正民一边说，一边折身回去，不大一会儿，从屋里拿着一个沾满油污的胶桶和几只碗出来，说，"家里没什么东西招待几位同志，喝口酒吧。"

"酒就不喝了。"付秋芬说，"你一天到晚都在喝酒，酒跟你有仇啊？"

"人生在世嘛，喝喝酒，开开玩笑，很快就过去了。"周正民说。

"你倒是很快就过去了，可你的女人和孩子们怎么办？"付秋芬说，"少喝酒又不会死。"

周正民把酒桶放在地上，拿袖口挨个儿擦拭碗口，说："不瞒付同志，现如今我是没有能力管别人了，你看我这条件，管自己这张嘴都成问题。"

周正民的老婆是一个智障女人，几乎没有劳动能力，每天吃完饭，就跑到村路上去瞎逛，见了人"嘿嘿嘿"地傻笑。周正民有一个女儿和两个儿子。女儿也像她妈一样痴傻无常，十七八岁时经人介绍嫁到比邻贵州的一个小村子里去，丈夫是一个之前死了女人的中年汉子。两个儿子倒还正常，就是太憨厚，至今未娶。老二前些年和村里人一起去浙江打工，在一个防盗门厂里看大门，工资不高，勉强能维持生计，逢年过节也不回来。老大在家，和周正民习唢呐，方圆数十里有人家办红白喜事，偶尔会招呼他们去吹上几曲。

"你将房子建好，把土地种起来，然后让你大儿子去学学挖机什么的，以后这乡里，有的是活儿，还愁找不到事干？"付秋芬说，"条件是可以创造的，你一天到晚带着儿子吹唢呐，钱没有挣到，烧酒倒是喝了不少。"

"人生在世嘛！"周正民说。

周正民是一个半路出家的唢呐匠。在南广，吹唢呐的，大多是苗族同胞。以前农村办酒席，总有唢呐吹奏吉祥之调。唢呐匠鼓着腮帮，行进在接亲的队伍中。乡间的小路，往往在一场小雨过后，铺满了黏稠的泥巴和腐烂的落叶，唢呐匠祖露着胸口，他们颠簸的身躯跨过乱石、泥沼和横木。他们举着唢呐的双手，像稻草人在风中奔跑。麦车乡的比嘎村没有苗族，周正民吹唢呐的本事是去比邻贵州纳雍学来的。周正民爷儿俩吹唢呐，他是上手，儿子是下手，属于合奏。他们吹得曲调残缺，音律走样，却还在吹。因乡下的唢呐匠越来越少，南广境内的苗族同胞们早已丢掉笙管专事农桑，偶有殷实人家办"事头"，会请人吹上两曲，于是周正民和他的大儿子就成为麦车一带的"乐手"。周正民和儿子给人吹唢呐，往往不问工钱，由人家看着给，所以收入单薄。唢呐匠吹奏音乐之前，都有一种习惯，叫"灌羊儿"，其实是喝酒。办事的人家，只要唢呐匠一到，都会一人给一瓶酒，由他们自己喝去。

"说是建房子，拿什么建！"周正民一边往碗里倒酒，一边说。

"你自己倒，自己喝，我们是不能喝酒的。"周楚阳对周正民说。

周正民也就给自己倒了半碗，把其中几个碗摞起来，放在黑色的窗台上。周正民说："就算是政府给钱买砖、买水泥、买钢筋，可我自己也不会建啊。"

付秋芬说："政府给的钱，除了买砖买水泥买钢筋，还可以请师傅啊。"

"这点钱不够的，我算过了。"周正民说，"请师傅干活儿，不得去买肉打酒招待人家？"

"有人为你想到了。"付秋芬指了指周楚阳，对周正民说，"这位是南广县的周老板，和你是本家，他今天来的目的，就是帮你，差多少钱，他出。"

周正民看了看周楚阳，说："这多不好意思！我看还是算了。再说，这么些年都熬过去了，建不建都一样。"

付秋芬有些生气，对周正民说："你这人以烂为烂，让我说你什么好？你看看周围这么多父老乡亲，谁像你一样？"

"人生在世嘛！"周正民又说。

4

在经历了一天的走访之后，周楚阳感觉自己累得不行。晚饭时，他胡乱扒拉了几口，就放了碗筷回到住处。这时候，他的手机短信提示音响了一声。

虽然无比疲倦，但他还是在听到短信提示音之后兴奋起来，这是他的日常状态。这些年来，他和彭玉素之间的联系就是靠短信一步一步建立起来的，尽管开始时他发了几百甚至上千条短信也没有收到彭玉素一个字的回复，可到后来他还是慢慢看到了希望，彭玉素在某年某月某日给他回了三个字——知道了。后来，她发过来的字数越来越多，甚至从某一天开始，她会主动给他发短信，就算只是只言片语，也让他无比兴奋。

不出所料，短信是彭玉素发来的。如果说彭玉素会主动给他发短信，那么肯定是在这个时段。彭玉素的短信仍然只有几个字，不过这条短信与先前她发过来的所有短信有所不同，因为她问及他的树。

"你的树还好吗？"彭玉素问。周楚阳不知道该怎么回她，如果说"还好"，显得敷衍，不足以匹配那个"吗"字。是的，她这样问，说明她关心他的事业，关心他们共同的故乡，关心从麦车大火地延伸到罗卓桦槁林的那一片正在郁郁葱葱生长的板栗树，说明她心里还记得在一棵树下相识、在一张课桌上相知、在一轮月光下相爱的那些过往，说明她已经渐渐稀释心中埋藏多年的对他的仇恨、敌意和谴责，说明她正在有意识地慢慢原谅他的过错、看轻他的不是、接纳他的靠近。他在手机上打完"还好"之后，又把它删除，重新打上"那是我们的树，很苗壮。"发了过去，他突然思忖：彭玉素的这一句问候，会不会影射他和王白璐的关系？之前王白璐对他袒露过心思，问他愿不愿意在她那棵树上吊死，彭玉素的意思，会不会是"你和王白璐发展得怎么样了"抑或是"你的王白璐现在怎么样了"？

这样的想法让他感到惶恐，因为他清楚，彭玉素不会不知道他近日来和王白璐走得很近。在一个女人特别是一个开始关心甚至挂念自己的女人心里，他是不是因为王白璐身患重病才去走近、拯救，已经不是重点，重点是他已经这样做了。这样做，就是一点一点把她重新丢失掉。他越想越后怕，以至于在等待彭玉素再回他几个字的时候显得无比地忐忑不安。当然，他也深知，他们之间还没有达到对方给他回第二条消息的地步，因为基本上一直都是这样。就在他准备锁屏起身洗漱之前，短信提示音再次响起，彭玉素真的又给他来了一条短信：别苦着自己，慢一些。

他激动地从沙发上腾起身子，手舞足蹈。他深情地唱着自己手机彩铃里的"那些花儿"，唱着唱着就流下了眼泪，唱着唱着就号啕大哭。哭完了，他重新坐回沙发里，在短信回复栏里打字：我听你的。我想你，我盼望着你回来。

彭玉素没回。

他的疲惫在彭玉素发来的短信里得到了消解。此时他毫无睡意，总想做点什么。看看表，还不到十点，做点什么呢？给王白璐打个电话吧，他想知道近日里彭玉素有没有联系过她，有没有向她了解过自己的情况。

电话那头王白璐的声音很微弱，好像已经快要进入梦乡了。王白璐问："大晚上的，你这是……"

"没什么事，就是想问问你怎么样了。"他说这话的时候，嗓门儿很大，声音里透着些许兴奋。

"你这种语气，根本不像是在问候一个病人，倒像是幸灾乐祸。"王白璐的声音还是很低。

他在这个时候意识到自己的唐突，转而降低嗓门，说："我就是想问你，那天下午你喝了酒，有没有对身体造成不适，有没有事。"

王白璐说："你现在才想起过问这件事，是不是有些晚了？"

"我不是结对子去了吗？"他说，"这几天我拼命工作，努力为自己积攒功德，没顾得上王大小姐，请见谅。"

王白璐问："找我有什么事？"

她这一问，倒把他难住了，好像她早就知道他的心思，几句话就把他后面的话打回去了。于是他说："真没什么事，就想提醒你，需要我做什么的时候，别忘记打我的电话。"

"哼哼。"王白璐说，"别瞒我了，你就是想知道你的那位现在怎么样了。你那点花花肠子，难不住我这个久经沙场的英雄！"

周楚阳被王白璐几句话就搞得无所适从，不知道该说什么。过了一会儿，他说："也不排除这种可能，你要是非要告诉我，我倒是乐于听。"

"我就说你是个无耻之徒，这下露馅儿了吧！"

"嘿嘿嘿。"

"你笑什么？这也用得着膨胀？"

"不膨胀，你说。"

"我就是不说。"

"你不愿意说的话，就不说。"

"当然，因为你是在求我。"

就这样一通胡扯，也没有问出一个究竟。最后，王白璐对周楚阳说："我今天不高兴，不想对你说什么，等我心情好了，再与周老板一起研究关于一段爱情长跑的罪与罚。"她挂了电话。

那天晚上，周楚阳没有睡着，他拿着手机，反反复复地翻看这段时间彭玉素和他的短信记录，一条一条地回味，直到天蒙蒙亮才有些许睡意。正欲睡过去，却接到二弟周全的电话，说母亲病了，小腹疼痛，现在正往南广第一人民医院送来，已到半路。周全说："大哥要是方便，看看医院那边有没有熟人，有的话，先联系一下，一会儿入院检查更快些，不浪费时间，老太太疼得满脸汗珠。"

"没问题，我马上想办法。"周楚阳翻身下床，穿上衣服，没来得及洗漱，径直走下楼去，一边走一边给李峡打电话，让他同顾羽一起想想医院那边有没有谁可以帮忙让老太太得到及时检查。李峡还在睡眠状态，听他这么一说，睡意全无，连忙说："马上落实。"

半小时后，周全的车到了医院门口，周楚阳走过去开车门，把母亲从车里扶下来。老太太趴在周楚阳的肩上，嘴里也没闲着，边呻吟边说："周家老大再不抓紧找个女人，我可看不到我孙子了。"周楚阳说："你这人，都疼成这样了，还有心思说这些。"母亲说："你是成心不让我好吧？"

顾羽和李峡从医院大厅里走出来，对周楚阳说："胡院长说了，刚好有华西医院的专家来医院义诊，不妨让老太太先过去，请专家先看看病情特征再说。"

南广县第一人民医院是四川大学华西医院的联盟医院，年初才迁了新址，很大，很气派，常有华西医院的专家过来坐诊。此次过来的专家，是华西医院专门派过来为南广平日里积攒下来的疑难病症患者进行义诊的，今天刚好是最后一天。

"老太太运气好，赶上专家还在。"顾羽说。

"那就先过去看看。"

进了诊室，恰好胡院长也在，正和专家聊着一个什么话题。见周楚阳扶着老太太进来，连忙过去和他握手，说："不知周总还记不记得我，政协会讨论的时候，我就坐你旁边。"

经他这么一说，周楚阳还真就想起来了。开会时，此人坐在他的左边，周楚阳发言的时候，他始终一脸笑容，看上去很有礼貌。那天散会时，两人还相互留了电话。因后来没遇见过，加之周楚阳一直忙于山上的事，时间一久就忘记了。凌晨周全给他打电话的时候，有一瞬间他是差点儿想起来的。

"真是抱歉。"周楚阳把母亲轻轻扶往椅子上坐下，重新与胡院长握手，说，"没想到第二次见面，竟是劳烦你。"

"没事没事。"胡院长说，"等老人家康复后，咱们约一次，算是正式交际。"

专家询问周楚阳母亲小腹疼痛的部位、频率，又观察了一下脸色，说："老人家八成是患了急性阑尾炎，先去做一个 B 超，确认后，做一个小手术即可。"

一听说要做手术，老人脸色骤变，说："不做不做，我老几十岁了，下地之前还要让我挨一刀，不如马上死了倒好。"

周楚阳说："妈，你到底说的是啥？不做手术就不能好，要是不好起来，你怎么看我结婚生子！"

母亲一边呻吟，一边说："我说周家老大，你怎么好意思说这事？你都四十岁的人了，你真想过让我抱孙子吗？"

"你这次好起来，我就尽快结婚，明年就给你生个大胖孙子。"周楚阳嬉皮笑脸地说。

乘电梯去三层 B 超室，刚到三层过道，母亲又唠叨起来："我哪是稀罕抱什么孙子啊，我是想要你赶紧找个伴，人这一生啊，不能这样孤孤单单地过，等你老了就知道了。"

听到这话，周楚阳的眼眶湿润了起来。父亲离开的这二十多年，他们兄弟三人大多数时间都在外面，两个弟弟和弟媳以及他们的孩子也是前几年才回到老家的。这些年，母亲大多是一个人守在家里，她的心里，始终牵挂着他这个没成家的老大，她有多苦，周楚阳能猜得出来。他用手背揩了揩眼泪，说："你就放心做手术吧，咱的好日子还在后头。"

临到 B 超室的床上，母亲还在嘀嘀咕咕地说："你以为我真是想抱孙子，你两个弟弟的孩子们，早就让我抱得不耐烦了。"

做完 B 超，诊断结果真是急性阑尾炎。按照就诊流程办完住院手续，医生说，手术最早也要明天早上才能做，得让老太太多疼一会儿。老太太还是坚持说不想挨刀，怕一不小心痛得醒不过来。医生笑笑说："老人家，你放一百个心吧，咱们现在做这个手术不用刀，也没有多大的伤口，你忍忍就过去了。"

"是周家老大伙同你们蒙我的吧？"老太太说，"没听说做手术不用刀的。"

周全也在一旁问医生："真不用刀？"

"真的不用。"医生说，"自从与华西医院合作以来，我们都用上先进的微创手术了，用一根小钢针，打一个小孔就完事。最重要的是，这种手术对患者的创伤小、术后恢复快，以后也不会有什么并发症，老太太也不用在医院里待多长时间，做完后，两三天就可以出院了。"

几番软磨硬泡，老太太才同意做手术，但她要求医生现在就给她做，说："我可不想待在这种地方，到处白得吓人。"

医生说："做手术需要时间成熟，您老目前这个情况，还没到做手术的最佳时期，您得忍忍。时间到了，才能做得成功，而且一点也不痛。"

好不容易把母亲安顿好，正准备同弟弟周全说些老家的事，比嘎村的村支书向洋的电话就打过来了，看见屏幕上显示的名字，周楚阳才一下子想起来，原来今天是要去村里给贫困群众开会的。

那头说："周总现在到哪里了？"

周楚阳说："遇上点特殊情况，现在还没出发，老乡们都到了吗？"

向洋说："都到了，正等着你讲话呢。"

周楚阳说："真是不好意思，一忙起来，就没来得及给你打个电话，很不礼貌，还要麻烦向支书替我与老乡们道个歉，我这就出发，不超过四十分钟，肯定就能赶到现场。"

向洋说："周总大可不必这么着急，你慢慢行车就是，我先和他们说些腌臜话，这事我经常干，干一两个小时也没问题。"

周楚阳连忙招呼李峡开始动车。李峡说："还以为今天老太太要做手术，怕是周总早已和村上商量过了，我就没上心这个事情。不行的话，让他们改个时间。"

周楚阳说："时间不能改，特别是和老百姓打交道，一定要守时，如果他们不相信你，事情就会办砸。以后你也要记住，就算遇到天大的事，也要尽量做到说话算数。"

李峡说："周总说得是，南栗之前在与群众沟通上出了一些问题，也是因为很多时候不注重他们的感受。"

汽车从医院的停车场驶到路上，周楚阳才打电话给周全说："刚才事情来得急，没和你打招呼，我现在有一项很重要的事情要办，得暂时离开一会儿，你陪妈待着，和她说说话，我办完事情马上回来。"周全说："你去忙吧，如果能早些回来，就尽量早些，老妈可不愿意看到你忙忙碌碌的样子。特别是她现在生着病，你这一突然抽身不见了，她会生气。"

"放心吧。"周楚阳说。

到了村委会，他远远看见付秋芬站在二层阳台上对他们招手，于是大步上楼，进了会议室。向洋还在和前来开会的青壮年群众讲话，讲的是关于一个人要如何自强、诚信和感恩的话题。见周楚阳进来，向洋对他们说："我先介绍一下贵客，这位是咱们南广县著名的企业家、爱心人士周楚阳先生，今天，周总在百忙之中前来参加我们的这个群众会，是出于一片爱心，给大家带来发家致富的机会。下面，让我们以热烈的掌声欢迎周总讲话。"

周楚阳刚刚坐下去，忽又站起来鞠躬，见下面的群众并没有响应向洋的号召给他鼓掌，而是相互在窃窃私语，只得坐下，说："哎哟，大家的掌声真是热烈。"

这话一说出来，还真有几个人拍起了巴掌，稀稀拉拉的。向洋从周楚阳面前把话筒拿过去，有些生气地说："真是没规矩，人家周总是客人，同时也是我们的贵人，你们就拿平时对我们村干部的态度来对待人家，还有没有一点良心！"

周楚阳说："没关系没关系，我就是开个玩笑，缓和一下尴尬的气氛。刚才说那话的意思，是想告诉大家，我其实不喜欢别人为我鼓掌。也许你们并不知道，我也和你们一样，不愿意和陌生人套近乎。"说完先哈哈哈笑了起来。

台下那些人又开始窃窃私语，虽然听不清楚他们在说些什么，但猜得出一个大概。所以周楚阳又站了起身，从向洋面前把话筒拿过来，握在手上，说："首先，向各位父老乡亲道个歉，因为我母亲生病，早上送她去医院，所以来迟了，请大家一定要谅解。"

人们的声音似乎小了一些。周楚阳接着说："我想我还应该与各位说清楚，由于我母亲等着我回去推她进手术室，所以我只能在这里待一个钟头，如果这一个钟头之内我不能说服大家出门打工，说明我们之间没有缘分，只能表示遗憾。"

此时，台下的声音似乎又小了一些，甚至有人站起来转过身子对身后的人们说："你们就听听人家是怎么说的吧，有什么话慢慢讲不行吗？"

周楚阳示意此人坐下，说："感谢这位兄弟，看来你很理解我。"又正了正嗓子，接着说，"我今天想与大家分享的是关于摆脱贫困的问题。如果大家都不愿当一辈子贫困户，我想，我的分享多少有一些用处。"他说到这里，故意停下来看看人们的表情，看见有几个人竖起耳朵认真地听，又说，"下面我想给大家做一个假设：如果一个贫困户什么也不干，政府给你发钱买饭吃、买衣穿、买房子，政府给你发老婆，这样的好事谁都愿意，包括我。但有一个问题不知道大家想过没有，如果政府把你们的事情全都包办了，你们每天只需要搬个凳子坐在院子里晒太阳，该吃吃该喝喝，自然很幸福，就连那些平时靠自己双手谋取幸福的人也不愿意再去干活儿，我们这些当老板的也不愿意再去拼命，因为没必要。可是这样一来，这个世界上就没有人去种地了，也没有人愿意去创造财富了，更没有人给政府交税了，于是，政府也就不可能有钱了。换句话说，就算政府有钱，把钱给你，你还能买到吃的吗？买不到吃的，你会不会被饿死……"

村支书向洋在一旁插话："我平时也给你们做过这样的假设，你们就是不去思考，今天周总再次给大家讲这个道理，我希望大家都明白。"

台下的声音几乎没有了，大部分人都把头低了下来，好像在沉思。

周楚阳又说："昨天，我和付秋芬同志到一些老乡的家里去走访，说实话，我感到很失望。原以为，在座的各位是因为没抓住机会去创业，没有找到适合自己的事情去做，才导致日子赶不上别人，成为贫困户，结果不是这样，原来是因为大家不想去找个奔头，得过且过，心里盼着政府来救济。让我感到吃惊的是，我们在座的大多是年轻人，四十岁以上的就没有几个，为什么就没有一点点理想？如果大家都这样等下去，你们的孩子将来同样是贫困户，你们的根可能就要断送在下一代，这是多么可怕的事情！"

向洋又在一旁插话说："周总说得多对啊，大家要听进去，赶紧准备准备，出去打工。"

台下的人几乎都把头埋在胸前，谁也没说话。周楚阳接着讲："我说了那么多，其实只有一个目的，就是让你们走出家门，到远方去。而且我还要告诉大家，我让你们到远方去的目的，就是要你们有朝一日从远方回来。"

那些人好像没听懂周楚阳说这话的意思，就连坐在他旁边的向洋也一副不解的表情。有人站起来说："让我们出去，又让我们回来，这不是脱裤子放屁吗？"台下一片笑声。

"对。"周楚阳待笑声停止，接着说，"你们现在出去，既是去挣钱，也是去学技术，更是去看世界。你们成天窝在家中，相当于把屁憋在裤裆里，想放又不敢放，让自己很不自在；如果你们足够勇敢，就脱掉裤子放一次屁，保证你放得更爽。同样的道理，你们有勇气走出家门，去到外面的世界，就会逼着自己甩开臂膀大干一场，用自己的双手获取财富。"

"那你让我们回来干什么？"刚刚说话的那人又问。

周楚阳说："这正是我要接着给大家讲的问题。你们出去，在挣到了钱的同时，不仅见了世面，还学到了技术。挣了钱，可以补贴家用，发展生产；见了世面，可以开阔视野，改变观念；学到了技术，有一技之长，就能树立创业的勇气和信心。退一万步讲，你们两年后回来，还可以去我的板栗种植基地和深加工生产基地上干活儿，两年后，我的公司需要更多的员工。"

人们又开始窃窃私语。有人对旁边的人说："去，怕个球，大不了身无分文回来，至少饿不死。"

"你决定了？"旁边的人问他。

"决定了，反正在家待着也没事干。"

周楚阳感觉他的一番话多少起了一点效果，于是准备再下猛药，接着说："我还想告诉大家的是，此次你们出门，乘车的钱不用自己掏，车票我会让人买好。如果大家能够保证进厂以后把自己稳住，好好干活儿，好好学技术，过年如果谁愿意回来，我还会给你们买车票。大家可以算一笔账，你们相当于一分钱不花就出一趟门，什么损失也没有，这样的决定还做不了吗？"

"去吧。"有人说，"无本的生意。"

"你去我就去。"旁边的人说。

5

母亲做完手术的当天，周楚阳就接到王白璐的电话。

"我想去医院看看伯母，不知你愿不愿意？"王白璐问。

周楚阳说："有什么不愿意的，我得说声谢谢才是。"

"那行，你现在下楼来，我在医院停车场路口等你，你帮我拎一下东西。"

"来就来吧，还买什么东西？"

"又不是买给你的！"王白璐说，"要是你做手术，我才不管你呢。"

周楚阳说："好你个没良心的，亏我对你这么好。"

远远看见王白璐站在那里，面前的地上放了好几个袋子。周楚阳走近她，发现她满头大汗，有些过意不去地说："哎呀，谁让你把自己搞得这么累，你不知道这样我会很心疼吗？"

"真的？"王白璐貌似很认真。

周楚阳说："真的，我得小心呵护我的树。"

"那就把东西提起来。"她把其中两个袋子递给周楚阳，自己拎起另外两个。

"什么东西？这么沉！"

"南栗。"王白璐说完，对着周楚阳笑。

"你怎么想得出来？"周楚阳一脸不解的表情。

"放心吧，我自己掏钱买的。"王白璐说，"我俩双双拎着东西走进去，而且拿了你的南栗给老太太，说不定她一高兴，就在病房里把我俩的事办了。"王白璐笑得有一些狡黠。

"看来你想得真周到。"周楚阳说。

到了病房，刚从昏迷中醒来不久的老太太看见两人拎着相同的袋子进来，先是一愣，随即把一只手伸出去，拉住王白璐的手说："好姑娘，你可是让我想死了。"

"伯母，我也想你。"王白璐低下头来，把脸凑近枕头，她的笑容是那样干净。

老太太随即抬眼看站着的周楚阳，有些责怪地说："为啥不早点告诉我？"

周楚阳正要说话，被王白璐打断："他就是这样，大大咧咧的。"

老太太高兴得满脸堆笑，那笑容迟迟没有散去，仿佛是刻在皱纹上的一个吉祥的图案。

"伯母现在感觉到疼吗？"王白璐伸手帮她理了理额头上的几缕白发。

"不疼不疼，见到你我还有啥工夫疼，我现在是高兴得不得了。"她又抬眼看周楚阳："还不招呼人家姑娘坐下，周家老大，我看你是傻得出不了气。"

周全在一旁招呼王白璐往身边的椅子上坐。周全说："王老师这么忙，还抽空过来，让我们感觉到过意不去。"

老太太提高之前说话的嗓音，挣扎着说："谁让你过意不去了，关你什么事？哎哟，真是一个比一个不懂事。"

两兄弟只能站在一旁"嘿嘿嘿"地笑，彼此心照不宣。

王白璐打开自己之前拎上来的两个口袋，拿出一套崭新的衣服，对周楚阳的母亲说："也不知道合不合身，一个人去买的。"又把两个装着栗子的口袋往床边顺，接着说，"这是他给您老带的栗子，您带回去尝尝，往后的日子里，这东西保证您吃不完，有的是。"

真是无端辜负了眼前这个女人。周楚阳站在原地，心里涌起了一种非常复杂的感情。这段时间，王白璐对他一直若即若离，有时很近，有时很远。其实他知道，问题绝不是出在王白璐身上，他们两人此时的关系，主要还是他自身的原因。说自己看不透她，乃是给自己找的一个借口，其实是他不愿意去看透。有时候他会大胆猜想，如果他果断将她的身子拥入怀中，最后的那层窗户纸肯定一下子就破了，那时，远在他乡的彭玉素就坐实了准前任的身份，就会成为一个旁观者。他不愿意这么做，是给自己留着一个机会，去迎接彭玉素的回归，让命运朝着自己努力的方向去逆转。

"你俩出去弄点吃的，我在这里陪伯母。"王白璐看着兄弟俩说。

"好啊。"周全说，"你这一说，我才发现已经到吃晚饭的时间了，肚子饿。"

"要不要给你带点回来？"周楚阳问王白璐。

"当然要带。"王白璐说，"你知道我最喜欢吃什么。"

老太太高兴，脸上的笑容始终没有散去。

第二天早上，母亲就吵嚷着要回去，说周全媳妇一个人在家里，要帮着招呼周桐的两个孩子，转不过身来。周楚阳说："不能这么急，你再待几天，我送你回去。"刚说完这句话，手机铃声就响了起来，是副县长金鸣打来的。

他跑到外面过道上去接电话。金鸣一开口就说："你这浑蛋是不是结对结得眼花缭乱了？好几天没有你的音信。"

周楚阳说："当然啦，眼下正是感情升华的时候，要一鼓作气，勇往直前。"又问，"金副县长有什么指示？"

"赵一要见你。"金鸣说，"好像要让你随行体察民情。"

"我也能随行？"周楚阳感到有些意外。

"这不是一个不可思议的事。"金鸣笑笑，"你是南广新贵，下回充满期待。"

他说的下回，是"下回分解"的意思。金鸣说话偶尔引经据典。

果然，十分钟后，周楚阳就接到县委办秘书小罗的电话，让他去县委大院停车场等候，县委书记赵云芃将邀他一同前往南部新区以及附近乡镇调研。"今天恐怕回不来，赵书记安排我们带上洗漱工具。"小罗说。

同车的除了小罗和周楚阳，还有县教育局局长李球。上车后，赵云芃问周楚阳："山上的树还好吧？"

"回赵书记，看在乡愁的分儿上，它们目前暂时没有什么意外。"

"意思是，隐患初现端倪？"赵云芃听他说了"暂时"二字，好像捕捉到了什么信息。

周楚阳说："隐患一直都有，但可能不仅仅来自树苗。"

"小隐隐于野。"赵云芃说，"对于那些树，排除自然灾害的话，倒是没有什么称得上隐患。"

"大隐呢？"周楚阳说，"请书记帮助分析研判。"

"大隐隐于朝啊！"赵云芃说完，先笑了，"最大的隐患在于政策，在于政府对高原特色农业的态度。"

"那应该还有一个中隐吧？"周楚阳问过后，又说，"书记的指示都是有据可查的。"

"中隐隐于市。"赵云芃说，"目前，不大不小的隐患在市场上。"

汽车驶入南部新区，在一个房产项目的售楼部旁边停下。后面有一辆车也在赵云芃的车身后停了下来，从车上走出几个人，分别是政协主席刘波、县委副书记温小树和县委办主任程大兵。

"此地是整个南部新区视野最开阔的地方，往北可以鸟瞰整个县城，往东，新区的曲线能收罗一二，往西和往南都是希望。我们这代人，艳福不浅啊。"赵云芃对人们说。

县委副书记温小树说："师大附中、华西联盟医院、汽车客运站这三个点，基本形成了准心，让南部新区成为南广县城的黄金地带有了充分的证据。"

旁边的房产项目是政府两年前引进的国内知名房产品牌，他们所开发的这个项目名称叫"南夷苑"，住房、商铺、广场配置大气，小区容积率高，前期认筹效果比较好。项目负责人是一个叫陈春的北方人，个子高挑，戴眼镜，此时他正和销售经理蒋一朵从售楼部大厅走出来，远远看见几人站在花台前四处打量，于是快步迎上，说："书记和各位领导前来指导，陈某有失远迎，请包涵。"

"本不是有意前来的，只是路过，你倒是消息灵通。"赵云芃说。

"既然在此停车，想必也是无意中的有意，这让我们感到荣幸之至。"陈春说，"来都来了，请书记和各位领导移驾售楼部，喝杯清茶，顺便做指示。"

"那就看看你的工地。"赵云芃说，"远远地看就行，不必戴安全帽。"于是带头向工地方向走，陈春跟在他身边，其余人等尾随其后。

陈春边走边向人们介绍项目进度和二期开发设想，偶尔指着前面的建筑说一些关于小区绿化、运动设施配置等事宜。走到施工警戒线处，人们停下来，赵云芃说："作为县委政府最看好的房产项目，你们一定要本着为南广市民提供最美人居条件的宗旨来建造楼盘，不但要考虑提升城市的综合品位，也要起到带头作用，今后，整个南部新区的房产项目都必须以你们为标杆，做高质量的楼盘，做高质量的小区。"

陈春说："一切按照书记和县委政府的指示办，南夷苑不会辜负各位领导的期望，更不会辜负广大业主的信任，我们还指望着争取下步继续在南广开发房地产，让更多的市民住上心仪的房子，让南广县城的综合面貌得以提升。"

待了十几分钟，赵云芃招呼大家前往下一站，南广第一人民医院。

"同样停一下就行。"赵云芃上车后，对司机说。

到了医院，胡院长、张副院长和几个穿着白大褂的医务人员早早等在停车场入口。下车后，赵云芃等人分别与胡院长及张副院长握手，领了白大褂们发的口罩，径直往医院大厅走去。

周楚阳拍了拍胡院长的肩膀，说："又见面了。"

胡院长笑笑，说："多多指教。"

到了大厅，人们停下。看导医台和收费窗口均有人在排队，从大厅前往二层各诊室的楼梯和电梯上都挤满了人，赵云芃对胡院长说："看样子生病的人还不少。"

"是啊，迁址开业不到半年，就诊人数就在原址办院的基础上增加了两倍。"胡院长说。

政协主席刘波说："归根结底还是医疗条件提高的缘故，况且现在又与华西医院联盟，之前去四川治病的患者都到这里来了。"

"远远不止这些。"胡院长说，"周边贵州、四川与南广比邻的县区，有很多患者都往我们这儿来了，特别是疑难病患者。"

到了二层，看见就诊提示牌上排满了名字，赵云芃问胡院长："目前的医疗设备基本达到三甲医院的水平了吧？"

"设备没问题，就是医护人员紧缺。有些部门有了设备，但无人工作。"

"好好分析研判，如果病人同期存量继续保持目前的态势，我看还得加大医护人员的引进、扩招和选调力度，必要时，我和县长去跑跑上海、成都，帮你们挖人。"

"那就太感谢书记了。"胡院长说，"估计到了下半年，我们会更紧张，所以要请求书记及各位领导多多关心，多多帮助。"

温小树在一旁说："你这个院长胃口也够大的，手底下一千多号人还不够用。"

"要千方百计提高办院水平，在全院上下树立医者仁心的大爱情怀和救死扶伤的职业担当，把这所联盟医院做成市级水平、省级水平。同时，要想方设法处理好医患关系，在把患者当客户的同时，也要把他们当亲人。只有让患者及其家属感受到医院的温暖，才能真正树立有生命力的医疗品牌。"赵云芃说。

胡院长及身边的张副院长连连点头，表示谨遵书记教诲。赵云芃又转过头来对周楚阳说："今天把你请来，也是想让你帮助参考参考，看看医院有些什么项目可以与浙江方面对接，不管是先进的医疗设备、医学观念还是医护人才，能引进的，都可以考虑。"

周楚阳说："回头我和那边的朋友联系一下，必要时我把他们请过来考察考察。"

走到第六层，赵云芃建议别往上走了，于是乘电梯返回大厅。在电梯里，赵云芃对人们说："像南广这样的人口大县、国家级特困县，这样一所医院，对脱贫攻坚的贡献远远不只医疗方面的力量，还有整个综合实力的提升以及南广在外形象的转变。"

随行人员异口同声地说"是"，周楚阳插话说："经济贡献也非同小可。"

上车后，约行驶五分钟，到了云南师范大学附属南广中学。中学大门外有一块空地，赵云芃建议把车停在空地上，说："不要开进去了，别影响学生上课。"

校长董志和教务主任肖连科从大门内迎了出来。董志抓住赵云芃的手，连声说"欢迎书记前来检查指导工作"。他好像忽视了其他人的存在。

"雨露共沾嘛！"赵云芃提醒，"你这个念经的和尚，怎么不懂得人情世故！"说完笑了。

"多有得罪，多有得罪。"董志一边说，一边过来与各位领导握手，轮到周楚阳的时候，他说："这是大名鼎鼎的周总嘛，欢迎关注南广教育事业。"

周楚阳说："我高中没读完，哪看得懂教育！再说，董校长是云南著名的教育家，在你面前我连学生都不敢当。"

董志是云南临沧人，在云南师范大学教育集团干了二十年的教育管理，出道到现在，当过四所分校的校长，有过一败涂地被集团炒鱿鱼的"光荣历史"，而更多的则是重新起用后的无限辉煌。三年前，集团将这位六十一岁的"悍将"派到南广，目的是希望他发挥余热，把这所学校的声望立起来。而今，第三年"吹糠见米"的重要时刻就要到来，胡校长信誓旦旦，扬言必将一炮打响，让南广教育打一个华丽的翻身仗。

"师资力量还算稳定吧？"赵云芃问董志。

"我们的留人方式是很人性的，这一点书记不必担心。"董志说。

"现在在校生有多少？"温小树问。

"三千多点。"董志说，"三年的招生，一年比一年的生源好，一年比一年的人数多。"

"清北班有几个清华北大的希望？"县委办主任程大兵问。

"三人保底，有望五人。"董志很有把握地说。

从一条很长的阶梯往上走，到最高的一个平台，这个学校的基本轮廓就呈现在眼前了。除中间画廊式展示中心显现出与众不同的别致以外，左右两翼矗立着的数十栋教学楼、办公楼也非常壮观，且释放出浓郁的本土文化气息和先进的教育理念。

"如果认真去审视南广教育的历史，我们会发现，南广之前就从未有过成功的教育。"赵云芃对人们说，"一百年前，南广第一中学诞生，肩负了让一个地方焕发容光的使命，有过一些细微的光环，但都是二十世纪初的事情了。现在，你再认真看看南广一中，全然没有教育精神，依我看，我们还得改革，大刀阔斧地改。"

教育局局长李球说："书记说得极是。我们走过好多地方，一说到教育，人家的眼睛都是放光的。河北衡水就不说了，单从我们云南来看，曲靖的会泽、红河的建水，人家都是以树立教育品牌带动经济增长的。南广是大县，在籍学生数是他们的好几倍，我们占据了发展教育的先机条件，可我们的教育还是如此滞后。"

走到一块巨大的文化墙面前，大家站定，听董志介绍由南广文人艾祖德撰写的"立校志"。介绍完毕，赵云芃笑笑，说："董校长真是有心之人，想当年，张邦翰先生在云南大学修建'中山帮瀚楼'，也没想到来这一出，看来你早就想到让南广教育扬名立万的那一天了。"

董志不好意思地笑笑，说："我这也是为自己增加砝码，每天早上，我都会来这个地方，认真地将它读一遍，提醒自己是一个南广人。"

按照事先计划，他们要到中学的"小茶室"去坐坐。说是"小茶室"，实际上是学校领导开会的一个小会议室，里面除了一张条形会议桌，墙上还有一块投影布。几人围着桌子坐了，赵云芃对董志说："给你十分钟，简明扼要说说下步打算。"

董志一讲起来，就收束不住，越讲越铿锵，越讲越精神，赵云芃止住他，说："董校长的演讲是很精彩，可我们没这么多时间，我看你还是留一些，在两个月后的庆功会上讲吧。"赵云芃所说的"庆功会"，指的是两个月后第一届高三学生高考录取揭榜那一天的"有可能的狂欢"。董志听了这话，脸上虽挂了红，但还是很有把握地说："书记请放心，庆功会一定如期召开。"

赵云芃环视了一圈在座的各位，说："教育就是希望，教育就是未来。"他正了正嗓子，"今天把大家带到这个小茶室，在小酌几杯的同时，有几句话与大家共勉：第一，我们从现在起应该多一只眼睛看教育。南广为什么会贫穷？归根结底，还是因为教育跟不上。我们的群众眼界不宽，迈不出步子，是因为受教育不够，一定程度上造成思想上的桎梏。一个没有教育滋养的地方，与一潭死水没什么区别。我们重视教育，就是重视我们的下一代，就是重视我们今后的发展，是最实的改革。大家试想，按照现在贫困户脱贫出列五条标准，如果教育搞上去了，所有'标准'不都苍白了吗？以现在的工资收入水平来看，贫困户只要有一个子女能够通过读书取得一份工作，这户人家的人均收入马上就上去了，也就脱贫了。退一万步讲，一个家庭受教育程度高，自力更生的能力就会更强，'等靠要'思想就会彻底祛除，争当贫困户的现象也就不会发生。第二，我们从现在起应该多一只手抓教育。不管是什么部门，在干好自己行业工作的同时，都去思考一下教育，如果人人都当教育局局长，还愁教育事业抓不上去？如果人人都在内心树立起教育品牌意识，还愁各项事业发展不了？第三，从现在起我们应该多一条腿跑教育。在任何场合、任何时候都把教育摆出来，多给教育事业开绿灯，多为教育事业出点子，多为教育事业添劲助力，只有这样，才能形成教育优先发展的战略地位，形成教育为发展开路的良好格局。今天把政协刘主席请过来，想必大家都清楚，就是希望在政协委员中把关于教育发展的智慧释放出来，把社会各界支持教育事业发展的力量汇集起来。"

说到此处，赵云芃看了周楚阳一眼："比如周楚阳先生，我相信以你在浙江的人脉，一定会为南广带来更多无论是资金、资源还是理念等方面的东西，一定会为南广教育事业的发展做出宝贵的贡献。"

周楚阳点了点头，表示愿意有所作为。

6

周楚阳收到彭玉素发给他的一条很长的信息。说是长，其实也就二百来字，但对周楚阳来说，这二百来字足以让他今晚无法睡着。

陪同赵云芃调研了一天，此时他正躺在德隆乡接待室的一张木床上，脑子里过滤着书记大人在调研过程中给他的"殷切希望"，思考着下一步自己该怎么做。就在他昏昏欲睡之时，短信提示音响起来了。

"我想了好久，还是决定给你写这封信。原本，我是打算今生不和你有任何往来的，无奈这个世界太小，在和越来越多的南广人遭遇之后，我知道终究会有遇见你的那一天，况且，你的眼线遍布全国，让我无法躲闪。今天想对你说的，有两个意思：第一，如果某天我们相遇，请把我当成新的朋友，之前的事，不当恩情，也不当恩怨。第二，王白璐是一个非常适合你的女人，她很爱你，你也能真正爱上她，和她在一起，可以化解你和这个世界的所有冲突。请相信，我就是一个过客。"

有诀别的意思。其实周楚阳知道她在和他诀别，但他就是激动。这些年来，彭玉素是第一次如此正式地给他发短信，如此认真地和他说一件事。他的欣喜来自她终于不在内心死死看住那个真实的自己，来自她终于带给他越来越多的回旋的余地。

该怎么给他回信？他在此时甚至一个字也想不出来。于他来说，他认为给她回的短信一定要做到一个字也不能多，也必须做到一个字也不能少。于他来说，彭玉素相当于给了他一个重新认识她的机会，这种认识需要一次新的遇见，不，是邂逅。思忖了良久，他决定写下这几个字：可以对我说声晚安吗？

那头很快地回复了两个字：晚安。

于是他又像往常一样从床上蹦起来，去到地上。是的，他没穿鞋，但他自己并不知道。他一边蹦，一边要求自己无论如何都要冷静下来。蹦了好大一会儿，他终于回到床上，在回复栏上写下"晚安"两个字，然后将手机贴在自己的心窝，良久，才按了"发送"。

当晚，周楚阳做了一个梦：他行走在温州的大街上，仿佛刻意去寻找某个人。寻找谁呢？他在梦里引导自己往"友意思"茶吧里去，和吴立春等人坐在卡座里，然后转头看邻座的长发女子。邻座没有长发女子，甚至没有人，他于是跑到街上去，前后左右几条街，化妆品店、服装店、珠宝店……每个店里都空荡荡的，连导购员也没有。他去了一个蛋糕店，发现门头被摘了一半，上面一个字也没有。后来，他提醒自己去机场，提醒自己要在机场遇见很多很多的人，可是机场上还是一个人也没有。人都到哪里去了？就在他转身往回走的时候，机场的安检带里突然冒出很多人来，他在人群中看见一个女子，牛仔衣裤，一身张狂的曲线。哦，这是孙小雪。

"管她是什么雪！"他在梦中对自己说。此时他的电话响起来，伸手往裤兜里掏，裤兜里却是空空的。他的手不由自主地往床头柜上摸去，眼睛也在这个时候睁开了。是何清明打来的电话，此时正是午夜三点。

"你这胖子，到底什么事？"他打了一个呵欠。

那头气喘吁吁了好半天说不出话来，像是很紧张的样子。他又问："你怎么了？"

何清明结结巴巴地说："厂子着火了。"

"什么！"他从床上坐了起来，背心里流出了汗水。

"是包装车间，现在已经扑灭。"何清明声音颤抖。

"人呢？"周楚阳的意思是，大火烧起来的时候，厂子里有没有人。

"晚班之后，人都走了。"何清明说。

周楚阳用手揉揉自己的太阳穴，努力让自己的情绪慢慢缓和过来，说："人没事就好，人没事就好。"

"可是……"何清明还是结结巴巴的。

"有屁快放。"他装得什么事也没有发生过一样。

"机械设备和货物都被烧光了，厂房也差点儿烧掉了半截，损失好几百万。"

周楚阳还是迫使自己用开玩笑的口气问何清明："你的下半辈子够赔吗？"

"这次不够了，你让我去坐牢吧！"何清明的声音里有哭腔。

"赶紧善后，处理好身后事，然后去坐牢。"周楚阳说完，挂了电话。

他随后分别给分管生产和营销的两个副总打电话。说是副总，其实是他高薪聘请的管理人员，在固定工资的基础上占有很少的股份。两人都说还在现场处理后续事宜，还来不及向周总报告，也不敢报告。"有什么不敢的？出了事就把自己吓尿了？"周楚阳在电话里责怪他们，两人的回答也几乎一致：工作不力，造成不可挽回的损失，感觉对不起周总。

"不报告就对得起我了吗？"周楚阳说，"赶紧查明火灾引起的原因，排查一切隐患，抓紧复工生产。"

他又给何清明打电话，把刚才对两位副总说的话重复说了一遍。何清明说："马上就要迁厂了，要不要直接往新厂那边考虑，把新购买的包装设备安置到那边去？"

"是可以这样考虑。"周楚阳说，"但是那些被烧掉的货物，怎么向客户交代？"

"只能委托其他厂代生产，加班加点完成，争取尽早交货。"何清明说，"这个事情我会想尽一切办法与客户商量，在时间上给客户造成的损失我来负责。"

"一切都由你负责。"周楚阳说完，再次挂断了电话。

他再也没睡着。好不容易挨到天亮，周楚阳再次给一个叫郑挺的副总打电话，问："事故原因查出来了吗？"

"应该是工人们回去之前忘记拉下电闸，致使卤素灯温度过高，让堆积的纸张起火。"郑挺说。

"又是废弃纸张乱堆乱放！"周楚阳说，"真是低级错误，发生这样的事情，班组长脱不了干系。"

"我们都有责任，周总该怎么处罚就怎么处罚，我们绝无意见。只是，眼下需要抓紧落实客户所需的产品，否则我们的厂子就会失去信誉。"

"抓紧去落实吧，责任追究的事，过两天我亲自过去定夺。"周楚阳说。

八点钟在乡政府食堂吃早餐，赵云芄见周楚阳心事重重的样子，便问："那一坡树给你带来什么烦恼？"

"那坡树好着呢，是后院起火了。"周楚阳说。

"什么情况？温州的大本营吗？"

"厂子着了火，烧掉几百万。"

"还真是起火，看来周总要好好喝一壶了。"

"伤不了元气，只是带来不必要的麻烦。"

"那应该立即飞过去，好好处理一下。"

"无大碍，无大碍。"

"周总说无大碍，我就不便劝说，你自己处理好就是。"赵云芄说，"两头兼顾，是有些麻烦。"

吃完早餐，他们去一个叫小堰的异地搬迁点。易迁点离集镇大约五公里路，在一个三岔垭口下面的一块平地里，白墙青瓦的小二层民居，全是按照川南风格打造的。此地是云贵川三省的接壤处，人们称之为三岔河，贵州方向的渭水、云南方向的罗甸河在这里交汇，合为一条，成为赤水河。赤水河往东流去，流域内有茅台、习酒、郎酒、董酒、钓鱼台等美酒数不胜数，尽是中国名牌。三岔河的三个方向，是三个山头，三个山头上分别有一座小村庄，被人们称为小云南、小贵州、小四川。易迁点虽属于德隆乡，但离罗卓镇的大堰村街子只有一公里路。读初中时，周楚阳和彭玉素来过大堰街上看露天电影，还就一河三岸上的人家平日的生息有过一些探讨。此时，他和赵云芄等一干县乡领导正站在一河三岸的云南的岸边，用肉眼端详这些崭新的建筑，心里自是五味杂陈。

德隆乡的党委书记龙开武在介绍易迁点建设情况时说："小堰易迁点是整合政府财政资金和社会力量建成的，是典型的'归雁经济'的受益之地。"何为"归雁经济"？具体来说，是赵云芄三年前在全县范围内开展的"两梳理、两出力"取得的结果。南广人遍布长三角、珠三角地带，老板和能人自是不少。三年前，赵云芄对南广的各路神仙进行了梳理，到处演讲、游说，动员他们回乡为脱贫攻坚出力，很多老板把项目带回了南广，有的在县城，有的在自己的出生地，捐学校、捐医院、捐广场，各种形式，多点开花。小堰这地方，是一个叫邓辉的房地产商捐资两千万和政府共同打造的，他想在头顶横跨云南和四川的鸡鸣三省大桥竣工通车后把这里搞成南广的一个乡村旅游示范点，这个想法其实也是赵云芄的思路。所以龙开武在介绍完建设情况后又接着说："当时还以为书记就是这么一说，没想到只通过短短的两年，大桥就要合拢，小堰成为南广的第一个乡村旅游景点，已经不再是一种设想。"

赵云芄说："大家都知道，县委政府提出在这个地方发展乡村旅游，是经过深思熟虑的。这些年，随着南广'1223366'大交通网络的逐步形成，大大缩短了出滇入黔进川的里程，世界真正在我们脚下变小了，贵州、四川人来南广，或者我们到其他地方去，都是如此方便。德隆作为云贵川三省的接壤之地，有得天独厚的区位优势，加上'鸡鸣三省'的民间底蕴、红军四渡赤水的历史底蕴、赤水河流域内不出百里必有好酒的现实底蕴，小堰的明天值得期待。"

政协主席刘波说："我们搞易地搬迁，最重要的目的是解决一方水土养不活一方人的问题，然而在全县的其他地方，我们的工作难度相比小堰来说就大得多了，老百姓搬进去之后，如何发展产业，如何解决劳动力就业的问题，这些都是非常棘手的事。小堰不一样，我们在充分利用区位优势的基础上，还可以用绿水青山留人，用地方民族文化留人。"

德隆是南广的一个苗族彝族白族乡，少数民族人口占全乡百分之三十左右，是全县少数民族人口比重最大的乡镇。德隆的少数民族，主要以彝族为主，苗族和白族次之。德隆的彝族，大多从南广的芒部古府迁来，经过数代分支，有的去了贵州，有的去了四川的大凉山。在时代的不断变迁中，一部分彝族人民往外走，又有一部分彝族人民从外面搬进来，久而久之，这个地方形成了一个"多彝族"集聚之地，不同的头饰、不同的衣着、不同的生产生活习惯，在这个地方交汇融合。多年来，彝族土著一代代传承下来的庆典、祭祀等民俗与其他地方有很大的区别，其中，"喀红呗""庆菩萨"等民俗有着明显的地方印记，均申请了省级非遗。"我们在小堰开发乡村旅游，恰好与在这个地方土生土长的邓辉先生的想法不谋而合。房屋建好以后，要以'鸡鸣三省'的区位优势为依托，充分释放交通便利带来的人口红利，将绿色餐饮、红色体验和民族民间文化结合起来，把具有德隆特色的乡村旅游做成小堰的支柱产业，让父老乡亲实现靠山吃山、靠水吃水的朴素理想。"赵云芄说。

龙开武道："书记的要求我们会一项项落实，下步工作中，要请各位领导和朋友多多支招，多给我们一些有指导性的意见，尽量少走弯路。"

赵云芃对县委副书记温小树说："你之前在市旅发办干过，我看，小堰的旅游开发产业就由你来带个头，多提一些指导意见，让甘副县长具体负责抓。下一步要创造条件，把乡村干部和村民代表带一些出去考察考察，把适合德隆的好做法带回来。"他又转过身来对身后的周楚阳说："周总发表发表意见。"

周楚阳说："我之前和甘副县长探讨过在南广实施旅游开发这个事，也表达过个人一些不成熟的想法。我认为，乡村旅游的核心是安静的旅游、干净的旅游、朴素的旅游，主要是要能够抓得住人们内心的乡愁，不唯大、不唯奇、不唯空，要回归生活、回归记忆、回归心灵。"刘波在一旁鼓掌，说："周总到底久跑四外，眼界就是与众不同，一句话就说到点子上。我们做旅游的观念就要回归到朴素上来，不搞虚头巴脑的东西，特别是不能破坏环境，凡是以牺牲地方环保成果为代价的旅游，都是不长久的旅游，也是不以人民利益为核心的旅游，这样的旅游，我们宁可不搞。"

沿着干净整洁的街道行走，左右房檐上一幅幅具有民族特色的雕饰映入眼帘，阳光下，那些各具形态的彩绘格外耀眼。人们边走边称赞德隆乡在这个事情上干得用心。走到一个小广场上，看见一个身穿藏青色长袍、头戴羊角帕子的男人正在教一群人跳舞，音箱里放的是"那支寨，小溪水，倒映着炊烟和鸟雀；拦路酒，一杯杯，兑上了群山和流水"的歌词，让人备感亲切。

"这服饰不是我们本地的吧？"赵云芃问。

"书记好眼力，这的确不是我们本地彝族的服饰，这是贵州穿青人的服装。"龙开武说。

"那就没有必要了吧？"赵云芃说，"别人的东西，我们照搬照抄，不能彰显地方特色不说，还容易被一些资深驴友拿去说事。"

龙开武解释说："穿青人主要分布在贵州的西北地区，生活习惯与众不同，服饰以藏青色为主要色调。很多年前，从贵州来了一部分穿青人到德隆居住，书记，您现在看到的这些人，就是他们的后裔。"

7

飞机降落温州龙湾国际机场的那一瞬，周楚阳突然感觉到这个地方有些陌生。仅几个月没来，他自己就披上了一种被泥土深锁的窘迫。从机场走出来，看见那些行色匆匆的身影从不同的方向消失，他想：我是不是快要被这个地方抛弃了？为什么会有如此巨大的孤独感袭来呢？我要的到底是哪一种生活？

吴立春开车来机场接他。上车后，他问吴立春："对于失火一事，有何感想？"

"不敢想。"吴立春话里有话。

"大胆去想吧！"周楚阳说。

"客观说，是管理疏漏；往深处想，是人心涣散。"

"何为人心涣散？"

"你不在的这些日子，公司激励机制等各个方面难免会出现一定的懈怠。管理层不负责，不是没有原因的。"

"看来还是我自身的问题。"周楚阳说，"那个何胖子，我想他已经尽力了。"

"这家伙原本就很死板，加之上面杵着两个副总，说话分量不够，表态不够大胆，难免积下祸患。"吴立春道。

"我感觉我又回到创业之初了，各种问题接踵而至，压力重重。"周楚阳说。

"放心吧，今后你就习惯了。"

第二天到了公司，周楚阳分别到各个部门走了一趟，那些班组长见他，都兴奋地叫了起来。"周总终于回来了！""哎哟周总，还以为你丢下我们不管了呢！""周总要再不来，我们都准备离开了呢！"

这不是问题又是什么？这些人明显也是话里有话，虽然他暂时还不知道出了些什么问题，但感觉到问题还不少，首先，管理上的漏洞就非常明显。

晚上，他把郑挺、刘先维两位副总和何清明叫到一个小餐馆一起吃饭，吴立春和朱立冬两人也在。饭前，关于着火事件他只字未提，甚至在表情上也没有透露出什么隐忧，反而是无比轻松的样子。他像一个久未开荤的人，自己点菜，对菜单上的珍肴佳品极度关注，在菜的荤素搭配和数量上并没有认真地计较，而是专挑那些价格昂贵的菜点，点完后又提议修改："看看大家喜欢吃的都有没有。"

吴立春说："几月不见，怎么像个劳改犯一样？"

"人生嘛，就得好好享受！"他说。

他提议大家都喝点酒，调动一下欢乐的气氛。"我个人呢，因为嗓子一直疼，这几天服用头孢，就以水代酒了。"

两个副总都表示不喝，何清明也说晚上还要加班干活儿不能喝酒，吴立春和朱立冬知道今天不是喝酒的日子，都以不同的借口推脱了。周楚阳说："你们一个个好没意思，既然这样，我就不劝了。"又说，"看来大家都学会节制了，能不喝酒是好事，能够坚持做到从此滴酒不沾的话，更是功德无量。"

"吃一堑长一智嘛。"吴立春说完，哈哈哈笑了起来。

"吴策划牙尖嘴利，说话针对性强，周某就是佩服。"周楚阳说。

几人笑过之后，菜开始上桌。周楚阳端起面前的茶杯，建议大家碰一个。"我不在的这些日子，辛苦大家了，在此深表感谢。"他们一个个都不说话，何清明甚至把头垂了下来。

朱立冬插话说："要不是一场大火，你这个老板还体会不到人家的辛苦呢，建议你喝个蘸水表示赔罪。"

周楚阳端起蘸水，正要喝，被吴立春挡住，说："这哪是蘸水啊，清水寡淡的！"于是呼叫服务员："小姐，给这位先生加一支芥末。"

"吴策划谋财害命吧？"周楚阳没等服务员过来，一口将碗里的蘸水喝了下去，当即被呛得抱头咳嗽。

周楚阳在饭桌上给他们讲前些日子在罗卓镇关头村与落马村主任余水喝酒时的见闻，说在座的长这么大就没有见识过那种阵势，简直就像赴死一样。几人听得异常入神，纷纷问最后谁把谁喝废了，周楚阳无比自信地说："这不是明知故问吗？以老周的酒量，结果难道还需要我明说？"

"干废了呗。"朱立冬说，"猜都不用猜。"

"谁被干废了？"周楚阳反问。

"肯定是你啊！"朱立冬说。

吃完饭，朱、吴二人各自回家，周楚阳几人回到厂里，商量下一步迁厂有关事宜。刚坐下，副总刘先维就站起来说："厂里的安全生产是我负责，眼下出了这么大的事故，周总嘴上不说，但心里的感受我们能猜得到，所以我郑重向公司提出辞职。"

周楚阳正要说话，何清明也站了起来，低着头说："这事主要赖我，是我要求连续几天赶工，员工们身心疲惫，才导致失火，所以该辞职的人应该是我。"

"老郑呢？"周楚阳看着郑挺说，"他们两个都那么积极，你不得积极响应一下？"

郑挺说："现在不是辞职不辞职的事，我们的主要任务应该是积极主动地干好分内的事，尽量把损失降到最低限度。"

刘先维和何清明坐下来，没说话。周楚阳说："二位不能把责任全往自己身上揽，我也没有要追究责任的意思。话说回来，就算我在，也保不齐不会出现这样的事。大家知道我的性格，事故原因肯定是要查明的，至于怎么追究责任，那是我的事。"

　　他又问何清明："大致有多大损失？"

　　何清明说："机器设备折旧 340 万，客户的货物成本 130 万，损毁厂房设施约为 100 万，加上工期营业影响大约 100 万，合计 670 万，你走的这小半年，相当于白干了。"

　　周楚阳又问两位副总还有哪些间接的损失，刘先维说："消防安全整治要花一些钱，而且数目不会太少。"

　　郑挺也说："在按时供货上给客户造成一定的损失，有的需要赔偿，有的不需要，但可以肯定的是，我们会因此失掉一部分客户。还有，员工内部造成一定的恐慌情绪，一段时间内，员工思想不稳定，会直接影响到生产进度和质量。"

　　"还有吗？"周楚阳看看他们。

　　"暂时只能想到这些。"他们都说。

　　"其实，账可以这样算，也可以不这样算。"周楚阳说，"如果要讲损失，可能大家没有算进去的东西还很多，比如，今后安全监管部门对云岭的照顾，环保部门对云岭的敲打，这些都会间接产生一些不稳定的因素，一个公司如果生产经营不稳定，往小处说，影响效益，往大处想，会直接导致停业。"

　　几人听他这么一分析，都表示自己工作没有干好，辜负了周总的信任，愿意接受任何处罚。周楚阳又说："但我们也可以这样来算账，第一，厂房原本就要拆，烧掉的就烧掉了，这 100 万完全可以减掉。第二，折旧机器使用寿命已到极限，拆运、安装及修理少说也要 50 万，考虑到不划算，原本也计划当废铁卖掉的，充其量能卖几万块钱，所以这 340 万也可以减掉。第三，工期营业影响的事，我认为不是个事。你们想想，当我们的生产能力不足以完成客户所需时，我们是不是要把部分业务外包出去？以后我们上了新的生产线，可以多完成一些任务，用不了多久就可以把损失捞回来。"

　　几人都羞得满面通红。他们知道，周楚阳这账是为了帮他们开脱责任而算的，特别是第三点，完全没有根据。周楚阳又接着说："吃饭的时候，吴策划说的那句话相当有水平——吃一堑长一智。如果要讲损失，恐怕是我们到现在也没有因为这场火灾而树牢安全意识，留下太多的隐患；恐怕是我们员工的生命财产安全不能得到保障。所以，如果我们能够在这场火灾里吸取教训，在今后的生产经营中把好各个关口，严防任何安全事故的发生，这点损失是相当值得的。"他又看看刘先维，说："你今后的责任重大，要花工夫替大家把这个厂管好，让他们都愿意留在厂里干活儿，能够挣到钱。"又对郑挺说："马上迁到新厂，你要千方百计提高生产质量和进度，想尽一切办法把指标往上提，让大家安心。"

最后，他对何清明说："坐牢的事留到以后再说吧，你还得将功补过。"

安排了迁厂的诸项事宜，周楚阳对大家说："今后我可能会把更多的时间放在老家，毕竟那里有一坡树在等着我，厂里的事就交给你们了。该怎么办，大家心里都很清楚。创办一个企业不容易，大家能够在一起共事更不容易，我希望从现在起，几位都不要轻言离开。这几年来，我们是绑在一起的，绑得很快乐，很惬意，你们离开我，会让我孤独，会让我痛苦。"他又加了一句，"此处应该有音乐。"

大家终于开怀地笑了起来。刘先维站起来说："周总，此时你应该给我们一个拥抱！"

"是的，让我们拥抱一下。"郑挺也说。

四个人紧紧地抱在一起，像多年不见的知己，更像死里逃生的兄弟。

按照何清明的提议，明天在食堂里摆一场家宴，让周楚阳和厂里的员工一起吃顿饭，以此提振信心，鼓舞士气。周楚阳说："何胖子给员工加餐，我让朱先生送一点云南茶饼过来，给员工们每人发一份，让大家工作之余喝喝茶，炎炎夏日，需要去火。"

"何不把你的南栗搞一些送过来？"何清明提议。

"我怎么就没想到！"他照何清明胸口轻轻捶了一拳，说，"死胖子越来越精明了。"当即打电话给吴立春，让他去温州的各大超市把库存的南栗全部买来，用手提袋按员工人数装袋发放，又给朱立冬打电话："你那里的茶饼给我留一些。"

第二天下午，员工食堂格外热闹。人们坐定，周楚阳站起来说："各位，今天是我回来看望大家的第二天，把你们召集在一起吃饭，主要想和大家分享几点体会：第一，我想说说过去。很久以前的事我就不说了，就说说我没在的这几个月。大家都知道，过去的这段时间，我回到我的故乡南广，在老家的山上种了一坡板栗树，可以说，这些树有在座每一位兄弟姐妹的功劳，有温州这座城市的温度。离开家乡的二十年来，我无时无刻不想着回家种一坡树，现在，我的梦想终于初步实现了，接下来我要让它们茁壮成长，开花结果。"他端起面前的茶杯，对大家说，"本来，我想真诚地敬大家一杯酒，我没在家的这段时间里，大家对我一如既往地关心和支持。半年了，你们始终没有抛弃我，依然把云岭当成自己的家，干好自己的工作，为云岭创造财富。第二，我想说说当前。前几天，云岭发生了一场火灾，造成了一些损失，给我们提了个醒，要求我们在今后的工作中务必牢固树立安全意识，确保大家的生命财产安全。需要告诉大家的是，引发火灾的原因还在进一步的调查当中，不管结果怎样，都会给大家一个满意的交代。我相信，这场火灾绝不会是肆意纵火，只要排除这种可能，无论是因为谁工作疏忽不经意间引起的，概不追究责任。第三，我想说说以后。云岭即将迁厂，从工作环境、机械设备、管理机制上都会有很大的提升。今后，大家的生产效率会大幅增加，薪资也会上涨，这对我们来说，是一件好事。所以，恳请各位更加积极主动地干好自己的工作，为企业创造价值，为社会创造财富，为自己创造更高质量的生活。"

他把杯子里的茶全部喝掉，对大家说："工作性质要求我们不能喝酒，大家以茶代酒吧。"

很多人端着茶杯过来敬他，说些客气话，顺带表明决心。一个来自家乡南广的大男孩走过来，对他说："周总的树，我也买了一棵。"

"谢谢你。"他把左手靠在他的肩膀上，说，"你家是哪个乡镇的？"

"麦车。"男孩说。

"不会是大火地吧？"他问。

"就是大火地。"男孩说，"我家的地里，有你的板栗树。"

周楚阳竟然有些激动，就像是第一次在异乡遇到自己的同乡。他把另一只手伸到男孩的脸上，用手指杵了杵他刚刚长起来的胡须，问："会唱家乡的歌吗？"

"会唱。"男孩说，"我给周总唱一首。"

我嘞家，在阿个山旮旯头，啊底嘞阳光，安逸求很。

不像之城兜嘞，尽是塑料嘞味道，钢筋和水泥。

我嘞家，在阿个河坎坎上，啊底嘞河水，清亮得很。

不像之城兜嘞，尽是污水，尽是污水。

我嘞家，在阿个金竹林兜勒，啊底嘞雀儿，精灵求很。

不像之城兜嘞，关在阿笼子兜，想飞都飞不出克。

我嘞家，在阿个癞子崖脚，啊底嘞土狗，凶求得很。

不像之城兜嘞，啊婆娘些抱几，憨求得很。

我嘞家，在阿个山旮旯头；我嘞家，在阿个河坎坎上。

我嘞家，在阿个金竹林兜勒；我嘞家，在阿个癞子崖脚。

我嘞家，在阿个癞子崖脚……

唱毕，男孩举起茶杯对周楚阳说："周总，咱们干一个。"

而此时的周楚阳，早已泪流满面，泣不成声了。

8

"南广驿站"公众号上的那个帖子，是在周楚阳从温州返回南广的当天早上发出来的，标题是"板栗大王周楚阳温州后院起火，云岭一片废墟"。帖子以每分钟100以上的阅读量疯狂飙升，周楚阳看到的时候，已经10000多了。

帖子的内容是：云岭印刷厂因周楚阳长期缺席，管理不善，高层人员关系出现裂痕，有人纵火行凶，印刷厂毁于火海，且有多人在大火中丧生。帖子释放出几个可怕的信息，一是整个印刷厂都被烧毁，造成巨大损失；二是管理层出现问题，周楚阳成为孤家寡人，再无生还之力；三是多人丧生于火海，云岭身陷囹圄。但凡阅读过此帖的人，都知道，如果帖子内容属实，周楚阳将是麻烦缠身，南广麦车那一坡10万亩的树苗必定夭折。

周楚阳的电话一直响个不停，除了副县长金鸣和公司副总顾羽及回南广县之后结识的几个朋友，其余人等的电话他视若无睹。他拉着行李箱在安检处排队的时候，工作人员对他说："先生，麻烦你把手机铃声调一下。"

到了公司，看见黑压压的一群人堵在楼下，顾羽和其他几个员工在和人们理论着什么。周楚阳走近，把行李箱放在墙角，问："怎么回事？"

人们迅速朝他走过来，为首的村民没好声气地说："当初你让我们把土地给你种板栗，说是收益后分红，现在我们等不到那一天了，我们要的是土地款。"

"没问题啊。"周楚阳说，"合同上明明写着的，两种方式，可以分红，可以领土地款的。"

"我们现在就要土地款。"人群中有人说。

"现在还不是时候，合同上不是写清楚了吗？秋收以后，每年11月发放。"周楚阳双手举在空中，示意大家冷静。

"谁不知道合同就是骗鬼的东西？你都倒大霉了，还有能力履行合同？"说话的是一个满脸胡楂儿的中年男人。

周楚阳再次示意大家先冷静，听他慢慢解释，可人们的聒噪始终无法抑制。人群形成一个圈，将他团团围住。没办法，他只有将双手插进裤兜，说："你们既然不听我解释，我就干脆不说话。"

为首的那人五十来岁，很瘦，穿一件黄色T恤，胸口上有黑色的汗渍。他右手的食指已经指到周楚阳的额头上，说话的时候，嘴里有飞溅不完的唾沫。"你说说，11月发和现在发有什么区别？难不成11月你就有钱了吗？"很多人都附和着说："有什么区别！"

周楚阳没说话。

人群中有人说："当初我们就不同意把土地给你，是你伙同村委会骗了我们。"

有人说："还不是我们贪图利益，听信了你的花言巧语。"

有人说："不给土地款好说，我们挖苗木，恢复土地，现在这个节令还可以种点蔬菜。"

"对，挖苗木。"很多人异口同声。

人群中有一部分村民既出了土地，也在基地上干活儿，他们有的还扛着锄头，有的拎着撮箕。其中一个村民说："我们除了要土地款，还要工资。"

周楚阳还是没说话，双眼微闭，听他们发泄。

有人在相互埋怨。其中一个人道："我就说天底下没有这么好的事，你们偏不信，现在连工资都拖欠三个月了，你说他还能拿得出钱来吗？"有人说，"要是他真的是大老板，也不会跑到这山上来种板栗，种这么多板栗卖给谁？"

"他就是个骗子！说来好笑，前几天他还去比嘎村扶贫，我看他自己就需要别人来扶贫。"说话的是那个满脸胡楂儿的中年男人。

周楚阳始终没说话。

有人过来用手推搡他，有人建议把他抓起来送到派出所去。就在这个时候，人群中有人大声地说："警察来了！"

几个警察和大火地村的村主任王雅大步流星地往这边来，走在前面的警察边走边往腰间摸手铐。

"都有谁在这里胡闹？"他把亮晶晶的手铐拿在手上，迅速蹿进人群，人们一下子就往外退了几步。

为首的那个人说："警察同志，你们该把他抓起来，他是个大骗子。"

"吴添，你在干什么你知道吗？要不要我告诉你？"王雅对他说。

"我知道啊，我们在讨回我们的土地款。"

"谁说不给你了？不是还没到时候吗？你要清楚，你这是聚众闹事，你要是不听打招呼的话，警察马上就把你抓起来。"王雅毫不客气地说。

"吓唬谁呢？抓吧，你倒是抓啊，手铐不是都拿在手上了吗？"吴添不但没有妥协，反而把两只手都伸出来，凑到警察的手铐旁。

"你就是吴添？"警察盯着他的眼睛看了几秒，接着说，"大名鼎鼎啊，听说你能耐不小，今天倒是可以领略一下。"

"我没杀人，没放火，犯了什么王法吗？"吴添毫不示弱，伸出去的手并没有收回来。

"认真履行合同不是你的本分吗？现在你煽动这么多群众在这里闹事，你说说，我敢不敢把你铐起来！"警察道。

王雅在一旁对吴添说："刘所长是想给你个机会，你可别胡来，派出所的伙食可不怎么好。"

"铐啊，怎么不铐呢？有本事拿我去枪毙！"他还没说完，手铐已经锁在他的手上。

"还有谁想试试？"刘所长对身边的几个警察说："谁想试试就给他们机会，别闲着。"

人群又往外面退了几步，扛着锄头、拎着撮箕的几个工人凑在一起，其中有一个说："咱们还是去干活儿吧，要是山上的苗木有什么闪失，到时候可真的一分钱都拿不到了。"

"可不是嘛！要蹲牢房让他们自己蹲去，我们不掺和。"另一个说。几个人拿着家伙什儿慢慢走开了，满脸胡楂儿的中年男子对他们说："几个尿包，跑什么跑？

338

他们难道会把你们吃掉不成！"

刘所长问他："意思是，你很勇敢？"

他一下子就不说话了，过了一会儿，把头低下来说："我们就是想讨回土地款，这难道也有错吗？"

"你们为什么偏偏这个时候来讨土地款？"刘所长问。

"他不是已经破产了吗？他现在哪还有钱？"男子说。

"真是胡闹！"刘所长说，"你什么居心我还不知道！"

那人不说话，灰溜溜地走开了，人群也在这个时候散去。王雅站在台阶上大声地对他们说："都回来，听我说两句。"

人们又慢慢聚拢，满脸胡楂儿的男人站在人群中央，懒洋洋地问："还有什么事？"

王雅说："你们当初在合同上签了字，就要依法履行合同，不能胡来。合同上明明写得很清楚，愿意将土地入股分红的，到时候会根据收益给你们分红；不愿意入股的，回去写好申请交上来，到11月，公司会把今年的土地款打在你们的账户上。"

有人低声嘀咕："就怕到时候我们找不到人。"

"胡说！"王雅看了看那人，"你们凭什么这样说？我看，你们就是听信了别人的指使！微信上说的那些都不是事实，周总在温州的印刷厂只是发生了一起小小的事故，并没影响生产，不像网上所说的那样，一片废墟，还死了多少人。你们可以等等看，用不了多久，派出所定会把造谣生事的人抓起来，不判他几年我都不相信。"

"但愿这样吧！"那人说。

人群散去，周楚阳对刘所长说："不好意思，惊动了您。"

"没事没事。"刘所长说，"这些人眼睛里没有王法，就该收拾。"

吴添被锁在玻璃大门的门把手上，垂着头。门是转轴门，人们进出的时候会用手去推动，他的身体也随着门轴在转动。刘所长边和周楚阳说话，边朝门边走来，到了他面前，说："你和你哥哥吴发都是有前科的人，就不要出风头了，你以为警察的手铐真是个无用的摆设！"

周楚阳走到刘所长旁边，对他说："老吴也是听别人指使，可以理解，刘所长给我一个人情，让他回家去吧！"

"没这么简单！"刘所长说，"触犯了法律，就该受到惩罚，15天监禁他是坐定了。”

“我看，不如给他一个机会，让他说出是谁指使的。”王雅说。

吴添在玻璃门前吐舌头，看样子是很热。王雅对他说：“你没有必要替别人扛事，这样对你没好处，你只要说出来，刘所长马上就放你回去。”

“没有谁指使我。”吴添说。

“那我们可帮不了你，你只能跟刘所长走一趟了。”王雅说。

“刘所长都说我是有前科的，派出所肯定是要去的，我不怕。”吴添又吐了一下舌头，“你们拿了人家的好处，帮着欺骗老百姓，有朝一日你们也会进去的。”

送走了刘所长，周楚阳对王雅说：“王二小姐辛苦了，周某深表感谢。”

“都是我们的群众工作没有做到位，给你带来麻烦，我代表村里向周总赔罪。”王雅说，“不过我还是想知道，温州那边真没事吗？”

“没事啊！”周楚阳说，“要是有事的话，我着急忙慌赶回来干吗呢？”

正说着，金鸣副县长的电话打过来了，问周楚阳：“没事吧？”

“有惊无险。”周楚阳说。

“那就好。”金鸣在笑。

“但是后患无穷，我感到。”周楚阳说。

“戻了吧？”金鸣在那头问。

周楚阳：“坏事赶趟，可以悲伤几天。”

金鸣：“不必急着悲伤，以后有的是机会。”

周楚阳：“金副县长是否可以考虑抚慰一下？”

金鸣：“怎么抚慰？”

周楚阳：“比如说，帮我跟银行打个招呼，我感觉我贷款的事儿会黄。”

金鸣：“没这么夸张吧？你以为银行行长也像那些村民一样是非不分吗？再说，你现在也不用急着贷款。”

“苗木疯长，田间管理成本一天天增加，贷款的事要早一些提上议事日程。”周楚阳说，“我是被吓得条件反射了，要是真贷不了款，我只能跑路。”

“说这样的话，应该笑一笑，否则我会当你是认真的。”金鸣先在电话那头笑。

“说实话，我现在真的笑不出来，我感觉‘压力山大’。”周楚阳说。

王雅在一旁嘀咕说：“打个电话也不说点正经事。”

周楚阳冲她笑笑，接着对金鸣说："金副县长也不要着急，我先硬撑着，你有空的时候带我走一趟银行。"

挂了电话，周楚阳问王雅："要不要请我吃碗米线？"

"是你们请我。"王雅说完，看了看站在大门旁边的顾羽和李峡。

"没问题,今天的米线我来请。"顾羽说,"周总最喜欢吃的那家南广米线,走起！"

米线刚吃了几口，二弟周全打来电话，问："大哥没事吧？"

"能有什么事，你大哥什么事情没见过！"周楚阳笑着说。

"老妈很担心你，一直催我给你打电话。"周全说。

"你让她说两句。"周楚阳说。

老太太在那边说："周家老大，那天你在医院一走就再也没有露过面，是不是遇到什么要紧的事呢？"

"没有，哪有什么要紧的事，我只是陪领导下乡去了。"周楚阳说。

"没事就好。"老太太说，"你可要好好对人家小王老师。"

母亲说的是王白璐。自打陪领导调研以后，王白璐天天去医院陪周楚阳的母亲，老太太出院后，亲自和周全一起将她送回家，还为她买了很多保健品。周楚阳听母亲说起王白璐，看了王雅一眼，就拿着电话走出门来，低声说："我会的，你放心吧。"

和母亲讲完话，周楚阳返回店里，见所有人都吃完了在等他，忙说："真不好意思，家里的电话。"

继续吃了两口，电话又响起来，是吴立春。周楚阳边吃边说："你就不能让我好好吃口饭？"

"你心真大。"吴立春说，"在这个时候还能吃得下饭。"

周楚阳说："做个饱死鬼有什么不好的！"

聊了一阵，终于挂了吴立春的电话。在他和吴立春讲话的过程中，有五个人打电话进来，分别是朱立冬、陈霜江、何清明、蒋达蜀和萧寒。

他向他们分别回了短信说自己没事，然后把手机调成静音，继续大口吃着碗里的米线。

9

周楚阳是被一阵敲门声敲醒的。敲门的是李峡，他一进门，就气喘吁吁地说："苗被砍了好几亩。"

周楚阳走进卫生间去小便，半晌拿着一根牙刷出来，问："有几亩？"

"他们正在清查，说是五六亩的样子。"李峡说，"顾总已经上山去了，我过来问问周总，要不要报案。"

"当然要报，得抓紧报。"周楚阳进卫生间漱口洗脸，十来分钟后出来，看见李峡还站在客厅里，说，"案报了吗？"

"顾总已经报了。"李峡说，"被砍掉的苗木有7亩，近300株。"

吃完早餐，周楚阳让李峡赶紧上山去与顾羽他们会合，自己却跑到县政府寻金鸣副县长，刚走到楼梯口，便撞见金鸣提着包走下楼来。

"你是来找我？"金鸣问。

"经过，顺便来看看金副县长是否在办公室。"周楚阳说。

"有没有特别要紧的事？"金鸣看看表说，"我正准备下乡。"

"没什么要紧的事，我送金副县长上车，顺便在路上就把事情说了。"

"如果是贷款的事，现在还早，等我忙完这几天，和你一起跑跑银行。"

"是关于苗木，"周楚阳说，"昨天夜里，被人砍掉了7亩。"

金鸣显得非常吃惊，顿了顿，说："麻烦真的接二连三吗？"

"可不是！"周楚阳第一次在金鸣的面前表现出无奈的样子。

金鸣掏出手机给副县长、公安局局长万海庆打电话，一边拨号，一边嘟囔："真是要造反了，看我怎么收拾他们。"

万海庆接通电话，问："金副县长要说的是南栗的苗木问题吗？"

"看来你早就知道了，这个事情还望万副县长多操心，南栗这段时间被他们搞惨了。"金鸣说。

"金副县长不要着急，广东刚刚来了电话，'南广驿站'那个发帖者半小时前被擒获，目前正在攻关，砍树的人应该很快浮出水面。"

挂了电话，金鸣对周楚阳说："走，我陪你上山去。"

"你不是要下乡吗？要不要紧？"周楚阳问。

"先去看看你的树。"金鸣说。

到了山上，看见一大片板栗苗横在垄沟里，顾羽和李峡他们坐在地埂上，满脸愁容。

"要不说你几位需要周总这样的人来做你们的主心骨呢，你看人家多镇定，哪像你们，遇事就愁眉苦脸！"金鸣说完，看了看周楚阳："我说得对吗？"

"对极了。"周楚阳说，"砍了一晚上，就砍了十万分之七，我这一坡苗木，够他砍几十年。"

派出所刘所长站在地埂的另外一头打电话，几个警察站在他周围，有的拿着皮尺，有的拿着笔在笔记本在写着什么。金鸣走过去，问："那个吴添的嘴里，还没有吐出点有用的东西？"

"正审着呢，他听说发帖子的人被抓了，嘴里开始松动了，承认是有人指使他和那个叫徐明江的人纠集群众闹事，至于是谁砍的树，他始终称自己不知道。"刘所长说。

"徐明江呢？有没有找到？"金鸣问。

"已经被带到派出所了。"刘所长转头看着周楚阳说："就是昨天那个毛胡子，他在家里睡大觉，兄弟们找到他的时候，他一脸蒙。"

"抓紧破案。"金鸣说，"万局长等着你们要结果呢。"

到了中午，几人正要从山上下来，一个村民满脸大汗在路上堵住他们，说："我有情况要报告。"

来人称昨天夜里听见有人从他家门前路过，正商量着砍树的事，听声音，是邻居陈疤三。"陈疤三这狗日的是一条光棍，本就没脑筋，又好喝两口酒，估计是贪图人家给的几个酒钱。"

刘所长当即吩咐两个警察提了手铐去找陈疤三。两人到他家里时，他正躺在木板床上睡觉，满身酒气。好不容易把他弄醒，问他昨天晚上去哪里了，他说在家里睡觉。又问他什么时候喝的酒，他说昨天晚上喝的。"昨晚喝的酒，为何现在还醉成这个样子？"

"喝多了。"他说。

"麻烦你跟我们走一趟吧。"警察说，"你可以在路上想一想，看有没有什么想对我们说。"

"去哪里？"

"派出所。"

"干什么去？"

"去见你的同伙，昨天晚上和你一起砍树的人。"

刚被提上车，陈疤三就招了："是钱老五叫我们干的，他给我们每人发了三百块钱。"

"钱老五是谁？"警察问。

"钱伟东。"陈疤三说，"他有个哥哥在城里当官。"

一查，钱伟东的哥哥就是县劳动就业局的副局长钱崇东，此人在全县就业扶贫现场会召开期间，曾和周楚阳有过几次交际，在"发言材料"的撰写上发生过一些小小的分歧。

钱伟东为何要指使人砍掉周楚阳的7亩板栗树？不会是钱崇东让他干的吧？没有理由。就算在发言材料上出现过分歧，他大小也是一名领导干部，断不会这么狭隘。周楚阳提醒自己，这只是个巧合，万万不能将此事推到钱崇东身上。到底还是李峡一语道出个中缘由。五年前，顾羽他们租用这片山地的时候，钱伟东相中了其中的二十余亩，说用来种草养牛，出于连片考虑，顾羽没答应。钱伟东说："我这养牛场是县畜牧局支持资金搞起来的，你不给也没关系，就怕你这板栗树有朝一日被大风刮走了。"顾羽说："你可以去对面山坡上租一块，距离你的养牛场远不了多少，实在不行，我给你一些补偿。"

"那叫什么话！"钱伟东说，"地是你出高价从老百姓手里买来的，我要是要了你的补偿，不等于我是地头蛇欺负你吗？"

后来，时任麦车乡党委书记的王云屏曾找过顾羽，就让地之事做过"调停"。王书记说："小顾，你在这地方拿了这么多地，让他这一块也无妨，反正你也不缺这二十亩。"顾羽说："要是在山边山坳，肯定没关系，关键是他要的这二十亩，正好在地块的中间，书记是知道的，连片种植最怕的就是中间插种其他作物，这样会影响生长效果，甚至会造成灾害。"

"大家都是创业，何不互相理解理解呢？伟东的畜牧业生产规模虽然小，但也是县里扶持的项目，在解决地方剩余劳动力就业方面，也是能做出贡献的。"王云屏暗指钱伟东的哥哥钱崇东在县劳动就业局工作，他所说的"劳动力就业"，正属于钱崇东的分内。但顾羽还是坚持不让，王云屏说："你们这些年轻人，如此不懂人情世故，将来会吃亏的。"

然而，当警察找到钱伟东的时候，却见他一脸茫然，似乎不像是有作案嫌疑的样子。警察问："昨晚你让陈疤三干了什么？"钱伟东说："我没让他干什么啊，他一个光棍，能干什么？"

"他都已经招了，你就不必否认了吧？"

"我否认什么？我根本不知道他干了什么事情，他喝醉了满嘴胡说吧？"钱伟东说，"要不，你们带我见见他？"

到了派出所，见陈疤三被铐了双手坐在审讯室的椅子上，头趴在桌子上呼呼大睡。警察走过去揪了他的头发，看他睡得满脸鼻涕和口水，嘴里仍然呼出浓浓的酒味。

"陈疤三，钱伟东来了。"

"嗯。"

"说说吧，钱伟东是如何指使你上山去砍树的。"

"他……"陈疤三看了一眼站在对面的钱伟东，没继续往下说。

钱伟东把脸凑过去，却被他嘴里的酒气熏了一口，伸手捂了捂鼻子，说："哎呀，你这是喝了多少啊！"

警察示意钱伟东往旁边让让，说："现在不该你来问。"警察又对陈疤三说："你把话说完。"

"昨天晚上……不，是昨天下午，他让我和小桉子去他的养殖场，给了我们每人300块钱，让我们天黑之后去山上砍树。"

"小桉子现在在哪里？"警察问。

"他一早就走了。"陈疤三说。

"去哪里了？"

"坐车打工去了，说是去永康。"

"和谁一起去的？"

"不知道。"

警察转头看着钱伟东，说："这下你清楚了吧？"

钱伟东表现出一副莫名其妙的样子，说："怕是见鬼了，我昨天一整天都在城里，下午还和畜牧局的孙学材股长一起吃饭，吃完饭又去知足堂泡脚，他可以为我做证。"

"真是这样？"警察问。

"你可以给他打电话。"钱伟东说，"对了，下午从畜牧局出来时，还碰见过袁局长。"

警察让钱伟东一起出来，将他安置在另一间办公室，让一个协警看住，自己去找了畜牧局的电话，打电话求证钱伟东所说是否属实。孙学材对警察说，钱伟东昨天下午一直在畜牧局办业务，应该是晚上十点以后才回大火地的。警察说："孙股长有时间的话，我们安排工作人员过来找你，要完善一下谈话记录。"孙学材说："没问题。"

到了中午，陈疤三直叫肚子饿。刘所长对他说："问题还没交代清楚，别忙着吃饭。"陈疤三说："同志，没有饭吃整点酒也可以啊。"刘所长说："酒瘾犯了？熬着。"

又过了大约两个小时，刘所长又去审讯室见陈疤三，问："还饿吗？"陈疤三说："你们派出所不管饭，把我抓来干吗？"刘所长说："抓你来是让你交代问题，又不是来吃饭的。"陈疤三说："问题我已经交代过了。"刘所长说："你没说真话。"陈疤三说："我说的就是真话。"

到下午四点，刘所长再去审讯室见陈疤三，说："要不要给你弄点酒？"陈疤三说："多谢多谢。"刘所长说："你先别忙着感谢，听我把话说完，你要是想喝酒呢，我可以满足你，但喝了酒以后，我就直接把你送到松林湾戒酒去，一去就是半年，你能挺过来吗？那地方可是每天只能吃一顿大头稀饭。"

陈疤三本就饿得直流口水，听刘所长这么一说，心里就发怵，闷在那里不说话。刘所长说："听他们说，你陈疤三也算是一个遵纪守法的人，你不会连最基本的法律常识都不清楚吧？砍树已经构成犯罪，如果再诬陷他人，就是罪加一等，你可要想明白了。"

陈疤三还是闷着，没说话。刘所长接着说："你现在只有老老实实交代问题，才能争取宽大处理，监狱可不是什么好地方，像你这样的酒鬼，一旦进去，有的是罪受。再说，你替别人顶罪，划算吗？现在政策那么好，像你这种情况，政府给你低保养着你，还帮你修房子，你不好好过日子不说，还干违法乱纪的事，你想想，你是能干坏事的人吗？"

"我说的都是真的。"陈疤三想了想说。

"那你就饿着吧!"刘所长说。

从审讯室出来,刘所长问身边的一个警察:"那个小桉子找到了吗?"

"还没有。查了客运站的购票记录,没有此人。估计要么是还窝在什么地方,要么是坐别人的私家车去的。"

天快黑时,刘所长再次走进审讯室,陈疤三一见他,就说:"同志,我老实交代,说完了能给我饭吃吗?"

"当然。"刘所长当即吩咐身旁的警察去食堂里把饭菜拿来,说,"说完了马上吃。"

陈疤三正要交代,周楚阳的电话打过来了:"刘所长辛苦了。"

"周总有什么吩咐?我这儿正审着人呢。"

"没什么。"周楚阳说,"刚刚劳动局钱崇东副局长找到了我,就砍树一事做了商量,说愿意赔偿一切损失,我想请刘所长对那个钱伟东从轻发落。"

"事情没有这么简单,钱伟东估计是一个冤大头。"刘所长说,"陈疤三愿意交代事情的真相,你稍等一会儿吧。"

下午,周楚阳刚从山上回来,劳动就业局副局长钱崇东便到公司造访,一进门就抓住周楚阳的手,说:"还是周总这日子过得有滋有味,羡慕羡慕。"

"钱局亲自过来,有失远迎。"周楚阳用"亲自",表示此刻可以幽默一下。

"周总不要客气,我是无事不登三宝殿,有事求你来了。"钱崇东说,"还望周总多多帮助,兄弟的事,需要你跟派出所商量商量,请他们多多通融。"

"钱局不要着急,现在还不能说明是你弟弟干的,他们还在审讯砍树的人。"周楚阳说。

"我不是怕他一时糊涂犯错误嘛,我这弟弟,从小行事莽撞,这个时候我得谨慎一些。"钱崇东说,"中午时我打他电话,关机了,估计是正在交代着问题呢。"

周楚阳说:"我这儿肯定没问题,只是派出所那边能不能商量就说不清楚了,毕竟这事不小,整整 7 亩地,近 300 株板栗树,而且是之前顾羽他们栽种的,现在已经挂果生产,情节估计轻不了。"

"你与他们商量商量,我们主动赔偿损失,应该会减轻一点。"钱崇东说,"之前在现场会上咱哥儿俩估计有些误会,还望周总不计前嫌,以后有什么事需要帮忙,我一定效犬马之劳。"

如今刘所长说砍树之事未必是钱伟东指示，让周楚阳心里多了几分疑虑：难不成还有潜在的对手？要是这样的话，可能真正的较量才刚刚开始。他暗自感叹回乡之路的艰难，也为自己今后的路捏了一把汗。

周楚阳还是按捺不住内心的焦虑，让李峡开车送他去派出所。汽车刚停下，周楚阳就见刘所长从一间屋子里走出来，于是下了车，几乎是小跑着走过去，说："我这惊弓之鸟又来打扰了。"

刘所长说："你来得也正是时候，刚刚做完笔录。"

"情况怎样？"他问。

"的确不是钱老五干的，他哥哥白白欠了你一个人情。"

"那……"周楚阳想知道结果。

"招了。"刘所长说，"是一个叫张世云的人指使他和一个叫小桉子的人干的。"

"张世云又是谁？"

"钱伟东养牛场的一个工人，听陈疤三说，此人前些天和钱老五干了一仗，因为钱老五欠了他三年的工资。"

"那……他为什么要让人砍我的树？"

"嫁祸给钱老五呗。"刘所长说，"这家伙头脑真是简单，这种伎俩也使得出来。他知道陈疤三好酒，去超市里买了几瓶酒送给陈疤三，说是把事情办了，再通过微信给他转1000块钱。"

"那小桉子呢？他为什么要听张世云的话？"周楚阳不知道其中的关系。

"小桉子也是钱老五养牛场里的工人，也是一年多没有拿到工资了。两人一合计，决定砍树栽赃。"刘所长说，"两人原本是今早坐一个从永康回来的人的私家车去打工的，不想刚开出十来里路，小桉子假装接了一个电话，谎称自己岳父病重，下车回来了。他说他心虚。"

"他也招了？"周楚阳问。

"可不是！他中午之前就赶回来了，我们抓陈疤三的时候，他其实就躲在附近，一直观察我们的动静，耗到天黑，实在撑不下去了，主动投案。他来的时候，你刚刚和我通过电话。"

周楚阳又问："张世云截下来没有？"

"私家车的车主正开车往回赶。"刘所长说，"这家伙一接到我们的电话，就使劲地给张世云做工作，要他抓紧回来争取从宽处理，他哪敢载一个犯罪嫌疑人离开啊。"刘所长点了一支烟，接着说，"这个干了坏事的张世云，也是夙货一个，乖乖地跟着回来了。"

向刘所长道完谢，周楚阳立即让李峡送他回公司。路上，他一直在想一个他始终弄不明白的问题：南广驿站为什么要发那个造谣中伤的帖子，到底又是谁想让他身败名裂？

10

周楚阳的手机里堆满了未读短信。这几天，他把短信提示设定为静音，每次拿出手机，盖面上都铺满了短信图标。他不是没有看过，他每天都看，甚至一有空隙就看，他关注的，是其中有没有一条短信是显示彭玉素的名字。他没有点开那些短信，是想保留提示图标，等忙完这一阵才逐条阅读。现在，他回到家里，把手机拿出来，一条一条阅读。

最近的那条短信，是十分钟以前陈霜江发来的：老同学，你不会把事情搞砸了吧？我把那么多钱给你，连泡也没冒一个？

他回：陈电影真小气，难道你没看过电影《绝处逢生》？

第二条短信是陈家瑜，只几个字：火扑灭了吧？言下之意是有没有解决好一堆麻烦事。他回：有劳牵挂，树很好，请陈总妥善安置剩余劳动力为谢。

他刚回完陈家瑜的短信，陈霜江的短信又来了：知道你能干，不怕，钱不够再说。他回：赶紧卖布，准备好钱。

其他短信有吴立春的，有何清明的，有郑挺和刘先维的，都在询问板栗树被砍之事。更多的短信，是没有显示姓名的陌生人发来的，有的问他索要土地款，有的问他之前买的树可不可以退货。他没有逐一回信，而是一条一条往下浏览，翻到最后，看见昨天早上王白璐发来的一条：感谢你给我伺候老太太的机会，余生给你做名义上的女友。

我焦头烂额，多有怠慢，余生请多敲打。这话，他去年春节前夕在天坑里亲口对王白璐说过。

很快王白璐就回了一条：真是百炼成钢，重围之下亦能谈笑。

"谈笑"乃南广语言，是开玩笑的意思。在异地拼打多年后一头栽进故乡的周楚阳，每每听到旧时所熟悉的那些词语，都会有一种莫名的激动。然而此刻，他想哭。这些天他连连遭遇了创痛，每到夜深时，都会备感孤独。这样的孤独，夹杂着回乡旅程中的种种不适、二十年来对彭玉素的寻找、艰难创业中的无限坎坷，这样的孤独，让他担心自己很快就会老去。

　　他的眼睛噙满了泪水。让他流泪的，是二十年来时时牵挂着的故乡，是终于回来了却让他感觉到无所适从的这片土地。他不明白的是，如今正以空前的速度完成自身蜕变的南广，为什么还要时不时用记忆中的面目来刺激他的神经，那些年的苦难和疼痛再一次占据他的内心，让他感到无比地窒息和劳累。他不止一次地追问自己：是不是真的走错了路？

　　在睡下之前，他给彭玉素发了一条短信：如果已是来生，我企望能为你负重前行。

　　也许是太累的缘故，这一夜他睡得出奇地好，醒来时，阳光照射着窗棂，鸟声叽叽入耳。是的，这应该是一个美丽的清晨，所有不幸的遭遇都应该迅速抹掉，剩下美好的期待。他从床上坐起来，揉了揉眼，下地，去卫生间漱口、洗脸，把歪斜的镜前灯扶正，用毛巾擦拭背水箱。他从卫生间出来，打开衣柜，找一件干净的衬衫，能扎进裤子里去的那种。对了，他还要用剃须刀把脸上的胡茬儿剃去，这把剃须刀是几年前托人在安徽澄湖买来的，平时不怎么用，用一块绒布包着，所以到现在还是崭新的样子。他托人从澄湖给自己买一把剃须刀，是想试图从亲近彭玉素身边的事物开始，缩短寻找的路程。而那时，彭玉素已经托管澄湖所有的产业，去了东莞。

　　他穿好衣服，去厨房里热一杯牛奶，倒进杯子里，又去冰箱保鲜层里找一块面包。这时，手机响了，万万没想到，是彭玉素。

　　这是她第二次给他打电话。上一次是在三个月前，他接通电话后问："是你吗？"那头没有回答，而是把电话挂掉。此刻，她的名字再一次出现在手机屏幕上，随着铃声一闪一闪地跳动。他用颤抖的手摁下了接听键，那头说："是你吗？"

　　"是我。"他说，"你终于肯说话了。"

　　彭玉素的声音是那么干净，干净得几乎听不出这二十年来被岁月镶嵌进去的泥沙所摩擦出来的余音，只是多了一些厚实的味道。对周楚阳来说，也许只有彭玉素的声音，才是他所认同的故乡的声响。他在听到她说话的那一刻感觉灵魂回到了故乡。

"你遇到事了吧？"她说，"我知道你遇到了事，我很不安静。"

"素！"他说。

"我为什么就断定是你遇上事了呢？我一早起床去广场上跑步，跑着跑着，就感觉你遇上了事，为什么是你，而不是别人？"

"素！"他的喉头哽咽，全身颤抖。

"我一向不愿去想一切与你有关的事，这么多年来，我好想埋了自己，彻底断了在这个世界上再次遇见你的念头。你给了我那么多痛，让我无限绝望，每一次我站在窗前看你的短信，都想砸碎玻璃纵身一跃，而每一次都想到那样的方式不足以完成对你的报复，一次次放过自己。"

他几乎要哭出声来，以至于按动了免提，把手机放在茶几上，不让彭玉素听到他急促的气息。

"素，我只想谢谢你，你终于……"他说不下去，他的嗓子像被一根鱼刺死死地卡住。

"我无时无刻不盼着你摊上事，而当我得知你真的摊上事的时候，却又那么后悔，感觉那是源于我对你的诅咒。我想通了，从此不再躲着你，这样也许能减轻自己的痛苦，对你来说也是一种饶恕。"

他使劲平息内心的激动，说："素，如果上天停止了对我的惩罚，我会把一切归功于你的宽容和爱。"

"你要挺住，不管遇到什么困难你都要勇敢地克服它，这个世界终有一天会用温暖的阳光给你一个正确的回复。如果我还能遇见你，我希望那时我们都没有对错。"

他说："谢谢你。"

彭玉素已经挂了电话，而他始终保持着聆听的姿势，蹲在沙发面前，像一个等待用钥匙插进锁孔推门而入的孩子。

这个清晨真的很美丽，二十年的艰难寻找终于让他看见了希望，这一切来得那么突然而又缓慢，那么真切而又模糊。在这个美丽的清晨，他穿着酒红色条纹的衬衫，走过南广大道，穿越数羊街，在中山路口等过红灯，再经旧府大道一路往东，去他的公司里。在这个美丽的清晨，他和每一个员工亲切地打招呼，脸上始终洋溢着微笑。他把钥匙插进办公室门的锁孔，旋转，推门，门"吱呀"一声。

刚进公司工作的大学毕业生小李轻轻敲门，为他送来一杯茶。茶是朱立冬给他的普洱，杯口上冒着丝丝热气，醇正的香气沁入他的口鼻。"真漂亮！"他说。小李走到门口，回过头来笑笑，说："谢谢周总。"

"你真漂亮。"周楚阳又说了一句。

顾羽过来与他商量下步资金筹集事宜，说："省农科院的专家姜明祥明日就到南广，电话里提醒苗木护养的事，我就想起资金的事情来了。"

"放心吧，金副县长答应带我去银行，过几日我就过去催他，你先去筹备今年产品包装的事情，过几天咱们好好开个市场论证分析会。"周楚阳说，"对了，记得把我那本家大哥周春捷请过来，这老头儿经验丰富。"

顾羽离开后，金鸣打了电话过来，一开口就说："你的事情，那个钱老五还是脱不了干系。"

"剧情出现反转了？"周楚阳不解。

"网上那个帖子，是他撺掇那个叫白显的人干的。"金鸣说，"白显昨日在深圳被警方擒获，几番敲打之后，他终于道出了事实。"

"也就是说，之前他发的那些关于南栗的帖子，都是钱老五让他干的？"周楚阳说，"这个钱老五，到底还是不肯放过顾羽。"

"之前是不肯放过顾羽，现在是不肯放过你。"金鸣说，"你还记得前些日子的劳动力就业现场会吧？钱崇东对你可是不太感冒。"

周楚阳道："这么说我就清楚一大半了，这个钱副局长，几次三番要我只说经验不说问题，甚至在成稿环节上百般刁难，原来隐患真的险于明火。"

金鸣说："劳动力转移工作这两年一直是兰波副县长分管，在他接手之前，关于这块工作的决策大多是按照劳动局的思路来运作的，存在很大的问题。云芪书记一直在提醒兰副县长，说现在不比往常，南广的大部分人均收入要靠劳动力转移来支撑，政府要有一个明确的定位。而劳动局有一个钱崇东，常常越俎代庖，替政府草拟的文件都是他提前把关，有时候兰副县长一松懈，就让他钻了空子。"

"他这么干有何企图？"周楚阳说的是钱崇东。

"原本上次现场会其中有一个参观点是他弟弟钱伟东的广富养殖场，后来被兰副县长砍掉，把你的南栗拿进去，从此他就迁怒于你了。"金鸣说。

"我一直认为南广早已没有这样的人，是我太乐观了。"周楚阳说完，笑了笑。

"林子大了，什么鸟都有。不过，也还是要充满自信，像钱崇东这样的人，毕竟只是少数。"金鸣说，"随着时代向前发展，那些不好的现象终会被祛除，历史喜欢抛弃那些阻碍历史发展的人。"

周楚阳说："我会越来越明白怎样做的，有金副县长的大力扶持，我当然有信心。"

"你要记住云芃书记送给你的话——向阳开放。在南广这样的地方创业，这几个字是最好的灵丹妙药。"金鸣说。

下午，罗卓镇书记张大成不请自来，推门就劈头盖脸一句："周总大概是把关头村的事情忘记了！"

"不会忘记，只是现在一身麻烦。"周楚阳笑着过去抓他的手。

"听说你在麦车干扶贫干得风生水起，我实在是坐不住了，亲自过来兴师问罪。"

"麦车的事还没个定夺，劳动力暂时没有转移出去，危房改造也还在口头上，不过你倒是提醒我，从现在起，真要把给老百姓的承诺兑现好，否则，就算政府如何支持，我周楚阳要想得到更好的发展，可能都只是一句空话。"

"那我先替罗卓的老百姓感谢你。"张大成笑着说，"你干好了，我让父老乡亲给你送一封感谢信。"

"那倒不用。"周楚阳说，"罗卓是我的老家，就算张书记不提醒，我也不敢懈怠。你看看桦槁林山上的那一坡树，它们都长着一副罗卓人的面孔。"

"看来周总心情不错，我可听说这几日你是如坐针毡。"张大成说，"其实，我是恰好从这里路过，顺便兴师问罪，也顺便看看你这兄弟。"

"也顺便祝我重生快乐。"周楚阳所说的重生，张大成恐怕不知道其中深意。

第八章 礼拜日与星期天

1

彭玉素从公司出来，远远望见一个个头儿矮小的男人从广场入口处推着一辆自行车往这边走。自行车两个轱辘旋转得很慢，车龙头高高耸起，看上去比他矮不了多少。男人微微秃顶，脖子很短，身子稍胖，整个人呈球体状，他随着自行车移动的身体就像是那辆自行车的第三只轱辘。这个人再靠近些，彭玉素就认出他来了。是的，他就是帮周楚阳寻找她的那个人，或者说，他是周楚阳请来盯梢的那个人。

"彭大小姐下班了？"蒋达蜀一双眼睛眯成一条缝，一只手从车龙头上移开。

"你上下班可不太敬业啊，你自己说，是不是好久没看见你了？"彭玉素故意将脸一沉，"你这种工作态度，可不太对得起你的老板。"

蒋达蜀说："今天是星期天，我不上班的，所以就出来闲逛，运气真好，碰见了彭大小姐。"

"这么说，你还是兼职了，说说，他给你开多少工资？"彭玉素很认真的样子。

"哪个？"蒋达蜀暂时没反应过来。

"明知故问！"彭玉素说，"你不是帮他找人吗？"

"哎哟，你说的是周老板，这龟儿子以前照顾过我，我是他铁哥们儿，咋个会要他的钱哟！"说完后，他觉得彭玉素好像有意从他口中知道点什么，便来了兴致，接着说，"这个老弟，最近好像不太顺，你知不知道？"

"关我什么事！"彭玉素把脸朝向天空，"我和他非亲非故。"

蒋达蜀说："那是我对不住你了，几次三番打扰你，今天遇到了你，特地给你道歉，以后，找人这种事我不干了，有危险。"

"什么危险？"彭玉素问。

"搞不好会挨揍。"蒋达蜀嬉皮笑脸地说，"上次你身边不是就有几个保镖吗——对了，你还招保镖不？招的话，我来应聘，这样既能换一个工作，又能替他看着你。"

彭玉素打了一个哈哈，把头低下来，看着面前这个男人，竟然觉得他有一些可爱，于是不再刻意藏起脸上的笑容，对他说："你要是能当保镖的话，我都可以当总统了。"

"你不就是总统吗？这么大的公司，员工得有好几百号，他们都归你统管吧？你还谦虚啥子，我都晓得，要统管好他们，可不是一件容易的事。"

"好啦好啦，我是总统。"彭玉素又笑，"那……总统问你，他帮过你什么忙，让你这样死心塌地为他做事？"

"他何止是帮过我？他帮过的人多得很，前些年他在广州的时候，我们一帮四川的兄弟都把他当家乡人。其实你也知道，我虽然是四川人，但我老家和他老家很近，中间只隔着一条河，那地方叫鸡鸣三省。"蒋达蜀说，"你应该听得出来，我们说话的口音都差不多。"

"天啊！"彭玉素简直不敢相信眼前这个人的老家和自己挨得这么近。如此说来，她和周楚阳去三岔河边的大堰街上看露天电影的时候，河对面四川的某座山冈上，是不是也有一个少年在远远地望着闪烁的屏幕呢？彭玉素记得周楚阳说过：隔河相望，却有可能一生不得碰面。现在，她和周楚阳天各一方，却碰见了一个原本一生都可能不会碰见的河对面的人，这个人以故乡的名义为他们逝去多年的光阴做证，让她本已冰封的内心突然解冻，甚至碎了一地冰碴子。

看彭玉素待在那里出神，蒋达蜀乘势而上，说："他有一副好心肠，那些年虽然大家都辛苦，但他总是会想方设法帮我们这些经常进不了厂吃不上饭的兄弟，常常是身上有多少钱都会全部掏出来给我们买饭吃。记得有一次，我家孩子得了肺炎，没钱医治，我和我老婆一点办法都没有，她甚至绝望得要投河。"蒋达蜀说到这里，竟然用手碰了碰自己的眼角，"是他以自己的名义在云南老乡中筹钱，亲自和我们一起把孩子送到医院去。你不知道，医生当时指着我的鼻子把我一阵臭骂，说再晚一天孩子就没命了。"

"去喝一杯吧！"彭玉素在他讲到这里的时候打断他，一是不忍心看到这个男人手扶自行车站在大街上沉溺于一场与周楚阳有关的往事里，二是想找一个地方坐下来，听听周楚阳那些年都干了些什么。

"你要喝酒？"蒋达蜀问。

"谁说喝酒了！"彭玉素伸手过去捏着自行车的另一只龙头，说，"喝喝茶，或者咖啡，或者吃点什么东西都行。"

这个时候蒋达蜀居然还羞涩起来，把头埋到胸前，说："平生没有单独和哪个女的在那种地方一起摆过龙门阵，怕不敢去哟。"他一激动，就操起了四川方言。

"你这时胆子倒小了。"彭玉素说，"你第一次在路上挡我的时候，那脸皮有一尺多厚。"

"好嘛好嘛，恭敬不如从命。"蒋达蜀说，"我把自行车放一放。"

"放我公司门口吧，你去和那个年轻保安说，是我让你去的，请他帮你看一阵子。这孩子叫和玉波，是我老乡。"

放好自行车，蒋达蜀快步走回来，对彭玉素说："他一听我说话，就答应帮我看了，这小娃儿真机灵。"

他们就近找了一个叫"月半"的咖啡馆，在卡座里坐下来。彭玉素问："想喝点儿什么？"

"我无所谓。"蒋达蜀说，"在这种地方，喝啥子都不自在，心慌慌的。"

彭玉素笑笑，叫服务生上两杯咖啡，说："拿一些方糖过来。"又问，"有什么云南小吃吗？"

服务生说："有甜荬、夏威夷果、核桃、土豆片。"

"有没有一种叫'南栗'的袋装栗子？"她说这话的时候，偷偷看了一眼蒋达蜀，看他有没有觉察出来什么，不过，他还是一脸对这样的地方无所适从的样子。

"不好意思，没有。"服务生说，"小姐，要不来点其他的吧？"

"那就你刚刚推荐的这些，每一种来一份。"彭玉素说。

服务生去了，彭玉素对蒋达蜀说："看来你掌握了好多关于他的情况，今天你全部说了，省得我下次再请你吃喝。"

蒋达蜀笑笑："要讲的话，三天都不够。"

彭玉素："我可不愿意听他那些荒唐的破事，你就讲讲他这些年都干过些什么营生。"

"我现在突然不知道从哪里说起了。"蒋达蜀说，"我这人容易急，急了就屁都放不出一个。"

彭玉素故意装作没听清楚他说了什么，对蒋达蜀说："我听说他进过传销组织。"

"对头。"蒋达蜀说，"他经常讲起这事，每次讲都让弟兄们毛骨悚然。"

那年周楚阳离开老家，先是去昆明。表兄萧康在昆明的一个建筑工地上干计件，老板是一个广西人。萧康对周楚阳说："我在工地上搬了五年的砖，现在才混了一个计件员，你脑壳灵光，搬一两年够了。"而那时候，萧康已经半年没有领到工钱了，老板说最近资金周转出了问题，要大家忍一忍。于是只好忍着，忍到周楚阳去工地的时候，萧康才发觉不能再忍下去了，因为要负担周楚阳的吃喝。于是他找老板，说："要不先发一两个月的工钱给我，余下的慢慢给。"

老板说："你这云南娃儿怎么这样不开窍？我帮你解决你表弟的工作问题，你不感谢我也就算了，还净给我添麻烦。"

萧康说："一码归一码，工资是工资。我们在你这里干活儿，图的是能挣几个钱，你现在钱不给，哪是帮我们解决工作呢？"

"你又不是不知道，我最近投了一个大项目，钱全部进去了，要年底才能分红。"这个叫李凡的老板说，"到了年底，我就翻身了，到时候，我也弄一个房地产项目干干。"

广西老板只是从一个房地产商的手里承包了一座大厦的混凝土基础工程，手底下的工人大多来自云贵川及广西的农村，有30多个。前几年，他靠自己的机敏到处承揽活计，倒也赚了些钱，工人的工资也能保证按月发放。近段时间，他在老家一个发小的撺掇下，在北海投了一个项目，说是国家工程，乃北京某领导的"小金库项目"，干好了前途无量。那发小叫鲜云聪，小时候人长得老实，初中毕业后也出门打工，后来多年不见。前些日子，鲜云聪开了一辆宝马来昆明找他，在兴昭大饭店请他吃饭，带他去高档会所唱歌、泡脚。舒服了一晚，李凡问鲜云聪："你干的到底是啥工程，怎么成天什么心都不操，皮包里钱装得鼓鼓的？"

鲜云聪说："而今这时代，真正挣钱的人，还有哪个是天天操心的？但凡时刻忙忙碌碌东奔西走的，也只是混口饭吃而已，永远干不了大事。"

"但也不至于对自己的生意不闻不问啊！"李凡说，"你成天只晓得挥金如土，花出去的钱也不会回来的。"

"我就能让它回来。"鲜云聪说着，把脖子上的金项链从领口里扯出来，"有智慧的人，是用钱去挣钱，只有憨包才去卖苦力。"

李凡好奇，问："怎么个用钱去挣钱法？放高利贷吗？"

"我才不干这蠢事！"鲜云聪说，"放高利贷是旧社会地主老财的专利，我干的是标准化投资。"

李凡更不解，问："什么是标准化？"

"就是看准了方向投资。"鲜云聪把金项链塞进衣领，又撸了撸袖子，露出金光闪闪的手表，"目前有一个国家项目要在北海落地，总投资三个亿，北京某领导的项目，建成后营业额高达 12 亿，我现在在这个工程上有几百万的股份。"

"领导的项目也需要融资？"李凡问。

"你以为领导就有那么多钱吗？他还不是需要大家把钱凑起来，用钱去挣钱。再说，领导的项目也不只是一个，据我所知，在北海就有十几处，这些工程，哪一个不需要投进去很多钱？"鲜云聪说，"像我这样投几百万的，在这些工程里算是最小的股份了。说实话，我也就是在朋友的引荐下顺便整几个小钱而已。"

鲜云聪说完，问李凡："你不是心动了吧？"

"我没这个机会。"李凡说。

"倒也是。这个世界上只有少数人一夜暴富，大多数人一辈子都在挣扎，手里钱少就不敢享受，到头来连这人间有些什么乐子都不知道。"说完他故意看着李凡笑，让李凡有些不自在。

"也就是说，像我这种人，永远都不会有这种机会了。"李凡说。

"那倒未必。"鲜云聪从沙发上拿起他的"大脑壳"手机，指头在按键上弄出嗡嗡嗡的声响，"你现在是保守的有钱人，你的钱是用来养家糊口的，而不是拿去挣钱的，如果你想要挣钱，就要痛下决心，看好项目，把它全部砸进去。"

"可我也没遇上标准化投资的项目啊！"李凡说。

鲜云聪表示无奈，摆摆手说："你还是干你的工地吧，这样也踏实。"

当天各自回家。过了几日，李凡想，老同学周游世界来到昆明，还亲自请自己吃饭，应该还他一顿，表示地主之谊。可又想，去大饭店吃饭太烧钱，一顿下来少说也要三五千，更别说去高档会所消费了。想到鲜云聪所说的用钱去挣钱，便又来了兴致，说不定会在他那里讨得几句有用的话语，自己也"标准化投资"一次，于是忍痛打了发小的电话。

"老同学现在还在昆明吗？"他问。

"还在。"那头说。

"晚上可否赏光吃顿饭？"

"恐怕不行。"

"有人约了？"

"现在正和副市长喝茶，一会儿去打高尔夫，晚饭昨天就约好的了。"

"那……明天呢？"

"明天更不行了，银行领导要拿我们的项目，昨晚亲自跑到酒店来找我，带了上好的茶来约饭。"

"什么时间方便呢？"

"估计都不方便，后天和一地产老总谈个项目，谈成后大后天回北海。"

李凡丧气地挂了电话，心想，这人一旦变起来，就是让人难以琢磨。鲜云聪何许人？小时候木鸡一只，坐在教室里，屁股都不容易挪一下，每天都会挨老师的几截粉笔头。而今，这小子摇身一变，成为阔佬儿，金项链、金表不说，还满口"标准化投资"，开着宝马天天饭局不断，项目不停。越想越觉得不甘心，就想无论如何都要见见这小子。于是，他又给鲜云聪打了一通电话："明早我来兴昭大酒店，咱们一起吃个早点。"

那头说："别超过九点，我的时间和我干上了。"

第二天，李凡八点钟就到了酒店，借用前台的电话拨通了鲜云聪的手机，问："现在可起床了？"

"我已在路上，现在去西山，和一市府领导看一块地。本来想跟你说一声的，可你又没一个手机，这几天打进来的座机实在是太多，不知道你的电话是哪一个，实在抱歉。"鲜云聪说。

"你回来我再找你。"李凡说，"一会儿我也去买个诺基亚，然后往你手机里打一个电话。"

"行。"鲜云聪说。

下午，鲜云聪的电话果真打过来了。李凡笨手笨脚地按了接听键，那头说："手机还好用吧？"

"还行。"李凡说，"我现在只想知道我们什么时候能见面。"

"现在就可以。"鲜云聪说。

"你今晚不是要陪银行领导吃饭吗？"

"想吃，但吃不了了，项目总部打来电话，说工程款已经给了其他银行。"

"我来酒店找你吗？"

"不用。"鲜云聪说，"你找一个本地特色小吃，告诉我位置，我过来找你。"

"大老板也喜欢小吃？"

"当然啦，只有小吃才能代表一个地方的色彩。"

他们在马街一个叫"如意小吃"的店里坐下来。鲜云聪问："这么急着要见我干啥？"

"明知故问。"李凡说，"还不是想请你帮忙找找机会，干一票标准化投资。"

鲜云聪看了李凡足足有五秒钟，问："真打算做个有钱人？"

"打算好了，有钱不是坏事。"李凡说。

"也不见得是好事。"鲜云聪说，"像我这样的人，目前还算不上是真正的有钱人，一天不是谈项目就是陪吃饭，都这么累，要是钱再多一些，估计连自己都不是自己的了。"

"我不怕钱多。"李凡说完笑了起来，"老同学要是肯帮忙，今后吃饭泡脚这些事由我去干，你只管待在酒店里听听音乐泡泡妞便是。"

"你有多少钱？"鲜云聪问。

"现在能拿出来的，一百来万吧。"李凡说完把头低下来，不敢看鲜云聪的表情。果然鲜云聪听后哈哈大笑起来，说："你这不叫钱啊，老兄，人家看不上的。"

"可我只有这些了。"李凡说。

"想办法多弄一点。"鲜云聪说，"你既然开了口，我就必须帮忙，但你也要对得起人家财务上做账的工作人员吧？一百万，还没开过这个先例。"

李凡想了想，说："我先把兄弟们的工资拿过来放进去，让他们忍几个月。"

鲜云聪说："不行，农民工的工资来之不易，你这样做劳动局会找上门来的。"

"没事。"李凡说，"他们跟我好几年了，我能做工作。"

2

彭玉素见蒋达蜀手里的勺子在咖啡杯里来回搅动，却始终没有喝过一口。有几次，这个身材矮小的中年男人把头弯下来，嘴凑到杯子边沿，他是想像喝茶一样用嘴唇从杯子里吸，但每次都是刚碰到杯沿就又慌张地把嘴移开了。彭玉素说："你想怎么喝就怎么喝吧，实在不行的话，我给你做做示范。"

"我整不来。"蒋达蜀说，"拿个勺子一勺一勺地舀，你们有钱人就是会消磨时间。"

彭玉素笑了。她说："我也不喜欢这样，这不是想听你讲故事吗？说说，他从传销窝里出来后，是在哪里遇见你们的。"

"说来惭愧，那时候，我妻子得了病。我俩是在一个工棚外面遇到的。"蒋达蜀说，"那时候，他瘦得皮包骨头，根本就不像个年轻人。后来，我们一起卖过报，又去一个五金厂做门把手。这小子真有意思，你看他一天坐在机台上发呆，偶尔动动手的时候，麻利得很，他干半天的活儿，我们一天都干不完。"

"这么神奇？"

"你又不是不知道！"蒋达蜀故意地说。

"我不知道。"彭玉素说，"我和他不熟。"

"他干了半年就没干了，后来去跑市场。龟儿子！跑了半年的市场又不干了，而是伙同我们的一个老乡接手了一个很旧的小厂，自己生产自己销售。"

"真厉害。"彭玉素的口气里似乎有一些鄙夷。

"是厉害，设备和厂房都是赊来的。"蒋达蜀说，"可人家就是干起来了。"

"传销经历倒是帮了他不少的忙。"彭玉素说。

当初周楚阳和表哥萧康在昆明的工地上干了一个月，没领到一分工钱。眼看就要饿肚子，萧康说："兄弟，我带你讨要工钱去。"

"你不是好几个月都没领了吗，还急于这一时？"周楚阳说。

"再不去要就要喝西北风了。"萧康说，"我和他熟，不好开口，你无所谓，到时候你与他讲明白你的情况，就说路费都是借的。"

在工棚外遇见李凡，正要开口，李凡却先说话了："你兄弟俩来得正好，我正找你们呢。"

"找我们干啥？"萧康问。

"把工钱给你们啊。"李凡说。

"发工资了？"萧康很兴奋，说话很大声。

"嘘！"李凡示意他们小声点，四下看了看，说，"眼下要给你们兄弟俩一个特殊任务。"

"什么任务？"萧康好奇。

"拿着你们的钱，去北海。"李凡说。

"去干什么？"周楚阳小声问了一句。

"我不是在北海投资了一个项目吗？现在总部缺人手，正到处招聘适合的人，我思考好久了，觉得你们俩踏实，脑瓜子也转得快，就寻思让你们去了。"

"我这人你了解，可他现在只会搬砖。"萧康看着周楚阳对李凡说。

"我观察过了，这小子聪明，上过高中，会讲英语，说不定过去能派上大用场，北京领导的项目，少不了要与外国人打交道。"

"可我们不知道是干什么工作，要是去了什么也干不了，还不得被退回来，到时候费盘缠费米的。"萧康心里有顾虑。

"这个不重要。"李凡说，"我每人多给一千块，是你们在路上的开销，到了那里，吃住有公司管着。"

坐了两天两夜火车，到了北海，按照李凡给的地址，周楚阳和萧康找到了公司派来接他们的人。那人手里拿着一部黑色的手机，鼻梁上架着金边眼镜，站在一座非常雄伟的大楼面前等他们。兄弟俩走过去，问："是冯顾问吗？"

"你们好，你们好。"胖胖的男人穿一套白色的西装，胸前系着领带，他伸出来与他们握手的那只手里捏着手机，他仿佛是要他们通过摸手机的方式来握手。"你好，我们是李总派过来的。"

"好大个李总！"那人说，"他也算总？老实跟你们说，是鲜总让我来接你们的，我们只听鲜总的。"

"鲜总是谁？"萧康问。

"是你们李总的老大。"那人说完，诡异地笑了起来。

本以为他们背后的那栋大楼就是总部，不承想这个冯顾问却带他们绕过大楼，从背后的一条小道径直往里走。越走越窄，直到从几栋民房之间的小巷里绕出来，来到一个没硬化完成的停车场。"该上车了。"冯顾问说。

"去哪里？"周楚阳感觉到有些不对劲。萧康扯了一把他的衣服，小声说："别问，到了不就知道了吗？"

"对，到了你们就知道了。"冯顾问还是听清楚了他们的对话，转头说，"要先去培训基地，你俩愣头愣脑的，现在哪能工作，得先经过十天的培训。对了，先说过，培训期间，每天只有一百元的生活补贴。"

"一百元？"他们简直不敢相信自己的耳朵。就算在工地里，一个月干下来，最多也就一千多一些，每天不过几十块钱的收入。如今到这里，光"先说过"的每天补贴就有一百块，十天下来不就是一千了吗？这样想着，他们上了一辆中巴，坐下，车门一关，才发现窗玻璃全被一块黑色的金绒布挡住了，只前面驾驶室的窗户里透出一些亮光来。周楚阳觉得奇怪，悄悄问萧康："这车里面怎么黑洞洞的？"

旁边过道里站着一个戴墨镜的高个子转过头来看了看周楚阳，没说话。大约行驶了一个小时，他们被叫了下来，抬头一看，此地居然是在山里。周楚阳又问身旁的萧康："我们不会是被骗了吧？"

之前站在过道上的高个子一把钳住周楚阳的手腕，说："瞎讲什么呢？"

前面走着七八个人，有些和他们一样一脸茫然，有些和高个子一样都戴着墨镜。行走在山路上的人们分成两排，每个人身边都走着一个戴墨镜的男人。周楚阳此时才看清楚，原来去接他们的那个冯顾问没随他们来，而是和中巴一起返回了。周楚阳越来越觉得不对劲，正欲与身旁的萧康说话，手腕上又被捏了一下。

转了两个弯，他们来到一排用石头砌成的房子前。房子清一色盖着绿色的篷布，每栋房子都只留了一扇门，没有窗子。两人被推搡进门的时候，发现里面黑漆漆的一团。就像眼睛被蒙上了一层布一样走了大约五分钟，有人用手电照出了一道光，提醒道："走楼梯下去，小心摔死啊。"

恐惧遇上手电的光，更恐惧。两人被钳着手腕下了一道木楼梯，又是黑漆漆的一片。再走五分钟，看见远处有灯光闪烁，周楚阳被身旁的人使劲推搡了一下，重重地摔在地上，起来一看，身旁的萧康已不知去向，之前一起进来的那些人也不知道去了哪里。

"这里就是培训基地。"有人朝他走过来，"嘿嘿嘿"地笑着。他看见一大排用砖头垒起来的桌子，桌子上放着一排电话机。有人拿着电话在打，说的是夹杂着各种口音的普通话。

"先学会说普通话。"之前朝他走过来的人说。

"我会。"周楚阳说。

"那就好。"那人头也不回地走了。

旁边一个刚放下电话的人对他说："认命吧！"

晚上吃的是玉米糊糊，用一个很大的碗。吃完饭，一个穿着对襟衣服的老头儿走进来，问："新来的是谁？"

人们指了指周楚阳。老头儿说："培训的第一课，就是挨打。"说着从地上拿起一根钢筋，使劲抽到周楚阳身上，一下，两下，三下，到第四下将要落到身上的时候，老头儿收了手，问周楚阳："还行吗？"

"老人家饶过我，你想让我做什么，尽管吩咐。"周楚阳疼得全身撕裂般。

"还算识相。"老头儿说，"既然来了，肯定要听话才对，从明天起，你就开始干活儿了，至于怎么干，我会教你的。"临走时，老头儿说，"对了，你表哥让我告诉你，他很听话。只要听话，就有钱赚；只要听话，就能活着。"

晚上睡在一溜草席上。草席下面是软绵绵的稻草，上面是一床散发着恶臭的满是破洞的被褥。周楚阳刚躺下，就听到旁边的人打起了鼾。周楚阳把双手的手掌蒙在眼睛上，就"呜呜呜"地哭了起来，左边一个人说："别浪费眼泪，有本事的话，找个机会溜出去。"

"你为什么不溜出去？"周楚阳揩了揩眼泪，问他。

"我不想死。"那人说，"不过也有溜出去的，只要没被抓回来，就成功了。"

"要是被抓住了会怎么办？"周楚阳无比胆怯。

"往死里打。"那人说，"骨头硬的，没被打死，继续干活儿；死了的，放在旁边晾半天，让大家看够了，拖到背后的坑里埋了，听说那坑里装满了白骨。"

周楚阳听得毛骨悚然，不敢再往下问。当天晚上，他逼着自己睡去，却无论如何也睡不着，臂膀上、大腿上的疼痛一阵紧似一阵，好不容易熬到天快亮，才迷迷糊糊睡过去。不一会儿，旁边的人使劲儿掐了他一爪，他睁开眼睛，昨晚"培训"他的那老头儿已经站在他面前。

"拿起电话。"老头儿说。

"拨号！"

"跟我学：你好，我是东南证券的投资顾问小周……"

老头儿让他练了半天，下午，给他一张写满了电话号码的信笺纸。

晚上吃饭之前，周楚阳看见昨晚戴墨镜的高个子带了一个比自己还瘦的年轻人进来，这人看上去像个孩子。他进来时，周楚阳看见他脸上的恐惧比昨日的自己更甚，当老头儿的钢筋落到他身上的时候，他"哇"的一声哭了起来。

原来真是个孩子！和自己所经历的一模一样，学打电话，然后照着纸上的电话号码挨个儿拨出去。

3

"他说，他是在五个月之后被解救出来的。"蒋达蜀对彭玉素说，"传销窝子被一举端了。"

"你老是给我讲这些！说实话，我没有兴趣。"彭玉素手中的勺子搅动着杯子里的咖啡。

"我以为彭大小姐会流泪。"蒋达蜀嬉皮笑脸地说。

"我眼泪早就流干了。"彭玉素说，"不过，你想讲就讲吧，反正今天什么也干不了，干脆就听你说一下午的废话。"

"对了，那个叫李凡的老板，后来也来到了广州，还和我们在厂里待过一阵子。"

"他不怕姓周的和姓萧的扒了他的皮？"彭玉素问。

"怎么会呢？"蒋达蜀说，"听他说，他后来被那个叫鲜云聪的人逼着去发展下线，他非但不肯，还果断地报了案。"

"这样说来，还是他救了他们？"彭玉素问。

"也不是。"蒋达蜀突然反问，"你刚才说的姓周的是谁？"

"少来！"彭玉素看似有些气恼。

离开咖啡馆，蒋达蜀给周楚阳打电话："现在可以确定地说，她跑不了。"

"你又玩猫和老鼠的游戏？我都说了，她一个大活人，怎能轻易跑掉！要我说，你观察观察她的动向就行了。"周楚阳说。

"在这样的年代，还有你们这样的人，真是活宝。"蒋达蜀似乎有意取笑周楚阳，他说，"有人一天之中可以泡几个女人，你花了几十年的工夫，现在才算有点眉目。"

"是啊！"周楚阳说，"或许，失去才是人生的真相。"

"你龟儿子倒是成精了。"蒋达蜀说。

转天，蒋达蜀再次遇到彭玉素的时候，是在一个商场门口。蒋达蜀下班回家，经过商场，正欲进去采购些日常用品，恰好看见彭玉素从里面出来，手里拎着一个鼓鼓囊囊的编织袋。

"好巧。"彭玉素先说话。

"缘分，缘分。"蒋达蜀"嘿嘿嘿"地笑。

"要不要喝一杯？"彭玉素笑着问。

"还是算了吧，与你们这些有钱人在一起，感觉心慌得很。"

"为什么心慌？"

"捧个杯子摇摇晃晃地浪费光阴，还理直气壮地说是在喝一杯。"

彭玉素笑得眼泪都快出来了，她觉得，蒋达蜀还真是一个有趣的人，实在，义气，懂得感恩，最重要的是，和周楚阳是朋友。周楚阳有这样的朋友，真是他的福分。

所以，她不打算放弃从蒋达蜀身上了解更多一些关于周楚阳的事的机会，于是说："那咱们去吃饭，边吃边聊。"

"还聊他？"蒋达蜀问。

"当然也可以聊点别的。"

"主要是……"蒋达蜀没往下说。

"怎么，你有事？"

"没事。我怕我说不好，我建议你亲自打电话和他说。"

"废话。"彭玉素说，"我这一辈子都不想给他打电话。"

"那就没什么好聊的了。"蒋达蜀说，"人家对你一片痴心，几十年来都没有放弃过，你居然这么绝情。"

"你是得寸进尺。"彭玉素貌似严肃，"聊也得聊，不聊也得聊。"她伸手拽了他的袖子，往商场的右边走，那里恰好有一家四川人开的火锅店。

"我要不要再叫几个朋友？一个人和你在一起吃饭，真的不自在。"

"不行。"彭玉素看也不看他。

"真是霸道，我要是周老板，才不会满世界找这么一个女人。"蒋达蜀说这话的时候，声音很小，像是自己说给自己听，可彭玉素还是听到了，她说："他欠我的，这是惩罚。惩罚，你懂吗？"

"也就是你们这些有钱人能干出这样的事儿来，像我们这些打工匠，每天考虑的是如何养家糊口，哪有时间去搞两个人之间的战争！"

"你不明白。"

他们进了餐厅，一个四川口音很重的小姑娘迎上来，说："欢迎两位。"

"你能讲四川话吗？"彭玉素用家乡方言问。

"会说，会说。"小姑娘笑嘻嘻地讲，"孃孃是四川的哈？"

"差不多。这位大哥是四川的。"彭玉素指了指身旁的蒋达蜀。

"哎哟，好亲切哦，见到了老乡，就是高兴。"小姑娘把菜单递到彭玉素手里。

"给他吧，他擅长。"彭玉素看了看蒋达蜀，一副故意刁难的表情。

"吃啥子都行，火锅嘛，反正是乱煮。"蒋达蜀对小姑娘说，"越辣越好，这位孃孃喜欢吃辣的。"他说完，对着彭玉素笑，那笑容看上去有些滑稽。

火锅端上来，彭玉素对小姑娘说："把你们四川的烧酒打一斤来，这位叔叔喜欢喝酒。"

"你喝我就喝，哪个怕哪个！"蒋达蜀说。

"我没说要喝。"彭玉素说。

"你不喝的话，我也不喝。"

小姑娘笑盈盈地站在旁边看两人斗嘴，没说话，也没挪动身子。彭玉素说："有四川酒吗？"

"嬢嬢，我们这个店里的酒，大部分都是四川、云南和贵州的，但是没有散酒。"

"瓶装的也行。"彭玉素说。

"云赤行吗？"小姑娘问。

彭玉素说："行。"蒋达蜀在一旁说："彭大小姐是大老板，喝酒就不能是一般价位的，最好整点茅台什么的来。"

"又得寸进尺。"彭玉素说，"就来一瓶云赤，给我两个分酒器，两只小杯子。"

酒上来后，彭玉素用分酒器盛了两盅，递给蒋达蜀一盅，让他自己倒。她先给自己倒了一小杯，举起杯子，说："敬老乡。"

"喝吧。"蒋达蜀吞下去，面部呈痉挛状，看上去有些痛苦。

彭玉素喝完，又给自己续上，看了看蒋达蜀说："满上。"

"你这样还能聊吗？"蒋达蜀说，"一会儿我醉了，就讲不出来了。"

"谁稀罕！"彭玉素撇了撇嘴。

"……周楚阳这个瓜娃子脑筋空灵得很，自己开了厂子干了不到两年，就挣了不少。于是自己购买了新的设备，重新租了一个大的厂子，开始招兵买马。"蒋达蜀说。

"于是发达了？"彭玉素问。

"你以为有这么容易！"蒋达蜀往嘴里塞了一口菜，接着说，"亏了。亏就亏在他不愿意用其他地方的员工，而是专挑着用云南人，说直接点，他用的大部分都是他老家来的人，而那些人，大多没有技术，习惯也不好，在一个厂里待不上一个月就抬屁股走人，饿肚子时就到处找老乡蹭吃蹭喝，蹭不了就去偷抢，到最后，把名声都整坏了。"

"这倒是事实。"彭玉素说，"但归根结底还是他太幼稚，他不是在搞生产，而是施舍。"

"你说得对。开始时，他将就着他们，时间一久，他也忍不下去了，就发脾气，可是发脾气没有用，因为厂子越来越不景气，基本上所有云南老乡都离开了，留下他一个人。"蒋达蜀说。

"后来呢？"

"后来，他把厂子卖给了一个山东人，自己跑到浙江去了。"

"于是干起了印刷？"彭玉素问。

"看来你比我更清楚。"蒋达蜀举起杯子，说，"喝一个。"

"谁稀罕。"彭玉素说，"还不是之前你说的。"她喝了杯子里的酒。

"我可没说过，说实话，他后来是怎么干起来的我不是太清楚，我只是偶尔听他表弟萧寒说起他的情况，从侧面了解了一些。"

彭玉素内心一震。她听蒋达蜀说起萧寒，就想起很多年前在老家的一些事。她和周楚阳在一起的时候，那个叫萧寒的人还是一个小屁孩，成天跟在他们身后。那时，萧寒叫她"大盆姐姐"，她听他这么叫的时候，心里无比舒服。后来就是很多年，别说萧寒，只要是与周楚阳有一点点关系的人，她都没见过，不是没有机会见到，而是不想见。这是一个结，这些年来她都不愿意去解，因为不知道用什么方式去解，她知道，这个结一旦被自己解开了，现实就不会再有一丝悬念，他们两个人之间或许真的什么都没有了。

"你和萧寒在一个小面馆里见过我。你说，是不是？"她举起杯子。

"你逃走了，后来。"蒋达蜀说。

"是的，我逃走了。"她说，"我一眼就认出了他，这小子长得还算英俊。"

"和他表哥一样。"蒋达蜀说，"只是这瓜娃子大学毕业以后没找个正经工作干，而是专门给他表哥找人。"

"找谁？"

"找你。"

"真是神经病。"

"我也是神经病。"蒋达蜀说完，自己喝了一口。

"有钱了就是任性，花钱雇人替自己找人。"彭玉素也喝了一口，"我算是看出来了，他就是一个资本家的嘴脸。"

"所以说，你们之间存在着误会嘛。"蒋达蜀说，"这萧寒不愿意干活儿，他表哥拿他没办法，只好给他钱花，找一个借口说是让他做事，实际上龟儿子什么事也干不了，成天晃来晃去，逢人便说他穷得只剩下一个有钱的表哥了，你说气人不气人？"

彭玉素笑了起来，说："这孩子从小就油腔滑调。"

"喝一杯，我替周楚阳兄弟给你赔个不是，千错万错，都是他的错。"蒋达蜀说完一饮而尽。

彭玉素有些醉意，脸上已经红扑扑的，喝下这一杯，醉得就更明显了。蒋达蜀想抓住这个机会让他们二人的关系更进一步，便说："好歹你们是事实上的夫妻，你大人大量，给他个机会。"

"不可能。"她说。

蒋达蜀的电话在这个时候响了起来，他拿起来一看，竟然是周楚阳打来的，便看了看彭玉素说："你看，说曹操，曹操打电话来了。"

彭玉素把手中的筷子当成食指放在嘴上，"嘘"了一声，示意他不要接。然而蒋达蜀没听她的，而是接通了电话，对那头说："周老板运气真好，我正和彭大小姐吃饭呢，要不你跟她说几句？"

彭玉素把手中的筷子使劲儿朝蒋达蜀拿手机的手打过去，手机一下子从手中掉到地上。"你再这样的话，我就翻脸了。"

电话在地上，听筒里还有周楚阳的声音。蒋达蜀弯下腰去将手机捡起来，说："她上厕所了，一会儿我让她给你打。"

挂了电话，蒋达蜀对彭玉素说："你这是何苦呢？"

吃完饭，彭玉素回到家中，原本复杂的内心在酒精的浇筑下变得更加烦躁，她真想给周楚阳打一个电话。几次把手机拿在手中，从电话簿里翻出了周楚阳的名字，在即将拨出去的时候又按了返回键，有一次甚至都在拨号了，她又立刻把它挂断。

如她所料，周楚阳的电话在这个时候打过来了。

她几乎毫无顾虑地把电话接通，"喂"了一声。

"玉素。"那头叫了她的名字，那语调是何等温柔。

"是我。"她说，"你怎么样了？"

"我很好。"周楚阳说，"听蒋达蜀讲，你们一起吃饭了，你知道我是多么高兴。"

"是的，我和他一起吃饭，我们一直在说你。"彭玉素在酒意的浸透中一改往日冰凉的语气和冷漠的情绪，就像在和一个亲人说话。

"谢谢你，我一直盼着这么一天，我一直在塑造自己，让你肯从内心接受我。"

"嗯。"她说。她突然抑制不住自己哭了起来，从开始的抽泣到后来的号啕，从开始的彬彬有礼到后来的肆意责骂，内心的冰山在对话中慢慢消融，直至电话两端劈开了一片晴空。

"你知道你那一走，把我的一切都带走了吗？"

"我知道，我混蛋。"周楚阳哭得更是撕心裂肺。

"你就是一个混蛋，你无情，你不负责任，你让一个女人承担她原本无法承担的一切，你让她一个人对付这个世界，就是让她去死，让她变成一个孤魂野鬼……"

"我受到了应该受到的惩罚，我该一辈子认领我所犯下的错误……"

<h1 style="text-align:center">4</h1>

星期天，彭玉素约女子回访队的姐妹们吃饭。参加饭局的除了张青、燕如燕和回访队的其他几个女子，还有当律师的祝菲和"南来广聚"女子服务队的工作人员蒯小玉，以及来自老家南广的小保安和玉波。

"看来彭总又要有大动作了。"刚一上桌，燕如燕就冲着她说。

"不瞒各位，我想开启回乡旅程。这事已经考虑很久了，一直举棋不定。今天约大家吃饭，就是想请各位帮我拿拿主意。"她几乎是不加迟疑地说完这句话的。此前从来没有和谁透露过回去的想法，在人们的心里，她这辈子都不会考虑回到南广去。那些和她要好的人都知道，彭玉素回南广，意味着要面对那个给她带来无限伤害的人，要接受现实的百般拷问。今天，她向人们说出了这个想法，其实是在向他们宣布，她已经很充分地做好了心理建设——无非两种情况，要么把之前所有的恩怨一笔抹掉，以陌生人的身份去和周楚阳构筑现实中的空白；要么勇敢地从前的自己做一个了断，去续写他们两个人的后半生。在座的人除了祝菲，对彭玉素有所了解的，恐怕只有蒯小玉了，而她们二人，对她也只是一知半解。彭玉素说要回南广，着实让几人都吃了一惊。燕如燕嘴快，抢先说："彭总早该回去了，你在外面干得这么好，过得如此滋润，让人好生羡慕。你现在到处都是产业，当然应该有一个是属于故乡的。"

"是啊是啊，现在南广需要像你这样的人回去搭把手，南广的明天需要我们每一个人在场。"张青说。

祝菲问："什么时候开始有了这样的想法？"

"好久了。"她说，"人总是要回去的，趁现在还干得动，回去认领自己的一亩三分地，就像南广的赵云芘书记说的：我们不能置身事外。"

人们鼓起了掌，燕如燕更是兴奋得跑过来和她拥抱，开玩笑说："看来我们的回访还是有效果的，彭总回到家乡，干出一番大事，也有我们女子回访队的功劳。"

"少来！"彭玉素掐了掐她的脸说，"你们女子回访队的对象主要是男人，我属于顺手捎带。"

燕如燕说："你这样说就不对了，敢情你的女子服务队也是专挑帅哥服务？"

彭玉素听她这么说，目光不由自主移到玉波身上。这个经她们"服务"成功的小男孩，正乖乖地坐在祝菲和张青两个女人中间，脸上有左右两朵红晕。

张青之前听彭玉素说过教育公司上市的事，便问："你选择在这个时候回乡，公司上市的事情咋办？你是知道的，上市可不是一件简单的事。"

彭玉素说："这个啊，我早就想明白了，放弃。"

"大好前程嘛！"张青说。

"人这一辈子，没必要总是考虑把自己往更高的地方推。公司上市是为了占领更多、更大的市场，其主要目的不就是挣钱吗？有时候我会想，到有一天，我拿着更多的钱，又要怎样去考虑做大做强呢？况且，以云众现在的实力，上市意味着要我去承担更大的风险，去付出更多的努力，让我彻底沦为金钱的奴隶。我现在选择放弃，说不定还会捕捉到更多的商机，到时候，既挣到了钱，也为家乡做了事——其实，我这样做也是为自己考虑。"

"我赞成你这样做。"祝菲说，"这边的事情自有人去管理好，你只管当甩手掌柜就是了，回乡创业是明智之举，因为我们所有人都逃不掉故乡的牵引。"

"你呢？要不要考虑和我一同回去？"彭玉素问祝菲。

"我没问题。"祝菲说，"我已经准备在南广创建自己的律所，随时都可以回去。我还不是也想当甩手掌柜。"

聊着，菜已上齐。燕如燕提议大家为彭玉素的桑梓情怀干一杯，说："今天要是不喝一点，好像对不起故乡。"

"就是。"张青说。

席间，人们问彭玉素回去想干点什么。彭玉素说暂时还没有想好，先回去看看再说。张青建议彭玉素考虑一下干老本行，先创办一所高考补习学校，为南广的高考加把劲，然后再策划办一所普通中学，慢慢将教育事业做大做强。彭玉素说："做教育当然好，这些年也积累了不少经验，只是不知道南广的父老乡亲会不会认可民办教育，大家都清楚，南广老百姓的思想还有待于进一步提高。"

"彭总不用担心。"张青说，"师大附属南广中学再过一个月就见成效了，现在正是你开弓借力大干一场的时候。"

"还要看效果如何。"彭玉素对师大附中的教学成绩心存疑虑。

"我敢和你打赌，一个月后，南广至少会诞生 5 个清华北大学生。"

"牛皮不是吹的。"燕如燕附和着说，"统测成绩给我们的信号是上上签。"

祝菲说："以彭总的实力，就算不干教育，干其他行业也同样能风生水起。"

彭玉素向祝菲递过酒杯，说："咱们一起干吧，在南广不管遇到多复杂的问题，只要有你这个大律师在，我相信都能解决。"

人们又放下筷子鼓掌。燕如燕说："你俩强强联手，必定能在南广兴风作浪。"说完"嘿嘿嘿"笑了起来。

"兴风作浪可不行，南广禁不住这样的折腾。"张青说。

吃完饭回到家中，彭玉素给远在安徽澄湖的韩露打电话。

"姐，我想明白了，我得回到南广去。"

"真的？！"韩露嗓门儿很高，"我的宝贝，你是给我一个晴天霹雳啊。"

"怎么，不赞成吗？这可不是我亲姐的真实嘴脸呢。"

"赞成，当然赞成，可是我无法理解的是，你怎么会突然就做出这样的决定？是何方神圣让你大彻大悟了？"

"这还用说吗？当然是我的真命天子。"

"谁？"

"姐，你明知故问！"

韩露好久没说话，她对彭玉素这段时间以来内心的变化无从知晓，甚至可以说是没有捕捉到任何信号。眼下，彭玉素突然宣布接纳那个找了她近 20 年的人，她之前对他所有的怨恨又是在什么时候冰释的呢？真不可思议，多年来的相依为命，还是没有培养出洞察她内心世界的能力。所以韩露问："你想好了？"说这话的时候，韩露声音很轻，听得出是在努力让自己平静。

"想好了。"彭玉素说，"20 年的煎熬，算是代价，我们共同的。"

"你准备什么时候回去？"

"很快，我把云众的事情处理好就动身。"

"只要你好，我就举双手赞成。"挂断电话之前，韩露又说，"不管你做什么样的决定，我都是你最坚强的后盾。我可以先表个态，所有的店面收入都是咱们两个的，你想怎么投资，我都愿意全部拿出来，我相信你。"

"姐……"彭玉素感动得差点儿流下眼泪。

一连几天，彭玉素辗转在云众、鸿途之间，她要把广东的事情交接完整，形成稳固的经营管理机制，然后抽时间回澄湖一趟，一来看看韩露和孩子们，二来会会孙大学，商议苏羽幼儿园今后经营发展的相关事宜。

在澄湖，彭玉素专门安排时间同韩露一起见了萧玉萍和其他几个姑娘。在异乡打拼这些年，姑娘们已经告别了之前的粗糙和怯懦，个个儿出落得如花似玉，变得无比开朗和勇敢。

"你们能有今天这般出息，让我无比放心，今后若决心回到南广，就找我，咱们一起干。"彭玉素对姑娘们说。

"那是自然。"萧玉萍说，"彭姨是我们一生中的贵人，是我们的领路者，我们一辈子都要跟着你。"

其他姑娘也点头表示愿意一辈子追随彭玉素，让她甚是感动，所以又说："你们现在先不必考虑回去的事，因为你们还很年轻。再说，你们暂时也还不具备回去的资本和免疫力，趁现在澄湖营商环境好，多吃点苦，努力挣钱，将来回到南广，用实际行动回报家乡。"

到了吃饭时分，彭玉素仍然没有见到丁丁和满满两个孩子，问韩露，说是去了乡下，一时半刻回不来，问和谁一起去的，韩露说："母校来了几个淘气鬼学妹，两人陪她们搞田野调查去了。"

"又是田野调查！"彭玉素说，"不行的话，我把两个小妮子带回南广去，让她们摸摸泥土，看看什么才是真正的田野。"

"好极了！"韩露说，"你把这两个负担拿走，我也省事。"

彭玉素想了想，又说："暂时还不行，我得先把自己安顿好才能带她们去，你还得多辛苦一段时间。"

韩露望了望她，笑着说："你是难为情吧？是不是不想让你的真命天子一口吞下两大碗肉，怕撑坏了他？"

彭玉素使劲掐了掐她的脸，说："就你会说话！"

"你打算怎么见他？"韩露问。

"暂时不见，我要微服私访。"彭玉素说。

"你不是告诉过他你要回去了吗？"

"没有。"

"真看不懂你！"

"哪有这么便宜的事！"

正说着，丁丁和满满推门进来，身后跟着三个背着旅行包的女孩。见了彭玉素，满满没表现出有多亲热，倒是丁丁猛扑到她怀里，大声地叫唤："彭姨，我想死你了。"

"真的想我？"彭玉素往她脸上亲了一口。

"早就盼望着你回来了，这段时间在家里，老受折磨了。"丁丁两手捧着她的脸。

"谁这么暴力呢，就专拣咱们丁丁欺负？"彭玉素一面说，一面眼睛往满满那边看，此时满满嘟着嘴，拿勺子自个儿往碗里盛饭，冒出一句话："幼稚！"

几个大学生放下背上的包，在萧玉萍的引导下，在大圆桌旁找到自己的座位，一个个很矜持的样子。彭玉素对满满说："你得先给咱们介绍介绍你的学妹们吧。"

"有什么好介绍的！让她们自己说吧。"满满往嘴里塞了一块土豆。

几个姑娘很有礼貌地向人们介绍她们自己，介绍完毕后还是规规矩矩地坐在座位上，没敢动筷子。彭玉素说："真看不出来是来自同一个大学，你看那位。"她指了指满满。

吃完饭回到家，彭玉素把满满拉到自己身边，认真地对她说："妈妈已经做好回老家南广去的准备了，你要随妈妈一起去吗？"

"去干什么？又不是我老家。"满满看也不看她。

"怎么就不是你的老家了？妈妈的老家，自然就是你的老家。"

"要去你去，我才不去呢。"

"你就不能懂点事？"

"我去那边远贫穷的地方干吗？你不会是要让我在那里找份工作吧？"

"难道不可以吗？你一个大学生，现在就应该找一份正经的工作，不能成天山丘野马的。"

"我就喜欢。"满满一边说，一边挣脱她的怀抱。

"妈妈在外面闯荡了大半辈子，现在是该回去的时候了，叶落归根嘛。再说，老家也需要咱们回去。"彭玉素说，"你现在还小，不懂得考虑这些事情，再过些年，你到妈妈现在这个年龄，你就明白了。"

"你是回去见他？"满满说话的时候，定定地看着地上自己的影子。

彭玉素迟疑了半晌，轻轻把满满拥入怀中，小声地说："你也应该去见他。"

"我不用。"满满说。

"为什么？"彭玉素捧起了她的脸。

"我不会习惯我们之间多出一个人来的，我长这么大，已经适应两个人的家了。"

"胡说！"彭玉素眼眶湿润了起来。她用两只手抚摩着满满的头发，说："这么多年来，妈妈没有和其他男人重新组建家庭，也是因为一直想回去，你要明白，你的身上流淌着那个人的血液，除了我，只有他才是你最亲的人。"

"那……这些年你们为什么要以躲猫猫的方式活着？你为什么不早点去找他？我可知道，他满世界地在找你。"满满抬起头，看着彭玉素的眼睛。

"年轻时容易犯错，我不想让这个错误继续下去了，人在世上，就应该相互原谅。"彭玉素说。

满满再一次从她怀中挣脱出来，对她扮了一个鬼脸，问："你想过他现在是什么样子吗，我的彭总？"

彭玉素"哼"了一声，笑着对女儿说："20年没见了，我哪想得出来！不过我敢确定，他一定还是原来的样子。"

"他很帅吗？"满满扭了扭头，用余光看彭玉素。此时的彭玉素双眼微闭，沉思着不开口，像是在努力回忆她和周楚阳的少年时代。

"他很帅。"满满说，"我见过他了，是一个君子，没让我失望。"

彭玉素倏地睁开眼睛，一束凌厉的光落到女儿的脸上。"你说什么？"她希望自己听错了。

"我说，我见过他了。"满满一字一句。

"什么时候的事？他认出你来了吗？"彭玉素的语气是在责问。

"我为什么要让他认出来？我又不需要父爱。"满满把头垂到胸前，接着说，"纯属偶然。"

"去年，对吗？去年你和丁丁去了浙江，你们是在温州见到他的？"彭玉素不敢相信女儿会在偌大的世界见到她的生父。她又怎么知道是他？他们的相见，有没有让周楚阳觉察到什么？越想越觉得不可思议，越想越觉得这是冥冥之中的定数。彭玉素踱着步，从客厅走到餐厅，又从餐厅里走到窗前，推开窗子看了看被灯火映照得五彩斑斓的夜空，旋即又关上，再从窗前踱步到餐厅里。此时，满满一个人拿着手机在刷微信，好像什么事都没发生过一样。她又去抚了抚满满的脸，严肃地问："他到底有没有认出你？"

"我都说了，没有。"满满把手机装进裤兜，认真地对她说，"我们属于偶然遇见，但我知道是他，因为他的表弟萧寒在帮他找你。"

"这么说，你认识萧寒？"彭玉素说。

"他是我们的学长，是他带着我和丁丁做田野调查。"满满说。

彭玉素不再说话。她让满满赶紧洗洗睡去，自己却在沙发上躺了下来。这些年，这个注定让她无法割舍的男人现在离自己是越来越近了，就像地上两个被鞭子抽打的陀螺，历经着疼痛满地打转，终于要碰撞在一起。她没有想到的是，在他们没有重逢之前，倒是他们的女儿抢先路过他的世界，真是不敢相信。前些日子，她和周楚阳通了电话，主动在他的呼喊中妥协下来，是想让他知道，她在一步步踏上回乡之路，一步步走到他的身边。"为什么是现在呢？"她反复地问过自己。对，必须是现在，一刻也不能耽误，因为周楚阳最近遭遇了麻烦，她不想让他在与现实的撕咬中败下阵来。她甚至想，如果周楚阳在回乡创业的路上跌跟头，他会不会一蹶不振，最后变得一无所有？是啊，她最担心的就是这个，他一旦冲刺失败，有可能再一次在这个世界上消失，那时候，她就是再等上二十年，也不见得会在有生之年遇到他。

"你是说，姓周的在广州也历经了挫败？"她和蒋达蜀在那个火锅店里吃饭的时候，问过他。事实是，她不需要去问，都知道周楚阳这些年吃了不少苦，人生的各种际遇让这个男人逐渐变得强大，甚至在困难面前总能表现出少有的镇定。

"这龟儿子从不相信老天会有什么办法对付他，他总是能绝处逢生。"蒋达蜀对彭玉素说，"你相不相信，他现在是一个段子手！"

"段子手！"也许吧，世人都喜欢用玩笑回赠玩笑，这样，活着才会显得轻松。

5

这是初秋。阳光对南广是何等眷顾,对周楚阳的板栗基地更是无比青睐。周楚阳每天早晨都会在第一缕阳光的照射中醒来,他睁开眼睛的时候,窗帘布上的图案总是给他无比美好的想象。这个秋天,南广发生了好几件美好的事情,一是高铁驶入南广,雄关漫道终于在"子弹头"飞来的瞬间成为一个过去时的形容词,天堑变成通途,无数南广人看在美好未来的面上,纷纷挤进车厢,到贵州去,到四川去,到遥远的世界去;二是师大附属南广中学高考大捷,8 人分数跃过清华北大,县委政府在学校足球场上的绿荫里举行了庆祝大会,南广教育开启了崭新的篇章;三是劳动力转移取得了前所未有的突破,全县 90% 的剩余劳动力被输送到长三角、珠三角地带,且实现了"稳得住"的目标,南广的人均纯收入将会在去年的基础上翻一番。这个秋天的好事,对于周楚阳来说更加具体,首先是南栗基地的苗木健康成长,一坡充满朝气的树苗此时正在秋风中翻滚着墨色的巨浪。先前种植的板栗树硕果满枝,即将绽开金黄的苞衣。南栗深加工基地整装待发,不久后那些机器就会哗哗哗转动起来,蒸馏水雾气会飘散在工业园区头顶的天空。其次是彭玉素要回来了。

为什么他敢肯定彭玉素要回来了?当然是因为他在最近与她的交流中感觉到他们之间的隔膜已经消除了一大半,在这样的先决条件下,她是要回来的。

"你能挺过去吗?"最近的一次通话中,彭玉素问他。

"当然。"周楚阳说,"我有超强的免疫力。"而事实上,周楚阳在种树的路上所经历的波折,在他看来并不是什么大不了的事。虽然有过疼痛,但也是因为所有的"坎"都在同一时间出现在爬坡的路上。加之感时伤怀,不免会加剧内心的撕裂。

"相信你会做得很好。"末了彭玉素对他说,"你必须同你的树站在一起,成为彼此的防线。"

周楚阳走在街上,此时他要去副县长金鸣的办公室。早先金鸣答应过他,要带他去银行走走。今天上午,金鸣来了电话,让他下午三点钟去自己的办公室,说已经下了拜帖,农行行长廖成举答应来县府成全,就贷款之事进行商讨。

廖行长是个矮小的胖子,见周楚阳进门,连忙从沙发上站起身来打招呼,老远就把手伸出去。

"周总为南广的高原特色产业开了一个好头，廖某应当鼎力支持。"廖成举开门见山。

"有你这句话，兄弟我定能陪一坡板栗苗壮成长。"周楚阳说。

金鸣说："贷多少，怎么贷，是你俩的事情，今天你们见了面，我的任务就算完成了。"他又转头对廖成举说："你自己摆放自己的盘子，能开绿灯的时候就多开绿灯，只要不触碰政策红线，就多给他一些机会。"

"这是自然。"廖成举说，"能把款贷给房地产商，为什么就不能贷给产业先锋？我们南广现在到处是高楼大厦，也需要有一个天然的绿色屏障。再说，周总办的不仅仅是自己的事，也是南广老百姓的事，于公于私都要照顾。"

没想到一直在内心纠结着的贷款一事这么简单，周楚阳甚是兴奋。商量好业务上的相关问题后，约好几日后正式对接，周楚阳就告别了金鸣和廖成举，走路回公司。在路上，他接了一通电话，是王白璐打来的。

"我看见你了。"王白璐说。

"什么时候？"他问。

"现在。"她答，"我在对面。"

周楚阳往马路对面看过去，果然看见王白璐拎着包站在护栏前向他招手，于是对她说："要不要我给你一个面子，亲自去你家吃顿饭？"

"我也正巴望着你给这个面子，而且你也必须给这个面子。"王白璐说，"你过来，我们一起去买菜。"

周楚阳从斑马线上走过去，看见王白璐所站的护栏面前还摆着一个塑料袋，里面已经有好多新鲜蔬菜。就问："这些还不够吗？"

"你以为只是你一个人吃！"王白璐瞥了他一眼。

"还有谁？"

"王雅和她们村上的几名干部今天都在城里，说是刚送完外出务工的群众，要吃喝一顿才回去。"王白璐说。

"去买几个熟菜吧，省得你在厨房里忙。"周楚阳说。

"这哪行？"王白璐说，"人家是来欣赏我的厨艺的，又不是蹭饭的。"

两人各自手里都提满了东西，到了王白璐家里，看见王雅正在厨房里忙活，几个村干部坐在沙发上分享此次去浙江永康的见闻。

"看来王家姊妹花都精于厨艺，今天我们有口福喽。"周楚阳说完从茶几上拿起纸杯，为自己倒了一杯开水。

与几位村干部聊些浙江风俗，顺便也谈到农民工外出的事。周楚阳问："他们对政府推荐的工种还满意吧？"

"还行。只是开始时不太适应。"一个村干部说。

"哪有在自己家里待着舒服！"周楚阳说，"依我看，必须出去，就算挣不了钱，也见了世面。今后回来，眼界就不一样了。"

那村干部说："这方面周总最有发言权，在浙江这样的大地方，人是可以变聪明的。"

饭菜上了桌，王白璐问要不要喝酒，周楚阳说："这么好的饭菜，几口酒下去就贬值了，不喝。"

"这么好的饭菜，不喝几口不就更贬值了？"王雅笑。

王白璐从橱柜里拿了两瓶红酒出来，对众人说："为了不让饭菜贬值，我折中一下，喝点红酒。"于是又找来高脚杯，给每人倒了半杯。

吃完饭，王雅和几名村干部回村委会，周楚阳提议王白璐出去走走。

"走走吧，趁现在彭大小姐还没回来，让你多陪陪我。"王白璐打趣说。

"你怎么能肯定她会回来？"周楚阳问。

"难道说你不知道？"王白璐反问。

周楚阳沉默半晌，说："其实，我不知道如何面对她。"

"得了便宜还卖乖了不是！"王白璐说，"你年年想，天天盼，好不容易她要来了，你却不知道怎么面对。要不，还是我俩将将就就吧？我们不用磨合。"

周楚阳笑，说："家里老太太不是认为我俩有戏吗？"

"那是我给她灌了迷魂汤。"王白璐让周楚阳先出门，自己在后面锁门，跟在他的身后，"你以为你俩这么容易就能在一起了？作为情敌，我必须从中作梗。"

周楚阳心里一阵酸楚。他想，这女子对自己如此中意，到头来还是要辜负她，不免有些难受，于是转过身来，说："你要不要考虑先预定一下来生？不行的话，下辈子我先遇见你。"

"我才不稀罕呢！"王白璐说，"这辈子都整不明白，还谈什么下辈子？"

他们沿着乌峰路南面走，过了街心花园，径直去到南部新区首段。此处是被人称为百米景观大道的入口，从这里往东南方向走，可以一直走完整个新区。百米景观大道是两年前新建的，是连通整个新区的主路，长约 6 公里，一直通往县第一人民医院和师大附中。街道中央有精致的绿化带，两旁人行道之外是造型别致的绿植、假山。人行道是按照"海绵城市"工艺浇筑的品红色沥青路，走上去有一种软绵绵的感觉。每天清晨和傍晚，这条大街左右两边的"海绵路"上都有很多人，他们来这里跑步、遛弯。正值青春年少者，更是在树荫里、假山后卿卿我我，好不浪漫。周楚阳和王白璐行走在路上，开始时竟一度无语，像一对各怀心事的夫妻。偶有和王白璐相熟的人与他们擦肩而过，都会用异样的眼光打量他们。走到"会都龙城"项目部，王白璐先开了口："你在比嘎村扶贫的工作开展得怎么样了？"

"说到扶贫，还真让我苦恼。"他说。

王白璐看着他笑。此时的王白璐，全然没有了平素一见到周楚阳就嬉皮笑脸的那股顽皮劲儿，倒像是一个和他安静相处的朋友、同事，或者说是某种意义上的同盟者。彭玉素即将回到南广的这个信号，不可能不让王白璐在情绪上发生转变，这种转变会导致她试图以另一种方式与周楚阳相处——保持一种有温度的距离。从现在起，她会小心翼翼地维系他们之间的关系，就像蝴蝶与玫瑰、太阳与大海、白昼与黑夜，那么渴望相融却又不得不相离。她说到扶贫，自然是想把话题引到工作上，不想挑起周楚阳内心的烦恼。

"可以的话，说说你的感受。"

"南广人民思想观念上的贫瘠才是最大的贫困。"周楚阳道，"不得不说，我之前一直高估了我们的故乡。对于一个人口基数大、经济总量老是上不去的县，和其他地方的差距在于它始终选择了承受，这是一种致命的懈怠。"

"人们常说，贫穷不可怕，可怕的是你已然从容地接受贫穷。南广那么多乡镇，有些地方还处于开发的空白地带，要想平衡发展，难度可想而知。"王白璐说。

"是啊。南广人目前还有很多张脸孔，一些是向死而生的生存意志，一些是无欲无求的自甘沦落，还有一些，属于潜在假象，看似一潭死水，实则暗流涌动，稍一搅动，定会惊雷如贯，让人猝不及防。"周楚阳想起和付秋芬一起走访比嘎村贫困群众时的种种见闻，有感而发。

副县长金鸣让他去认领麦车乡部分扶贫任务，具体地说就是帮助比嘎村的部分贫困人口实施危房改造，把一部分青壮年劳动力输送出去。经过走访和召开群众会，算是找准了突破口，确定了工作目标。在与浙江、广东等地友好企业取得岗位对接的情况下，劳动力基本输出去了，但一系列棘手的问题也随之出现。首先是外出人员在工厂里待不住，总是以各种借口给用工方添乱，不是无法适应气候就是身体吃不消，甚至有些人在厂里挑起各种事端，扰乱生产秩序；其次是务工人员只顾及自身利益，全然没有大局意识，导致工厂计件、质检等工作无法正常开展。好在是周楚阳介绍去的，加之那些用工企业的老板多半又是南广人，所以都能给他们更多的机会，留在厂里慢慢引导、教化。关于贫困人口危房改造，在实施的过程中出现的诸多问题形同闹剧，让人哭笑不得。有一户直接打电话给周楚阳，问可不可以在城里给他购置一套房子，安排一份工作；有一户称房子没有用，问可不可以直接给他钱。比嘎村的扶贫工程是委托李峡去负责的，在实施的过程中，李峡处处碰壁，搞得焦头烂额，几欲抬腿走人，又想到不可儿戏，只能蹒跚推进。

"国家实施脱贫攻坚政策，目的是让老百姓有吃有穿，上学不发愁、生病能就医、居住有保障，是激发他们勇于奋斗、主动发展的内生动力。在南广这样的地方，偏偏就不太容易搞下去，其主要原因还是在思想教育上我们的历史欠账太多。"周楚阳谈到这点，想起前些日子和县委赵云芄书记一起调研时说过的一句话：发展教育才是最有效的扶贫措施。

"好在南广教育开始打起翻身仗，今年师大附中的高考成绩让人看到了曙光。"周楚阳接着说。

"你说得对。很多学校先前的教育理念就是有问题的，所以导致了用最好的生源做最平庸的教育。"王白璐说，"但愿这些都成为过去，但愿今天的人们能记住昨日的种种不堪，把心思放到南广各项事业的发展上来。"

这样的对话让两人一下子跌入现实，难免彼此的心情都有些沉重。王白璐想就此话题岔开去，说点别的事情，她首先想到的是彭玉素回乡的事。

"你觉得彭大小姐回到南广会干点什么？"她问。

周楚阳想了想，说："其实我没有想过这个问题。"

王白璐说："你想没想过没关系，关键是她怎么想的。"

"你觉得呢？"周楚阳反问。

"我觉得，她还是会选择教育产业。"王白璐说完后忍不住笑，笑完又接着说，"我们今天和教育干上了。"

6

彭玉素住进了南广酒店。

进门放下行李的瞬间，她从穿衣镜里看到自己疲惫的影子，感觉自己像一只倦怠的鸟，栖息于故乡的高枝下。此时阳光和煦，秋声从远山金黄的影像中扑入窗户，分外诱人，她却备感孤独，内心突突突地跳。如此无所适从的心理，让她分不清楚何处是故乡，何处又是他乡。是的，即便归来，她仍然孤独。

县招商局司机小丛在楼下大厅里等她。下午四点钟，彭玉素准时降落在飞雄机场，小丛把她从机场送到南广酒店，帮她顺了行李，又带她去前台办理入住手续。领了房卡，小丛对她说："万巾巾局长已在归雁饭庄等着，彭总洗漱后立即下来，我就不必把车开进停车场了。"

她住在16层，房间的窗朝东南方向开，从窗子里望出去，是刚刚经过的"南广东"收费站方向。遥远的山脊上，隐隐约约有软绵绵的云朵飘着，云朵之外，便是远方了。彭玉素在窗前站了一会儿，内心仍然突突突地跳。这是一个不同于往日的下午，她把自己安放在故乡的这座城市，相比前一次回来，多了一些必然的使命。此时，周楚阳应该在同一座城市的另一个地方，他会不会在心灵上有所感应呢？

从电梯里出来，彭玉素理了理头发，整了整衣角，迈开步子往大厅里走。小丛站在大门旁边，见她过来，微笑着挥动右手，说："走吧。"

到归雁饭庄，进了二层包间，见一短发女子立在桌旁。女子很年轻，看上去也就三十来岁的样子，见了她，礼貌地迎上来握手，说："欢迎彭总归来。"

"客气了客气了。"彭玉素说，"是万局长吧？"

"我叫万巾巾。"女子说着，把她让到主位上。

"刚从扶贫点回来，来不及回家换身衣服，就直接奔这儿来了。彭总一路辛苦，小妹不能怠慢。"万巾巾一面给彭玉素倒茶，一面说，"单位的壮丁们都到农户家中走访去了，今晚就我和小丛陪您吃饭，招待不周，还请多多担待。"

彭玉素说："哪里哪里！回家了，第一时间见到了亲人，让我感到幸福。"

两个女人凑在一起，免不了要说些有女人色彩的套话。万巾巾说："彭总事业有成，又那么年轻，真是受了上天眷顾。"

彭玉素说："哪能和万局长相比！你才是真年轻，大学毕业没几年吧？"

"彭总真会夸人。"万巾巾说，"我也就是学小姑娘们穿穿破洞牛仔裤、露露老腰装装嫩而已，其实年龄一大把了，今年已是不惑。"

"真瞧不出来。"彭玉素说，"看来做人民公仆就是好，能让人永远年轻。"

互道年龄后，万巾巾建议彭玉素叫自己小妹，不必拘泥于世俗中那一套。彭玉素说："那我就是姐姐了，谁让我痴长几岁！"

边吃饭，边互留电话，加微信。饭桌上，万巾巾给彭玉素讲述了南广近年来的发展变化，就南广目前的产业结构、资源优势、人文环境等方面做了介绍。万巾巾说："前些年，我们都没有自信对别人说自己是南广人，因为在他们心中，南广就是贫穷、愚昧的代名词。南广人在浙江、广东、福建等地务工，常常受人歧视，很不招人待见。一度很多企业在招工条件里赫然写着'非南广人'的字样，他们称我们为'难管人'。这些年来，南广人用实际行动为自己正名，靠自己的智慧赢得别人的认可，可以说是非常不易。"

彭玉素笑。万巾巾所说的这些，在她二十年来的经历中，已经深深地在心中刻下了烙印，所以她说："南广越来越强大，在各个方面都取得了不俗的成绩，我们在倍加珍惜的同时，更应该抓住机会，迎难而上，努力蜕变，让外界重新认识南广，进而走进南广，爱上南广。"

三个人的饭局很简单，简单得不必拿杯子相互致敬，不必找字眼凑句子相互赠予。彭玉素和万巾巾说话，小丛负责偶尔往她们杯子里添茶，时不时问需不需要再加点什么菜。万巾巾给彭玉素讲些近年来的南广见闻，提到部分南广籍企业家回乡创业的种种事迹。她说："本届县委政府在社会扶贫方面倾注了大量心血，千方百计说服各方能人回乡认领社会担当，很多企业家都把乡愁情结变成了桑梓情怀，主动扛起南广发展的大旗，干大事，干好事，可以说，南广这几年来的向好变化有他们很大的功劳。"

彭玉素说："我也是想明白了，离开家乡这么多年，到处辗转奔忙，无非也就是为了一个'钱'字。年龄越大，越觉得钱不是挣出来的，而是写出来的，你想挣得越多，欲望越是上不封顶，最后口袋里装着的只是一堆数字，并没有多大意义。"

"姐姐这么说，我算是听明白了。有人说，钱少是自己的，钱多是大家的，再多，就是人民的，所以叫人民币。有的人是揣着明白装糊涂，而有的人则是揣着钱装糊涂。"

万巾巾说。

"就是就是。"彭玉素说，"小妹这招商局局长当得，都快成精了，说话一套一套的。"

"唉，难啊。在南广这样的地方当招商局局长，表面上是在招商，实则是在抢人。"

"此话怎讲？"彭玉素不解。

"比方说吧，"万巾巾把筷子放在碗上，说，"姐姐你这次回来，说是羊入虎口也不为过。"

彭玉素笑出了声，说："那你还真不容易。"

"在这个岗位上，跑过很多地方，也见了不少老板。说实话，要想从内心打动他们，真的不容易。记得县委云芃书记在昆明与南广籍企业家座谈的时候说过这么一句话：'我今天在这里把你们召集起来，是因为我很着急。'姐姐你说，县委书记能不着急吗？他的着急，其实是一种担心，担心广大南广能人在家乡需要他们的时候行动迟缓甚至置身事外，担心脱贫攻坚在攻坚的关键时刻攻不上去，担心南广在全面建成小康的进程中拖了全国人民的后腿，所以……"万巾巾说到这里，突然话锋一转，问，"姐姐认识云芃书记吧？"

"见过一面。"彭玉素说，"在上海，听过他的演讲。"

"所以，你回来也是因为他的着急？"

"可以说是被他召集回来的。"彭玉素说完，三个人都笑了。

彭玉素和万巾巾的谈话，对万巾巾来说，是一个招商局局长的日常，是她在接触众多南广籍企业家之后提炼出来的一套公式，既开门见山，又和风细雨；既丝丝入扣，又步步紧逼。而对彭玉素来说，则是一种刻意的就范行为，原本她回来就是想做点事，万巾巾都说到这个份儿上了，何不卖个顺手人情？所以她说："你这张利嘴，再坚固的城堡都会被你攻破的。"

其实，将彭玉素召集回来的，除了赵云芃，还有另外一个人，就是周楚阳。在万巾巾谈到南广籍企业家的时候，她其实害怕听到周楚阳的名字，甚至怀疑万巾巾是不是知道他们两个人之间的关系，所以对她进行一种情感逻辑上的捆绑。但眼前这个精明的女人最后还是只字未提，让她可以安心地认为招商局局长对她的过去一无所知，所以她也按照自己推理中的其他企业家的方式乖乖就范，在饭桌上表了态。她说："妹子是巾帼英雄，想必有多少须眉男儿被你就地镇压，我这当姐姐的，更是心悦诚服。既然回来了，肯定得干点看得见的事，今后还望妹子多多帮助。"

"意思是，你算被我拿下了？"

"拿下了。"

把彭玉素介绍给万巾巾的，是女子回访队的张青。那天彭玉素在东莞宴请她们，说了自己回乡的想法后，张青当即给万巾巾发了一条短信，内容很鄙俗：又有一条大鱼上钩。

显然她们认为，以彭玉素的实力，定能在南广掀起不小的波澜。在当晚的饭局上，张青三言两语坐实彭玉素的回乡之旅，而彭玉素则是半推半就成全她的"鼓励"。现在，和她坐在一张桌子上吃饭的万巾巾，实际上是张青的"同盟"。一顿饭吃下来，让彭玉素知道有多少人在为家乡的发展奔走呼告，有多少人在为这片曾经无限贫瘠的土地乞求甘霖。想到这些，就又想起周楚阳。唉，这个男人！她在心里慨叹。

吃完饭，万巾巾建议走走路，消化消化，彭玉素说要快些回到酒店消化今晚谈话的内容。两人又相互笑了笑，最后万巾巾让小丛开车送彭玉素回酒店。分开时，万巾巾说："今后几天的行程，稍后我发微信给你。姐姐想去哪些地方，想了解哪些方面，可以微信告诉我，也可以明天再对我说，反正在接下来的日子里，我会全程陪同你。"

"妹子辛苦了。"彭玉素说。

回到酒店，内心又突突突地跳起来，真不争气！她在心里骂自己。紧张什么呢？不就是因为那个人吗？对，就是那个人。二十年没见，他现在是什么样子呢？几个月以前，她在王白璐卧室里听见他们两人在客厅里说话，由于卧室门紧闭，她几乎没有听明白他们说些什么，甚至连那个男人的声音也没有听清楚。那个时候，她对周楚阳的怨恨还没有解除，或者说是因为王白璐和他的关系让她暂时还未萌生与他冰释前嫌的想法。几个月过去了，她重新回到故土，不可能不与他见面，不可能再让之前的状态延续下去。可是，她要以什么样的方式去见他呢？她不敢想象他们之间二十年后的首次重逢会在怎样的情景下发生。

这个时候她又想起王白璐。这些年来，她先是以苏羽的身份和这个南广一中的总务副主任交际，实施着一个南广人对故乡学子的助学行动，后来终于被拆穿，回到二十几年前的伙伴关系。她们两人之间的情谊，即便是在有一个男人横在中间的时候也没有动摇过。王白璐生病，她焦急，只身回到南广来看望，竭尽力量去安慰、打气；王白璐爱上周楚阳，彭玉素鼓励她，让她光明正大地去爱，自己无声地退往一边——那是几个月前，现在，退无可退了，彭玉素只能往前走，只是走得越近，心慌的感觉越是强烈。

她把包放在桌上，将外衣脱下来挂于椅背，去床头柜上找电视机的遥控板，她想看一看南广新闻。这个时候，她的电话响了，是周楚阳。

"喂！"她全身颤抖。

"你还好吗？"这段时间，周楚阳给她打电话，打头的都是这句问候的话。

"我……好着……呢。"她的喉头就像被什么东西堵塞，说话显得有些吃力。

"你怎么了？"周楚阳仿佛在电话那头感觉到她的不适。

"没怎……么。"她说，"有点……感冒。"

"多喝点开水，别太累了。"他说。

"你还好吗？"她使劲儿调度自己的身体，努力让自己不去惊慌，想用一句话来缓解说话的语调，一时慌乱，就说出了这一句。

"我很好。"他说，"今天，深加工车间开始工作了，那些金黄的栗子在传送带上滚动的样子好美。"他说完后，还嘿嘿一笑。

"那就好，你也别太累着了。"她说。

"我多么想让你看到这些金黄的栗子。"

"我会看到的。"

"你会回来吗？"

"我……"她又开始紧张起来，半晌才说，"会回来，很快。"

王白璐给她打电话的语音提示在这个时候"嘟嘟嘟"地响起，穿过两人说话的声音，像一声声低沉的警报，好像在提示她：快挂了电话吧！

"你多保重，我接个电话。"她从接听键里找到王白璐闪烁的名字，摁了绿健，接通了。

"你这个冤家，在和谁打电话？周楚阳吗？"

她还是显得很紧张，因为王白璐说出了周楚阳的名字。

"没有。"她说，"与一个合作伙伴。"

"你倒是镇静，我这里快按捺不住了，你再不回来，我可是会霸王硬上弓的。"王白璐边说边笑。

"随你好了，你高兴就行。"她对王白璐说，"你早该这样了。"

"现在恐怕已经失去最佳时机了吧，我可听说你快回来了。"

"你听谁说的？"她扫视了一眼房间，门闭着，窗玻璃上闪烁着城市斑斓的夜色。

"这世界上就没有不透风的墙。"王白璐说，"你早该回来了，他需要你。再说，你就不能早点让我死心吗？"

"是啊，我想我真的应该回来了。"她说，"也许，我应该以最快的速度飞回来，看看你这妖精。"

闲扯了一阵，最后挂断。彭玉素洗漱完毕，将身体放在洁白的床单上，抬眼看着天花板，那由无数细小的颗粒汇聚而成的巨大的空白中，仿佛有几颗星星在闪烁。她记起她和周楚阳二十年前的最后一夜，两人躺在宿舍里狭小的床上，抬头看天花板，轻声说着明天。明天啊，真是有太多的不确定，可是她那时怎么也没想到，一觉醒来，周楚阳留给她的明天竟然是漫长的二十年。

她关了灯，城市的灯光从窗外袭来，把形状各异的影子投射到墙上，模糊，迷离。与二十年前不一样，此时的夜色是多彩的，充满了繁华的韵味，不像当年。当年的夜里，除了两个人借着月光相互对望，人间万物都只是陪衬；当年的夜里，孤独来得猝不及防，有深深的绝望，不像现在。现在的孤独，就只是孤独。

她进入梦乡，梦见自己走进那一坡茂密的板栗林中。金黄的栗子在枝头沉甸甸的苞衣中欲落未落，金黄色的光斑泻在粗壮的树干上，泻在地上厚厚的落叶间。那个用竹竿捅树上板栗的少年，他举着撮箕的时候，短短的衣服下面露出屁股丫巴。板栗落了一地，金黄一片，少年转身看她，她把头低下；少年把栗子装进她的竹篓，她羞涩地看了他一眼。

少年瞬间不见了，没留下名字——不，她在梦中喊了他的名字。顽劣的少年又出现在她的眼前，对她说："你来追我呀。"她放下竹篓，使劲朝他跑过去，却感觉双腿无力，怎么也追不上。她蹲在地上哭，大声地喊他的名字——周楚阳。林间的光斑在移动，从地上移到树上；林间的光斑里有鬼——长着金黄色皮毛的鬼，尖嘴猴腮的鬼，挡在她前面不让她行走的鬼，让所有小兽从树上跳下来，它们和她一起喊周楚阳的名字。

她醒来，泪水把枕头打湿了一大片。她打开床头灯，让自己平静下来，可是梦的影子仿佛还在窗玻璃上晃动。窗外有隐隐约约的车声，夜色渐暗，人间开始打烊。

她给周楚阳发了一条短信：保重！

7

深秋了，板栗基地里的树苗开始披上一层金黄，挂果的板栗树，栗子陆续被采撷，枝头上留下小小的创痕。周楚阳和顾羽走在林间，从摇曳的光斑里经过，商量着如何搞好冬季田间管理事宜。昨天，省农科院的专家姜明祥又带了两个技术人员下来，就苗木的拉枝、修剪、施肥和间伐等方面做了一个初步的研判。姜明祥对周楚阳说："本季苗木生长效果比预想的还要好，除了得益于得天独厚的土壤及气候条件，也得益于护养人员的精心呵护，可以说，几百万株苗木成活率出奇地高，几乎不用补植。目前需要重视的是春季病虫害防治，要提前做好准备。"

听他这么一说，周楚阳觉得一年的辛苦和奔忙终于有了初步收获，心下愉悦，对未来的憧憬也就更加强烈。他问姜明祥："在田间管理上，不知姜老师还有没有什么好的建议。"

"建议就是筹足后续资金。"姜明祥说，"首先，随着苗木的成长，护养成本会逐渐增加，光人员就需要在原来的基础上扩充一倍，工资就是一笔不小的数目；其次是板栗的病虫害防治比较麻烦，在苗木没有挂果之前，要特别小心栗大牙的侵犯，这种虫子生命力比较强，破坏性也相当大，防治难度可想而知，所以要购买上好的农药，要同时用几架直升机。"

资金方面，前些日子得到农行行长廖成举的帮助，已解决了一大半，剩余缺口可通过今年的收益来补上，如果还不够，"云岭"那边也能给些添补。眼下最关键的，是如何在田间管理上实现最优化，光员工招聘、技术培训等工作都会让人伤透脑筋。

"如何进行人员管理的问题，只能让周总自己去考虑了，技术上的事情交给我们来做。"姜明祥说。

一连几天，周楚阳都感觉到自己头脑昏沉，四肢酸痛，眼皮间歇性地跳动。一方面可能是因为工作压力过大，另一方面是连日的奔忙让身体过于负重，出现了一些小问题。周楚阳给朱立冬打电话，说："看来你再不回来充实力量，我可能就要倒下了。"

朱立冬："温州这边的事情还没处理好，要回来也得再过一段时间。"

"一段时间是多长，能否具体点？"周楚阳很焦急。

"一个月吧。"朱立冬说。

"能够快些自然更好。"挂了电话，他又打电话给吴立春："吴总可有更为精准的营销方案？"

"方案倒是有，就是投资太大。"吴立春说。

周楚阳："具体讲讲。"

吴立春："去央视做广告。"

周楚阳："眼下怕是不现实，你给点接地气的意见。"

吴立春："如果地方政府领导可以向上对接，也花不了多少钱。"

周楚阳立即挂了吴立春的电话，转而拨通副县长金鸣的号码，把"向上对接"的想法与他讲了，问他是否可行。金鸣说："可行是可行，但至少也要通过赵云芃书记去想办法。"

"那也需要你给云芃书记吹吹风，我直接去汇报的话，恐怕搞不定。"

"可以可以。"金鸣说，"我马上与县委办对接云芃书记的时间。"

第二天一早，金鸣和周楚阳去县委食堂陪赵云芃吃早点，汇报在央视做南栗广告的事。

赵云芃听了他们的想法，说："我倒把这一茬儿忘了，前些日子省委宣传部的李处长告诉过我，央视精准扶贫专题策划的其中一项内容就是免费给地方产业成果打广告。"

"这太好了。"金鸣说。

"你们抓紧策划，这事不成问题。"赵云芃当即拿出手机，给李处长打电话。那头说："央视农业频道广告部的几个策划和导演正在省里，刚做完一个农产品广告，正准备收拾东西走人，如果南广需要，我促成他们掉转马头。"

"有劳你了。"赵云芃挂了电话，安排金鸣立即着手布置此事，又对周楚阳说："务必结合自身优势，把戏做足。"

周楚阳一面要吴立春立即从温州赶回来，帮助策划广告一事，一面又告诉朱立冬，要他赶紧处理温州的事，说："喝茶品茗之事稍息，以后我给你卖茶还不行吗？"

回到家，周楚阳倒在沙发上，迷迷糊糊就睡着了，醒来后嗓子发痛，满身是汗，心想，现在可不是生病的时候，千万不能倒下，于是不得不去医院看了医生，大夫说要做一个常规检查，如果只是小感冒倒不碍事，要是还有其他方面的症状，可要高度重视。

检查下来，是伤寒。大夫说："可别小瞧这病，要是在前些年，是会死人的。"

"我现在可没有时间生病，能让我快一些恢复的话，还请医生帮帮忙。"周楚阳说。

"这病要真正恢复，至少也要三周，而且第一周之内，你必须天天来医院打点滴。"大夫说。

周楚阳只能听从大夫的建议，每天晚上都去医院里待上两三个小时。看着输液管里缓缓流淌的药液，他内心无比着急。着急也没办法，既然是生病，就应该有生病的样子，就应该努力让自己适应慢下来的节奏。第四天晚上，周楚阳刚从治疗室的椅子上爬起来，突然看见外面过道上有一个熟悉的身影急匆匆地走过，看那身形，他确定是王白璐。

他披着衣服追过去，从后面拍了拍女人的肩膀，果真是王白璐，她脸色倦怠，手里拿着一张化验单。

"什么情况？"周楚阳问。

"没什么。"王白璐声音很小，她拿化验单的手缩往背后。

"认真一点告诉我，你到底怎么样了。"周楚阳伸手抓住她的手。

王白璐一下扑到他的怀里，轻声地抽泣起来，半晌才说："我可能快不行了。"

"不是说已经好得差不多了吗？"周楚阳把她的头捧在双手上。

"本来也觉得没什么大碍，这两个月就没怎么管它，今天下午感觉很不舒服，就来做了化验，刚拿到结果。医生建议我再去一趟靖南医院。"

"你会没事的。"周楚阳说，"明天我和你一同去。"

她挣开周楚阳的手，往前缓慢地移动着步子。周楚阳走在她身后，伸手去抚摩她的肩膀，安慰道："你那么好，上天一定会眷顾你的，坚强些。"

出了医院门，王白璐慢慢站定，转过头来对周楚阳说："你别在这里陪我了，你赶紧去找她吧，我有一种感觉，她已经回来了。"

"不可能的。"周楚阳说。

"什么不可能的？我相信我的直觉。"王白璐说。

"不是这个意思。"周楚阳说，"我的意思是，你现在这个样子，我不可能丢下你不管。"

"真是冤家。"王白璐再次扑在周楚阳怀里，"呜呜呜"哭了起来。

第二天一早，周楚阳和王白璐起身去了靖南医院。飞机起飞之前，他收到彭玉素发来的一条短信：你在南广吗？

他回：我在去靖南医院的路上。

四个小时后，王白璐顺利地进入病理检查。挂号、缴费、排号，周楚阳都悉心地帮助王白璐办理，直到她进入检查室，周楚阳才在走廊的长凳上坐了下来。

你怎么了？彭玉素在短信里问。

周楚阳：我没事，是璐她病了。

彭玉素：我知道她之前去过靖南医院，现在要紧吗？

周楚阳：不知道。

王白璐从检查室里走出来，脸色惨白。周楚阳走过去，小心地把她扶到长凳上，问："什么时候可以知道结果？"

"明天早上吧。"王白璐说。

晚上，他们住在离医院不到一公里的一家酒店。周楚阳去前台开房间的时候，王白璐问他："开两间吗？"

周楚阳没料到王白璐会如此一问，先是一愣，随后笑了起来，说："开两间干吗？一间足够了，良宵不可辜负。"

"油嘴滑舌。"王白璐也勉强地露出了笑容，"别难为你自己，开两间吧。"

"就不。"周楚阳故意逗她。

"你敢！"王白璐收起脸上的笑容。

开了两个相邻的房间，办了手续，上楼。出电梯时，王白璐对周楚阳说："房间开好了，但不许你一个人去住，我要让你陪着我。"

"同床共枕吗？"

"想得美！我要让你坐在床前陪我说话。"

进了房间，王白璐洗漱，周楚阳又拿出手机。彭玉素发来：好好照顾她，我要她在。

周楚阳回：谢谢你。

王白璐从卫生间出来，说："你也去洗洗。"

周楚阳很不好意思，立在那里，好大一会儿，才红着脸说："坐你床前也要洗漱吗？"

王白璐给了他一个狡黠的笑容："好生对一个病人。"

整个晚上，周楚阳一直坐在王白璐床前，对她说些鼓励的话。王白璐偏不听他认真地说话，而是颠三倒四地问他一些他无法回答的问题，她此时的任性，让周楚阳心生怜爱。

"你觉得有没有上帝？"王白璐问。

"有。"周楚阳微笑着说。

"你是上帝吗？"

"嗯。"

"你以为你能拯救我？"

"呃……"他答不上来。

"上帝姓甚名谁？"

"呃……"

"你姓甚名谁？"

"呃……"

第二天去拿了化验结果，医生对他们说："之前化疗的成果巩固得还算好，没你想象的那么糟糕，只是你现在必须积极治疗。"

"那我为什么感觉到无比疼痛？"

"未痊愈之前，总会痛的。"

"医生，猛不丁的痛，应该不是好事吧？"

"你只能尊重检查结果，按时吃药，保持良好的生活习惯。猛不丁的痛，是身体发出的一种警报，提醒你不能掉以轻心。"

"可老家医院的医生说我的病情不容乐观。"

"不能盲目乐观，要在认真对待病情的基础上保持乐观的心态。其实他们建议你到这里来，是不想让你把自己耽误了。"

"我会死吗？"

"你想死吗？"医生六十来岁，相貌慈祥，像妈妈。医生说这话的时候笑容可掬，一只手按在王白璐的肩膀上："别想多了，孩子，我见过比你严重的多了，她们不都好好地活下来了吗？"

王白璐还是一脸凝重。她兀自轻轻摇了摇头，接着问："我有几成活下去的希望？”

医生给了她一个亲昵的笑容，说：“如果我说百分百，那是在骗你，是不尊重科学。我现在要告诉你，你活着的希望只有百分之五十，但只要你努力，五十就会变成一百。”

她还是呆呆地站在那里，好久不说话。周楚阳伸手去捉住她的手，对她说：“别胡思乱想了，咱们听医生的话。”

她站在就诊床的旁边，没有移动身体。慈祥的医生突然换了一张脸孔，厉声对她说：“赶紧去拿药，别妨碍别人看病！年纪轻轻的，一点小病都承受不了，真没出息。”

听医生这么一说，王白璐情绪突然好了起来，察觉出医生之前的话并不是欺骗她。她想，当一个可爱的妈妈把鞭子抽打到你的身上的时候，说明你还有救。

周楚阳赶回南广，央视编导已经同吴立春他们把广告视频做好了，经副县长金鸣发给赵云芃提了建议，正在做后期修改。

视频近 50 秒时长，画面上是满山金黄的板栗树、采摘者强壮的臂膀、颗粒饱满的栗子、厂房里冒着热气的蒸馏系统、优美地滑动的传输带……画面上，各色包装和各种消费的场景是那么和谐，那低沉而又唯美的画外音，更是让人陶醉：

乌蒙山区，崇山峻岭，喀斯特独有的物候。云贵高原的精灵，云端之上的板栗。

一周后，中央电视台精准扶贫广告——“南广”篇在 15 个核心频道连续播出，包括央视 1 到 5 频道、5+ 频道、7 到 15 频道。平均每天的播出频次近 20，播出周期为一个整月。

8

汽车驶进罗卓镇地界。宽敞的公路旁，怒放的格桑花和菊花在微风中摇晃着花枝；水冬瓜树还是那么挺拔，粗壮的树干在午后的阳光中泛着灰白色的斑纹。远山呈卡其色，再远一些，便是一些影子般的形状，像水墨画中的墨点，接近虚无。这就是故乡！二十年来，她只回来过一次。那一次，她是送泪水回来的，她回来的时候，父亲已经离世。她趴在那新垒的坟头上声嘶力竭地号哭，哭得地埂上的茅草都偷偷地背过身去。那一次，她发了毒誓不再回来——就算是故乡又能怎样？谁叫它让自己如此伤心？然而现在，她回来了。

汽车经过庙坎，她看见不远处周楚阳家的房子，两层小楼，青瓦白墙，已不是旧时的模样。汽车开进大房子，快到老家的地方，有两条几乎并排着的岔路，却不知道要走哪一条。她让司机小丛停下来，自己摇下窗玻璃，从道路延伸的方向判断去路。万巾巾说："姐，你确定你是出生在这里的吗？"

她想笑，却因为内心的紧张终究没有放开脸上的皮肉。她说："我确定，但我离开太久了。"

万巾巾哈哈大笑起来，用自己的肩膀挤她的身子，说："这个世界上，到底是什么东西有如此魔力，能让我姐连老家都忘记了呢？"

"是绝望。"彭玉素说，"那些年，我绝望得只剩下一具躯壳。"她说完这句话，见车后走出来一个年轻的姑娘，十七八岁的样子，穿一身牛仔衣，背着一个书包。

"姑娘，你知道之前的彭家老房子怎么走吗？"

小姑娘朝她看了一眼，一脸蒙，好久才出声："你说的是彭家屋基吗？"

听了这话，她居然也像小姑娘一样蒙了好久，然后才断定她们所说的是同一个地方，就说："是啊。"

"往左走，前面200米处拐弯就是。"小姑娘说完，从右面的那条路走了。

居然都被他们称为"屋基"了，唉！她在内心感叹，短短不到二十年时间，老宅已经成为人们心中的遗迹，而对于一个十七八岁的小姑娘来说，可能压根儿就不知道那个地方曾经有一栋房子。屋基就屋基吧，去看看。屋基旁边不远处是父亲的坟，得去凭吊。

到了目的地，她看见之前老宅所在的地方已经成为一块方正的菜畦，上面满当当地生长着小小的菜苗，绿油油的，像崭新的油布。房子连一根梁木也没有了，只地埂上依稀可见破碎的瓦片，它们被人垒进土里，露出一些模糊的边角。旧房屋基旁边，有一排绿色的简易房，墙面上有模糊的"农投公司"字样，看样子至少有一年没人走进去过了，到处都是灰尘和蛛网。是的，这就是老家。她的泪水从眼眶里流下来，被风吹进耳孔。风是温暖的，它掠过发梢，钻进衣领，把所有故乡的气息氤氲得熟悉而又陌生。

"点滴蜜糖，蜜滴砂糖，新官上任，旧官退堂。"这是小时候的儿歌。那时，她和哥哥以及邻居家的孩子们经常在这里打闹，那天真烂漫的童年时光，有多少笑声曾久久回荡在这片野地上！她现在站的地方，之前有一座低矮的畜圈，是她的父亲彭贵武用石头垒起来的。彭玉素每天都会和哥哥来畜圈里把牛马牵出来，把它们赶到背后的山坡上去。山坡上有好多牲口，这个村子里的孩子们，每天都会在那里放牧。枣栗马身材高大，哥哥在前面牵着，彭玉素坐在马背上，手里紧紧地攥着牛绳，牛绳的另一端，黄牯牛慢吞吞地走着——那时，她没有想过，若干年后，这一切都消失不见，留给她的是巨大的陌生和伤感。

彭玉素站在田埂上，半天不说话，任由泪水流淌。万巾巾给她递了几回纸，她把揩过泪水的纸紧紧攥在手里，不肯丢弃。站了足足有二十分钟，她抬起头来，看了看天空，然后往左走了二十米左右，来到父亲的坟前。坟头上长满杂草和细小的灌木，坟身往地底下缩，已经成为一个矮小的土堆，看上去无比荒凉。此时，她再也抑制不住自己的情绪，跪在坟前大放悲声。这一次，她的哭声里没有一个可以表情达意的字，全是哀伤的音节。她的哭声，让草丛中的飞蛾慌乱地飞走，从两百米以外的几所水泥平房里引来了几个系着蓝色围裙的老婆婆，其中一个一眼就认出她来。

“是彭二妹吧？”她走过来，轻轻弯下腰，拉彭玉素的手。

彭玉素抬眼看了看她，没认出是谁。老婆婆说：“我是你侯孃孃，你小时候还吃过我的奶。”

她把头埋进侯孃孃的怀里，“呜呜呜”地抽泣。侯孃孃说：“可怜的姑娘，还以为你再也不回来了！”

另外一个老婆婆在一旁说：“还真是彭家二姑娘，长变了。”

“咦，这鬼姑娘在外面发达成大老板了，你看人家，是开着小车回来的。”最后一个老婆婆像是和自己说话，“之前是和上寨子周家老大好的。”

彭玉素哭了一阵子，又给父亲磕了几个头，终于起身，对老人们说：“这些年，多亏各位长辈用一只眼睛关照家父，我现在给你们磕头了。”随即在她们跟前跪下，惹得侯孃孃也跟着哭起来，边哭边拉她起来，说：“我苦命的儿！”

太阳往西边桦槁林的方向沉下去，山脊上金黄的林子变成灰褐色。这是傍晚了，彭玉素告别几位老人，同万巾巾一起上了车。小丛问：“彭总下一站是往哪里？”

“回城吧！姐姐，你需要休息。”万巾巾说。

之前几天，万巾巾带彭玉素先后考察了第一人民医院、师大附中和县城几家私立学校、幼儿园，去了几个乡镇看了竹笋、天麻、猕猴桃、魔芋等农作物种植。每到一处，她们都没有惊动别人，都只是万巾巾向彭玉素做相关情况介绍。这样的考察方式，差不多是两个女人的旅行。当然，彭玉素选择以这样的方式来重新认识南广，基于两个原因：一是她不想让所谓的考察变成某种规定动作扰乱了判断，从而使自己毫无收获。二是不想太高调引起更多人的注意，让自己在毫无准备的情况下和周楚阳碰面。当然，从内心的感受上来说，后者的因素要多一些，她现在的确毫无准备。三天前，当她从周楚阳的短信里得知他陪同王白璐去靖南医院看病的消息时，心里痛了好一阵子，甚至躲在被窝里哭泣。不错，她开始担心周楚阳在王白璐最艰难的日子里以身相救，从而让他们的命运再一次出现反转。她担心王白璐的身体，更担心周楚阳被另一个和自己有着千丝万缕联系的女人用真情驯服。那个晚上，她和万巾巾住在德隆乡小堰村的一个彝族旅馆里，旅馆所在地离当年她和周楚阳看露天电影的地方不远，夜晚从窗口望出去，河对面贵州和四川的两个山头上，毗邻人间的灯火在摇曳着往事中无比陈旧的部分。她在那个时候想到蒋达蜀，那个替周楚阳寻找她的矮小的四川人，他曾在对岸的时光中陪伴着他们成长——不，他们是相互陪伴，却不曾相识，直到多年以后，才因宿命的设定而彼此遇见。

她想到的很多，比如桦槁林里的少年，比如十九岁时的抢田水事件，比如那个月光皎洁的夜晚……她想到半生命运，想到这些年来的辛酸和苦楚，内心像奔跑着一列火车。

"姐，你可认识一个从浙江回南广种板栗的罗卓人？他叫周楚阳？"汽车经过麦车的时候，万巾巾问彭玉素。

"认识。"彭玉素说，"听说他现在挺艰难的。"

"没有，他可厉害了，赵书记赏识他，金鸣副县长和他关系要好，时时处处都在帮他。"万巾巾说。

"这一点我可就没有你清楚了。"彭玉素说，"我只是听说，那几百万株板栗，他砸进去好多钱。"

万巾巾说："他倒是碰到过几桩小事，不过都不值一提。"

彭玉素把话岔开，问万巾巾："你对南广的这几所私立学校有什么看法？"

万巾巾说："我要是说出我的观点，你可能不会认同。"

"没事，我相信你的判断，你这招商局局长肯定独具眼光。"

"目前南广的所有私立学校都处于靠山吃山的状态，谈不上教育竞争力，更别说自身有多强的免疫力了，他们大多是在利用资源，说得不好听一点，叫捡漏儿。"

"多稀奇！"彭玉素一笑。

"姐，你可别不相信，你是知道的，南广城区的公办学校特别是初级中学，其实根本无法满足每年从乡下拥入县城的孩子就学。这些年，老百姓的条件慢慢变好了，特别是很多外出务工的人，在外见了世面，从内心开始重视起子女的教育，孩子一上初中，就都把他们往城里塞，如果没有这些顺应形势出现的私立学校，他们塞往哪里？"万巾巾说完，问彭玉素，"你想做教育？"

"这是我的专长，不过我做的是成教和幼教，基础教育我从来没有碰过。"彭玉素说，"如果条件允许，不排除有这样的打算。"

万巾巾说："姐姐做教育一定能行，我希望南广有一个真正能出成绩的私立学校，能够有朝一日和师大附中媲美。"

彭玉素说："如果要做教育，肯定要抓品牌。说实话，我现在还没有底气。"

回到南广酒店，彭玉素晚饭也没吃，倒在床上就开始蒙头大睡。睡到半夜醒来，她拿出手机一看，周楚阳给自己发过一条短信：我有一种预感，你回来了。

她立即让手机黑屏。此时的感觉，就像手机泄露了什么秘密似的，额头上青筋跳动。这是预感吗？如果是，那就什么也不用说了，证明两个人的内心还有感应。对了，会不会是今天下午回老家的事被那几个老婆婆说出去了，然后有人告诉了他？这种可能性当然很大，只不过她还是不愿意相信是这种情况，因为她知道，如果是这样，周楚阳绝不会只是发来一条短信，或者说，就算他选择发短信的方式，也不会说出"预感"两个字。

她没有回信息。第二天清晨，她去餐厅吃完早餐，回到宿舍再看手机的时候，周楚阳又发来一条短信：告诉我，你是不是回来了？

我回来了！她说。

9

周楚阳让吴立春在回温州之前帮他策划一个南栗产品发布会。按他的意思，既然是发布会，就应该在线上和线下同步进行，尽可能把声势营造出来。吴立春说：

"如果时间允许，发布会可以分几个会场召开，比如，在南广县城搞一个，在浙江温州搞一个，在福建泉州搞一个。"

周楚阳明白吴立春的意思，他是想以这几个地方为突破口，慢慢撕开市场的口子。"南广是大本营，属于主会场，发布会自然要搞得严肃、庄重一些，如果县几家班子领导能够出席活动，效果会更好。"

周楚阳说："这个没多大问题。我敢保证，在时间不冲突的情况下，金鸣副县长应该会参加。"

"要是赵云芃书记能来，反响会更好，我可知道他的号召力和影响力非同一般，光在上海的一个南广籍企业家座谈会上，就拿了数千万的'乡愁订单'回来。"吴立春说。

周楚阳立即打电话给金鸣，把吴立春的想法与他讲了。金鸣说："恰好明天一整天我都陪同云芃书记调研，我会抓住机会向他汇报此事，你尽管做好一应准备，如果他答应了，咱们再与县委办对接。"

挂了电话，周楚阳问吴立春："按你的想法，温州和泉州的发布会应该怎么搞？"

"温州由朱立冬负责，就按照喝茶品茗的那一套进行，先在老乡中间预热，再进一步扩大声势。这方面他有的是经验，你交给他办就是了。至于泉州，你可以派顾羽去协助你的本家周春捷，主打各种卖场和会所。"

当天晚上，两人连夜赶制了一个方案，就产品发布会的指导思想、目标任务和活动议程等事项做了明确指导。文件发给金鸣的秘书小伍的同时，也给朱立冬、周春捷每人传了一份。

第二天早上，周楚阳正和大火地村的王雅及几位村干部在村委会研究如何将一部分青壮年劳动力召回作为基地田间管理人员的事，金鸣的电话打过来了。"按照云芃书记的指示，发布会尽可能搞得热闹一些，最好是把南广电商产业园的所有商家都请过来，让他们都来经销南栗。"

"书记大人能否参加？"周楚阳问。

"当然啦！"金鸣说，"为了让你不至于太狼狈，答应亲自代言南栗。"

"县长阁下务必替我向书记千恩万谢，我这颗狗头能够得以保住，必定竭尽全力让一坡苗木继续向阳开放。"周楚阳说。

"看来不必秋后问斩了。"金鸣在电话里笑，"你小子真有福气。"

转天，秋阳如盆，暖风习习。"南栗产品发布会"在县城南部新区的古邦盛景广场如期举行，来自南广各地的商家和县金融界、媒体界的朋友悉数坐在广场樱花大道的两侧，南栗人身着新定制的墨绿色礼服，把全新包装的南栗产品摆放到每个人面前的桌上，请他们品尝。发布会由金鸣主持，会上，周楚阳代表南栗公司介绍产品品质和营销模式，县委书记赵云芃就关心南栗成长、大力发展高原特色农业发表了讲话。

赵云芃说："一个地方在经济活动方面的声响，是靠具有本土文化特色的产品去赢得的。南栗是南广高原特色农业的先行者，是我们向外界推广南广味道的一张名片。南栗的发展壮大，是全县人民践行产业结构优化升级的一次成功的尝试。今天，我们在这里举行南栗产品发布会，是想让这个世界上更多的人都有机会品尝到南栗，让更多的消费者爱上南栗，让更多怀揣乡愁的游子倾情南栗；是想通过更多致力于推广健康饮食、休闲饮食的有识之士把南广的自然风物、人文风情到这个世界上去，有效地占领市场、拓展市场、巩固市场，打造真正属于南广老百姓的特色产业，进一步提升南广的知名度，培育南广良好的营商环境，让每一个人都能够拥有更多的创业和就业机会，为全县扎实有效推进脱贫攻坚进程、和全国一道同步建成小康奠定坚实的基础。"

赵云芃讲到情深处，从工作人员的手里拿起一袋栗子，撕开包装袋，剥去人工苞衣，将一粒硕大的栗子放进口中，"嘎嘣——"，一声脆响通过手中的麦放大到音响系统里，让在座的人味觉得到充分的调动，纷纷将面前的纸袋打开，品尝起来。赵云芃吞下一粒栗子，继续讲道："我们每个人都是一座味觉工厂，如果我们的味蕾能在某种食物上达成共识，就说明这种食物是人间美味，是值得我们去做文章的。大家刚才已经品尝了南栗，想必已经被它的味道所征服，希望大家能够积极主动地为南栗代言，为南栗喝彩，为南栗寻找出路。今天来到活动现场的各位嘉宾，你们或多或少有一定的人际关系，有一定的营销圈子，没必要抱着置身事外或者看热闹的心态，你们都可以去卖栗子，都可以把它当成一个产业去做大做强。相信有那么一天，南栗成功了，南广的高原特色农业真正在乌蒙山片区开发的进程中迈出坚实的一步，成为我们的支柱产业、阳光产业、富民产业，成为我们南广人引以为傲的一个符号，成为支撑起南广经济社会发展的一个重要组成部分，那时候，南广就不再是一个贫困大县，不再是一个被世界边缘化的地方，不再是一座让人望而却步的城堡；那时候，我们可以对这个世界宣布，南广发展起来了，好起来了，南广既是我们的初心出发的地方，也是我们诗意地安居的地方。"

会场上响起了热烈的掌声，很多人在下面轻声交流，相互畅想美好的愿景。在本次产品发布会上，周楚阳代表南栗公司和经销商签订了经销合同，亲自将印有绿色产品认证标识和南栗 logo 的经销证书颁发给他们。他们表示，一定要将栗子卖到世界的每一个角落去，不辱"云端之上的好板栗"的美丽生态神话。

　　当天，省内各电视台、报纸、自媒体均以不同的方式报道了南栗产品发布会，各地商家纷纷把眼光投向南栗，南广电商产业园的经营者们更是在自己的销售页面上挂上了南栗产品，一时间，前期生产的产品被订购一空。

　　南广主会场产品发布会结束后，吴立春又带着活动策划方案回到温州，与朱立冬等人掀起了南栗营销的热潮。温州的产品发布会，同样在"后院"酒店的书吧里举行，同样邀请之前参加了"我在麦车有棵树"联谊活动的老乡们参加，同样是南广本土主持人于小芝亲临串讲。经过栗子品尝、品质分享、文艺表演等环节后，朱立冬代表周楚阳与在温州的南广籍经销商签订经销合同，颁发证书。活动气氛热烈，效果良好，很多微信公众号都在大力宣传此事，第二批产品预购在两天之内全部完成。同一天，周春捷和顾羽也在福建泉州的一个大商场举行了南栗产品推介会，与各大卖场和娱乐场所签订了协议，拿到了一些订单。受周楚阳的委托，周春捷除了在泉州搞发布活动，还要与国内各航空公司和省会城市的机场取得联系，将南栗产品铺入班机和机场超市，此类固定消费序列市场的产品由他代理。

　　周楚阳这边，忙完了产品发布，把更多的时间放在产品深加工上。种植基地生产的栗子早已进入市场，眼下最要紧的事情，是要将顾羽从周边收购的栗子做好品质分类，实行分等级加工。顾羽从泉州飞回来后，迅速进入各个有种植板栗的乡镇和村寨，每天都会有四桥车将栗子运进生产车间，按他的话说，是"将所有板栗一网打尽"。

　　往年，一到秋天，南广的大街小巷就会有各种商贩把成车的栗子批发给那些瞅着节令卖山货的人，让他们给这座城市里容易味觉冲动的人们带去大自然温暖的问候。南广的背街小巷，常有背着背篓、拎着提篮、推着板车、往往有一副山里人面孔的小贩，他们的板栗颗粒饱满，个头儿均匀，有金黄的颜色，散发着诱人的清香。秋天里，买栗子的人，用一个口袋把它们提了回家，用水煮，用铁锅炒，享用的时候，都有着无比专注和惬意的表情。南广的背街小巷，常有专门加工栗子的小作坊。说是作坊，其实就是一些流动锅灶，他们的大铁锅安放在一个铁炉上，里面装满被烧得滚烫的河砂。客户拿了栗子过来，说好加工费，将栗子按量倒进锅里，摊主抄起一个把手很长的铲子，在锅里搅动河砂，几分钟后，栗子开始在河砂中发出噼噼啪啪爆裂的声音，一股清香四散开来，让人忍不住伸手揪一粒放进嘴里。南广的背街小巷，常有穿制服佩戴袖章的城管追赶着那些贩卖和加工栗子的流动摊点，把他们撵到这座城市里最不容易被人发现的角落，那些容易味觉冲动的人，往往会循着板栗的味道找到他们……今年不同，批发板栗的商贩开着车子往各个村里走了一圈，放着空车回家，没有从农户手里买到板栗，自然就不能为那些背着背篓、拎着提篮、推着板车的人提供板栗，南广的背街小巷，一时变得冷清起来。

有人在私家微信号上发帖子，称南栗公司恶意高价收购板栗，用蒸笼蒸了牟取暴利；有人跑到南栗公司，想要批发散装栗子拿到街上叫卖；有人跑到市场监管和食品卫生监管部门反映南栗产品质量有问题……更有甚者，开一辆大货车堵在工业园区南栗深加工车间门口，想截一部分生栗子卖到市场上去——堵门者不是别人，正是之前煽动南广驿站造谣生事诋毁周楚阳、人称"钱老五"的钱伟东，他在麦车有一个养殖场，之前因为"商量"用地一事与顾羽他们闹得很不愉快，后来通过他的哥哥——南广劳动就业局副局长钱崇东多次对周楚阳发难，让南栗很不清净。

"我想会会你们周总。"钱伟东对开车的师傅说。

"我不认识周总，我只是他们请来搞运输的司机。"

"不认识你也可以想办法让他出来，否则你就进不了门。"

"我试试。"

周楚阳从厂里出来，一眼就认出了钱伟东，问："你想干什么？"

钱伟东说："我想干什么你看不出来吗？"

周楚阳说："当初令兄因对你缺少劝诫，让你做了错事，他自己也因此被免了官职。就这事，常常让我感觉到内心羞愧，如今你这一闹，保不定我会更加羞愧。"

"少给我讲文言文！"钱伟东怒气冲冲地说，"以前我哥大小是个领导，让我这个当兄弟的做事都放不开手脚。现在呢，我还怕谁？难不成你还能把他开除？"

"你这么想，你哥哥呢？"周楚阳和颜悦色。

"我管他怎么想！"钱伟东情绪激动，"我时时处处替他想，还活不活了？"

周楚阳说："我如果现在报警，估计不会出什么大事；但我要是让你拿走栗子，你哥哥会不会被开除可说不定。不过，我们应该还有第三条路可走，就是坐下来好好商量，比如，你以一个南栗经销商的角色从厂里拉走一车产品，按我们的市场价去销售，一定是美事一桩。"

"你想报警你就报，我不管。我要的是生栗子，价格按去年的给你。我不白拿，所以犯不了法。"钱伟东说话的时候，看也不看周楚阳。

"那就没的商量了。"周楚阳转身走开，边走边给派出所的刘所长打电话。

钱伟东见周楚阳真的报警，立即爬进车里，发动引擎后，从窗户里探出头来，悻悻地说："你等着！"

钱伟东刚走，又来了一拨人，同样把车停在大门口，嚷着要与周楚阳"谈判"。周楚阳没理，而是让保安放话："你们如果要胡来，就是钱老五的下场。"人们见他态度坚决，深知买生栗子无望，只好告饶式地转变态度，要南栗公司给他们降价批发产品，意愿传达到周楚阳的耳朵里，又被他拒绝。保安对他们说："我看你们还是走吧，要买栗子，可以找其他经销商。"

"你说个屁。"其中一人说，"我难道还不知道可以找经销商！天底下的好事都被你们摊上了，到底还要不要人活？"

一连几天，周楚阳接到很多电话，有的认真央求"下放"点生栗子，有的变相威胁说："你那一坡栗子还不够你包装吗？你这样做，是不是一点也不担心基地里的那些苗木一辈子也挂不了果？"

周楚阳干脆什么人也不理，果断地挂了他们的电话。顾羽那边，装满栗子的卡车常常被一些无名车辆堵在路上，几次让交警顺路开道。没办法，周楚阳只得又将此事报告给金鸣，金鸣又与副县长、公安局局长万海庆打电话，让他必要时"浪费"一些警力，瞄准动向震慑震慑。

晚上，周楚阳拖着疲惫的身子回到家中，撑着洗漱完毕后，接到王白璐的电话："你一忙，是不是就把人家忘了？"

"怎么会？"周楚阳说，"你现在怎样？"

王白璐说："本小姐有周老板亲自护送就医，哪有不神速恢复的道理？我好得很。"

周楚阳说："这样就好，忙过这一段，我好好陪你晒太阳去。"

"美得你！"王白璐说，"你以为你陪我坐个飞机，就能斩获本小姐的芳心？你还是找你的大树去吧。"

此话突然让周楚阳彻底醒悟过来，他觉得他必须马上给彭玉素一个问候，因为他似乎感应到了她的气息。他的直觉告诉他，彭玉素离他很近。

"你怎么不说话？"王白璐觉察出周楚阳在沉思，问，"是不是想告诉我什么？"

"是的。"周楚阳说，"我感觉到她回来了。"

"这么奇怪！我也是。"王白璐说。

挂了电话，他立即给彭玉素发了一条信息：我有一种预感，你回来了。

彭玉素没有回。他耐着性子等到半夜，正要睡去，二弟周全突然来了电话，说："哥，我告诉你一件事情。"

"什么事？"他问。

周全说："有人看见彭二妹回来了。"

"真的？"周楚阳"噌"地从床上坐起来，他的声音变得沙哑，拿电话的那只手突然发抖，手机差点儿摔落到地上去。

"谁看见的？"他继续问。

"大房子的侯孃孃、杨顺的老妈和沈二舅母几个老太太，她还伏在侯孃孃的怀里哭了一阵。"周全说。

"怪不得我眼皮直跳。"周楚阳说，"是侯孃孃亲自告诉你的？"

"不是，是杨顺说的，他老妈一回到家就宣传了这个新闻。"

"一边去！"周楚阳责骂弟弟，"别把这事叫新闻，听着我难受。"

10

"我没有想过你现在愿不愿意见我，不过，当我知道你回来的消息时，我感觉到我的生命才刚刚开始。"周楚阳突然不敢给彭玉素打电话，就又发了这条短信。

彭玉素：别那么矜持。

彭玉素的回信超乎他的想象，他本以为她也会很矜持。这句话的意思似乎很难拿捏，她是要告诉他没必要这样小心翼翼呢，还是暗示他主动给她电话？不管那么多了，此时周楚阳提醒自己，务必立即给她打电话。

"喂！"那头声音很小。

"你在哪里？"他问。

"你在哪里？"她反问。

两人几乎是同一时间回答了对方。周楚阳说"在家里"，彭玉素说的是"在南广"。

"我们能见面吗？"他问。

彭玉素迟疑了一下，说："能，不过不是现在。"

"我愿意等。"

"我还没有想好，不过应该会很快。"

"你想好了就告诉我。"

挂了电话，周楚阳内心既紧张又兴奋，想与所有人分享彭玉素回到南广的消息，以至于难以控制自己的喜悦，匆忙地从手机通话记录里找一个名字，恰好这个名字是顾羽。他拨通电话，对顾羽说："我想告诉你一个好消息！"

"什么好消息？"顾羽问。

他顿了好久，顾羽在那头说："喂，喂，喂……信号不好吗？"

"听得见。"他说。

"什么好消息？"顾羽又问。

"那个人回来了。"他小心翼翼。

"我知道了。"顾羽说。

"什么？你知道她是谁？"他不敢相信自己的耳朵，转念一想，莫非顾羽说的不是她，而是另有其人？

"谁不知道你心里的那个她！"顾羽在那头笑。

"天哪！"他完全蒙了。顾羽知道他和彭玉素的关系不足为怪，奇怪的是他怎么知道她回来了。这小子真是神通广大，他为什么不告诉自己？

"你为什么不告诉我？"他问。

"没搞错吧？她回来的事为什么要由我来告诉你？难道你不是最先知道的？"

"我不知道啊，真的！"

"那就是你的不对了，南广那么多人都知道，偏偏你不知道！"

又是一震。没想到彭玉素回来的消息已经在南广不胫而走，她的回来已经成为一条过时的新闻。这让他使劲地责怪自己，恨自己不关心时事，恨自己因为太忙而没有关注她的行踪。他想到，彭玉素回来的这件事，除了与自己有关，还与其他人有关，那么，这个人又是谁呢？

他给王白璐打电话，问："她回来了，你知不知道？"

"什么？"王白璐表现出来的惊奇和他一模一样。

"她回来了。"周楚阳说，"除了我和你，很多人都知道。"

"嗯……"王白璐声音拖得老长，"去找她吧。"

"你呢？"他问。

"我肯定是要见她的，但不是现在。"王白璐的口气与彭玉素一样。

等了好久，等得太阳都下山，城市灯火次第亮了起来，彭玉素还是没有给他打电话。他按捺不住，又给彭玉素打："你可得理解我，我无时无刻不想见到你，请告诉我，我们见面的日子可不可以提前？"

那头又开始迟疑，半晌才说："明天是礼拜日吗？"

"明天是星期天。"他说。

"就明天吧。"彭玉素说，"我们从礼拜日开始认识吧，这是一个充满空白的日子。"

"好的，明天见！"他说。

一夜无眠。好不容易天亮了，正准备起床，却又接到厂里打来的电话，说车间门口躺着一个男人，好像快不行了，周楚阳问："可认得此人是谁？"保安说："不认识，已经通知所有员工过来了，如果是厂里的人，很快就会被人认出。"周楚阳说："来不及了，必须马上送医院。"保安说："我们又不能确认他是谁，为什么要送医院？"周楚阳说："救人要紧。"

从工业园区管委会调了一辆车，将男子送往南广县第一人民医院，人们将他从车里抬下来时，周楚阳一眼就认出他——曾经在别人的怂恿下砍伐基地板栗苗木的陈疤三。

"他怎么会躺在车间门口？"周楚阳问保安。

"我不知道。"保安说，"他是一个醉汉。"

"你们不是一直都在严防死守吗？他一个醉汉，是怎样从你们的眼皮底下溜进去的？"

"这……"保安说，"昨晚我和小涂富值班，在关大门以前，从未发现有可疑人物来到附近。"

"这就怪了。"周楚阳边说，边同医院护工把陈疤三推进急救室。几个医生围着病人折腾了好大半天，还是不见一丝动静。一个医生说："酒喝得太多了，一时半刻醒不过来，生命危险倒是没有。"医生又转头对周楚阳说："你们这些当家属的，不能如此放纵自己的亲人这样去喝酒，在地上冻了一夜，不死真是命大。"

周楚阳对着医生苦笑，说："我哪有这样的亲人？人家是大名鼎鼎的陈疤三，喝完酒没事就砍树玩儿，玩够了就顺便去拘留所待一阵子。"

"这种人管他干啥呢？让他喝死得了。"其中一个年轻的女护士说。

"好歹也是一条人命。"周楚阳道，"再说，他现在死不得，死了我就说不清了。"

还没等陈疤三醒过来，周楚阳就接到李峡打来的电话，说手机上到处是南栗加工厂死了人的消息，很多充满正义感的群众嚷嚷着要给一个公道。

"果然是一个圈套。"周楚阳告诉李峡不要慌，让他抓紧和"微南广"的记者打电话，请他们好好写一个澄清事实的帖子，一是说明没有死人，二是指明有人栽赃陷害。

"可是我们不知道是谁干的，如果现在就这样写，恐怕证据不够充分。"李峡说。

"待他们写好后，证据不就出来了吗？"周楚阳说。

周楚阳一面给医院的胡院长打电话，请他无论如何也要想办法尽快把陈疤三弄醒，一面联系派出所刘所长，请他带人过来做好采集证据的准备。

还没等医生过来，陈疤三自己就醒了，他先是双腿动了动，然后把双手举到空中，接着，张开口打了一个呵欠，将舌头伸出来舔了添嘴唇后，慢慢睁开眼睛。

"你认识我吧？"周楚阳问。

"不认识。"陈疤三说。

"一会儿警察来了你就认识了。"周楚阳说，"是谁带你进到厂里去的？"

"我要尿尿。"陈疤三又打了一个呵欠。

"憋着。"一个护士拿着体温计等器械过来。

陈疤三闭上眼睛不说话，几秒钟后，周楚阳看见他的裤裆里冒起了热气，床单瞬间被尿液浸透了一大片。

"你还真的是懒到家了，居然把尿尿在床上。"周楚阳说。

护士看了看陈疤三，捂住鼻子对周楚阳说："这位先生，你怎么收留这种下三烂？是想给自己添麻烦吧？"

"早就麻烦一大堆了。"周楚阳笑，"有劳护士小姐了，遇上他我也是没办法。"

正说着，刘所长和几个警察赶到，见周楚阳站在那里一副哭笑不得的样子，刘所长"哈哈哈"笑了起来，说："周总好福气，亲自见证了一个酒鬼在一棵树上吊死两次。"

"让刘所长见笑了，我只能和这样的人物打交道，还隔三岔五劳烦你。"周楚阳与他握手。

"应该的应该的，小事一桩。"刘所长与周楚阳握完手，从腰间取下一副手铐，对病床上的陈疤三说，"这次想在拘留所里待几天？你知道的，那里面可没有酒哦。"

"不是说只要什么也不干，就不会进去吗？"陈疤三用右手揉着自己的左眼睛。

"谁对你说的？"刘所长问他。

陈疤三不说话，又揉了揉自己的右眼。

刘所长："我看你又上当了，你知不知道他是在害你？"

陈疤三："他不会。"

刘所长："你先告诉我他是谁，我再告诉你他会不会。"

陈疤二还是不说话。

一个年轻警察对刘所长说："直接把他带进去算了，省得费口舌，反正拘留所里的茅坑满了，正需要有人去掏。"

陈疤三一听要被铐去掏大粪，当即就说："我招。"

刘所长说："不准说假话，否则让你天天掏大粪。"

陈疤三说："是钱老五让我穿着工人的衣服混进去的。"

刘所长问："什么时候？"

陈疤三说："昨天下午。我进去的时候，这位大哥还对我笑。"他说完指了指站在周楚阳旁边的工业园区的保安。

"你这狗日的真不是东西！"那保安一听陈疤三这么说，过去往他脸上就是一拳。

两个警察把保安拦住，说："都怪你眼力不好，现在才想起打人。"

周楚阳对保安说："以后一定要多用脑子，工作时间，员工是不得出入的，就算是穿着工装的人，也要拦住细细盘问。"

"怪我糊涂。"保安说，"昨天下午有一段时间小涂富送药回家，我一个人守在那里，一时大意了。我现在记起来了，这狗日的进去的时候，手里还拎着一个纸箱。"

刘所长接着问陈疤三："钱老五为什么要让你混进厂里去？"

"是我要去的。"陈疤三说，"昨天下午我看见他开着车从家里出来，就问他要去哪里。他说去栗子厂买板栗，问我要不要去，如果要去的话，捎我一同去，买一箱栗子送我。"

"他给你买栗子了吗？"刘所长问。

"没有。"陈疤三说，"到了半路，他问我愿不愿意进去玩玩，如果我愿意，他给我两瓶酒，并告诉我厂子晚上不锁门，里面的栗子可以随便吃，只要我不搞破坏，就不会有人过问。"

"你就相信了？"刘所长问。

"我是进去之后才不相信的。"陈疤三说，"白天我躲在墙背后，晚上听见有人锁门的声音，就知道钱老五这个杂种骗了我，我又冷又饿，只好把他给我的两瓶酒喝了。"

"要不说你就是一个傻子呢？"刘所长说，"你有没有想过进去了就出不来？"

"他答应我说等员工们都睡下了就来大门外接我，他说他和保安大哥认识。"陈疤三说。

警察把陈疤三带走后，劳保局的钱崇东又给周楚阳打电话："周总打算把这件事追究到底吗？"

"钱局长有何吩咐？"周楚阳呼钱崇东之前的职务。

"托周大老板的福，我已经成功落幕了，现在是你的天下。"钱崇东很气愤。

"那……你是打算让我替他说情？"周楚阳问。

钱崇东："不敢奢望，只是提醒一下你，要是把我兄弟俩往悬崖上赶，你自己先找好退路。"

周楚阳："钱局长——不，是钱兄都摆了哪些阵势，不妨先透露透露。"

钱崇东"唰"地挂了电话，周楚阳愣在那里。几分钟后，他还是拨通了副县长金鸣的电话，将此事做了汇报。金鸣说："这个钱崇东，真是无法无天了，组织上给他一个机会，让他享受待遇以观后效，他倒好，在太岁头上动起了土，看来要麻烦纪委的同志走一趟了。"

处理完这件事，已是下午两点。周楚阳迫不及待地给彭玉素打电话，想践行两人之间的约定，不巧的是，彭玉素关机了。

他找来招商局局长万巾巾的号码，拨通后，客气地打招呼："万局长好。"

那边却直呼"周总"，说："想不到南广新闻频道的风云人物这时候会亲自给我打电话。"

原来万巾巾存了他的号码，只不过没给他打过。周楚阳问："还在陪客人？"

"考察已结束，客人一早回广东了。"万巾巾说。

第九章　我们的小满

1

彭玉素拖着行李箱从南广酒店出来，上了招商局司机小丛的车。这时，她想给周楚阳打个电话，拿出手机，刚拨了号，又掐断。她实在找不到一个可以让周楚阳接受她匆忙离开的理由，所以在她取消拨号之后，就想给他发一条短信。怎么写？告诉他自己有急事，还是直截了当表示自己当前还没有准备好？她是一个字也写不出来。彭玉素选择匆忙离开，让一次爽约变得毫不果断，连她自己也不相信这是她的风格。然而，她实在是因为不知道怎样计划与周楚阳的第一次见面，才匆匆做出如此决定。"这就是逃避。"她对自己说，"原来，所有的逃避都是没有理由的。"

汽车开进飞雄机场，彭玉素走进大厅，正欲取票，却发现自己突然丧失了勇气。回头看看门外，天色阴沉，小丛在玻璃外面向自己挥手告别，准备驾车返回。她向小丛招了招手，示意他进来。小丛三步并作两步奔到彭玉素身边，问："彭姐还有什么事需要办？"

彭玉素看看手表，此时离飞机起飞还有两个多小时。她对小丛说："再陪姐姐说说话好吗？我突然感到莫名的孤独。"

小丛挠了挠头发，笑着说："孤独都是莫名的。"于是接过彭玉素手里的箱子，带她往外面走，边走边说，"咱们出去逛逛吧，待在这里面没意思。"

两人刚出大厅，见一空乘模样的姑娘笑着往这边走来，到跟前，对彭玉素说："请问是彭玉素小姐吗？"

"你怎么认识我？"彭玉素感到诧异。

姑娘说："我是机场的工作人员，接到领导电话，让我在机场寻你。刚才看见你从这位先生的车上下来，去大厅里取登机牌，我就猜想，既然领导说你是从南广过来，想必就是你了。"

"找我干什么？"彭玉素问。

"领导让我给你传个话。"姑娘答。

"什么话？我好像也不认识你们的领导。"彭玉素不解。

姑娘向彭玉素报以一个羞涩的笑容，对她说："真不好意思，领导让我征求您的意见：能否改在下一班起飞？"

"为什么？"彭玉素一脸茫然，她暗自思忖，是不是航班出了什么问题？

"领导说，方便的话，请这位小姐把手机打开。"姑娘一直双手交叉放在前面，显得彬彬有礼。

彭玉素想，是自己不小心涉嫌什么犯罪活动了吗？越是这样有礼貌的请求，越是表明事情不简单。她打开手机，先看了姑娘一眼。

"领导说，如果这位小姐能腾出两分钟时间，请看看手机里的短信。"姑娘说完，向彭玉素鞠了一躬，转身走了，边走边说，"谢谢您。"

手机里有五条短信，全是周楚阳发来的。第一条是这样几个字："你在哪里？"第二条是"你怎么了"，最后一条，是这么一段话：

你还是走了，让我们的见面再次变成期待。我知道，期待总是无限美好的，它让人充满希望地活着，可我还是不想失去这次抓住你的机会，所以我请机场工作人员帮我拦住你。亲爱的你，此时我正飞快地向你奔来，请在你的身后给我留一个位置，让我在你转身的一刹那，一眼就认出你来。

她读完，猛地转身往身后看，没人。她又把视线移到更远的地方，一辆白色的轿车过了栏杆，朝机场出发口驶过来了。车子在离她不到10米远的地方停住，从里面走出一个中年男子，上身穿一件红蓝相间的格子衬衫，扎进深蓝色的西裤里，裤腿下，一双锃亮的皮鞋在地面上有节奏地朝她这边移动。男子有一头茂密的头发，二八分开，蓬松的发梢下，额头平整，一双炯炯有神的眼睛，正四处搜寻。

"是他吗？"彭玉素停住脚步，用手拽了拽小丛的衣角，示意他不要再往前走。

男子阔步走到她面前，缓缓停下脚步，眉头轻锁，双眼露出忧郁而又温和的光芒。这双深邃的眼，是上帝安放在人间的探头，只为有朝一日能重拾往昔。是他！整整二十年了，那修长的身形还是没变，只不过线条更加饱满，行走更加稳健。彭玉素站在他面前，慌乱的眼神开始躲闪起来，心底有小鹿惊惶乱撞。

此时，两人距离不过三米远，他们之间的空气却似乎突然凝滞。她把头埋下，又抬起；对面的男人右手斜插进裤兜，又拿出来。

"是你。"她的声音听起来无比孱弱，整个人仿佛犹在病中。

"是我。"他向前跨了一步，彭玉素往后退了一步。

他把左手伸到眉前，做一个按住的手势，随即退回之前的地方。彭玉素也下意识地往前走了一步，站回原地。

"我想……"周楚阳没往下说，他看见彭玉素嘴唇欲启未启，好像在示意他什么也不用说。他迈开步子，往前走了两步，这一次彭玉素没往后退。

深秋里，有一丝丝寒意袭来额头，彭玉素不由得打了个冷战，感觉浑身不适。她开口，却只吐出来一个字："你……"随即低下头来，她瀑布般的头发顺势从后背泻过双肩。

"如果这样，我们现在还是陌生人，我们的认识应该从什么地方开始呢？"她说这话的时候，头抬起过一次，但旋即又低下了。

"如果你愿意，让我们先回到南广，从空白处开始认识。"周楚阳说。

二十年来的很多往事像电影镜头般从彭玉素脑海里浮过。从他消失的那一天开始，她一个人经历了太多。从昆明到南京，在生死间彷徨，后来到了安徽，再到广东，饱受世间苦楚，饮尽人世凄凉。再后来，她在无数风雨的洗礼中完成了自身的蜕变，一个人变成了一片人海，那些孤独、那些伤痛和挣扎，在她对一个人的仇恨中渐渐隐在身后。直到若干年过后的今天，他们经历了在同一座城市的短暂僵持之后，在这个小小的机场相遇，内心的波澜难以平复。

"好吧。"她说，"如果可以，让我们先回到彼此内心的故乡。"她说完，拉了身旁小丛的手，转身，迈开步子走了。

她上了小丛的车，而周楚阳重新回到自己的坐骑里。

太阳悬挂在金黄的山脊上。临近黄昏，太阳红红的身子仿佛有些留念最后的奔突，不愿意落下去。汽车沿着广毕高速行驶，周楚阳内心无比激动。他让李峡紧跟小丛的车，告诉他不要走到他们前面去，保持适当的距离。他心里，千万次设想过的重逢场景，居然和刚才一点也不一样。现在，他不得不去回味这仓促而又充满悬念的短暂的交接。这是她吗？少年时代的姑娘，那充满稚气而清秀的脸庞、俊俏而矜持的身段、乌黑茂密的长发，而今统统在岁月的浸染中升级成一种高贵和典雅，不得不说所有的风霜对她来说都变成一种供给和馈赠。是的，就是她，桦槁林中怯怯的女孩，初中时一直坐在自己身旁的同桌，县城三年求学时光里始终和自己相偎相依的伴侣……罗卓小学单身宿舍里的最后一个夜晚，窗口有发白的月光在喊叫，他的心里有一个孤独的远方在喊叫——那是青春中荒诞的逃离，那是铸成二十年长久离别的疼痛。如果说这次见面可以促成一个新的开始，他愿意在余生所有的时光中接受她的鞭打，用最干净的爱去偿还当初酿成的错误。

车行到南广东收费站，车速慢下来。周楚阳给彭玉素发短信："去哪里？"没想到彭玉素很快就回了过来，看得出她也正在给他发短信。"既然是重新认识，我得先回酒店去，你去准备准备，明天上午十点，我以考察南栗的名义去你的公司。"

考察？这是唱的哪一出！以什么方式考察呢？周楚阳带着疑问回了她的短信："那就依着你吧，明天见。"

周楚阳对李峡说："回去后你和顾羽去张罗张罗，明天有贵宾考察南栗。"

"就在这个当口儿？真巧！"李峡说，"你的事怎么办？"

"什么事？"周楚阳问。

李峡笑笑："前面那人，你不打算好好陪陪？"

"当然要陪。"周楚阳说，"迎接考察不也很重要吗？对了，让顾羽准备好，明天由他介绍南栗情况。"

2

早上七点钟，周楚阳就到了公司。他看见过道地板砖上隐约有些灰尘的印记，立即叫李峡通知保洁人员重新打扫，并亲自拿毛巾将会议室的桌椅挨个儿擦拭一遍。弄完后，他俯下身子，将眼睛放在桌沿上，像瞄脉一样瞄那一长排桌子，看桌面上是否已经纤尘不染。在做这些的时候，他抽空在手机上写了一条横幅，准备在彭玉素到来之前交给音控室，让他们把它放在会议室的 LED 显示屏上。

十点差一刻，周楚阳和顾羽、李峡三人站在公司楼下，等"考察嘉宾"的到来。站了几分钟，手机"叮"了一声，一看，彭玉素发来短信：别亲自在楼下等我，就让你的工作人员代替你吧，免得尴尬。周楚阳只得自己先回到办公室，让顾羽和李峡继续站在楼下。"来了直接带上楼，我在上面候着。"他对二人说。

眼看秒针指向十点准心，周楚阳的心"突突突"跳个不停，他对"考察"一事始终没有读懂，简直无从知道接下来将会发生什么。不过，他始终在给自己打气：既然来了，就是回家。

回家。这是一个多么温暖的词，它让周楚阳明白之前的二十年并没有白费，相反却成为一个充满修行意味的过程，这样的过程并没有多少人能够有幸体会。这样想着，听到楼道里有人说话，从脚步声来判断，来的人好像不少。都有谁呢？他在心里嘀咕。这就怪了，难道她临时在南广准备了阵容庞大的"考察团"？

果然是一群人，为首的是分管农业科技的副县长金鸣。

"没想到吧？"金鸣的双腿刚迈进大厅，就对周楚阳说，"贵客来临，也不亲自下楼迎接一下。"

"的确有失周全。"周楚阳双手抱拳，眼睛却往人群中去搜寻彭玉素的身影。彭玉素站在万巾巾身后，抿着嘴微笑，她的目光并没有放在周楚阳身上，而是做观察状，装作是在看大厅里的工作人员和整个环境布局。"真不错。"她像是自言自语。

彭玉素穿着一身藏青色的职业装，白色衬衣的领口上，别着一只精美的蜻蜓。脚踏酒红色高跟鞋，手提黑色 U 形皮包。她笔直地站在人群中，看上去那么精神，那么大气，加之一头流水似的头发，让南栗人把目光都倾洒在她的身上，其他人就一下子在他们片刻的走神中成为配角，包括同样美得线条暴露的万巾巾。

"来来来，我介绍一下。"金鸣把周楚阳拉到身边，指着彭玉素说，"这位是东莞云众教育集团董事长、总经理彭玉素小姐，南广籍企业家。"他又对着彭玉素说："我身旁的这位就是南广第一个吃山螃蟹的周楚阳先生。"

"幸会。"彭玉素伸出手来。

周楚阳先是一愣，随即也伸出右手。他伸手的动作显得不太流畅，甚至有些躲闪。他握住的那只手还无比完好地保存着二十年前的温度，那么酥软、光滑，让人动容。那手，经历了二十年的世俗打磨，在周楚阳的手心里只那么一瞬，仿佛就将所有风雨的印记复制了下来，以心跳的方式传递给他。

两人握手的一幕恰好被金鸣看到，当即打趣道："你这家伙，平日里气度非凡，怎么见到美女时反倒害羞了呢？我终于知道你到现在都还是单身的原因了。"说完大笑。周楚阳满脸通红，彭玉素也羞得把头低了下去。

顾羽在一旁插话："县长有所不知，周总对今天各位嘉宾来南栗考察非常重视，准备了一夜，连卫生都是他亲自打扫的，到现在还很紧张。"

众人齐声笑了起来。万巾巾说："我今天也是第一次见周总，也要冒昧请求拉一下手。"说着主动捉住周楚阳的手，握着摇晃了三下，又笑着说，"我叫万巾巾，招商局局长，这位美若天仙的彭总就是我亲自招来的。"

"那得感谢你。"周楚阳很别扭地说了一句，又与万巾巾旁边的教育局局长李球及政府办随行人员一一握手，直道："欢迎指导工作。"

金鸣对周楚阳今天的表现感到诧异，又接着开玩笑："周老板平素出口成章，简直称得上妙语连珠，今天有些不太正常，看来要认真分析分析其中原因。"人们又笑，周楚阳也跟着笑，他的心里却无比紧张。

在顾羽的引导下，人们先参观了办公区，接着又去到产品展示专柜，品尝今年的新鲜栗子。和所有例行考察一样，只十几分钟，要看的东西就已经看完了，于是大家移步去了会议室，准备听取顾羽关于南栗公司的情况介绍。

会议室不大，70平方米左右，是一个标准的长方形。刚进门，彭玉素就看到对面LED显示屏上的那一行字：欢迎你回来。

"这是什么标语！"金鸣嘴里嘀咕，"不这么奇葩不行吗？"

"有深意。"万巾巾在一旁说，"咱们做企业的，开个会都与政府不一样，连横幅都让人想哭。"

彭玉素盯着横幅看了几秒钟，突然感觉眼眶湿润，立即背过身去，用拇指轻轻揉了揉额头，以此缓解自己的情绪。周楚阳没看到这一幕，此时他正手忙脚乱地招呼客人入座。

坐定后，金鸣先开口："周楚阳先生今天没找到灵感，我就喧宾夺主吧。首先，让我们以热烈的掌声欢迎尊敬的南广籍企业家，东莞云众教育集团董事长、总经理彭玉素小姐回家考察家乡企业发展。"

会议室里响起了掌声，鼓掌最用劲儿的是南栗公司的中层干部们，他们有的一边鼓掌，一边交头接耳，有人小声讲："真漂亮。"

金鸣接着说："彭总一直关心家乡发展，近年来一直以'苏羽'的身份资助南广的贫困大学生，为我们的教育事业添劲助力，这份情怀让我们每一个南广人都为之感动。今天，彭总来到我们南栗，同样是带着一份炽热的桑梓情怀，以她多年来对市场的认识和丰富的创业经验为我们南栗的生产和经营提出最宝贵的意见，这是南栗的幸运，也是南广的幸运。"

彭玉素坐在周楚阳的对面。入座时，她的目光几度与周楚阳的目光发生碰撞，曾流露出短暂的不适。随着金鸣的开场，她逐渐显得气定神闲，甚至有时在周楚阳向她看过来时，还非常礼貌地微笑回应。这是一种礼节性的微笑，是职场女性的优秀品格，即便是面对周楚阳，她也一样拿捏得非常得体，让人看不出什么端倪。

金鸣讲道："南栗是南广第一个高原特色产业，说得通俗和过时一点，也是南广的面子产业。南栗的命运决定着南广今后在农业产业结构调整方面的取舍和把握，南栗的经验将在一定程度上成为南广经验。所以，县委云芃书记对南栗的发展极为关心，对南栗的生产和经营非常关注；很多有意从事地方特色农产品经营的南广人，正在翘首以盼，期待南栗给他们带来更多的经验和启示。所以，我先在这里抛砖引玉，接下来我们请南栗公司副总经理顾羽先生为我们介绍南栗发展的相关情况。"

顾羽向与会人员鞠躬致意，道："我想先说，今天是一个特殊的日子。为什么说特殊？因为我们迎来了最特殊的客人。"金鸣看了他一眼，表示不解，又望望彭玉素，彭玉素对他报以一个职业的笑容。

顾羽接着讲："南栗人经过长达六年的尝试，走到今天，一路跌跌撞撞，身家惨淡，在周楚阳董事长没来之前，可以说是命悬一线，几近散伙。周总入主以后，我们扩大了规模，改变了生产和经营模式，以构筑生态屏障为依托，建设绿色产业灵魂。在短短不到一年的时间里，尽管我们感觉压力不小，但看到了希望。"

周楚阳看了看对面的彭玉素，见她神情专注，不停地用笔在纸上写着什么，须臾之间抬起头来，对他微微一笑。

"在各级领导的关心、社会各界的支持下，南栗走上一条'公司＋基地＋农户'的模式。"顾羽从规划布局、企业用地、规模化生产、特色深加工说到市场开拓，说到今后的打算和展望。最后，他说："彭总这次回乡，机会难得，如果有时间的话，下午屈尊到生产基地和深加工车间指导指导，给我们提出宝贵的意见。"

彭玉素点了点头，笑了笑。金鸣问顾羽："介绍完了？"顾羽说："完了。"金鸣看向身边的周楚阳，说："你就没有补充的？"

周楚阳神色慌乱，又看了一眼对面的彭玉素，见她脸上始终挂着美丽的笑容，用一种期待的眼神看着自己，便拼命地控制自己紧张的情绪，努力正了正嗓子，尽量让自己的"补充"有一种轻松诙谐的味道。他说："今天是有三个没想到。"

金鸣在一旁插话："你那么睿智，还有你没想到的？"

"当然。"他又正了正嗓子，"第一，没想到金副县长也有不动声色的一手，私下壮大考察队伍，这让我猝不及防；第二，没想到我们在短短不到一年的时间里居然干了那么多事，要不是顾羽如数家珍地说出来，我即便身处其中也没感觉到，这让我无比欣慰；第三，没想到南栗接下来还有那么多困惑和难题，今后我们仍然是行走在一条充满荆棘和坎坷的路上，这让我高度紧张。"

"终于回到你自己了。"金鸣在他讲到这里的时候，再一次打岔。

周楚阳接着说："彭总此次考察南栗，也许是看在那一坡你挤我我挤你地向泥土要养分、向天空要阳光的树的分儿上，兴许会生出些许怜悯之心。如果可以的话，也请你看在栽树者的分儿上，给我们大地一样的恩赐……"他还没有说完，坐在彭玉素旁边的万巾巾"嘿嘿嘿"地笑了起来，笑完后说："这是诗啊，想不到周总的内心也是如此丰富。"她说完，意味深长地看了彭玉素一眼。

万巾巾一笑，又让周楚阳脑海里一片空白，当即什么也讲不出来，索性说："还是金副县长补充吧。"

小小的会场里笑声一片，倒是充满了轻松和快乐。彭玉素也笑，她笑的时候用一只手捂住嘴，尽量不让别人看到她的表情。

金鸣说："既然周老板没什么说的，那就请彭总讲讲感受吧！"

彭玉素俨然一副久经沙场的样子，起身鞠躬后，缓缓坐下，然后将拂过肩上的长发往后一捋，脸上绽放出微笑，说："多谢县长阁下抬举，我说两句吧。"又看了看周楚阳，貌似在征求他的意见，传达的是既然要她说她就不客气了的意思。周楚阳回应了她的眼神，点了点头。彭玉素接着说："我从来没有做过农业项目，我说的话也许不会有什么用处，但凭我的直觉，如果按照现在的思路做下去，南栗也许还是会重新走上之前打肿脸充胖子的老路。"

没想到她竟会如此犀利，像一个坐在周楚阳反方向的谈判者，让在场的人为之一震，特别是周楚阳，更是没想到她会如此从容地以一个考察者的身份来避开他们之间的故事。她的直截了当，是在用一种特别的方式来策划一次特别重要的重逢吗？关键是，她的发言好像真的切中了要害，南栗今后的路，的确不是一条平坦的路，这一点，周楚阳早就意识到了，只是暂时还没有去思考如何应对的事情。

"我现在不明白的是，如果我此刻有意加入南栗，到底会是什么东西打动了我？产量？品质？市场？这些都毋庸置疑，但我关注的不仅仅是这些，我更关注的是机制——生产机制、营销机制、巩固提升机制，这些才是让一个企业走得更远的保障。如果一个企业没有保障，就谈不上发展，就只有一条路——解散。"

二十年了，她不可能还是之前的彭玉素，那些苦难、伤痛，早就在她心中涅槃，早就让一个弱小的女子变得强大，变得睿智。周楚阳慢慢回到现实，他在这几句话的聆听中逐渐找回自己的角色。他现在不得不承认彭玉素"嘉宾"的身份，最起码，他会明白这次"考察"的终极意义。也许，这才是他和彭玉素重新开始的一个转折点，或者说是契机。他这样想，也就不那么紧张了。接下来彭玉素说的话，更是让周楚阳茅塞顿开，让他开始认为彭玉素是有备而来的，她的到来，在这个时间节点，对南栗和他来说，都是一种拯救。

"我所理解的'公司＋基地＋农户'，并不是单纯地强调它们之间的推动作用，相反更是一种牵制。"彭玉素说，"如果公司脱不下片面主体地位的外套，成为一个躯壳式的灵魂，显然是没有作用的。我认为，公司应该是一根杠杆，用它来撬动基地和农户，也就撬动了市场，进而创造新的生命。所以，我要说的所谓牵制，其实是一种放手，只有把手松开，才能巧妙地牵制，才能在相互牵制中释放牵制本身的力量，也就是我们所说的生产力。"

金鸣向彭玉素竖起大拇指，彭玉素微笑，说了声"谢谢"。

"有可能让领导见笑了，但我要说的是，南栗目前的生产和经营模式，是典型的吃大锅饭，如果再不修正，必定举步维艰。"彭玉素说，"接下来，南栗繁重的田间管理任务必定会让公司应接不暇，不说几百万株板栗树，就是那些从事护养工作的员工，你也管不了。所以我想，不如把所有板栗树划片下户，在公司的指导和监管下实行联产责任承包，把责任和利益捆在一起。这样，不仅不会让老百姓闲着，还会最大限度激发他们的内生动力。"

"如果这样，板栗树的生长和发育势必参差不齐，挂果后产量也会出现偏差。"金鸣插话。

"这就是一个责任捆绑问题。"彭玉素说，"按照公司之前的模式，农户的土地已经成为股份的一部分。如果根据土地所有者承担自家土地上的板栗树抚育任务来安排的话，农户的积极性会很高，因为他们知道，责任会使股份产生最大的效益。相反，如果他们丧失土地所有者的主体地位，最多也只能获取非常有限的土地承租金。"

大家好像都突然明白了一样，纷纷以掌声表示赞同。彭玉素接着说："公司以这样的方式来为自己减负的同时，还可以把精力全部投放到市场开拓上去。也许，南栗面临的最大压力还是市场。"

周楚阳表示不解，几欲开口，却没有从嘴里迸出一个字。倒是彭玉素好像看出了他的疑惑，对他笑笑，说："可能大家会认为我丢了一个非常重要的环节，是的，那就是生产。同样，板栗挂果后，继续让农户负责采收，然后以定点交售的方式卖给南栗公司。"

"这不完全颠倒了？"一个员工说出了他的疑惑。

"不，恰恰没有。"彭玉素说，"公司不但要购买他们的栗子，而且还不能定价，由他们自己来要价，进行交易谈判，让价格随着市场走向浮动，这样做，也在一定程度上让农户主动承担起为自己的产品代言的义务，让他们把公司当成依靠，当成自己赚钱的后盾。"

"还是没听懂。"有人说。

彭玉素向他点头微笑，接着说："一方面，公司和农户的交易价格，是刨去租地费用、公司栽种的树苗和发放的农药、肥料等一切生产成本以及车间员工工资等深加工成本之后的价格，这就合理地控制了产品外流；另一方面，农户把基地上的活儿全部干了，在节省生产开支上预留了较大的空间；最重要的是，公司把南栗成品销售出去以后，农户还可以按照本户售卖数量得到二次分红，这不仅是一种诱惑，更是一种实行资金分散支付的有效途径，可以极大地缓解公司的经济压力。至于分红比例如何测算，这是经济专家们的事。"

金鸣带头鼓起掌来，说："真是巾帼不让须眉，让人眼界大开。我就说，南广的发展还得集中南广人的智慧，外人不知道这片土地的厚重，也就不了解我们的实际是什么，断不能有如此结合实际的方案。今天我是受益匪浅了，不知道周总感觉怎样。"金鸣又转头看向周楚阳，见他还沉浸在彭玉素刚才的发言中没有醒过神来，便开玩笑说："看你这神魂颠倒的样子，是青春期附体了吧？"

众人又捧腹大笑。彭玉素又说："金县长不必急着肯定我的发言，还是要认真研判才是，毕竟我是外行。"

"哪里哪里，你现在是救苦救难的观世音菩萨，你的到来对南广来说是春风拂面。如果多有几个像彭总一样的归来者，我相信南广要在最短的时间内摆脱贫困不是一件难事。"金鸣说。

"领导褒奖，不仅仅是鼓励，更是一种期待。"万巾巾说，"我这招商局局长，天天巴望着有朝一日能逮住一条大鱼，现在鱼儿已经上钩，不知道彭姐愿不愿意在家乡这片旱地上成全我们的梦想。"

彭玉素报以她一个微笑，说："我们终归要靠故乡的土地收留，因为每一个离开故乡的人，早晚都是要回来的，如果局长妹妹肯为姐姐留一条有温度的板凳，我就会感激地坐下来，和大家一起办几件小事。"

这时倒是周楚阳率先鼓掌，南栗的员工们也跟着把手使劲拍了起来，现场气氛异常热烈。

3

"你害羞的样子还在，所幸。"说这话时，彭玉素的脸上带着几分嘲弄的神色。

此时，两人站在南广酒店彭玉素房间的客厅里。上午散会后，金鸣有意宴请彭玉素，却被她以身体不适为由推托了。出门时，周楚阳在过道里问她要不要先吃顿饭，让重新认识的进程推进一些。彭玉素边疾步往前走，边冷冷地说："饭留着以后吃，我急需回宿舍缓一缓，刚才的胡言乱语让我双腿打闪，现在要赶紧回去抽自己几个嘴巴。"

"你这是……"周楚阳一时没听清楚她话里的话，说，"我们要好好见一见，如果你不想听我说其他话题，我就继续向你请教南栗的事。"

"你想说什么都行，反正我留下来了。"彭玉素说，"下午三点吧，你到酒店来找我。"

周楚阳正要在内心为自己鼓掌，偏巧这时金鸣和万巾巾走到他们身边。金鸣说："看样子你脸皮又开始厚起来了，我就说嘛，你这小子，绝非等闲之辈。"说完大笑。

万巾巾也在一旁意味深长地说："兴许人家早就认识。"

"真的吗？"金鸣看着彭玉素，"要真是这样，很多事就水到渠成了。"

三点钟，他准时敲响了彭玉素的门，也就是手掌刚离开门心的一瞬间，他就听见彭玉素扭动门把手的声音。"不介意的话，我们坐下说话。"彭玉素笑。

"你坐下吧，我站着。"周楚阳很不自然地笑笑，"对于我来说，现在站着才是最好的姿态。"

"那我也陪你站着吧，站着容易缓解尴尬。"彭玉素说。

沉默了好一阵，彭玉素先开口："其实，今早我是临危受命，我根本不懂什么公司、基地和农户的事。"

"不会吧？"周楚阳一脸茫然，"那你为何说得如此专业、如此准确，现场所有人都被你征服了。"

"我请教了东莞一位朋友，他是这方面的专家。"彭玉素说，"还有，顾羽真的没告诉你我找过他？"

"什么情况？"周楚阳问，"你俩成为同盟了？"

"当然，要不我怎么向我的朋友请教？是他事先把南栗的情况告诉我的。"

"怪不得这小子说话阴阳怪气的，还开口就什么特殊日子迎来特殊客人，原来是他坑了我！"

"但说真的，要恭喜你有一位好搭档，他是一个敬业的人，也是一个朴实的人。"

"你说得对。不仅是他，公司里大部分人都很好，故乡越来越让人感到温暖和踏实了。"

彭玉素问："你就不想知道我今天为何唱这一出？"

"想知道。这几乎是我目前最大的困惑。"周楚阳说。

"那就讲讲吧。"彭玉素说，"是万巾巾把我卖了。"

原来，昨晚彭玉素刚回到酒店，万巾巾就去找她，对她说："既然你没逃脱，想必你是逃不脱了，不如咱们办件正事。"

"什么正事？"她问。

"你明天不是要去南栗考察吗？"万巾巾反问。

"你怎么知道？"她有些慌乱。

"姐姐不必紧张。说来怕你笑话，是我那司机小丛偷偷看了你的信息。"万巾巾的脸上有些不怀好意的表情，"你发信息的时候，就没想把手机藏一藏？"

"这小子原来也这么坏！"彭玉素叹了一声，说，"局长的套没有最深，只有更深。"

"这就对了。"万巾巾说，"我一憋不住，就向金副县长汇报了此事。他说，既然是考察，就得正式一些。"

"所以他也来了？"彭玉素说。

"可不是嘛！他分管农业科技，赵云芑书记给他压了担子，要他务必在最短的时间内把南广的农业特色产业搞出一个雏形来，还特别交代在南栗公司头上下功夫。"

"那南栗可不就成冤大头了？"

"你看你，就知道护犊子。"万巾巾掐了她一爪，"人家是真心照顾南栗，连赵书记都多次考察南栗，还多方为他们争取机会，在政策上也是无比倾斜。"

"可我的考察性质……"彭玉素沉思。

"我知道，你去南栗公司，是为了了却一桩恩怨，但金副县长不肯放过你，他认为你有能力为南栗做点什么。"万巾巾说，"他可不知道你们之间有什么瓜葛，所以一再嘱咐我无论如何也要动用招商策略把你稳住，还说，说不定你会因为看好南栗而注资。"

"真是想得够多。"彭玉素说，"既然这样，我不会让明天的考察流于形式，我将竭尽全力让妹子你的招商策略得以完美展现。"

彭玉素将这件事的原委告诉周楚阳，是想让他放下所有的疑惑，同时也明白南栗现在存在着很多需要补齐的短板。

"既然是考察，我也希望自己能够在你们的身上获取点什么，但老实说，你们除了有一个非常敬业的团队，真的再也没有什么了。"

周楚阳点点头，对她说："真的想说谢谢，可我知道这世间还有比'谢谢'二字更有力量的词语，只是我想不出来。"

"那就说点别的吧！"彭玉素主动岔开话题，"反正都得说说，早说晚说都一样。"

"你愿意听吗？"他的声音很小。他说这句话的时候，像一个做错事的孩子。

"你别这样，会让我心痛。"彭玉素的情绪一下子转变，脸上挂着无限的哀伤，"那么多年的事，要说多久才能说完？"

"慢慢说呗，说到你厌烦为止。"周楚阳低下头。

"我一直努力摆脱你的牵绊。这些年来，我想做一个陌生人，我曾发誓永远不要见你，可我还是食言了。"彭玉素说，"有时候，我想，干吗那么认真呢？这二十年的伤痛，其实都是我自找的，我们完全可以在你从传销圈套里出来的那一年让一切做个了断，这样的话，我们都不会彼此耽搁和浪费。"

周楚阳没说话。这个时候，他一句话也说不出来，只低着头静静聆听她的声音。

她开始在客厅里慢慢踱步。她的身材还是那么绰约，步履还是那么娉婷。自昨天下午机场一见开始，周楚阳心里燃起的，始终还是一种掺杂着初恋感觉的情愫。如今，他和彭玉素两人仿佛重新拥有了一个单独的、与别人无关的世界，就像身处于二十年前罗卓小学的那间狭窄而简陋的宿舍里，只不过此时的她，已经完全退去当年的单纯和天真，变成一个从岁月的风霜里走出来的刚强的女人，这个女人仍然怀揣着对他的爱。她的回归，于他来说是一种拯救，或者说是一次重生。

"你有没有想过，我们的遭遇其实是一种无辜的牺牲？"彭玉素踱到他身边，看着他的脸。

"我知道我罪孽深重，这一切都是我造成的，我现在最想做的，是用余生接受你的惩罚。对我来说，你的一切惩罚都是爱。"他的声音还是很小，小得他说完后就责怪自己没有勇气。

"不是这样。"她说，"我们没必要去讨论那些事。我是说，是命运让我们彼此活成了另一个自己。"

"可是，爱和恨呢？"周楚阳问。

"就当之前你不是你，我不是我。"彭玉素说，"之前的你和我，仅仅成就了我们今天的重新认识。"

周楚阳看着她的脸说："我不想抹掉过去，这对你不公平。"

彭玉素沉默了。她慢慢眼眶润湿，呼吸急促，直至小声抽泣起来："我是想过不去原谅你，想过把你当成另一个你，可是，我还是做不到，你告诉我，我们要不要还在往事里纠缠？"

周楚阳用手去牵她的手，在触碰到她指尖的一瞬间，她的身子猛烈地颤动了一下，她对他的不适感还是那么强烈。

"你的手？"他小心地喊出了那个熟悉的字，"玉素！"

她摇了摇头，哭泣得更加大声起来。她的眼睛里淌出豆大的泪珠，让周楚阳看着无比心痛。

"早年在工厂里，不小心弄丢了一截。没事的，比起内心的疼痛，这算不了什么。"

"我……"周楚阳喉头哽咽，泪水从眼角里流出来。半晌，他说："那就暂且放下吧，我们都不要去想之前的事，好吗？"此时他回归到一个担当着男人角色的自己。他双手伸过去，扶住她的肩膀。

她稍有挣脱的愿望，却只是微微摆了摆肩，见周楚阳一脸可怜的神色，也就没有再动，而是任由泪水肆虐。

"你知道，你有一个女儿。"彭玉素伸手擦拭眼泪，周楚阳的一只手从她的肩膀上滑落下来。

"我知道,我无比想念她。可怜的孩子,是她替我在你身边,同你一起经受苦难。"

彭玉素摆脱了他的另一只手,继续在房间里踱起步来:"有时,我真想让她永远都不要接近这个事实,原本她对这一切毫不知情,可阴差阳错……"

"我一直不敢对你提起她,因为我没有资格。"周楚阳说,"如果她是一个拥有健康心理的听话的孩子,这一切都是来自你的付出,是老天对我的特赦。"

彭玉素再次踱到他面前,表情严肃地对他说:"我希望你明白,你的女儿和我们之间的一切都毫无关系,她现在已经长大,应该去这个世界上寻找属于她自己的人生。如果她愿意接受你,我不会反对;她要是不愿意,你也要接受现实。"

"我会的。"周楚阳说,"既然上天开始发放亮光,我相信世间上的一切岔路都会会拢到一起,我会让她接受我的,就算你始终不肯接受我。"

她望着他,郑重地说:"你还会逃跑吗?"

"跑不了了。如果你能原谅我,我会做一只陀螺,永远围住你转。"他说完,故意轻松地一笑。

"你不能逃避现实,你知道吗?无论以后你遇到什么,你都不能逃跑。"她终于放声痛哭,两手在周楚阳的肩膀上使劲捶打。

"不要逃跑了,好吗……"

他勇敢地把她揽在怀里,一只手紧紧搂住她的腰,像抱一件易碎的瓷器。他的下巴轻轻放在她的肩膀上,眼里涌出了眼泪。

这是一个美丽的下午。

4

冬天悄然而至,山头上的树正在向大地降落最后的叶片。太阳很少光顾,山城的初冬,重雾紧锁,似一幅水墨画。

朱立冬从温州回来,正式接手南栗销售总监一职。朱立冬回来的那天,彭玉素还没有起身回广东,她和周楚阳、顾羽、李峡等人在"老故事"餐吧为朱立冬洗尘。

"有钱人终成圈畜了,从今以后,周总当解除心头烦恼,大可甩开臂膀大干一场。"一上桌,朱立冬就开起了玩笑。

"你们平时就是以这样的方式来让自己活得自在一些的吧！"彭玉素看了朱立冬一眼，又把目光落到周楚阳的身上。

"嫂子，如果不这样，哪来的岁月静好？"朱立冬的玩笑没有停止。

"你倒是嘴甜。"彭玉素说，"应该也是一个不太靠得住的男人。"

周楚阳用手肘使劲儿捅了朱立冬的手腕，说："别油嘴滑舌，先汇报汇报你的个人问题。"

"有什么好汇报的！单身万岁。"朱立冬说，"个人问题恐怕只能个人解决了。"说完自己笑了起来。

顾羽在一旁扳朱立冬的肩膀，示意他把耳朵凑过来，小声地告诉他："人家才认识三天，别被你吓跑了。"

彭玉素的电话在这时响了起来。她拿出手机的一瞬，表情似乎有些异样。她站起身来，接通电话，随即走出门去。

电话是王白璐打来的。

"喂，璐。"和往常一样，她对王白璐的称呼总是无比亲切。

"在哪里呢？"王白璐问。

"我说我在南广，你会相信吗？"彭玉素反问。

"有什么不相信的？你迟早会回来。"

"来了没有先找你报到，你不会生气吧？"

"当然。南广又不是我一个人的南广，是咱们的南广。"

"这样就好。我现在告诉你，我已经回来十几天了，一直在乡镇上考察，本来早就想去看看你，但是时间一直没有抽出来。"

"那就是说，你真的在南广？"王白璐的声音提高了八度，情绪有些激动。

"说过不生气的嘛，我的公主！"彭玉素说，"你不是说我迟早会回来的吗？"

"那不行！"王白璐说，"我能接受一切假设，却无法接受现实。"

"又开始耍大小姐脾气！这样可不好，容易不漂亮。告诉我你现在在哪里，我来接你吃饭。"彭玉素这样哄她。

"我才不去呢！"王白璐说，"在南广，现在能和你一起吃饭的，肯定不是我，我去了不是自找痛苦吗？"

"真是个情痴。"彭玉素说，"来吧，趁现在我们还处于重新认识的阶段，说不定他一见到你，就旧情复燃了。"

"不来！"王白璐娇嗔地说。

"你呀，不敢就不敢吧！"彭玉素激她。

"来就来，谁怕谁！大不了今晚三个人一起睡。"王白璐说，"告诉我地址，我马上过来。"

"不用不用，我让人过去接你。"

回到桌上，见几人聊得很欢，彭玉素说："谁拿出点绅士风度来，去帮我接一个朋友！"

"我去接。"周楚阳站起身来，问，"去哪儿接？"

彭玉素笑着说："不准你去。你去了，说不定连你也来不了了。"

"原来是美女一枚，那我去吧。"朱立冬自告奋勇。

"对，你去正好合适。"周楚阳做了一个鬼脸。

"是谁呢？"朱立冬问。

"你去了不就知道了吗？"周楚阳说。

朱立冬开车到故意居小区门前，打了王白璐的电话，告诉她他是来接人的。王白璐说："你等等，我先换一身衣服。"

大约过了十分钟，见一穿红色栗子大衣、头发微微卷曲的女子从前面门洞里出来，身材匀称，步履轻盈。走近，朱立冬才发现原来是王白璐。

他从车窗里向她招了招手。王白璐绕到右边，先是用手摸了摸后车门的把手，随即又往前，打开副驾驶车门，钻了进去。

"幸会！"朱立冬说。

"幸会！"王白璐也说。

"你就不认真看我一眼？"朱立冬向她微笑。

王白璐转脸，见是他，说："原来是朱先生。呦，你开车的样子很帅。"

"不开车的时候呢？"

"也很帅。"

朱立冬把车头掉过来，驶出小区大门，从右边辅道进入南大街。车行平稳后，他说："王老师真高贵！"

"你也这么觉得？"

"一直这样觉得。"

"周大老板的同盟都很幽默？"

"一直这样幽默。"

王白璐将窗玻璃按下，从后视镜里整了整自己的鬓角，问："什么时候回来的？"

"今天刚到，正准备吃饭。"朱立冬说。

"喊！重色轻友的家伙！"王白璐小声嘀咕。

"什么？"朱立冬说，"我哪儿得罪王老师了？"

"不是你。"王白璐哈哈一笑，说，"是那姓彭的，看我怎么收拾她！"

进了包间，王白璐见周楚阳、彭玉素和其他几个人抬起头来齐刷刷地看她，随即停下脚步，将手里的皮包往空中一扬，一个黑色的弧形慢慢从眼前跌往她的身后，停住。她说："真有你的。"

这话明显是针对彭玉素的，但周楚阳听起来觉得似乎是针对他，便说："好饭不怕晚，我让帅哥去接你，安抚一下你受伤的心灵。"

"滚一边去。"王白璐几步跨过来，紧紧抱住彭玉素。她的手使劲儿掐着彭玉素的后背，嘴巴在她耳边小声说："你被他镇压了？"

"去你的吧！"彭玉素说，"我们才开始认识。"

王白璐把她的肩膀往前一推，正色道："你要是再不好好把握，他可就是我的了。"说完"哈哈哈"笑了起来，其他人也跟着大笑。

王白璐将皮包挂在身后的衣架上，坐在彭玉素旁边，然后看了看对面的周楚阳，说："有好一阵子没有管我了吧？"

周楚阳的脸候的一下子红了起来，半晌才说："你身体有恙，不便惊动大驾，还想着忙过这阵子才过去给你请安呢。"

"谁用得着你请安！"王白璐说，"我们家素回来了，从现在起我不要你了，我要和她相依为命。"

菜上了桌，王白璐问："为什么不上酒？"

"考虑到你的身体，所以就不喝了，免得你看见了眼馋。"彭玉素说。

"那哪行！"王白璐说，"我平生就喜欢看人喝酒，从醉态中观察别人的心，我一眼就能看出谁有多少花花肠子。"

"那就更不能喝了。"朱立冬在一旁说，"要是被你看出来，多不好意思！"

"有什么不好意思的！"王白璐说，"难不成坐你几分钟的车，就被你爱上了？"

"大有可能。"周楚阳说，"他对红衣女子印象深刻。"

王白璐瞄了他一眼，说："你就这么急着将我抛售出去？你良心被狗吃了吧！"

人们笑着。服务员拿上来一壶苞谷酒，问坐在门口处的李峡："先生，给你们上大杯子还是小杯子？要分酒器吗？"

"我是司机，不会喝酒，你问他们吧。"李峡笑着说。

"我也是司机，不喝酒。"朱立冬也说。

"谁让上的酒，谁安排。"周楚阳看了看顾羽。

顾羽说："上小杯子吧，来一个分酒器。今天有两位大美女在，要文雅一些才是。"

几人边吃饭，边说一些闲话。朱立冬向在座的各位讲南栗在温州的销售情况，说目前的消费群体仍然是以南广人为主，那些吃惯了鲍鱼海参的浙江人，嘴上称云南高原上的坚果不错，却没有几个愿意掏钱购买品尝。彭玉素说："大抵是因为他们抵制圈子吧，很多人习惯了去大商场的货架上选购零食，对在某种圈子里称道的东西，总是视而不见。"

顾羽说："彭姐说到点子上去了，前些日子我和周春捷老先生在泉州，看到的却是另一番景象。栗子进入各大卖场，只要导购员稍加推荐，很快就会被买光。特别是在那些娱乐场所，越是原生态的东西，越是受欢迎。除了健康、休闲等要素，福建人对美食的追求一定程度还建立在新鲜感的基础上，他们总是通过某种食物对味蕾的占有欲来衡量它的品质。所以老爷子很有信心，一直对我说，拿下一个省没问题。"

"这样肯定很好。"周楚阳说，"周大哥近日在各大机场忙活，听说效果也不错。"

朱立冬提议，为庆祝南栗实现良好开局，大家喝一杯。顾羽站起来说："我有一个建议，第一杯酒咱们暂不说南栗的事，何不敬一敬周总和彭总两人，二十年长跑，如今正式重逢，更是良好开局。"

众人站起来举起酒杯，对二人表示祝贺。彭玉素勉强从座位上站起来，脸上有红晕。周楚阳更是，他举杯的手摇摇晃晃，目光不知道要往哪里放，简直尴尬得要命。这个时候，王白璐发话解围，说："你们要敬就敬我们三人，三角形具有稳定性。素不在的这些年，多亏我对周老板的照顾。"

吃完饭，彭玉素提出要去王白璐家里，要同她一起睡。王白璐看了看周楚阳，说："你不一起去？"周楚阳又羞得满脸通红。王白璐笑完，认真地对彭玉素说，"他对我怎么一点也不矜持？看来只有你才能激活他的小宇宙。爱情啊！"

王白璐正叹息着，见朱立冬从后面走过来，嬉皮笑脸地问："王老师不让我送你回去了？"

"你走路送？"王白璐说，"你要是诚心送我，刚才就不会喝那么多酒。"

"一样的道理。"朱立冬说，"只要能把你送回家，开车和走路都一样。"

"不一样。"王白璐说，"你这是临时起意。"

彭玉素说："今晚就免了吧，朱先生的好意我替璐领了，要送，以后有的是机会，说不定人家一高兴，会让你送一辈子。"

5

彭玉素回到东莞。与此同时，周楚阳也去了温州。

彭玉素回东莞，主要是想进一步理顺鸿途艺术培训学校与云众教育的工作，然后准备次年春天有关教育项目落地南广的事。周楚阳去温州，一方面是看看刚迁了新址的云岭，另一方面是落实赵云芃书记的指示，把温州的社会力量组织起来，动员他们回家认领"乡愁"。

"南栗的改革，现在思路清晰了，就让你的副总们去实施吧，反正身后有金鸣撑着，不行的话还有我这杆枪可以使一使。"在赵云芃的办公室里，周楚阳向赵云芃领命。

"一个企业的发展壮大，不能没有支撑。"赵云芃说，"南广的高原特色农业，要更多地依靠南广人去加持，而不仅仅是一种产业现象。同样，任何对南广发展有推动作用的产业，要想获得蓬勃生长的力量，都必须有立足南广这片土地放眼整个行业的格局。南栗现在走出了关键的一步，实现了机制上的通畅，这只是生产环节上的保障，关于市场，还得靠更多的南广人去托举、映衬和努力。"

"书记大人教诲得是。"周楚阳说，"我这颗悬着的头颅如今算是可以暂时在脖子上安放一段时间了。一路走来，步步惊心，每一个泥沼都能激起水花万丈。就如书记所说，我们缺少更多人'在场的证据'，感觉是在孤军奋战。"

赵云芃说："南广要脱贫，实现经济社会跨越发展，需要更多有见识、有眼光、有思想的南广籍企业家把项目带回来，把资金带回来，把情怀带回来。这几年，我们以'两梳理、两出力'为手段，让一部分人回乡干了不少好事，也让一些阳光产业在南广这片土地上落地生根。事实证明，南广的土壤是肥沃的，现在正是阳光和水都比较充足的时候，我们在这个时候就要筑巢引凤，把那些在外面干得不错的企业家请回来，结合南广实际做自己的产业。同时，政府在一定范围内给予一定的资金支持，这几天汪县长正带领政府班子成员研究此事。"

"书记放心，我这个说客现在腰板直溜，在浙江的南广人中间算是小有名气。再说，一年的南广创业往事足以成为我谈判的资本，相信会有大鱼上钩的。"周楚阳说。

"干过传销？"赵云芃问。

"记忆深刻。"周楚阳说，"可以说是绝处逢生。"

在温州，周楚阳视察了新厂，就有关事项与两位副总及何清明交代清楚，立即开始了游说工作。得知在永康做五金的罗其波早有回南广开发农村洁净能源产业的想法，周楚阳便通过南广永康服务站的王站长在金华组了一个茶局，他打电话给罗其波，说王站长有请大家领赏，让他将一干与自己关系密切的南广老板召集起来，一起喝茶去。其实，他是想通过喝茶，就"乡愁"认领一事做一个宣传。包间里，有人问起他"栽树"的情况如何，他说："目前长势喜人，有望在三年后摘得硕果。"

罗其波说："农村洁净能源倒是一个靠山吃山的好项目，就是拿不准以现在南广的投资环境来说能否撑得下去。就我的老家堰塘一带来看，垃圾过剩、秸秆浪费的事常有，但一说到回收利用，不是老百姓心里不愿意，就是镇里村里要横加干涉。所以有时候我想，与其回去折腾，还不如每年为家乡的学校添置几条桌凳，给亲戚朋友们修个广场，省得操心。"

"这样想也不无道理。"周楚阳说，"关键是我们终归要回去。南广是我们自己的南广，南广的老百姓要靠我们自己去教化。就拿我来说，栽一年的树，磕磕绊绊的事常常遇到，如同你说的，老百姓心里不舒服，镇村两级不好作为，甚至不愿作为，但还不是挺过来了？南广人的素质在一天天发生变化，南广的各级政府机构也在一天天发生质变。我们不能等水到渠成的那一天，因为到那个时候，新的矛盾和新的阻力又产生了，说白了就是你已经再也没有这个机会。"

"困难倒是不怕。"罗其波说，"在座的各位，哪个不是在逆境中活过来的！

前些年出来打拼，年年挫败，年年颗粒无收。在一无所有的时候，我们恨那个让我们贴上贫穷、愚昧和粗犷标签的南广，异乡的工厂不要我们这群山蛮子，外地的老板不愿与我们这些有'前科'的人合作……十几年过去了，我们挺了过来，用我们自己的话说，叫活成了一条有节操的狗。"

有一个叫马航的人，个头儿矮小，平日行事却雷厉风行，人们都叫他"小蚂蟥"。小蚂蟥说话语速快，话锋犀利，从不怕得罪人，而就其本质来说，却是内心善良，容易感动。听周楚阳谈及南广的变化，小蚂蟥当即表示从内心里不服。他说："在南广那个屙屎不生蛆的地方，你看到的变化无非就是几栋新房子、几个烂水泊而已，这些都是表面现象，糊弄人的。前几年我回老家，经过一段乡村公路，路面抹了水泥，有人搭一个棚子在收过路费，你说气人不？最可恨的是，那些人自称县里有后台，说是天王老子要想从路上过去都必须掏钱。我是彻底寒心了，发誓这辈子就是死也要死在外面。"

"马兄从事什么工种？"周楚阳问。马航说："做广告传媒，吹吹打打。"

"按理说，马兄所从事的行业属于文化产业，你对故乡这般失望，的确让人为你的遭遇表示愤慨。不过，我要说的是，你现在恰恰应该承担起让南广父老乡亲觉醒的重任，通过各种文化活动，让他们脱掉野蛮的外衣。"周楚阳说完，打了个哈哈。

"我哪有这本事！"小蚂蟥说，"我就是办办婚庆、整整演出什么的，目的就是骗两个钱而已。要说回去，内心也想，以我现在积累的经验，在南广开一个集户外广告、平面设计、婚庆策划、年会布置等为一体的广告公司，分分钟可以吃掉那些小作坊。"

罗其波笑着说："这还不够吗？干好了能买下半个南广！"

其余人也拿他开玩笑，有人说："到时候，大家都叫你马半城。"有人说："不是马半城，而是满城尽带小蚂蟥。"

笑过后，周楚阳说："我说的是实话，马兄如果回去，可以结合南广民族民间文化的特色，将南广的婚庆还原成旧有的风貌，这一定是个很好的商机。"

王站长在一旁搭话："这个主意真的不错，现如今，很多人结婚，男人骑高头大马，女人坐轿，这都是一种还原。"

"或者说是回归。"周楚阳接着说，"南广的民间婚俗丰富多彩，如果你能呈现之前的所有礼节，将'坐花红揹''上红''退车马''叫席''交亲'等环节重新打造，相信一定会有很多人喜欢。"

"那是文化部门干的事，我可干不了。"小蚂蟥说，"不过要真回去，看在钱的分儿上，也可以试一试。"

"不能光看在钱的分儿上。"罗其波说，"前年我回去，村里有一位八十多岁的老人过世，孝家从城里请了一群穿紧身短裤的姑娘在灵堂前跳舞，音响里放的是《阿哥阿妹》。有人当场开玩笑，说孝家可能是想到老人在世时没伺候好，死了得让他开开洋荤。这样的演出就只是看在钱的分儿上，被整成了笑话。"

在座的人又笑，都说这是罗总编的段子，人间绝无此稀奇事。周楚阳说："还真有，现在到处都是。"

"你亲自看到？"有人问。

"当然。"周楚阳说，"今年七月半，人们给先人送寒衣，我就看见有人在草纸上画美女烧给自己的父亲。"

"不会吧？"有人说，"烧假钱、烧假手机、烧假银行卡甚至烧微信转账页面的我都见过，烧美女的倒是头一次听说。"

"所以说马兄任务艰巨。"周楚阳说，"就丧葬习俗来说，除了已经成功申请省级非遗的傩戏是端公们的专利，民间传媒机构能够参与的，可以将南广的彝族祭祀舞蹈'喀红呗'拿进去，做真正的丧葬文化，做最干净、最节俭的民间文化产业。"

"我感觉是八竿子打不到一起。"小蚂蟥说。

次日，周楚阳赶往宁波，他要抓紧与做新能源汽车核心零部件的陈家瑜和从事中药材收购加工的麻军取得联系，争取说动他们早日开启回乡的旅程。

按照约定，周楚阳在上午十点钟与陈家瑜在她的公司见面。陈家瑜说："周哥哥作为家乡的形象大使，看起来春风得意哈。"

"我现在属于离群索居，备感孤独。"周楚阳说，"妹子之前答应过有朝一日一定要与周某合作，我想，我不能浪费现在的大好机会。"

"树已栽了，只盼能够早日分一杯羹。"陈家瑜笑，"哥哥若是为自己而来，小妹倒是有心成全。"

"为南广也是为自己。"周楚阳直截了当，"受南广父老乡亲之请，弄一两条大鱼回去。"

"大鱼谈不上，哥哥这是抬举。"陈家瑜道，"不瞒你说，我已经安排人员做了前期策划，开年后去南广做一个月嫂中心，连名字都取好了，叫'嫂子颂'。"

"憨憨的嫂子还是黑黑的嫂子？"周楚阳拿歌词开玩笑。

"亲亲的嫂子。"陈家瑜附和他。

"看好了市场？"他问。

"如今二胎政策开放，高龄产妇逐渐增多，特别是在南广，单位职工生二孩者如雨后春笋，月嫂产业恰逢其时。"

"真聪明，这也算得上是雨后春笋般的月嫂产业吧？"周楚阳说。

陈家瑜说："那不一定，咱要做就做最大的，最好是把之前那些小敲小打全部整合过来，这样不仅实现质量最优化，还可以解决好大一部分闲置劳动力的就业问题。"

"就不准备再做点其他什么？"周楚阳貌似对陈家瑜的月嫂中心不太感冒，认为不符合她的气质。

"别小看它，大哥。"陈家瑜说，"真正做好了，不仅能为南广的税收做出不小的贡献，还能有效推进南广婚育健康事业的发展，南广要出人才，得从婚育工作开始抓起。"

"没小看！我是说，妹子还可以涉足其他领域。"

"目前暂时没这个胆量。"

"可我听人家说，你对乡村旅游颇有兴趣。"

"只是兴趣而已，未曾尝试过，也不敢尝试。"

"我认为你应该试试，德隆乡的小堰村，有得天独厚的优势。"

"我记住了，改日回去先考察考察。"

"有用得着我的地方，尽管吩咐，我脚勤。"

两人嘻嘻哈哈闹了一阵，周楚阳算是游说成功。接下来他去了麻军的"黄连药业"。

麻军是南广县花山乡人。花山有村办取名黄连，黄连村有原始森林一座，也取名黄连，属国家二类自然保护区。黄连实际上是一种中药材，毛茛科，味苦，有清热燥湿、泻火解毒之功效。黄连原始森林里，有名贵中药材80余种，有珍稀植物珙桐、红豆杉等。自幼在黄连村长大的麻军，对中药材情有独钟。三十年前，麻军考取市里的卫校，专修中医，后来分配到县城中医院，却被当时的院领导安排到财务室上班，一干就是五年。感觉毫无出路的麻军心下一横，辞了工作，和一个倒卖药材的浙江人闯江湖去了，游历全国的名山大川，识百草，调百味，自是竭尽所能，后来扎根宁波，一干就干到现在。麻军的黄连药业是一个专门从事中药材收购、炼制和批发的公司，在长三角及西南几省都有很多客户。前年，麻军在湖北参加一个中医论坛，恰好遇到当时在武汉召开南广籍企业家座谈会的赵云芫，谈及回乡之事，麻军说想在南广拿一个山头种植中药，赵云芫当即就答应了他，原话是："只要不是做给天看，要多少山头都给你，反正南广不缺大山。"

话也就是说说，后来麻军就没了动静。此次来温州之前，赵云芫亲自为周楚阳"点将"，说麻军要是回来创业，南广定会少掉很多荒芜的山头。

见了麻军，周楚阳自我介绍："我现在在南广种了一坡树，那里水土良好，风光无限。"

麻军定定地看了他足有一分钟，然后"嘿嘿嘿"地笑了起来，说："那里百草丰茂，林子很大。"

"林子大了，就什么草都有。"周楚阳也笑。

"南广的确是一个适合种植中草药的地方，南广的每一寸土地上都能生长出龙胆草、半夏，板蓝根、大青叶、柴胡等更是到处都是。只不过我一直在怀疑，就营销成本方面来说，会比其他地方要高。"麻军道。

"之前肯定是。"周楚阳说，"现如今高铁通了，高速公路比比皆是，交通逐渐便利，成本就会大幅度降下来。"

麻军说："关键是，高铁和高速也没有通到山头上去啊。"

"这倒是事实。"周楚阳说，"山头上如果有了高速，想必也种不出药材来。"

"你种树的地是怎么弄到手的？"麻军问，"费用还行吗？"

"还行。"周楚阳说，"比起那些荒芜的山头来，要昂贵多了。"

麻军想了想，接着说："不瞒老兄，我是每时每刻都心旌摇动，就想回到故乡的山上，但是顾虑太多，有些事你是知道的。"

周楚阳说："那就先回去考察考察，有些事，我们都不知道，只有深入实地，才能弄明白是怎么回事。"

两人聊了一阵，麻军带他参观自己的药材仓库、炼制中心及销售部。麻军的黄连药业规模很大，员工数百，整个参观下来，用了两个多小时。周楚阳冲着麻军感慨地说："南广人分布在这个世界的各个地方，大多选择了默默地隐身，要是我们都将自己的一部分带回故乡去，南广何愁摘不掉贫困的帽子！"

麻军笑笑，说："人老了，就都回去了。谁也不想在外面待一辈子。"

"但有的人永远都回不去。"周楚阳说。

"从何说起？"

"因为他们的心里没有故乡。"

6

转眼大年在望，人们忙着归置手头上的事情，准备收拾心情回家过年。南广驻浙江永康党工委的曹书记和工作站的工站长忙着张罗一年一度的年会，今年，他们想请周楚阳现身说法，与广大在浙南广籍企业家和务工人员分享回乡创业的感受。

年会每年举办一次，由南广驻永康党工委和工作站组织，邀请在浙南广籍企业家、创业能人和部分务工代表参加。南广有13万人在浙江金华市创业、务工，这些人中，光是在永康的就有10万以上。每年的年会，工作站都会挖空心思选择不同的主题，竭尽全力创新形式。今年，年会的主题是"回家"。曹书记给周楚阳打电话的时候，周楚阳刚从云岭彩印厂出来，正准备购买机票到东莞去，他要赶在春运高峰来临之前与彭玉素会合，然后去一趟安徽澄湖，见一见自己的女儿。如果各种条件成熟，他想让母女俩跟自己一起回南广，去老家罗卓过年，正式开启一家人的团圆之路。

"书记有何见教？"周楚阳在电话里问。

"想请你担纲主角。"曹书记说，"年会定在三天后召开，方便的话，你把温州和你关系要好的南广人都带上，咱们一起叙叙乡愁。"

"叫人的事可以做到，只是主角如何扮演，还请书记明示。"

"今天上午我们召开了一个会议，大家一致认为，今年你最出彩，所以要由你来唱大戏。"

"那还了得！"周楚阳说，"我把风头占尽，不就成为众矢之的了？"

"别这么见外！现在大部分在浙江的南广人都把你当作榜样，很多都想知道你是怎样从内心里回到故乡去的。当然，他们也想知道，要怎样才能在家乡的土地上站稳脚跟，进而干出点名堂。"

"那我得准备一篇两万字的报告。"周楚阳和曹书记开起玩笑来。

"那倒不必。"曹书记说，"最重要的还是情感帮教，你就说说南广是如何留住你的。"

"好说。"周楚阳挂了电话，查了查手机日历，计算自己的行程。如果三日后从温州出发，那么到东莞只能待上两天，因为他想把更多的时间留在安徽澄湖，那里是彭玉素打拼多年的战场，对他来说，是真正的陌生地带，他欠彭玉素的一切，都埋藏在那个地方。而最重要的是，他的女儿现在还在那里，他要用最饱满的热情去与她相认。

年会在一个南广人开的大酒店里举行。酒店的名字只有一个字：南。酒店宴会厅在二层，空间很大，能容纳七八百人，舞台也较为空阔。周楚阳和吴立春赶到的时候，人们都来得差不多了，桌子上摆满了瓜子、水果和糕点等一应小吃，每张桌子上都摆了饮料，还有两瓶红酒。活动考虑得比较周详，每个人的脖子上都围着一块红色的围巾，围巾上印着"故乡南广"的字样，还有一个拳头模样的标识。"真温暖！"周楚阳抓住曹书记的手，说，"你这样搞，让人想哭。"

LED显示屏上播放着南广脱贫攻坚专题片，播完一遍后，继续播放的是一个叫《梦回南广》的短片。短片分三个画面，第一个画面是一个慈祥的老太太端坐在轮椅上，她的背后是一幢幢精致的乡村楼房，黄墙青瓦掩映在绿树红花之间，暖暖的色调里，有舒缓的乡村音乐作为陪衬。老太太目视前方，用低沉的声音呼唤着她的儿女们回家。第二个画面，是一群背着书包的天真烂漫的小学生在美丽的校园里嬉戏，他们跳着皮筋，唱着故乡的童谣："月亮汤汤，酥麻秧秧。毛家大姐，过河烧香。"第三个画面，是一群背着行囊、拉着箱子行走在城市里的人，有的正值豆蔻年华，有的两鬓斑白；有的正接打着电话，有的在目送一列火车走远……短片之后，播放的是一首叫《我的南广》的MV，演唱者是南广本土歌手娟子，悠扬的旋律、朴实的歌词，和着优美的画面、悦耳的唱腔，在这个坐满南广人的异乡的酒店大厅里，是如此应景和亲切。

当主持人于小芝走上台的时候，台下响起了隆隆的掌声，周楚阳更是感觉到无比亲切。上半年，周楚阳在温州搞了一个联谊会，主题是"我在麦车有棵树"，也是于小芝亲临主持。这个漂亮的姑娘谈吐流利，举止大方，是家乡电视台的当家花旦，很多在异乡漂泊的南广人都是通过她的声音去了解家乡的一切。于小芝身边，还站着一个个头儿稍微矮小一些的穿西装的男主持人，叫李东杰，是一名青年歌手，同时也客串各种主持活动。

开场后，于小芝向在座的南广老乡介绍了本次年会的主题，对今天的活动分板块做了说明，转达了南广县委主要领导对在浙广大老乡的亲切慰问和新年祝福。在热烈的掌声中，曹书记和王站长分别上台讲了话，从不同的角度介绍了南广近年来诸项事业取得的成就，号召大家心怀桑梓，情系南广，鼓励大家勇于回家、乐于回家，用自己的智慧和汗水为家乡的发展贡献力量。讲话完毕，歌手李东杰为大家献唱歌曲《我是南广人》，唱到副歌部分，台下老乡都扯开了嗓子，与他一起激情高歌。

周楚阳上台之前，于小芝特意在串讲时说了一个叫"凤岭樵歌"的故事：很多年前，南广的凤翅岭上长满桫椤树，从矮山河谷一直生长到二半山区。"绿色绵延大川，毓秀南广过半。"后米，一个樵夫为了寻找在山林里迷路的妻子，每天都会用斧子在林间砍一条路，期待有朝一日妻子循着这条路回到家来。然而，每一次砍完的第二天，那条路都会被夜里很快就长起来的树所封闭。樵夫砍树砍了一生，临终时对他的儿子说："你不要像我一样砍树了，你背着干粮，从林中穿过去，走完树林便是京城，你可以去那里考取功名。"后来，樵夫的儿子回到南广做了县令，那一坡桫椤树成为一个地方人民的庇佑神。后人为了缅怀樵夫，将这个故事记述下来，取名"凤岭樵歌"，于后世人中代代相传。

"如今，桫椤树已经不见，凤岭依然满山葱茏。有人从异乡回到南广，在一个叫麦车的地方种了一坡树，以炽热的家乡情怀还原'绿色绵延大川，毓秀南广过半'的美丽传说。如果我们现场的每一个人选择在春天回到故乡，你会看到满山翠绿的板栗树在向你招手致意，你会深刻地记住那些饱含诗意的地名：麦车、大火地、桦槁林——而每一个名字，都是我们浓烈乡愁的美丽见证。"于小芝说完，向早已候在场边的周楚阳做了一个"请"的手势，示意他上台为大家分享他回乡创业的故事。

周楚阳缓缓走上台去，先到舞台中央向大家鞠了躬，然后移步到司仪台，开口说："我叫周楚阳，南广罗卓人氏。算起来，我是十五年前来的浙江，那时正值青春，自觉广袤河山必有周某一隅。打拼多年，内心丰盈。转眼人到中年，头顶间有花发，于是告诫自己：回家吧！"

台下突然寂静下来，连嗑瓜子的声音也没有了。周楚阳笑笑，接着说："就刚才这段词，我想了三天三夜，多亏著名策展人吴立春先生妙手点拨，才有这么好的文采，不知道大家是否能听懂，如果听不懂，请吴先生上台为大家翻译一下。"

台下人们笑了起来，周楚阳正要接着讲，有人带头鼓起了掌。周楚阳说："此时的掌声，我想应该是给我们的家乡南广的。如果大家都想家了，掌声可以再持久一些。"说完自己先笑起来，台下自然是笑声和掌声连成一片。

"二十多年前，想必大家都知道，南广穷得没有我们的容身之地。记得有一次，我为了去村里开一个年龄证明，跑了五次也没见到一个村干部，后来人家告诉我说村官们几个月没领到工资，集体辞职回家种烤烟了。我又去了那个管公章的村副主任家里，还是没见到他，邻居告诉我，他老婆嫌他太穷，和一个四川木匠跑了，村副主任正拿着斧头到处找呢。"周楚阳讲到这里，表情由之前谈笑时的轻松慢慢变为严肃，台下又是一片寂静。

"我要说的是，贫穷是多么可怕。当初，我们这代人算是逃出来的，因为吃不饱、穿不暖，看不到未来是什么样子——我要说的是，我们离开那个地方，并不是永远地出走，因为我们的亲人还在那里，我们的土地还在那里。我们有朝一日还得回去，但不能像几十年前一样，继续守住贫瘠过穷日子，我们要用自身的力量去改变它，让那片土地可以养活我们，给我们幸福，给我们的子孙一个看得见的明天。"

掌声又在这个时候响了起来。周楚阳欠了欠身，说了一声"谢谢"，接着说："我回到南广的这一年，干了一件事，就是种了一坡树。也许有人会问我，你种的那些树一定会给你带来回报吗？我的回答是肯定的，即便那些树上长出的栗子销不出去，我也不会让它们烂在树上，我可以把它们送给每一个远在异乡的南广人，给他们送去故乡的味道。当然，这仅仅是一种假设。作为一个商人，我肯定是看到了市场，看到了卖点，看到了一种产业的前途。我想告诉大家的是，如今的南广，再不是二十年前的南广，再不是跑了五次也盖不了一个公章的南广。如今的南广，是一个发展势头强劲的南广，是一个开门迎客的南广，是一个需要大家回去共同建设的南广。"

台下再次响起了掌声，有人吆喝，有人吹口哨。

"毫不夸张地说，现在，南广这片土地已经可以承载我们的梦想了。交通事业的不断发展，教育事业的日益强大，医疗卫生各种短板的陆续补齐，让一个强大的南广呈现在我们的眼前。作为一个游子，我们的终极使命是回家。'回家'这个词，每个人的写法都不同，有的带着发展的想法去写，有的带着感恩的心态去写，有的带着试探的表情去写。但不管怎么写，首先都要带着故土难离的感情去写。我们在需要家乡的同时，也被家乡所需要，我们和家乡是一种相互需要的关系，而不是个人单一的占有、索取、消费的关系。只有共同努力，让家乡变得更加强大，更加富裕，更加有免疫力，我们才能幸福地生活在那片土地上，让我们的儿子、孙子不再像我们这代人一样继续在外奔波，最后沦落为没有故乡的人。"

有人在下面窃窃私语，有人端起了桌上的酒杯。

周楚阳接着说："回家的这一年，我彻底放下了顾虑，勇往直前地做我的事业。现在，留守南广的父老乡亲们，都是在座的我们的亲人，我们要敢于相信他们的爱；南广的各级领导干部，都是敢拼敢干敢担当的领导干部，他们会竭尽所能地为我们提供一切创业上的便利，为我们的发展提供最优质、最无私的服务，我们要敢于承认他们的付出；南广的那片土地，是被各种机遇、各种挑战彻底激活的土地，是蕴藏着无数宝藏、释放出无限可能性的土地，我们要敢于亲吻它的肌肤……"

最后，周楚阳以赵云芇书记的一段"语录"作为结尾，和大家一起分享这个美丽的时刻。

家乡不仅是用来想念的，还是用来凝聚乡愁的；家乡不仅只是用来回味的，也是用来回报的。

年会的各项议程在于小芝的串讲策动中结束。此时，那些坐在台下的人，情绪还停留在周楚阳的"分享"中。谈及回乡，有的人泪眼模糊，甚是激动；有的人沉默不语，似是在内心做着各种衡量和取舍。更多的人在交谈，以不同的视角和观点在谈论南广的过去和未来，谈论时下的各种机遇和挑战。不可忽略的是，今天的这个宴会厅里，每个人都有一副回乡的面孔，无论是出于何种目的，他们中的大多数已经收起了行囊，计划了行程。再过些日子，会有很多南广人回到故乡那片熟悉的土地上去，他们中的一些人，将会抱着一种重新安家落户的心态，准备在家乡辟出一番别样的天地。

觥筹交错之间，舞台上再次响起了悦耳的歌声。来自南广的歌手娟子，将一首《我的南广》唱给在座的每一个南广人。人们在这个时候再次放下手中的杯筷，屏息聆听那来自故乡的深情的呼唤：

那年我离开家乡

翻山越岭脚步匆忙

多少年漂泊，多少年闯荡

转眼已满头银霜

想你的乌峰云裳

想你的凤翅霞光

想你的太阳，想你的月亮

想你的南夷丝路天坑羊肠

雄鸡的歌声在村口唱响

荞麦花在坡上开放

赤水河一路流淌

酒香飘荡，酒香飘荡

炊烟下居住着我的爹娘

小路上行走着货郎

还有青梅和竹马

美丽的往日时光

……

  这是一个让人重拾孤独的时刻，也是一个让人回味苦难的时刻。大厅里人们表情不一，共同营造了因一首歌而泪水奔涌的场面。有人默默地饮尽杯中酒，用手托着腮帮，憧憬着越来越近的回乡之路；有人用手机拍下了这感动的一幕，通过微信和抖音发送到家乡的亲人中间去。周楚阳坐在这庞大的人群中，脑子里浮现出来的，却是无数次在梦中看到的彭玉素一个人在异乡的街头奔跑的场景，那孤单的身影、疲惫的脸庞，让他百感交集，几欲失声痛哭。

  舞台上，娟子身影婆娑。那让人们平添几分惆怅的歌声，在大厅里久久回荡。

7

周楚阳和表弟萧寒在深圳宝安机场落地时，彭玉素已经去了上海。

头天夜里，彭玉素给周楚阳发了一条短信："我有要紧的事，需去上海走一趟，两天后直接飞往合肥。你不必去东莞，改签到安徽吧。"

那时周楚阳已经买好了机票。他想，既然彭玉素要两天之后才到安徽，他就不必临时改变行程了，先去东莞走一趟，见见蒋达蜀，然后再从深圳飞去合肥。

从深圳转乘高铁到东莞，出了火车站，蒋达蜀已在出站口迎接他们。见了面，周楚阳说："想不到吧？我们还会在这座城市见面。"

"有啥子想不到的！"蒋达蜀说，"我为你找人找了几年，没有功劳也有苦劳，你现在来看我，说明你这瓜娃子还算有点良心。"

"找人的事，我也有很大的功劳。"萧寒在一旁说。

蒋达蜀往萧寒肩膀上捶了一拳，笑着说："小娃娃又长大了不少哈，现在人找到了，工资还领不领？"

"当然领。"萧寒说，"过年回去，在老家给表哥当个什么经理去，到时工资翻倍。"

"你想得美！"周楚阳说，"就你这游手好闲的秉性，不去要饭就不错了。"

"那我还要你这表哥有何用？"萧寒回应。

"一边待着去。"周楚阳转而对蒋达蜀说："你看你都成一个老四川了，怎么个子还不见长？"

"水土不服嘛。"蒋达蜀说，"在这种大地方混，每天都心慌，哪有心思长个子去。周老板发达了，在家乡干了大事，何不将老哥哥我也带过去，安排一份挣钱的工作？你知道的，吃苦不是问题。"

"我来找你，正是商量这事。"周楚阳说，"你把嫂子也带过去吧，去南广，也算回家。"

蒋达蜀当即眼眶湿润，声音哽咽起来。他说："在这里干了这么多年，早就不想干了，不是干不下去，而是真的很想家。老弟要是成全，今后我可以继续免费帮你找人。"

周楚阳被他弄得哭笑不得，这四川人打着哭腔也不忘记开玩笑，真是生活赠予的宝贵品质！他说："以后不用找人，你不把自己弄丢就可以了。"

吃完晚饭，蒋达蜀带两人去旗峰广场转转，说那里离彭玉素的公司近，他们可以顺道考察考察。

到了广场外面，蒋达蜀指着不远处的一座高楼对周楚阳说："你的那位大小姐就在那里办学校，她真了不得，整栋大楼的保安都是她安排的。"

"有这么玄乎？"萧寒问。

"咋子不是？不信我带你们过去看看。"蒋达蜀一边说，一边引两人朝着大楼走去。到了楼下，蒋达蜀对值夜班的那个老头儿说："那个云南小伙子在不？"

"在里屋看电视。"老头儿说，"要不要我帮你叫他？"

"叫他出来，有老乡要和他说话。"蒋达蜀说。

一会儿，和玉波从里面出来，看了一眼蒋达蜀，说："大叔，你找我？"

"不是我找你，是这位大叔。"蒋达蜀指着周楚阳。

在彭玉素的调教下，和玉波越来越懂事，工作也非常敬业，他在这栋大楼当保安，很多人都很喜欢他。平时，彭玉素上下班，总会逮着机会和他聊几句，不是问他有什么困难需要帮忙，就是教他如何懂礼貌，如何与人相处。和玉波感觉很温暖，不再像之前那样拘谨，他称彭玉素为"彭孃孃"，彭玉素也乐于接受。几个月下来，和玉波越来越喜欢这份工作，经常打电话回家说，他在东莞遇到了贵人。

周楚阳问和玉波："你知道你们彭总去哪里了吗？"

和玉波说："我为什么要告诉你！我又不认识你。"

萧寒在一旁说："你这小屁孩，你是不知道他和彭总的关系，说出来吓死你。"

周楚阳推了萧寒一把，厉声说："你不乱讲话会死啊！"他又问和玉波："愿不愿意回南广去？我给你一份更好的工作。"

"不去。"和玉波说，"我在这里很好，彭孃孃对我很好，我要好好报答她。"

周楚阳笑了。此时，他仿佛看到一个无比温暖的场景：彭玉素给每一个来自南广的人介绍工作，为他们送去初到远方时的生活必需品，给他们调解纠纷……

离开时，周楚阳望着大门内广告牌上"云众"的字样，内心涌起无数细小的波澜。就在他转身一瞥的时候，他的电话突然响了起来，是彭玉素打来的。

"你去了云众？"彭玉素问。

"是的，我遇到了那个小老乡，他很聪明，很听话，很崇拜你。"周楚阳说。

"他是一个好孩子，如果可以，我想带他回南广。"

"当然好啊！对了，你那边事情办得可好？"

"没什么事情，明天见见我的朋友，已经约好了。"

"你慢慢来，不必着急，我和老蒋在这边转转，后天一早去合肥与你会合。"

"你说的是那个四川人？"

"对，你们认识。"

"不但认识，我还知道他是赤水河边的，我们的老家只隔了一条河。"

"是啊，我准备把他们一家弄到南广去，今后，他们要是想回家，一小时就到了。"

"对了，要不要见见在东莞的南广人？"彭玉素突然问他。

"见他们？"周楚阳反问了一句，"之前也不认识，就这样见，未免也太唐突了吧！"

"倒是有几个人想见见你。"彭玉素说，"你应该认识她们之中的某些人。"

"他们是谁？"周楚阳问。

"南广女子回访队。"彭玉素说，"张青、燕如燕。"

周楚阳说："只是听说过。"

彭玉素说："前几天她们还说起你，对你在南广一个什么现场会上语惊四座的表现由衷地佩服。"

"那就见见，顺便请她们帮我访几个老板回去，赵书记安排的任务还很艰巨。"

"那就看你的表现了。"彭玉素说，"你可不能大意，这几人都是一等一的女汉子，别栽了。"说完，还"哧哧"地笑了两声。

周楚阳的眼泪差点儿掉下来。这是重逢后彭玉素第一次和他开玩笑，而且还是在男女之事上的"提点"。他在这句玩笑话里听出彭玉素对他的在意，感觉到与她之间的进一步磨合。他说："放心吧！"

刚回到酒店，周楚阳的手机里就进来一个陌生号码，接通，那头说："请问是周楚阳先生吗？"

"正是。"

"受彭总的安排，现在与你预约，明天邀请你一起回访南广在东莞的务工人员。"那头说。

"请问你是？"

"我叫张青。"

周楚阳说："久闻大名。"

张青"嘿嘿嘿"地笑："我有什么大名，你认识的那个张青，应该是菜园子张青，我俩品种不同。"

"差不多吧，孙二娘也一样。"周楚阳也笑。

"听人说周总有一股子玩世不恭的性情，今天终于领教一二。这样吧，你把酒店位置发一个给我，明早我们过来接你。"张青说。

周楚阳说："那得先加微信。"

张青说："嗯。"

第二天一早，周楚阳刚起床，张青和燕如燕等几个女子已经到了酒店楼下。她们开来了两辆车，停在酒店门口。周楚阳走出酒店大门，按车牌号找到她们，钻进车去。

"原来是风流倜傥的公子哥儿一个。"坐在他身边的燕如燕一见他就开起了玩笑，"早听说周总相貌出众，胆识过人，今日一见，果真如此。"

周楚阳被说得有些不好意思，哼哼笑了两声，说："你见过哪个公子哥儿像我一样历经苦难，一辈子在命运的泥沼中迂回打转？"

在前面驾车的张青说："怪不得人家彭总对你一往情深，你们之间的传奇故事那叫一个感天动地。"

"让几位神仙妹妹见笑了。"周楚阳说，"这就是人们所说的命运多舛，也是贫穷惹的祸啊。"

车行到半路，燕如燕提议先去彭玉素的"南来广聚"看一看。燕如燕说，马上就是农民工返乡的高峰期，女子服务队的"生意"肯定很火爆。于是从辅道里驶入一条北街，转了两个弯，来到了一个看上去很陈旧但很整洁的院子里。车停下来，燕如燕问周楚阳："来到这个地方，周总有没有嗅到一股熟悉的味道？"

"什么味道？"周楚阳不解。

"故人的味道。"燕如燕说。

"南来广聚"服务队的办公室里果然堆满了人，蒯小玉和另外两个姑娘正忙得团团转。见张青她们走进去，蒯小玉便说："姐姐们救命，我们快撑不下去了。"

燕如燕过来抱住蒯小玉，说："我可怜的丫头，被你们彭总坑苦了，让我来安慰安慰你。"

服务站里堆满的那些人，都是从南广来东莞的务工人员。他们有的是来请服务站帮助讨薪的，有的是为了解决务工事故赔偿的，有的是请求帮助安排工作的，还有一些人，在网上买不到火车票，到这里来让他们帮助想办法。

"像个大车店。"周楚阳对张青说。

张青道："可不是吗？你们家彭总倒是唱了一出好戏。"

"就这样无偿服务？"

"心疼了？"

"没有。可我觉得这样下去不是个办法，得建立一个比较稳固的机制。"

张青说："把你请过来，就是想让你看看，能不能争取政府的支持。之前我们就讨论过这件事，如果政府在这里建立一个办事处，每年从劳动就业局派一个人过来轮岗，在资金上给予一定的帮助，这个服务站肯定会火。"

"可以参照永康的做法。"周楚阳说，"永康在成立工作站的基础上，成立了党工委，充分发挥党组织的战斗堡垒作用。至于人员，可以在务工人员中选用，政府承担一部分工资，其余用度，由当地的南广籍老板和能人买单。"

"这倒是个好办法。"张青说，"回去后，我们回访队可以把这个问题提出来，向政府有关领导汇报，机会合适的时候，还请你帮忙吹吹风。"

燕如燕在一旁搭话："周总肯定会无比上心这件事，这是为彭总排忧解难。"

"那是自然。"周楚阳笑，"只是，南广的劳动力就业转移工作是兰波副县长分管，他一向对我不是很待见，我直接去找他，恐怕只能是碰一鼻子灰。不行的话，我请金副县长试试。"

"这是工作，是为了给南广外出务工人员提供更优质的服务，我想他应该成全。"张青说。

"可以先给组织部打一个报告，把南广驻东莞党工委先成立起来，这样，以后的工作就可以通过组织部来策动，待各项机制建立完善，就轻松了。"燕如燕说。

离开服务队，他们去了祝菲的律师事务所。祝菲一听说周楚阳要来，连忙叫助理过来替她接待一个潮州客户，自己则跑下楼去等着。到了后，张青向周楚阳介绍："这是彭总的好闺密祝菲，你对她可要客气一些，否则……"几人都笑了起来。周楚阳过去握手，夸她长得漂亮，说："我就不敢想象，一个美女律师在法庭上替当事人辩护的时候，法官还能不能理性地宣判案件。"

祝菲说："早闻周总为南广旷世奇才，今日一见，果然谈吐不凡。我也不敢想象，如此讨人喜欢的男人，这么多年来居然做到守身如玉，实在是难得啊。"

众人笑得前仰后合，周楚阳也笑。他说："南广人就靠互相吹捧立足于世，按人们的说法，这就叫抱团取暖。"又是一阵笑声。

谈及回乡规划，祝菲倒有一事向周楚阳请教。她说："我始终不明白的是，一个集问题和矛盾于一身的人口大县，怎么听说南广的律师们都干不下去了？"

周楚阳说："问题和矛盾倒是很多，但人们的处理办法还停留在简单粗暴的层面，有些事情不需要打官司就能处理，不能消化的，往往都是大问题，南广的小律所哪吃得住，还留着等你回去呢。"

"真是这样？"祝菲以为周楚阳是在开玩笑。

周楚阳也拿不准是不是这么一回事，他刚才的一番话，其实也是妄加猜测，顺便开开玩笑。见祝菲这么认真，他便说："我是个外行，不太懂得法律上的事，但我听说，昆明的律师们经常去南广帮人打官司，从这方面来分析，每年的大案要案也应该不少。还有就是，南广的大部分企业，都是在外面聘请法律顾问，我有一个朋友开了一个木材厂，就经常把昆明的律师请下来。"

"这样我就明白了。"祝菲说，"本人必须自信地说，回南广是饿不了肚皮的，至少可以给周总和彭总的公司当法律顾问。"

"那就有劳你了。"周楚阳笑着说。

吃了外卖，几人又去了几个南广老板的厂子。在张青和燕如燕几位女子的帮助下，周楚阳了解了他们的回乡意愿，与他们介绍了南广这些年来的发展变化、营商环境及领导干部的工作状态，有几人表示需要进一步等待观望，个别同意先回乡考察考察。

8

此时彭玉素正躺在上海一个叫"海外"的旅馆的床上，在给周楚阳安排"游说"之前，她约了张荟涵，要他明天把律师黄训田以及汽车美容老板甘杰等一干南广人约在一起喝茶，她有要事相商。

彭玉素之所以要在年前去一趟上海，一来是因为想见见之前做过教育产业特别是在小地方做过教育产业的张荟涵，向他请教请教，以他亲历的"失败"作为"反面教材"，从而获取能为自己所用的经验，避免走不必要的弯路；另一方面，是因为她想通过张荟涵对在沪南广能人们进行一次"策反"，时机成熟的话，她可以争取几个"同盟"为自己注资，把事业做得更大。

喝茶的地点定在巨鹿路一个叫"昨日重现"的咖啡馆。彭玉素赶到的时候，张荟涵等人已经在大厅等候。进了包间，点了饮品，彭玉素开门见山："不瞒各位哥哥，今天请大家小坐，确是有事相求，还请各位不吝赐教。"

"你被大和尚感化了？"律师黄训田半开玩笑。

"大和尚"指的是南广县委书记赵云芃，半年前，他们一起聆听过他的演讲，情真意切，指向明确，印象颇为深刻。如今彭玉素决定回乡，在座的人都以为她是响应了赵云芃的号召，所以都在心里留此一问。彭玉素说："也算是吧。"

"听说彭大小姐最近找回了真命天子，想必就是那另一个和尚。"甘杰说，"向来女人的主见都是表面现象，就算是彭总这样能撑起半边天的人，还不是所有身家都服从于男人？"

彭玉素笑笑，对甘杰说："你这套理论并不能体现今天这个时代的特征，如今，每个人行动上的独立都是建立在思想的独立之上的，只有彼此的认知高度统一，才谈得上服从。况且，是男人服从女人还是女人服从男人，都说不一定。"

张荟涵在一旁说："甘总还是甘拜下风算了，你这姓，注定你永远不会赢，何况是在彭总这样的女人面前。"人们都笑了起来，笑得最可爱的是律师，他一边笑，一边用纸巾从镜片底下伸进去擦眼睛。"做梦都盼着甘总被人笑话，我看今天就是一个好机会。"

甘杰被人们拿来打趣，自知这一局非输不可，便道："是了是了，你几个拿我做敌人怜香惜玉，今天要赢肯定很难。不过我说的是真的，古今有几个女皇帝，你们都清楚，武则天算一个，慈禧算半个，加上野史上记载的，充其量也就三五人，而这些女将，再风光也只是垂帘听政。"

人们又笑，都说甘老板扯远了，眼下最要紧的，是帮助彭大小姐释疑解惑，再耍嘴皮子就不地道了。甘杰说："人家是来找张总的，我等只是作为辅助教材，充其量就是举手表示同意而已。"

彭玉素说："不是不是，眼下还真的需要各位走心相助，不然的话，小妹就会成为墙上芦苇，断不能在南广站稳脚跟的。"

张荟涵搅动杯子里的咖啡，说："目前在中小城市做教育，可谓占尽了天时地利，尤其是在南广这样的地方，资源富集，空间很大。"

"这一点毋庸置疑。"彭玉素说，"可是要做优质的教育，难度可想而知。"

张荟涵说："关键是看你有没有下定决心。就南广的现状来说，基础教育空间较大，政府也比较支持，如果做得好，就是千秋万代的产业。"

"如果是单纯地建一所初级中学，我并没有什么兴趣。大家都知道，在南广办学校，就是一个挣钱的活儿，只要有资金投下去，何愁没有收益。我是想为南广的教育做点吹糠见米的事，比如，先从高补开始。"

"你甘愿在应试教育的圈套中堕落？"黄训田问。

"什么叫堕落？"彭玉素反驳，"人们衡量教育的成败，向来都是看分数，看录取学校的等级，今后二十年之内仍然是这样。如果要把素质教育强加给今天的现实，肯定不必把起点看得有多重要，让孩子们去学挖掘机、电焊、美容美发和炒菜就行了。"

"你看，又输了。"张荟涵看着律师，一个劲儿冷笑。彭玉素接着说："别小看高补！如果要在南广做一个能满足广大高考生的补习学校，没有一两千万恐怕不行。"

"有这么玄乎？"甘杰问。

"一点都不夸张。"张荟涵替彭玉素回答。

"彭总不会缺这两千万。"甘杰说，"只要能唤醒那些人的教育渴求，两千万很快就会回到你的兜里。"

"总不能一直做高补吧？"彭玉素道，"我的想法是，以高补为切入点，倾注基础教育。如果要做，肯定要做最好的学校，从小学做到高中，至少要成为一个地方教育品牌，至少在教学成绩上不能输给师大附中。"

"这要求未免太高了吧？"律师说，"师大附中可是云南知名教育品牌，这些年，你看见有哪一所学校超过它？"

彭玉素说："你是站在云南看云南。我们既然要回去做教育，就不能把眼光局限于省内，要将南广的学校与浙江的比，与上海的比，与广东的比，与国内最牛的教育品牌比。"

张荟涵说："一句话，彭总想在南广做中国最牛的教育。人家今天把我们叫到一起，就是希望大家能表个态——有没有信心。如果有信心，每个人能拿出多少？"

"不会吧？"甘杰说，"你居然是这样的目的？"

"不错。"彭玉素说,"我现在就是想把大家捆绑在一起。俗话说,众人拾柴火焰高,我就想让各位为南广的教育事业加一把火。"

人们开始沉默。在座有一个叫王显的人,在上海做了多年的幼教,有一定的经验。刚刚大家在讨论的时候,他一直没说话。见人们都不言语,他便开了口:"彭总有意复兴南广教育,可见格局非同一般,本人听下来倒是无比兴奋,如果这事定了,算我一个,三五百万我出。"

"这么慷慨?"律师表示怀疑。

"这有什么?"王显说,"你在上海投一个一百万的项目,风险比在南广投三百万要大得多。其实大家都明白,在一个小县城,能够砸几千万去做某个产业,安全系数是很高的。"

"也就是说,你决定了?"张荅涵问王显。

"当然了!不就区区几百万吗?况且,把钱交给彭总去打理,没什么不放心的!"

张荅涵又问彭玉素:"你是准备把广东的教育资源拿到南广去?"

"必须这样。"彭玉素说,"南广教育的短板,实际上是缺少思想,缺少前沿教学力量,如果我们能将国内最牛的教学模式引到南广去,就相当于南广受教育家庭瞬间在北京、上海、广东等地方拥有一套学区房。"

人们又围绕师资引进展开讨论,各抒己见,互不相让,真是神仙打架,蔚为壮观。彭玉素心想,越是有争议,越是暗示此行收获必定很大,心下很是高兴,于是抛了悬念,说:"我只不过一介女流之辈,能力有限,如果没有各位大侠鼎力相助,万般计划都将烂在纸上。眼看春节将至,各位也应该会回家过年,我建议大家回到南广后,抽出一点时间调研调研,如果觉得时机成熟,不妨呼叫一下,一起干一票大的。"

9

周楚阳让萧寒在东莞待几天,由蒋达蜀陪他逛逛。周楚阳说:"你别只顾闲耍,也帮老蒋收拾收拾家当,抓紧回南广去。"而他,独自踏上了去安徽合肥的旅程。

下了飞机,彭玉素从上海到合肥的航班还在空中。他一个人没事做,就独自在机场里转,刚好看到到达口有一个小超市,就走了进去。果然,货架上摆了一些南栗的产品,墨绿色的礼盒上面,印着"彩云之南出南栗"的字样。

周楚阳问导购员："这栗子口感如何？"

小姑娘把一盒南栗拿到手中，对周楚阳说："先生可买一盒尝尝，这是高原上的坚果，品质不错，这段时间卖得很好。"

他正欲掏钱买一盒，忽听得收银台的低音炮里响起一首熟悉的歌来，歌词直戳人心，差点儿将他击倒在地。

炊烟下住着我的爹娘，
小路上行走着货郎。
还有青梅和竹马，
美丽的往日时光。
……

那是娟子的声音。前几天，这个南广籍女歌手还亲自登上永康年会的舞台，为那些离开故乡的南广人演唱了这首歌曲。如今，这首歌都唱到四面八方去了，把原本只属于南广人的乡愁变成所有异乡人的乡愁。这个时候他想起自己的家，想起二十年来的种种际遇。对，他还想到他和彭玉素的孩子。那个姑娘，现在就在离他不远的地方，即将与他见面。

他想起母亲。小时候，她下地干活儿之前，总会把三弟周桐捆在她的背上，然后在一旁用亲切的语调吟唱着那首他再熟悉不过的童谣："月光光，照池塘；骑竹马，过洪塘。月光光，照地堂；幺儿乖乖，睡落床……"

他想哭，泪水快要流出来了。他对女儿心怀愧疚，这么多年了，自己从来没有尽到过一个做父亲的责任。眼看马上就要与她见面，却不知道怎么面对。自打从传销窝里出来，十几年了，他无时无刻不想念女儿。很多时候，他会一个人猜想她的模样，内心里的孩子有时长得像彭玉素，有时长得像他，但不管长得像谁，他始终坚信，她一定是个聪明、可爱的孩子，一定是一个人见人爱的姑娘。

得知孩子是个姑娘，还是他离家三年后的事情。那年他从广东回到老家，二弟周全对他说："彭二妹回来过，她带着一个小姑娘。"那时候，彭玉素内心的恨已经完全消耗掉了仅存的一点对他的念想，这种恨在某段时间里曾演变成报复——发誓一辈子不见他，频频换手机号码，以此扼断他一路寻找的线索。她还化名苏羽，让所有与她有交际的人不至于认出她来。那些年，周楚阳给她发过上千条短信，每一条都是一封虔诚的悔过书，每一个字都在乞求她的谅解——他从不敢在短信里提到孩子，他怕她认为自己是一个自私的男人，即便心中无比想念他的亲骨肉。他在广东开五金厂的时候，一天，骑着自行车穿过一条大街，走到中央时，看见一对穿着破烂的夫妇牵着一个小女孩过马路。小女孩扎两个羊角辫，穿着后背带着小兔子图案的鹅绒衣，足上蹬着崭新的小皮鞋，与这对夫妇显得格格不入。他被这种完全豁出去的爱刺得生痛，以至于自行车撞在前面一个老太太的拐杖上也全然不知。老太太从他的车辘辘下拾起拐杖，扬到空中，看了他一眼，又慢慢放下来，轻言细语地说："你这小伙子，骑车怎么这样不用心呢？"他把屁股从车坐垫上移下来，一面小心地给老太太道歉，一面看那对夫妇牵着孩子走远。后来的某一天，厂子倒闭，他在离开那座城市之前，又去到那个地方。此时的他，已经接近身无分文，心里除了惦记着那让人感到温馨的一幕，就只剩下离开的念想了。他在斑马线起始处站了一个下午，在来来往往的人群中搜索，看见太多的夫妻背着或牵着孩子路过，却始终找不到与那一家三口有相似之处的人。的确不容易，那神态、动作以及步行的速度，与之前所见相去甚远。他打心里相信，如果他有一个女儿，他也会对她倾注所有的爱，不管自己有多贫穷，不管自己面临多大的压力，他一定会用心地爱自己的妻儿。黄昏时分，他回到自己的住处，在收拾行李的时候，突然接到母亲用村里刘家小卖部的座机打来的电话。

"周家老大，你现在在哪儿？"

"在广东呢。"他答。

"你还能照顾好自己吧？"

"能，我现在好着呢，厂子卖了，手里有钱。"

"好端端的，为什么就卖了呢？"

"生意太麻烦，不想干了，明天我要去浙江干一份新的工作，工资老高了。"

"你自己高兴就行，我也管不了你。过年要是不加班，就回来吧。"

挂了电话，他坐在床沿上哭了一阵，哭完了，又继续收拾行李。

那年，周楚阳没有回家过年，而是给温州一个印刷厂的老板看厂，每天和一个年纪差不多六十岁的老保安一起吃泡面。他把身上仅有的两千元钱全部寄回去给母亲，还在电话里对母亲说："公司领导带我们去海南三亚过年，今年就不回家了。"

彭玉素下飞机走出机场大厅时，给周楚阳打电话，告诉他她已经到了。周楚阳还沉浸在对往事的回味中，接了她的电话，忙走出大门，去到达口外面找她。彭玉素穿一件浅蓝色的风衣，戴着墨镜，站在离吸烟处不远的拦车道，见周楚阳慌慌张张地出来，对他"喂"了一声。

算起来也就十几日不见，但周楚阳对彭玉素此时的样子似乎已经陌生了不少：她把头发在脖颈处扎一个结，让肩膀以下如瀑的发丝稍稍归拢；她的手上戴着黑色的皮手套，套口与袖口相接的地方，是一溜白色的衬衣小袖，看上去像极了一个女魔术师。是的，她的样子很有一种成熟女人的潮味，那么时尚，那么高贵，那么优雅，与在南广的那些日子相比，多了几分从容。这是一副谈判归来的模样，眉宇间的自信、威仪和庄重自由呈现，让周楚阳不禁为之一震。

"你在想什么呢？"彭玉素对正在朝她走过来的周楚阳一问。

"我想到一只猫。"他刚把这句话说出口，就想立即收回来。可是说出去的话又怎么能收回来？只得遵从自己瞬间的感觉，他继续说："我刚接到你的电话的时候，看见有人在安检处把一只猫放在地上。"他没有说谎，他的确看见一只猫，只不过，那个即将过安检的女人并没有将那只猫放在地上，而是恋恋不舍地将它递到一个送她离开的男人的手里。

"你是说，她想把那只猫带上飞机去，被安检的人挡住了？"彭玉素摘下鼻梁上的墨镜。

"我想不是这样的。"他说，"或许，那只是一只前来送行的猫。"

"你怎么能这样想？"彭玉素忽又把墨镜戴上。

"走吧。"周楚阳说。

上了合肥至澄湖的高铁，走进车厢，才发现两个人的座位并未挨着。买的是商务座，号连在一起，两个座位之间却隔着一条过道。车厢里总共五个座位，周楚阳和彭玉素的座位在中间一排。他们在自己的座位上坐下的时候，彭玉素转过头来，对他轻轻一笑，表示他们实际上还挨在一起。他也还她一个笑脸，同时点了点头，表示无比地认同。火车开动以后，他把座位的前置脚踏摇了出来，刚要把双脚伸上去，做一个躺状，却看见彭玉素直挺挺地坐在座位上，就又摇回去，也把身子直起来，却感觉到浑身很不自在。

得找一句话说说，他在心里想，说什么呢？估计是要说的太多，记忆突然死机式清零，心里自然就开始发慌了。搜寻了很久，老是感觉重启无望，他便脱口而出：

"那只猫真漂亮！"

彭玉素不解地看了他一眼，慢吞吞地问："你喜欢起小动物来了？"

"不是。"他说，"我在一只猫的身上看到了遥远。"

"没听懂。"彭玉素道。

他嘿嘿一笑，说："我只是看到了一只送行的猫。"

彭玉素没再说话。过了一会儿，周楚阳看见彭玉素的眼睛微微闭了起来，感觉似是睡着了。他把头扭正，让眼睛正视前方，看见的是一个黑色的真皮靠椅，靠椅上坐着的那人，从露出来的衣服颜色上看，应该是一个女人。前面的女人似乎也睡着了，甚至还发出轻微的鼾声。这时，他又想起那只猫。他想到猫的时候，就想起二十年前。罗卓小学的那间简陋的宿舍，他每次去的时候，都会撞见一只猫伏在彭玉素的门边，像一个小小的卫士，忠诚地守卫着一个新来的年轻女教师。前面座位上坐着的那个女人，身子似乎动弹了一下，发出了一声打呵欠的声音。那声音是没有字眼的，代表的仅仅是疲惫，却让他感觉到似乎从哪里听到过。真是奇怪！这些年来，他很少和某个女人近距离接触，除了偶尔和王白璐有一些动作上的玩笑，其他的女人，还有谁会让他保持着对记忆中某种声音的敏感呢？他的右手边，彭玉素还是闭着双眼，好像对他此刻的心理活动一无所知。在他也想把眼睛闭上养养神的时候，他听见前面的女人在接一通电话。不错，女人操的是一口温州话。

孙小雪！

这名字从他脑海里晃过的时候，他想给自己一巴掌。孙小雪是谁？就是那个骗了他十八万元的漂亮女人，她有一身张狂的曲线，之前曾是他印刷厂里的职工，颇具设计天赋。孙小雪的婆婆，是他温州家里的保姆，温柔、贤惠、风韵犹存，老了老了，和自己的儿媳一起设计了一个周密的陷阱，让周楚阳猝不及防，一头栽了进去。

不可能是她。他在心里对自己说。

前面的女人说了几句话后，就挂了电话，座位恢复平静。周楚阳刚想把头从侧面伸过去看看她，坐在右面座椅上的彭玉素说了一句话："你后来还见到过猫吗？"

他赶紧把头缩回去，又慢慢把脸转向彭玉素，说："没有，今天在机场，是二十年来的第一次。"

彭玉素又闭上眼睛，不说话。

到澄湖站，周楚阳和彭玉素几乎同时从座位上站起身来，几乎同一时间去拿摆在座位旁边的箱子。两人迈出步子的一瞬间，周楚阳看见前面的女人迅速拎起背包，挎在肩上，头也不回地走了。待他们从车厢里出来，周楚阳从拥挤的人流里再次搜寻的时候，再也找不到那个匆忙离开的影子了。

"你认识她？"彭玉素在身边发出的声音是何等微小，但周楚阳还是听到了。

"谁？"周楚阳不敢确认彭玉素说的是不是他前面座位上的那个女人。

"车上。"彭玉素只是提示。

"哦。"周楚阳结巴了一下，说，"我一听别人说温州话，就想认真地看看她。"

彭玉素停下脚步，望着他，半晌，说："你在那里生活了这么多年，有很深的感情了，非常理解。"

周楚阳朝他笑，说："你呢？会不会也和我一样？"

彭玉素没有及时回答他的问题。她推着箱子往前走了几步，才扭头看他，说："这些年，会不会有另一个人让你无法忘却？"

他说："这是压根儿就不会有的事。"

彭玉素戴上墨镜，快步往前走了几步，才停下来，说："我倒希望是这样，比如王白璐，她完全值得你去拥有。"

"不是这回事。"他几乎是以一种抢白的语气在说。

10

彭玉素对周楚阳说："孩子一会儿就来了，如果她不愿意和你相认，请你不要怪她，毕竟这一切与她无关。"

"那是。"周楚阳心脏怦怦直跳，好像整个心脏就要从头顶蹦出来。他的脸上溢满了汗水，脖子也湿漉漉的，像刚刚经历了一场战争。他拿起桌子上的茶杯，使劲地喝水。茶水很烫，流到嘴里，让舌头差点儿起了疱。他把茶杯放回桌上，从盘子里拈起一粒瓜子放进嘴里，嚼了几下，连同壳吞了进去，才感觉到喉咙痒痒的，咳，却什么也咳不出来。

彭玉素问："你怎么了？"

他拿起茶杯，使劲地喝了一口水。滚烫的茶水灌进喉咙，他仿佛听到喉头"呲"的一声响。慢慢镇静下来，他才回答彭玉素的问题："茶水太烫。"

"你怎么如此紧张！"彭玉素甚至笑了起来，她用手在周楚阳的后背上捶了两下。

"我出去透透气，几分钟就回来。"他对彭玉素说。

他拉开房门，穿过过道，"噔噔噔"走下楼梯，经过酒店大厅，飞快地跑出门去。

街道上有行人匆匆走着。腊月里，行人手里拎着口袋、背上背着包。那些行人，有的在置办年货，有的准备回到故乡去。澄湖的大街上，那些匆匆行走着的人，各怀心事，表情不一。周楚阳站在街边，看着鳞次栉比的高楼，有些窗口已经开始亮起了灯光，有些窗口人影晃动。这是又一个异乡，之前他从未来过，感觉如此陌生。他来这里，是为了见自己的女儿。

他看见前面的红绿灯路口走过来两个女孩，个头差不多，其中一个穿着一身牛仔衣，裤子上有明显的猫须和破洞。两个女孩慢慢往他这边走过来，越来越近，让他突然感到有些面熟。她们从他身边经过，似乎没有看见他，径直往酒店的大门走去。待推开玻璃门，其中一个稍胖一些的女孩拉住另一个女孩的手腕，从门口折回来，边走边说："这大叔好像在哪里见过。"

她们站在周楚阳面前，用一种调皮的眼神在打量他。周楚阳看了看她俩，突然记起来，这两个女孩，一年前他在温州见过，当时她们和萧寒在一起，其中那个叫路人甲乙丙丁的，还自称是萧寒的女朋友。

"原来是你们两个淘气鬼。"周楚阳的脸上露出微笑。

"大表哥！"那个叫路人甲乙丙丁的女孩一拳擂在周楚阳的胸口上。

"真是你们！"周楚阳笑着拿开她的手，说，"死丫头，出手这么重！"

"赵小满，真的是大表哥。"她收起拳头，又对周楚阳说："大表哥，你怎么会在这里？"

"死丫头，你还以为这世界真的有多大！"周楚阳说。

之前赵小满一直没说话，只是拿一双眼睛死死地盯着周楚阳。待他和那个叫路人甲乙丙丁的女孩打完招呼，才开口："你认为这世界很小吗？如果你要找一个人，会不会很简单？"

周楚阳的内心被这话猛地刺了一下，有一种说不出滋味的疼痛。他不知道赵小满为什么要对他提出这种问题，他感觉在这个世界上只有他一个人无法回答这个问题，要是换别人，只需说"是"和"不是"，而他自己，既"是"，也"不是"。他仍然对赵小满报以亲切的微笑，但当他刚要开口说话的时候，突然发现赵小满凝神不语的样子多么像某个人，这个人是谁？他一时想不出来。

"小姑娘家，为什么要思考如此复杂的问题？"他伸过手去，想拍拍赵小满的肩膀，她却顺势躲开了。

"这么快就不调皮了吗？"他略显尴尬地说。

"走吧，丁丁。"赵小满拉起那个叫路人甲乙丙丁的女孩，快步往酒店大门走去。周楚阳一个人站在街边，脑子里一片空白，突然记不得刚才发生了什么——不是记不得，而是看不懂。他慢慢转过身，两个女孩已经拉开玻璃门，在走进去的一瞬，赵小满还转过头来看了他一眼。

腊月的澄湖大街上，黄昏时分，路灯亮了起来，行人拎着口袋、背着背包，匆匆地走着。周楚阳拖着突然变得沉重的双腿，走进酒店大门，就在他即将爬上楼梯的一瞬，他的手机短信提示音响了起来，萧寒说："大母羊，你在安徽见到故人了？"

"是的。"他回。

他上了二层，找到刚才的包房，慢慢推开了门。他看见赵小满和丁丁坐在彭玉素的旁边，三双眼睛定定地看着他。

"你们……"他突然明白了一切。但是，即使是在上楼之前，他也万万没有想到，他的女儿，在一年之前他曾见过。

"坐吧！"彭玉素向他做了一个手势。

他点点头，慢慢走到桌边，在椅子上坐了下来。他的头始终低着。

丁丁扮了一个鬼脸，问彭玉素："彭姨，你们是朋友？"

"傻孩子，我们不是朋友，我们是亲人。"彭玉素轻轻抚摩着丁丁的头发。

"那……我们都是亲人。"丁丁说着，看了一眼赵小满，说："满满，见了亲人，你为什么不高兴？"

"我哪儿不高兴了！"赵小满瞅了一眼丁丁，说，"我只是暂时没想好，以后不能叫大表哥了，要叫他什么。"

彭玉素苦笑了一声，说："别闹了，吃饭。"

周楚阳独自坐在一边，他的脑子里仿佛跑过千军万马，响彻着喊杀声、刀剑声、马蹄声……无数的声音轰隆隆而过，让他头痛欲裂，几欲没法抬头。他脸色惨白，豆大的汗珠却不顾一切拼命从脸颊上流到脖子上，从脖子上流到胸口。这时他听到彭玉素叫了他一声"楚阳"，瞬间感觉到这名字是多么陌生——可不是嘛，这种陌生感，恰好来自彭玉素那无比生硬的语气。重逢之后，她只是叫他"你"，而没有喊过他的名字。显然，她的这一声称呼，是故意说给孩子们听的，这是一种气氛的铺垫，同时也是在宣布一个决定。

"我没理解错的话，现在只剩下我一个人没有爸爸了。"丁丁说完这句话，看了赵小满一眼，一下扑倒在彭玉素怀里，大声地说："彭姨，是这样吗？"

赵小满用手掌去推丁丁的头，没好声气地说："哪来的委屈？你想要的话就给你，我可不要。"

"满满！"周楚阳站起身来。

赵小满看着他，脸上有怒气："别这样叫我！"

彭玉素也站了起来，转头对赵小满说："之前的事，不完全是他的不对，这其中有很复杂的原因，你别用这种态度对他，好吗？"

赵小满看着彭玉素，半晌才说："我只知道我姓赵，我的爸爸也姓赵。"说完，抬腿就往包房外跑。丁丁在后面叫她："满满，满满。"也跟着跑了出去。

周楚阳站着，愣愣地看着彭玉素。

房间里空气凝滞，明亮而又温暖的吊灯，此时散发出来的光辉，像一粒粒白色的尘埃，聚拢在两个人之间的空隙里。

"我们之间，还有一个姓赵的男人，那是一段短暂的时光。"彭玉素说。

"没事，我能理解。"周楚阳说，"都是当初我太混蛋，这一切都应该由我自己来承担。"

"都过去了。"彭玉素说，"孩子暂时还不能接受，希望你能理解。"

"谢谢你。"周楚阳说完，泪水哗哗地流了出来。他慢慢坐下，伏在桌子上失声痛哭。正在上菜的小姑娘问："先生，有什么可以帮你吗？"

他向服务员摆了摆手，表示没事。彭玉素走到他身旁，对他说："你不要这样，一切都会慢慢好起来的。"

"你知道我有多幸福吗？"他慢慢抬起头，从脸上挤出笑容，对彭玉素说，"上天有意安排，让我在见到你之前，见到了我们的女儿。"

"我知道了。"彭玉素说，"前些日子，她对我讲过。"

他无比惊愕，这是他不敢想象的。他想，难道当初赵小满见到他的时候就知道他是谁了？这样一来，去年在温州发生的那些事，赵小满的参与也掺杂了作为女儿的一份感情。没错，应该是这样。他笑得更舒心了，从桌上拿了一块纸巾，擦了擦眼泪，说："我的满满多好，她那么懂事，还很智慧。"

"是吗？"彭玉素也笑。

"去年在温州，发生了一件事，是满满帮了我。"他说的是公司聚餐的那个晚上，孙小雪设了一个局，那个在暗中配合她的男人，刚好被满满和丁丁发现。要不是她俩，他们说不定就不能在蛋糕店里找到被五花大绑、绝望得奄奄一息的何清明，说不定就追不回那182万了。

"姑娘长大了。"彭玉素说。

满满在丁丁的推搡下回到房间，重新坐到彭玉素身边，见两人都站着，便说："别那么幼稚了，都坐下吧。"她自己先坐下，拿起筷子吃了起来。

两人坐下，看了看两个姑娘，都笑了起来。赵小满一边吃，一边对周楚阳说："以后我还是叫你大表哥吧，我一时还缓不过来，尽管我用了一年多的时间。"

"行。"周楚阳笑着说，"你可以永远这样叫，只要你理我。"

"那可不一定。"赵小满说，"我习惯了没有爸……大表哥的生活。"

"死丫头。"彭玉素用筷子敲了一下她的手肘。丁丁也模仿彭玉素说了一声"死丫头"，也用筷子从彭玉素的面前伸过去，敲了一下赵小满的手肘。

"对了，丁丁，你不是很想有一个爸爸吗？不行的话，你叫他爸爸好了。"赵小满对丁丁说。

"好啊好啊，我愿意。"丁丁望向周楚阳，吐了吐舌头，大声地叫："爸爸。"

周楚阳脸红得像一只阳光下的木桶，顿了好大一会儿，才说："还是叫大表哥吧，我也还不习惯。"

"自私、小气、无趣。"丁丁撇了撇嘴，说，"谁稀罕，我还不要呢。"

赵小满拿筷子往丁丁头上敲，说："你再说我就撕坏你的嘴。"

这是一顿愉快的晚餐。

11

天亮后，彭玉素起来，听见女儿满满在房间里翻弄着什么，响动很大，于是走到她门前，问："满满，你在干什么？"

"在收拾东西。"满满嘴里衔着一个衣架，她的双手都提着衣服。

"你收拾东西干吗？"

满满打开门，对彭玉素说："回南广去啊。"

"回南广？"彭玉素不解。

满满把嘴里的衣架拿下来，说："我们难道不回南广去吗？"

"死丫头。"彭玉素骂了一句，把女儿抱在怀里，说，"我闺女真懂事，原本我以为你会不理他的。"

"你是说大表哥吗？"满满说，"你以为我会像电视剧里一样，还得用三年五年来撒气！老实说，我早就希望见到他了，况且，有这么成功的爸……大表哥，不丢人，你说是吗？"

彭玉素眼眶湿润，对满满说："你知道吗？他很不容易。之前的事，妈妈也有错。"

满满说："你们这代人真会来事，白白浪费那么多年的青春。要我说，人生不需要那么多的矫情，要过过，不过拉倒。"

彭玉素把她从怀里推开，严肃地说："别动不动就批评我们这代人！我们这代人怎么了？你知道我们的大半生都经历了什么吗？我们背井离乡，饱受苦难，不仅是为了体面地活着，还为了活出尊严。和你们相比，我们是缺少思想，缺少自由，那是因为我们的肩上有使命，我们的翅膀何等沉重！"

"是了，彭总。"满满说，"你们因为尊严而分开，又因为尊严而走到一起。尊严就是自我折腾，自我流放。"

"好吧，你说得对。"彭玉素扯了扯她的衣服下摆，说，"先把这些放下，咱们先去酒店陪你大表哥吃饭。"

"矫情不是？"满满说，"都冰释前嫌了，要我说就干脆住到家里来，还待在酒店干吗！"

彭玉素做了一个拿她没办法的手势，说："小姑娘家，别满嘴胡话。"

周楚阳早已等在酒店外面的街边。见彭玉素和满满手里拎着东西过来，笑着向她们招了招手。满满也举起一只拎着东西的手，大声说："大表哥早上好。"

"早上好，满满。"他接过女儿手里的东西，问，"这是什么？送给我的吗？"

"想得美。"满满说，"这是彭总替你准备的礼物，送给韩姨的。"

"丁丁的妈妈。"彭玉素在一旁补充，"你去见她，可不能空着两手，让人一看就是一副负心汉的嘴脸。"

　　最后一句话声音很小，是因为怕满满听到。周楚阳苦笑，说："多亏你想得周到。"

　　满满在一旁说："你俩别这么酸好吗？要我说，你们先找一个没人的地方，接个吻，缓解缓解生分，别让我觉着别扭。"

　　周楚阳看着女儿笑，半晌说："真是咱老周家的血统，向阳开放。"

　　"向阳开放"四个字是赵云芃送给周楚阳的礼物，现在他借用它送给女儿，同时也间接地告诉她：人生何来忧烦，勇敢咬定前方。这是他第一次在女儿面前扮演一个父亲的角色，他要施予她人生中的第一次来自父性的教育。

　　吃早餐的时候，周楚阳感到无比快乐。他不断地给满满和彭玉素夹菜，两人也愉快地对他说"谢谢"。这样的场景，让他想起十几年来对她们的寻找，每每带入往事，他就会感觉到眼前的幸福是那么纯洁、高贵，同时也那么不易。当年，他从传销窝里被解救出来后，被公安人员安排到一个很旧的仓库里，和很多同时被解救出来的"同事"一起给一个印刷厂搞装订。活计很简单，就是用一种叫聚烯离子的东西熬成糨糊，给堆叠得无比整齐、多得像一座座山头似的印刷品"胶头"。干了三个月，警察来接他们，说："你们马上就会领到三个月的工资，拿到钱，赶紧回家去，和家里的亲人团聚。"周楚阳拿了钱，没有回家，而是只身去了广州。到了广州后，他的身上只剩下三百来块钱了，找了十几天的工作，没人要，原因是他来自云南的南广。兜里的钱快要花光了，此时，他就是想回家也没有办法。那天晚上，他拖着疲惫的身子走到一个工棚外面，正准备啃一块馒头。他计划啃完这个馒头，就偷偷钻进工棚里过夜，如果第二天还有力气，就继续找工作。他刚咬了第二口，就看见一个男人背着一个女人从不远处走来，到了他身边，男人慢慢把背上的女人放下，然后对他说："不好意思，兄弟，咱们可以一起将就一下吗？"

　　"没问题，反正这里不是我家，这是大广州的土地。"他说。

　　"兄弟是云南人？"男子抹了抹额头上的汗水。

　　"是的。"周楚阳说，"听口音，你也是？"

　　"我是四川的，但在云南边边上，属于三川半，说是云南人也说得过去。"男子一边说，一边从女人背上的一个花蓝色牛仔背包里翻找出一个塑料袋，里面装了一些花生和瓜子，还有些水果糖。男子用手匀了一些，递了一捧给周楚阳，说："刚从一个酒店路过，有人结婚办酒席，新郎新娘站在大门外，见人就发。你很饿吧？先吃个意思。"

周楚阳没接，说："我不饿，你给嫂子吃吧。她是不是生病了？"

"半年多了，早先在工地上干活儿，从墙上摔下来，伤了脚掌，粉碎性骨折，现在还走不了路。"男子看了看他，从他的衣着和谈吐上判断他不是乞丐，又说，"看来兄弟也是走投无路了。"

周楚阳笑笑，说："我自离开家开始，就没有上过路，从明天起，我估计就会成为乞丐了。也许，这世界上就没有路。"

"莫打胡说。"男子说了一句四川话，"哪个都是一样，路是慢慢走出来的。"

周楚阳说："那是书上说的，现实可不一样。我在这里待了好久，就没有一家工厂愿意要我。"

"都一样。我们在这里待了三年，进过厂，摆过地摊，干过工地，当过保安，没有哪一样是容易的。眼看就要走上路了，婆娘却受了伤，两个孩子在老家由老人带着，逢年过节连一件新衣服都买不起，想想，真是无脸见人了。"男人说完，他的女人在一旁接话："如今这光景，怕是不能翻身了。"

"瞎球说。"男子说，"人活着就要与老天爷干仗，他越是要收拾你，你越是要不服气。我就不相信没有翻身的一天。"

"大哥真是个乐观的人，能这样想，至少也能多活几天。"周楚阳说。

"谁没受过难？"男子说，"我们刚来的时候，还不是天天在这大街上打游击，每天吃一个馒头，甚至不敢上茅厕，怕饿。"

"你说这话，就像现在你敢上！"女人说，"要我说啊，凑足路费咱们就回家，家里好歹还有几亩土地，养活咱们几口人没问题。"

男子说："你这婆娘真是没出息，都出来了，哪有轻易回去的道理！不奔出个名堂，这几年的苦就白受了！"

周楚阳听两口子争论，听出来的是如何活着的问题。事实的确如此，如果他们回去，守着几亩土地过日子，同样也是活着。自己也一样，如果回到南广，把父亲留下来的那些土地用于栽种玉米、水稻、土豆或者烤烟，每天赶着趟去放田水，也能解决吃饱穿暖的问题。但是，这不是他想要的生活。他一个堂堂的高中生，读了十几年的书，因为家庭变故，放弃了高考，选择去远方，就是想把黄金搬回去，把尊严找回来，让自己活得与众不同。此时，他身旁的两夫妻，嗑着别人施舍的瓜子，还能讨论活着的问题，为什么自己就突然颓废下来了呢？再者，要是讲苦难，他经历过的，比他们的更惊险，他相当于是从死人堆里爬出来的，传销窝里的生死，如同战场。

"嫂子，你觉得大哥的选择对吗？"他问女人。

女人沉默了好一会儿，说："我也说不准，但我还是愿意听他的。如果他能活下去，我就死不了。"女人的一句话，让周楚阳突然从内心打起精神来。是啊，活着多么容易！那些在街头翻找垃圾箱的流浪汉，同样目光炯炯，同样会给路边的乞丐丢一枚硬币。而自己呢？正值青春年少，漫长的一生才刚刚开始，断不可临阵逃脱，灰不溜秋地滚回老家。这个时候他想到彭玉素，这个他深爱着的姑娘，此时她应该坐在宿舍里的写字台上批改作业。对于他的出走，她还伤心吗？不知道，也许，她正在尝试着慢慢忘记他，过不了几年，她的世界里自然会有另一个她心仪的男子出现，她会和他举行婚礼，和他生儿育女——不，她或许不会这样做，她会一辈子等他，就像古典小说中的男女之爱一样，他和她之间或许会有一段现代版的坚贞爱情戏——他没有想到的是，在他消失三个月之后，彭玉素也辞掉工作，到远方去了。他更没有想到，她离开的时候，已经怀了他的孩子。

"你不会被吓傻了吧？这冷酷的现实。"男子问周楚阳，"兄弟，我们四川人有一句口头禅，叫啥子都是卵事，啥子事都淡化。你如果不能雄起，可能明天你就死了。"

"当然要雄起。"周楚阳说，"你现在看这广州城，那么多窗口里，透出来那么多的光，那些正大光明地在灯光下活着的人，不见得比咱们高贵。从明天起，我要硬着头皮再去找工作，如果实在找不到，就先在这个工地里搬砖，不要工资，只要他们赏一口吃的，我就不信这么廉价的劳动力他们还不要！"

"也用不着这样。"男人说，"明天咱们一起卖报纸去。我手里还有几个钱，我去买百十份报，咱们一起卖，慢慢干起来。"

"你愿意帮我？"周楚阳感激地看着他。

"这有什么？"男人说，"这几文钱揣着也不会下崽，几天就吃完了，不如冒个险，干不成再说。"

从第二天开始，周楚阳就和他们两口子一起卖报纸，卖了一个月，还真挣了几百块钱。一天，三人在报纸的中缝处看见一个五金厂正在招聘员工的启事，就打了电话去应聘，结果出乎意料，三人都成功应聘，连脚伤还未痊愈的女人都走上了机台。

周楚阳和蒋达蜀一家的关系，就是从那个时候开始建立起来的。

彭玉素见周楚阳若有所思，便问："你惦记南广的事了？"

周楚阳从往事中回过神来，说："没有，南广的事有朱立冬他们操持，不用太挂记。"

"那……你在想什么呢？"彭玉素问。

"我在想那只猫。"周楚阳仍然是冲口而出，"对了，你还记得那只猫吗？"

彭玉素沉吟半晌，说："它在我离开之前死了，我把它埋在学校背后的山冈上。"

"那是一只可怜的猫。"彭玉素又说。

12

小满，是二十四节气之一，于每年公历 5 月 20 日到 22 日交节。南广有民谚：小满小满，沟渠灌满。进入小满节气，雨水逐渐增多，强降雨天气正式登陆大地。

彭玉素女儿出生的那天，正是小满。那天，昆明大雨，工棚里有洪水漫过，地上一片水洼。孩子长到三个月，彭玉素才给她取了这个小名。几年后，彭玉素到了安徽澄湖，在厂里，遇到对她情有独钟的赵敬哲。两人办理了结婚证，举行过一个简单的婚礼。后来赵敬哲在回家报喜的途中遭遇车祸死去，这个与她没有过一次肉体接触的男人，从此就在她的心里安家落户。后来的一天，她去当地派出所给女儿上了户口，取名赵小满。

赵小满此时坐在周楚阳和彭玉素的前排，正用耳机听着音乐。周楚阳与彭玉素的座位挨着，恰好在机翼位置。座位是赵小满为他俩换过来的，原本，周楚阳应该坐在前面女儿的位置，登机后，赵小满对二人说："与其让你们近距离饱受爱的折磨，不如我牺牲一下。"两人坐下，周楚阳看着前面女儿从靠椅上露出来的头，对彭玉素说："我这一辈子最遗憾的，是没有见证她的成长。"

"以后交给你去管教吧！你看你的小满，都长野了。"彭玉素说。

"不，是我们的小满。"周楚阳把彭玉素的手攥在手里，彭玉素下意识地往回缩了一下，但没使劲。周楚阳手心冒汗，手肘不由得抖了起来，彭玉素笑。恰好此时空姐过来打招呼说："二位，请把小桌板归置一下。"

到了飞雄机场，朱立冬前来接机。从大门口走出来，正欲上车，见后排座椅上坐着王白璐，彭玉素当即一震，半晌才问："你们一起来的？"

"是又怎么了？"王白璐打开车门走下车来，双手按在彭玉素的肩膀上，说，"不可以吗？"

"可以，当然可以。这世界上，就是有无数个想不到！"说完"哈哈哈"笑了起来。王白璐说："我这棵歪脖子树，总要有一个人在上面吊死。"随后她又转头看周楚阳，见他脸上红了一片，就不怀好意地问："周老板这些天有没有想过我？"

"想过，他常常灵魂出窍，原来是你让他神魂颠倒。"说话的是他们旁边的一个小姑娘，王白璐不认识。听她插话，王白璐才转头过去看：女孩身材高挑，眉宇俊秀，两只眼睛水灵得如同玻璃珠。女孩穿一件深绿与米白相间的羽绒服，下摆在腰上；一条做旧的修身原色牛仔裤，搭一双卡其色雪地靴。"原来这世间的姑娘可以漂亮成这个样子！"王白璐说完，看了彭玉素一眼，问，"你确定是出自你的创造？"

"那是当然。"彭玉素说。

"还有一半来自大表哥。"赵小满自信地扮着鬼脸。

"不一样。"王白璐说，"他的一半是灵魂的浸透，连产品也那么阳光、风趣。"

朱立冬把几人的箱子放进后备厢，关上车盖，爬上驾驶室，见几人还在车下说话，便又下车来，对他们说："机场倒是一个拉家常的好地方，只是这儿温度有些低，要是再不走，一会儿大雪满山，可走不了了。"

"还没找你麻烦呢！"彭玉素对朱立冬说，"想不到人家才离开几天，就让你钻了空子，人心啊！"

"什么意思？"朱立冬反驳，"我只能眼巴巴地看他多吃多占吗？况且，我现在是斜刺里闪出一员大将，彻底断了他的后路。从某种程度上说，我是见义勇为。"

王白璐脸上露出诡异的笑，对朱立冬说："朱先生可别高兴得太早，我可是随时都能对周老板旧情复燃的。"

上了车，周楚阳坐在副驾驶座上，三位女性坐在后排，赵小满居中。一路上阵阵欢笑，让周楚阳心里阳光满满。到了南广县城，周楚阳提议朱立冬先送他们回家，说："这样好，你们之后要去哪儿都不会尴尬。"

"你也不尴尬吗，大表哥？"赵小满从后面敲了敲周楚阳的肩膀。

其余几人哈哈大笑起来。王白璐说："这孩子，真是个机灵鬼。"

回到家，刚放下行李，周楚阳正准备安置家里的卧榻居室，为彭玉素母女收拾一应生活所需，却接到副县长金鸣的电话。

"怎么样，一家人团聚的滋味？"金鸣问。

"金副县长消息灵通得很，我是刚刚进门。"周楚阳说。

"这年头，身边没有几个专门负责打探声息的人可不行，在古代，这样的人叫探子。"金鸣这样回他。

周楚阳问金鸣："有什么吩咐？"

金鸣说："你既然刚刚进门，就给你半小时的时间，七点钟，云芃书记有请，地点是县委二层小会议室。"

挂了电话，周楚阳看看表，离七点已不足半小时，于是交代彭玉素母女自行安排晚饭，自己则打车去县委大院。

进了会议室，周楚阳看见圆桌旁早坐满了人。除了赵云芃，参会的还有县长汪全、县委副书记温小树、县委办主任程大兵、县政协主席刘波以及副县长金鸣。除了几位县领导，还有几个看上去面熟的本地企业老板。圆桌背后的椅子上，坐了教育局局长李球、扶贫办主任吴舰、招商局局长万巾巾和其他几位他不认识的县直部门主要负责人。

赵云芃让周楚阳坐到自己对面的空位上去，说："这个座位是专门为你留的，你可以理解为嘉宾席，也可以理解为受审区。"

"那还是接受审判吧。"周楚阳小声地说。

"别这样没出息。"赵云芃道，"我看你是越来越小心翼翼，这可不像是南广第一个吃螃蟹的人。"

在座各位以笑声表示对周楚阳的欢迎，顺便也对赵云芃对他的挤对表示支持。

坐定，赵云芃对大家说："我就开门见山讲了，今天这个会议，就是一个鸿门宴，主要客人是各位老板。"坐在周楚阳左右的几位互相对望，似有面面相觑的意思。赵云芃接着说："大家不要紧张，既然是鸿门宴，就得气定神闲，千万不能轻举妄动。"

金鸣在斜对面对周楚阳笑，笑容意味深长。周楚阳对他点了点头，意思是自己还撑得住。

赵云芃接着说："按照时间规定，后年是我县全面脱贫摘帽之年。如今春节将至，在回家过年之前，把各位老板召集在一起，同样是因为我很着急。着急什么呢？直说，就是'两不愁、三保障'方面的各项短板必须在明年之内补齐，也就是说，明年将是我们攻城拔寨、抢占高地的关键一年，明年的工作干好了，后年的脱贫就有了保障。而我们通过认真研判，仍然感觉到压力很大，缺口不小，最为明显的，就是基础设施方面还存在着较为明显的差距。今天这个会议的任务，一方面是请大家看在南广广大父老乡亲的面上，再次认领菜单，精准点菜；另一方面，是请各位利用春节前的几天时间，把你们从远方归来的朋友们再邀请邀请，与县几家班子的领导们座谈座谈，把积余的乡愁分包出去，让更多的社会力量参与到脱贫攻坚中来，与我们一起攻克难关，确保后年如期摘帽，让南广老百姓过上幸福而又有尊严的生活。"

周楚阳大致知道他来参加这个会议的缘由，也深深体会到赵云芃在这个时候的良苦用心。此次从南广去浙江、广东两地，赵云芃为他安排了一个"游说"的任务。一趟下来，他感觉到有所收获，但效果也不是很明显。原本，他也计划抓住春节南广籍企业家回家过年的机会再联系他们，继续周旋，争取逮一两条大鱼。如今赵云芃在暗地里挑明了这件事，实际上是为他加码。如果没猜错的话，今晚与会的各位老板，之前也是接受了赵云芃的各种任务的，到底是不是各种方式的"游说"，真相不得而知。所以在这个时候，他再次望向斜对面的金鸣，他看见金鸣也冲他点了点头。

赵云芃说："历来我们都习惯于以'钓胜于鱼'来形容我们的工作，从哲学思想上来诠释过程和结果之间的关系。往往，大家都会认为这是绝对的真理，因为过程一旦美丽了，结果也就会很美丽。但今天，我想告诉大家的是，从现在起，我不要过程，只要结果。怎么钓，如何选择位置，放多少鱼饵，用什么鱼竿，我都不会关心，我关心的是你是否钓到鱼，钓了多少，每一条有多大。"

讲到这里，赵云芃眼睛往人群中扫了一圈，说："看看大家有什么意见？如果没有，下面就请吴舰同志把梳理出来的任务清单发放给各位，大家根据自己实际能力的大小主动认领。当然，领多领少都是情谊，都是贡献，领了总比不领好。"

吴舰往每人面前放了一份材料，上面是一个表格。那些趴在表格里的"任务"，足足占了五页。

怎么认领？周楚阳从第一栏看到最后一栏，觉得任何一个任务都够他喝一壶的，都不一定能干得好。看完第一遍，他又从表格末尾往上倒着看，脑子里对那些项目再度过了一遍。看第三遍的时候，他只过到第二页的中间，用笔在一个地方打了个记号。

第一个认领任务的不是他，而是锦源木业的老板邹聪。赵云芃点了将，邹聪还没开口，周楚阳就开始紧张起来。他有一种预感，就是邹聪可能会认领他所中意的那个项目，也就是说，按照任务轻重，邹聪会和他的想法一致。果不其然，邹聪说："锦源这几年经营不善，实力有限，我就把德隆乡的人居环境打造认了吧。"

按照现实情况，德隆乡的人居环境在全县算是最差的，特别是与小堰相邻的滚桶坝，70户人家中，有卡户45户，这些有卡户大多院坝未硬化，无农家文化大院，没有排水沟，房前屋后垃圾成堆，房子墙面灰头土脑，室内摆放乱七八糟，最重要的是，每户的家里，都没有一件像样的家具。按照表格上的项目预算，需要进行改造的各项设施加起来共计260万，这是所有项目中最小的一个。周楚阳暗地里思忖，如果接下来赵云芃再不喊到他的名字，相对较小的那个涵盖三个乡镇所需资金350万元的垃圾池建设项目又要被人抢走了。情况与他预想的一致，赵云芃还是没有叫到他的名字。他是第三个认领项目的，怎么认领？目前剩下的，最小的一个是400万元，任务是在罗卓镇建一所医院，建好后，交由政府招商，让民间医疗机构接手经营管理。他想了想，觉得这个项目只是一个纯粹的帮建过程，今后不可能与自己扯上任何关系。于是，他果断认领了在麦车建一所项目资金为1000万元的私立学校的任务，因为他在这个时候想到了彭玉素。

麦车离县城近，相当于郊区。彭玉素有意回乡发展教育，建一所学校恰好在她的考虑范围之内。周楚阳说："我之所以选择这个项目，是因为我已经找到了意向性的办学者，如果进展顺利，年后即可启动。当然，谈判成功的话，有可能投资总额会超过1000万，甚至可达2000万元。"

"果真是大手笔。"赵云芃说，"我愿意在此刻为你叫好，我没猜错的话，你是自己投资、自己经营吧？这样最好，为政府分担了更多的工作，南广的民办教育事业也会在你的手里正式起步。一不留神，你又做了一回第一次吃螃蟹的人。"与会者都笑了起来，周楚阳也笑。他回赵云芃："哪有那么多第一次！如果把每一次都当成第一次，不就是自欺欺人吗？"人们又笑。赵云芃说："我们既要有第一次的向往，也要努力寻找第一次的感觉，这样，我们的事业才会有追求的动力、前进的活力、成功的火力。"

散会后，金鸣在走道里拉住他，说："你小子胆子不小。"

"金副县长何故虚晃一枪？"他问。

金鸣说："看来，云芃书记真是料事如神。"

"你也一样。"周楚阳说，"不过，我还真有把握。"

从会议室出来，周楚阳走在大街上，大雪开始飘落。洁白的雪片在路灯的照耀下，像小时候吃过的爆米花，从打开的气锅里喷薄而出，飞扬到空中，四处弥漫开来。

周楚阳加快脚步，他要赶在夜晚沉寂之前敲开自家的房门。

第十章　出南广记

1

正月里，时有太阳光顾，南广县城的大街上，能偶尔看见早就烦透了寒冬浸淫的年轻人迫不及待地褪去羽绒服、棉衣，换上薄薄的一层，裤腿上的破洞里，一眼望去，是白花花的肉。年味还未散去，雪根还未断，突然天空变黑，雪花会在刹那间光临大地，房顶上，树梢上，白亮亮的一片。南广的天气变幻莫测，时晴时雨。地势高低起伏不一，天气也一样，三百米之内晴雨各半，经常是左边一个样，右边一个样，你下你的雨，我出我的太阳。南广年平均日照不足 80 天，很多地方常年阴雨蒙蒙，雾气满目，四季变换没有一个明显的界限，经常是你穿你的袄子，我光我的膀子。往往一进入冬季，就会让人感觉冬季太绵长，老是过不完；而进入暑期时，人们总是一开始就担忧起天气会突然变凉，寒冬不远。南广县委书记赵云芃开了一个玩笑，说南广一年只有两个季节，一个是冬季，另一个是大约在冬季。还真是这样，很多南广人颇有感触，而他们对外人介绍南广的气候时，总爱说：一山分四季，十里不同天。

年味未散，人们却坐不住了。赵云芃在大年初三就给周楚阳打电话，说是给他拜年。"新年好啊，周总。"赵云芃在那边说。

"赵书记新年好！"周楚阳还他。

赵云芃说："为了确保你这个年过得更加充实，我必须亲自督查这些日子你走亲访友的情况，顺便了解了解项目规划都有些什么思路。"

"就只忙着过年了，其他事情没怎么去想。"周楚阳说，"我是好不容易盼来一家人团聚，如此美好的日子，岂能辜负！"

"这么说，你是想来个正月不完年不完？"赵云芃笑着说。

周楚阳说："这也大可不必，成年人的岁月模式，只能是一边虚度，一边折腾。"

"管你怎么虚度，我现在正式提醒你，从明天起，做一个忙碌的人，走亲、访友、吃喝玩乐，关心故乡和口袋，面朝大海，春暖花开。"赵云芃送周楚阳一首"诗"，作为春节礼品。"这就算是给你拜年了。"赵云芃接着说。

接到赵云芃的电话时，周楚阳和彭玉素、赵小满已经从罗卓老家回到城里。现在，周楚阳正和陈霜江、朱立冬、顾羽、李峡等人商量板栗基地联产承包的事。

周楚阳是腊月二十六回到罗卓的。那天，正值阳光倾洒，周楚阳的车驶进老家院坝的时候，母亲和周全媳妇、周桐媳妇正在院坝里磨豆浆做豆腐。和去年不一样，她们不再是之前"为过年而过年"的状态。之前的年是将就着过的，做豆腐、包汤圆，只是为了应地方春节期间的习俗。今年，母亲做这些，是为了迎接周楚阳"一家"，但她哪里知道，和周楚阳回家的居然不是王白璐，而是很多年前离家出走的彭玉素也就是他们口中的彭二妹，还有一个她从不认识的小姑娘——她的孙女赵小满。

"周家老大，你这是做戏给我老婆子看，还是……"母亲说这话的时候，还没有认出彭玉素来。

"妈，这才是你真正的儿媳妇。"周楚阳把彭玉素领到她身旁，又指着身边的赵小满对她说，"这是我们的孩子赵小满。"

彭玉素笑着向老太太鞠躬，并对赵小满说："快叫奶奶。"

赵小满叫了一声"奶奶"，过去扶着老太太的肩膀，一只手在她脸上抚摩了一下。"奶奶，你的皱纹好深。"

老太太一时没缓过来，呆呆地立在那里，只一只手伸出来紧紧捏住赵小满的手，半晌才说："我孙女应该是周小满，怎么能叫赵小满呢！"

"那我就叫周小满。"赵小满说。

老太太对周楚阳说："周家老大，你告诉我，这些年你们是不是一直在一起，瞒着我老婆子到现在？"

周楚阳说："不是的，我现在才找到她们，她们吃了不少苦。"

周全在一旁对母亲说："老妈，你还纠结这些事情干啥呢？都这么多年了，就是仇人也应该忘记仇恨了。再说，也不关我嫂子什么事。"周桐也说："就是就是，你这老太太就是封建思想太严重。"

"我还能说什么，泥巴都盖到脖子上了，就怕你们死去的爹不高兴！"老太太转身拿起磨盘上的一只筛子。

周桐媳妇说："爷爷什么时候跟你说他不高兴了？托梦给你的吗？你要是还这样想，年轻人的幸福就没有了。"

"就是啊，孩子都长成大姑娘了，事实还能改变吗？你就安心接受这个儿媳妇吧，从此我们就一家团圆了。"周全媳妇一边说，一边抹眼泪。

彭玉素跑过去接过周楚阳母亲手里的筛子，说："我来吧，您老好好休息。"

老太太仰起头打量彭玉素，拿筛子的手松了下来。彭玉素望着她笑，说："父辈们几十年前的过节，一直让您耿耿于怀，我能理解。现在，还望母亲大人不计较之前的事，收留我们。"

赵小满跑上前来，攥住老太太的手说："奶奶，现在都新时代了，你就不要抱着那些恩怨不放了，你看你儿媳妇多体贴，一回来就帮你干活儿。"

院坝里的人都在悄悄流眼泪。周全的女儿珍珍也来到她们面前，板着脸对奶奶说："你这老古董，要再把伯娘和姐姐吓跑了，伯伯就一辈子单身了。"

"滚一边去！"周全媳妇一边哭，一边把孩子拉到一旁，说，"怎么能这样跟奶奶说话呢？人家现在心里高兴着呢。"

老太太转身往屋里走，边走边小声地说："我还能有什么呢？只要你们都好好的，把日子过好，啥子我都可以不计较。我这身子骨也快不行了，过两年就到土巴里陪老头子去。"

过年期间，一大家人煞是热闹。彭玉素和周全、周桐两人的媳妇一起做豆腐，磨米面做汤圆，把之前宰杀的年猪肉放在土灶上熏制成腊肉，倒是忙得把其他事情都忘却了。赵小满与两个叔叔的孩子们在村里闲逛，见人就说话，主动介绍自己是周楚阳的女儿，村里的人们都夸她漂亮、大方，私下里都说周楚阳有一个了不起的女儿。

大年三十，彭玉素用一个大甑子蒸了满满的一甑子饭。南广的习惯，大年三十的饭要蒸得冒上甑口，只有饭蒸得多，才能保证次年五谷丰登、六畜兴旺。周楚阳的母亲说："三十晚上的饭，十五晚上的灯。往年，我们蒸一甑子，能吃上四五天。现在你们回来，更要蒸得多一些，今年才是真正的团圆年。"彭玉素笑着对老太太说："如今形势好了，大家在外面都挣了钱，好菜好饭保证您老吃不完。"母亲说："倒不是这回事，无论有多少钱，日子都要过好，只要你们以后好好的，不再分开，我这老婆子就是天天吃糠吞烂菜叶，心头也照样高兴。"

晚上，一家人坐在一起吃年夜饭。照例，吃饭之前要先给祖先们烧香供饭，孩子们要磕头。饭菜摆好了，孩子们齐刷刷跪在一起，周楚阳的母亲拿着香蜡站在他们旁边，说："儿们，要好好记得祖先，让他们保佑你们考取功名。"她又对周楚阳说："让满满专门给她爷爷磕个头，老头子要是见到这丫头，肯定欢喜得很。"

吃饭时，赵小满坐在奶奶旁边，勤快地给她夹菜、舀汤，让老太太很是感动，说：

"丫头啊，你和当初你爹一样，是个有胆的人，咱们老周家的孙子辈，要靠你带个头，以后，必须奔个人见识。"

乡间过年，虽不及几十年前那么纯粹、朴实，但也还像那么回事。岁月流逝，物随境迁，现在的人们对于过年，只不过是按照既定时间和家人团聚而已。特别是在城里，过年就是一大家人窝在屋里吃酒打牌，走亲访友也只是在饭桌上，没多大仪式感，满脑子想着的是过完年回到各自的岗位上，工作的工作，挣钱的挣钱。离开南广的这些年，周楚阳的大部分春节是在外面过的，有时候是在朋友家里，有时候是邀约三五朋友去某个景区浪费光阴，更多的时候，是在厂子里和那些没回老家的员工一起吃年夜饭，在大年初一到初三搞搞象棋、乒乓球比赛等小活动，倒也很像那么回事。小时候，人们是盼着过年的，大人小孩都盼。大人盼过年，是可以用几天的时间释放一年的劳累和疲惫，不管家里有没有钱，都要放一挂鞭炮，贴几副春联，和亲戚朋友们互相走动，沟通沟通感情。小孩盼过年，是奔着好吃好玩去的。平日里，农村人不富裕，能吃上肉，得赶上有亲戚来做客。过年期间则不同，只要家里有，就可以急赤白脸地吃。南广的乡间是有风俗的，过年期间不能批评孩子，更不能打孩子，有什么调皮捣蛋出格的事，先积攒起来，到了正月十五以后再慢慢算账。周楚阳在这个时候想到孩提时代，那时候过年，一到大年初一，早早吃了汤圆，人们就邀约着去到郊外，找一块空地玩耍。小孩子们出去了，大人们也跟着出去，在田间地头抱着手看孩子们的游戏。那时候，家里没什么好吃的，三十之前，花生、核桃装在一个篮子里，放在炕笼上，没人敢伸手去拿，但一到初一早上，你抓一捧，我揣一袋，一会儿就只剩下一个空空的篮子。花生、核桃抓完了，没什么好拿的了，周楚阳就从筲箕里把猪大肠炼油剩下的油渣抓一捧揣在口袋里，到背后的山冈上去了。村里的伙伴都聚集在山冈上，他们在那里玩的是"丢窝儿""扇豆腐干""跳城""摔跤"等游戏，这些都玩厌了，就学着战斗片电影里的情节，一队装成红军，一队装成敌人，打游击战。打了几仗，要是天还没黑，就用一粒花生或一个核桃把村里刘家傻子哄过来，摁在地上，逼着他学猪叫……这些能记起来的，就算是往事吧！不得不说，周楚阳对往事的记忆是沉痛的，因为在他刚长成一个成年人而心里还留恋着美好的少年时代的时候，他的父亲就死了，死在彭玉素父亲的锄头下，是因为抢田水。

周楚阳在家里待的这几天，倒是无比舒心、惬意，可以说，离开家的这些年，他第一次感觉到过年是快乐的。每天看见彭玉素在屋子里进进出出，做这做那，心里的家就更加坚固起来，何况还有一个女儿，正值青春，整日蹦蹦跳跳，偶尔给这个大家庭来点欢笑——这日子还有比现在更好的吗？他在梦中也经常重复白天的场景。

大年初三，原本吝啬的太阳还是继续把清辉洒向罗卓，让这个年充满阳光。周楚阳与彭玉素商量："趁着好天气给人带来好心情，咱们得回到城里去，见见这些回来过年的大神。"

彭玉素说："先把你基地上的事情研究好，安排下去，不能拖延。春天来了，春风一吹，万物发芽，要抓住时间留下准备外出务工人员，给他们在家从事生产的机会。"

"之前已经研究好了，用一天的时间安排部署一下就行。"周楚阳说，"今天陈霜江也在城里，回去我们就落实这件事情。"

赵云芇给周楚阳打电话的时候，联产承包一事已经研究妥当，正在准备相关文件。

陈霜江在南栗占有一定股份，却不怎么过问那一坡板栗。按照他自己的话说："钱要出，也要赚，干事情嘛，答应不了。"也就是说，他相当于把钱一掏，就等着分红。现在，陈霜江也有意回到南广发展，就这事，他专门"请教"周楚阳："有没有直截了当的生意？我可不愿意以什么乡愁的名义回来，那些虚头巴脑的东西，全是你们文化人的歪点子。"

"你是说，保准赚钱的？"周楚阳问。

"就那么回事。生意人嘛，目的就是赚钱。"陈霜江说。

周楚阳说："没有。你在广东做纺织做得好好的，为什么要急着回来？"

"想家呗。"陈霜江说，"早晚都要回来的，还不如现在回来，反正外面的生意也不好做。"

"外面的生意不好做，南广的生意就很好做吗？谁能保证你一定能赚到钱！"周楚阳说。

陈霜江说："你这猴子，明明知道我不是那个意思，偏偏要在嘴上挤对我，我是说，有没有短平快的项目。"

"当然有。"周楚阳说，"自己去找县委政府认领。"

"不通过政府就不行？"陈霜江问。

"当然行啊，如果你真的不愿意接受政府的扶持资金，又何必非要和政府打交道呢！再说，那些领导个个都是读书人，哪像你陈电影，一副土豪的样子，对万事万物都漫不经心。"

一听说政府有资金扶持，陈霜江马上转变了态度，说："有扶持当然不怕读书人，大不了买本《新华字典》再认几个字，学几个成语。"

"现在你知道'乡愁'两个字不是空的了吧？"周楚阳取笑他。

"不空不空。"陈霜江说，"空的是我，我这个出家人，四大皆空。"

"乡愁不仅仅是一份责任，也是一种担当，从某种角度来说，也是一份红利。"周楚阳说。

陈霜江笑笑，夸周楚阳书读得比他多，也善于思考。"小时候就忙着看电影了，偶尔写写电影预告，也没把自己写成书法家，说起来简直是终生遗憾啊。看来，我明天就得去买《新华字典》，努力补课，争取早日读懂乡愁。"

2

转天，王白璐请彭玉素去家里吃饭。

"就只请我？"彭玉素不怀好意地问。

"原则上是。"王白璐说，"你要是想邀请谁一同前来，我也不会介意，反正我这里也不只是我一个人。"

"那就是朱先生了。"彭玉素说。

王白璐："除了他，也许还有别的人。先说清楚，这顿饭不是专门请你的，是顺便把你叫上。"

彭玉素："那我也得多叫几个人过来，免得吃饭时没人说话。"

六点钟，周楚阳和彭玉素赶到王白璐家。一见面，王白璐就问："小满呢？"

"和李峡去机场了。"彭玉素说，"韩露姐带孩子过来待几日，她去接她们。"

王白璐说："那得等她们到了再开饭，去了多大会儿？"

"应该马上就到南广了吧，放心，一会儿李峡直接把她们拉到这里来，有人请吃喝，难道还要分个三锅两灶！"

正说着，赵小满的电话就来了，说此刻正在楼下，让彭玉素下楼去接她们。周楚阳让彭玉素陪王白璐说话，邀朱立冬和自己一起往楼下跑，不一会儿，韩露和丁丁、赵小满三人就进了王白璐家的客厅。

除了他们几个，王白璐请来的客人就只有自己的妹妹王雅。相互介绍后，王白璐说："趁着在新年头，请大家吃个饭，共同分享分享彼此之间的好事。"

"非常应该。"周楚阳接话，"这个年过得如此美妙，不分享就没有意思了。"

王白璐的脸居然一下子红了起来。彭玉素见状，又补了一刀："你这棵树，之前可是给某人定向预留的，没想到这个世界上还有人后来居上，抢走了人家的五尺白绫。"

"信不信我先罚你三杯！"王白璐气急，对彭玉素吼叫。朱立冬不得不在一旁说话："你们不要吵了，今晚我和老周醉个不省人事，就当冰释前嫌了。"

饭间，周楚阳又和王雅沟通了大火地村民联产承包板栗一事。王雅说："周总的事，小妹不敢怠慢，已经开始与村民做工作了。"

"效果如何？"

"非常理想，人们在一年来发生的鸡毛蒜皮小事中，总算明白了一个道理，就是南栗是有前途的。南栗人的决心给了他们莫大的勇气。"

"我得敬你一杯。"周楚阳端起了杯子。

王雅说："以什么名义？"

周楚阳想了想，说："不管是亲的还是表的，你总得叫我一声姐夫吧？"

"这不算理由。"王雅说，"你先向我赔罪。"

"赔什么罪？"

"别装了吧，你自己心里不清楚？"

"请王二小姐示下，周某近日沉醉于温柔乡，健忘。"

"那我就明说了。"王雅道，"我们大火地对你这尊大神够意思吧？你为什么跑到比嘎村去扶贫？去了也就罢了，居然对我们不闻不问。你说该不该道歉！"

王白璐也在一旁说："该不该道歉！"

周楚阳说："不用道歉，我用实际行动表示还不行吗？"

"什么行动？"姐妹俩异口同声。

"具体地说，是给你准备了两份大礼。"

彭玉素插话："人家周大老板早就计划好了，还把我也拉下了水。"

周楚阳笑笑，接着说："第一份大礼，是替你把村委会重新翻修，再起一层，装修好了，添置好一应办公用具再交给你。"

王雅听到这里，立即惊呼："你就是我亲姐夫！"

彭玉素"哈哈哈"笑了起来："你这样说，朱先生脸往何处放？"她说这话的意思，表面上是开玩笑，实则也是提醒朱立冬作为王雅的亲姐夫，也应该有所表示。

朱立冬说："彭总莫急，我的单周总会替我买。"

周楚阳接着说："第二份大礼，就是我替彭总认领的那个政府项目，在麦车修一所私立学校，地点已经定在大火地了。"

"真的？"王白璐和王雅不敢相信。

"那还有假？学校建起来，我们自己经营，把安徽、广东最优质的师资引进南广，做最有良心的教育。"

大家放下筷子鼓掌。韩露说："算我一份。"

彭玉素侧过身子对着韩露，半晌才说："姐姐，你是为这事来的吧？"

"不仅为这事，你所有的事我都要参与，我的钱就是你的钱。"韩露说，"如果满满决意待在这里，我就让丁丁也陪在你们身边，这里的事，你可以使唤她。"

彭玉素往她脸上亲了一口，说："我怎么想甩也甩不掉你呢？"说完用纸巾擦了擦眼泪。韩露也泪眼婆娑，说："这些年要不是你，我也不会有那么多钱，现在我把钱交给你，也算是有了一个新的指望。"

"你可要想清楚，我是带着感情回到南广的，这边的项目，一定程度上是一种反哺行为，能不能赚到钱也说不定。姐姐把钱给了我，要是全部套了进去，到时候哭鼻子也无济于事。"彭玉素说。

韩露笑了笑，端着杯子站起来，对着大家说："不瞒各位，我也有出生地，也想回去。这些年来，我总想着为生我养我的那片土地做点什么，想着让我死去的爹娘知道他们的女儿是一个懂得感恩的人，可是我回不去，因为我不知道以什么方式回去。我出生在一个城中村，我的少年时代是在大杂院里度过的，我的青年时代，因为失败的恋爱和婚姻而遭遇了接二连三的不幸。我是在城管的追逐中成长起来的，我的家也是在城管的管制中消失的，和你们相比，我是一个没有故乡的人。如果大家能够接纳，我愿意融入南广，做一个年轻的南广人，和大家一起在这片土地上打拼和奉献。"说完一口把杯中酒干了。众人沉浸在她的表达中，都在想着用一句话或者一个词来对她的加入表示欢迎和感谢，见她如此决绝，也就都干了。彭玉素喝完，放下杯子，伸手搂住她的肩膀，说："姐姐放心，我一定要找一个机会陪你回去，就算再也刨不出当年的家，我们也要用实际行动表示对那片土地的敬意。"

韩露让丁丁和赵小满两个姑娘站起来，说："我的孩子们，你们现在已经长大了。之前，两个妈妈都给了你们足够多的空间，让你们大学毕业后尽情地去看这个世界，做你们所说的田野调查。现在，是你们该回家的时候了，我们现在身处的这个地方，就是你们的家，我希望从现在起，你们能在爸爸妈妈的引导下从事人生中的第一份工作，为今后的个人发展积累经验。"她说完也在杯沿上抿了一下，两个孩子此时倒是有些腼腆起来，端着茶杯半晌不吭气。彭玉素在旁边补了一句："勇敢一点，走出最坚定的步伐来。"赵小满开口："韩姨放心吧，我俩会争气的。"丁丁也说："老妈就放心吧！"

吃完饭，按照王白璐的惯例，又是邀请各位走大街。周楚阳说："之前都是走新区，今天咱们不妨往老城区走，找找年味。"

彭玉素开玩笑："你俩是不是把新区都走旧了，现在已索然无味了呢？"王白璐说："要不说你就有机会了嘛！"众人又都笑了起来。周楚阳说："其实我也没陪你走够，今后朱先生替我陪你走吧！"

从故意居出来，去旧城区就得往上走。南广老县城依山就势，大街建在山坡上，房屋看起来一座比一座高。两年前，政府对旧城区实行风貌改造，在将所有门脸和房檐打造成统一的彝族古镇风格的同时，也在城市功能上进行了全新优化，管网入地、车道改造、背街小巷和断头路连通等工程一并进行。街道和新区比起来，窄是窄了一点，但看上去温馨。之前拥挤的民房民居，该拆的拆了，该绿化的也绿化了，该建停车场的也建了，看上去秩序井然，神清气爽。

"一个地方的蜕变，归根结底还是来自人心在思变。"周楚阳对朱立冬说，"我们回来得正是时候，南广目前的投资环境，在整个云南的县区中来说是最好的。"

朱立冬说："这一点你看得很准，南广现在迫切需要打造出一个新兴产业来，就像普洱茶一样，一旦有一天名满天下，将会成为一张响亮的名片。到时候，南栗不光是一种休闲食品，更是一种旅游元素，也像普洱茶一样，成为一种观光产业。"

彭玉素和王白璐、韩露三人并排行走，到老城区的核心地带，人民公园的花树上绚丽的灯光从院墙内透出来。衣着时髦的年轻人从大门里进进出出，不难看出，他们虽在同一个地方，却怀揣着不同的心事。

"你还别说，认真地走，也还能走出那些年的味道。"彭玉素说。

"什么味道？"王白璐问。

"青春的味道。"彭玉素说完，转头看丁丁和满满，却发现两个孩子早已走在离众人十几米远的前头。她们肩并着肩，手拉着手，让彭玉素想起二十年前她和王白璐携手同行在同一条街上的情景。"时光走远，时光催人泪下。"她想起之前读过的一个叫符二的女诗人的句子，就在口中念了出来，让身旁的王白璐听了眼睛酸涩。

"你一回来，我就知道日子会平添更多的忧伤。"王白璐伸手掐住彭玉素的手肘。

"二十年了。"彭玉素说，"有时候我想，我们为什么要将刀剑对准自己的要害？为什么要紧紧抓住彼此的对错、是非？原来，你走得多远，有多伤心，终有一个地方叫'此地'，它一直默默地等你回来。"

"还是回来了，这叫该来的总会来，谢谢你。"王白璐说。"谢我什么？"彭玉素不解。

"因为你回来，所以我才能遇上他。"王白璐一副沉迷于恋情的样子。

"我也得谢谢你。"彭玉素说，"真的！"

此时寒风凛冽，人们走在往上延伸的街道上，偶尔有一两声"落地响"蹿进耳膜，提醒他们春节还未落幕，生活是需要用心回味的。

3

彭玉素和张苔涵、甘杰、黄训田等从上海回来的南广老板关于教育项目合作的事终于达成一致，目标与之前彭玉素的想法一样，除了在大火地创办一所基础教育学校，还在南广县城搞了一所高补学校和一所幼儿园。

教育集团公司叫"南聚"，几所学校也都以之命名。南聚是凝聚南广力量的意思，是"南广来聚"之意，与当初彭玉素在广东东莞创办的女子服务队"南来广聚"相比，只是两个字的排列顺序不同而已，却有不同的意思。"南来广聚"是来自南广的人在广东相聚，"南广来聚"是回到南广相聚，其实都是"凝聚南广力量"之意。彭玉素说："南是一个地域坐标，是一种乡愁色彩，更是归属；聚是思想的起立，是突围的步履，更是铭记。希望南聚能够汇聚更多的南广英才，能够创造出让南广人为之骄傲的成绩。"

几所学校的审批手续一路绿灯，除了幼儿园因规模太大流程烦琐暂时没有结果，其余两所很快就批了下来。从上海回来的几个人因放不下上海的事，陆续赶回去了。在临走前一天的董事会上，他们纷纷表示相信彭玉素，愿意在暂时不关心收益的同时争取说服更多的朋友加入，先把蛋糕做大。张荟涵讲："南广的教育事业需要更加强大的力量注入，我们在这个时候投资教育，就是投资下一代人的未来，就是为这片土地施肥，让它在不久的将来开出五彩之花，结出金黄的硕果。"

"要消灭贫穷，先要消除愚昧。南广太需要先进的教育理念和全新的教学模式了，只有敢在教育事业上下血本，才能为广大南广人闯出一条血路来。"彭玉素说，"所以请大家务必记住，我们在承担一种责任的同时也必须履行一种义务，就是将做大做强教育产业当成一种崇高的使命来践行，如果不考虑社会效果，就算获得再多的收益，也不能算是真正的成功。"

大火地南聚学校的建设火速启动。土地审批手续是政府在之前就做了准备的，学校审批流程完成后，挖掘机就开到了工地上，只几天工夫，学校的方内占地规模就有了一个明显的雏形。起高楼，筑院坝，培绿植，只三两月，基础工程就完成了。与此同时，南聚高补学校的校舍租用、装修等事宜已经完毕，彭玉素在广东、安徽等地招聘了大量有教学和管理经验的人才回来，结合南广实际，做了大量前期准备工作。两所学校均能在秋季学期招生办班，用赵云芃书记的话说，叫充分体现了"南广速度"。

到了六月，南广的天气渐渐热了起来，人们脱掉外衣，穿起衬衫、短袖，山地城市活力四射。彭玉素起得很早，一面敦促赵小满赶紧起床，去机场接从安徽前来助阵的孙大学、万国靖他们，回来后立即去教育局对接幼儿园审批手续的办理情况；一面与周楚阳商量，让他帮忙邀请县内文艺工作者，对几所学校的校园文化建设支支着儿，出出点子，争取融入一些地方元素进去。

下午三点，南广文艺界的代表人物经王白璐从中间周旋，被请进南栗公司的会议室，彭玉素和相关设计和施工单位的负责人及项目实施者也第一时间赶到。彭玉素说："今天能借这个机会认识南广的各位文艺家，近距离聆听各位老师的教诲，于我来说非常荣幸。自幼读过一些书，知道书中自有黄金屋，但因早早释卷，也就落得个才疏学浅，临到学以致用时，才明白没有东西可用。所以，明知各位老师工作很辛苦，还是厚着脸皮占用你们宝贵的时间，想请你们对几所学校的校园文化建设给予智力上的支持，南聚做得不周到的地方，还请各位看在家乡教育事业的分儿上，多多包涵。"

从事地方文化研究多年、业余进行散文创作的于庚率先发言。他说："我在南广文化馆工作了近三十年，对南广的文化成因有一个大致的了解，自以为是有发言权的。承蒙彭总看得起，有意传承南广文化，我就先抛砖引玉，讲得不对的地方，请大家批评指正。"于庚近年来在南广文艺界有一定的威望，除了推出南广民族民间文化中最有影响力的彝族祭祀舞蹈《喀红呗》和地方剧"端公戏"，还出版了两部散文集，均是乡村经验写作，在省内获得过一些奖项，在业内很受尊重，目前担任南广作协主席。他接着说："南广有很深的文化底蕴，历史上也出现过非常有影响力的文人，有的在全国也颇负盛名；南广的自然景观有非常鲜明的地域特色，多年来一直被广大文人称颂，最有影响的当数南广八景，清代以来，多数县令、乡绅、秀才皆撰写过'南广八景诗'，这些诗，从《南广县志》上还可以找得到；南广有色彩鲜明的民族民间文化成果，很多项目成功申请了省级非遗，被省内文艺家以不同形式展现出来。所以，南聚的文化建设可以从以上三个方面来做文章，具体怎么做，还得由设计方与施工单位来提炼与升华。"

于庚讲完后，县文联副主席李宇恒也讲了自己的观点，他说："作为教育板块的一部分，校园文化建设特别重要，就其融入地方文化元素这一想法来说，我认为很珍贵，也很必要。首先，在注重挖掘本土文化精髓的同时，千万不能放弃教育、传播、教化功能，要将它们合理地结合起来，在继承的基础上传播；其次，要遵循'不夸大、不扭曲、不遗漏'的原则，对地方文化进行科学的还原和论证，让学生能够从中树立文化自信，树立家乡情怀，树立报国志向；最后是要利用合理的表现形式，把这些地方的东西打造成成品，形象、直观地表现出来，形成具有地方文化特色的校园文化。"

座谈会开到最后，设计方也阐述了他们的想法，具体来说，就是"四个一"工程，即树立一个教育思想定位，以"南广来聚，寓教于情"八个字作为核心标语，在校门门头、教学楼墙面进行展示；建好一个文化长廊，将南广古今文化成果以展板、雕塑、影像等方式做一个梳理呈现；写好一个"立校志"，高度浓缩南广精神，释放教育理念，以石刻长卷的方式在校园的显要位置展出；编写好一本乡土教材，把南广古今辞赋、小说、散文、新诗及书画、摄影、声乐等艺术门类的代表作进行公开出版，作为教材发放给学生。

关于校园文化建设的事，彭玉素又将座谈会讨论形成的方案请安徽、广东的有关专家商榷，在他们提出意见的基础上进行反复论证，最后才付诸实施。两个月后，南聚的三所学校同时招生，在这之前，彭玉素仿照当年在澄湖创办"苏羽幼儿园"的做法，邀请教育专家、社会名流开办"南广教育论坛"，为学校造势，取得了良好的效果。招生结果比较理想，大火地学校招生按标准化班额操作，小学一年级招了两个班，初中七年级六个班，高中一年级四个班。与此同时，幼儿园招生人数超过2000人，高补学校突破600人。

彭玉素把赵小满、丁丁两个姑娘分别安排在高补学校和幼儿园，让她们在从事初级管理的过程中逐步丰满羽翼，待获取更多的经验和人生阅历后，再对她们委以重任。两个姑娘自从回到南广，就全面参与学校校舍建设、教育教学策划等诸项工作，跟着整个教育团队奔忙，倒也过得充实、自在，不再像之前那样山丘野马，打着田野调查的旗号到处玩耍。

4

周楚阳的板栗种植基地实行家庭联产承包后，一坡板栗继续疯长，满山苍翠煞是惹眼。蒋达蜀两口子来到南广，周楚阳把他们安排到基地上去从事区块管理工作。公司把整个基地分成若干区块，每个区块设置若干管理人员，对田间管理、栗子采收等进行监督和收成量化。蒋达蜀从事的工作，是对所有区块人员的管理调度，主要对象是各区块的负责人，任务是对他们进行工作上的监督。周楚阳给蒋达蜀配了一个助理，就是他的表弟萧寒。

"我来给这个川娃子当助理，有没有搞错？我可是你的亲表弟，又是堂堂大学生！"萧寒不肯接受工作任务。

"亲表弟、大学生又能怎样？"周楚阳说，"你一向游手好闲，能当个助理就已经不错了，我没让你到区块上去，也算对得起你。"

"要当助理也是当你的助理，当其他人的助理我可不干。话我先撂在这儿，你要是不同意，我给家里的老太太打电话。"萧寒来劲。

"那你就打吧。"周楚阳说，"打完电话，就回你的温州去，继续过你的逍遥日子，反正现在无人可找，也没人给你发工资。"

萧寒只能屈从周楚阳的安排，整天跟在蒋达蜀的背后，拿一个笔记本抄抄写写。干了一个月，他觉得枯燥、不自由，就又来找周楚阳，说："大母羊，你干脆把我安排在公司办公室里做个文职吧，我好歹也是个大学生，我想干一份对口的工作。"

周楚阳说："现在不行，你得把今年干完了，让我觉得你有进步，能够胜任公司的文职工作，才把你调进来。"

萧寒只得悻悻离开，临走时甩了一句话："早知道是这个下场，还不如不回来。"周楚阳笑了笑。

吴立春从温州打来电话，说秋天到了，南栗也该做做活动，宣传一下产品了。吴立春说："如果近期你能来温州一趟，我就提前安排时间。今年的活动主题，仍然是'我在麦车有棵树'，可以搞成栗子品鉴会，请一帮文人写写南栗味道，在活动上展示展示，在媒体上推广推广。"

周楚阳说："吴策划现在已经熟门熟路，我即便不亲自到场，相信你也一定能够把活动做得有声有色。公司方面，到时让朱立冬或者顾羽过来，他们可以全权代表我。"

"他们哪有你这么强大的气场！"吴立春说。

"瞎扯！"周楚阳说，"你以为我不想亲自来？最近那么多事，每一件都是火烧眉毛。"

"好吧！"吴立春说，"我把方案做好了，先呈报你阅示批准，再组织实施。"

刚挂了吴立春的电话，就有一个陌生号码打了进来，号码显示是广西北海。

周楚阳当即心头一紧，拿手机的那只手猛烈地颤抖了一下，差点儿把电话摔落在地上。广西，北海，这个地方对他来说，简直不敢回味，他的离乡之路，可以说是从那里开始的。一生中的第一次远行，差不多就是一次赴死的历程。他在那个传销窝里待了五个月，给很多陌生人打过电话，让他们顺着自己的牵引进入圈套。他在打每一个电话的时候，都在内心为那些受骗者祈祷：不要上钩，不要上钩。然而，他总是很快就斩断了另一个自己的念头，让那些无辜的人一步步走向深渊——他被解救出来之后，曾一度想去某座山中找一个寺庙悔过，乞求那些在与他的交谈中身陷囹圄的人放过他，即便是去了广州，在没有遇到蒋达蜀之前，他也仍然相信世界上再也没有比那些被他骗过的人更为可怜的了。

"喂！"他小声地说。

那头没有说话。他想，会不会还有一个在地下室给他打电话的人，让他按图索骥，成功受骗？

"喂！"他的声音提高了八度，甚至有些愤怒。那头还是没说话。他想，这会不会是一通求救电话？对了，那个传销窝子之所以被成功端掉，其实是因为他。在某一天，他在给一个男人打电话的时候，听到那头传过来的声音非常铿锵，似有一种正义的力量。他试着唯唯诺诺地与那个人交谈，企图让人识破他是在进行一次罪恶的行骗，且能成功地获取他的位置。他对那个人说："你说什么？我怎么听不到？你信号不好吗——什么北方？什么海？我没听见呀，没听见呀，你再说一遍，你的船？什么船？我还是没听清楚，对了，你姓肖吗？肖先生，你好，我们只需要69800，多余的一分也不能要……"他满头大汗，挂了电话，其他人仍然在电话机上忙碌，那个精明的看管人员，居然被他瞒过了。

此时，这个从北海给他打电话来的人，居然一声不吭。

他再次"喂"了一声。

此时，那头也"喂"了一声，声音很微弱，仿佛从哪里听过。

"请问你是……"他问。

那头说："你还好吗？"

他说："我还好，请问你是——"

那头说："我只是想给你道歉，祈求你原谅。"

"我不知道你说什么，你能一口气说完吗？中间不要有任何间断。如果你现在身处危险，就请在言语中提示我，比如你的位置、职业等信息，对了，你要装作我俩一直在对话，还要装作听不到我在说什么，你要让别人觉得我这边信号不好……"

"我不是向你求救，我只是给你道歉，把欠你的钱还给你，乞求你原谅我。"

"你是谁？"

"我是孙小雪。"

原来，这世界上还有一个女人叫孙小雪。她那么漂亮，漂亮得有些张扬，像一捆随时都可能被点燃的柴火；她那么聪明，聪明得拥有美丽的小心思，以至于让他在几杯酒下肚之后对她吐露了银行卡密码……她那么让人失望，让人由爱生恨——他曾在温州机场看见她离开的背影，在合肥至澄湖的高铁上听见她熟悉的声音。孙小雪，她为什么要在这个时候出现呢？

"你再说说，你叫什么雪呢？"这样的对话，与两年前在温州家中的那个夜晚的呢喃何其相似。

"孙小雪。"那头重复。

"多大的雪？"他问。

那头抽泣起来，说："我只是想乞求得到你的原谅。"

"有那么重要吗？伙计！"他使用了一个不太得当的称呼。

"对我来说非常重要。"孙小雪说，"这是我一生中做错的第二件事，第一件事就是嫁给他。"

"你还想做第三件错事吗？"周楚阳问。

孙小雪说："你说的我不明白，我现在只想把钱还你，然后得到你的谅解。"

周楚阳说："你现在出现，很危险，如果我告诉警方你的行踪，你会进去的。所以说，你可能是在做一件对于你来说是很错误的事。"其实他没有把这件事告诉过警方，当年，他和何清明都没有选择报警，因为他们从医院的账号上把更多的钱追了回来。

"你要是愿意，我不会怪你，因为是我的错。"孙小雪说。

"那就这样吧，钱不用还了，原不原谅也无所谓，当年我就没有报案。"他挂断了电话，小声地问自己："孙小雪到底是什么雪？"

"管她什么雪！"他自己给自己回答。

那天回到家，他告诉彭玉素："我今天接到了一个人的电话。"

彭玉素问："什么人给你打电话？"

他说："一位故人。"

"哦，故人与你探讨什么呢？"

"我们在探讨一只猫。"

"一只猫有什么值得探讨的？"

"那是一只可爱的精灵，你知道，它一直守护着你。"

彭玉素用手摸了摸他的额头，感觉没发烧，心下却一直狐疑，便问："你为什么对一只猫念念不忘？"

周楚阳说："当年离开的那个夜晚，那只猫追了我好远，你不知道。"

彭玉素抱住他，嘴唇轻轻地凑了过来。

<h1 style="text-align:center">5</h1>

南广县扶贫攻坚"百日行动"动员大会举行。作为社会扶贫力量的代表，周楚阳和彭玉素参加了会议。会上，县委书记赵云芃做了动员讲话，他说："从现在起到 11 月 20 日，全县要集中力量，突出重点，开展为期一百天的决战决胜脱贫攻坚百日行动，攻克脱贫攻坚堡垒，为明年成功摘帽打下坚实的基础。"赵云芃要求大家深刻理解"人的改变"与"物的改变"的关系，做到心中装着群众、感情贴近群众、工作服务群众，以物和环境的改变，作用于人的改变，使群众自发地表达感恩之情，从而赢得群众。赵云芃说："我们要对标对表，下足绣花功夫，在争取广大群众的同时，争取一切社会力量参与到脱贫攻坚中来。最近几年，南广县通过'两梳理、两出力'，把分布在祖国四面八方特别是长三角、珠三角地区的南广籍企业家、创业能人请回来，让他们认领菜单，精准点菜，在基础设施建设、社会事业推动和产业培育等方面做出了积极贡献，今天在座的周楚阳、彭玉素夫妇就是其中的代表人物。在百日行动中，我们要继续扩大优势、巩固成果，努力在投资环境提升上下功夫，让更多的南广能人回到故乡认领乡愁，认领社会责任，和我们一道把南广的建设搞好，把群众的事情办好，把家乡的形象树立好。"

散会后，副县长金鸣在会议室外面的过道上"会见"了周楚阳夫妇，顺便了解近段时间二人产业的相关情况。金鸣说："自打彭总回来，我终于不再去担忧某些人的精神面貌了。看来，南广商界一对伉俪回归的佳话，必将流传于后世。"

彭玉素说："金副县长对南栗的一片苦心尽人皆知，今后你可不能太偏心，得睁一只眼睛关照关照南聚。"

"那是自然，从现在起，我的两只眼睛都给你们了，我必须死死盯住'两南'不放。"金鸣说。

周楚阳借机向金鸣汇报南栗当前的打算，他说："如果条件允许，我想把栗子弄到国外去，让那些习惯舞刀弄叉的老外也体会一下手剥苞衣的感觉。"

金鸣说："那还不容易！你只需要搞定那些国际航班，老外们就能尝到南栗的味道。"

"我是说……"周楚阳话没说完，金鸣就打断他："目前能做到的，也就是这一步。如果你想开拓国际市场，现在暂时不具备这个条件，以当前南栗的产量来说，只能是给这个巨大的世界写一封匿名信。"彭玉素接话："倒是可以提前谋划，毕竟新栽种的栗树两年后就会挂果，如果到时再思考这个问题，恐怕会来不及。"

金鸣说："先思考是可以的，但现在需要打紧思考的，是如何理顺机制，让一坡栗树健康成长，确保将来结出累累硕果。"

其实刚才周楚阳没有说完的话要表达的意思是想在某个国家的某座城市做一个产品推介活动，试试国际市场的水有多深，也就是彭玉素所说的"提前谋划"，但被金鸣打断了。金鸣要强调的重点，自然是如何保障漫山遍野的栗树顺利挂果。从他的角度来说，生产才是重要前提。

金鸣向周楚阳和彭玉素透露了一个消息："过不久，省委主要领导会来南广调研脱贫攻坚工作，到时，将会带领省市各级领导和有关部门负责人考察南广地方企业发展。按照云芃书记的想法，是想让省委领导为南广的农特产品代言。如果这一设想能够成立，南栗一马当先。"

"有这等好事？"周楚阳不懂金鸣所说的"代言"具体是什么意思。

金鸣说："近日不是经常在媒体上看到某些省市领导带着地方上的苹果、土豆和三七等到北京去进行推介吗？有的甚至借参加全国两会的机会，拿着产品接受电视台采访，你想，这算不算是代言？"

"能这样肯定好。"周楚阳说，"关键是，省委主要领导会不会看好南栗。"

金鸣说："你这一坡板栗树早就名声在外了，从去年的就业扶贫现场会开始，省领导参观过的地方企业，你是博得头彩的。况且，南栗两年来搞了那么多活动，就算是首长没听说过，秘书总知道吧！"

"那就一切听从金副安排。"周楚阳表示非常期待首长光临，也倍加珍惜代言的机会。金鸣打了一个哈哈，说："我怎么老是觉得你像变了一个人似的，也学会唯唯诺诺了？之前桀骜不驯的那股劲儿呢？说实话，我还是喜欢你谈笑天下的那副德行。"

周楚阳看了身旁的彭玉素一眼，说："夫人回来了，我不得有个正经的样子？"

三人同时笑了起来。最后，金鸣说："如今这个时代，我们的生活恰恰不能缺少那种非常智慧的幽默感，要知道，有时候，抖个包袱也会抖出生产力来。"

夫妇二人告别金鸣，回到家中，见赵小满和丁丁两人正在厨房里研究"徽式烙饼"，操作台和餐桌上乱七八糟地摆满了各种餐具和食材。彭玉素当即就笑了，对两个姑娘说："才这么几个月，就想念那边的味道了，真是没出息。"

赵小满说："这段时间，表面上是到了云南，实际上是吃了半年的川菜，吃得脸上长满了辣子和花椒，压根儿就没有品尝过地道的云南菜，我们需要弄几道安徽大菜调理调理胃口。"

"你这也算安徽大菜？"彭玉素大声笑了起来，"二位公主，请收起你们的武器，过段时间我带你们回安徽去，好好吃几天正宗的安徽菜。"一边说，一边拍拍她们的肩膀，问，"干工作的滋味如何？和田野调查相比，哪样有趣一些？"

丁丁说："当然是田野调查。"赵小满没说话，她知道彭玉素接下来要说什么。果然，彭玉素对她们二人强调了社会实践的重要性，说："你们不沉下身子到工作中去，所有调查都是苍白的，况且，人生下来就是为了工作。"

二人吐吐舌头，进了赵小满的房间，门"砰"了一声。彭玉素转头问周楚阳："我是不是像一个啰里啰唆的老妈妈？我这样与孩子们说话，会不会让她们不高兴？"

"不会的。"周楚阳说，"孩子已经长大了，有她们自己的人生观和处世态度，能够辩证地接受别人的观点，也能承受话语的重量。"他换了一副嬉皮笑脸的表情，接着说，"多年来，我一直奢望家里有一位婆婆妈妈的人，让这个家更有家的样子。在我看来，你要是隔三岔五给我施与一点夫人的威仪，我定会在爱的提醒中获得更多创造的灵感和动力。"

"还是金鸣同志说得对，你长于嬉笑怒骂。"彭玉素摸了摸他的下巴，接着说，"这段时间我一直在想，过去的二十年，到底是一场噩梦呢，还是一种命运的铺垫？总之，我还是不能接受把它当成财富的想法，毕竟，我们都经受了过多的痛苦。"

"就算是成长吧。"周楚阳握住了她的手腕，说，"我们对过去不必抱着向往的态度，但必须感恩过去，所有不堪的往事都是为了迎接一种现实的尊严。亲爱的，我一直羞于说爱，有时候觉得爱很沉重，就像我想起那只猫的时候会觉得自己很轻。从现在起，我要做的一切都只是为了爱你，爱我们的小满，爱我们身后的所有亲人。如果我们有能力，我们还要去爱众生，我们要把这份宝贵的爱传递下去。"

彭玉素的脸上露出深情的笑容，她轻声地说："我们还要学会慢下来。你知道，回来的这半年，我们都太累了，我怕这样下去，我们会忽略了爱这门功课。高速运转的头颅，对爱只能带来伤害，两个人之间，最可怕的，是用爱伤害爱。"但当二人说完眼前的爱之后，就在一个短暂的拥抱中迅速回到现实中来。彭玉素说："以你的判断，金副县长所说的省委主要领导代言南栗的事，会不会成为现实？我感觉无比玄幻。"周楚阳故意给她一种奇怪的表情，说："你刚才不是说要慢下来吗？为什么又谈起工作来了？"彭玉素说："不谈工作我会心慌，你赶紧告诉我你的想法。"

"我认为完全会变成现实。你想想，省委主要领导会是谁？那就是省委书记。省委书记到南广干什么来了？不就是调研南广经济社会发展吗？既然是调研，总得需要发现一点什么，关注一点什么。我认为，如果赵云芃书记在汇报工作的时候愿意上南栗这盘菜，省委主要领导一定会认真品尝。毕竟，作为高原特色产业，南栗在全省范围内都有一定的影响力和说服力。南栗的做法，也有值得借鉴和推广的地方，这一点我很自信。"

"这样就好。有时候我会想，我们在外面做得好好的，就为了回家，把锅锅碗碗都搬了回来，这到底是不是一个正确的决定？一步步往前走的时候，却又慢慢找到了踏实感，可这种踏实感是建立在政府信任、支持甚至不遗余力帮助的基础上的，一旦丧失了这个保障，我们会摔得很痛。"

"以今天南广干部的工作作风来看，我们不必有这种担心。赵云芃书记一再强调，要以大公之心办大公之事，南广最近几年的发展变化可以证明，南广人做到了，而且做得很好。我们在这个时候选择回家，是正当其时。"

正说着，陈霜江给周楚阳打来电话，说要告诉他一个好消息。周楚阳问："什么好消息？你的还是我的？"

"当然是我的。"陈霜江说，"你天天都有好消息，不差这一个。"

周楚阳："园林公司旗开得胜了？"

陈霜江："聪明，一猜就准。"

周楚阳："那还不赶紧分享分享！"

陈霜江："汪县长已经答应，将老城区新近拆出来的所有空地绿化全部交给我来做，我算算，将近三万平方米。"

周楚阳："你需要提示我以什么方式向你表示祝贺吗？"

陈霜江："先口头表示祝贺吧，下步我需要的时候，再以资鼓励。"

周楚阳："那是必需的，陈电影的事就是我的事，我们的事都是南广的事，只要干好，南广人民以资鼓励。"

陈霜江自打注册了"山行"园林绿化工程有限责任公司，就一直在全国各地飞来飞去。除了考察学习，更多的是到处寻找人才，高薪聘请了多名园林设计师，组建了团队，扩大了门庭。陈霜江从纺织业干到园林绿化，实在是跨了一个很大的界，还好此人有一副好身板，喜欢钻研，善于利用资源，硬是以一个非专业的头脑组建了一支专业的队伍。近日来，他在研究植物的同时，还研究起了石头，把南广的紫砂石拿到北京去化验，把石头中富含的各种对人体有益的成分进行提炼，意欲在园林公司干起来之后再搞一个石艺雕刻公司，这样，既能给园林绿化提供石雕产品，还可以推出紫砂石壶，做精美的茶具。当初，陈霜江在周楚阳的"提点"之下，主动认领了在南广搞一个园林培育基地的任务，投资了近 400 万。在政府的帮助下，拿了一片山地，种起了树木，随即手脚并用，将政府当前的"拆旧培绿"工程成功拿下，算得上是有些出息。此时，陈霜江与周楚阳分享自己的好事，实际上是想告诉周楚阳工程量很大，在必要的时候帮助他在资金方面想想办法。周楚阳却"答非所问"，一是和他开开玩笑，二是告诉他诸事不必担心，"南广人民以资鼓励"的意思再明显不过。

6

农历八月，太阳卸下刺眼的光圈，像一只金黄的手镯悬在空中，南广风和日丽。中午，彭玉素驱车从大火地回到县城，经过周楚阳的南栗公司时，看见一辆挂着"粤"字牌照的车停在院坝里，便将自己的车也拐了进去。停车后，她没有给周楚阳打电话，而是直接上楼。走进大厅，值班的小姑娘对她说了一句"彭总好"，便领她去周楚阳的办公室。到了门口，她听见里面谈笑风生，似有好多女人在和周楚阳嬉笑打闹，隐约听某人说："说不定她就站在门口。"

她没有敲门，而是直接推门而入，旋即看见好几双眼睛正直勾勾地看着她，其中有张青、燕如燕。还没等她稍作镇定，女人们同时绽放出无比爽朗的笑声来，特别是燕如燕，笑得整个身子在沙发上痉挛。

"好啊，你几个狐狸精，趁我不在，跑这里放肆来了。"她不由分说地冲到沙发旁边，伸手按住了笑作一团的燕如燕。

"我的姑奶奶，下手别这么狠好吗？就算我们是狐狸精，也不可能在公共场合集体作案。"燕如燕一边掰开她的手，一边说。

彭玉素将手缩回来，把包挂在晾衣架上，说："谁先举手回答我的问题：你们回来了为什么不事先给我打个招呼？"

张青举手："我们来来去去已成习惯，何曾与谁打过招呼呢！再说，你这个大教育家那么忙，怎忍心打扰你！"

"那你还忍心打扰我们家周……"她没有把周楚阳的名字说完，脸上突然出现一大朵红晕，"看来还是异性相吸，你们这些重色轻友的家伙。"

"你看，开始心疼人了。早些年一直和人家躲猫猫，原来是苦逼着自己。"燕如燕一开口就直戳她的痛处。

大家又笑，周楚阳在一旁似笑非笑，插话说："真是江湖险恶，原来你们早有预谋。"

笑完，张青问彭玉素："祝菲没告诉你她也快回来了吗？"

"当然啦，我催了这个大律师好多次，公司还等着她回来当法律顾问呢！"彭玉素挨着她们坐下，接着说，"这边的律所已经找好了房子，上个月，她的两个助理来过一次，还是我招呼的！"

张青说："彭总的凝聚力就是强，自己回来不算，还把老搭档也带回来了，今后，南广的法律服务水平必将提升一个以上的等次。"

"张队长就是会说话，原本一个普通的行当，被你稍加修饰，便官味十足。你不去当个女县长，实在是可惜了。"彭玉素拿她出了一口气。

"哪有跑江湖跑出来的县长！"燕如燕在一边说，"依我看，青姐当县长不行，倒适合去开一个婚姻复合中心。就凭她那张甜嘴，世上所有的冤家都能重新走到一起。"

"你就是欠揍！"彭玉素右手举到空中，做了一个即将拍下来的手势，随即放下，岔开了话题，"此次回来，应该有一阵子不回去了吧？"她把张青她们去广州开展回访称为"回去"。

"哪有这么好的命？我们永远在途中。"张青说，"刚刚在电话里领了命，马上要去浙江与几个好汉座谈，把他们请回来干一番大事。今天突袭南栗，是想借周总之前游说的成果一用，充分了解他们，好来个知己知彼，百战不殆。"

张青所说的好汉，是指在永康做五金的罗其波和从事广告传媒的马航，以及在宁波搞中药材批发的麻军，甚至还包括了做新能源汽车核心零部件的陈家瑜——一个表示很希望与周楚阳合作的女人。

"除了陈家瑜，基本都见过。"彭玉素说，"春节期间，在南广县委温副书记召集的返乡座谈会上，这几人就已经成为重点发展对象。"

"有你们这么好的榜样，不担心他们不回来，早晚而已。只是目前南广发展负荷太重，急迫需要他们伸出援手，所以我们这个使团肩上的担子无比沉重。"

"那么，为了预祝你们成功，要不要周老板为你们准备一顿丰盛的午餐呢？"彭玉素说话也略显"周氏风格"。

燕如燕说："午餐就不必了，晚餐更不用，我们已经订好机票，下午三点的航班。如果彭大小姐一定要表达心意，等我们凯旋时，好好撮一顿。"

"你不怕把你的小蛮腰吃丢了的话，请你吃一个月。"彭玉素说。

"这话听起来就是温暖。"张青说，"颇有大户人家的气度，南广需要更多像你这样财大气粗的老板，为我们洗脱贫穷落后的罪名。"

"那是那是。"其余几人也说。

玩笑开罢，她们从沙发上站起身来，准备出发去机场。出门时，燕如燕回过头，故作神秘地对周楚阳说："记得履行我俩的约定，千万不要告诉任何人。"

"肯定的。"周楚阳说。

送走了她们，回到屋里，彭玉素问周楚阳："你和燕如燕有什么私密约定，可否告知一二？"

周楚阳说："既然是私密，就不能告诉你，一旦说出来就没有惊喜了。"彭玉素说："关键是现在太神秘，我不得不很想知道。"周楚阳说："真的那么想？"彭玉素说："无比想。"周楚阳捧起彭玉素的脸，用右手大拇指捋了捋她的鬓角，说："你现在如果亲我一口的话，我就告诉你。"

彭玉素挣脱他，说："你爱说不说，我才不愿意亲你呢！"

"那……我亲你一下？"

"不干。"

两人正闹腾，公司大厅的小姑娘在外面敲门。让小姑娘进来后，周楚阳问："什么事？"

姑娘说："周总和彭总现在要不要去食堂吃饭？如果不去，我让人给你们拿上来。"

周楚阳看了看彭玉素，似在征求她的意见。彭玉素想了想，问："中午食堂里有几人吃饭？"小姑娘说："十几个人，大部分都到山上去了。"彭玉素说："我们下去吧，要是人多的话，不好意思占了别人的座。"小姑娘笑笑，说："彭总是自己人，不用这么客气。"

两人去了食堂，要了餐，端到一张空着的桌子上去吃。原本公司里的员工们是稀稀拉拉坐在不同的座位上的，见二人坐下，随即相互使了使眼色，就都慢慢凑了过来，几乎与他们凑在一起，边吃边互相用各种表情打哑语。

"什么情况？"彭玉素环顾了一下四周，又定定地看着周楚阳。周楚阳没说话，一个人大快朵颐。彭玉素用手肘捅了他一下，问："这是你们公司对客人的欢迎仪式吗？"

人们哧哧地笑了起来，边慢条斯理地吃着，边拿眼睛瞟她，让她脸色绯红。周楚阳实在绷不住，放下筷子，说："我投降了，我的祖宗们，你们到底想怎样？"

其中一个小姑娘说："周总说过的，如果某天彭总能到我们的食堂里来吃饭，就择日不如撞日给我们发喜糖，可不能反悔哦。"

"真的吗？"彭玉素问周楚阳。

"可今天被你搞了个措手不及，昨天才表的态，还没来得及买喜糖呢。"周楚阳有些尴尬。

"有什么来不及的！"彭玉素说，"你们谁去买，我给钱，马上。"

刚才说话的姑娘把手举起来，自告奋勇地说："我去我去，楼下就有超市。"

彭玉素从包里拿出一大沓百元大钞，用指甲从中间拨了一下，分出一小半，递给姑娘，说："全部拿去，多多地买回来，不能让人家周总说话不算话，择日不如撞日。"

"要买这么多钱的糖？"姑娘看着那一沓钱，猜想应该是好几千块，说，"怕是把超市的货架搬空了，也用不完这些钱。"

"你看着办，想买什么都可以，不一定全买糖，只要把钱用完就可以了。"彭玉素说。

姑娘招呼了另外一个员工和她一起去，大约二十分钟后，拎了几个塑料袋回来，除了糖，里面还装了各式各样的零食。

彭玉素招呼大家过来，自己把口袋打开，把糖每人一份分了，又摆弄那些食品。她问大家："你们平日高兴的时候，都买这些东西吃吗？"

平素爱吃零食的几个姑娘点了点头。彭玉素又问："你们觉得这些东西好不好吃？"

刚下楼买东西的姑娘说："那得看每个人的口味，我是按照自己的喜好买来的，不一定合所有人的意，不过应该大多数人喜欢吧。"

彭玉素把几样东西拿在手上，一件一件地摆放在桌子上，说："其实这些东西，都是些超市货架上常见的零食，口味大同小异，完全没有特色，比起咱们家的栗子来，我觉得档次低了很多。"

"那是当然的。"一个大男孩说。

彭玉素抬眼看他，半晌，对他说："如果是你去超市买东西，会不会和这位姑娘买来的一样？"

"差不多吧。"男孩说。

"你们之中会不会有这么一个人，拿着这些钱去超市里，除了买糖，其余的钱都买了我们自家的栗子？"彭玉素的眼睛在人群中搜索，想找出一个让她满意的表情来。然而，她只是看了那么三四秒钟，就又低头看桌子上的那些食品了。她一边用手拨弄它们，一边说："这就叫不放过任何一次机会卖自家的产品。你们有可能没有反应过来，认为没必要拿自己的钱买自己的东西，其实你们只要稍作思考，就会明白，如果这些钱买了自家的东西，也是一笔收入，因为如果不这样，钱就变成桌子上这些零食生产商的收入了。"

大家如梦初醒，纷纷鼓起掌来。彭玉素接着说："我想告诉大家的是，今后，南栗人要养成一个习惯，无论走到哪里，都要勇于推销自己的产品，在功能和用途完全一样的前提下，买自己的产品，是让经销商看到咱们产品的前途，以后大批量从我们这里进货，并让导购员使劲向客户推荐食用；二是把产品利润留给我们自己，虽说这是一个微不足道的数字，背后的意义却很大；第三，以这样的方式增强咱们南栗人把南栗做大做强的信心和决心，让企业越来越强大，让企业的形象越来越高大。"

掌声又响起来。有人说:"彭总给我们上了一堂生动的营销课,让我们受益匪浅。我提议,以后咱们谁结婚,坚决不要去买糖,直接买我们自己的栗子,谁说结婚一定要喜糖,喜栗难道不可以吗?"

"非常可以。"彭玉素说,"今天,这些糖和零食我们就不吃了,去仓库里把咱们自家的栗子拿来,咱们以栗代糖,好好庆祝一下。"

刚才下楼买东西的姑娘问:"这些糖和零食要不要拿回去退掉?超市老板娘和我很熟的。"

彭玉素说:"不用去退,退了就让人家伤心了。你想想,要是有人买了咱们的栗子,然后又拿回来退,你会舒服吗?"

原本,周楚阳在头一天和员工们吃饭时,有人问起:"周总和彭总有情人终成眷属,要不要请我们吃吃喜糖?"周楚阳说:"当然要请,只是没有合适的机会,如果哪天彭总恰好来咱们食堂和我们一起吃饭,就择日不如撞日。"这样的一个表态,就相当于一个玩笑,却不小心来了个"碰巧",彭玉素真的就来公司里吃饭,还给南栗的员工们上了一堂别致的"营销课"。周楚阳不禁暗自称赞起她来,也在心里思忖,这些年,她和他天各一方,彼此在不同的世界里打拼,修炼出此等境界,到底吃了多少苦啊!想到这里的时候,他突然明白,之前认购了南栗一万株板栗树的人是谁已经不再是一个秘密,这样想着,眼眶就润湿起来。恰好彭玉素看到了他的表情,对他说:"周总缘何感动?"

周楚阳:"自己买自己的东西,于你来说应该不是第一次吧?"

彭玉素想了想,摇了摇头,表示不解。

周楚阳:"感恩你回到了我的身边。"

众人起哄:"亲一个,亲一个……"

他把彭玉素轻轻揽入怀里,深情地对她说:"谢谢!"

7

周楚阳与燕如燕的"私密约定",其实可以算是一个玩笑。去年大年前,周楚阳在东莞"考察",在与燕如燕等人去看"南来广聚"女子服务队的途中,燕如燕说："周总抱得佳人归，其实有我们姐妹几个的功劳。为了把彭大小姐弄回南广去，咱们酒没少喝，嘴皮也没少磨，你可要知恩图报。"周楚阳问："想要我怎么报答，尽管提，我满足就是。"燕如燕说："这要等我们姐妹商量商量。"

几个女人窃窃私语了一阵，燕如燕说："要不干脆这样吧，我们一年到头在外面跑很不容易，吃苦受累不说，很多时候为了工作，少不了要与外面的老板们打交道。从今往后，周总每年给我们免费提供一些栗子，我们将它作为见面礼送给他们，一来表示对人家的感谢，二来告诉他们，咱们南广也是有好东西可以拿出手的。如果你愿意提供赞助，我们这些娘子军以后就免费做南栗的形象代言人。"

周楚阳说："一定遵守约定。"

在彭玉素的再三追问下，周楚阳只得如实相告。彭玉素说："这几个人为了办好家乡的事，常年在外面奔走，也是煞费苦心，的确应该好好感谢她们。特别是这个燕如燕，虽有一张利嘴，但说话行事张弛有度，是个精灵，不感谢不行。"

"怎么感谢？"周楚阳问。

"不排除以身相许。"彭玉素笑着拍了拍他的肩膀。

"我不想这些年的坚守毁于一旦。"周楚阳说这话的时候，眼神里满是深情。

这样说着话，听见钥匙在锁孔里扭动的声音，门开后，赵小满领着祝菲走进家门。

"宝贝儿，你到底回来了。"彭玉素过去抱住祝菲。

"不是想到你在这边太寂寞，我才不想回来呢！"祝菲拍了拍她的后背，看见周楚阳站在旁边笑，又说，"其实我也是想多了，有周总在，你才不会寂寞呢。"

"你也不会寂寞，有我们在。"周楚阳说。

饭菜早就准备停当，一碟盐水花生、一钵豆豉蒸腊肉、一碗烧青椒拌茄子，砂锅里红豆酸菜汤冒着热气，热米坨、猪儿粑在小蒸笼里搁着，烧饵块盛在盘子里，用一个碗反扣着保持温度。"够了吧！"坐到桌上的时候，彭玉素问祝菲。

"够够的了，全是南广味道，叫人怎么不欢喜！我要扫它个风卷残云。"祝菲说着，先用勺子舀了半碗酸汤，喝了一口，浓浓的红豆清香和着酸味在舌头上打转，她做了一个沉醉的表情，"真是三天不吃酸，走路打捞窜啊。"

饭间，祝菲问彭玉素："南来广聚女子服务队还准备继续干下去吗？你的离开，会不会让它的运转受到影响？"

彭玉素："当然要继续干下去呀，蒯小玉干得不错。"

祝菲："还是你私人出资兜底？"

彭玉素："已向组织部沈部长打了报告，应该会通过。政府那边，兰波副县长也很支持，答应每年给 10 万元补贴。"

祝菲："这样就好，东莞的南广人需要它，不能让它流产喽。我还想，你要是不想继续弄，我就把它拿过来，作为一个维权机构，每年打几个小官司，也能养活它。"

谈到在南广的打算，祝菲说："先把律所开起来，下一步重点搞一搞司法培训。南广人在法律意识上需要提升，这方面有很大的空间。"

周楚阳说："以前，南广人不懂得运用法律的武器来保护自己，往往在遇到纠纷的时候首先想到的就是肉搏、枪战，或者就是比家族势力，比社会背景，南广一段时间内的不良形象，就是这样造成的。"

"动辄找一个野湖，拉开架势。"祝菲说，"南广今天在公众文明方面取得的成绩，主要还是靠政府引导，从某种角度上说，法律仍然是缺席的。"

周楚阳说："可不是嘛！社会在发展，有些东西在蜕变的进程中常常会遭遇一些尴尬。比如说，通信的发展，就彻底暴露了一个地方法律意识的淡薄。我回南广这一两年的时间，就遇到很多这方面的问题，很多人动不动就利用微信公众号曝光所谓的真相，动不动就对别人进行恶意攻击。南广的很多自媒体，总是想凌驾于法律之上，他们就没有想到，一旦某一天别人和他们动真，等待自己的将是法律的制裁。"

"这样说，我的使命还很光荣，任务也相当艰巨。"祝菲看了周楚阳和彭玉素一眼，接着说，"只是我还是很担心，我虽然是一个南广人，但离家的时间太长了，算是初来乍到。如果你俩不帮我，我就天天来你们家蹭饭。"

"那有什么！你光做我们的法律顾问，也能吃一口饱饭。"周楚阳笑。

"有没有搞错啊？大哥，我在外面干得好好的，回来就只图吃口饱饭，丢不丢人？"祝菲又看向彭玉素，说："你们家这个爷们儿，就没从心里打算帮我。"

"有我在嘛，怕什么？"彭玉素说。

吃完饭，彭玉素和周楚阳带祝菲去看大火地学校。他们的车驶进学校大门的时候，保安示意停下，让就近找一个地方停放，说绿化公司正利用晚间时间加班栽树。彭玉素问："毛校长在吗？"

"正在和绿化公司的陈总看工人们栽树。"保安说。

校长毛兴是苏州人，之前是上海一所私立学校的总务主任，在律师黄训田的举荐下，彭玉素把他聘请过来当校长。

几人走进去，果然看见毛兴正与陈霜江在讨论着什么。见彭玉素等人往这边来，两人便停止了交谈，过来打招呼。彭玉素向毛兴介绍祝菲，说："今后学校涉及法律方面的事务，一律与祝律师交涉。"

毛兴握了祝菲的手，说："幸会幸会，往后大家合作愉快。"

"合作愉快！"祝菲说。

陈霜江抓住机会对彭玉素说："我正好有一件事情想与周夫人交流交流，刚要打电话，你们就来了。"

"什么周夫人！"彭玉素笑，说，"一个长得五大三粗的人，说话文绉绉的，让人感觉不搭。"

人们笑了起来。陈霜江说："那就彭总吧。"

彭玉素问："有什么问题？"

陈霜江说："之前计划在教学楼外放置的盆景，是南广大山上的野柑子树，目前看来是不现实了，我发动几拨人马上山去挖，只找到了几棵，林草局方面也打了电话过来，说动静太大，小心被人举报破坏生态环境。"

"你的意见呢？"彭玉素问。

"不行的话，就用小叶银杏吧，这种树经过修剪造型，很是漂亮，树冠一般不会长得太大。咱们罗卓镇老张家就培育了好多，我昨天已专门去看过，数量也足够。"陈霜江说。

"毛校长意见如何？"彭玉素问毛兴。

"我也比较赞成这个意见。彭总应该知道，南广一中也有一棵很大的银杏树，说是几百年了，被人们称为状元树。我们不妨也在这个地方种下更多的状元树，一是传承影响，二是庇佑咱们学校状元辈出。"

"这是一个美丽的祝福，我们共同期待吧。辛苦你们了。"彭玉素说。

学校有四座教学楼，分别命名为"立心楼""立命楼""绝学楼""太平楼"，皆出自北宋时期著名思想家张载的"横渠四句"。张载是彭玉素最推崇的学者，在她看来，这位先贤还是一位了不起的教育家。彭玉素在东莞的"云众"教育集团办公大楼上，就悬挂了张载"为天地立心，为生民立命，为往圣继绝学，为万世开太平"的四为句。四座教学楼呈"U"形摆布，中间的空地上，有孔子雕像，雕像前有一个矩形石头，一面刻有"康德石"字样，另一面刻康德的哲学思想："我们不是为了制作书本，而是为了塑造人格；不是为了赢得战役和疆土，而是为了得到秩序和安宁。真正的大师的杰作是创造一种合宜的生活方式。"在石头上刻这几句话，彭玉素的想法是将康德的思想与张载的"横渠四句"形成一种呼应。所以，当祝菲看到这段话，问她"会不会太深邃"时，她果断地否定了这种担忧，说："我们做教育，主要的目的是抵达。抵达什么呢？是一种境界，一种思想，一种命运。我们要在抵达的过程中获得清零的快感，获得对陌生领域攻陷和突围的力量，完成教育的终极目标。"

雕塑前面，是一块巨大的碑墙，上面有"南聚立校志"，由南广书法家韩青以隶书写就，用钛金色铜料做成活字，贴在石纹上，大气，古朴，充满书香气息。"立校志"内容由南广作家陈年撰写，颇有占风遗蕴，读来荡气回肠。

乌峰东望，汉时夷道携川黔过滇；赤水北溯，古芒风雨凝纵横同渠。今冉冉红日镶照，畴畴嘉禾茂生，麦车之匐，烟霞之湄，学府广来，书声南聚。榆墙枝头越外，大野茅肠斩却，吟新时代之新景象，唱大繁华之大气魄。

是也宏开之道，乃桑梓情同砥砺；炬献之功，亦乡愁点线共铸。泱泱南广，雄关通途，百万庶功出世；比比丝路，朗日旭升，千仞寒门入途。凤翅遥寄残阳血，鸡鸣啼晓春锦晖。玉磬高奏，素笺领舞，盛世华筝同享，美哉大雄；楚来云归，阳春永驻，乌蒙游子共聚，壮哉古邦！

沿着幽静的林间小道行走，几经回转，到了学校后门。见围墙上一片空白，彭玉素感觉此地看起来了无生气，便叮嘱毛兴："这个地方可运用一些地方元素增添点厚重感，比如抄抄'南广八景'什么的，不能就这样空着。"毛兴说："有酷爱骈文者自告奋勇向我推荐了一些古体的东西，请专家看了，说是文理不通，不可用。彭总这一想法倒是提醒了我，明天我就安排人做去。"

看完学校，驱车回城，已是深夜时分。彭玉素问祝菲："要不要继续逛逛，欣赏欣赏南广的美丽夜景？"祝菲说："都回家了，何必赶着趟看完？留一些悬念吧，南广的美，更多的在于她的未来。"

8

"百日行动"让整个南广城乡很是热闹。之前认领了"农危改"扶贫任务，周楚阳在做好秋季"南栗制造"的同时，自然也参与了这次声势浩大的攻坚行动。这天，他和比嘎村副主任付秋芬一起去看农危改工程扫尾，看毕回村，车子即将驶入村委会院坝时，他在电话里和付秋芬告别，同时让李峡掉转车头，从另一个方向进入一个叫"摆街"的乡镇。一路上，他看见很多挖机正在推倒一座座危旧房，烟尘在村庄上空四散；平地里有很多新建的民居正在泥水工的作业中凸现出洁白的墙体，青色的瓦片在阳光的照耀下显得格外养眼。村庄旁边的山坡上，秋禾一垄一垄有序绽放，那些显露着身子的瓜架下，有老人和孩子在拾捡着金黄的果实。

"这就是突围。"他对李峡说，"如果我们还记得二十年前的南广是一个什么样子，我更愿意把南广现在的一切变化归结于突围的力量，这是一种向死而生的创造，不得不说是一种奇迹。"

李峡说："要说感受，我肯定不如周总深刻。我们所体会到的贫穷是不一样的，自打我能记事的时候，就已经见不到几个饿肚子的人了。"

周楚阳说："最极端的贫穷，不在于衣食，而在于思想。你见过那些因为恐惧而在寒风中奔跑的人吗？他们之中，有多少会真正在自己的脚步声中倒下？其实，最后死去的，仍然是那些蹲在墙根儿晒太阳的人，他们死于怠惰，死于麻木。"

"是啊，我们扶贫的目的，是给贫困人口提供最基本的生存动力，让他们自发奔跑。"李峡说。

"确切地讲，是提供一种活着的参考。"周楚阳说，"我们帮助他们改造房子，是给他们一条从房子通往其他地方的路；我们给他们发放一头牲畜，是想让他们看到一头牲畜变成一群牲畜的可能性。从这个角度来看，政府发起百日行动，目的是在轰轰烈烈的贫困改造中矫正他们的方向，给他们一个看得见的起跑线。"

从摆街出去，经过乌路斯、歹摸梭、对塔三个乡镇的地界，天黑时，他们到达离县城只有二十公里的高铁站。从地形上来说，他们是兜了一个很大的圈子。交通条件的改善，可以让人在半日之内走过很多地方，这一点，周楚阳今天算是真正体会到了。他经过的地方，那些别致、干净的村庄，散发出不一样的活力；那些整洁、宽敞的道路，蜿蜒在山间，像一条条洁白的飘带，把云朵和大地连在一起。这是真正的秋天，南广大地上的收割含蓄而深刻，那些行走在村庄连户路上的乡村干部，那些在微风中驻足小憩的农人，构成了一幅和谐生动的画面，这样的画面，纯粹、通透、干净，让周楚阳在车上的短暂睡眠中梦见了心中向往的天堂。

回到家，周楚阳对站在窗前看城市灯火的彭玉素说："我们今天算是兵分两路，认真地看了一回南广，不知道你现在的感受是什么，而我，是经历了一次从视觉到心灵的洗礼。"

彭玉素对他微笑，说："回来的这一年，我以一个远行人的视觉看到了南广作为故乡的隐忍和坚强。每天一到黄昏，我都会站在窗前看这座城市的一角，从内心感受到她的律动，看见她在一步步焕发清醒和睿智。说句实话，我是在慢慢接受你的同时接受她的，在此之前，我没想过故乡会有如此唯美的一张面孔。"

"所以说，我要谢谢你。"周楚阳从后面搂住她的腰，说，"我们算是真正回来了。对了，还有我们的小满，她能如此安静、从容地待在一个对她来说比较陌生的地方，除了爱的牵引，还因为故乡所释放出来的魅力。"

"但她终归要走出去，我不希望她一直留在此地。"彭玉素说。

"这也是我的想法。"周楚阳说，"对于这个时代的孩子来说，他们的故乡应该更加辽阔，更加生动。如果到了某一天，她认为自己已经有了足够的历练，需要离开我们，我们就应该勇敢地放手，让她去自由地拥抱属于她的世界。"

彭玉素转过身，把手搭在周楚阳的肩上，眸子里释放出温暖的情愫。"我们也要走出去，而且是要更加决绝、更加稳健地走出去，和故乡同一个步伐。"

这个夜晚，周楚阳和彭玉素从一对恋人变成知己，从知己变成朋友。他们在交谈和拥抱中不断地变换着彼此的角色，以相同的立场和观点去触摸现实。这个夜晚，他们赢得了一个非常惬意的睡眠，直到日上三竿，电话响了好几遍，直到赵小满用手掌使劲儿地敲打他们的房门。

"哎呀，你们这对恋人怎么搞的？电话都打到我手机上了。"彭玉素睡眼惺忪地走出来的时候，赵小满对她说。

"谁来的电话？"

"金副县长。"赵小满说，"找大表哥的。"

周楚阳从卧室里出来，一边将外衣往身上套，一边说："这金老官儿就是存心让人辜负美景良辰，大清早就开始折腾。"

彭玉素在一旁笑着嘀咕："什么大清早？快到中午了。"

周楚阳把电话打回去，那头一接通，就说："还以为你私自称帝，不再受人管制了。"

周楚阳："称什么帝！我现在是越来越享受俯首称臣的滋味。"

金鸣："看得出来，一物降一物嘛。"

周楚阳："金副县长有何指示？"

金鸣："还真有指示，不过不是我的，是向你传达赵书记的指示，而且是重要指示。"

周楚阳一听金鸣说是赵云芃的指示，马上就改变了语气，问："赵书记有什么工作安排？"

金鸣说："就是省委主要领导代言南栗产品的事。"

周楚阳问："这事真能成？"

金鸣说："领导明天到南广，应该是后天上午就去你的生产车间，你得抓紧准备。"

刚吃完中饭，周楚阳正要起身去工业园区南栗深加工基地，便接到赵云芃亲自打过来的电话。赵云芃说："现在可以明确地告诉你，省委主要领导已经确定了路线，后天上午 10 点，你准备好在厂里接驾。"

"要做好发言准备吗？"周楚阳问。

赵云芃说："发言倒是不必，回答问题肯定是少不了的，你把握好分寸就行了，既不能好高骛远，也不要太过小气。"

"有你在，我不会怯场。"周楚阳说。

周楚阳让公司里的员工全部下沉到南栗深加工基地。他用笔在一张纸上画了一个简单的迎检方案，让人们各自依照职责去执行。到了第二天晚上，他带领朱立冬、顾羽、李峡等人一项一项地排查，觉得所有工作都准备停当后，才启程回家。刚走出半里路，他让李峡掉转车头，说："通知所有人，今晚不必回去了，让人从城里带几床被子下来，咱们就在值班室对付一夜。"

"没这个必要吧！"李峡说，"周总不要太紧张，明天早早赶过来就是。"

"万一明天早上堵车呢？"周楚阳表现出过分的谨慎。

"省委主要领导来，这车堵不了。"李峡笑着说。

也就没有通知人们住下来，还是回到了城里。第二天一早，所有人在8点钟之前到达基地，又按照清单逐一检查了一遍，确定没有遗漏。10点钟，省委书记准时来到基地。汽车驶进工业园区大院，在安保人员的引导下，排成一排，为首的一辆，是赵云芃的坐骑。赵云芃从车里下来，疾步走到中间的一辆黑色越野车前，此时省委书记已从车上走出，见赵云芃过去给他开车门，便说："没必要这么客气，叫乡亲们看见了不好。"

南栗深加工基地的厂房很大，很宽敞，差不多占据了整个C区。厂房的外墙上，大红立体发光字"云贵高原的精灵，云端之上的板栗"格外惹眼。省、市、县各级领导驻足观望，表情不一。进到厂房，分别参观了初配车间、烘焙车间、蒸馏车间、冷却车间，最后才参观包装车间。包装车间很大，三条生产线把整个车间一分为三，各色包装盒在机台上不停地运转，到嘉宾们站的地方，封储好的栗子成品在他们面前的槽口中匀速降落，去到一个个在不锈钢拉挂中展开的纸箱里。

"今年有多少产量？"省委书记问周楚阳。

"也就三百吨左右，较去年稍多一些。"周楚阳答。

省委书记点了点头，又问："新种的板栗树明年应该会挂果了吧？"

周楚阳说："大部分能挂果。"

"也就是说，保守点讲，明年的产量会在今年的基础上翻一倍？"

"如果气候正常，至少可以翻三倍。"

"这才是我们地方上的特色产业，看来我们的发展思路是正确的，下步要认真研究市场，让产品走向全国，走向全世界。"

"多谢领导指点，我们一定竭尽全力把产品推出去。"

"听说你是南广县回乡创业的代表，之前在外面从事的是什么产业？"

"向领导汇报，之前我做的是印刷，现在也还在做。"

"你个人觉得你现在从事的这个产业会不会有一个好的前景？"

"我觉得有，只是还有一个漫长的过程。"

"每一条路都是漫长的，我们不惧怕路途的遥远，但要尽量不走弯路。"

赵云芃在省委书记向周楚阳提问的时候，拿起一盒栗子，对身旁的市委王书记说："报告书记，此时机会难得，可否请书记代我们请示领导，请他尝尝栗子，我们顺便拍拍照。"

王书记说："当然可以，领导既然来了，肯定是要尝尝的。"

没想到还没请示，省委书记就主动提出要尝尝栗子的味道。王书记从赵云芃手中接过栗子，撕开，取出盒子中金黄的苞衣，沿虚线撕了一个小口，递给他。

省委书记把栗子放入口中，"嘎嘣"一声。几番咀嚼之后，他的脸上露出了满足的笑容，说："真是云端之上的好板栗，香甜，可口，回味悠长。"

记者手中的摄像机记录下了这一刻。赵云芃又向王书记请示："可否请领导讲几句话？"

王书记点了点头，随即对省委书记说："书记亲临基地，县区上的同志们深感机会难得，想请您讲几句话。"

省委书记说："之前陈秘书长已向我报告过，说来到这里，应该讲几句才是。我也大概明白了同志们的意思，所以提前打过招呼，今天可以让市县两级新闻界的朋友们拍照、录像，省里的同志手里的影像资料有用得上的，也可以提供给大家。在这里，我要借这个机会，真诚地向社会各界推荐我们的南栗，这是一个有品质、有特色、有前景的产业，也是一个能让老百姓富起来的产业，更是一个抓得住乡愁的产业。"他从工作人员手中接过一盒栗子，把它举到和前额相同的高度，让摄像机刚好可以在水平距离上拍到。此时，人们在尽情地鼓掌。他接着说："南广的山之巅、水之湄，处处生长着像板栗树一样坚韧的植物，处处结满了美丽的果实。希望全社会都关注南广、关心南广，到南广来品尝云端之上的味道。"

当天下午，一则题为"省委书记为南栗代言，品尝云端之上的味道"的消息在省市媒体发布，在南广人的朋友圈里引爆了浓浓的乡愁。很多商家纷纷向南栗公司抛出橄榄枝，表示要代理南栗产品。接下来的几天，南栗拿下了很多订单，公司上下更是人心活跃，士气高涨。

周楚阳分别接到罗其波、麻军、马航以及陈家瑜等人的电话，他们在向他表示祝贺的同时，告诉他不日将启程回归，来南广办几件可以办到的事。

9

冬日寒风骤起，天空像一把筛子，把晶莹的雪片洒在万物头顶。南广县城的高楼屋顶，披上一层薄薄的银霜。午后阳光乍现，初雪消融，人们从屋子里走出来，去往繁华的大街上，赶在下一场大雪来临之前收集细碎的阳光，像山坡上打滚的牛马一样尽享短暂的欢愉。

南栗人在公司里忙着今年最后的决算，他们要给麦车、罗卓两个乡镇以土地入股并承包板栗经营的村民发放红利。今年的收成不错，之前挂果的栗树产量大幅提高，市场把握也较为得当，营业额近四千万，除去年度经营成本，小有盈利。一大早，周楚阳就分别给麦车乡党委书记刘江和罗卓镇党委书记张大成打电话，说准备近日在乡镇上举行分红仪式，请两位领导大力支持。张大成在电话里说："罗卓徒有绿树满山，并未挂果，哪来的红利可分？"

周楚阳说："虽没有入股红利可分，但有少部分未加入联产承包村民的土地租金要发，咱们可以借这个机会再宣传宣传南栗的经营方式，尽量将他们吸纳进来。"张大成说："这样也好，与他们算算账，让他们开开窍，最大限度地统一思想。"

麦车乡刘江建议分红仪式在大火地搞，说这样便于集中更多的村民，让那些没有参股的人也来了解了解南栗，做一个看得懂热闹的旁观者。周楚阳非常赞成刘江的建议，说："本来不搞仪式也行，既然要搞，就得搞出仪式感，所以我想，在分红之前，要请刘书记讲个话，王雅主任也得说几句。"

刘江应允，答应到时好好和村民们分享分享感受。周楚阳又给王雅打电话，问："要不要请个秘书，帮你写写稿子？"

"什么稿子？"王雅问。

"分红仪式上，你要做一个重要讲话。"

"以我的水平，还用稿子？"

"既然王主任胸有成竹，我就不用操心了。"

"我天天都在和老百姓说话，我知道说什么最管用。"

其实周楚阳是和王雅开玩笑，他问要不要写讲话稿，是想告诉她分红仪式非同一般，得高度重视。王雅也明白他的意思，只是故意装作不知道而已。

三天后，大火地村委会的院坝里站满了前来领取红利的村民，他们看上去一个个精神抖擞，对一年来取得的收入很是满意。院坝里有一个小小的台子，上面铺了一张红色的地毯，放了几个话筒支架，刘江、周楚阳、王雅、顾羽等人站在台上。仪式由顾羽主持，第一个议程是刘江讲话。"两年前，南栗扩大规模，租用我们的土地在这个地方种板栗。当时，很多人都持了怀疑态度，甚至有一部分人极不支持，极力阻拦，恶意破坏。今天，大家都看到了南栗的发展，而且大部分人从中受益，这是相信党和政府的结果，也是积极支持地方龙头产业发展的结果。"他说到这里，习惯性地顿了一下，见台下人们没有表示，就开玩笑说，"如果你们在这个时候为我鼓掌，说明我说到你们的心坎儿上，我也会接着讲下去。"台上的几人带头鼓掌，下面也就响起了热烈的掌声。他接着说："今天，我有三句话想要送给在座的父老乡亲。第一句话：用好我们的土地。土地是我们宝贵的财富，我们拥有它，就要最大限度释放它的能量。土地是用来干什么的？是用来栽种庄稼的。以前我们种植玉米、土豆、荞麦，只能勉强糊口。为什么？因为产量不高，还有就是玉米、土豆和荞麦的价格太低，除了对付我们的嘴巴，少有的积余只能用来喂猪，甚至喂耗子。现在我们找到了让土地增产的办法，就是种板栗，和南栗公司合作。种一亩地的板栗，至少等于种两亩地的玉米、三亩地的土豆和四亩地的荞麦，大家都能清楚地算好这笔账。第二句话：养好我们的土地。现在，大家的土地上都生长着茂盛的板栗树，到了秋天，就能摘取胜利的果实。南栗公司为了让大家当好土地的所有者，不仅把土地归还给你们来经营，还把板栗树下放给你们去护养，这样，南栗的利益就是你们的利益，南栗有损失也是你们的损失。所以，大家要把力气全部使出来，按照南栗公司的要求，落实区块责任，搞好田间管理，养好这一大坡板栗树，让它结出更多更好的板栗来，让大家增产增收。第三句话：看好我们的土地。生在麦车乡，长在大火地，我们是幸运的，因为我们有土地。千百年来，土地是我们的命，是我们的根，特别是现在，土地越来越珍贵了，因此，我们不仅要对土地抱有希望，还要让其他人看到我们的希望。我们作为南栗公司的一分子，有责任宣传我们这片土地上生长出来的板栗，捍卫它的形象。今后，大家要做到逢人就说板栗，送人就送板栗，庆祝就吃板栗，这个世界上知道我们板栗的人越多，板栗就越好卖，价格也就越高，我们的收入也就增加了。"

刘江讲完，王雅接着讲："刘书记刚才讲的三句话，可能有的乡亲暂时没听懂，不过没关系，今后，我们村里会组织大家认真学习，直到大家学懂为止。只有大家都弄懂了，我们的产业才会成为钱袋子，才会让我们大家感到骄傲。在这里，我要给大家打一个招呼：今后，如果有人想拿南栗公司做文章，在背后动手脚，说南栗的坏话，我们会毫不客气地运用法律的手段来惩治他。大家一定要记住，你们现在的收入越来越高，一定会有人眼红你们，背地里指使你们对自己搞破坏，所以一定要多一个心眼，管好自己的责任田，勇于同不良现象做斗争，确保自己的利益不受侵犯。"

罗卓的"分红"仪式经张大成建议，搞成"土地流转租金发放仪式"。由于天气寒冷，没有让村民们待在室外，而是改在职工会议室举行。议程只有两项，一是由南栗公司对土地所有者兑现今年的土地租金，二是张大成讲话。张大成对村民们说："大家应该知道，隔壁麦车乡大火地村的老乡们，昨天都从南栗公司分到了一笔可观的利润。我为什么要提到他们？是因为我们也一样，都和南栗公司绑在一起，只是我们土地上的板栗树暂时还没有生长出栗子来而已。从明年起，板栗树将陆续挂果，土地就有了产出，我们也会得到分红。今天，我想告诉大家的是，南栗虽然是一个公司，但它的利益和我们的利益是连在一起的，所以我们要认真干好自己的分内之事，养护好我们的板栗树，让它成为我们增产增收的保障。"

会上，周楚阳也向村民们做了承诺。他说："大家都知道，我在自己的家乡利用亲人们的土地种板栗，是想尽自己最大的努力去盘活我们的土地，和大家一起创造财富。在麦车乡，之前栽种的板栗树已经为广大村民带来了福利，人们已经看到了曙光。我相信，不出两年，在座各位的口袋同样也会鼓起来，到时候，大家可以利用土地创造的红利改造自家的房子，改善自己的生活。请大家务必相信我，我虽然是一介商人，但我做生意的前提是满足乡亲们的利益，因为于我个人来说，我并不需要太多的钱，钱多了自然是没有用的。如果我能为大家带来更多的财富，也算是对各位父老乡亲的一种报答，对家乡罗卓的一种贡献。"

周楚阳在两个乡镇搞"分红仪式"，实际上是借机开一个群众会，一来从思想上争取更多的村民发自内心参与产业建设，二来通过村民"分红"扩大影响，让一坡树更加茁壮，更加青翠。一年来，南栗公司开展的各种活动都收到了良好的效果，目前，很多城市的大商场里，货架上都摆了南栗产品，销售状况很是不错，特别是周春捷所负责的南方市场，已经出现了供不应求的现象。从明年起，南栗的产量将会大幅提升，到时候，他会择机启动"我在麦车有棵树"的责任认领工程，同时也会在收益上实现远程分红。按照周楚阳的计划，三年后，公司在深加工方面将逐步延展产品序列，陆续开发出"栗子粥""栗子罐头""栗子点心"等休闲产品，同时，将栗子与各类肉食及地方山珍结合起来，开发出诸如"栗子鸡公煲""栗香菇"等产品，让栗子成为高原坚果中的"万人迷",一步步占有各类市场。

转眼一年行将结束,周楚阳回过头来总结一年来自己所做的事,竟然把自己吓了一跳。这一年,他的"回乡之路"逐渐趋于平坦,彭玉素的回归也让他获得灵魂上的丰盈,虽一路奔忙,途中却尽显一派云淡风轻;这一年,他在事业上斩获了较为成熟的经验,清晰地看到了美好的远景,也触摸到了真实的眼前;这一年,他把更多和他一样植根于远方的南广人动员回到南广,开始了他们的反哺之路,让他们感受到了故乡的温度⋯⋯这一年是具体的,连疼痛都那么具体,他在用双脚丈量南广这片土地的同时,也在用心灵丈量人心——是的,所有人都在历经蜕变,所有人都在幸福的阵痛里与过去和解,用最纯洁的理想拥抱生活。

汽车在高速路上飞奔,周楚阳坐在他的亲密伙伴李峡的副驾上,他们要去德隆乡的小堰村。在那里,有一个乡村旅游项目的奠基仪式要启动,受陈家瑜的邀请,他要去站一个台。他乐意去那个地方,因为那里有美丽的一河三岸,有他和彭玉素少年时期一起看露天电影的浪漫往事。

汽车里响起动人的音乐,那旋律如此应景,声声倾诉透露出一丝浅浅的忧伤。

昨日担当　昨日敢想
昨日转眼就跌撞
夏时梦长　秋时昼短
清冽途上不远望
薄情于痴　贪小于妄
市井冷眼没浅尝
难予疏淡　难在得失
难是求而不得
一如彷徨一如年少时模样
寻几处好景破星光
一如原谅一如年少时模样
觅几句爱人留绵长
⋯⋯

10

春日阳光和煦，百花迎风吐蕊，万茎返青。这是一个干净的清晨，周楚阳从家里出来，打车去县委大院。多功能会议室里，全县各乡镇、各部门领导及社会各界有关人士济济一堂，县委政府在这里召开南广县决战脱贫攻坚誓师大会。

会议由汪县长主持，县委书记赵云芃讲话。赵云芃说："过去的一年，是不平凡的一年，南广170万各族人民与全国一道步伐一致、同舟共济，奋力书写了稳定与发展齐头并进、巩固与提升上下同欲的宏伟篇章。当前，广大干部群众正以昂扬向上的姿态、覆海移山的勇气轻装上阵，为打赢脱贫攻坚战、全面建成小康社会贡献强大的力量。"

周楚阳坐在会场第三排的第二个位置，这一排全是南广县工商联代表。入座后，他注意到，坐在他右手也就是第一个位置的并非座次表上安排的锦源木业老板邹聪，而是一位面目清秀的女孩，二十四五岁。见周楚阳转头看她，女孩微微一笑，轻声说："周叔叔好！"

周楚阳并不奇怪女孩怎么会认识他，因为座次表上明明印着他的大名。他也笑了笑，点了点头。女孩用笔在桌上的笔记本上写了一句话："栗子真好吃！"把笔记本往周楚阳这边挪了挪。周楚阳用自己的笔在下面写了一句话："谢谢你。"

台上，赵云芃接着讲："近年来，全县上下同心协力，砥砺奋进，各项事业取得辉煌成绩：高铁、高速公路完美地诠释了'南广速度'，教育、卫生实现了'反转式突破'，易地搬迁搬出了安居风貌和产业气象，脱贫攻坚'两不愁、三保障'短板'量化性补齐'……这些成绩的取得，与我们坚持发扬'困难面前有我们，我们面前无困难'的优良作风分不开，与我们努力拼搏、无私担当奏响攻坚集结号、全民同心摘贫帽分不开，更与我们长期以来无视甘苦挑战现实、攻城拔寨抢占高地分不开。"

邻座的女孩在笔记本上写了一句话："我叫邹瑾圆，家父是邹聪。"周楚阳在下面写道："丫头好！"

赵云芃讲："南广是全国脱贫攻坚的主战场，当前，我们还有101个村未出列、12.23万人未脱贫，是全国未脱贫人口最多、全省攻坚任务最重、全市唯一未摘帽的县，从这一点来说，南广胜则全国胜。今年，是全县百万群众战胜贫困、共建小康的收官之年，党中央、国务院将对我县的脱贫攻坚工作进行检查验收。此时此刻，战鼓已经擂响，时间风驰电掣、任务困难重重、压力泰山于顶。全县广大干部务必以大公之心办大公之事，提振'打硬仗、打胜仗'的信心和决心，勇于请命，勇于叫阵，勇于恋战，将贫疾彻底斩落马下；要与广大父老乡亲精诚团结，以正确的姿态站成防贫祛贫的坚实城墙，以整齐的步伐走出脱贫摘帽的最佳方阵，勇于向贫穷挥手告别，勇于向美好生活张开怀抱；全县各级党员、干部、群众要精准呼应、精准策动、精准对位，高度汇聚正能量，高声唱响正气歌，坚决不让任何人在脱贫攻坚中掉队，及时攻克贫穷，向党中央、国务院和全国人民快传捷报。"

讲到这里，会场里响起雷鸣般的掌声。周楚阳转头看旁边的邹瑾圆，她拍完掌，又对着主席台上竖起了大拇指。周楚阳对她笑，她也礼貌地还周楚阳一个笑。周楚阳留意到，邹瑾圆的笔记本上，记录着赵云芄所讲的几个标题，字写得很大，字迹工整，每一句之前都用了一个非常醒目的三角符号。

赵云芄讲完话，各乡镇、各部门主要负责人分别向汪县长递交了"责任书"。按照会议安排，会有一个社会扶贫的代表被请上主席台，就企业在脱贫攻坚中如何履行社会责任进行发言。之前，周楚阳接到过县委办工作人员的电话，有意让他上去发言，却被他委婉谢绝了，理由是一年到头都在出各种风头，这一次要把机会让给其他人。此人会是谁呢？周楚阳正暗地里思忖，就听汪县长说道："下面，请锦源木业代表全县企业就如何在脱贫攻坚中履行社会责任进行发言。"话音刚落，身旁的邹瑾圆迅疾起身，扯了扯上衣的下摆，迈着矫健的步伐向主席台走去。

到了发言席，邹瑾圆先向主席台上的领导鞠躬，又转身向台下鞠躬，站定，用一口流利的普通话说："非常幸运，受家父邹聪的委托，我在这里向各位领导和南广企业界的前辈们做一个简短的表态发言，不妥之处，请批评指正。"

邹瑾圆没带发言稿，两手交叉置于腹部，她姣好的五官和修长的身材像一枝靓丽的花朵，在台上肆意绽放，人们不免发出惊叹。坐在周楚阳左边的丰运物流总经理朱成小声地说："没想到邹聪有这么一个优秀的女儿，真是将门出虎女啊！"

邹瑾圆接着说："锦源木业在南广刚好十个年头。十年来，承蒙县委政府鼎力支持，让一个民营企业克服了种种困难，拥抱了希望，走上了坦途。锦源人爱着南广这片土地，南广人民也给予了锦源无限的温暖。作为一家以木材加工为经营方向的企业，在南广决战决胜脱贫攻坚的关键时刻，不可能置身事外。"她说话的时候，脸上始终洋溢着浅浅的笑容，肢体上的辅助动作也恰到好处，让人感觉是在听一场演讲，"我是一个刚从大学校园走出来的年轻人，我之所以选择回到故乡，是因为我在离开时感受到了步履的沉重，在回望时体会到了灵魂的孤独。我深刻地意识到，我们每一个人不可能永远把奋斗的现场放到遥远的异乡去，我们有必要培植自己的阵地，正如我们必须在这块土地上终老一样。"她没有说大话和套话，也没有按照既定的模式去做一种固定的表达，而是遵从自己的情感去达成言说与行动的一致，让人觉得她是在发表一个回归感言。她说："锦源木业永远不会站在树荫里砍树，我们始终愿意在塑造产业的同时带领更多的人塑造幸福，让他们站在故乡的肩膀上成就活着的高度。此时，我们会主动认领在锦源工作的74户卡户家庭300余名贫困人口的'一收入、四保障'，让他们在家门口就业的过程中创造内转的奇迹。与此同时，我个人非常愿意在脱贫攻坚这场艰苦的战役中做一名志愿者，动员更多的南广大学生回乡创业，用实际行动报答生我养我的这片土地……"她在简短的发言中向与会人员释放的信息不仅是"替父从军"，更多的是一种南广青年的精神气象，一种与崇高的使命感联系在一起的朴实的桑梓情怀，让人们在对她另眼相看的同时也对这一代人寄予厚望。赵云芃带头为她鼓掌，在汪县长宣布进入下一个议程之前，他插话说："这就是新时代南广儿女的气度，是我们实施'自强诚信感恩'主题教育的榜样，如果咱们的家乡多一些这样的有情、有志、有为青年，当属南广大幸。"

散会后，周楚阳刚走出大门口，正欲拦车，忽听得背后有一个声音在向他喊："周叔叔留步。"回头一看，是邹瑾圆，她挎一个双肩包，一只手拿着笔记本，正微笑着看他。

"丫头，是你在叫我？"

"是的。如果可以的话，我想向周叔叔请教一个问题。"

"什么问题？你说。"

"你是南广著名企业家，是众人眼中的成功人士，通常，你以什么方式告慰这片土地曾经给你带来的伤害？"

"伤害？"周楚阳没料到她会提出这样的问题，"有吗？"他反问。

"当然有。"邹瑾圆说，"每一个生长于斯的人，都不同程度地受到过伤害，你也不例外，而且我听说，你从浙江回到南广创业，一路走来也是磕磕绊绊。"

周楚阳想了想，说："在自己的家乡受到的伤害，不能把它当作伤害。"

"我是说伤害本身。"邹瑾圆把头微微上扬，两只眼睛专注地看着他的脸，一副非要得到答案不可的样子。

"坚定你的信念，在确定方向之后一往无前，做一个有脸谱的人。"周楚阳说。

"脸谱是什么意思？"邹瑾圆问。

周楚阳说："每一个有使命感的人都有一张脸谱，因为我们有舞台。人站在舞台上演出，就得化妆，精心设计自己的脸。在脸谱的保护下，我们就能做到无视伤害、不惧伤害。"

"这样我就大致明白了。"邹瑾圆说，"人们都说你有一张有表情的嘴，今天我算是见识了，像你这样的前辈，铁定会成功的。"她把吊在一边的另一只挎包背带套在肩上，接着说，"我还听别人讲，周叔叔也有一个可爱的女儿。"

"是的，非常可爱。"说到自己的女儿，周楚阳不吝惜任何可以修饰的言辞，因为他始终觉得自己缺席了她的成长，这一辈子都对不住她，他对她的爱是在今后的日子里做她最贴心的朋友，保持着一定的距离看着她自由地拥抱生活。

"我也能想到。"邹瑾圆说，"如果可以的话，请周叔叔引荐引荐，我相信我们会成为最好的朋友，因为我们拥有一个共同的南广。"

"一定会的，可爱的丫头。"周楚阳说。

11

在家具厂装完一整车桌椅后，彭玉素问周楚阳："还有什么要带回去的吗？"周楚阳说："把这些送回去以后，问问他们还有什么需要，先拟出一个单子来，再进行第二次采购。"

彭玉素在老家大房子建了一个占地约2000平方米的文化广场，她此次是专门为广场活动室送桌椅回去。卡车很大，装了足足一百套桌椅之后，还能挤出一些空间，所以彭玉素在想还可以带些什么东西回去。听周楚阳这么一说，她觉得有道理，便说："要不咱俩一起回去吧？你也好久没见到咱妈了。"原本周楚阳要同从福建回来的周春捷见一个专门从事互联网业务推广的客户，此时彭玉素要他一同回去，他只得打电话给周春捷，让周春捷与客人另约时间。

到了大房子，早有很多人在广场上等着，货车一停下，他们就爬上去卸货。彭玉素与那些干活儿的乡亲打招呼，说："你们手脚慢一些，不要把桌椅撞坏了。"

"放心吧，彭老师送来的东西，我们当宝贝看待，绝对轻拿轻放。"说话的是村民杨顺的儿子杨建，二十四五岁，高中未毕业就去浙江永康打工，年前回来过春节，经杨顺与彭玉素商量，有意让他到她的学校去做做后勤，这样的话，算是待在老家，也好就近讨个媳妇成家立业。

"不错，小伙子很会说话。"彭玉素问他，"你爹说的那事，你考虑好了没有？"

"早就想好了，就等彭老师一声令下。"杨建说。

很多人凑到了广场上，你一句我一句地议论，大多是说彭玉素把村子搞得太漂亮了，以后谁家讨个儿媳妇也很有面子。彭玉素对他们说："光找面子不行，最要紧的是让自己变得勤劳起来，能挣钱，能把家收拾好，以后讨了儿媳妇才能留得住。"

"二妹说得对。"杨顺一边从香烟盒里抽烟发给干活儿的人们，一边说，"现在的儿媳妇可不好找，就算找到了，能不能和你过下去也是个大问题。这些年来，村子里哪年不接几个儿媳妇，但是哪年不走掉一些？有些刚办完酒，带出去打工，过年回家时，又成单身了。"

周楚阳对杨顺说："杨三哥讲的可是一个现实问题，在这个年代，你没出息，人家凭什么要跟着你一起过穷日子！要我说，大家一定要把握好每一个机会，该出去打工的出去打工，踏踏实实地挣钱；该在家里发展种养殖业的，就千方百计把土地盘活。自身条件搞好了，日子就会过得有滋味，人也就留住了。"

指点着人们把桌椅摆放好，彭玉素又问大家："还需要什么？"

"不需要了。"大家几乎是异口同声地回答。有妇人依着孩子辈分说话："彭姨对我们做的事太多了，现在还厚着脸皮开口要东西的，肯定不是人。"有人开玩笑说："我们早就不是人了。"

"自己人不用客气，有什么需要尽管说。我现在有条件为老家做点事，就争取办得更好。"彭玉素叫了一声杨建的名字，问，"你来说说，还差些什么？"

"彭老师要我说，不是让我不是人吗？"杨建笑着说。

"现在不是顾及面子的时候，你今天姑且不是人一次吧！"彭玉素也笑。

"那我就讲了。"杨建说道，"村子里的连户路上还差四五盏路灯，广场上还需要两个大喇叭，再有，就是……"他还没说完，有人顺势打岔："再有，就是杨建还缺个老婆。"

众人捧腹大笑，说得杨建不好意思，用手抹抹脸，说："人家彭老师让我去学校搞后勤，是有意给我创造机会，那里头漂亮的女老师可多了。"刚说话的那人又说："你是指望着彭老师给你发一个？"

"可不敢那么想！"杨顺在一旁说，"就是政府扶贫，也不可能给你发老婆，发一头母猪还差不多。"

人们又笑，纷纷指责杨顺讲话不文明。依着孩子辈分说话的妇女说："你这老不正经的东西，该你现在还没使上儿媳妇！"

有人接杨顺的话，小声说："要是发一头母猪能传宗接代的话，倒是大大地节约了成本。"妇人听了，很不客气地回了一句："你们家孩子长大了，就让他们娶母猪去吧！"

彭玉素挨个儿看望了村子里的老人，从侯嬢嬢开始，依次与杨顺的老妈及沈二舅母等老太太说话。她们询问彭玉素她母亲现在身体是否还好，饮食情况如何。彭玉素说："妈妈前几年住在大羊嘴姐姐家，后来又去了安徽阜阳哥哥那里，老太太现在倒是清闲得很，想去哪里就去哪里，也不操心年轻人的事。"

"你们这么有出息，她何来的心要操！"侯嬢嬢说。

离开大房子，彭玉素和周楚阳回到庙坎。刚一进门，周楚阳的母亲便问："小满呢？怎么没有同你们一起回来？"

"姑娘工作很忙，抽不开身，改天会专门回来看您老的。"彭玉素说。

"忙就忙吧，不用来看我。"母亲说，"你说忙我就放心了，这孩子野，得找些事情拴住她。"

周楚阳对母亲说："不用拴，小满可懂事了，她在学校里给她妈妈分担了很多事情，越来越出息了。"

老太太很高兴，拉着彭玉素的手问："真是这样的？"

"那还有假？"彭玉素说，"您就放心好了，您的孙女今后一定会干大事。"

"干不干大事不要紧，只要她成为一个好人就行，我们老周家可从来不指望谁光宗耀祖。踏踏实实活着，比什么都好。"老太太松开彭玉素的手，转向周楚阳，说："你爹要是能看见他的大孙女，大约也能把几十年前的事情想通了。"

回县城的路上，彭玉素接到王白璐打来的电话。王白璐问她现在有没有空，有的话，想和她探讨一个问题。彭玉素没有直接问她什么问题需要探讨，而是和她开起了玩笑说："沉迷于温柔乡的女人也有理性去探讨问题，看来还是不甘待在舒适区嘛。"

王白璐说："想和你探讨的就是这个问题，我想说的是，我们该不该举行一场婚礼？"

"我们！"彭玉素问，"是你和朱先生吗？"

"也包括你和周老板，要不说是我们呢？"

彭玉素说："我没考虑过，我还没有彻底走出来。"她把电话开了免提，她觉得她与王白璐的对话，应该让周楚阳听到。

"但你没有过一场婚礼。"王白璐说，"你应该有一个漂亮的婚礼，你得让周老板跪在你面前求婚，给你送一个大戒指。我认为，对你来说，婚礼是一场洗礼，能彻底荡涤这些年来彼此之间互相施与的伤害。"

"我没想过。"彭玉素说，"至少目前没有这个打算。"

周楚阳在一旁对彭玉素比口型，唇语是"我愿意"。

"可我有。"王白璐说，"我一直认为我之前的婚礼是不成立的，因为我和姓夏的没有真正的婚姻。而且，我现在需要一场婚礼来告别过去，忘掉不该记住的人，包括周楚阳。"

彭玉素对周楚阳努了努嘴，一边用一种近似于幸灾乐祸的眼神看他，一边对王白璐说："是因为你现在有时间虚度。我就不一样，我一直背负沉重。"

王白璐的意思是她们可以共同举办一场婚礼，而且是一场盛大的婚礼，可以不要太多的观众，但必须有虔诚的仪式感。所以她说："余生很长，我们不能活得没有分界线。比如，我们应该明白自己是在什么时候获得重生的。"

"你是想以此祭奠那些苍白的岁月？"彭玉素貌似读懂了她。

"因为我现在才知道，一个人的迷茫可以因为某个人的出现而结束，一个人要从病痛中走出来，不完全依靠吃药。"

"你现在找到了这个世界上最好的药，之前，姓周的也没多大疗效。"彭玉素说完，往周楚阳的大腿上拍了一爪。

"那是疗程不够。"王白璐说完，在电话里"哈哈哈"笑了起来，"他只是一剂偏方，不适合我，我和你有个体差异。"

挂了电话，彭玉素问周楚阳："你怎么看？"

"看什么？"周楚阳故意一问。

"婚礼啊！"彭玉素说。

"你是说王白璐和朱立冬的婚礼吗？如果请我们参加，就坐着看呗！"他说完也"嘿嘿嘿"地笑。

"别装糊涂。我是问你，愿不愿意给我一个婚礼。"彭玉素一脸严肃。

周楚阳把车停靠在路边，扭头对着彭玉素的脸，说："做梦都想，如果你愿意，我给你一个最盛大的婚礼：让天空做我们的司仪，群山与河流当我们的伴郎和伴娘，让一坡板栗树苍翠成我们圣洁的婚床。"

彭玉素盯着周楚阳的脸看，半晌说："就不愿意给我一个明确的答复吗？我怎么老是感觉到自己是嫁给一个酸不拉几的诗人呢！"

"酸点好啊，像我们南广的红豆酸汤，酸出自己独有的味道，让人们那么爱。"周楚阳说。

"难为你了，这么些年在外辛苦，还抽空去读了几本书。"

"那是应该的，比起那些动不动就'你若安好，便是晴天'的保健品推销员来说，还真吃过几滴墨水。"

"你说，咱们到底要不要和他们一起举行一场婚礼？"彭玉素无比认真。

"我觉得，我们应该自己办自己的。"周楚阳说，"比如，我们可以回到少年时代的桦槁林去，或者去德隆的小堰河边。最好，让小满做我们的证婚人。"

彭玉素哧哧笑了起来，说："亏你想得出来！"

"我是认真的，如果你愿意，婚礼就我们三个人。"

彭玉素沉吟良久，说："我愿意。"

12

群山绵延，峭岩林立。公路像一架搭往天上的梯子，仿佛为一些人摘取洁白的云朵而设。河流在低处恣肆流淌，岸边有葱翠的树木，浪尖上有打湿身子的鸟，每一种生灵都呈现出顽强生长的姿态。坡上麦浪闪耀，坡下炊烟袅袅，人间，恰好在这样的地方披上和别处不一样的色彩——这是南广，一个曾经被贫穷洗劫得满目伤痕的百万人口大县，如今在她的子民们不断走出和归来的脚步声中，逐渐褪去旧时的颜色，变得饱满而又苍劲。

公路百转千回，它经过的地方，牛羊安静地在草甸上啃食，苍鹰在头顶盘旋。如此天籁之境，有世间稀声从远处传来，那是彝族歌手阿布在抱着吉他唱一首叫《往逝》的忧伤的情歌。

风吹吹就不见了
花开开就凋谢了
手捂着，大雪就化了
水装满，月亮就来了

爬上火车故乡就远了
捧把泥土花朵就开了
我停下，你就走远了
我死去，你就不爱了

树叶黄了，鸟儿飞走了
潮水退了，羊群回家了
天亮了，我不再哭了
天亮了，我不再哭了
……

年轻的阿布一直重复着最后一句歌词，那清澈而又略显忧郁的嗓音，在山间久久回荡。这一群人在做一个叫"走遍南广"的专题片，这个周日，他们邀请了周楚阳和彭玉素参加，这一期的主题是"天坑之上"。是的，他们此时是在天坑头顶的山间——大火地"火势最旺"的地方。

于小芝站在摄像机镜头前，介绍此地的地貌特征和与天坑有关的民间传说，微风吹乱了她的头发，让她看起来像一个刚从万丈红尘中出世的女巫。于小芝的后面，是缓慢行走着的周楚阳和彭玉素，按照摄制组的创意，两人要通过讲述关于天坑的记忆来向世人推荐这一人间深谷的秘密，展现喀斯特地貌地质形成的真相。前几天，县长汪全和甘副县长再次找到周楚阳。汪县长说："你回南广的三年，带回来很多新生力量，在农业、教育、医疗、文化等方面为南广创造了很多宝贵的机会，唯独对天坑无动于衷。你知道，我这个当县长的，是多么不想放过你啊！"

"还有我这个姓甘的，也不甘心！"甘副县长在一旁说。

周楚阳道："也许是此地太过高远，鲜有人敢去触碰。我能做到的，只能是以三寸不烂之舌去嘶吼，看能不能把那些胆大包天的人喊回来，完成我们共同的心愿。"

"还请你多多折腾，折腾才能出生产力。"汪县长说。

"怕就怕无论你怎么折腾，天坑还在那里，不温不火。不过，看在领导一腔热血为天坑奔走呼告的分儿上，我愿意折腾。有句名言不是说：生命不息，折腾不止吗？"周楚阳说。

"又开始胡扯！"甘副县长对"周氏幽默"总学不会，以至于很多时候在他也想故意幽默一把的时候，却不得不无奈地让包袱死于襁褓。

汪县长亲自策划的"走遍南广"，实际上是对南广旅游元素的一次视觉上的整理和推荐，并非要将南广走遍。按照于小芝的想法，每一个景点都邀请南广知名人士到镜头前去亮相，用他们的知名度扩大地方的影响力。轮到走天坑的时候，汪县长对于小芝说："让姓周的去吧，兴许他能创造惊喜！"

周楚阳和彭玉素分别对着镜头讲述了他们第一次到天坑的经历，分享了对家乡鬼斧神工的自然景观的崇敬和膜拜。录完后，于小芝征求彭玉素的意见："可不可以请几个年轻人模拟一下你们记忆中的画面？"

"这个想法不错。"彭玉素说。

"有没有演员要向我推荐呢？"于小芝好像在进一步试探。

"没有。"彭玉素说，"之前的人们都老了，现在的人们都不愿老去，不知道谁最适合。"

"我提几个人选，你们看看恰不恰当。"

"谁？"

"男演员让电视台的主持人小景来担任，女演员嘛，你们认识的，一个叫赵小满，另一个叫丁丁。"

"亏你想得出来！"彭玉素不敢相信于小芝会来这一出，看来所有事情都有预谋，不过，让女儿来重现自己当年的形象，无疑是一个最恰当的构想。她嘴上说不同意，心里却一下子就与于小芝合了拍。从她沉醉于记忆中的表情来看，于小芝觉得自己很有把握。

"周总觉得呢？"于小芝问周楚阳。

"孩子们愿意就行。"周楚阳说，"让她们参加参加娱乐活动，也是好事。"

走完天坑回家，刚到小区门外，就看见赵小满、丁丁和邹瑾圆三人一同从大门里出来。见到周楚阳和彭玉素，邹瑾圆礼貌地上前打招呼："周叔叔好，彭姨好！"

"这是谁家的孩子，那么精致！"彭玉素发自内心地赞美了邹瑾圆。

"锦源木业邹聪的姑娘，就是前些日子在誓师大会上语惊四座的那个'创二代'。"

"就是她啊，怪不得看上去非同凡人，简直仙女一枚。"彭玉素说。

丁丁和赵小满跑过来向二人汇报，说受邹瑾圆的邀请，要去她家锦源木业考察考察，看看人家是怎么"不在树荫里砍树"的。

"去吧！"彭玉素和周楚阳同时说了这两个字。彭玉素补充了一句："要好好向人家瑾圆学习，做一个有为的年轻人。"

三个姑娘去了，周楚阳和彭玉素回到家，洗了把脸，准备去参加王白璐和朱立冬的晚间婚礼。所谓"晚间婚礼"，就是在晚上举办的婚礼。之前王白璐和彭玉素探讨过要不要共同举办一场盛大的婚礼的问题，彭玉素不置可否。后来，王白璐与朱立冬再次商议，说："我是有过一次婚姻的，而你没有，如果我们一切从简，你愿意吗？"

"当然愿意。"朱立冬说，"我要的是你，而不是一场热闹的婚礼。咱们挑一个晚上，请三五好友见证一下，这样更好。"

两人果真只请了"三五好友"。周楚阳和彭玉素赶到故意居王白璐家的时候，发现除了新郎、新娘，只有王雅、周春捷和顾羽，加上他们两个，刚好五人。

"这就是你所说的盛大婚礼？"彭玉素开口打趣。

"还不够盛大吗？"王白璐反问。

"可以了，可以了。"周楚阳说，"要那么多人干吗？又不是搞新闻发布会。幸福的事，往往只与知己分享，再说，有我们几人在，这世界已经够全了。"

周春捷也插话，说："人家所说的'偷偷地幸福'，就是这种情况。"

"什么叫偷偷地幸福啊？说得我俩像是不能光明正大似的，你这老头儿，偷偷惯了吧！"王白璐一句话，差点儿让几个人笑倒在地。

没有穿婚纱，没有交换戒指，没有跪地求婚，更没有司仪主持仪式。所谓婚礼，其实就是一个简单的"婚姻发布"，表示从此以后王白璐就是朱立冬的人，表示岁月终于给了二人一个不可与他人共享的天下。

他们坐在沙发上喝茶，谈天，聊一些与南广有关的事。夜深后，人们散去，周楚阳和彭玉素走在宽阔的大街上，头顶一轮皎洁的明月，让二人彼此心生怀念，沉浸于往事明明灭灭的浮现之中。此时的他们没有想到的是，一个月后，他们居然举行了一个更为精致的婚礼，在老家罗卓的桦槁林，那一坡板栗树的末端地带。参加他们婚礼的只有一个人，就是他们的女儿赵小满。

"请问周楚阳先生，你愿不愿意娶彭玉素小姐为妻，无论贫穷与富贵，疾病还是健康，相爱相敬，不离不弃，永远在一起？"赵小满站在一棵披着满身绿色的板栗树旁，像一个年轻的圣女。

"我愿意。"周楚阳学得很虔诚，他几乎把自己想象成是在一个庄严的教堂里，面对满脸慈祥的神父。

"请问彭玉素小姐，你愿意嫁给周楚阳先生吗？"

"我愿意。"她能如此温顺、一点也不乖戾地回答女儿的提问，连她自己也没有想到。

赵小满继续说道："上帝使你活在世上，你当以温柔端庄来顺服这个人，敬爱他、帮助他，唯独与他居住，尊重他的家族为本身的家族，尽力孝顺，尽你做妻子的本分到终身，你在上帝和众人面前，愿意这样吗？"

"我愿意。"她大抵是把眼前这些挨着身子拔节生长的板栗树当成来自四面八方的亲友了，她的回答如此真诚。

"今天在此美丽的山中，你们二人互设誓约，虔诚祷告。因为，在有生之年只要你们两人相伴，你们彼此相互都负有责任和义务。无论何种艰难险阻，你们彼此的爱都不应有一丝一毫的减损，你们的婚姻要坚如磐石……"

他们所在的位置，就是少年时代周楚阳和彭玉素相遇的那个地方。那时候，蓬勃的板栗树举着一身金黄的栗子，满身芒刺锋利。

他们的车就停在500米处的公路上，蜿蜒的公路像一条洁白的银纱，停车的地方，像一个被谁绾上的美丽的结。

两人彼此都在心中回想三十年前桦槁林中的邂逅。那时的彭玉素羞涩、胆怯，像第一次看到这个世界；那时的周楚阳莽撞、勇敢，像一个满身是劲儿的牛犊。时光飞逝啊！飞逝的不仅是时光，还有很多被错过甚至被掩埋的美好。岁月使他们变成今天的样子，到底是不是另一种美丽，是不是自己真正的需要，谁也说不清楚。

但是，能够说清楚的，是故乡斩尽淤泥的蜕变。无论城市与乡村，一幢幢拔地而起的高楼、一排排整洁明亮的村舍、一座座繁花绽放的山林，在原本陡峭、苍凉、遥远的边陲之地，出落得如此俏丽、妖娆，如此清纯。

一个月后，他们准备从南广出发，带着干净的心情到他们所熟悉的世界去，把他们建设在远方的事业检阅　遍。出发的头天晚上，于小芝给周楚阳发来"天坑之上"的视频。他和彭玉素坐在沙发上，看到赵小满一身记忆中的行头，和她的同伴丁丁、邹瑾圆和电视台的小景行走在天坑弯弯曲曲的路上，那向下俯身、往上攀缘的姿势以及对这个世界充满好奇和羞涩的表情，和当年的他们何其相似。

处理成黑白效果的视频，美得像一幅画，像一支舞蹈，更像一部老去的电影。在勾起他们对前尘往事的回忆的同时，让彼此的内心涌起小小的不安——那个已经过去的年代，真的无法让她们找到任何一种理由去忘却。

"是的，那就是我。"彭玉素的双眼流淌着泪水，她迫不及待地向周楚阳说出自己此时的心情。她指着视频中的女儿说："在青春中，真好。"

在飞雄机场的大厅，丁丁和赵小满走在周楚阳和彭玉素的前头。丁丁左右两手拉着两个箱子，跟在赵小满的后面。赵小满拿着他们几个人的身份证，去值机处取登机牌。对于周楚阳和彭玉素来说，这一幕像是提前到来的晚景，让他们感到无比幸福。

彭玉素小声对周楚阳说："你去公安局协调一下，想想办法，把她的名字改成周小满吧！"

"不用改，叫赵小满挺好！"周楚阳说。

这样简单的对话，让他们彼此会意即将抵达的途中之悦。"途中"是一个多么令人向往的词！无论是周楚阳和彭玉素，还是赵小满和丁丁，对途中的期待都是无比迫切的。

出走或者回乡，其实最美的部分是在途中。

——全文完——